AF547669

GRöLS
Verlage

„Bücher sind wie Fallschirme. Sie nützen uns nichts, wenn wir sie nicht öffnen."

Gröls Verlag

Redaktionelle Hinweise und Impressum

Das vorliegende Werk wurde zugunsten der Authentizität sehr zurückhaltend bearbeitet. So wurden etwa ursprüngliche Rechtschreibfehler *nicht* systematisch behoben, denn kleine Unvollkommenheiten machen das Buch – wie im Übrigen den Menschen – erst authentisch. Mitunter wurden jedoch zum Beispiel Absätze behutsam neu getrennt, um den Lesefluss zu erleichtern.

Um die Texte zu rekonstruieren, werden antiquarische Bücher von Lesegeräten gescannt und dann durch eine Software lesbar gemacht. Der so entstandene Text wird von Menschen gegengelesen und korrigiert – hierbei treten auch Fehler auf. Wenn Sie ebenfalls antiquarische Texte einreichen möchten, finden Sie weitere Informationen auf www.groels.de

Viel Freude bei der Lektüre wünscht Ihnen das Team des Gröls-Verlags.

Adressen

Verleger: Sophia Gröls, Im Borngrund 26, 61440 Oberursel

Externer Dienstleister für Distribution & Herstellung: BoD, In de Tarpen 42, 22848 Norderstedt

Unsere „Edition | Werke der Weltliteratur“ hat den Anspruch, eine der größten und vollständigsten Sammlungen klassischer Literatur in deutscher Sprache zu sein. Nach und nach versammeln wir hier nicht nur die „üblichen Verdächtigen“ von Goethe bis Schiller, sondern auch Kleinode der vergangenen Jahrhunderte, die – zu Unrecht – drohen, in Vergessenheit zu geraten. Wir kultivieren und kuratieren damit einen der wertvollsten Bereiche der abendländischen Kultur. Kleine Auswahl:

Francis Bacon • Neues Organon • **Balzac** • Glanz und Elend der Kurtisanen • **Joachim H. Campe** • Robinson der Jüngere • **Dante Alighieri** • Die Göttliche Komödie • **Daniel Defoe** • Robinson Crusoe • **Charles Dickens** • Oliver Twist • **Denis Diderot** • Jacques der Fatalist • **Fjodor Dostojewski** • Schuld und Sühne • **Arthur Conan Doyle** • Der Hund von Baskerville • **Marie von Ebner-Eschenbach** • Das Gemeindekind • **Elisabeth von Österreich** • Das Poetische Tagebuch • **Friedrich Engels** • Die Lage der arbeitenden Klasse • **Ludwig Feuerbach** • Das Wesen des Christentums • **Johann G. Fichte** • Reden an die deutsche Nation • **Fitzgerald** • Zärtlich ist die Nacht • **Flaubert** • Madame Bovary • **Gorch Fock** • Seefahrt ist not! • **Theodor Fontane** • Effi Briest • **Robert Musil** • Über die Dummheit • **Edgar Wallace** • Der Frosch mit der Maske • **Jakob Wassermann** • Der Fall Maurizius • **Oscar Wilde** • Das Bildnis des Dorian Grey • **Émile Zola** • Germinal • **Stefan Zweig** • Schachnovelle • **Hugo von Hofmannsthal** • Der Tor und der Tod • **Anton Tschechow** • Ein Heiratsantrag • **Arthur Schnitzler** • Reigen • **Friedrich Schiller** • Kabale und Liebe • **Nicolo Machiavelli** • Der Fürst • **Gotthold E. Lessing** • Nathan der Weise • **Augustinus** • Die Bekenntnisse des heiligen Augustinus • **Marcus Aurelius** • Selbstbetrachtungen • **Charles Baudelaire** • Die Blumen des Bösen • **Harriett Stowe** • Onkel Toms Hütte • **Walter Benjamin** • Deutsche Menschen • **Hugo Bettauer** • Die Stadt ohne Juden • **Lewis Caroll** • *und viele mehr….*

William Makepeace Thackeray

Jahrmarkt der Eitelkeit Band I

Überstzung von

Christoph Friedrich Grieb

Inhalt

1. Kapitel.....7

2. Kapitel.....13

3. Kapitel.....21

4. Kapitel.....28

5. Kapitel.....40

6. Kapitel.....49

7. Kapitel.....62

8. Kapitel.....69

9. Kapitel.....78

10. Kapitel.....84

11. Kapitel.....89

12. Kapitel.....103

13. Kapitel.....110

14. Kapitel.....121

15. Kapitel.....138

16. Kapitel 146
17. Kapitel 154
18. Kapitel 161
19. Kapitel 172
20. Kapitel 182
21. Kapitel 190
22. Kapitel 198
23. Kapitel 206
24. Kapitel 212
25. Kapitel 223
26. Kapitel 241
27. Kapitel 248
28. Kapitel 253
29. Kapitel 262
30. Kapitel 273
31. Kapitel 281
32. Kapitel 292
33. Kapitel 307
34. Kapitel 316

1. Kapitel

Chiswick Mall

Im zweiten Jahrzehnt dieses Jahrhunderts fuhr an einem sonnigen Junimorgen vor dem mächtigen eisernen Tor von Miss Pinkertons Mädchenpensionat in der Chiswick Mall eine große Familienkutsche vor, gezogen von zwei wohlgenährten Pferden mit glänzendem Geschirr. Sie wurden von einem beleibten Kutscher mit Dreispitz und Perücke in einem Tempo von vier Meilen pro Stunde gelenkt. Ein schwarzer Diener, der neben dem beleibten Kutscher auf dem Bock döste, streckte seine krummen Beine, sobald der Wagen an Miss Pinkertons glänzendem Messingschild hielt, und als er die Klingel zog, sah man wenigstens zwanzig junge Köpfe aus den schmalen Fenstern des stattlichen alten Backsteingebäudes lugen. Ja, ein genauer Beobachter hätte sogar das rote Näschen der gutmütigen Miss Jemima Pinkerton über einigen Geranientöpfen am Fenster des Empfangsraumes der Dame selbst erblicken können.

„Es ist die Kutsche von Mrs. Sedley, Schwester", sagte Miss Jemima. „Sambo, der schwarze Diener, hat gerade geläutet; und der Kutscher hat eine neue rote Weste an."

„Hast du alle für das Ausscheiden von Miss Sedley nötigen Vorbereitungen getroffen, Miss Jemima?" fragte Miss Pinkerton, jene majestätische Dame, die Semiramis von Hammersmith, die Freundin von Doktor Johnson, die Korrespondentin von Mrs. Chapone.

„Die Mädchen sind heute morgen um vier Uhr aufgestanden, um ihr die Koffer zu packen, Schwester", erwiderte Miss Jemima; „wir haben ihr einen Blumenstrauß gebunden."

„Sage lieber Bukett, Schwester Jemima, es klingt feiner."

„Nun ja, ein Bukett, fast so groß wie ein Heuschober; ich habe zwei Flaschen Levkojenwasser für Mrs. Sedley und auch das Rezept dafür in Amelias Koffer gepackt."

„Und ich hoffe, Miss Jemima, du hast eine Abschrift von Miss Sedleys Rechnung angefertigt; das ist sie, nicht wahr? Sehr gut – dreiundneunzig Pfund und vier Shilling. Adressiere sie bitte an John Sedley, Esquire, und siegle dieses Billett, das ich an seine Gemahlin geschrieben habe."

Miss Jemima brachte einem eigenhändig geschriebenen Brief ihrer Schwester, Miss Pinkerton, ebenso tiefe Ehrfurcht entgegen, wie sie dem Brief eines Staatsoberhauptes entgegengebracht hätte. Nur wenn die Schülerinnen die Anstalt verließen oder wenn sie heiraten wollten, und einmal, als die arme Miss Birch an Scharlach gestorben war, schrieb Miss Pinkerton persönlich an die Eltern ihrer Schülerinnen, und Jemima war überzeugt, *wenn* etwas imstande sei, Mrs. Birch über den Verlust ihrer Tochter zu trösten, dann war es das fromme und beredte Schreiben, worin Miss Pinkerton ihr das Ereignis mitteilte.

Im vorliegenden Fall lautete Miss Pinkertons Billett folgendermaßen :

Chiswick, The Mall, 15. Juni 18 ..

Madame – nach ihrem sechsjährigen Aufenthalt in der Mall habe ich die Ehre und das Vergnügen, Miss Amelia Sedley ihren Eltern als junge Dame vorzustellen, die nicht unwürdig ist, in deren glänzendem, gebildetem Kreise die ihr zukommende Stellung einzunehmen. Es mangelt der liebenswürdigen Miss Sedley nicht an jenen Tugenden, welche eine junge englische Dame von vornehmer Abkunft charakterisieren, jenen Kenntnissen, die ihrer Geburt und ihrem Stand entsprechen. Ihr Fleiß und Gehorsam haben sie ihren Lehrern lieb und wert gemacht, und ihr reizendes, sanftes Wesen hat ihre älteren und ihre jüngeren Gefährtinnen bezaubert.

In der Musik, im Tanzen, in der Orthographie, in allen Arten von Handarbeiten erfüllt sie wohl die sehnlichsten Wünsche ihrer Verwandten. In der Geographie bleibt noch manches zu wünschen übrig, und eine sorgfältige und unablässige Anwendung des Rückenbrettes, täglich vier Stunden in den nächsten drei Jahren, wird zur Erlangung jener würdevollen Haltung empfohlen, die für eine junge Dame von Welt erforderlich ist.

In den Grundsätzen der Religion und Moral wird sich Miss Sedley einer Anstalt würdig erweisen, die durch die Gegenwart des großen Lexikographen und die Gönnerschaft der bewunderungswürdigen Mrs. Chapone geehrt worden ist. Bei ihrem Scheiden von der Mall nimmt Miss Amelia die Herzen ihrer Gefährtinnen und die liebevolle Hochachtung ihrer Lehrerin mit sich, welche die Ehre hat zu zeichnen als

Ihre gehorsamst ergebene Dienerin Barbara Pinkerton.

PS: Miss Sharp begleitet Miss Sedley. Es wird ausdrücklich gebeten, daß Miss Sharp ihren Aufenthalt am Russell Square nicht länger als zehn Tage ausdehnt. Die vornehme Familie, die sie eingestellt hat, wünscht ihre Dienste baldmöglichst in Anspruch zu nehmen.

Als Miss Pinkerton diesen Brief beendet hatte, schrieb sie ihren und Miss Sedleys Namen auf das Vorsatzblatt eines Exemplars von Johnsons Wörterbuch, jenem interessanten Werk, welches sie jeder Schülerin beim Ausscheiden zu überreichen pflegte. Auf dem Deckel des Buches konnte man die „Zeilen an eine junge Dame bei ihrem Abgang von Miss Pinkertons Schule in der Mall, von dem seligen, hochverehrten Doktor Samuel Johnson“ lesen. In der Tat führte diese majestätische Dame den Namen des Lexikographen ständig auf den Lippen, und ein Besuch, den er ihr abgestattet hatte, war die Ursache ihres Rufes und ihres Vermögens geworden.

Nachdem Miss Jemima von ihrer älteren Schwester aufgefordert worden war, „das Wörterbuch" aus dem Schrank zu holen, hatte sie dem erwähnten Behältnis zwei Exemplare entnommen. Als Miss Pinkerton die Widmung in das erste geschrieben hatte, reichte ihr Jemima mit zweifelnder und schüchterner Miene das andere.

„Für wen soll das sein, Miss Jemima?" fragte Miss Pinkerton äußerst kühl.

„Für Becky Sharp", erwiderte Jemima, heftig zitternd, und ihr welkes Gesicht wurde rot bis zum Halse, als sie ihrer Schwester den Rücken wandte. „Für Becky Sharp, sie geht ja auch."

„MISS JEMIMA!" rief Miss Pinkerton in den größten Großbuchstaben. „Bist du bei Sinnen? Stell das Wörterbuch in den Schrank zurück und wage in Zukunft nicht mehr, dir eine solche Freiheit herauszunehmen!"

„Ach, Schwester, es kostet doch nur zwei Shilling und neun Pence, und die arme Becky wird sich grämen, wenn sie keins bekommt."

„Schick Miss Sedley sofort zu mir", sagte Miss Pinkerton. Und so eilte die arme Jemima, verwirrt und ängstlich, ohne noch ein Wort zu wagen, davon.

Miss Sedleys Vater war ein ziemlich vermögender Kaufmann in London, während Miss Sharp Lehrschülerin war, für die Miss Pinkerton genug getan zu haben glaubte, auch ohne ihr beim Scheiden die hohe Ehre des Wörterbuches zuteil werden zu lassen.

Briefe von Schulvorsteherinnen sind kaum vertrauenswürdiger als Grabinschriften; wie es aber doch bisweilen vorkommt, daß ein Mensch das Zeitliche segnet und die Lobpreisungen des Steinmetzen über seinen Gebeinen verdient, also wirklich ein guter Christ, ein guter Vater, ein gutes Kind, eine gute Ehefrau oder ein guter Ehemann gewesen ist, also wirklich eine seinen Tod betrauernde, verzweifelte Familie hinterläßt, so kommt es auch hin und wieder in Mädchen- oder Knabenschulen vor, daß der Schüler die Lobpreisungen des selbstlosen Lehrers verdient. Miss Amelia Sedley nun war eine junge Dame dieser besonderen Art und verdiente nicht nur alles, was Miss Pinkerton zu ihrem Lobe sagte, sondern besaß noch viele andere liebenswerte Eigenschaften, die die wichtigtuerische alte Minerva von einem Weibe infolge des Rang- und Altersunterschiedes zwischen ihr und ihrer Schülerin nicht zu sehen vermochte. Denn Amelia konnte nicht nur singen wie eine Lerche oder eine Billington, tanzen wie Hillisberg oder Parisot, prächtig sticken und war fehlerfrei in der Rechtschreibung wie das Wörterbuch selbst, sondern sie besaß auch ein so gutes, freundliches, weiches, sanftes, großmütiges Herz, daß sie die Liebe von jedermann in ihrer Umgebung gewann, von der Minerva bis herab zu der armen Scheuermagd und der Tochter der einäugigen Kuchenfrau, die den jungen Damen in der Mall ihre Ware einmal in der Woche verkaufen durfte. Von den vierundzwanzig jungen Damen waren zwölf ihre Busenfreundinnen. Sogar die neidische Miss Briggs sprach nie schlecht von ihr; die hochwohlgeborene Miss Saltire (Lord Dexters Enkelin) gab zu, daß sie eine elegante

Erscheinung sei, und bei Miss Swartz gar, der reichen wollhaarigen Mulattin von Saint Kitts, erlebte man an dem Tage, als Amelia die Schule verließ, einen solchen Tränenausbruch, daß man nach Doktor Floss schicken und sie mit Riechsalz halb betäuben mußte. Miss Pinkertons Zuneigung war ruhig und würdevoll, wie die hohe Stellung und die hervorragenden Tugenden dieser Dame nicht anders erwarten ließen; aber Miss Jemima hatte bei dem bloßen Gedanken an Amelias Abreise schon mehrmals geschluckt, und wäre nicht die Furcht vor ihrer Schwester gewesen, so hätte sie hysterische Anfälle bekommen wie die (doppelt zahlende) Erbin von Saint Kitts. Einen solchen Luxus mit seinem Schmerz zu treiben ist indessen nur besonders bevorzugten Schülerinnen gestattet. Die ehrliche Jemima dagegen hatte die Oberaufsicht über die Rechnungen, das Waschen und Ausbessern, die Puddings, das silberne und das einfache Geschirr sowie über die Dienerschaft. Aber warum sprechen wir von ihr: wahrscheinlich werden wir bis in alle Ewigkeit nichts mehr von ihr hören, und weder sie noch ihre ehrfurchtgebietende Schwester wird jemals wieder in der kleinen Welt unserer Geschichte auftauchen, wenn sich erst einmal das große, verschnörkelte, eiserne Tor geschlossen hat.

Da wir indessen viel über Amelia erfahren werden, kann es nichts schaden, wenn wir gleich zu Anfang unserer Bekanntschaft sagen, daß sie eines der besten und liebenswürdigsten Geschöpfe war, die je lebten, und es ist ein Segen, daß wir, da es sowohl im Leben als auch in Romanen (und in diesen besonders) von Bösewichten der schlimmsten Sorte nur so wimmelt, solch einen ehrlichen und gutherzigen Menschen zur Seite haben. Da sie keine Heldin ist, brauchen wir ihre Person nicht zu beschreiben; ich befürchte sogar, daß ihre Nase etwas zu klein und ihre Wangen viel zu rund und rot für eine Heldin waren; aber ihr Gesicht strahlte von blühender Gesundheit, und auf ihren Lippen lag das munterste Lächeln; sie hatte ein Paar Augen, die von lebhafter und ehrlicher guter Laune blitzten, wenn sie sich nicht gerade mit Tränen füllten, und das geschah in der Tat viel zu oft, denn das einfältige Ding konnte über einen toten Kanarienvogel oder über eine Maus, die die Katze gefangen hatte, oder über den Schluß eines Romans, war er auch noch so albern, weinen; und sagte man ihr ein unfreundliches Wort – vorausgesetzt, es fand sich jemand, der so hartherzig war –, um so schlimmer war es dann für diesen. Sogar Miss Pinkerton, diese strenge und göttergleiche Dame, schalt sie nur einmal, und obgleich sie von Gefühlen ebensowenig verstand wie von Algebra, gab sie allen Lehrern den ausdrücklichen Befehl, mit Miss Sedley so sanft wie möglich umzugehen, da diese eine rauhe Behandlung nicht vertrage.

Als der Tag der Abreise kam, wußte Miss Sedley daher nicht, für welche ihrer beiden Gewohnheiten – lachen oder weinen – sie sich entscheiden sollte. Sie war froh, nach Hause zu kommen, und dabei doch wieder so unendlich traurig, die Schule verlassen zu müssen. Die letzten drei Tage folgte ihr die kleine verwaiste Laura Martin überallhin, wie ein kleines Hündchen. Sie mußte mindestens vierzehn Geschenke machen und entgegennehmen und vierzehnmal das feierliche Versprechen geben, jede Woche zu schreiben. „Schicke deine Briefe an mich bitte an die Adresse meines Großvaters, des Grafen von Dexter“, sagte Miss Saltire (die, nebenbei erwähnt, etwas knauserig war). „Du brauchst dich nicht um das Porto zu kümmern, schreibe mir nur jeden Tag, mein Herzblatt“, bat die ungestüme, wollhaarige, aber großherzige und liebevolle Miss Swartz, und die kleine Laura Martin – die eben schreiben gelernt hatte – ergriff die Hand ihrer Freundin und sagte, ihr ernst ins Gesicht schauend: „Amelia, wenn ich dir schreibe, werde ich dich Mama nennen.“ Zweifellos wird Jones, der dieses Buch in seinem Klub liest, alle diese Einzelheiten äußerst töricht, unbedeutend, geschwätzig und übersentimental finden. Ja ich sehe direkt, wie Jones in diesem Augenblick –gerötet nach dem Genuß seiner Hammelkeule und einem Glas Wein – seinen Bleistift zückt, die Worte „töricht, geschwätzig“ und so weiter unterstreicht und „sehr richtig“ an den Rand schreibt. Ja, er ist ein Mann von großem Geist und bewundert das Erhabene und Heroische im Leben und im Roman; und deshalb sollte er sich lieber warnen lassen und sich anderem zuwenden.

Nun gut. Nachdem Mr. Sambo Miss Sedleys Blumen, Geschenke, Koffer und Hutschachteln in der Kutsche verstaut und dem Kutscher grinsend einen winzigen, schäbigen alten Rindslederkoffer, säuberlich mit Miss Sharps Namensschild versehen, gereicht hatte, den dieser hohnlächelnd wegpackte, schlug die Abschiedsstunde. Der Schmerz dieses Augenblicks wurde durch die vortreffliche Ansprache, die Miss Pinkerton an ihre Schülerin richtete, beträchtlich gelindert. Nicht daß die Abschiedsrede Amelia etwa zum Philosophieren verleitet hätte oder sie irgendwie mit einer Ruhe, die der Vernunft entspringt, gewappnet hätte – nein, die Rede war unerträglich langweilig, hochtrabend und ermüdend; und da Miss Sedley ihre Schulvorsteherin nicht wenig fürchtete, so wagte sie nicht, in deren Gegenwart ihrem privaten Schmerz freien Lauf zu lassen. Ein Kümmelkuchen nebst einer Flasche Wein wurden in den Empfangsraum gebracht, was sonst nur bei dem feierlichen Anlaß von Elternbesuchen geschah, und nachdem man diesen Erfrischungen gehörig zugesprochen hatte, stand es Miss Sedley frei, zu gehen.

„Sie gehen doch wohl hinein und verabschieden sich von Miss Pinkerton, Becky?“ sagte Miss Jemima zu einer jungen Dame, die, von niemandem beachtet, eben mit ihrer Hutschachtel die Treppe herabkam.

„Ich kann wohl nicht umhin“, sagte Miss Sharp gelassen zu Miss Jemimas Verwunderung; und nachdem Jemima an die Tür geklopft hatte und zum Hereinkommen aufgefordert worden war, trat Miss Sharp unbekümmert vor und sagte in vollendetem Französisch: „Mademoiselle, je viens vous faire mes adieux.“

Miss Pinkerton konnte nicht Französisch; sie stand nur denen vor, die es konnten; aber sie biß sich auf die Lippen, warf den ehrwürdigen Kopf mit der römischen Nase unter dem großen feierlichen Turban in den Nacken und sagte: „Miss Sharp, ich wünsche Ihnen einen guten Morgen!“ Während die Semiramis von Hammersmith sprach, machte sie eine Handbewegung, teils zum Zeichen des Abschiedes, teils um Miss Sharp Gelegenheit zu bieten, einen zu diesem Zwecke ausgestreckten Finger zu schütteln.

Miss Sharp aber faltete nur sehr kühl lächelnd die Hände, verbeugte sich und verschmähte die ihr zugedachte Ehre völlig, worauf Semiramis ihren Turban unwilliger denn je zurückwarf. Es war wirklich ein kleiner Kampf zwischen der jungen Dame und der alten Dame, und die alte zog den kürzeren. „Der Himmel beschütze dich, mein Kind", sagte sie und umarmte Amelia, wobei sie über des Mädchens Schulter hinweg Miss Sharp grimmig anblickte.

„Kommen Sie, Becky", sagte Miss Jemima und zog das junge Mädchen in höchster Angst hinaus. Die Tür des Empfangsraumes schloß sich für immer hinter ihnen.

Dann folgten die Aufregung und das Abschiednehmen unten. Worte vermögen es nicht zu schildern. In der Vorhalle hatten sich alle Dienstboten versammelt, die teuren Freundinnen, überhaupt sämtliche jungen Damen und der eben angekommene Tanzlehrer; da gab es ein solches Drängen und Umarmen, Küssen und Weinen, begleitet von den aus dem Zimmer der reichen Miss Swartz dringenden hysterischen Schreien, daß keine Feder es zu beschreiben vermag und ein gefühlvolles Herz es gern übergeht.

Endlich waren die Umarmungen vorüber; sie trennten sich – das heißt, Miss Sedley trennte sich von ihren Freundinnen. Miss Sharp war einige Minuten zuvor ruhig in die Kutsche gestiegen. Niemand weinte bei ihrem Scheiden.

Der krummbeinige Samba schlug die Wagentür hinter seiner weinenden jungen Herrin zu und sprang hinten auf. „Halt!" rief Miss Jemima, die mit einem Päckchen zum Tor stürzte. „Es sind nur ein paar belegte Brote, meine Liebe", sagte sie zu Amelia. „Falls Sie Hunger bekommen – und Becky, Becky Sharp, hier ist ein Buch für Sie, das meine Schwester – das heißt ich – Johnsons Wörterbuch, wissen Sie? Sie dürfen uns nicht ohne das Buch verlassen. Adieu! – Fahr zu, Kutscher! Gott segne euch!" Und das gutmütige Geschöpf eilte, ganz überwältigt von ihren Gefühlen, in den Garten zurück.

Aber siehe da! Gerade als der Wagen anfuhr, steckte Miss Sharp ihr blasses Gesicht aus dem Fenster und schleuderte tatsächlich das Buch in den Garten zurück.

Die arme Jemima fiel vor Entsetzen fast in Ohnmacht. „Nein, ich habe noch nie...", sagte sie, „so ein unverschämtes ..." Die heftige Erregung erlaubte ihr nicht, die angefangenen Sätze zu vollenden. Die Kutsche rollte fort; das große Tor wurde geschlossen; die Glocke gab das Zeichen zur Tanzstunde. Vor den beiden jungen Damen liegt nun die Welt; deshalb: ade, Chiswick Mall!

2. Kapitel

In dem sich Miss Sharp und Miss Sedley rüsten, den Feldzug zu eröffnen

Nachdem Miss Sharp die im vorigen Kapitel erwähnte Heldentat vollbracht und gesehen hatte, wie das Wörterbuch über das Pflaster des Gärtchens geflogen und vor den Füßen der erstaunten Miss Jemima gelandet war, erschien auf dem Gesicht der jungen Dame, das bis dahin einen bleichen Haß gezeigt hatte, ein kaum liebenswürdigeres Lächeln, und sie sank in die Kutsche zurück und sagte erleichtert: „So, das war das Wörterbuch; und nun ist Chiswick Gott sei Dank überstanden."

Miss Sedley war über Beckys trotzige Handlung fast ebenso bestürzt wie Miss Jemima, denn man möge bedenken, daß sie erst vor einer Minute die Schule verlassen hatte und daß die Eindrücke von sechs Jahren in einem so kurzen Zeitraum nicht ausgelöscht werden können. Ja, bei einigen Menschen wirken die Schrecken und die Ehrfurcht der Jugendzeit ständig fort. Ich kenne einen alten Herrn von achtundsechzig Jahren, der mir eines Morgens beim Frühstück aufgeregt berichtete: „Ich habe heute nacht geträumt, Doktor Raine hätte mich geprügelt." Die Phantasie hatte ihn im Laufe jenes Abends um fünfundfünfzig Jahre zurückgeführt. Im Innersten flößten ihm Doktor Raine und sein Stock jetzt mit achtundsechzig Jahren ebensoviel Furcht ein wie mit dreizehn. Wäre nun der Doktor mit einer großen Rute jetzt, in seinen alten Tagen, vor ihm erschienen und hätte ihm mit schrecklicher Stimme zugerufen: Junge, die Hosen herunter! ... Nun ja, Miss Sedley war wegen dieser Unbotmäßigkeit höchst bestürzt.

„Wie konntest du das nur tun, Rebekka!" sagte sie endlich nach einer Pause.

„Ach, glaubst du denn, Miss Pinkerton wird herauskommen und mich in das schwarze Loch zurückholen?" fragte Rebekka lachend.

„Nein, aber ..."

„Das ganze Haus ist mir verhaßt", fuhr Miss Sharp wütend fort. „Hoffentlich bekomme ich es nie wieder zu Gesicht. Ich wollte wahrhaftig, es läge auf dem Grunde der Themse, und wenn Miss Pinkerton dort wäre – ich würde sie bestimmt nicht herausziehen. Oh, wie gern würde ich sie in dem Wasser da treiben sehen, samt ihrem Turban und allem anderen, die Schleppe hinter ihr her, und als Schiffsschnabel ihre Nase!"

„Pst!" rief Miss Sedly.

„Warum? Wird der schwarze Diener schwatzen?" rief Miss Rebekka lachend. „Er soll ruhig zurückgehen und Miss Pinkerton sagen, daß ich sie aus tiefster Seele hasse; ich wollte, er täte es, und ich wollte, ich hätte auch eine Möglichkeit, es ihr zu beweisen. Zwei Jahre lang hat sie mich bloß beleidigt und beschimpft. Ich bin schlechter behandelt worden als eine Küchenmagd. Nie hatte ich eine Freundin, und außer dir gab mir niemand ein freundliches Wort. Ich mußte die kleinen Mädchen in den unteren Klassen beaufsichtigen und mit den größeren französisch sprechen, bis meine Muttersprache mir zum Halse heraushing. War es nicht ein köstlicher Spaß, daß ich mit Miss Pinkerton Französisch sprach? Sie kann kein Wort Französisch, aber sie ist viel zu stolz, es einzugestehen. Ich glaube, das war der Grund, weshalb sie mich laufenließ, und deshalb sei dem Himmel Dank für das Französische! Vive la France! Vive l'Empereur! Vive Bonaparte!"

„Rebekka! Rebekka, schäm dich!" rief Miss Sedley; das war die größte Lästerung, die Rebekka je ausgestoßen hatte, denn wenn man in jenen Tagen in England sagte: „Es lebe Bonaparte!", so war dies gleichbedeutend mit: „Es lebe Luzifer!" – „Wie kannst du nur! Wie wagst du, so schlecht und rachsüchtig zu denken?"

„Rache mag schlecht sein, aber sie ist natürlich", erwiderte Miss Rebekka. „Ich bin kein Engel." Und um die Wahrheit zu sagen, das war sie wirklich nicht.

Denn man wird im Laufe dieser kleinen Unterhaltung, während deren die Kutsche am Ufer des Flusses träge dahinrollte, bemerkt haben, daß Miss Rebekka Sharp zweimal das Bedürfnis verspürt hatte, dem Himmel zu danken; das erstemal jedoch geschah es nur deshalb, weil er sie von einer Person befreit hatte, die sie haßte, und das zweitemal, weil er ihr die Gelegenheit gab, ihre Feinde in Verlegenheit oder Verwirrung zu bringen. Beides waren nicht gerade liebenswürdige Beweggründe zu frommer Dankbarkeit, und freundliche und versöhnliche Gemüter würden sie auch nicht dafür gebrauchen. Miss Rebekka nun war nicht im mindesten freundlich oder versöhnlich. Dieser kleine Misanthrop (oder, besser gesagt, Misogyn, denn mit der Männerwelt hatte sie bisher wohl wenig Erfahrungen gemacht) war der Meinung, alle Welt behandele sie schlecht, wobei ziemlich sicher ist, daß alle Menschen beiderlei Geschlechts, die alle Welt schlecht behandelt, diese Behandlung auch verdienen. Die Welt ist ein Spiegel, aus dem jedem sein eigenes Bild entgegenblickt. Wirf einen mürrischen Blick hinein, und sie wird dir ein saures Gesicht zeigen, lach sie an und lach mit ihr, und sie ist dir ein lustiger, freundlicher Gefährte. Alle jungen Leute mögen nun ihre Wahl treffen. Eines ist jedoch sicher: Wenn die Welt Miss Sharp vernachlässigte, so war jedenfalls nicht bekannt, daß sie selbst jemals einem Menschen eine Freundlichkeit erwiesen hatte; man konnte auch nicht erwarten, daß vierundzwanzig junge Damen so liebenswürdig sein würden wie die Heldin dieses Buches, Miss Sedley (wir wählten sie dazu, weil sie die gutmütigste von allen war; denn was hätte uns sonst daran hindern können, Miss Swartz oder Miss Crump oder Miss Hopkins zur Heldin zu machen?). Man kann nicht erwarten, daß alle so bescheiden und sanft sind wie Miss Amelia Sedley, daß sie jede Gelegenheit ergreifen, Rebekkas Hartherzigkeit und unfreundliches Wesen zu bekämpfen und durch tausend gute Worte und Dienste Rebekka wenigstens einmal dazu bringen, ihre Feindseligkeit gegenüber dem eigenen Geschlecht zu überwinden.

Miss Sharps Vater war Künstler und hatte in Miss Pinkertons Schule Zeichenunterricht erteilt. Er war ein gewandter Mann, ein angenehmer Gesellschafter, in seiner Kunst sorglos und hatte eine starke Neigung zum Schuldenmachen und eine Vorliebe fürs Wirtshaus. War er betrunken, so pflegte er Frau und Tochter zu schlagen, und im Katzenjammer des nächsten Morgens schimpfte er auf die Welt, die sein Genie verkannte, und schmähte mit viel Witz und oftmals nicht unberechtigt seine Malerkollegen, diese Dummköpfe und Narren. Da er sich nur mühsam über Wasser hatte halten können und in Soho, wo er lebte, im Umkreis von einer Meile Schulden hatte, glaubte er seine Lage durch die Heirat mit einer jungen Französin, einer Ballettänzerin, zu verbessern. Miss Sharp erwähnte den einfachen Stand ihrer Mutter nie, sondern pflegte in späteren Jahren zu sagen, die Entrechats seien eine Adelsfamilie aus der Gascogne, und sie tat sich auf ihre Abkunft einiges zugute. Und seltsam genug: Je mehr sie im Leben vorwärtskam, desto höher stiegen auch die Vorfahren der jungen Dame in Rang und Glanz.

Rebekkas Mutter hatte irgendwo eine gewisse Erziehung genossen, und ihre Tochter sprach ein tadelloses Französisch. Dies war in jenen Tagen eine seltene Fertigkeit und verhalf ihr zu einer Anstellung bei der orthodoxen Miss Pinkerton. Denn als ihr Vater nach dem Tode der Mutter erkannt hatte, daß er sich nach seinem dritten Anfall von Delirium tremens wahrscheinlich nicht mehr erholen würde, schrieb er einen mannhaften und zugleich rührenden Brief an Miss Pinkerton, in dem er das verwaiste Kind ihrem Schutz empfahl. Dann sank er ins Grab, nachdem sich zwei Gerichtsvollzieher über seinem Leichnam gestritten hatten.

Rebekka war siebzehn Jahre alt, als sie nach Chiswick kam und als Lehrschülerin verpflichtet wurde. Wie wir gesehen haben, bestanden ihre Pflichten darin, mit den Schülerinnen französisch zu sprechen; dafür hatte sie Kost und Logis frei, bekam jährlich ein paar Guineen und durfte bei den unterrichtenden Lehrern einige Weisheitsbrocken aufschnappen.

Sie war klein und schmächtig, hatte ein blasses Gesicht, rotblondes Haar und hielt die Lider gewöhnlich gesenkt. Wenn sie aufsah, erblickte man sehr große, eigentümliche, anziehende Augen, so anziehend, daß sich Ehrwürden Mr. Crisp, der soeben von Oxford gekommene Hilfsgeistliche des Pfarrers von Chiswick, Ehrwürden Mr. Flowerdew, in Miss Sharp verliebte, als er von einem tödlichen Blick getroffen wurde, den sie von den Pensionatsbänken quer durch die Chiswicker Kirche zum Chorpult hin abschoß. Dieser betörte junge Mann trank bisweilen Tee bei Miss Pinkerton, der er durch seine Mutter vorgestellt worden war, und in einem abgefangenen Briefchen, das die einäugige Kuchenfrau hatte überbringen sollen, machte er tatsächlich eine Art Heiratsantrag. Mrs. Crisp wurde aus Buxton herbeigeholt und entfernte ihren geliebten Sohn schleunigst; schon der bloße Gedanke an einen solchen Adler im Chiswicker Taubenschlag verursachte im Busen von Miss Pinkerton einen gewaltigen Aufruhr, und sie hätte Miss Sharp weggeschickt, wenn sie nicht gezwungen gewesen wäre, dann eine Kontraktstrafe zu zahlen. Nie glaubte sie den Beteuerungen der jungen Dame, die versicherte, mit Mr. Crisp nur im Beisein der Vorsteherin beim Tee gesprochen zu haben.

Neben den vielen hochgewachsenen und kräftigen jungen Damen in der Schule wirkte Rebekka Sharp wie ein Kind. Aber sie hatte die traurige Frühreife der Armut. Manchen ungeduldigen Gläubiger hatte sie von der Tür ihres Vaters weggeplaudert; manchen Kaufmann hatte sie in gute Stimmung geschwatzt und ihm ein weiteres Mal das tägliche Brot abgeschmeichelt. Gewöhnlich saß sie bei ihrem Vater, der auf ihren Mutterwitz sehr stolz war, und hörte die Reden seiner zügellosen Kumpane mit an, die oft für Mädchenohren wenig geeignet waren. Wie sie selbst sagte, war sie jedoch nie ein Kind gewesen; schon mit acht Jahren war sie ein Weib. Warum nur ließ Miss Pinkerton einen so gefährlichen Vogel in ihren Käfig hinein!

Tatsächlich hielt die alte Dame Rebekka für das sanftmütigste Geschöpf der Welt, denn wenn ihr Vater sie mit nach Chiswick nahm, pflegte sie die Rolle der ingénue so vollendet zu spielen, daß Miss Pinkerton meinte, sie sei ein bescheidenes und unschuldiges Kind, und ein Jahr noch vor dem Abkommen über Rebekkas Aufnahme im Hause – das Mädchen war damals sechzehn Jahre alt – überreichte ihr Miss Pinkerton majestätisch mit einer kleinen Ansprache eine Puppe als Geschenk, eine Puppe, die, nebenbei erwähnt, Miss Swindle gehört hatte und ihr weggenommen worden war, als man sie ertappte, wie sie heimlich während des Unterrichts damit spielte.

Wie lachten Vater und Tochter, als sie nach der Abendgesellschaft zusammen nach Hause wanderten (es war bei Gelegenheit der Jahresschlußfeier, zu der alle Lehrer eingeladen wurden), und wie wütend wäre Miss Pinkerton geworden, hätte sie die Karikatur gesehen, die Rebekka, die kleine Schauspielerin, von ihr aus der Puppe machte! Sie pflegte mit der Puppe Gespräche zu führen, die die Newman Street, die Gerrard Street und das ganze Künstlerviertel begeisterten. Wenn die jungen Maler kamen, um mit ihrem faulen, liederlichen, gewandten, lustigen älteren Kollegen Grog zu trinken, so fragten sie Rebekka regelmäßig, ob Miss Pinkerton zu Hause sei; sie kannten die arme Seele so gut wie Mr. Lawrence oder Präsident West. Einst hatte sie die Ehre, einige Tage in Chiswick zu verbringen; sie kam mit der Idee zurück, eine andere Puppe zur Miss Jemmy zu ernennen; denn obgleich das ehrliche Geschöpf Jemima sie mit Gelee und Kuchen für drei Kinder vollgestopft und ihr beim Abschied sogar noch ein Siebenshillingstück geschenkt hatte, so war doch der Sinn fürs Lächerliche bei dem Mädchen weitaus stärker als die Dankbarkeit, und Miss Jemmy wurde ebenso unbarmherzig geopfert wie ihre Schwester.

Die Katastrophe kam, als Rebekka in ihre neue Heimat, die Mall, gebracht wurde. Die strenge Förmlichkeit des Hauses erstickte sie: die Gebete und die Mahlzeiten, die Unterrichtsstunden und die Spaziergänge, alles in klösterlicher Regelmäßigkeit, lasteten beinahe unerträglich auf ihr, und sie vermißte die freie Bettelarmut des alten Ateliers in Soho so sehr, daß jeder, auch sie selbst, glaubte, der Kummer um den Vater verzehre sie.

Sie hatte ein kleines Zimmerchen unter dem Dach, wo die Dienstmädchen sie nachts schluchzend auf und ab gehen hörten; allein das geschah vor Wut und nicht vor Kummer. Bisher hatte Heuchelei ihr ferngelegen; nun, in ihrer Einsamkeit, lernte sie, sich zu verstellen. Nie war sie in weiblicher Gesellschaft gewesen; ihr Vater war trotz aller seiner Laster ein begabter Mann; sie zog seine Unterhaltung tausendmal dem Geschwätz ihrer Geschlechtsgenossinnen vor, mit denen sie jetzt zusammenkam. Die eitle Wichtigtuerei der alten Schulvorsteherin, die törichte Gutmütigkeit ihrer Schwester, das dumme Geschwätz und die Klatschsucht der größeren Schülerinnen und die kalte Korrektheit der Erzieherinnen ermüdeten sie; und das unglückselige Geschöpf besaß kein sanftes, mütterliches Herz, um sich von dem Geplappere und Geplaudere der kleineren Mädchen, die sie hauptsächlich zu betreuen hatte, besänftigen und einnehmen zu lassen. Zwei Jahre lebte sie unter ihnen, und keine trauerte ihr nach, als sie ging. Die sanfte, gütige Amelia Sedley war die einzige, der sie sich einigermaßen angeschlossen hätte; und wer fühlte sich nicht zu Amelia hingezogen?

Das Glück – die überlegene Stellung der jungen Damen um sie her erfüllten Rebekka mit unaussprechlichem Neid. „Wie vornehm sich doch dieses Mädchen aufspielt, bloß weil sie die Enkelin eines Grafen ist", sagte sie von der einen. „Wie sie doch vor der Kreolin und ihren hunderttausend Pfund kriechen! Ich bin tausendmal gescheiter und hübscher als dieses Geschöpf mit all seinem Reichtum. Ich bin ebenso gut erzogen wie die Grafenenkelin, trotz ihres vornehmen Stammbaumes; und doch beachtet mich hier niemand. Aber gaben nicht, als ich noch bei meinem Vater lebte, die Männer ihre lustigsten Bälle und Gesellschaften auf, um den Abend mit mir zu verbringen?" Sie beschloß, sich auf jeden Fall aus dem Gefängnis zu befreien, in dem sie sich befand, und begann nun, selbständig zu handeln und zum erstenmal in ihrem Leben zusammenhängende Zukunftspläne zu schmieden.

Sie nutzte daher die Bildungsmöglichkeiten, welche das Haus ihr bot; und da sie gute Begabung für Musik und Sprachen zeigte, so hatte sie in kurzer Zeit das kleine Wissensgebiet durchstreift, dessen Kenntnis man bei einer Dame jener Tage für nötig hielt. Sie übte sich sehr fleißig in der Musik, und eines Tages, als die Mädchen ausgegangen waren und sie zu Hause geblieben war, hörte die Minerva sie ein Stück so gut spielen, daß sie weise überlegte, sie könne sich die Kosten eines Musiklehrers für die kleineren Mädchen sparen, und sie gab Miss Sharp zu verstehen, daß sie künftig Musikunterricht zu erteilen habe.

Zum ersten Male und zum größten Erstaunen der majestätischen Vorsteherin weigerte sich das Mädchen. „Ich bin hier, um mit den Kindern französisch zu sprechen", sagte Rebekka kurz, „und nicht um Musikunterricht zu geben, damit Sie Geld sparen. Bezahlen Sie es mir, dann werde ich sie unterrichten."

Die Minerva mußte klein beigeben und fand sie natürlich von dem Tage an unausstehlich. „Fünfunddreißig Jahre lang", sagte sie mit einiger Berechtigung, „habe ich keinen Menschen erlebt, der gewagt hätte, in meinem Hause meine Autorität in Frage zu stellen. Ich habe eine Schlange an meinem Busen genährt."

„Eine Schlange - Quatsch", antwortete Miss Sharp der alten Dame, die vor Erstaunen fast in Ohnmacht fiel. „Sie haben mich aufgenommen, weil ich Ihnen nützlich war. Zwischen uns kann von Dankbarkeit keine Rede sein. Ich hasse diesen Ort und möchte gern weg von hier. Ich tue nur das, wozu ich verpflichtet bin, nicht mehr."

Vergebens fragte die alte Dame, ob sie denn auch wisse, daß sie mit Miss Pinkerton spreche. Rebekka lachte ihr nur ins Gesicht, ein so schreckliches, sarkastisches, teuflisches Lachen, daß die Schulvorsteherin beinahe in Krämpfe fiel. „Geben Sie mir Geld", sagte das Mädchen, „und Sie werden mich los – oder besorgen Sie mir, wenn Ihnen das lieber ist, eine Stelle als Erzieherin in einer adligen Familie -Sie können es, wenn Sie wollen." Und in ihren späteren Auseinandersetzungen kam sie immer wieder auf diesen Punkt zurück. „Verschaffen Sie mir eine Stelle – wir können einander nicht ausstehen, und ich bin bereit zu gehen."

Die würdige Miss Pinkerton besaß zwar eine römische Nase und einen Turban und war, von Gestalt ein Grenadier, bis zu diesem Tage eine alles bezwingende Fürstin gewesen, mit dem Willen und der Stärke ihres kleinen Lehrlings konnte sie es jedoch nicht aufnehmen. Sie kämpfte und bemühte sich vergeblich, das Mädchen einzuschüchtern. Bei dem Versuch, sie einmal öffentlich zu schelten, kam Rebekka auf die bereits erwähnte Idee, ihr auf französisch zu antworten, was die alte Frau ganz und gar aus der Fassung brachte. Um ihre Autorität in der Schule zu wahren, erwies es sich als notwendig, diese Rebellin, dieses Ungeheuer, diese Schlange, diesen Feuerbrand zu entfernen; und da sie gerade hörte, daß Sir Pitt Crawleys Familie eine Gouvernante brauchte, empfahl sie – trotz Feuerbrand und Schlange – Miss Sharp für die Stelle.

„Ich kann", sagte sie, „Miss Sharps Betragen bestimmt nicht tadeln, wenn ich ihr Benehmen gegen mich selbst ausnehme; und ich muß zugeben, daß ihre Talente und Kenntnisse hervorragend sind. Zumindest was den Kopf betrifft, macht sie dem Erziehungssystem in meiner Schule alle Ehre."

Auf diese Weise brachte die Vorsteherin die Empfehlung mit ihrem Gewissen in Einklang; der Kontrakt wurde gelöst, und der Lehrling war frei. Der Kampf, hier in wenigen Zeilen beschrieben, dauerte natürlich einige Monate. Und da Miss Sedley, die nun siebzehn Jahre alt war und die Schule verlassen sollte, mit Miss Sharp befreundet war („Dies ist der einzige Punkt in Amelias Betragen", meinte Minerva, „der ihrer Lehrerin mißfallen hat"), so wurde Miss Sharp von ihrer Freundin eingeladen, eine Woche bei ihr zu Hause zu verbringen, ehe sie ihre Stelle als Erzieherin in einem Privathaushalt antrat.

So begann das Leben für die beiden jungen Damen. Für Amelia war es ganz neu, frisch und glänzend, in all seiner Schönheit. Nicht ganz so neu war es für Rebekka – denn in der Tat, um die Wahrheit über die Crisp-Affäre zu sagen, hatte die Kuchenfrau jemandem, der es wieder unter Eid weitererzählte, angedeutet, daß zwischen Mr. Crisp und Miss Sharp eine ganze Menge mehr vorgekommen sei, als an die Öffentlichkeit gedrungen war, und daß sein Brief nur eine Antwort auf einen andern gewesen sei. Wer vermag aber zu sagen, wie die Sache sich wirklich verhielt? Wenn das Leben für Rebekka nun auch nicht direkt begann, so begann sie es doch wieder einmal von vorn.

Als die jungen Damen den Schlagbaum auf der Kensingtoner Chaussee erreichten, hatte Amelia ihre Gefährtinnen zwar nicht vergessen, aber doch ihre Tränen getrocknet, und sie errötete heftig und war entzückt, als ein junger Offizier der Leibgarde sie im Vorbeireiten erspähte und sagte: „Bei Gott, ein verdammt schönes Mädchen!“ Und ehe noch der Wagen am Russell Square anlangte, hatten sie viel über die Vorstellung bei Hofe geplaudert, und ob junge Damen sich bei solchem Anlaß wohl puderten und Reifröcke trügen, und ob Amelia dieser Ehre wohl teilhaftig werden würde; daß sie auf jeden Fall den Ball beim Lord Mayor erleben sollte, wußte sie. Als man nun endlich zu Hause angekommen war, hüpfte Miss Amelia Sedley an Sambos Arm heraus, ein so glückliches und hübsches Mädchen wie kaum ein anderes in dem ganzen großen London. In diesem Punkte war Sambo ganz der Ansicht des Kutschers, ihr Vater war darüber einig mit der Mutter, und so dachten alle Dienstboten des Hauses, die lächelnd in der Vorhalle standen und ihre junge Herrin mit Verbeugungen und Knicksen begrüßten.

Man kann versichert sein, daß Amelia Rebekka jedes Zimmer im Hause zeigte und alle ihre Schubfächer, Bücher, das Klavier, ihre Kleider, Halsketten, Broschen, Spitzen und allerlei andere Kleinigkeiten. Rebekka mußte unbedingt den weißen Karneolschmuck und die Türkisohrringe sowie ein wunderhübsches geblümtes Musselinkleid annehmen, das sie ausgewachsen hatte, das ihrer Freundin aber wie angegossen passen mußte; und sie beschloß im Innern, die Mutter um Erlaubnis zu bitten, der Freundin ihren weißen Kaschmirschal schenken zu dürfen. Konnte sie ihn denn nicht entbehren, zumal ihr Bruder Joseph ihr soeben zwei aus Indien mitgebracht hatte?

Als Rebekka die zwei prächtigen Kaschmirschals sah, die Joseph Sedley seiner Schwester mitgebracht hatte, sagte sie ganz aufrichtig, „daß es herrlich sein müsse, einen Bruder zu haben“, und weckte damit sehr leicht das Mitleid der gütigen Amelia für die arme Waise, die ohne Angehörige, freundlos und allein in der Welt stand.

„Du bist nicht allein“, sagte Amelia, „du weißt, Rebekka, ich werde stets deine Freundin sein und dich wie eine Schwester lieben – ganz bestimmt.“

„Ach, hätte ich doch Eltern, wie du – gute, reiche, liebevolle Eltern, die einem jeden Wunsch erfüllen und einen mit ihrer Liebe umgeben, dem Kostbarsten, was es gibt. Mein armer Papa konnte mir nichts schenken, und ich besaß auf der ganzen Welt nur zwei

Kittel! Und dann noch einen Bruder zu haben, einen lieben Bruder! Oh, wie mußt du ihn liebhaben!“

Amelia lachte.

„Wie? Hast du ihn etwa nicht lieb? Wo du doch immer sagst, du liebst alle Menschen?“

„Ja, natürlich, ich habe ihn lieb, nur...“

„Nur was?“

„Nur scheint Joseph sich nicht viel darum zu kümmern, ob ich ihn liebhabe oder nicht. Als er nach zehnjähriger Abwesenheit kam, reichte er mir zwei Finger! Er ist freundlich und gut, aber er spricht selten mit mir; ich glaube, er liebt seine Pfeife viel mehr als seine...“ Aber hier stockte Amelia, denn warum sollte sie schlecht von ihrem Bruder sprechen? „Er war sehr freundlich zu mir, als ich klein war“, setzte sie hinzu; „ich war erst fünf Jahre alt, als er wegging.“

„Ist er nicht sehr reich?“ fragte Rebekka. „Alle indischen Nabobs sollen doch ungeheuer reich sein.“

„Ich glaube, er hat ein sehr großes Einkommen.“

„Und ist deine Schwägerin eine nette, hübsche Frau?“

„Hach, Joseph ist doch gar nicht verheiratet“, rief Amelia und lachte abermals.

Möglicherweise hatte sie es Rebekka schon einmal erzählt, aber die junge Dame schien es wieder vergessen zu haben; sie beteuerte eifrig, sie habe erwartet, eine Anzahl Neffen und Nichten von Amelia zu sehen. Sie sei ganz enttäuscht, Mr. Sedley unverheiratet zu finden; sie sei überzeugt, Amelia habe ihr erzählt, er sei verheiratet, und sie sei so vernarrt in kleine Kinder.

„Ich dachte, du hättest in Chiswick genug davon gehabt“, sagte Amelia, etwas verwundert über das plötzliche Interesse ihrer Freundin. In späteren Tagen hätte Miss Sharp sich niemals darauf eingelassen, Meinungen zu äußern, deren Unwahrheit so leicht aufzudecken war, allein wir dürfen nicht vergessen, daß das arme unschuldige Geschöpf erst neunzehn Jahre alt, daß sie in der Kunst, sich zu verstellen, noch wenig bewandert war, erst Erfahrungen sammeln mußte. Die obigen Fragen in der Sprache des Innern dieses scharfsinnigen jungen Mädchens übersetzt:, bedeuteten einfach folgendes: Wenn Mr. Joseph Sedley reich und unverheiratet ist, warum sollte ich ihn dann nicht heiraten? Ich habe zwar nur vierzehn Tage vor mir, aber es kann ja nichts schaden, wenn ich es versuche.

Sie beschloß im Innern, diesen lobenswerten Versuch zu unternehmen. Sie verdoppelte ihre Zärtlichkeit gegenüber Amelia; sie küßte das Halsband mit dem weißen Karneol, als sie es anlegte, und beteuerte, sie werde sich nie, nie davon trennen. Als die Tischglocke erklang, ging sie, wie junge Mädchen zu gehen pflegen, den Arm um die

Taille ihrer Freundin geschlungen, die Treppe hinab. Als sie an der Tür des Gesellschaftszimmers anlangten, war sie so aufgeregt, daß sie kaum Mut fassen konnte einzutreten. „Fühl mal, wie mein Herz klopft:, meine Liebe“, sagte sie zu ihrer Freundin.

„Ach wo“, meinte Amelia, „komm mit herein und fürchte dich nicht. Papa wird dir nichts tun.“

3. Kapitel

Rebekka vor dem Feind

Ein sehr gedrungener, kurzatmiger Mann in wildledernen Hosen und Reitstiefeln, mit mehreren, ungeheuren Halstüchern, die ihm beinahe bis an die Nase reichten, in einer rotgestreiften Weste und einem apfelgrünen Rock mit fast talergroßen Stahlknöpfen (das war das Morgenkostüm eines Stutzers jener Tage) las am Kaminfeuer Zeitung, als die beiden Mädchen hereintraten; er sprang von seinem Lehnsessel auf, errötete heftig und verbarg bei ihrem Erscheinen das Gesicht fast völlig in seinen Halstüchern.

„Es ist nur deine Schwester, Joseph“, sagte Amelia lachend und schüttelte die ihr entgegengestreckten beiden Finger. „Du weißt, ich bin jetzt für immer nach Hause gekommen; und dies ist meine Freundin, Miss Sharp, von der ich dir bereits erzählt habe.“

„Nein, niemals, auf mein Wort“, sagte der Kopf hinter dem Halstuch unter heftigem Schütteln,“das heißt, ja; welch abscheulich kaltes Wetter, Miss“; und damit fing er an, aus Leibeskräften das Feuer zu schüren, obwohl es Mitte Juni war.

„Er sieht sehr gut aus“, flüsterte Rebekka Amelia vernehmlich zu.

„Meinst du?“ sagte die letztere, „ich werde es ihm sagen.“

„Nicht um alles in der Welt, Teuerste“, sagte Miss Sharp und wich so schüchtern wie ein Reh zurück. Sie hatte vorher vor dem Herrn einen ehrerbietigen, jungfräulichen Knicks gemacht, und ihre sittsamen Augen schauten so beharrlich auf den Teppich, daß es ein Wunder war, wie sie Gelegenheit gefunden hatte, ihn zu sehen.

„Ich danke dir für die schönen Schals, Bruder“, sagte Amelia zu dem Feuerschürer. „Sind sie nicht schön, Rebekka?“

„Oh, himmlisch!“ bestätigte Miss Sharp, und ihre Augen wanderten vom Teppich geradewegs zum Kronleuchter.

Joseph machte immer noch mit dem Schüreisen und der Feuerzange ein ungeheures Getöse; dabei keuchte und schnaufte er und lief so rot an, wie sein gelbes Gesicht nur erlaubte.

„Ich kann dir keine so schönen Geschenke machen, Joseph“, fuhr seine Schwester fort, „aber ich habe dir in der Schule ein Paar sehr schöne Hosenträger gestickt.“

„Guter Gott! Amelia“, rief der Bruder, ernstlich beunruhigt, „was meinst du nur?“ Und er riß mit aller Macht an der Klingelschnur, bis er sie in der Hand hielt, was den braven Burschen noch mehr verwirrte. „Um Himmels willen, sieh nach, ob mein Buggy vor der Tür steht. Ich kann nicht warten, ich muß fort. Dieser verd... Stallknecht! Ich muß fort.“

In diesem Augenblick trat der Vater der Familie herein, wie ein echter britischer Kaufmann mit den Petschaften klimpernd. „Was gibt es, Emmy?“ fragte er.

„Joseph sagt, ich soll nachsehen, ob sein – sein Buggy vor der Tür steht. Was ist ein Buggy, Papa?“

„Das ist eine einspännige Sänfte“, sagte der alte Herr, der in seiner Art ein Schalk war.

Bei diesen Worten brach Joseph in ein wildes Gelächter aus, von dem er jedoch, wie von einem Schuß getroffen, jäh abließ, als er dem Blick von Miss Sharp begegnete.

„Diese junge Dame ist deine Freundin? Miss Sharp, es freut mich, Sie zu sehen. Haben Sie und Emmy mit Joseph bereits Streit gehabt, daß er durchaus fortwill?“

„Ich versprach meinem Kameraden Bonamy, mit ihm zu speisen“, erklärte Joseph.

„Ei, ei! Sagtest du nicht deiner Mutter, du wolltest zu Hause speisen?“

„Aber so wie ich angezogen bin, ist es unmöglich.“

„Sehen Sie ihn doch an, Miss Sharp; ist er nicht schön genug, um überall zu speisen?“

Hierauf blickte Miss Sharp natürlich ihre Freundin an, und beide brachen in ein Gelächter aus, das dem alten Herrn sehr angenehm war.

„Haben Sie je bei Miss Pinkerton solch ein Paar wildlederne Hosen gesehen?“ fuhr er fort, seinen Vorteil ausnutzend.

„Um Himmels willen! Vater!“ rief Joseph.

„Da haben wir's! Nun habe ich seine Gefühle verletzt. Mrs. Sedley, meine Liebe, ich habe die Gefühle deines Sohnes verletzt. Ich habe auf seine ledernen Hosen angespielt. Frag doch Miss Sharp, ob es stimmt! Komm, Joseph, versöhn dich mit Miss Sharp, und laßt uns essen gehen.“

„Es gibt einen Pilaw, Joseph, ganz so, wie du ihn liebst, und Papa hat den besten Steinbutt von Billingsgate mitgebracht.“

„Komm, komm, mein Junge, geh mit Miss Sharp hinunter, und ich werde mit diesen zwei jungen Damen folgen“, sagte der Vater, reichte Frau und Tochter den Arm und ging munter davon.

Wenn Miss Rebekka Sharp im Innern beschlossen hatte, diesen dicken Beau zu erobern, so glaube ich nicht, meine Damen, daß wir ein Recht haben, sie zu tadeln; denn obgleich die jungen Mädchen das Geschäft der Jagd nach dem Ehemann im allgemeinen mit geziemender Sittsamkeit ihren Mamas überlassen, so müssen wir uns doch erinnern, daß Miss Sharp keine liebevolle Mutter besaß, die diese heikle Angelegenheit für sie in Ordnung bringen könnte, und daß, wenn sie sich nicht selbst einen Mann verschaffte, niemand in der weiten Welt ihr diese Mühe abnehmen würde. Weshalb lassen sich junge Mädchen sonst in der Gesellschaft einführen, wenn nicht aus dem edlen Streben, einen Mann zu finden? Was führt sie zu Hunderten in die Bäder? Was bewegt sie, eine entsetzlich lange Saison hindurch bis fünf Uhr morgens zu tanzen? Was treibt sie, sich mit Klaviersonaten abzumühen, bei dem gerade modernen Gesangmeister für eine Guinee pro Stunde vier Lieder zu lernen, Harfe zu spielen, falls sie wohlgeformte Arme und hübsche Ellbogen haben, grüne Jägerhütchen mit Federn zu tragen, wenn nicht der Wunsch, mit diesen tödlichen Waffen einen „begehrenswerten" jungen Mann zur Strecke zu bringen? Was veranlaßt respektable Eltern, ihre Teppiche zusammenzurollen, im Hause das Unterste zuoberst zu kehren und ein Fünftel ihres Jahreseinkommens für Bälle und eisgekühlten Champagner auszugeben? Ist es bloß die Liebe zu ihresgleichen oder der echte Wunsch, junge Leute beim Tanzen glücklich zu sehen? Pah! Sie wollen ihre Töchter verheiraten; und wie die ehrliche Mrs. Sedley in der Tiefe ihres wohlwollenden Herzens bereits ein Dutzend kleiner Pläne zur Verheiratung ihrer Amelia ausgedacht hatte, so hatte auch unsere geliebte, aber schutzlose Rebekka beschlossen, ihr möglichstes zu tun, sich einen Mann zu sichern, den sie sogar noch notwendiger brauchte als ihre Freundin. Sie besaß eine lebhafte Phantasie; außerdem hatte sie „Tausendundeine Nacht" sowie „Guthrie's Geographie" gelesen, und tatsächlich hatte sie sich beim Ankleiden zum Essen, nachdem sie Amelia gefragt hatte, ob ihr Bruder sehr reich sei, ein prachtvolles Luftschloß gebaut, dessen Herrin sie war, mit einem Ehemann irgendwo im Hintergrund (sie hatte ihn noch nicht gesehen, und seine Gestalt war daher noch etwas verschwommen); sie war geputzt mit einer unendlichen Menge von Schals, Turbanen und Diamanthalsbändern, unter den Klängen des Marsches aus „Blaubart" auf einen Elefanten gestiegen, um dem Großmogul einen Höflichkeitsbesuch abzustatten. Bezaubernde Märchenträume! Es ist das glückliche Vorrecht der Jugend, euch zu ersinnen, und manches phantasiereiche junge Geschöpf hat schon wie Rebekka Sharp solchen Tagträumen nachgehangen.

Joseph Sedley war zwölf Jahre älter als seine Schwester Amelia. Er stand im Zivildienst der Ostindischen Kompanie, und sein Name war zu der Zeit, von der wir schreiben, in der bengalischen Abteilung des „Ostindischen Registers" als Steuereinnehmer von Boggley Wollah aufgeführt – ein ehrenvoller und einträglicher Posten, wie man allgemein weiß. Will der Leser erfahren, zu welchen höheren Stellungen Joseph im Dienste aufstieg, so verweisen wir ihn auf die bereits erwähnte Zeitschrift.

Boggley Wollah liegt in einem schönen, einsamen, sumpfigen Dschungelgebiet, berühmt wegen seiner Schnepfenjagden, wo man nicht selten auch einen Tiger antreffen kann. Ramgunge, wo sich eine Behörde befindet, ist nur vierzig Meilen entfernt, und etwa dreißig Meilen weiter liegt ein Kavallerieposten; das alles berichtete Joseph seinen Eltern nach Hause, als er seine Steuereinnehmerstelle antrat. Er hatte ungefähr acht Jahre seines Lebens ganz allein an diesem bezaubernden Ort zugebracht, wobei er kaum häufiger als zweimal jährlich, wenn nämlich ein Truppenkommando eintraf, um die von ihm erhobenen Steuern nach Kalkutta zu bringen, je einen Christenmenschen zu Gesicht bekam.

Glücklicherweise zog er sich um diese Zeit ein Leberleiden zu, und um das zu heilen, kehrte er nach Europa zurück. Diese Krankheit wurde ihm zu einer Quelle von Freude und Unterhaltung in der Heimat. Er lebte in London nicht bei seiner Familie, sondern hatte als lebenslustiger Junggeselle eine eigene Wohnung. Ehe er nach Indien ging, war er zu jung gewesen, um an den herrlichen Vergnügungen der Lebemänner teilzuhaben; nun, bei seiner Rückkehr, stürzte er sich um so eifriger hinein. Er lenkte seine Pferde durch den Park, speiste in vornehmen Restaurants (der Orientklub bestand noch nicht), besuchte häufig die Theater, wie es in jenen Tagen Mode war, oder zeigte sich in der Oper, mühsam in enge Beinkleider gezwängt und mit Dreispitz.

Bei seiner Rückkehr nach Indien, wie auch später, pflegte er stets mit großer Begeisterung von den Freuden dieses Lebensabschnittes zu sprechen und gab zu verstehen, daß er und Brummel die tonangebenden Salonlöwen jener Zeit gewesen seien. Aber er war hier ebenso einsam wie in seinem Dschungel in Boggley Wollah. Er kannte kaum eine Seele in der Hauptstadt; und hätte er nicht seinen Doktor gehabt und seine Quecksilberpillen und das Leberleiden, so wäre er vor Langweile gestorben. Er war ein träger, mürrischer Bonvivant; der Anblick einer Dame erschreckte ihn außerordentlich, und so geschah es, daß er sich nur selten im väterlichen Kreise am Russell Square blicken ließ, wo es überaus lustig zuging und wo die Späße seines gutmütigen alten Vaters seine Eigenliebe verletzten.

Sein Leibesumfang verursachte Joseph viele besorgte Gedanken und Unruhe. Dann und wann machte er auch einen verzweifelten Versuch, sich seines überflüssigen Fettes zu entledigen; aber seine Trägheit sowie seine Vorliebe fürs Wohlleben wurden dieser Reformbestrebungen bald wieder Herr, und er kehrte wieder zu seinen drei Mahlzeiten täglich zurück.

Er war niemals gut gekleidet, obwohl er sich ungeheure Mühe gab, seine dicke Person zu putzen, und Stunden mit dieser Beschäftigung verbrachte. Sein Diener verschaffte sich ein Vermögen mit seiner alten Garderobe; auf seinem Toilettentisch standen ebenso viele Pomaden und Essenzen wie bei einer welkenden Schönheit; um eine Taille zu bekommen, hatte er alle damals erfundenen Leibgurte, alle Korsette und Leibbinden ausprobiert. Wie die meisten dicken Menschen ließ er sich die Kleider sehr eng machen und wählte stets die glänzendsten Farben und den jugendlichsten Schnitt. Hatte er nachmittags endlich seine Toilette beendet, so fuhr er mit niemand in den Park und kam dann zurück, um sich abermals anzukleiden und mit niemand im Piazza-Kaffeehaus zu speisen. Er war eitel wie ein Mädchen, und vielleicht war seine außerordentliche Schüchternheit eine Folge seiner außerordentlichen Eitelkeit. Gelingt es Miss Rebekka bei ihrem Eintritt ins Leben, ihn zu besiegen, so ist sie ein Mädchen von ungewöhnlicher Gewitztheit.

Ihr erster Schachzug bewies beträchtliche Gewandtheit. Als sie Sedley einen gutaussehenden Mann nannte, wußte sie, daß Amelia es ihrer Mutter erzählen würde, die es wahrscheinlich Joseph wiedersagen oder sich doch jedenfalls über das Kompliment für ihren Sohn freuen würde. Allen Müttern tut das wohl. Hätte man der Sycorax gesagt, ihr Sohn Caliban sei schön wie Apollo, so hätte es die Hexe gefreut. Vielleicht hörte Joseph Sedley das Kompliment auch selbst – Rebekka sprach ja laut genug –, und tatsächlich hatte er es auch gehört. Da er sich insgeheim für einen schönen Mann hielt, durchzuckte das Lob jede Fiber seines dicken Körpers und ließ ihn vor Wonne erbeben. Dann kam aber ein Rückschlag. Macht das Mädchen sich über mich lustig? dachte er, und darauf stürzte er, wie wir gesehen haben, geradewegs zur Klingel und wollte fort, bis die Scherze seines Vaters und die Bitten seiner Mutter ihn einhalten ließen und zum Bleiben bewogen.

Zweifelnd und erregt führte er die junge Dame zum Essen. Hält sie mich wirklich für schön, dachte er, oder nimmt sie mich nur auf den Arm? Wir haben davon gesprochen, Joseph Sedley sei eitel wie ein Mädchen. Der Himmel beschütze uns! Die Mädchen brauchen nur den Spieß umzudrehen und von ihresgleichen zu behaupten: „Sie ist so eitel wie ein Mann“, und sie haben vollkommen recht. Das bärtige Geschlecht ist ebenso erpicht auf Lob, ebenso wählerisch in bezug auf die Kleidung, ebenso stolz auf persönliche Vorzüge, sich ebenso seiner Unwiderstehlichkeit bewußt wie je eine Kokette auf der Welt.

So gingen sie also die Treppe hinab, Joseph über und über rot, Rebekka sehr sittsam, die grünen Äugen zu Boden geschlagen. Sie war weiß gekleidet, die bloßen Schultern weiß wie Schnee – ein Bild von Jugend, schutzloser Unschuld und bescheidener, jungfräulicher Naivität.

Ich muß sehr sanft sein, dachte Rebekka, und recht viel Interesse für Indien an den Tag legen.

Nun haben wir gehört, daß Mrs. Sedley einen schönen Curry zubereitet hatte, gerade wie ihr Sohn ihn mochte, und im Laufe des Essens wurde Rebekka eine Portion davon angeboten. „Was ist das?“ wollte sie wissen und richtete einen fragenden Blick auf Mr. Joseph.

„Köstlich“, erwiderte er, mit vollem Munde kauend. Sein Gesicht war rot von der heiligen Handlung des Hinunterschlingens. „Mutter, er ist so gut wie meine eigenen Currys in Indien.“

„Ach, wenn es ein indisches Gericht ist“, sagte Miss Rebekka, „muß ich es versuchen. Ich bin sicher, alles, was von dort kommt, muß gut sein.“

„Gib doch Miss Sharp etwas Curry, meine Liebe“, sagte Mr. Sedley lachend.

Rebekka hatte das Gericht noch nie zuvor gekostet.

„Finden Sie ihn auch so gut wie alles andere, was aus Indien kommt?“ fragte Mr. Sedley.

„Oh, vortrefflich!“ antwortete Rebekka, der der Cayennepfeffer Höllenqualen bereitete.

„Essen Sie ein Chili dazu, Miss Sharp“, sagte Joseph, voll ehrlicher Anteilnahme.

„Ein Chili“, keuchte Rebekka, nach Luft schnappend. „Ja, ja!“ Sie glaubte, ein Chili sei, dem Namen nach zu urteilen, etwas Kühlendes, und ließ sich daher eins geben.

„Wie frisch und grün sie aussehen“, meinte sie und steckte eins in den Mund. Es brannte aber noch mehr als der Curry; Fleisch und Blut konnten es nicht länger ertragen. Sie legte die Gabel weg. „Wasser, um Himmels willen, Wasser!“ rief sie. Mr. Sedley brach in ein lautes Gelächter aus (er war ein ungehobelter Mann und an der Börse tätig, wo man handgreifliche Scherze liebte). „Sie sind echt indisch, das kann ich Ihnen versichern“, sagte er. „Sambo, gib Miss Sharp Wasser.“

Das väterliche Lachen rief bei Joseph ein Echo hervor, der den Spaß äußerst gelungen fand. Die Damen lächelten nur wenig. Sie dachten, die arme Rebekka habe zuviel auszustehen. Diese hätte zwar den alten Sedley gern erwürgt, aber sie schluckte ihren Ärger hinunter, wie vorher den abscheulichen Curry, und sagte, sobald sie sprechen konnte, aufgeräumt, mit drolliger Miene: „Ich hätte an den Pfeffer denken sollen, den die persische Prinzessin aus ›Tausendundeiner Nacht‹ in die Sahnetörtchen streut. Streut man in Indien Cayennepfeffer in die Sahnetörtchen, mein Herr?“

Der alte Sedley begann zu lachen und dachte, Rebekka sei doch ein munteres Ding. Joseph aber sagte bloß: „Sahnetörtchen, Miss? Unsere Sahne in Bengalen ist herzlich schlecht. Gewöhnlich brauchen wir Ziegenmilch; und, weiß Gott, der gebe ich jetzt den Vorzug.“

„Nun werden Sie wohl nicht mehr alles, was aus Indien kommt, lieben, Miss Sharp?“ fragte der alte Herr; als sich aber die Damen nach dem Essen zurückgezogen hatten, bemerkte der schlaue alte Bursche zu seinem Sohn: „Nimm dich in acht, Joe; das Mädchen hat es auf dich abgesehen.“

„Pah, Unsinn!“ sagte Joe, höchlich geschmeichelt. „Ich erinnere mich, da wir ein Mädchen in Dumdum, eine Tochter Cutlers von der Artillerie, die später Lance, den Stabsarzt, heiratete. Sie hat mir im Jahre 1804 nachgestellt, mir und Mulligatawney, von dem ich vor dem Essen erzählt habe, ein verteufelt tüchtiger Kerl, dieser Mulligatawney, er ist jetzt Beamter in Budgebudge und wird in fünf Jahren sicherlich im Gouvernementsrat sein. Kurz und gut, die Artillerie gab einen Ball, und Quintin vom Königlichen Vierzehnten Regiment sagte zu mir: ›Sedley‹, sagte er, ›ich wette dreizehn gegen zehn, daß Sophie Cutler entweder Sie oder Mulligatawney noch vor der Regenzeit geangelt hat.‹ – ›Es gilt‹, sage ich; und meiner Treu – dieser Rotwein ist sehr gut. Von Adamson oder Carbonell?“

Ein leises Schnarchen war die einzige Antwort: der ehrliche Börsenmakler war eingeschlafen, und so konnte Joseph den Rest seiner Geschichte für heute nicht mehr an den Mann bringen. Aber er ist in der Gesellschaft von Männern stets sehr mitteilsam und hat diese köstliche Geschichte viele Dutzend Male seinem Arzt, Doktor Gollop, erzählt, wenn dieser kam, um sich nach der Leber und den Quecksilberpillen zu erkundigen.

Da Joseph Sedley sehr krank war, begnügte er sich mit einer Flasche Rotwein, abgesehen von seinem Madeira beim Mittagessen. Außerdem führte er sich einige Teller voll Erdbeeren mit Sahne sowie vierundzwanzig Biskuitküchlein, die unbeachtet neben ihm auf einem Teller lagen, zu Gemüte, und in Gedanken (Romanschreiber haben das Vorrecht, alles zu wissen) beschäftigte er sich viel mit dem Mädchen droben. Ein nettes, lustiges, heiteres, junges Geschöpf, dachte er bei sich. Wie sie mich anblickte, als ich bei Tisch ihr Taschentuch aufhob! Sie ließ es zweimal fallen. Wer singt wohl im Salon? Soll ich hinaufgehen und nachsehen?

Aber seine Schüchternheit überfiel ihn mit unbezwingbarer Gewalt. Sein Vater schlief, sein Hut lag in der Vorhalle, und ganz in der Nähe, auf der Southampton Row, war ein Droschkenstand. „Ich werde in die ›Vierzig Räuber‹ gehen“, sagte er, „Miss Decamp tanzt“; und mit diesen Worten schlich er sich auf Zehenspitzen davon und verschwand, ohne seinen würdigen Vater zu wecken.

„Da geht Joseph“, sagte Amelia, die aus dem offenen Salonfenster sah, während Rebekka Klavier spielte und sang.

„Miss Sharp hat ihn verscheucht“, bemerkte Mrs. Sedley. „Armer Joe, warum ist er aber auch so schüchtern?“

4. Kapitel

Die grünseidene Börse

Die Panik des armen Joe dauerte zwei bis drei Tage; während dieser Zeit ließ er sich nicht zu Hause blicken; aber auch Miss Rebekka erwähnte seinen Namen nicht. Sie war voll ehrerbietiger Dankbarkeit Mrs. Sedley gegenüber, war über alle Maßen entzückt von den Basaren und fiel von einer Bewunderung in die andere im Theater, wohin die gutmütige Dame sie mitgenommen hatte. Eines Tages hatte Amelia Kopfschmerzen und konnte nicht an einer Landpartie teilnehmen, zu der die beiden jungen Mädchen eingeladen waren. Nichts konnte ihre Freundin bewegen, allein zu gehen. „Wie? Ich sollte dich allein lassen, wo du es doch warst, die der armen Waise zum erstenmal im Leben zeigte, was Glück und Liebe ist? Nimmermehr!" Die grünen Augen blickten zum Himmel auf und füllten sich mit Tränen; und Mrs. Sedley mußte zugeben, daß die Freundin ihrer Tochter ein bezaubernd gutes Herz besaß.

Was Mr. Sedleys Späße betrifft, so lachte Rebekka darüber mit einer Herzlichkeit und einer Ausdauer, die den gutmütigen Herrn nicht wenig ergötzte und erweichte. Aber nicht allein die Herrschaft gewann Miss Sharp für sich. Sie erweckte auch die Sympathien von Mrs. Blenkinsop, als sie das lebhafteste Interesse für das Einmachen von Himbeermarmelade, was im Zimmer der Haushälterin vor sich ging, an den Tag legte; sie blieb dabei, Sambo „Sir" oder „Mr. Sambo" zu nennen, zum großen Entzücken des Dieners; auch entschuldigte sie sich bei dem Zimmermädchen so liebenswürdig und bescheiden wegen der Mühe, die sie ihr verursache, wenn sie wagte, nach ihr zu läuten, daß die Gesindestube von ihr fast ebenso bezaubert war wie der Salon.

Eines Tages, als sie einige Zeichnungen ansah, die Amelia von der Schule nach Hause geschickt hatte, stieß Rebekka plötzlich auf eine, die ihr einen Tränenstrom entlockte, und sie lief aus dem Zimmer. Es war an dem Tage, an dem Joe Sedley sich zum zweiten Male zeigte.

Amelia eilte ihrer Freundin nach, um die Ursache dieses plötzlichen Gefühlsausbruches zu erfahren, und das gutmütige Mädchen kam, ebenfalls ziemlich ergriffen, ohne ihre Gefährtin zurück. „Du weißt, Mama, ihr Vater war unser Zeichenlehrer in Chiswick, und er machte das meiste an unseren Zeichnungen." „Meine Liebe! Miss Pinkerton sagte doch aber stets, daß er sie nicht anrührte, sondern bloß arrangierte!"

„Man nannte es arrangieren, Mama. Rebekka erinnert sich wohl noch an die Zeichnung und daß ihr Vater daran gearbeitet hat; und der Gedanke überkam sie ziemlich plötzlich, deshalb, weißt du, konnte sie..."

„Das arme Kind ist ganz Herz", meinte Mrs. Sedley.

„Ich wollte, sie könnte noch eine Woche bei uns bleiben", sagte Amelia.

„Sie sieht Miss Cutler, mit der ich oft in Dumdum zusammen war, verteufelt ähnlich; nur ist sie blonder. Sie ist jetzt mit Lance, dem Stabsarzt bei der Artillerie, verheiratet. Weißt du, Mama, daß einst Quintin vom Vierzehnten Regiment mit mir wettete ...“

„Oh, Joseph, wir kennen diese Geschichte bereits“, sagte Amelia lachend. „Du brauchst sie uns nicht wieder aufzutischen; aber überrede Mama, daß sie an Sir Dingsbums Crawley schreibt.“ „Hatte er nicht einen Sohn bei der Königlichen Leichten Kavallerie in Indien?“ „Ja, willst du an ihn schreiben und ihn um Erlaubnis bitten, daß die arme, liebe Rebekka noch hierbleiben kann? Aber hier kommt sie ja mit rotgeweinten Augen.“

„Es ist mir schon besser“, sagte das Mädchen mit dem süßesten Lächeln, das ihr zu Gebote stand, ergriff die ausgestreckte Hand der gutmütigen Mrs. Sedley und küßte sie respektvoll. „Wie freundlich sind doch alle zu mir! Alle“, setzte sie lachend hinzu, „außer Ihnen, Mr. Joseph.“

„Ich!“ sagte Joseph, der eine sofortige Flucht plante. „Grundgütiger Himmel! Lieber Gott! Miss Sharp!“

„Ja; wie konnten Sie nur so grausam sein, mich am ersten Tage unserer Bekanntschaft dieses abscheuliche Pfeffergericht essen zu lassen? Sie sind nicht so nett zu mir wie die liebe Amelia.“

„Er kennt dich nicht so gut“, rief Amelia..

„Ich glaube nicht, daß jemand häßlich zu Ihnen sein könnte, meine Liebe“, bemerkte ihre Mutter.

„Der Curry war köstlich, ja, wirklich“, meinte Joe würdevoll. „Vielleicht war nicht genug Zitronensaft darin; ja, das war es.“

„Und die Chilis?“

„Beim Zeus, wie Sie dabei geschrien haben!“ sagte Joe, von der Komik der Situation gepackt, und bekam einen Lachanfall, der wie gewöhnlich plötzlich wieder abbrach.

„Ein anderes Mal werde ich mich hüten, Sie für mich wählen zu lassen“, sagte Rebekka, als sie wieder zum Mittagessen hinabgingen. „Ich glaubte nicht, daß es Männer gäbe, die ihre Freude daran fänden, arme arglose Mädchen zu quälen.“

„Bei Gott, Miss Rebekka, um nichts in der Welt möchte ich Sie quälen.“

„Ja“, sagte sie, „ich weiß, daß Sie das nicht möchten.“ Und dann drückte sie mit ihrer kleinen Hand die seine sehr zart und zog sie ganz erschrocken wieder zurück und sah ihm erst einen Augenblick ins Gesicht und dann auf die Treppenläuferstangen; und ich vermag nicht zu sagen, ob Josephs Herz nicht höher schlug, als das einfache Mädchen ihm so unwillkürlich ein schüchternes, zartes Zeichen ihrer Aufmerksamkeit gab.

Es war ein Annäherungsversuch, und daher werden vielleicht einige vornehme Damen von unbestrittener Sittenstrenge die Handlung als unanständig verdammen; aber wie man sieht, mußte die arme Rebekka alle diese Mühe selbst auf sich nehmen. Wenn jemand zu arm ist, sich einen Dienstboten zu halten, so muß er, sei er auch noch so vornehm, seine Zimmer selbst kehren; hat ein liebes Mädchen keine liebe Mama, um die Sache mit dem jungen Mann ins reine zu bringen, so bleibt ihr nichts übrig, als es selbst zu tun. Ach, wie gut ist es, daß solche Frauen ihre Macht nicht öfter ausüben; wir können ihnen nicht widerstehen, wenn sie es tun. Schon bei der geringsten Absicht, die sie zeigen, sinken die Männer augenblicklich auf die Knie, ob alt oder häßlich, ist völlig gleichgültig. Und das ist die reine Wahrheit: Eine Frau kann bei günstiger Gelegenheit, wenn sie nicht gerade einen Buckel hat, heiraten, wen sie will. Seien wir dankbar, daß die lieben Geschöpfe wie die Tiere des Feldes sind und sich ihrer Macht nie bewußt werden. Wenn sie das täten, so würden sie uns völlig unterwerfen.

O Gott! dachte Joseph, als er das Speisezimmer betrat, ich bekomme genau dieselben Gefühle wie bei Miss Cutler in Dumdum. Viele nette kleine Fragen über die Speisen richtete Miss Sharp bei Tisch halb zärtlich, halb schelmisch an ihn, denn nun stand sie schon auf ziemlich vertrautem Fuß mit der Familie, und die beiden Mädchen liebten sich wie Schwestern. Das tun junge, unverheiratete Mädchen immer, wenn sie zehn Tage in einem Hause gelebt haben.

Als ob Amelia Rebekkas Pläne in jeder Weise fördern wollte, mußte sie ihren Bruder an ein wählend der letzten Osterferien gegebenes Versprechen erinnern – „als ich noch ein Schulmädchen war“, meinte sie lachend – ein Versprechen, daß er, Joseph, sie mit nach Vauxhall nehmen würde.

„Jetzt, wo Rebekka bei uns ist, wäre es gerade die beste Gelegenheit.“ „Oh, herrlich!“ rief Rebekka und war im Begriff, vor Freude in die Hände zu klatschen; aber sie besann sich und hielt inne, wie es einem bescheidenen Geschöpf, das sie war, geziemte.

„Heute abend wird nichts daraus“, sagte Joe.

„Na, dann morgen.“

„Morgen bin ich mit eurem Vater zum Essen eingeladen“, sagte Mrs. Sedley.

„Du glaubst doch nicht etwa, daß *ich* gehe, Mrs. Sed?“ fragte ihr Mann. „Und daß eine Frau in deinem Alter und mit deiner Figur sich an so einem abscheulich feuchten Orte eine Erkältung holen soll?“

„Es muß doch aber jemand die Kinder begleiten!“ rief Mrs. Sedley.

„Joe mag mitgehen“, sagte der Vater lachend. „Er ist gewichtig genug dazu.“ Bei diesen Worten mußte selbst Mr. Sambo am Seitentisch lachen, und der arme, dicke Joe verspürte die Neigung, der Mörder seines Vaters zu werden.

„Schnürt ihm das Korsett auf!“ fuhr der alte Herr mitleidlos fort. „Spritzen Sie ihm doch Wasser ins Gesicht, Miss Sharp, oder tragen Sie ihn hinauf, das liebe Geschöpf fällt gleich in Ohnmacht. Armes Opferlamm! Tragt ihn hinauf, er ist federleicht!“

„Verdammt, wenn das jemand aushält!“ brüllte Joseph.

„Laß Mr. Joes Elefanten kommen, Sambo!“ rief der Vater. „Schick zum Zoo, Sambo.“ Als aber der alte Witzbold sah, daß Joe vor lauter Ärger fast in Tränen ausbrach, hörte er auf zu lachen, streckte seinem Sohn die Hand entgegen und sagte: „Es herrscht ein offener Ton an der Börse, Joe – und du, Sambo, laß den Elefanten und gib mir und Mr. Joe ein Glas Champagner. Selbst Bony hat nicht solchen im Keller, mein Junge!“

Ein Glas Champagner stellte Josephs Gleichmut wieder her, und noch ehe die Flasche geleert war – er, der Kranke, trank zwei Drittel davon –, hatte er seine Einwilligung gegeben, die jungen Damen nach Vauxhall mitzunehmen.

„Die Mädchen müssen jede einen Herrn haben“, sagte der alte Herr. „Joe verliert Emmy bestimmt im Gedränge, Miss Sharp wird seine Aufmerksamkeit ganz in Anspruch nehmen. Schickt nach Nr. 96 und fragt bei George Osborne an, ob er mitfahren will.“

Ich weiß nicht warum – aber bei diesen Worten sah Mrs. Sedley lachend ihren Mann an, und Mr. Sedleys Augen zwinkerten unbeschreiblich schalkhaft, wobei er Amelia anblickte; und Amelia ließ den Kopf hängen und errötete, wie nur Siebzehnjährige erröten können und wie Miss Rebekka Sharp in ihrem ganzen Leben nie errötet war – wenigstens nicht seit ihrem achten Jahr, als sie von ihrer Patin beim Marmeladenaschen im Speiseschrank ertappt wurde. „Amelia sollte lieber ein paar Worte schreiben“, meinte der Vater, „damit George Osborne sieht, was für eine schöne Handschrift wir aus Miss Pinkertons Schule mitgebracht haben. Erinnerst du dich noch, Emmy, wie du ihn zum Dreikönigsfest zu uns einludest und Fest mit ß schriebst?“

„Ach, das ist viele Jahre her“, wehrte Amelia ab.

„Es ist, als ob es erst gestern gewesen wäre, nicht wahr, John?“ wandte sich Mrs. Sedley an ihren Mann, und in jener Nacht führten beide noch ein Gespräch. Es fand in einem Vorderzimmer des ersten Stockwerkes statt, in einer Art Zelt aus Vorhängen von kostbarem Zitz mit phantastischen indischen Mustern, gefüttert mit zartrosa Kaliko. Im Innern dieses Prunkzeltes stand ein Bett, auf dem sich zwei Kissen befanden, und auf jedem lag ein rundes, rotes Gesicht, eins umrahmt von einer spitzenbesetzten Nachthaube, eins von einer einfachen baumwollenen Zipfelmütze. In diesem Gespräch, buchstäblich eine Gardinenpredigt, stellte Mrs. Sedley ihren Mann wegen der grausamen Behandlung des armen Joe zur Rede.

„Es war nicht nett von dir, Sedley“, sagte sie, „den armen Jungen so zu quälen.“

„Meine Teure“, verteidigte sich die baumwollene Zipfelmütze, „Joe ist noch ein ganz Teil eitler, als du je in deinem ganzen Leben gewesen bist, und das will schon etwas heißen. Dabei hattest du wahrscheinlich vor etlichen dreißig Jahren, so um siebzehnhundertachtzig, einige Ursache zur Eitelkeit, ich kann's nicht leugnen. Aber Joe mit seiner stutzerhaften Schüchternheit macht mich ungeduldig. Er ist schlimmer als der andere Joseph, meine Liebe, und dabei denkt der Junge doch die ganze Zeit nur an sich selbst und was für ein hübscher Bursche er ist. Ich glaube fast, Madame, wir werden mit ihm noch unsere liebe Not haben. Da ist nun Emmys kleine Freundin, die ihn nach Leibeskräften umgirrt, das ist ganz offensichtlich; und wenn sie ihn nicht kapert, dann kapert ihn eine andere. Dieser Mann ist nun einmal dazu bestimmt, den Frauen zur Beute zu fallen, wie ich, täglich zur Börse zu gehen. Wir können noch von Glück sagen, meine Liebe, daß er uns nicht eine schwarze Schwiegertochter mitgebracht hat. Aber denk an meine Worte, die erste Frau, die nach ihm angelt, fängt ihn auch."

„Morgen noch soll sie fort, dieses geriebene kleine Geschöpf", stieß Mrs. Sedley energisch hervor.

„Warum nicht sie ebensogut wie eine andere, Mrs. Sedley? Immerhin hat das Mädchen ein weißes Gesicht. Mir ist es gleichgültig, wer ihn heiratet. Joe kann tun und lassen, was er will."

Bald darauf verstummten beide Stimmen und wurden von der sanften, aber unromantischen Musik der Nase ersetzt. Wenn nicht gerade die Kirchenglocken die Stunden schlugen und der Nachtwächter sie ausrief, war es still im Hause von John Sedley, Esquire und Börsenmann vom Russell Square.

Als der Morgen kam, dachte die gutmütige Mrs. Sedley nicht mehr daran, ihre Drohungen gegen Miss Sharp in die Tat umzusetzen; denn obgleich nichts wachsamer und verbreiteter, aber auch nichts mehr zu rechtfertigen ist als mütterliche Eifersucht, so konnte sie es doch nicht glauben, daß die einfache, dankbare, sanfte kleine Erzieherin es wagen würde, zu einer herrlichen Persönlichkeit wie dem Steuereinnehmer von Boggley Wollah aufzusehen. Auch war das Gesuch um Urlaubsverlängerung für die junge Dame bereits abgesandt, und man konnte nicht leicht einen Vorwand finden, sie so plötzlich wegzuschicken.

Und als ob alles sich zugunsten der freundlichen Rebekka verschworen härte, kamen ihr sogar die Elemente zu Hilfe, obgleich sie anfangs nicht geneigt war, deren Eingreifen als günstig für sie zu betrachten. Denn am Abend, den man für Vauxhall bestimmt hatte – George Osborne war zum Essen gekommen, und die beiden älteren Herrschaften waren ihrer Einladung gefolgt und speisten bei Alderman Balls in Highbury Barn -, gab es ein solches Gewitter, wie sie nur an Vauxhall-Abenden vorkommen, und so sahen sich die jungen Leute gezwungen, zu Hause zu bleiben. Mr. Osborne schien über diesen Verlauf der Dinge nicht im mindesten enttäuscht zu sein. Er und Joseph Sedley tranken tête à tête im Speisezimmer ein gehöriges Quantum Portwein, und dabei erzählte Sedley eine Anzahl seiner besten indischen Geschichten, denn in Männergesellschaft war er sehr gesprächig. Später machte Miss Amelia Sedley die Honneurs im Salon, und die vier jungen Menschen verbrachten den Abend so angenehm miteinander, daß sie erklärten, sie seien ganz zufrieden, daß sie wegen des Gewitters ihren Besuch in Vauxhall hätten aufgeben müssen.

Osborne war Sedleys Patenkind und gehörte seit dreiundzwanzig Jahren so gut wie zur Familie. Als er sechs Wochen alt war, hatte ihm John Sedley einen silbernen Becher geschenkt; im Alter von sechs Monaten eine goldene Klapper mit Pfeifchen und Glöckchen und einer Beißkoralle daran; von seiner Kindheit an bekam er regelmäßig zu Weihnachten von dem alten Herrn ein Geldgeschenk; auch erinnerte er sich noch genau, wie er, George, ein frecher zehnjähriger Bengel, einmal, als er zur Schule zurückkehrte, von Joseph Sedley, dem dicken, großtuerischen Tölpel, tüchtig durchgeprügelt wurde. Mit einem Wort, George war mit der Familie so vertraut, wie es solche täglichen Freundschaftsbeweise und Umgangsformen nur mit sich bringen konnten.

„Weißt du noch, Sedley, wie wütend du warst, als ich die Troddeln von deinen Reitstiefeln abschnitt, und wie Miss – hm! – wie Amelia mir den Genuß einer Prügelsuppe ersparte, indem sie auf die Knie niederfiel und ihren Bruder Joe flehentlich bat, den kleinen George doch nicht zu schlagen?"

Joe erinnerte sich dieser denkwürdigen Begebenheit zwar genau, beteuerte aber, daß er sie vollkommen vergessen habe.

„Nun, weißt du noch, wie du mich vor deiner Abreise nach Indien in einer Gig bei Doktor Swishtail besuchen kamst und wie du mir eine halbe Guinee gabst und mir dabei den Kopf tätscheltest? Es schien mir immer, als seist du mindestens zwei Meter groß, und ich war daher bei deiner Rückkehr aus Indien ganz erstaunt, daß du nicht größer warst, als ich selbst bin."

„Wie lieb war es von Mr. Sedley, in Ihre Schule zu kommen und Ihnen Geld zu schenken!" rief Rebekka, mit dem Ausdruck des äußersten Entzückens.

„Ja, noch dazu, wo ich doch die Troddeln von seinen Stiefeln abgeschnitten hatte. Knaben vergessen solche Geschenke, die sie während ihrer Schulzeit erhalten, nie und ebensowenig die Geber."

„Ich liebe Reitstiefel", sagte Rebekka. Joe Sedley, der seine Beine außerordentlich bewunderte und stets diese dekorative chaussure trug, war über die Bemerkung höchlich erfreut, wenn er auch seine Beine dabei unter den Stuhl zurückzog.

„Miss Sharp", schlug George Osborne vor, „Sie als geschickte Künstlerin müssen uns ein großartiges historisches Gemälde von der Stiefelszene liefern. Sedley muß in ledernen Hosen dargestellt sein, mit einem der beschädigten Stiefel in einer Hand; mit der andern muß er mich an der Hemdkrause halten, und Amelia kniet mit erhobenen

Händen neben ihm. Das Gemälde soll einen großartigen allegorischen Namen tragen, wie die Titelblätter in der Medulla und in der Abc-Fibel."

„Hier werde ich aber keine Zeit dazu haben", sagte Rebekka. „Ich will es machen, wenn – ich fort bin." Und sie ließ die Stimme sinken und sah so traurig und elend aus, daß jedermann fühlte, wie grausam ihr Los sei und wie ungern man sich von ihr trennen würde.

„Ach, wenn du doch länger bleiben könntest, liebe Rebekka", sagte Amelia.

„Warum?" gab die andere, noch trauriger, zurück. „Damit ich noch unglück ... damit es noch schwerer wird, dich zu verlassen?" Sie wandte den Kopf ab. Amelia begann, ihrem natürlichen Hang für Tränen, der, wie gesagt, eine Schwäche dieses einfältigen kleinen Dinges war, nachzugeben. George Osborne blickte die beiden jungen Mädchen gerührt und neugierig an, und Joseph Sedley holte aus seinem mächtigen Brustkasten etwas hervor, was einem Seufzer sehr ähnlich war, und ließ seine Augen auf seinen teuren Reitstiefeln ruhen.

„Wollen wir nicht ein bißchen Musik machen, Miss Sedley – Amelia?" bat George, der in diesem Augenblick eine außerordentliche, fast unwiderstehliche Lust verspürte, das erwähnte junge Mädchen in die Arme zu schließen und vor den Augen der ganzen Gesellschaft zu küssen, und sie sah ihn eine Sekunde lang an, aber wenn ich sagen wollte, daß sie sich in diesem Moment ineinander verliebten, dann wäre das wahrscheinlich nicht die Wahrheit; denn es steht fest, daß die Eltern diese beiden jungen Leute auf dieses Ziel hin erzogen hatten und ihr Aufgebot sozusagen schon seit zehn Jahren in den jeweiligen Familien immer wieder verlesen worden war. Sie begaben sich zum Klavier, das, wie es meist üblich ist, in dem hinteren Teil des Salons stand, und da es ziemlich dunkel war, legte Miss Amelia auf die natürlichste Weise der Welt ihre Hand in die Mr. Osbornes, der selbstverständlich den Weg zwischen den Stühlen und Ottomanen viel besser finden konnte als sie. Das aber ließ Mr. Joseph Sedley tête à tête mit Rebekka am Salontisch, wo das Mädchen mit dem Knüpfen einer grünseidenen Börse beschäftigt war.

„Man braucht da nach Familiengeheimnissen nicht erst zu fragen", meinte Miss Sharp. „Diese beiden haben ihres verraten."

„Sobald er eine Kompanie bekommt", sagte Joseph, „glaube ich, wird die Sache in Ordnung kommen. George Osborne ist ein so feiner Bursche wie nur je einer."

„Und Ihre Schwester ist das netteste Geschöpf der Welt", fuhr Rebekka fort. „Glücklich der Mann, der sie heimführt!" Bei diesen Worten seufzte Miss Sharp tief auf.

Wenn zwei Unverheiratete zusammen sind und so delikate Themen wie dieses besprechen, so stellt sich bald ein vertrauter und intimer Ton zwischen ihnen ein. Wir brauchen das Gespräch nicht wiederzugeben, das Mr. Sedley und die junge Dame nun führten; denn die Unterhaltung war, wie schon aus der vorangegangenen Probe ersichtlich, weder besonders witzig noch wortreich; in Privatgesellschaften und auch sonst ist sie das selten, außer in überspannten und ausgeklügelten Romanen. Da nebenan musiziert wurde, so sprachen sie natürlich dementsprechend leise, obwohl das Paar nebenan auch durch eine noch so laute Unterhaltung nicht gestört worden wäre, denn sie waren mit ihren eigenen Angelegenheiten vollauf beschäftigt.

Fast zum ersten Male in seinem Leben, so kam es Mr. Sedley vor, sprach er ohne die mindeste Schüchternheit und ohne zu stocken mit einer Person des anderen Geschlechts. Miss Rebekka befragte ihn ausführlich über Indien, was ihm Gelegenheit bot, manche interessante Anekdote über jenes Land und sich zum besten zu geben. Er beschrieb die Bälle im Regierungsgebäude, erzählte, wie man sich bei heißem Wetter mittels Punkahs, Tattys und anderen Einrichtungen Erfrischung verschaffe, äußerte sich höchst witzig über die Schotten, die Lord Minto, der Generalgouverneur, begünstigte; und dann berichtete er von einer Tigerjagd, wobei eins dieser wütenden Tiere seinen Elefantentreiber vom Sitz heruntergerissen hatte. Wie entzückt war Miss Rebekka von den Regierungsbällen, wie lachte sie über die Geschichten von den schottischen Adjutanten und nannte Mr. Sedley dabei einen schlimmen, mutwilligen Spötter; und wie erschrocken war sie über die Beschreibung von dem Elefanten! „Um Ihrer Mutter willen, lieber Mr. Sedley“, bat sie, „um all Ihrer Freunde willen, versprechen Sie mir, daß Sie sich nie, nie mehr auf ein so schreckliches Unternehmen einlassen!“

„Pah, Miss Sharp“, sagte er und zog den Hemdkragen hoch, „die Gefahr macht ja den Sport erst aus.“ Er hatte erst einmal an einer Tigerjagd teilgenommen, und zwar gerade, als der fragliche Vorfall sich ereignete, und dabei war er beinahe gestorben – nicht durch den Tiger, sondern vor Angst. Als er mit der Unterhaltung fortfuhr, wurde er immer kühner und erdreistete sich tatsächlich, Miss Rebekka zu fragen, für wen sie wohl die grünseidene Börse arbeite? Er war sehr überrascht und entzückt über seine anmutige, vertrauliche Art.

„Für irgend jemand, der eine Börse braucht“, erwiderte Miss Rebekka und blickte ihn äußerst sanft und gewinnend an. Sedley war im Begriff, eine seiner wortreichsten Reden zu halten, und hatte gerade begonnen: „Oh, Miss Sharp, wie...“, als ein Lied, das nebenan gesungen wurde, endete und er seine eigene Stimme so deutlich vernahm, daß er innehielt, errötete und sich in großer Aufregung schneuzte.

„Haben Sie je so etwas wie Ihres Bruders Beredsamkeit gehört?“ flüsterte Mr. Osborne Amelia zu. „Ich muß schon sagen, Ihre Freundin hat Wunder gewirkt.“

„Um so besser“, sagte Miss Amelia, die, wie fast alle unnützen Frauen, im Innersten eine Kupplerin war und die erfreut gewesen wäre, wenn Joseph eine Frau nach Indien mitgenommen hätte. Sie hatte im Laufe dieser wenigen Tage, in denen sie beständig mit Rebekka zusammen war, eine innige Zuneigung zu dem Mädchen gefaßt und hatte an ihr unzählige Tugenden und liebenswürdige Eigenschaften entdeckt, die sie nicht bemerkt hatte, solange sie beide in Chiswick waren. Die Freundschaft junger Mädchen wächst ebenso schnell wie Jacks Zauberbohne und erreicht in einer einzigen Nacht den Himmel. Man kann ihnen nicht übelnehmen, wenn, nach der Heirat diese „Sehnsucht nach der Liebe“ nachläßt. Was sentimentale Leute, die gerne große Worte machen, die Sehnsucht nach dem Ideal nennen, bedeutet einfach, daß Frauen gewöhnlich nicht zufrieden sind, bis sie Männer und Kinder haben, auf die sie ihre Liebe, die sonst gleichsam in kleiner Münze ausgegeben wird, konzentrieren können.

Nachdem Miss Amelia ihren kleinen Liederschatz erschöpft hatte oder lange genug im hinteren Teil des Salons gewesen war, erschien es ihr angebracht, ihre Freundin zum Singen zu bewegen. „Sie würden mir nicht zugehört haben“, sagte sie zu Mr. Osborne (obwohl sie wußte, daß es eine kleine Lüge war), „wenn Sie vorher Rebekka gehört hätten.“

„Gleichwohl muß ich Miss Sharp im voraus zu verstehen geben“, sagte Osborne, „daß ich, ganz gleich ob zu Recht oder Unrecht, Miss Amelia Sedley als beste Sängerin der Welt betrachte.“

„Sie werden es ja hören“, meinte Amelia, und Joseph Sedley war wirklich so höflich, die Kerzen zum Klavier zu tragen. Osborne gab zu verstehen, es lasse sich ebensogut im Finstern sitzen, allein Miss Sedley lehnte es lachend ab, ihm länger Gesellschaft zu leisten, und die beiden folgten daher Mr. Joseph. Rebekka sang weit besser als ihre Freundin (obgleich natürlich Osborne ruhig bei seiner Ansicht bleiben durfte) und gab sich außerordentliche Mühe, und selbst Amelia, die sie noch nie zuvor so gut hatte singen hören, war verwundert. Sie trug ein französisches Lied vor, von dem Joseph überhaupt nichts verstand und das nicht zu verstehen auch George gestehen mußte; dann folgte eine Anzahl der einfachen Balladen, die vor vierzig Jahren Mode waren und in denen britische Matrosen, unser König, die arme Susanna, die blauäugige Mary und ähnliches mehr eine Rolle spielten. Sie sollen in musikalischer Hinsicht nicht besonders anspruchsvoll sein, allein sie appellieren doch an die guten, schlichten Gefühle, und die Menschen verstanden sie besser als die Donizettische Milch- und Wassermusik mit ihren ewigen lagrime, sospiri, felicità, die man uns heutzutage auftischt.

Empfindsame Gespräche, die zum Thema paßten, wurden zwischen den Liedern geführt, und Sambo, der den Tee gebracht hatte, sowie die entzückte Köchin und sogar Mrs. Blenkinsop, die Haushälterin, erniedrigten sich, auf dem Treppenabsatz zu lauschen.

Eins dieser Lieder, das letzte des Konzerts, lautete:

Ach! Öde war's an jenem Heideorte,
wo pfiff der Wind so kalt und schneidend drein;
der Hütte Dach ward hier zum sichern Horte,

und hell glänzt' auf dem Herd des Feuers Schein.
Da ging vorüber an der kleinen Pforte
ein Waisenknabe, traurig und allein,
und wie er sah das Feuer lustig glühen,
Fühlt' doppelt er im Schnee des Weges Mühen.

Und als er wieder griff zum Wanderstabe,
mit schwachem Herzen und mit müdem Fuß,
da lud man ihn, reicht' freundlich ihm die Gabe,
und sanfte Stimmen boten ihm den Gruß.
Der Tag bricht an – schon weiter ist der Knabe,
noch winkt der Herd zum gastlichen Genuß.
Die Pilger schirme all der Himmel droben!
Horcht, wie die Stürme auf der Heide toben!

Es war eine Variation des vorhin Ausgesprochenen: Wenn ich fort bin. Als Miss Sharp die letzten Worte sang, zitterte ihre dunkle Stimme. Alle fühlten die Anspielung auf ihre Abreise und ihr glückloses Waisendasein. Joseph Sedley, der Musik liebte und ein weiches Herz hatte, war während des Liedes ganz verzückt und tief gerührt über den Schluß. Hätte er den Mut dazu gehabt, wären George und Miss Sedley, wie der junge Mann es vorgeschlagen hatte, vorn geblieben, so hätte Joseph Sedleys Junggesellenstand hier sein Ende gefunden, und dieses Werk wäre nie geschrieben worden. Aber Rebekka ergriff nach dem Lied Amelias Hand und ging mit ihr vom Klavier weg in den dämmerigen vorderen Salon. In diesem Augenblick erschien Mr. Sambo mit einem Teebrett voller Sandwiches, Gelees und ein paar funkelnden Gläsern und Karaffen, die alsbald Joseph Sedleys ganze Aufmerksamkeit in Anspruch nahmen. Als die Oberhäupter des Hauses Sedley von ihrem Diner zurückkehrten, fanden sie die jungen Leute so ins Gespräch vertieft, daß die den Wagen nicht hatten vorfahren hören. Mr. Joseph sagte gerade: „Meine liebe Miss Sharp, ein kleines Teelöffelchen voll Gelee, um Sie nach Ihrer ungeheuren – Ihrer – Ihrer wunderbaren Anstrengung zu erfrischen."

„Bravo, Joe!" ließ sich Mr. Sedley vernehmen, und kaum hatte Joe diese wohlbekannten, spöttischen Laute gehört, als er auch schon wieder in sein ängstliches Schweigen verfiel und sich davonmachte. Er lag nicht die ganze Nacht wach, um darüber nachzudenken, ob er in Miss Sharp verliebt sei, denn Liebesleidenschaft störte weder seinen Appetit noch Schlaf; aber doch dachte er im stillen, wie herrlich es doch sein müsse, solche Lieder nach dem Dienst zu hören, wie vornehm sich das Mädchen zu geben wisse, wie sie besser Französisch spreche als selbst die Gemahlin des Generalgouverneurs und welches Aufsehen sie auf den Bällen in Kalkutta erregen würde. Offenbar ist das arme Geschöpf in mich verliebt, überlegte er. Sie ist nicht ärmer als die meisten Mädchen, die nach Indien kommen. Bei Gott, ich könnte es bei anderen weit schlechter treffen! Unter diesen Gedanken schlief er ein.

Daß Miss Sharp wach lag und Betrachtungen darüber anstellte, ob er am folgenden Tage kommen würde oder nicht, braucht hier nicht erwähnt zu werden. Der Morgen kam und mit ihm, unvermeidlich wie das Schicksal, Mr. Joseph Sedley, noch vor dem zweiten Frühstück. Noch niemals hatte man erlebt, daß er Russell Square eine solche Ehre erwies. George Osborne war aus irgendwelchen Gründen bereits dort und brachte Amelia, die an ihre zwölf Busenfreundinnen in der Chiswick Mall schrieb, völlig aus dem Konzept; und Rebekka war mit ihrer Arbeit vom Vortag beschäftigt. Als Joes Buggy vorfuhr und als der Steuereinnehmer von Boggley Wollah nach seinem üblichen Donnern gegen die Tür und seiner lärmenden Geschäftigkeit in der Vorhalle sich die Treppe hinaufarbeitete und dem Salon zusteuerte, tauschten Osborne und Miss Sedley verständnisinnige Blicke, und das Pärchen blickte schelmisch lächelnd Rebekka an, die tatsächlich errötete, als sie ihre blonden Ringellocken über ihre Filetarbeit neigte. Wie ihr Herz schlug, als Joseph erschien – Joseph, vom Treppensteigen keuchend, in glänzenden, knarrenden Stiefeln – Joseph, in einer neuen Weste, rot vor Hitze und Befangenheit, hinter seinem wattierten Halstuch noch mehr errötend. Für alle war es ein ängstlicher Augenblick, und Amelia war, wie ich glaube, sogar noch ängstlicher als; die, die es am meisten betraf.

Sambo, der die Tür aufgerissen und Mr. Joseph gemeldet hatte, folgte dem Steuereinnehmer grinsend mit zwei schönen Blumensträußen. Das Scheusal war wirklich so galant gewesen, sie an jenem Morgen auf dem Covent Garden Market zu kaufen. Sie waren zwar nicht ganz so groß wie die Heuschober, die unsere Damen heutzutage in durchbrochenen Papiermanschetten herumschleppen, aber die jungen Damen waren trotzdem von dem Geschenk entzückt, als Joseph mit einer äußerst feierlichen und schwerfälligen Verbeugung jeder einen Strauß überreicht hatte.

„Bravo, Joe!“ rief Osborne.

„Danke schön, lieber Joseph“, rief Amelia, bereit, ihrem Bruder einen Kuß zu geben, wenn er es wünschte. (Und ich glaube, für einen Kuß von einem so netten Geschöpf wie Amelia würde ich unverzüglich alle Gewächshäuser von Mr. Lee leerkaufen.)

„Oh, die himmlischen, himmlischen Blumen!“ rief Miss Sharp, roch zärtlich daran, preßte sie an den Busen und schlug ihre Augen in schwärmerischer Bewunderung zur Zimmerdecke auf. Vielleicht warf sie auch erst einen schnellen, prüfenden Blick auf das Bukett, um zu sehen, ob sich nicht etwa ein billet-doux zwischen den Blüten verberge; aber von einem Brief war nichts zu sehen.

„Spricht man in Boggley Wollah auch die Sprache der Blumen, Sedley?“ fragte Osborne lachend.

„Quatsch!“ erwiderte der empfindsame Jüngling. „Habe sie bei Nathan gekauft; bin froh, daß sie euch gefallen, und dann, meine liebe Amelia, ich habe auch eine Ananas gekauft. Ich habe sie Sambo gegeben, wir können sie zum Frühstück essen, angenehm erfrischend bei so heißem Wetter.“ Rebekka sagte, sie habe noch nie Ananas gekostet und sei ganz erpicht darauf, eine zu probieren.

So ging die Unterhaltung weiter. Ich weiß nicht, unter welchem Vorwand Osborne das Zimmer verließ oder warum Amelia sich wenig später entfernte – wahrscheinlich doch, um das Zerteilen der Ananas zu überwachen; Joe blieb jedenfalls mit Rebekka allein zurück, die wieder zu ihrer Arbeit gegriffen hatte, und die grüne Seide sowie die glänzende Nadel zuckten unter ihren weißen, dünnen, flinken Fingern.

„Was für ein schönes, ein schööönes Lied Sie uns gestern abend gesungen haben, liebe Miss Sharp“, sagte der Steuereinnehmer. „Ich hätte beinahe geweint, wirklich, Ehrenwort.“

„Weil Sie ein gutes Herz haben, Mr. Joseph; alle Sedleys haben ein gutes Herz, glaube ich.“

„Es hielt mich die ganze Nacht wach, und heute morgen habe ich versucht, es im Bett zu summen, wirklich, Ehrenwort. Gollop, mein Arzt, kam um elf Uhr zu mir (denn ich bin, wie Sie wissen, äußerst leidend, und Gollop besucht mich täglich), und, bei Gott, da sang ich gerade wie ein Rotkehlchen.“

„Oh, Sie drolliges Geschöpf! Singen Sie es doch einmal vor!“

„Ich? Nein, Sie, Miss Sharp; Sie müssen es singen, meine liebe Miss Sharp!“ „Nicht jetzt, Mr. Sedley“, seufzte Rebekka. „Ich bin nicht in Stimmung; auch muß ich die Börse fertigmachen. Wollen Sie mir helfen, Mr. Sedley?“ Und ehe er noch wie? fragen konnte, saß Mr. Joseph Sedley, Beamter der Ostindischen Kompanie, tête à tête mit einer jungen Dame, warf ihr mörderische Blicke zu und streckte ihr flehend die Arme entgegen, die Hände waren ihm mit einer Lage grüner Seide gefesselt, die sie aufwickelte.

In dieser romantischen Stellung fanden Osborne und Amelia das interessante Paar, als sie hereinkamen und verkündeten, daß das Frühstück bereit sei. Die Seide war gerade fertig aufgewickelt, aber Mr. Joe hatte keine Silbe gesprochen.

„Bestimmt wird er sich heute abend erklären, meine Liebe“, sagte Amelia und drückte Rebekkas Hand; und auch Sedley war mit seinem Herzen zu Rate gegangen und hatte sich gesagt: Bei Gott, in Vauxhall will ich die große Frage stellen.

5. Kapitel

Unser Dobbin

Cuffs Kampf mit Dobbin und der unerwartete Ausgang dieser Schlägerei werden allen Zöglingen aus Doktor Swishtails berühmter Schule noch lange im Gedächtnis haften. Dobbin (den die Knaben auch Dös-Dobbin, Hottehü-Dobbin nannten und mit vielen verächtlichen Spitznamen bedachten) war der ruhigste, schwerfälligste und, wie es schien, dümmste von allen jungen Herren bei Doktor Swishtail. Sein Vater hatte einen Kramladen in London, und man munkelte, er sei in Doktor Swishtails Schule nur unter der Bedingung „gegenseitiger Verbindlichkeit" aufgenommen worden, das heißt, sein Vater bezahle für Lebensunterhalt und Ausbildung mit Waren anstatt bar, und der junge Dobbin stand nun – einer der Letzten der Schule – in schäbigen Kordhosen und einer Jacke, deren Nähte seine groben Knochen sprengten, als Verkörperung von soundso vielen Pfund Tee, Kerzen, Zucker, billiger Seife und Rosinen (wovon nur eine sehr geringe Menge für den Schulpudding geliefert wurde) und anderer Waren. Es war ein fürchterlicher Tag für den jungen Dobbin, als einer der Zöglinge, von einem Jagdzug durch die Stadt auf Zuckerwerk und Würstchen zurückgekehrt, erspähte, wie vor des Doktors Tür ein Frachtkarren von Dobbin und Rudge, Spezerei- und Delikatessenhandlung, London, Thames Street, voller Waren, mit denen die Firma handelte, entladen wurde.

Von da an hatte der junge Dobbin keine ruhige Minute mehr. Fürchterliche und grausame Neckereien wurden mit ihm getrieben. „He, Dobbin", verkündete einer der Witzbolde, „da stehen gute Nachrichten in der Zeitung; Zucker wird teurer, mein Junge." Ein anderer stellte ihm eine Rechenaufgabe: „Wenn ein Pfund Kerzen siebeneinhalb Pence kostet, wieviel kostet dann Dobbin?" Und jedesmal folgte ein schallendes Gelächter der jungen Schurken, in das der Hilfslehrer und alle anderen einstimmten, die den Einzelhandel richtig als schandbare, nichtswürdige Tätigkeit verdammten und meinten, er verdiene Spott und Verachtung eines jeden wahren Gentlemans.

„Dein Vater ist doch auch nichts anderes als ein Kaufmann, Osborne", sagte Dobbin unter vier Augen zu dem kleinen Knaben, der den Sturm gegen ihn heraufbeschworen hatte. Dieser antwortete darauf nur hochmütig: „Mein Vater ist ein Gentleman und hält eine Equipage." Mr. William Dobbin aber zog sich in einen Schuppen im Hintergrund des Spielplatzes zurück, wo er den freien Nachmittag in bitterster Trauer und Wehmut verbrachte. Wer unter uns erinnert sich nicht ähnlicher Stunden bitteren, ach, so bitteren Kinderkummers? Wer empfindet eine Ungerechtigkeit so tief, wen kränkt Geringschätzung so sehr, wer hätte ein so feines Gefühl für Recht und Unrecht, wer ist so dankbar für jede Freundlichkeit wie ein edelmütiger Knabe? Und ach, wie viele solcher sanften Gemüter erniedrigt, beleidigt und quält ihr wegen ein paar arithmetischer Formeln und einiger Brocken Küchenlatein!

William Dobbin jedenfalls war stets unter den allerletzten Schülern Doktor Swishtails zu finden, da er sich außerstande sah, auch nur die Anfangsgründe der obigen Sprache, wie sie in der wunderbaren „Etoner Lateinischen Grammatik" aufgeführt sind, zu erlernen. Er wurde ständig von kleinen rotwangigen Bürschchen, die noch Lätzchen trugen, gehänselt, wenn er mit der untersten Klasse aufmarschierte, ein Riese unter den Kleinen, niedergeschlagenen, erschrockenen Blickes, in seinen engen Kordhosen, die Fibel mit unzähligen Eselsohren unter dem Arm. Alle, vom ersten bis zum letzten, machten sich über ihn lustig. Sie nähten ihm seine sowieso schon zu engen Kordhosen ZU. Sie schnitten ihm die Bettgurte entzwei. Sie kippten Eimer und Bänke um, damit er sich daran die Schienbeine breche, was er auch jedesmal fast tat. Sie schickten ihm Pakete, aus denen er Kerzen und Seife vom väterlichen Laden auspackte. Es gab kein Bürschchen in der Schule, das nicht mit Dobbin seinen Spott und Spaß getrieben hätte; und der Ärmste ertrug alles mit Geduld, sagte keinen Ton und war unaussprechlich unglücklich.

Cuff dagegen war der große Held und feine Pinkel der Swishtailschen Schule. Er schmuggelte Wein ein und schlug sich mit den Stadtjungen herum. Jeden Sonnabend ritt er auf einem Pony heim, das extra für ihn kam. In seinem Zimmer hatte er Stulpenstiefel, in denen er während der Ferien auf Jagd ging. Er besaß eine goldene Repetieruhr und schnupfte Tabak wie der Doktor. Er hatte die Oper besucht und kannte die Vorzüge der ersten Schauspieler, wobei er mehr von Kean hielt als von Kemble. Er konnte in einer Stunde vierzig lateinische Verse aus dem Ärmel schütteln. Er konnte französisch dichten, und was konnte oder wußte er nicht noch alles! Sogar der Doktor selbst fürchte sich vor ihm, hieß es.

Cuff, unbestrittener König der Schule, herrschte über seine Untertanen und drangsalierte sie in großartiger Überlegenheit. Dieser wichste seine Schuhe, jener röstete ihm das Brot, andere wieder mußten ganze Sommernachmittage lang beim Kricket Balljunge für ihn spielen. „Feige" war der Junge, den er am meisten verachtete und mit dem er sich kaum je herabließ, persönlich zu verkehren, obwohl er ihn stets beschimpfte und auslachte.

Eines Tages hatten die beiden jungen Herren eine Meinungsverschiedenheit. Feige, der allein im Klassenzimmer war, schwitzte über einem Brief nach Hause, als Cuff eintrat und ihm einen Auftrag gab, bei dem es sich höchstwahrscheinlich um Törtchen drehte.

„Ich kann nicht", sagte Dobbin, „ich möchte meinen Brief fertigschreiben."

„Du kannst nicht?" fragte Mr. Cuff und griff nach dem Schriftstück (in dem viele Wörter ausgestrichen oder falsch geschrieben waren und dessen Abfassung den Schreiber wer weiß wie viele mühsame Gedanken und Tränen gekostet hatte, denn der arme Bursche schrieb an seine Mutter, die ihn liebte, obgleich sie nur eine Krämersfrau war und in einem Hinterzimmer in der Thames Street wohnte). „Du kannst nicht?" fragte

Mr. Cuff. „Ich möchte mal wissen, warum nicht. Kannst du nicht morgen an die olle Mutter Feige schreiben?“

„Ich laß sie nicht beschimpfen“, begehrte Dobbin auf und sprang von seiner Bank hoch.

„Nun, wirst du gehen?“ krähte der Hahn der Schule.

„Leg den Brief hin“, erwiderte Dobbin; „kein Gentleman liest fremde Briefe.“

„Hm, wirst du nun bald gehen?“ fragte der andere.

„Nein, habe ich gesagt. Hör auf, sonst verdresche ich dich“, brüllte Dobbin, sprang auf ein bleiernes Tintenfaß zu und sah so bösartig aus, daß Mr. Cuff innehielt, seine Rockärmel wieder herabstreifte, die Hände in die Hosentaschen steckte und hohnlächelnd davonging. Von da an ließ er sich nie wieder mit dem Krämerjungen ein, obgleich wir ihm die Gerechtigkeit widerfahren lassen müssen, daß er hinter Mr. Dobbins Rücken stets mit Verachtung von ihm sprach.

Einige Zeit nach diesem Vorfall geschah es, daß Mr. Cuff an einem sonnigen Nachmittag in der Nähe des armen William Dobbin auftauchte, der unter einem Baum auf dem Spielplatz lag und, abgesondert von den übrigen Schülern, die ihren verschiedenen Vergnügungen nachgingen, ganz einsam und beinahe glücklich sein Lieblingsbuch „Tausendundeine Nacht“ durchbuchstabierte. Würden die Menschen doch bloß Kinder sich selbst überlassen; würden doch die Lehrer nur aufhören, sie einzuschüchtern; würden die Eltern doch bloß davon ablassen, die Gedanken ihrer Kinder zu lenken und ihre Gefühle zu beherrschen – Gefühle und Gedanken, die allen ein Geheimnis sind (denn was wissen wir schon voneinander, von unseren Kindern, unseren Erzeugern, unseren Nachbarn, und wie unendlich viel schöner und heiliger sind doch wahrscheinlich die Gedanken der armen Knaben oder Mädchen, die ihr lenkt, als die der dummen und lasterhaften Person, die sie erziehen soll). Ach, würden nur, wie gesagt, Eltern und Lehrer ihre Kinder ein bißchen mehr sich selbst überlassen – der Schaden wäre unerheblich, wenn auch dabei weniger als in praesenti erreicht würde.

William Dobbin hatte also einmal die Welt vergessen, war mit Sindbad dem Seefahrer im Tale der Diamanten oder bei dem Prinzen Namenlos und der Fee Peribanu in jener prächtigen Höhle, wo der Prinz sie fand und wohin wir wohl alle gern eine kleine Reise machen würden – als das gellende Geschrei eines kleinen Jungen ihn aus seinen angenehmen Träumen schreckte. Er blickte auf und sah Cuff einen weinenden kleinen Knaben bearbeiten.

Es war der Bursche, der die Sache mit dem Krämerkarren verkündet hatte; aber Dobbin war nicht nachtragend, schon gar nicht gegenüber Jüngeren und Kleineren.

„Wie konntest du es wagen, die Flasche zu zerbrechen?“ schrie Cuff das Kerlchen an und schwang einen gelben Kricketstab über seinem Kopf. Der Kleine hatte den Auftrag erhalten, über die Mauer, die den Spielplatz umgab, zu steigen, und zwar an einer besonderen Stelle, wo die Glasscherben entfernt und in den Ziegeln bequeme Löcher angebracht worden waren; er sollte eine Viertelmeile laufen, eine Flasche Rum mit Zitrone auf Kredit kaufen und allen draußen herumlungernden Spähern des Doktors zum Trotz wieder in den Spielplatz zurückklettern; als er diese Heldentat gerade vollbrachte, war er ausgeglitten, die Flasche war zerbrochen und das Getränk ausgelaufen. Er hatte sich die Hose zerrissen und erschien nun wieder vor seinem Auftraggeber – ein zitternder, schuldlos schuldiger armer Wicht.

„Wie konntest du es wagen, die Flasche zu zerbrechen?“ schrie Cuff. „Du nichtsnutziger Pfuscher. Du hast das Zeug getrunken und erzählst nun, die Flasche ist zerbrochen. Hand her, Bursche!“

Dumpf schlug der Stab auf die Kinderhand nieder. Ein Stöhnen folgte. Dobbin blickte auf. Die Fee Peribanu war mit dem Prinzen Achmed in die innerste Höhle entflohen; der Vogel Rock hatte Sindbad den Seefahrer weit aus dem Diamantentale in die Wolken entführt – da lag die Wirklichkeit wieder vor dem ehrlichen William: ein großer Junge schlug grundlos auf einen kleinen ein.

„Die andere Hand her, Bursche!“ brüllte Cuff seinen kleinen Schulkameraden an, dessen Gesicht ganz schmerzverzerrt war. Dobbin flog am ganzen Körper, als er sich in seinen abgeschabten, engen Kleidern aufrichtete.

„Hier hast du noch was, du verflixter Kerl!“ rief Mr. Cuff, und abermals schlug der Stab auf die Hand des Kindes. (Entsetzen Sie sich nicht, meine Damen, jeder Schuljunge hat das getan. Auch Ihre Kinder werden es höchstwahrscheinlich tun und selbst erdulden müssen.) Wiederum sauste der Stab herab, und Dobbin sprang auf.

Seine Beweggründe kenne ich nicht. In der Schule sind Foltermethoden ebenso gestattet wie in Rußland die Knute, und es ist eines Gentlemans unwürdig, sich zu widersetzen. Vielleicht empörte sich Dobbins törichtes Herz wider diese Tyrannei; vielleicht kochte in ihm auch noch ein Rachegefühl, und es verlangte ihn, sich mit dem glänzenden und tyrannischen Raufbold zu messen, der in der Schule allen Ruhm, alles Gepränge auf sich konzentrierte, für den allein die Fahnen geschwenkt, die Trommeln gerührt, Ehrenbezeigungen gegeben wurden. Welchen Beweggrund Dobbin auch gehabt haben mag, er sprang jedenfalls auf und schrie: „Halt, Cuff; schlag das Kind nicht länger, oder ich werde...“

„Oder du wirst was?“ fragte Cuff, verwundert über die Unterbrechung. „Los, Hand her, du kleine Bestie.“

„Ich prügle dich, wie du noch nie in deinem Leben geprügelt worden bist“, erwiderte Dobbin auf Cuffs Frage; und der kleine Osborne blickte, luftschnappend und in Tränen aufgelöst, verwundert und ungläubig auf, als er diesen erstaunlichen Kämpen mit einem Male zu seiner Verteidigung auftreten sah; Cuffs Erstaunen war kaum geringer. Man stelle sich unseren seligen Monarchen Georg III. vor, als er die Nachricht vom Aufstand der nordamerikanischen Kolonien hörte, man stelle sich den ehernen Goliath vor, als der kleine David vor ihn hintrat und ihn herausforderte – dann hat man die Gefühle vor Augen, die Mr. Reginald Cuff beherrschten, als er zu diesem Duell gefordert wurde.

„Nach der Schule“, antwortete er nach einer Pause selbstverständlich, mit einem Blick, als wolle er sagen: Mach dein Testament und teile in der Zwischenzeit deinen Freunden deine letzten Wünsche mit!

„Wie du willst“, meinte Dobbin, „Du mußt mein Sekundant sein, Osborne.“

„Gut, wenn du meinst“, erwiderte der kleine Osborne; denn bekanntlich hatte sein Vater eine Equipage, und so schämte sich der Kleine ein wenig seines Kämpen.

Ja, als die Stunde des Kampfes nahte, schämte er sich beinahe, „Drauf, Feige!“ zu rufen; und während der ersten zwei oder drei Runden dieses berühmten Kampfes stieß nicht ein einziger der Knaben den Schlachtschrei aus, denn am Anfang ließ der versierte Cuff, ein verächtliches Lächeln auf dem Gesicht, leicht und spielerisch, als sei es nichts, die Schläge auf seinen Gegner niederhageln und schickte den unglücklichen Kämpen dreimal hintereinander zu Boden. Jedesmal erhob sich ein lautes Hurragebrüll, und alle stritten sich um die Ehre, dem Sieger ein Knie zu bieten.

Was werde ich erst für eine Tracht kriegen, wenn das vorüber ist, dachte der junge Osborne, während er seinem Mann hochhalf. „Es wäre doch das beste, du würdest aufgeben“, redete er auf Dobbin ein; „er hat mich doch nur ein bißchen verprügelt, Feige, und daran bin ich schon gewöhnt, weißt du.“

Aber Feige, der am ganzen Leibe zitterte und aus dessen Nüstern Wut sprühte, schob seinen kleinen Sekundanten beiseite und trat zum vierten Male an. Da er keine Ahnung hatte, wie er die gegen ihn gerichteten Schläge parieren könnte, und da Cuff die drei ersten Male angegriffen hatte, ohne seinem Gegner Gelegenheit zum Schlag zu geben, beschloß Feige, nun seinerseits den Kampf mit einem Angriff zu eröffnen; da er Linkshänder war, brachte er nun diese Faust ins Spiel und schlug einige Male mit aller Kraft zu – traf einmal Mr. Cuffs linkes Auge und ein anderes Mal seine schöne römische Nase.

Diesmal ging Cuff, zum großen Erstaunen der Umstehenden, zu Boden. „Gut getroffen, beim Zeus“, lobte der kleine Osborne mit Kennermiene und klopfte seinem Mann auf die Schulter. „Immer schön die Linke brauchen, Feige, mein Junge.“

Feiges Linke tat während des weiteren Kampfes ganze Arbeit. Jedesmal ging Cuff zu Boden. In der sechsten Runde schrien fast ebenso viele „auf ihn, Feige“ wie „auf ihn, Cuff“. In der zwölften Runde war Cuff ganz angeschlagen, wie man so sagt, und hatte alle Geistesgegenwart verloren und weder Kraft zum Angriff noch zur Verteidigung. Feige dagegen war so ruhig wie ein Quäker. Sein bleiches Gesicht, seine glänzenden, aufgerissenen Augen und eine stark blutende Schramme an seiner Unterlippe verliehen dem jungen Burschen ein so wildes und gräßliches Aussehen, daß viele Zuschauer Furcht ergriff. Trotzdem bereitete sich sein unerschrockener Gegner zur dreizehnten Runde vor.

Hätte ich die Feder eines Napier oder könnte so gut schreiben wie „Beils Leben", so würde ich diesen Kampf im einzelnen beschreiben. Es war der letzte Angriff der Garde (das heißt, er wäre es gewesen, hätte Waterloo schon stattgefunden) – es war Neys Kolonne, im Sturm auf den Hügel von La Haye Sainte, von zehntausend Bajonetten starrend und gekrönt mit zwanzig Adlern; es war das Kampfgeschrei der Briten, die den Hügel hinabstürzten und sich dem Feinde entgegenwarfen, um ihn mit den wilden Armen der Schlacht zu umschließen; mit anderen Worten: Als Cuff, zwar mutig, aber ziemlich schwankend und betäubt, herankam, bearbeitete der Feigenhändler, wie bisher, mit seiner Linken tüchtig seines Gegners Nase und schickte ihn endgültig zu Boden.

„Ich denke, er hat nun genug", meinte Feige, als sein Gegner ebenso glatt auf den Rasen sackte, wie ich die Billardkugeln habe in ihr Loch fallen sehen; und tatsächlich konnte oder wollte Mr. Reginald Cuff, als ausgezählt wurde, nicht aufstehen.

Und nun stimmten alle Knaben für Feige ein solches Freudengeschrei an, daß man hätte glauben können, er sei während des ganzen Kampfes ihr Liebling gewesen, und daß selbst Doktor Swishtail aus seinem Studierzimmer trat, um sich nach der Ursache des Lärmes zu erkundigen. Natürlich drohte er Feige mit einem gehörigen Quantum Prügel; aber Cuff, der gerade wieder zu sich gekommen war und seine Wunden wusch, stand auf und sagte: „Ich bin schuld, Sir, nicht Feige – eh, Dobbin. Ich habe einen kleinen Knaben verprügelt, und deshalb ist mir recht geschehen." Mit dieser großmütigen Rede ersparte er nicht allein seinem Sieger eine Tracht Prügel, sondern gewann auch seinen Einfluß auf die Knaben zurück, den er durch seine Niederlage beinahe eingebüßt hatte.

Der junge Osborne berichtete folgendes über den Vorfall nach Hause:

Zuckerrohrstockhaus, Richmond, März 18..

Liebe Mama!

Ich hoffe, es geht Dir gut. Ich wäre Dir sehr dankbar, wenn Du mir einen Kuchen und fünf Shilling schicken würdest. Hier hat es einen Kampf zwischen Cuff und Dobbin gegeben. Cuff, weißt Du, war der Hahn der Schule. Dreizehn Runden haben sie gekämpft, und Dobbin hat ihn tüchtig verprügelt. Cuff ist deshalb jetzt nur noch zweiter Hahn. Der Kampf war wegen mir. Cuff hat mich verdroschen, weil ich eine Flasche Milch zerbrochen habe, und Feige war dagegen. Wir nennen ihn Feige, weil sein Vater Krämer ist – Feige und Rudge, Thames Street, in der Innenstadt. Weil er für mich gekämpft hat, glaube ich, wäre es gut, wenn Du Deinen Tee und Zucker bei seinem Vater kaufen würdest. Cuff geht jeden Sonnabend nach Hause, diesmal kann er aber nicht, weil er 2 blaue Augen hat. Er hat ein weißes Pony, das holt ihn ab, und einen Reitknecht in Livree auf einem Braunen. Ich wünschte, Papa würde mir auch ein Pony schenken, und ich bin

Dein gehorsamer Sohn
George Sedley Osborne.

PS: Grüß bitte die kleine Emmy von mir; ich schneide ihr gerade eine Kutsche aus Pappe aus.

Nach Dobbins Sieg stieg seine Würde ungeheuer in den Augen all seiner Schulkameraden, und der Name Feige – bisher ein Schimpfwort – wurde zu einem ebenso ehrenvollen und populären Beinamen wie alle anderen in der Schule. „Schließlich kann er doch nichts dafür, daß sein Vater ein Krämer ist", sagte George Osborne, der sich trotz seiner Kleinheit unter den Swishtailschen Jungen großer Beliebtheit erfreute; und seine Ansicht fand überall Beifall. Man bezeichnete es als gemein, über Dobbins Geburt zu spotten. „Alte Feige" wurde zum Kosenamen, und der niederträchtige Hilfslehrer verhöhnte ihn nicht länger.

Dobbins Mut wuchs mit den veränderten Verhältnissen. Er machte erstaunliche Fortschritte im Lernen. Der herrliche Cuff selbst, über dessen Herablassung Dobbin sich nur errötend wundern konnte, half ihm bei seinen lateinischen Versen, „büffelte" mit ihm in den Freistunden, brachte ihn im Triumph aus der untersten Klasse in die mittlere und verhalf ihm auch da zu einem ordentlichen Platz. Man entdeckte, daß er zwar schwach in den alten Sprachen war, in der Mathematik jedoch ungewöhnlich schnell auffaßte. Zu aller Zufriedenheit wurde er bei der nächsten öffentlichen Sommerprüfung der Drittbeste in Algebra und erhielt einen Preis, ein französisches Buch. Der geneigte Leser hätte das Gesicht seiner Mutter sehen sollen, als ihm der Doktor vor versammelter Schule, vor den Eltern und vielen anderen den „Télémaque", jenen köstlichen Roman, mit der Widmung „für Gulielmo Dobbin" überreichte. Alle Knaben klatschten Beifall zum Zeichen ihrer Sympathie. Wer beschreibt sein Erröten, sein Stolpern, seine Verlegenheit oder zählt die Füße, auf die er trat, als er zu seinem Platz zurückging? Der alte Dobbin, sein Vater, der jetzt zum ersten Male Achtung vor ihm empfand, gab ihm vor aller Augen zwei Guineen, wovon das meiste für einen allgemeinen Schulschmaus verbraucht wurde; nach den Ferien kam er in einem Frack zur Schule zurück.

Dobbin war ein viel zu bescheidener junger Bursche, um anzunehmen, daß er diese glückliche Wendung seiner Verhältnisse seinem eigenen, mutigen und mannhaften Einsatz verdanke: infolge einer gewissen Halsstarrigkeit zog er vor, sein Glück einzig und allein der Vermittlung und Güte des kleinen George Osborne zuzuschreiben, dem er daher auch von nun an seine Liebe schenkte, eine Liebe, wie nur Kinder sie fühlen – eine Liebe, wie sie der ungeschlachte Orson in dem bezaubernden Märchenbuch für seinen Besieger, den herrlichen jungen Valentine, empfand. Er warf sich dem kleinen Osborne zu Füßen und liebte ihn. Schon vor ihrer Bekanntschaft hatte er Osborne insgeheim bewundert. Jetzt war er sein Diener, sein Hund, sein Freitag. Er hielt Osborne für einen Ausbund von Vollkommenheit, für ihn war er der schönste, tapferste, fleißigste, gescheiteste, großherzigste Knabe der Welt. Er teilte sein Geld mit ihm, kaufte ihm unzählige Geschenke: Messer, Federtaschen, vergoldete Siegel, Süßigkeiten, kleine Singvögel und romantische Bücher mit großen bunten Abbildungen von Rittern und Räubern, in denen man oft die Widmung „Für George Sedley Osborne, Esquire, von seinem lieben Freund William Dobbin" lesen konnte. Diese Huldigungsweise nahm George gnädig entgegen, da sie seinen hohen Verdiensten zukamen.

So geschah es denn, daß Leutnant Osborne, als er am Tage des Vauxhall-Ausfluges am Russell Square ankam, zu den Damen sagte: „Mrs. Sedley, hoffentlich haben Sie noch Platz; ich habe Freund Dobbin eingeladen, hier mit uns zu essen und uns nach Vauxhall zu begleiten. Er ist fast so schüchtern wie Joe."

„Schüchtern! Pah!" rief der beleibte Herr und warf einen Siegerblick auf Miss Sharp.

„Das stimmt, aber du bist unvergleichlich anmutiger, Sedley", fügte Osborne lachend hinzu. „Ich traf ihn im Bedfordklub, als ich dich dort suchte, und ich sagte ihm. Miss Amelia sei heimgekommen und wir hätten alle vor, heute abend auszugehen, und Mrs. Sedley sei ihm nicht länger böse, daß er auf der Kindergesellschaft die Punschbowle zerbrochen habe. Können Sie sich noch an die Katastrophe vor sieben Jahren erinnern, Madame?"

„Über das rote Seidenkleid von Mrs. Flamingo", sagte die gutmütige Mrs. Sedley, „was er doch für ein Tolpatsch war, und seine Schwestern sind auch nicht viel anmutiger. Lady Dobbin war gestern abend mit dreien davon in Highbury. Figuren haben die, Kinder, nein!"

„Der Alderman ist sehr reich, nicht wahr?" fragte Osborne verschmitzt. „Meinen Sie nicht auch, daß eine von den Töchtern für mich eine gute Partie wäre, Madame?"

„Sie Dummkopf! Wer würde Sie schon nehmen mit Ihrem gelben Gesicht? Das möchte ich gern wissen."

„Ich und ein gelbes Gesicht? Warten Sie, bis Sie Dobbin gesehen haben. Der hat dreimal das gelbe Fieber gehabt, zweimal in Nassau und einmal auf Saint Kitts."

„Lassen Sie nur, Ihres ist gelb genug für uns, nicht wahr, Emmy?" meinte Mrs. Sedley, worauf Miss Amelia nur mit einem Lächeln und einem sanften Erröten antwortete. Sie blickte auf Mr. George Osbornes blasses, interessantes Gesicht und den schönen, glänzendschwarzen, gekrausten Backenbart, der dem jungen Herrn selbst außerordentlich wohl gefiel, und dachte in ihrem kleinen Herzen, daß es weder in Seiner Majestät Armee noch in der ganzen Welt je ein solches Gesicht oder einen solchen Helden gegeben habe. „Ich kümmere mich nicht um Hauptmann Dobbins Hautfarbe", sagte sie, „oder um seine Ungeschicklichkeit. Ich weiß, ich werde ihn stets gern haben." Der Grund dafür war seine Freundschaft und Ritterlichkeit für ihren George.

„In der ganzen Armee gibt es keinen netteren Menschen und keinen besseren Offizier, obgleich er nun einmal kein Adonis ist", sagte Osborne. Dabei sah er treuherzig in den Spiegel und erhaschte dort den scharf auf ihn gerichteten Blick von Miss Sharp. Er errötete ein wenig, und Rebekka, dieses schlaue Hexlein, dachte in ihrem Herzen: Ah, mon beau Monsieur! Ich glaube, daß ich dein Kaliber jetzt kenne.

Als an diesem Abend Amelia im weißen Musselinkleid, frisch wie eine Rose, in den Salon getrippelt kam, bereit, in Vauxhall die Herzen zu erobern, und wie eine Lerche sang, trat ein langer ungelenker Herr mit großen Händen und Füßen und großen Ohren, die unter dem kurzgeschnittenen, schwarzen Haar noch mehr auffielen, auf sie zu. Er trug den häßlichen Uniformrock und den Dreispitz jener Zeit und machte ihr die linkischste Verbeugung, die je von einem Sterblichen dargebracht worden war.

Es war kein anderer als Hauptmann William Dobbin von Seiner Majestät ...tem Infanterieregiment, soeben aus Westindien zurückgekehrt, wo ihn das gelbe Fieber gepackt hatte. Dorthin hatte das Geschick sein Regiment beordert, während viele seiner tapferen Kameraden auf der Pyrenäenhalbinsel Ruhm ernteten.

Er hatte seine Ankunft mit einem so schüchternen und schwachen Klopfen angezeigt, daß es die Damen oben nicht gehört hatten; sonst wäre Miss Amelia ganz sicher nicht so kühn gewesen, singend ins Zimmer zu kommen. Nun aber drang das süße, frische Stimmchen geradewegs in das Herz des Hauptmanns und nistete sich dort ein. Als sie ihm die Hand zur Begrüßung hinhielt, zögerte er einen Augenblick, bevor er sie mit der seinen umschloß, und dachte bei sich: Ei, ist es möglich, bist du das kleine Mädchen im rosa Kleidchen, das ich doch erst kürzlich gesehen habe – an dem Abend, wo ich die Punschbowle umwarf, gerade nach meiner Ernennung? Bist du das kleine Mädchen, das George Osborne heiraten wird, wie er immer erzählt? Was für ein blühendes, junges Mädchen du bist! Der Schurke hat doch wahrhaftig das Große Los gezogen! All dieses dachte er, ehe er Amelias Hand ergriff und dabei seinen Dreispitz fallenließ.

Seine Geschichte von der Beendigung der Schule bis zu dem Augenblick, wo wir das Vergnügen haben, ihn wieder zu treffen, habe ich zwar nicht ausführlich erzählt, aber meines Erachtens doch für den scharfsinnigen Leser in dem Gespräch auf der vorhergehenden Seite einigermaßen verständlich angedeutet. Dobbin, der verachtete Krämer, war nun Alderman Dobbin, und Alderman Dobbin war Oberst bei der Londoner Bürgerwehr, die damals darauf brannte, den Einfall der Franzosen zu vereiteln. Der Herrscher und der Herzog von York hatten eine Truppenbesichtigung durchgeführt, an der auch Oberst Dobbins Korps beteiligt gewesen war (in diesem Korps war der alte Osborne nur ein kleiner Korporal). Oberst und Alderman war in den Ritterstand erhoben worden. Sein Sohn war zur Armee gegangen, und bald trat Osborne in dasselbe Regiment ein. Sie hatten in Westindien und Kanada gedient. Ihr Regiment war eben nach England zurückgekehrt, und Dobbin empfand für George Osborne immer noch die gleiche warme und hochherzige Freundschaft wie als Schuljunge.

Nun setzten sich diese trefflichen Leute bald zum Essen nieder. Sie sprachen von Krieg und Ruhm, von Bony und Lord Wellington und der letzten Nummer der „Gazette". Jede Zeitung in jenen Tagen hatte in ihren Spalten einen Sieg, und die beiden tapferen jungen Männer brannten darauf, ihre eigenen Namen auf der ruhmvollen Liste zu erblicken, und verfluchten ihr mißliches Geschick, zu einem Regiment zu gehören, das bisher noch keine Gelegenheit gehabt hatte, sich auszuzeichnen. Miss Sharp brannte vor Begeisterung bei diesem aufregenden Gespräch, Miss Sedley dagegen zitterte und wurde fast ohnmächtig beim Zuhören. Mr. Joe erzählte einige seiner Tigerjagdgeschichten, beendete die von Miss Cutler und Stabsarzt Lance, bediente Rebekka bei Tisch und aß und trank selbst riesige Mengen.

Er sprang auf, um den Damen mit umwerfender Anmut die Tür zu öffnen, als diese sich zurückzogen, und zum Tisch zurückgekehrt, schenkte er sich einen Becher Rotwein nach dem andern ein und stürzte ihn mit nervöser Hast hinunter.

„Er trinkt sich Mut an", flüsterte Osborne Dobbin zu, und endlich kamen Stunde und Wagen für Vauxhall.

6. Kapitel

Vauxhall

Ich weiß, daß die Melodie, die ich jetzt blase, äußerst sanft ist (obgleich bald schrecklichere Kapitel folgen werden), und muß daher den gütigen Leser bitten, zu bedenken, daß wir augenblicklich bloß über eine Börsenmaklerfamilie vom Russell Square sprechen, deren Mitglieder spazierengehen, frühstücken, Mittag essen, sich unterhalten und sich verlieben wie andere gewöhnliche Sterbliche auch, und es passiert kein einziges leidenschaftliches und wunderbares Ereignis, das das Wachsen ihrer Liebe bezeichnen könnte. Die Sache steht jetzt so: Osborne, verliebt in Amelia, hat einen alten Freund zum Mittagessen und nach Vauxhall eingeladen; Joe Sedley ist verliebt in Rebekka. Wird er sie heiraten? Das ist die große Frage, die uns nun beschäftigt.

Wir hätten dieses Thema auf vornehme, romantische oder witzige Art behandeln können. Angenommen, wir hätten die Szene nach dem Grosvenor Square verlegt, ohne an den Ereignissen selbst etwas zu ändern. Würden uns da nicht manche Leute zugehört haben? Angenommen, wir hätten gezeigt, wie Lord Joseph Sedley sich verliebte und der Marquis von Osborne Lady Amelia gewann, mit der vollen Zustimmung des Herzogs, ihres edlen Vaters; oder angenommen, wir hätten, anstatt den vornehmen Adel zu beschreiben, auf die untersten Schichten zurückgreifen und erzählen können, was in Mr. Sedleys Küche geschah: wie der schwarze Sambo sich in die Köchin verliebt habe (was wirklich stimmte) und wie er sich ihretwegen mit dem Kutscher prügelte, wie der Küchenjunge beim Stehlen einer kalten Hammelkeule ertappt wurde und wie Miss Sedleys Kammermädchen sich weigerte, ohne Kerze zu Bett zu gehen. Solche Ereignisse hätten wohl die Lachmuskeln des Lesers in Bewegung gesetzt und würden als Szenen aus dem „Leben" betrachtet werden. Oder angenommen, wir hätten im Gegenteil einen Hang zum Grausigen und machten den Liebhaber des neuen Kammermädchens zum Berufseinbrecher, der mit seiner Bande in das Haus eindringt, den schwarzen Sambo zu Füßen seines Herrn hinschlachtet, Amelia im Nachtkleid entführt und sie erst im dritten Band wieder freiläßt, dann wäre die Geschichte so überaus spannend geworden, daß der Leser die erregenden Kapitel atemlos verschlungen hätte. Man stelle sich zum Beispiel vor, dieses Kapitel hätte folgende Überschrift gehabt:

Der nächtliche Überfall

Die Nacht war dunkel und wild – die Wolken schwarz –schwarz – tintenschwarz. Der brausende Wind riß die Schornsteinkappen von den Dächern der alten Häuser und wirbelte die klappernden Dachziegel durch die einsamen Straßen. Keine Seele wagte diesem Sturm zu trotzen – die Nachtwächter verkrochen sich in ihre Häuschen, wohin ihnen der prasselnde Regen folgte – wo vielleicht krachend der Blitz einschlug und sie traf. Einer war auf diese Weise gegenüber dem Findelhaus erschlagen werden. Ein versengter Mantel, eine zertrümmerte Laterne, ein zerbrochener Stab war alles, was von dem starken Will Standhaft übrigblieb. Ein Droschkenkutscher war in der Southampton Row vom Bock geweht worden – wohin? Aber der Wirbelwind bringt keine Kunde von seinem Opfer, nur den Abschiedsschrei, als er davongetragen wurde! Schreckliche Nacht! Es war dunkel, stockdunkel. Kein Mond. Nein, nein. Kein Mond. Nicht ein Stern. Nicht ein einziger, schwacher, funkelnder, einsamer Stern. Zwar war am zeitigen Abend einer aufgetaucht, aber er zeigte sein Antlitz nur einen Augenblick schaudernd am schwarzen Himmel und zog sich dann wieder zurück.

Eins, zwei, drei! Es ist das Signal, das Schwarze Maske verabredet hat.

„Mofy! Ist das deine Stimme?" fragte jemand vom unteren Hausraume her. „Ich will den Hund zum Schweigen bringen und die Tür augenblicklich aufmachen."

„Halt dein Maul, und tummle dich!" sagte Vizard mit einem entsetzlichen Fluch. „Hierher, Männer; wenn sie schreien, dann heraus mit euren Messern, und brav damit gearbeitet! Kümmere du dich um das Silberzimmer, Blowser, und du, Mark, um die Kiste, worin der alte Spitzbube seinen Mammon aufbewahrt; und ich", setzte er mit leiserer, aber unheimlicherer Stimme hinzu, „ich will nach Amelia sehen!"

Hier folgte Totenstille. „Ha", sagte Vizard, „hat da nicht eben der Hahn einer Pistole geknackt?"

Oder angenommen, wir hätten den vornehmen Rosenwasserstil angewendet.

Der Marquis von Osborne hat soeben seinen petit tigre mit einem billet-doux zu Lady Amelia geschickt.

Das liebe Geschöpf hat es aus den Händen ihrer femme de chambre, Mademoiselle Anastasie, empfangen.

Teurer Marquis! Was für eine liebenswürdige Höflichkeit! Das Briefchen Seiner Lordschaft enthält die ersehnte Einladung ins Devonshire-Haus!

„Wer ist das erstaunlich schöne Mädchen dort?" fragte der sémillante Prinz G-rge von Cambridge in einem Palast in Piccadilly noch am gleichen Abend (er war gerade aus der Proszeniumsloge in der Oper gekommen). „Mein lieber Sedley, im Namen aller Cupidos, stellen Sie mich ihr vor!"

„Ihr Name, Monseigneur", sagte Lord Joseph mit feierlicher Verbeugung, „ist Sedley."

„Vous avez alors un bien beau nom", sagte der junge Prinz, während er sich recht enttäuscht auf dem Absatz herumdrehte. Dabei trat er einem alten Herrn auf den Fuß, der, in tiefe Bewunderung der schönen Lady Amelia versunken, hinter ihm stand.

„Trente mille tonnerres!" schrie das Opfer und krümmte sich in der agonic du moment.

„Ich bitte Eure Gnaden tausendmal um Verzeihung", sagte der junge étourdi errötend und neigte seine blonden Locken tief. Er war dem größten Hauptmann aller Zeiten auf die Zehen getreten!

„Oh, Devonshire!" rief der junge Prinz einem hochgewachsenen, gutmütigen Edelmann zu, dessen Gesichtszüge ihn als einen vom Blut der Cavendish auswiesen. „Nur auf ein Wort! Beabsichtigen Sie noch, sich von Ihrer Diamantkette zu trennen?"

„Ich habe sie für zweihundertundfünfzig: Pfund an Fürst Esterhazy hier verkauft."

„Und das war gar nicht teuer, potztausend", rief der fürstliche Ungar und so weiter und so fort.

Sehen Sie, meine Damen, so hätte die Erzählung aussehen können, wenn der Verfasser die Absicht gehabt hätte, sie so zu schreiben. Er ist nämlich, um die Wahrheit zu gestehen, ebenso bekannt mit Newgate wie mit den Palästen unserer verehrten Aristokratie und hat beide von außen gesehen. Da ich aber die Sprache und Sitten von Rookery nicht verstehe noch die Konversation in vielen Sprachen, die nach den Modeschriftstellern die Tonangebenden führen sollen, so müssen wir, wenn der Leser gestattet, bescheiden unseren goldenen Mittelweg beibehalten und die Schauplätze und Personen beschreiben, die wir am besten kennen. Mit einem Wort, dieses Kapitel über Vauxhall wäre ohne obige kleine Erörterung so außerordentlich kurz ausgefallen, daß es die Bezeichnung Kapitel kaum verdient hätte. Und doch ist es ein Kapitel, und sogar ein sehr wichtiges. Gibt es nicht in jedermanns Leben kurze, scheinbar bedeutungslose Kapitel, die doch die ganze übrige Geschichte beeinflussen?

Wir wollen also mit der Gesellschaft vom Russell Square in die Kutsche steigen und in die Vauxhall-Gärten fahren. Auf dem Vordersitz zwischen Joe und Miss Sharp ist kaum noch Platz. Mr. Osborne sitzt gegenüber, eingezwängt zwischen Hauptmann Dobbin und Amelia.

Alle Insassen der Kutsche waren sich einig, daß Joe an dem Abend Rebekka Sharp bitten würde, Mrs. Sedley zu werden. Die Eltern daheim hatten sich stillschweigend in die Sache ergeben, obgleich, unter uns gesagt, der alte Mr. Sedley für seinen Sohn so etwas wie Verachtung fühlte. Er nannte ihn eitel, selbstsüchtig, träge und weibisch. Er konnte sein weltmännisches Gehabe nicht ausstehen und lachte herzlich über seine prahlerischen Aufschneidergeschichten. „Der Bursche wird mein halbes Vermögen erben“, sagte er, „daneben wird er selbst eine ganze Menge besitzen, aber ich bin völlig sicher, wenn du und ich und seine Schwester morgen sterben müßten, würde er ›Ach du lieber Gott!‹ sagen und sich seinem Essen ganz wie sonst widmen. Ich werde mir seinetwegen keine grauen Haare wachsen lassen. Meinethalben soll er heiraten, wen er will. Das ist nicht meine Angelegenheit.“

Amelia dagegen war, wie alle jungen Mädchen ihres Geistes und Temperamentes, ganz begeistert für die Verbindung. Ein- oder zweimal hatte Joe angesetzt, ihr etwas sehr Wichtiges zu sagen, und sie hätte ihm herzlich gern ihr Ohr geliehen; aber der fette Bursche konnte sich nicht durchringen, sein großes Geheimnis preiszugeben, und wandte sich nur, zum Verdrusse seiner Schwester, mit einem abgrundtiefen Seufzer ab.

Dieses Geheimnis hielt Amelias sanftes Herz in ständiger Aufregung. Wenn sie auch nicht mit Rebekka über den zarten Gegenstand sprach, so entschädigte sie sich doch durch lange und vertrauliche Unterredungen mit Mrs. Blenkinsop, der Haushälterin, die dem Kammermädchen einige Andeutungen machte, welche es wiederum, wahrscheinlich ganz nebenbei, gegenüber der Köchin erwähnte; diese nun trug zweifelsohne die Neuigkeit in allen Kaufmannsläden herum, so daß Mr. Joes Heirat jetzt von einer beträchtlichen Anzahl Personen aus der Russell-Square-Umgebung besprochen wurde.

Mrs. Sedleys Meinung war natürlich, daß ihr Sohn sich durch die Heirat mit der Tochter eines Künstlers erniedrige. „Aber, mein lieber Gott, Madame“, rief Mrs. Blenkinsop, „wir waren doch auch nichts anderes als Krämer zu der Zeit, als wir Mr. S. heirateten, der kleiner Angestellter bei einem Börsenmakler war, und wir hatten zusammen keine fünfhundert Pfund, und doch sind wir jetzt reich genug.“ Amelia teilte ganz und gar diese Ansicht, zu der sich nach und nach auch die gutmütige Mrs. Sedley bekehren ließ.

Mr. Sedley blieb neutral. „Soll Joe doch heiraten, wen er will“, wiederholte er; „das ist nicht meine Angelegenheit. Das Mädchen hat kein Vermögen, aber Mrs. Sedley hatte auch keins. Sie scheint gutmütig und gescheit zu sein, und vielleicht gelingt es ihr, ihn in Ordnung zu halten. Lieber sie, meine Liebe, als eine schwarze Mrs. Sedley und ein Dutzend mahagonibrauner Enkelkinder.“

So schien denn alles zu Rebekkas Glück zu lächeln. Als sei es selbstverständlich, ergriff sie Joes Arm, wenn man zum Essen ging; sie saß neben ihm auf dem Bock seines offenen Wagens (und fürwahr, er war ein gewaltiger Stutzer, wenn er so dasaß und prächtig gekleidet heiter seine Grauschimmel lenkte). Obgleich niemand ein Wort von der Heirat sprach, so schien es doch jedermann eine ausgemachte Sache zu sein. Alles, was sie noch brauchte, war der förmliche Antrag. Ach! Wie sehr vermißte Rebekka jetzt eine Mutter, eine liebe, zärtliche Mutter, die das Geschäft in zehn Minuten abgewickelt und im Laufe eines kleinen, zarten Gespräches unter vier Augen den verschämten Lippen des jungen Mannes das interessante Geständnis entlockt hätte!

So standen die Dinge, als der Wagen über die Westminsterbrücke fuhr.

Die Gesellschaft kam zur festgesetzten Zeit an den Königlichen Gärten an. Als der majestätische Joe aus dem knarrenden Fahrzeug stieg, begrüßte die Menge den dicken Herrn stürmisch, der daraufhin errötete und sehr groß und gewichtig wirkte, als er mit Rebekka am Arm davonschritt. George nahm sich natürlich Amelias an. Sie sah so glücklich aus wie ein Rosenstock im Sonnenschein.

„Dobbin“, sagte George, „sei doch bitte so gut und kümmere dich um die Schals und die anderen Sachen.“ So mußte der ehrliche Dobbin sich begnügen, während George und Miss Sedley davongingen und Joe sich mit Rebekka durch das Gartentor zwängte, seinen Arm den Schals zu geben und am Eingang für die ganze Gesellschaft zu bezahlen.

Bescheiden folgte er ihnen; er war kein Spielverderber. Um Rebekka und Joe kümmerte er sich keinen Pfifferling. Amelia dagegen hielt er sogar des brillanten George Osborne für würdig, und während er das hübsche Paar die Wege auf und ab gehen sah und des Mädchens Vergnügen und ihre Bewunderung bemerkte, beobachtete er ihre unschuldige Glückseligkeit mit einer Art väterlicher Freude. Vielleicht fühlte er auch, daß er gern etwas anderes als einen Schal am Arm gehabt hätte (die Leute lachten über den linkischen jungen Offizier mit dieser weiblichen Bürde), aber William Dobbin hatte keinen Hang zu selbstsüchtigen Plänen; und wie sollte er unzufrieden sein, solange sein Freund sich gut unterhielt? Und dabei nahm Hauptmann Dobbin von allen Herrlichkeiten des Gartens keine Notiz; nicht von den hunderttausend Lampen, die ständig brannten; nicht von den Geigern mit Dreispitz, die unter einer vergoldeten Muschel in der Mitte des Gartens hinreißende Melodien spielten; nicht von den Sängern, die mit lustigen und sentimentalen Balladen das Ohr entzückten; nicht von den Volkstänzen, die stramme Londoner und Londonerinnen mit Sprüngen, Stampfen und unter Lachen tanzten; nicht von dem Ausrufer, der verkündete, daß Madame Saqui sogleich auf einem bis zu den Sternen reichenden Schlappseil himmelan steigen würde; nicht von dem Einsiedler, der ständig in der erleuchteten Einsiedelei saß; nicht von den dunklen Wegen, die so geeignet waren für Liebesgeflüster junger Leute; nicht von den Bierkrügen, die schäbige alte Livrierte herumreichten, und nicht von den funkelnden Lauben, wo glückliche Schmauser glauben machten, sie verzehrten fast unsichtbare Schinkenschnitten. Von all diesem und auch von dem sanften Simpson, diesem freundlichen, lächelnden Idioten, der wohl, glaube ich, schon zu jener Zeit an der Spitze des Ganzen stand, nahm Hauptmann William Dobbin, wie gesagt, nicht die mindeste Notiz.

Er trug Amelias weißen Kaschmirschal mit sich herum, und nachdem er unter der vergoldeten Muschel zugehört hatte, wie Mrs. Salmon die „Schlacht von Borodino" sang (eine wilde Kantate gegen den korsischen Emporkömmling, den kürzlich in Rußland sein Schicksal ereilt hatte), versuchte Mr. Dobbin im Weitergehen, die Melodie zu summen, ertappte sich aber dabei, daß er die Melodie summte, die Amelia Sedley auf der Treppe gesungen hatte, als sie zum Essen herunterkam.

Er mußte über sich selber lachen, denn in Wahrheit sang er nicht besser als eine Eule.

Es versteht sich von selbst, daß unsere beiden jungen Paare sich aufs feierlichste versprachen, während des ganzen Abends beisammenzubleiben, und sich zehn Minuten später schon trennten. Gesellschaften trennten sich schon immer in Vauxhall und trafen sich beim Abendessen wieder, wo sie sich die unterdessen erlebten Abenteuer erzählen konnten.

Welche Abenteuer hatten Mr. Osborne und Miss Amelia erlebt? Das ist ein Geheimnis. Der Leser mag aber überzeugt sein, daß sie sich vollkommen glücklich fühlten und ihr Betragen äußerst korrekt war. Da sie seit fünfzehn Jahren fast ständig zusammen gewesen waren, so bot ihr Tête-à-tête nicht viel Neues.

Als aber Miss Rebekka Sharp und ihr korpulenter Gefährte sich in einem einsamen Weg verloren, in dem kaum mehr als acht Dutzend andere Paare wie sie umherschlenderten, fühlten beide, daß die Situation äußerst delikat und kritisch sei, und jetzt oder nie, dachte Miss Sharp, sei der Augenblick für die Erklärung, die auf Mr. Sedleys schüchternen Lippen schwebte. Im Panorama von Moskau, wo sie vorher gewesen waren, war ein roher Bursche Miss Sharp auf den Fuß getreten, so daß sie mit einem kleinen Schrei in Mr. Sedleys Arme zurückgefallen war; und dieser kleine Vorfall steigerte die Zärtlichkeit und das Selbstvertrauen des Herrn so sehr, daß er ihr verschiedene von seinen besten indischen Geschichten mindestens zum sechsten Male erzählte.

„Ach, wie gern möchte ich einmal nach Indien!" seufzte Rebekka.

„Wirklich?“ erkundigte sich Joseph mit überwältigender Zärtlichkeit und wollte zweifellos dieser sinnreichen Frage eine noch zärtlichere folgen lassen (denn er schnaufte und keuchte gewaltig, und Rebekka konnte mit der Hand, die sich nicht weit von seinem Herzen befand, die fieberhaften Schläge dieses Organs zählen), als – ach, wie ärgerlich! – die Glocke zum Feuerwerk ertönte und mit einmal ein großes Geschiebe und Gerenne einsetzte, so daß auch unser interessantes Liebespaar gezwungen war, dem Menschenstrom zu folgen.

Hauptmann Dobbin hatte eigentlich die Absicht gehabt, sich beim Abendessen wieder der Gesellschaft anzuschließen, da er die Belustigungen von Vauxhall wirklich nicht besonders reizvoll fand – aber er ging zweimal an der Laube vorbei, wo die jetzt vereinigten Paare beisammensaßen, ohne daß jemand Notiz von ihm nahm. Es war für vier Personen gedeckt. Die beiden Paare plauderten munter, und Dobbin wußte, daß sie ihn so vollständig vergessen hatten, als habe er auf dieser Welt nie existiert.

„Ich würde nur de trop sein“, sagte der Hauptmann und blickte ziemlich sehnsüchtig zu ihnen hin. „Das beste ist wohl, ich gehe und unterhalte mich mit dem Einsiedler“, und so zog er sich aus dem Stimmengesumm, Lärm und Besteckgeklapper zurück in den dunklen Weg, an dessen Ende der berühmte Papp-Einsiedler hauste. Es war nicht besonders kurzweilig für Dobbin, und tatsächlich weiß ich aus eigener Erfahrung, daß das Alleinsein in Vauxhall für einen Junggesellen eines der traurigsten Vergnügen ist.

Die beiden Paare in ihrer Laube unterhielten sich äußerst angeregt und vertraulich und waren vollkommen glücklich. Joe strahlte in seiner ganzen Herrlichkeit und gab den Kellnern majestätisch unaufhörlich Anweisungen. Er machte den Salat an, entkorkte den Champagner, zerlegte das Geflügel und aß und trank den größten Teil der aufgetragenen Erfrischungen. Zum Abschluß mußte er noch einen Arrakpunsch trinken; jedermann in Vauxhall trinkt Arrakpunsch. „Kellner, Arrakpunsch!“

Diese Bowle Arrakpunsch war der Anlaß zu der ganzen Geschichte; und warum soll nicht eine Bowle Arrakpunsch ein ebenso guter Anlaß sein wie jeder andere? War nicht eine Schale mit Blausäure der Grund, weshalb die schöne Rosamunde sich von der Welt zurückzog? War nicht ein Becher Wein die Ursache für das Ableben Alexanders des Großen? (Zumindest behauptet es Dr. Lempriere.) Nun beeinflußte dieser Arrakpunsch das Schicksal sämtlicher Hauptpersonen in diesem „Roman ohne Helden“, den wir jetzt erzählen. Er wirkte auf ihr ganzes Leben ein, obgleich die meisten von ihnen keinen Tropfen davon kosteten.

Die jungen Damen tranken keinen; Osborne mochte ihn nicht, und folglich trank Joe, der dicke Prasser, den Inhalt der Bowle allein aus; und die Folge davon wiederum war eine anfangs staunenerregende, dann fast peinliche Heiterkeit; denn er sprach und lachte so laut, daß sich Dutzende Neugieriger um die Laube scharten, sehr zum Leidwesen der harmlosen Gesellschaft drinnen, und als Joe schließlich anfing zu singen, und zwar in den rührseligen hohen Tönen Betrunkener, lockte er den Musikanten unter der vergoldeten Muschel fast das gesamte Publikum weg und erntete von seinen Zuhörern ungeheuren Beifall.

„Bravo, bravo, Dicker!“ rief einer. „Da capo, Daniel Lambert!“ schrie ein anderer. „Was für eine Figur: zum Seiltanzen!“ brüllte ein dritter Spaßvogel zur unaussprechlichen Verlegenheit der Damen und zum großen Mißvergnügen von Mr. Osborne.

„Um Himmels willen, Joe, laß uns doch lieber gehen“, rief der junge Mann, und die Mädchen erhoben sich.

„Halt, mein Lirum-larum-liebchen“, juchzte Joe, der jetzt kühn wie ein Löwe war und Miss Rebekka umfaßte. Rebekka fuhr zurück, konnte aber ihre Hand nicht befreien. Das Gelächter draußen verdoppelte sich. Joe fuhr fort zu trinken, seine Liebestollheit zu zeigen und zu singen; seinen Zuhörern zuwinkend und gläserschwenkend, forderte er alle auf, hereinzukommen und seinen Punsch mit ihm zu teilen.

Mr. Osborne war gerade im Begriff, einen Herrn in Stulpenstiefeln zu Boden zu schlagen, der von dieser Einladung Gebrauch machen wollte, und ein Tumult schien unausbleiblich zu sein, als zum Glück ein Herr namens Dobbin, der im Garten umhergeschlendert war, auf die Laube zutrat. „Packt euch, ihr Narren!“ rief dieser Herr, drängte einen großen Teil der Menge beiseite – vor dem Anblick seines Dreispitzes und seines grimmigen Aussehens verzog sich sowieso bald alles – und betrat höchst aufgeregt die Laube.

„Guter Gott! Dobbin, wo bist du bloß gewesen?“ fragte Osborne, riß den weißen Kaschmirschal vom Arm seines Freundes und hüllte Amelia damit, ein. – „Mach dich ein bißchen nützlich und kümmere dich um Joe, während ich die Damen zum Wagen bringe.“

Joe wollte aufstehen und sich ins Mittel legen, aber ein einziger Finger von Osborne warf ihn wieder schnaufend auf seinen Sitz zurück, und so konnte denn der Leutnant die Damen in Sicherheit bringen. Joe warf den Weggehenden Kußhände nach und schluchzte: „Gott segne euch, Gott segne euch!“ Darauf ergriff er Hauptmann Dobbins Hand und vertraute diesem Herrn jämmerlich weinend das Geheimnis seiner Liebe an. Er bete das Mädchen an, das eben hinausgegangen sei; er wisse wohl, daß er durch sein Benehmen ihr Herz gebrochen; er wolle sie am nächsten Morgen in der Sankt-Georgs-Kirche am Hanover Square heiraten; er wolle den Erzbischof von Canterbury im Lambethpalast herausklopfen; ja, das wolle er, beim Zeus! Damit der gleich bereit sei. Diese Äußerung griff Hauptmann Dobbin geschickt auf und überredete ihn, den Garten schleunigst zu verlassen und zum Lambethpalast zu eilen. Sobald sie aber einmal den Ausgang hinter sich hatten, bugsierte er Mr. Joe Sedley ohne viel Mühe in eine Droschke, die ihn sicher vor seiner Wohnung absetzte.

George Osborne brachte auch die Mädchen wohlbehalten nach Hause. Als aber die Tür sich hinter ihnen geschlossen hatte und er über den Russell Square ging, lachte er zur Verwunderung des Nachtwächters laut los. Amelia sah ihre Freundin kläglich an, als sie die Treppe hinaufstiegen, küßte sie und ging, ohne ein Wort zu sagen, zu Bett.

Morgen muß er mir den Antrag machen, dachte Rebekka. Viermal hat er mich seine Herzallerliebste genannt und mir vor Amelias Augen die Hand gedrückt. Morgen muß er mir den Antrag machen. Das gleiche glaubte auch Amelia, und dabei dachte sie wohl auch an das Kleid, das sie als Brautjungfer tragen würde, und an die Geschenke, die sie ihrer netten kleinen Schwägerin machen könnte, und an eine spätere Feier, bei der sie selbst die Hauptrolle spielen würde, und so weiter und so fort.

Oh, ihr ahnungslosen jungen Geschöpfe! Wie wenig wißt ihr von der Wirkung des Arrakpunsches. Was ist die Freude beim abendlichen Arrakpunsch gegenüber der Pein am folgenden Morgen? Mir, einem Mann, kann man es glauben: Keine Kopfschmerzen der Welt gleichen denen, die der Vauxhall-Punsch verschuldet. Noch nach zwanzig Jahren erinnere ich mich an die Folgen von, auf Ehrenwort, nur zwei Gläsern; und Joseph Sedley, mit seinem Leberleiden, hatte mindestens einen Liter von dem abscheulichen Gebräu hinuntergestürzt.

Der nächste Morgen, der, wie Rcbekka dachte, die Morgenröte ihres Glückes bringen sollte, fand Sedley unter Qualen stöhnend, die zu beschreiben die Feder sich sträubt. Das Sodawasser war noch nicht erfunden. Dünnbier – unglaublich! – war das einzige, womit unglückliche Herren das Fieber linderten, das die Zechgelage der vergangenen Nacht bewirkt hatten. Mit diesem milden Getränk vor sich, fand George Osborne den ehemaligen Steuereinnehmer von Boggley Wollah ächzend auf dem Sofa in seiner Wohnung. Dobbin war bereits anwesend, um, gutmütig wie er war, seinen Patienten vom vergangenen Abend zu pflegen. Die beiden Offiziere blickten auf den ausgestreckten Bacchanten, tauschten verstohlene Blicke und grinsten sich verständnisinnig an. Sogar Sedleys Diener, ein äußerst feierlicher und korrekter Mensch, sonst stumm und gravitätisch wie ein Leichenbestatter, konnte nur mit Mühe Haltung bewahren, als er seinen unglücklichen Herrn betrachtete.

„Mr. Sedley war gestern abend außerordentlich ungebärdig, Sir“, flüsterte er Osborne vertraulich zu, als dieser die Treppe heraufkam. „Er wollte mit dem Droschkenkutscher anbinden, Sir. Der Hauptmann mußte ihn wie ein kleines Kind in seinen Armen hinauftragen.“ Ein Anflug von Lächeln huschte über Mr. Brushs Züge, während er das erzählte, machte aber sofort wieder der unergründlichen Ruhe Platz, als er die Salontür aufriß und „Mr. Osborn“ meldete.

„Wie geht es dir, Sedley?“ begann der junge Spaßvogel, als er sein Opfer eine Weile gemustert hatte. „Die Knochen noch alle ganz? Unten ist ein Droschkenkutscher mit einem blauen Auge und verbundenem Kopf, der dir mit dem Gericht droht.“

„Was soll das bedeuten – Gericht?“ fragte Sedley matt.

„Weil du ihn vergangene Nacht verdroschen hast – nicht wahr, Dobbin? Du hast ja zugehauen wie Molyneux. Der Nachtwächter sagt, er habe noch nie im Leben einen Mann so schnell zu Boden gehen sehen. Frag Dobbin.“

„Ja, Sie haben tatsächlich eine Runde mit dem Kutscher ausgetragen“, sagte Hauptmann Dobbin, „und sind dabei sehr kampflustig gewesen.“

„Und der Kerl mit dem weißen Rock in Vauxhall! Wie Joe auf ihn losging! Wie die Frauen kreischten! Beim Zeus, es tat mir im Innersten wohl, dich so zu sehen. Ich dachte, ihr Zivilisten hättet keine Courage; aber ich werde mich hüten, dir in den Weg zu geraten, wenn du bezecht bist, Joe.“

„Ich glaube, ich bin fürchterlich, wenn ich einen sitzen habe“, stieß Joe auf dem Sofa hervor und machte dabei ein so trauriges und lächerliches Gesicht, daß den Hauptmann die Höflichkeit verließ und er und Osborne in ein wieherndes Gelächter ausbrachen.

Osborne setzte ihm unbarmherzig zu. Er hielt Joe für eine Memme. Er hatte die Heiratspläne zwischen Joe und Rebekka sorgfältig erwogen und empfand keine übermäßige Freude darüber, daß ein Mitglied der Familie, in die er, George Osborne vom ...ten Regiment, heiraten wollte, drauf und dran war, eine Mesalliance mit einer kleinen Null, einer kleinen ehrgeizigen Gouvernante, einzugehen. „Du und schlagen, du armer, alter Trottel?“ sagte Osborne. „Du und fürchterlich? Ach, Mann, du konntest dich nicht einmal aufrecht halten, ganz Vauxhall hat über dich gelacht, und du selbst hast geheult. Du warst so weinselig, Joe. Kannst du dich nicht entsinnen, daß du ein Lied gesungen hast?“

„Ein was?“ fragte Joe.

„Ein rührendes Lied, und Rosa oder Rebekka oder wie sie nun heißt, Amelias kleine Freundin, hast du dein Lirum-larum-liebchen genannt.“ Bei diesen Worten ergriff der unbarmherzige junge Bursche Dobbins Hand und spielte die ganze Szene zum größten Entsetzen des ursprünglichen Darstellers noch einmal, trotz Dobbins gutmütiger Bitten, doch Mitleid mit ihm zu haben.

„Warum sollte ich ihn denn schonen?“ antwortete Osborne auf die Einwendungen seines Freundes, als sie den Leidenden in den Händen von Doktor Gollop zurückgelassen hatten. „Zum Henker, was für ein Recht hat er, sich stets so gönnerhaft aufzuspielen und uns in Vauxhall lächerlich zu machen? Wer ist das kleine Schulmädchen, das ihm schöne Augen macht? Zum Henker! Die Familie ist schon armselig genug ohne sie. Eine Gouvernante ist ja ganz schön, aber ich möchte doch lieber eine Dame zur Schwägerin haben. Ich bin zwar großzügig, habe aber doch meinen Stolz und weiß, wo ich hingehöre; und sie sollte sich ihre Stellung auch überlegen. Ich werde den großsprecherischen Nabob schon noch unterkriegen und verhindern, daß er sich zu einem größeren Narren macht, als er bereits ist. Deshalb habe ich ihm gesagt, er solle auf der Hut sein, sonst würde sie ihn noch wegen Heiratsschwindelei verklagen."

„Wahrscheinlich weißt du es am besten", meinte Dobbin, wenn auch etwas zweifelnd. „Du bist immer Tory gewesen, und ihr seid eine der ältesten englischen Familien; aber..."

„Komm mit zu den Mädchen und mach Miss Sharp selbst den Hof", unterbrach der Leutnant seinen Freund; aber Hauptmann Dobbin lehnte es ab, Osborne zu seinem täglichen Besuch bei den jungen Damen am Russell Square zu begleiten.

Als George von Holborn die Southampton Row hinabging, sah er im Sedleyschen Haus, in zwei verschiedenen Stockwerken, zwei Köpfe auf der Lauer liegen.

Miss Amelia schaute nämlich vom Balkon des Salons angestrengt nach dem Leutnant aus, der auf der anderen Seite des Russell Square wohnte; Miss Sharp dagegen war in ihrem kleinen Schlafzimmer im zweiten Stockwerk auf Wachposten, um Mr. Josephs mächtige Gestalt auftauchen zu sehen.

„Schwester Anne sitzt auf dem Wachtturm, aber niemand kommt", rief er Amelia lachend zu und freute sich königlich über den Spaß, als er Miss Sedley mit den komischsten Ausdrücken den trübseligen Zustand ihres Bruders beschrieb.

„Es ist doch aber sehr grausam von Ihnen, zu lachen, George", sagte sie und sah recht unglücklich aus; allein George lachte nur um so mehr über ihren kläglichen und verwirrten Gesichtsausdruck und blieb dabei, daß der Spaß doch höchst gelungen sei. Als Miss Sharp die Treppe herabkam, neckte er sie munter wegen der Wirkung ihrer Reize auf den dicken Zivilisten.

„Oh, Miss Sharp! Könnten Sie ihn heute morgen in seinem geblümten Schlafrock sehen", sagte er, „wie er stöhnt und sich auf seinem Sofa windet. Hätten Sie nur sehen können, wie er Gollop, dem Arzt, seine Zunge zeigte."

„Wenn ich wen sehen könnte?" fragte Miss Sharp.

„Wen? Ach, wen? Hauptmann Dobbin natürlich, dem wir alle, beiläufig gesagt, gestern abend so viel Aufmerksamkeit gewidmet haben."

„Wir waren sehr unfreundlich zu ihm", sagte Emmy und errötete. „Ich – ich hatte ihn ganz vergessen."

„Das ist ganz natürlich", rief Osborne, immer noch lachend. „Man kann doch nicht immer an Dobbin denken, nicht wahr, Amelia. Oder doch, Miss Sharp?"

„Abgesehen von dem Weinglas, das er bei Tisch umstieß", sagte Miss Sharp hochmütig und warf den Kopf zurück, „habe ich keinen Augenblick einen Gedanken an Hauptmann Dobbins Existenz verschwendet."

„Sehr gut, Miss Sharp, ich will es ihm sagen“, sagte Osborne, und während er sprach, beschlich Miss Sharp ein Gefühl von Mißtrauen und Haß gegen diesen jungen Offizier, dessen er sich ganz und gar nicht bewußt war. Er will sich über mich lustig machen, ganz bestimmt, dachte Rebekka. Hat er mich bei Joseph lächerlich gemacht? Hat er ihn abgeschreckt? Vielleicht kommt er gar nicht.

Ein Schleier legte sich über ihre Augen, und ihr Herz schlug zum Zerspringen. „Sie sind immer zu Spaßen aufgelegt“, sagte sie und lächelte, so unschuldig sie konnte. „Scherzen Sie nur weiter, Mr. George, mich verteidigt ja keiner.“ Als George Osborne ging und Amelia ihn mißbilligend ansah, empfand er als Mann doch eine gewisse Zerknirschung, daß er sich gegen das schutzlose Geschöpf unnötigerweise so unfreundlich benommen hatte. „Meine liebste Amelia“, sagte er, „Sie sind zu gut – zu freundlich. Sie kennen die Welt nicht. Ich kenne sie aber. Und Ihre kleine Freundin, Miss Sharp, sollte sich überlegen, wo sie hingehört.“

„Glauben Sie nicht, daß Joe ...“

„Ehrenwort, meine Liebe, ich weiß es nicht. Vielleicht, vielleicht auch nicht; ich habe ihm nichts vorzuschreiben. Ich weiß nur, daß er schrecklich dumm und eitel ist und daß er mein kleines liebes Mädchen gestern abend in eine sehr peinliche und schiefe Lage gebracht hat. Mein Lirum-larum-liebchen!“ Und abermals lachend, verschwand er, und weil es so drollig geschah, mußte auch Emmy lachen.

Den ganzen Tag ließ sich Joe nicht blicken. Amelia aber machte sich deshalb keine Gedanken, denn die kleine Ränkeschmiedin hatte doch tatsächlich den Pagen, Mr. Sambos Adjutanten, in Mr. Josephs Wohnung geschickt, um ihn um ein versprochenes Buch zu bitten und sich nach seinem Befinden zu erkundigen. Die Antwort von Joes Diener, Mr. Brush, lautete, sein Herr liege krank im Bett und der Doktor sei soeben bei ihm gewesen. Morgen wird er bestimmt kommen, dachte sie, hatte aber nicht den Mut, mit ihrer Freundin darüber zu sprechen; auch Rebekka erwähnte die Sache während des ganzen Abends nach der Vauxhall-Partie mit keinem Wort.

Am nächsten Tage jedoch, als die beiden jungen Damen auf dem Sofa saßen und so taten, als arbeiteten sie oder schrieben Briefe oder läsen Romane, kam Sambo mit seinem üblichen gewinnenden Grinsen ins Zimmer, mit einem Paket unter dem Arm und einem Billett auf dem Präsentierbrett. „Ein Billett von Mr. Joe, Miss“, verkündete Sambo.

Wie Amelia zitterte, als sie es öffnete!

Es lautete wie folgt:

Liebe Amelia!
Anbei schicke ich Dir die „Waise vom Walde“. Ich war gestern zu krank, um Euch zu besuchen. Heute fahre ich nach Cheltenham. Wenn möglich, entschuldige mich bei der liebenswürdigen Miss Sharp wegen meines Benehmens in Vauxhall und bitte sie doch,

jede Äußerung, die ich während dieses unglückseligen Soupers in der Erregung gemacht habe, zu verzeihen und zu vergessen. Sobald ich mich wieder erholt habe, denn meine Gesundheit ist einigermaßen erschüttert, werde ich auf einige Monate nach Schottland gehen. Unterdessen verbleibe ich

Dein Joe Sedley.

Das war das Todesurteil. Alles war vorüber. Amelia wagte es nicht, in Rebekkas blasses Gesiebt und ihre brennenden Augen zu blicken; sie ließ den Brief in den Schoß der Freundin fallen, stand auf, ging in ihr Zimmer und weinte sich das kleine Herz aus dem Leibe.

Mrs. Blenkinsop, die Haushälterin, suchte sie dort bald auf, um sie zu trösten; an ihrer Schulter weinte sich Amelia vertrauensvoll aus und fand Erleichterung. „Nehmen Sie sich die Sache doch nicht so zu Herzen, Miss. Ich wollte es Ihnen nur nicht sagen; aber keiner von uns im Haus hat sie gern gehabt, höchstens am Anfang. Ich habe mit meinen eigenen Augen gesehen, wie sie Briefe von Ihrer Mama gelesen hat. Die Pinner hat erzählt, daß sie andauernd an Ihrem Schmuckkästchen und an Ihrer Kommode war, und auch an anderen Kommoden, und sie glaubt fest, daß sie sich Ihr weißes Band in den Koffer getan hat.“

„Das habe ich ihr doch geschenkt, ganz bestimmt“, versicherte Amelia.

Allein das konnte Mrs. Blenkinsops Meinung über Miss Sharp nicht ändern. „Ich für mein Teil traue den Gouvernanten nicht über den Weg, Pinner“, bemerkte sie gegenüber dem Kammermädchen. „Sie tun, als wären sie Damen, und dabei ist ihr Lohn nicht höher als meiner oder Ihrer.“

Allen im Hause, außer der armen Amelia, wurde klar, daß Rebekka nicht länger bleiben dürfe, und hoch und niedrig (immer mit der einen Ausnahme) war man sich einig, daß die Abreise sehr bald erfolgen müsse. Das gute Kind durchstöberte all ihre Kommoden, Schränke, Handarbeitsbeutel und andere Behältnisse, in denen sie ihren Kleinkram verwahrte, musterte all ihre Kleider, Halstücher, Spitzenbesätze, Bänder, Seidenstrümpfe und dergleichen Firlefanz und suchte das eine oder das andere heraus, um Rebekka ein Häufchen zurechtzulegen. Dann ging sie zu ihrem Vater, der, großmütiger britischer Kaufmann, der er war, ihr versprochen hatte, ihr so viele Guineen zu geben, wie sie Jahre zählte, und bat den alten Herrn, das Geld lieber der guten Rebekka zukommen zu lassen, die es sicher brauchen könnte, während es ihr selbst doch an nichts fehlte.

Sie bewegte sogar George Osborne, dazu beizusteuern, und bereitwillig (denn so freigebig wie er war kaum ein zweiter in der Armee) begab er sich in die Bond Street und kaufte den schönsten Hut und die hübscheste Jacke, die für Geld zu haben war.

„Das schenkt dir George, teure Rebekka“, sagte Amelia, ganz stolz auf die Schachtel mit diesen Gaben. „Was er für einen guten Geschmack hat! Keiner kommt ihm doch gleich.“

„Nein, niemand“, antwortete Rebekka. „Wie dankbar bin ich ihm!“ In ihrem Herzen aber dachte sie, George Osborne war es, der meine Heirat verhindert hat. Und dementsprechend waren auch ihre Gefühle für Osborne.

In aller Seelenruhe traf sie ihre Anstalten für die Abreise und nahm alle Geschenke der freundlichen kleinen Amelia nach schicklichem Weigern und Zögern entgegen. Natürlich gelobte sie Mrs. Sedley ewige Dankbarkeit, drängte sich jedoch der guten Dame, die etwas in Verlegenheit war und ihr offenbar ausweichen wollte, nicht auf. Sie küßte Mr. Sedley die Hand, als er ihr die Geldbörse schenkte, und bat ihn um Erlaubnis, ihn von nun an als ihren guten, guten Freund und Beschützer betrachten zu dürfen. Ihr Benehmen hatte etwas so Rührendes, daß er ihr beinahe einen Scheck für noch zwanzig Pfund ausgestellt hätte, allein er zügelte seine Gefühle. Die Kutsche, die ihn zum Essen fahren sollte, wartete; so eilte er davon mit einem: „Gott schütze Sie, meine Liebe. Besuchen Sie uns ruhig, wenn Sie in der Stadt sind. – Zum Mansion House, James!“

Schließlich war der Augenblick des Abschieds gekommen, ein Bild, über das ich lieber einen Schleier werfen will. Aber nach einer Szene, bei der es der einen ernst war und die andere sich als vollendete Schauspielerin, erwies – nachdem die zärtlichsten Liebkosungen, die rührendsten Tränen, das Riechfläschchen und die edelsten Gefühle des Herzens aufgeboten worden waren, trennten sich Rebekka und Amelia, wobei die Abreisende hundertmal schwor, daß sie ihre Freundin immer und ewig lieben werde.

7. Kapitel

Crawley von Queen's Crawley

Einer der geachtetsten unter den Namen mit C im Adelskalender für das Jahr 18.. war Crawley, Sir Pitt, Baronet, Great Gaunt Street und Queen's Crawley, Hampshire. Dieser ehrenwerte Name war beständig zusammen mit denen einer Anzahl anderer würdiger Herren, die den Wahlbezirk jeweils vertraten, auf der Liste der Parlamentsmitglieder verzeichnet.

Über den Wahlflecken Queen's Crawley erzählt man sich, Königin Elisabeth sei einst auf einer Reise in Crawley zum Frühstück abgestiegen und sei von dem außerordentlich guten Hampshire-Bier so entzückt gewesen, welches ihr der damalige Crawley, ein schöner Mann mit gestutztem Bart und hübschem Gang, gereicht hatte, daß sie Crawley sofort zum Wahlflecken gemacht habe, der zwei Abgeordnete ins Parlament schicken durfte. Vom Tage dieses erlauchten Besuches an nannte der Ort sich Queen's Crawley und heißt auch heute noch so. Obgleich im Laufe der Zeit durch die Wandlungen, die die Jahrhunderte in Staaten, Städten und Ortschaften vollbringen, Queen's Crawley nicht mehr so bevölkert war wie zu Zeiten der Königin Bess, ja sogar in den Zustand herabgesunken war, den man allgemein als „abgewirtschaftet“ zu bezeichnen pflegte, so konnte doch Sir Pitt Crawley mit vollem Recht in seiner vornehmen Ausdrucksweise sagen: „Abgewirtschaftet? Zum Henker! Mir bringt es gute fünfzehnhundert im Jahr.“

Sir Pitt Crawley (so genannt nach dem großen Unterhausmitglied) war der Sohn von Walpole Crawley, dem ersten Baronet, der unter der Regierung Georgs II. im Schnur- und Siegellackamt war, wo er wegen Unterschlagung unter Anklage gestellt wurde, wie viele andere ehrliche Männer jener Zeit, und Walpole Crawley war, wie kaum erwähnt zu werden braucht, ein Sohn von John Churchill Crawley, so genannt nach dem berühmten Feldherrn unter der Regierung der Königin Anna. Ferner erwähnt der Familienstammbaum, der in Queen's Crawley hängt, einen Charles Stuart, später Barebone Crawley genannt, ein Sohn des Crawley aus der Zeit Jakobs I, und schließlich, im Vordergrund des Bildes, mit gegabeltem Bart, in voller Rüstung, steht der Crawley der Königin Elisabeth. Aus seiner Weste wächst, wie gewöhnlich, ein Baum hervor, auf dessen Hauptästen die erwähnten glänzenden Namen prangen. Dicht neben dem Namen von Sir Pitt Crawley, Baronet, dem Gegenstand dieser Abhandlung, liest man den seines Bruders, des Ehrwürden Bute Crawley (das berühmte Unterhausmitglied war bereits in Ungnade gefallen, als Seine Ehrwürden geboren wurde), Pfarrherrn von Crawley-cum-Snailby, und verschiedene andere männliche und weibliche Mitglieder der Familie Crawley.

Sir Pitt war zuerst verheiratet mit Grizzel, der sechsten Tochter von Mungo Binkie, Lord Binkie, und folglich Vetter von Mr. Dundas. Sie gebar ihm zwei Söhne: Pitt, der weniger nach seinem Vater so genannt wurde als nach dem göttlichen Minister, und Rawdon Crawley, nach dem Freund des Prinzen von Wales, den Seine Majestät Georg IV. so vollständig vergessen hatte. Viele Jahre nach dem Ableben der Lady führte Sir Pitt Rose, eine Tochter von Mr. John Thomas Dawson aus Mudbury, zum Altar, die ihm zwei Töchter schenkte. Für diese nun war Miss Rebekka Sharp als Erzieherin eingestellt worden. Man wird sehen, daß die junge Dame in eine Familie mit den vornehmsten Beziehungen geriet und alle Aussichten hatte, sich in einem weitaus erleseneren Kreise zu bewegen als in dem bescheidenen von Russell Square, den sie soeben verlassen hatte.

Der Auftrag, zu ihren Zöglingen zu reisen, war auf ein altes Briefkuvert geschrieben worden und lautete folgendermaßen :

„Sir Pitt Crawley bittet Miss Sharp samt Gepäck am Dienstag hier zu sein da ich morgen ganz früh nach Queen's Crawley abreiße. - Great Gaunt Street.“

Rebekka hatte, soweit sie wußte, noch nie einen Baronet gesehen, und sobald der Abschied von Amelia hinter ihr lag, die Guineen gezählt waren, welche der gutmütige

Mr. Sedley ihr in einer Börse geschenkt hatte, und die Tränen mit dem Taschentuch getrocknet waren (das hatte sie schon erledigt, als die Kutsche um die Ecke bog), begann sie, sich im Geiste einen Baronet auszumalen. Ich möchte gern wissen, ob er einen Ordensstern trägt, dachte sie; oder tragen nur Lords Sterne? Aber er wird sehr gut angezogen sein, im Staatskleid mit Spitzenjabot und leicht gepudertem Haar, wie Wroughton im Covent-Garden-Theater. Vermutlich ist er furchtbar stolz und wird mich höchst verächtlich behandeln. Trotzdem muß ich mein hartes Los ertragen, so gut es geht; auf jeden Fall lebe ich aber bei Adligen und nicht bei gewöhnlichen Handelsleuten. Und nun dachte sie an ihre Freunde am Russell Square mit derselben philosophischen Bitterkeit, mit der in einer gewissen Fabel der Fuchs von den Trauben spricht.

Der Wagen war über den Gaunt Square in die Great Gaunt Street eingefahren und hielt endlich vor einem großen, düsteren Haus zwischen zwei anderen großen, düsteren Häusern, von denen jedes am mittleren Salonfenster ein Totenschild aufwies, wie es in den Häusern der düsteren Great Gaunt Street üblich ist, wo der Tod auf ewig zu herrschen scheint. Die Fensterläden im ersten Stockwerk von Sir Pitts Hause waren geschlossen, die des Speisezimmers teilweise offen und die Rouleaus säuberlich mit alten Zeitungen bedeckt.

John, der Stallbursche, der die Kutsche allein gelenkt hatte, verspürte keine Lust, abzusteigen und zu klingeln; er ersuchte daher einen vorbeigehenden Milchjungen, es für ihn zu tun. Als die Glocke ertönte, tauchte ein Kopf zwischen den Fensterläden im Speisezimmer auf, und ein Mann in mausgrauen Hosen und Gamaschen, einem schmutzigen alten Rock, einem schmierigen alten Tuch um den borstigen Hals, mit einem glänzenden Kahlkopf, einem schlauen roten Gesicht, einem Paar funkelnder grauer Augen und einem ewig grinsenden Mund öffnete.

„Ist das hier richtig bei Sir Pitt Crawley?“ fragte John vom Bock herab.

„Ja“, erwiderte der Mann an der Tür und nickte.

„Lang mal diesen Koffer da herunter“, sagte John.

„Mach es doch selber“, antwortete der Pförtner.

„Siehst du nicht, daß ich meine Pferde nicht allein lassen kann? Komm, faß an, mein Guter, das Fräulein wird dir ein Bier spendieren“, rief John mit wieherndem Gelächter, denn er hatte keinen Respekt mehr vor Miss Sharp, jetzt, da ihre Verbindung mit der Familie abgebrochen war und sie beim Abschied den Dienstboten nichts gegeben hatte.

Der kahlköpfige Mann folgte der Aufforderung, nahm nun die Hände aus den Hosentaschen, trat näher, warf Miss Sharps Koffer auf die Schulter und trug ihn ins Haus.

„Nehmen Sie bitte diesen Korb und diesen Schal und machen Sie die Tür auf“, kommandierte Miss Sharp und stieg entrüstet aus der Kutsche. „Ich werde Mr. Sedley schreiben und ihm Ihr Betragen melden“, sagte sie zu dem Stallburschen.

„Lassen Sie's lieber bleiben“, erwiderte der Mann. „Haben Sie auch nichts vergessen? Miss Melias Kleider, die eigentlich die Kammerjungfer bekommen sollte? Hoffentlich passen sie Ihnen. Mach die Tür zu, Jim, von *der* hier kommt doch nichts“, fuhr John fort und deutete mit dem Daumen auf Miss Sharp, „ein böses Weibstück, sage ich bloß, ein böses Weibstück“, und mit diesen Worten fuhr Mr. Sedleys Stallbursche davon. In Wahrheit hatte er mit der fraglichen Kammerjungfer ein Verhältnis und war ganz empört, sie ihrer Nebeneinkünfte beraubt zu sehen.

Als Rebekka nach Aufforderung des Menschen in Gamaschen das Speisezimmer betrat, fand sie es genauso ungemütlich, wie solche Räume gewöhnlich sind, deren vornehme Bewohner sich nicht darin aufhalten, sondern außerhalb der Stadt leben. Die treuen Gemächer scheinen gleichsam die Abwesenheit ihrer Herren zu betrauern. Der Perserteppich hat sich aufgerollt und verdrießlich unter das Büfett zurückgezogen ; die Gemälde haben ihre Gesichter hinter alten Packpapierbogen verborgen; der Kronleuchter ist in einen trübseligen grauen Sack gehüllt; die Fenstervorhänge sind unter allerlei schäbigen Hüllen verschwunden; Sir Walpole Crawleys Marmorbüste schaut aus ihrem finstern Winkel auf die leeren Regale, die eingeölten Kamingeräte und die leeren Visitenkartenständer auf dem Kaminsims; der Flaschenständer hat sich hinter dem Teppich versteckt; die Stühle sind mit den Beinen nach oben an den Wänden aufgestellt, und in dem dunklen Winkel gegenüber der Büste steht ein altmodischer, zerkratzter Besteckkasten verschlossen auf einem Drehtischchen.

Zwei Küchenstühle, ein runder Tisch, ein altersschwaches Schüreisen und eine Feuerzange hatten sich indes um den Kamin versammelt, und über einem schwach sprühenden Feuer brodelte ein Topf. Auf dem Tisch waren ein paar Käse- und Brotstückchen, ein Zinnleuchter und ein Krug mit Porter.

„Vermutlich schon gegessen? Ist es Ihnen zu warm hier? Wollen Sie vielleicht einen Schluck Bier?“

„Wo ist Sir Pitt Crawley?“ fragte Miss Sharp majestätisch.

„Haha! Sir Pitt Crawley bin ich. Vergessen Sie nicht, daß Sie mir noch ein Bier fürs Gepäcktragen schuldig sind. Haha! Fragen Sie nur die Tinker, ob es stimmt. Mrs. Tinker, Miss Sharp; Fräulein Gouvernante, Frau Scheuerfrau. Hoho!“

Die mit Mrs. Tinker angesprochene Dame erschien in diesem Augenblick mit einer Pfeife und einem Paket Tabak, wonach sie eine Minute vor Miss Sharps Ankunft ausgeschickt worden war. Sie übergab beides Sir Pitt, der sich inzwischen ans Feuer gesetzt hatte.

„Wo ist der Farthing?“ fragte er. „Ich habe Ihnen doch drei Halfpence gegeben. Wo ist das Wechselgeld, alte Tinker?“

„Da!“ erwiderte Mrs. Tinker und warf die Münze hin. „Nur Baronets kümmern sich um Farthings.“

„Ein Farthing pro Tag macht sieben Shilling im Jahr“, erwiderte das Parlamentsmitglied; „sieben Shilling pro Jahr sind die Zinsen von sieben Guineen. Nehmen Sie Ihre Farthings in acht, alte Tinker, dann werden die Guineen bei Ihnen von ganz alleine kommen.“

„Sie können sich drauf verlassen, daß es Sir Pitt Crawley ist, junges Fräulein“, gab Mrs. Tinker mürrisch von sich; „nämlich weil er so hinter den Farthings her ist. Sie werden ihn schon noch gründlich kennenlernen.“

„Und mich darum nicht weniger gern haben, Miss Sharp“, ergänzte der alte Herr geradezu höflich. „Ehe ich freigebig bin, muß ich genau sein.“

„In seinem ganzen Leben hat er noch keinen Farthing verschenkt“, brummte Mrs. Tinker.

„Niemals, und auch in Zukunft nicht; das ist gegen meine Grundsätze. Holen Sie sich noch einen Stuhl aus der Küche, Tinker, wenn Sie sitzen wollen; und dann wollen wir ein bißchen Abendbrot essen.“

Darauf stach der Baronet mit einer Gabel in den Topf über dem Feuer und angelte ein Stück Kaldaunen sowie eine Zwiebel heraus. Beides schnitt er in einigermaßen gleiche Teile und teilte es mit Mrs. Tinker. „Wissen Sie, Miss Sharp, wenn ich nicht hier bin, bekommt die Tinker Kostgeld, wenn ich aber in der Stadt bin, so speist sie mit der Familie. Haha! Ein Glück, daß Miss Sharp keinen Hunger hat, nicht wahr, Tink?“ Und nun fielen sie über ihr kärgliches Abendbrot her.

Nach dem Essen rauchte Sir Pitt Crawley seine Pfeife, und als es ganz dunkel geworden war, zündete er die Funzel im Zinnleuchter an. Sodann kramte er aus einer unergründlichen Tasche eine erstaunliche Masse von Papieren hervor und fing an, sie zu lesen und zu ordnen.

„Ich bin wegen einiger Gerichtsangelegenheiten hier, meine Liebe, und so kommt es, daß ich morgen das Vergnügen habe, in einer so netten Begleitung zu reisen.“

„Er hat andauernd mit dem Gericht zu tun“, sagte Mrs. Tinker und griff nach dem Bierkrug.

„Trinken Sie, und geben Sie es weiter“, sagte der Baronet. „Ja, meine Liebe, die Tinker hat ganz recht: ich habe mehr Prozesse verloren und gewonnen als irgendeiner in England. Sehen Sie her: Crawley, Baronet, gegen Snaffle. Den Mann schaffe ich, oder ich will nicht Pitt Crawley heißen. Oder hier: Podder und noch jemand gegen Crawley, Baronet. Die Gemeindevorsteher vom Flecken Snailby gegen Crawley, Baronet. Sie können nicht beweisen, daß es Gemeindeland ist; ich werde ihrer schon Herr werden, es ist mein Land und gehört dem Kirchspiel ebensowenig wie Ihnen oder der Tinker da. Ich werde sie schlagen, und sollte es mich auch tausend Guineen kosten. Sehen Sie sich die Akten an; tun Sie es ruhig, meine Liebe. Haben Sie eine schöne Handschrift? Ich werde Sie schon ausnutzen, wenn wir in Queen's Crawley sind, darauf können Sie sich verlassen, Miss Sharp. Jetzt, wo die Alte tot ist, brauche ich jemand anders."

„Die war um kein Haar besser als er", sagte die Tinker. „Alle ihre Kaufleute belangte sie gerichtlich, und in vier Jahren hat sie nicht weniger als achtundvierzig Diener entlassen."

„Sie war sparsam – sehr sparsam", sagte der Baronet einfach, „allein sie war mir viel wert und ersparte mir einen Verwalter." In dieser vertraulichen Weise wurde das Gespräch zur großen Belustigung der Neuangekommenen eine ganze Weile fortgesetzt. Welche Eigenschaften, ob gute oder schlechte, Sir Pitt Crawley auch haben mochte, er machte kein Hehl daraus. Er sprach beständig von sich, bisweilen im rohesten und gemeinsten Hampshire-Dialekt, nahm aber hin und wieder auch den Ton eines Weltmannes an. Und so wünschte er Miss Sharp eine gute Nacht, nachdem er ihr eingeschärft hatte, am nächsten Morgen um fünf Uhr bereit zu sein. „Heute nacht werden Sie zusammen mit der Tinker schlafen", sagte er, „es ist ein großes Bett, und zwei Personen haben gut Platz. Lady Crawley starb darin. Gute Nacht!"

Mit diesem Segenswunsch entfernte sich Sir Pitt, und auch die feierliche Tinker ging mit dem Nachtlicht in der Hand voran, die große, öde Steintreppe hinauf, an den hohen, düsteren Salontüren vorüber, deren Klinken papierumwunden waren – bis sie endlich in das große, vordere Schlafzimmer gelangten, wo Lady Crawley ihren letzten Schlaf geschlafen hatte. Das Bett und das Zimmer waren so grabesdüster, daß man sich nicht allein gut vorstellen konnte, daß Lady Crawley da gestorben war, sondern auch, daß ihr Geist es noch bewohnte. Rebekka hüpfte indessen lebhaft im Zimmer herum, schaute in die ungeheuren Kleider- und Wandschränke, versuchte die verschlossenen Schubfächer zu öffnen und musterte die düsteren Gemälde und Toilettengegenstände, während die alte Aufwärterin ihr Gebet verrichtete. „Ich möchte in diesem Bett da nicht gern ohne ein gutes Gewissen schlafen, Miss", sagte das alte Weib. „Es gibt darin Platz genug für uns und ein halbes Dutzend Gespenster", meinte Rebekka. „Erzählen Sie mir alles, was Sie über Lady Crawley und Sir Pitt Crawley und alle anderen wissen, meine *liebe* Mrs. Tinker."

Aber die alte Tinker ließ sich von der kleinen Fragerin nicht ausholen; sie bedeutete ihr, daß das Bett ein Ort zum Schlafen und nicht zum Schwatzen sei, und ließ bald in ihrer Bettecke ein solches Schnarchen vernehmen, wie es nur die Nase der Unschuld hervorbringen kann. Rebekka lag lange, lange wach und dachte an den nächsten Tag, an die neue Welt, die sie nun betrat, und an die Glücksaussichten, die ihrer dort harrten. Das Nachtlicht flackerte. Der Kaminsims warf einen großen, schwarzen Schatten halb über eine alte vermoderte Handarbeitsprobe, die ihre Entstehung ohne Zweifel den Händen der seligen Lady verdankte, sowie über zwei kleine Familiengemälde, die zwei junge Burschen darstellten: einen in Universitätsrobe und den anderen mit einer roten Jacke wie ein Soldat gekleidet. Als Rebekka einschlief, wählte sie sich den zweiten für ihre Träume.

An diesem rosigen Sommermorgen, der selbst die Great Gaunt Street vergnügt machte, weckte die treue Mrs. Tinker ihre Bettgenossin, veranlaßte sie, sich zur Abreise fertigzumachen, riegelte und schloß die große Haustür auf (deren Knarren und Zuschlagen die schlafenden Echos in der Straße erschreckte) und begab sich zur Oxford Street, um von dem dortigen Droschkenstand eine Kutsche zu holen. Es erübrigt sich, die Nummer des Gefährtes anzugeben oder auszuführen, daß der Kutscher sich so früh in der Nachbarschaft von der Swallow Street eingefunden hatte, weil er hoffte, daß irgendein junger Geck auf dem schwankenden Weg vom Wirtshaus nach Hause seine Hilfe in Anspruch nehmen und ihn mit der Freigebigkeit der Trunkenheit bezahlen würde.

Es erübrigt sich ebenfalls, festzustellen, daß der Kutscher, sollte er je Hoffnungen dieser Art gehegt haben, sich gewaltig getäuscht fand und daß der würdige Baronet, den er in die City fuhr, ihm auch nicht einen Penny mehr gab, als er zu zahlen hatte. Vergebens drängte und wütete Jehu; vergebens warf er Miss Sharps Hutschachtel in den Rinnstein bei den Necks, und vergebens schwor er, daß er sein Fahrgeld gerichtlich eintreiben werde.

„Laß das lieber bleiben“, riet einer der Stallknechte, „es ist Sir Pitt Crawley.“

„Ganz recht, Joe!“ rief der Baronet beifällig. „Und ich möchte den Mann sehen, der mich unterkriegen kann.“

„Ich auch“, sagte Joe mürrisch grinsend und lud das Gepäck des Baronets auf das Droschkendach.

„Reservier den Sitz auf dem Bock für mich, Fahrer“, rief das Parlamentsmitglied dem Kutscher zu, der an seinen Hut faßte und, im Innersten wütend, „Ja, Sir Pitt“ antwortete, denn er hatte den Bock einem jungen Herrn aus Cambridge versprochen, der ihm gewiß eine Krone gegeben hätte. Miss Sharp wurde ein Rücksitz in der Kutsche angewiesen, die sie nun sozusagen in die weite Welt führte.

Es braucht hier nicht erzählt zu werden, wie der junge Mann von Cambridge verdrießlich seine fünf Überröcke draußen auf dem Vordersitz unterbrachte, sich aber mit seinem Schicksal wieder aussöhnte, als die kleine Miss Sharp aussteigen und zu ihm klettern mußte, worauf er sie in einen seiner Überröcke hüllte und wieder guter Dinge wurde; wie der asthmatische Herr, die affektierte Dame, die auf großes Ehrenwort versicherte, noch nie in einer öffentlichen Droschke gereist zu sein (stets befindet sich solch eine Dame in einer Droschke, ach nein, befand sich, denn wo sind die Droschken geblieben?), und die dicke Witwe mit der Branntweinflasche in der Kutsche Platz nahmen; wie der Gepäckträger von ihnen allen Geld verlangte und von dem Herrn sechs

Pence und von der diesen Witwe fünf schmierige Halfpence erhielt; und wie der Wagen endlich abfuhr, sich zuerst durch die dunklen Gassen von Aldersgate wand, nun an der blauen Kuppel der Sankt-Pauls-Kathedrale vorbeirasselte, dann rasch am Fremdeneingang von Fleet Market vorüberdonnerte, der, zusammen mit dem alten Zoo, jetzt zum Schattenreich gehört; wie sie am „Weißen Bären" in Piccadilly vorüberfuhren und den Tau von den Gärtnereien in Knightsbridge emporsteigen sahen, und wie Turnham Green, Brentford, Bagshot ihrem Auge entschwanden. Aber der Schreiber dieser Zeilen, der in früheren Tagen bei ebenso schönem Wetter dieselbe denkwürdige Reise gemacht hat, denkt mit zartem, wehmütigem Bedauern daran zurück. Wo ist die Straße mit ihrem lustigen Leben und Treiben geblieben? Gibt es kein Chelsea oder Greenwich mehr für den alten, ehrlichen, pickelnasigen Kutscher? Ich möchte wohl wissen, was aus diesen wackeren Gesellen geworden ist. Lebt der alte Weller noch, oder ist er schon tot? Und die Kellner, ach, und die Wirtshäuser, in denen sie bedienten, und der große, kalte Rinderbraten, den es dort gab, und der verkrüppelte, blaunasige Hausknecht mit seinem klappernden Eimer – wo ist er, und wo ist seine Generation? Für die großen Genies, die jetzt noch im kurzen Röckchen umherspringen, aber später einmal für die Kinder des geschätzten Lesers Romane schreiben sollen, werden diese Menschen und Dinge ebenso Legende oder Geschichte sein wie Ninive, Richard Löwenherz oder Jack Sheppard. Für sie werden Postkutschen nur in Dichtungen existieren, ein Gespann mit vier Braunen wird zur Fabel geworden sein wie der Bukephalos oder wie die schwarze Bessie. Ach, wie glänzte deren Fell, wenn die Stallknechte ihnen die Decke abnahmen, wie flogen sie dahin – ach, wie wippten ihre Schweife, wenn sie mit heftig dampfenden Weichen am Ende der Fahrt gemessenen Schrittes den Hof des Gasthauses betraten. Ach, wir werden nicht mehr um Mitternacht den Klang des Posthorns hören und keine Schlagbäume mehr auffliegen sehen. Wohin führt uns aber der leichte Viersitzer nun? Ohne weitere Umschweife wollen wir in Queen's Crawley absteigen und sehen, wie es Miss Rebekka Sharp dort ergeht.

8. Kapitel

Persönlich und vertraulich

Miss Rebekka Sharp
an Miss Amelia Sedley, Russell Square, London
(Portofrei – Pitt Crawley)

Meine teuerste, liebste Amelia!

Mit welcher Mischung von Freude und Kummer ergreife ich die Feder, um an meine teuerste Freundin zu schreiben! Oh, welcher Unterschied zwischen heute und gestern!

Jetzt bin ich freundlos und allein, gestern noch war ich daheim, in der süßen Gesellschaft einer Schwester, die ich immer, *immer* lieben werde!

Ich will Dir nicht erzählen, wie ich die verhängnisvolle Nacht unserer Trennung unter Tränen und mit unendlicher Traurigkeit zubrachte. *Du* gingst am Dienstag Freude und Glück entgegen, Deine Mutter und Deinen ergebenen, jungen Soldaten an der Seite, und ich dachte die ganze Nacht an Dich und sah Dich bei Perkins tanzen, gewiß die hübscheste von all den jungen Damen auf dem Ball. Ich wurde von dem Stallknecht in der alten Kutsche zu Sir Pitt Crawleys Stadtwohnung gefahren, wo ich, nachdem John, der Stallknecht, sich mir gegenüber sehr roh und unverschämt betragen hatte (o ja, es ist ganz ungefährlich für ihn, Armut und Unglück zu beschimpfen!), Sir Pitts Obhut übergeben wurde und die Nacht in einem düsteren alten Bett und noch dazu an der Seite einer schrecklichen, unfreundlichen, alten Scheuerfrau, die das Haus hütet, zubringen mußte. Die ganze Nacht tat ich kein Auge zu.

Sir Pitt ist nicht das, was wir törichten Mädchen uns unter einem Baronet vorstellten, als wir in Chiswick die „Cecilia" lasen. Man kann sich wohl kaum etwas denken, was mit Lord Orville weniger Ähnlichkeit hätte. Vergegenwärtige Dir einen untersetzten, ordinären und schmutzigen Alten in abgetragenen Kleidern und schäbigen, alten Gamaschen, der eine abscheuliche Pfeife raucht und sich selbst sein abscheuliches Abendessen in einem Schmortopf kocht. Er spricht wie einer vom Lande und fluchte gewaltig über die alte Scheuerfrau und auf den Kutscher, der uns nach dem Gasthause brachte, von wo die Kutsche abfuhr; ich mußte den größten Teil der Reise *außen* sitzen.

Bei Tagesanbruch wurde ich von der Scheuerfrau geweckt, und als wir am Gasthause angekommen waren, bekam ich einen Platz in der Kutsche. Als wir aber an einen Ort namens Leakington kamen und es anfing, in Strömen zu regnen, mußte ich – kannst Du es glauben? – mich draußen setzen, denn Sir Pitt ist Miteigentümer der Kutsche. Als in Mudbury ein Passagier zustieg, der einen Platz in der Kutsche haben wollte, mußte ich mich in den Regen setzen, wo mich indessen ein junger Herr von der Universität in Cambridge recht freundlich in einen seiner vielen Überröcke hüllte.

Dieser Herr und der Schirrmeister schienen Sir Pitt gut zu kennen und machten sich über ihn lustig. Beide waren sich darüber einig, daß er ein alter Knicker sei – womit sie einen sehr geizigen, knauserigen Menschen meinen. Wie sie erzählten, gibt er nie jemandem Geld, und so eine Knauserigkeit hasse ich. Der junge Herr machte mich auch darauf aufmerksam, daß wir den letzten Teil des Weges sehr langsam fuhren, weil Sir Pitt auf dem Bock saß und die Pferde auf dieser Strecke ihm gehören. „Wenn ich erst die Zügel in der Hand habe, werde ich sie nach Squashmore jagen", sagte der Student. „Immer geben Sie's ihnen, Master Jack", meinte der Schirrmeister. Als ich den Sinn dieses Satzes erfaßte und begriff, daß Master Jack die Absicht hatte, den restlichen Weg selbst zu kutschieren und sich an Sir Pitts Pferden zu rächen, mußte ich natürlich auch lachen.

In Mudbury jedoch, vier Meilen von Queen's Crawley entfernt, erwartete uns ein wappengeschmückter Vierspänner mit prächtigen Pferden, und so fuhren wir mit Pomp in den Park des Baronets. Eine schöne Allee von einer Meile Länge führt zum Hause, und die Frau am Parktor (auf dessen Pfeilern eine Schlange und eine Taube, die Schildhalter im Crawleyschen Wappen, angebracht sind) machte uns unendlich viele Knickse, als sie die alten eisernen verschnörkelten Tore aufstieß, die denen im verhaßten Chiswick ähneln.

„Das ist eine Allee", sagte Sir Pitt, „eine Meile lang. In diesen Bäumen da steckt Holz im Werte von sechstausend Pfund. Ist das etwa nichts?" Allee spricht er Ollee aus, und nichts – nischt; es klingt so drollig; ein Mr. Hodson, sein Knecht aus Mudbury, saß mit im Wagen, und sie sprachen von Pfänden, Versteigern und Trockenlegen und Pflügen und eine Menge über Pächter und andere landwirtschaftliche Dinge – vieles, was ich gar nicht verstand. Sam Miles war beim Wildern ertappt worden, und Peter Bailey hatte man endlich ins Armenhaus gesteckt. „Geschieht ihm ganz recht", sagte Sir Pitt, „dem seine Familie und er haben mich in den letzten hundertundfünfzig Jahren auf dem Gut genug betrogen." Vermutlich ein alter Pächter, der seine Pacht nicht bezahlen konnte. Eigentlich hätte Sir Pitt sagen müssen „dessen Familie", aber reiche Baronets brauchen nicht so auf die Grammatik zu achten wie arme Gouvernanten.

Im Vorüberfahren bemerkte ich einen prächtigen Kirchturm, der einige alte Ulmen im Park überragte, und davor, mitten auf einer Wiese, umgeben von einigen Nebengebäuden, ein altes, rotes, efeubewachsenes Haus mit hohen Schornsteinen und in der Sonne blitzenden Fenstern. „Ist das Ihre Kirche, Sir?" fragte ich.

„Ja, der Henker soll sie holen", antwortete Sir Pitt (nur, meine Liebe, brauchte er einen viel schlimmeren Ausdruck), „wie geht es Buty, Hodson? Buty ist mein Bruder Bute, meine Liebe – mein Bruder, der Pfarrer. Ich nenne ihn Buty oder Biest, haha!"

Hodson lachte ebenfalls, dann aber wurde er ernster und sagte kopfnickend: „Ich fürchte, es geht ihm besser, Sir Pitt. Gestern war er auf seinem Pony draußen und besichtigte unsere Kornfelder."

„Da hat er wohl nach seinem Zehnten gesehen, der Henker soll ihn holen!" Hier benutzte er wieder den gleichen schlechten Ausdruck. „Wird ihm denn der Branntwein nie den Garaus machen? Er ist so zäh wie der alte Dingsda, der alte Methusalem."

Mr. Hodson lachte wieder. „Die jungen Leute haben Universitätsferien und sind nach Hause gekommen. Sie haben John Scroggings so verdroschen, daß er beinah ins Gras biß."

„Was? Meinen zweiten Wildhüter verdroschen!" brüllte Sir Pitt.

„Er war auf dem Land des Pfarrers, Sir", erwiderte Mr. Hodson; und Sir Pitt schwor wutschnaubend, daß er sie bei Gott deportieren lassen würde, wenn er sie einmal auf seinem Grund beim Wildern ertappte. Er verkündete: „Ich habe mein Präsentationsrecht verkauft, Hodson, keiner von der Brut soll die Pfarre bekommen“, worauf Mr. Hodson sagte, er habe vollkommen recht. Aus all diesem ist mir klargeworden, daß die zwei Brüder in Uneinigkeit leben – wie das bei Brüdern und auch bei Schwestern so oft vorkommt. Erinnerst Du Dich nicht an die beiden Miss Scratchley in Chiswick, die sich andauernd in den Haaren lagen – und an Mary Box, die Louisa immer stieß?

Kurz darauf sprang Mr. Hodson auf Sir Pitts Befehl aus der Kutsche und stürzte sich mit seiner Peitsche auf zwei kleine Knaben, die im Wald Holz sammelten. „Hau sie, Hodson“, brüllte der Baronet, „peitsch ihnen die Seele aus dem Leibe und bring sie ins Haus hinauf, die Vagabunden; ich werde sie einsperren lassen, so wahr ich Sir Pitt heiße.“ Und gleich darauf hörten wir Mr. Hodsons Peitsche auf die Schultern der armen kleinen schluchzenden Wichte klatschen. Als Sir Pitt die Übeltäter in Gewahrsam wußte, fuhr er weiter zum Schloß.

Die ganze Dienerschaft stand zu unserer Begrüßung bereit, und....

Hier, meine Liebe, wurde ich gestern nacht durch ein entsetzliches Getrommel gegen meine Tür unterbrochen; und wer, glaubst Du, war es? Sir Pitt Crawley in Schlafrock und Nachtmütze: was für eine komische Figur! Als ich vor solchem Besuche entsetzt zurückfuhr, trat er näher und griff nach meiner Kerze. „Keine Kerze nach elf Uhr, Miss Becky“, sagte er, „gehen Sie im Dunkeln ins Bett, Sie kleines hübsches Weibstück“ (so nannte er mich), „und wenn Sie nicht wollen, daß ich jeden Abend wegen der Kerze komme, so denken Sie daran, um elf Uhr im Bett zu sein.“ Und mit diesen Worten gingen er und Horrocks, der Butler, lachend davon. Du kannst glauben, daß ich keinen zweiten Anlaß mehr zu ihrem Besuch geben werde. Nachts machen sie zwei ungeheure Bluthunde los, die gestern nacht die ganze Zeit bellten und den Mond anheulten. „Ich nenne den Rüden Packan“, erklärte Sir Pitt, „er hat tatsächlich schon einen Menschen zerrissen und nimmt es mit einem Stier auf; seine Mutter hieß früher Flora, jetzt aber nenne ich sie Blaffer, denn zum Beißen ist sie nun zu alt, haha!“

Die große Haustür von Queen's Crawley, das ein abscheuliches, altmodisches, rotes Backsteingebäude mit hohen Schornsteinen und Giebeln im Stile der Königin Elisabeth ist, führt auf eine von der Familientaube und –schlange flankierte Terrasse. Weißt Du, meine Liebe, die Eingangshalle ist bestimmt ebenso groß und düster wie die in dem guten alten Schloß Udolpho. Sie hat einen ungeheuren Kamin, wo man Miss Pinkertons halbe Schule unterbringen könnte; der Feuerrost ist groß genug, um mindestens einen Ochsen darauf zu braten. Rundherum an den Wänden hängen wer weiß wie viele Generationen von Crawleys, einige mit Bärten und Halskrausen, andere mit riesigen Perücken und auswärts gedrehten Füßen, einige in langen, geraden Schnürleibern und Röcken, so steif wie Türme, wiederum andere mit langen Ringellocken und, ach, du lieber Gott, kaum Korsetts. An dem einen Ende der Halle befindet sich die große Treppe, ganz aus schwarzem Eichenholz, so unheimlich wie nur möglich; zu beiden Seiten führen mit Hirschgeweihen geschmückte hohe Türen ins Billardzimmer, in die Bibliothek, in den großen gelben Salon und in die Frühstückszimmer. Ich glaube, im ersten Stock gibt es wenigstens zwanzig Schlafzimmer; in einem steht das Bett, in dem Königin Elisabeth geschlafen hat. Meine neuen Schülerinnen haben mich heute morgen durch diese anheimelnden Räume geführt. Du kannst glauben, daß sie nicht freundlicher werden, wenn die Fensterläden stets zu sind; fast in jedem erwartete ich, beim ersten Lichtschein ein Gespenst zu erblicken. Wir haben ein Schulzimmer im zweiten Stock, in das mein Schlafzimmer und das der jungen Mädchen mündet. Dann folgen die Räume von Mr. Pitt – er wird Mr. Crawley genannt und ist der älteste Sohn – und die von Mr. Rawdon Crawley – er ist Offizier, wie ein gewisser Jemand, und befindet sich bei seinem Regiment. Raummangel gibt es hier nicht, das kann ich Dir versichern. Ich glaube, man könnte alle Leute von Russell Square im Hause unterbringen, und es bliebe immer noch Platz übrig.

Eine halbe Stunde nach unserer Ankunft läutete die große Tischglocke zum Essen, und ich ging mit meinen beiden Schülerinnen hinab (es sind sehr magere, nichtssagende Dingerchen von zehn und acht Jahren); ich trug Dein hübsches Musselinkleid (weswegen die abscheuliche Mrs. Pinner so frech wurde, als Du es mir schenktest), denn ich soll als Familienmitglied behandelt werden, nur wenn Gesellschaften gegeben werden, müssen die jungen Mädchen und ich oben speisen.

Die große Tischglocke rief also zum Essen, und wir alle versammelten uns in dem kleinen Salon, wo Lady Crawley sich aufhält. Sie ist die zweite Lady Crawley und Mutter der jungen Mädchen. Sie war die Tochter eines Eisenhändlers, und ihre Heirat galt als glänzende Partie. Sie scheint früher hübsch gewesen zu sein, und ihre Augen weinen ständig um die verlorene Schönheit. Sie ist blaß, mager und hochschulterig und hat offenbar nichts zu sagen. Ihr Stiefsohn, Mr. Crawley, befand sich ebenfalls im Zimmer. Er war in vollem Staate, feierlich wie ein Beerdigungsunternehmer. Er ist blaß, mager, häßlich und schweigsam, hat dünne Beine, eine eingefallene Brust, einen heufarbenen Bart und strohgelbe Haare. Er ist das leibhaftige Ebenbild seiner seligen Mutter über dem Kaminsims – Griselda, aus dem edlen Hause Binkie.

„Dies ist die neue Gouvernante, Mr. Crawley“, sagte Lady Crawley, trat auf mich zu und ergriff meine Hand, „Miss Sharp.“

„Oh!“ ließ Mr. Crawley sich vernehmen, streckte den Kopf kurz vor und wandte sich wieder einer umfangreichen Broschüre zu, die er gerade las.

„Ich hoffe, Sie werden nett zu meinen Mädchen sein“, sagte Lady Crawley, ihre roten Augen wie stets tränengefüllt.

„Ach Gott, Ma, natürlich wird sie das“, sagte die ältere; und mit einem Blick sah ich, daß ich mich vor *dieser* Frau nicht zu fürchten brauchte. Der Butler, ganz in Schwarz, mit einem ungeheuren weißen Jabot, das aussah, als sei es eine abgemalte Spitzenkrause der Königin Elisabeth in der Halle, meldete: „Gnädige Frau, es ist aufgetragen." Lady Crawley nahm Mr. Crawleys Arm und ging in den Speisesaal voraus, wohin ich ihr, an jeder Hand eine meiner kleinen Schülerinnen, folgte.

Sir Pitt war bereits, mit einer silbernen Kanne beschäftigt, im Zimmer. Er war soeben aus dem Keller gekommen und gleichfalls in vollem Staat, das heißt, er hatte seine Gamaschen abgelegt und zeigte seine kurzen, dicken Beine in schwarzen Wollstrümpfen. Das Büfett war beladen mit funkelndem altem Geschirr – goldenen und silbernen Bechern, Serviertellern und Menagen –, ganz wie in Rundell Bridges Geschäft. Auch alles auf dem Tisch war von Silber, und zwei Bediente mit rotem Haar und kanariengelben Livreen standen neben dem Büfett.

Mr. Crawley sprach ein langes Tischgebet, und Sir Pitt sagte amen, worauf die großen silbernen Deckel von den Gerichten abgenommen wurden.

„Was gibt es denn zu essen, Betsy?" fragte der Baronet.

„Ich glaube Hammelbrühe, Sir Pitt", antwortete Lady Crawley.

„Moutons aux navets", setzte der Butler gravitätisch hinzu (ausgesprochen, bitte sehr, wie: Mudongonaveez), „und die Suppe ist potage de mouton à l'Ecossaise. Die Beigerichte bestehen aus pommes de terre au naturel und chou-fleur à l'eau."

„Hammelfleisch bleibt Hammelfleisch", sagte der Baronet, „ist was verteufelt Gutes. Was für ein Schaf war es, Horrocks, und wann habt ihr geschlachtet!" „Eins von den schottischen Schwarzgesichtern, Sir Pitt, wir haben es am Donnerstag geschlachtet."

„Wer hat was davon abbekommen?"

„Steel aus Mudbury hat zwei Keulen und den Rücken genommen, Sir Pitt; allein er sagt, das letzte sei zu jung und bloß verdammt wollig gewesen, Sir Pitt."

„Möchten Sie etwas potage, Miss Sharp?" fragte Mr. Crawley.

„Vorzügliche schottische Hammelbrühe, meine Liebe", sagte Sir Pitt, „obwohl man es französisch benamst."

„Ich glaube, in anständiger Gesellschaft ist es so üblich, das Gericht so zu nennen, wie ich es getan habe, Sir", erwiderte Mr. Crawley hochmütig, und nun wurde uns das Besprochene samt dem mouton aux navets von den Bedienten in der kanariengelben Livree auf silbernen Tellern serviert. Danach gab es Ale und Wasser für uns junge Damen, in Weingläsern serviert. Ich bin keine Ale-Kennerin, aber ich kann mit gutem Gewissen sagen, daß ich mir Wasser vorziehe.

Während wir uns an dem Mahl erfreuten, fragte Sir Pitt, was aus den Hammelschultern geworden sei.

„Ich glaube, sie wurden in der Gesindestube verzehrt", sagte die Lady demütig.

„Das stimmt, gnädige Frau“, bestätigte Horrocks, „was anderes bekommen wir ja auch nicht.“

Sir Pitt brach in ein heiseres Lachen aus und setzte seine Unterhaltung mit Mr. Horrocks fort. „Das kleine schwarze Ferkel von der Kenter Sau muß doch jetzt ganz schön fett sein.“

„Es wird noch nicht gleich platzen, Sir Pitt“, versetzte der Butler ernsthaft, worüber Sir Pitt und die jungen Damen gewaltig lachen mußten.

„Miss Crawley, Miss Rose Crawley“, sagte Mr. Crawley, „euer Lachen scheint mir ganz und gar fehl am Platze.“

„Mach dir nichts draus“, sagte der Baronet, „wir werden das Ferkel am Sonnabend probieren. Schlachte es Sonnabend früh, John Horrocks. Miss Sharp ißt Schweinefleisch für ihr Leben gern, nicht wahr, Miss Sharp?“

Dies war, glaube ich, das ganze Tischgespräch. Als das Mahl beendet war, wurde eine Kanne heißes Wasser vor Sir Pitt gestellt, zusammen mit einer Korbflasche, die, glaube ich, Rum enthielt. Mr. Horrocks schenkte mir und meinen Schülerinnen ein Gläschen Wein ein, Lady Crawley erhielt einen Humpen. Als wir uns zurückzogen, holte sie aus ihrem Handarbeitskasten ein riesiges, nicht enden wollendes Strickzeug; die jungen Mädchen fingen an, mit einem schmutzigen Kartenspiel Cribbage zu spielen. Es brannte nur eine Kerze, aber sie stand in einem prächtigen, alten, silbernen Leuchter. Nach einigen Fragen, die die Lady an mich richtete, stand ich vor der Wahl, mich entweder an einem Band Predigten oder an der Broschüre über die Kornzölle, in der Mr. Crawley vor dem Essen gelesen hatte, zu ergötzen.

So saßen wir wohl eine Stunde, bis Schritte zu hören waren.

„Packt die Karten weg, Mädchen“, rief die Lady in großer Angst; „legen Sie Mr. Crawleys Bücher hin, Miss Sharp!“ Kaum waren wir diesen Befehlen nachgekommen, als Mr. Crawley eintrat.

„Meine jungen Damen, wir wollen unsere gestrige Abhandlung fortsetzen“, sagte er, „und jede von euch soll abwechselnd eine Seite lesen, so daß Miss Sharp Gelegenheit erhält, euch zu hören.“ Und nun begannen die armen Mädchen eine endlose, langweilige Predigt über die Bekehrung der Chikasaw-Indianer zu buchstabieren, die in der Bethesda-Kapelle in Liverpool gehalten worden war. War das nicht ein entzückender Abend?

Um zehn mußten die Dienstboten Sir Pitt und den ganzen Haushalt zur Abendandacht zusammentrommeln. Sir Pitt trat zuerst ein, ganz rot im Gesicht und etwas unsicher auf den Beinen; nach ihm erschienen der Butler, die Kanarienvögel, Mr. Crawleys Diener, drei andere Männer, die aufdringlich nach Stall rochen, und vier

Frauenzimmer. Eine von denen war sehr aufgedonnert und warf mir einen verächtlichen Blick zu, als sie sich auf die; Knie fallen ließ.

Nachdem Mr. Crawley seine Ansprache und seine Erläuterungen beendet hatte, erhielten wir unsere Kerzen und gingen zu Bett. Dann wurde ich beim Schreiben gestört, wie ich meiner lieben, süßen Amelia bereits geschildert habe.

Gute Nacht! Tausend, tausend, tausend Küsse!

Sonnabend. – Heute morgen um fünf Uhr hörte ich das schwarze Ferkel quieken. Rose und Violet haben mich ihm gestern vorgestellt, auch den Ställen und dem Hundezwinger und dem Gärtner, der Obst für den Markt abnahm. Sie bettelten und flehten um eine Weintraube aus dem Gewächshaus; er meinte aber, Sir Pitt habe jede Beere gezählt, und er würde um seine Stelle kommen, wenn er sich breitschlagen ließe, eine wegzuschenken. Die lieben Mädchen fingen ein Füllen in der Koppel. Sie fragten mich, ob ich reiten wolle, und begannen dann selbst zu reiten, als der Stallknecht unter abscheulichen Flüchen herbeikam und sie fortjagte.

Lady Crawley ist stets und ständig mit ihrem Strickzeug beschäftigt. Sir Pitt ist regelmäßig jeden Abend betrunken. Er trinkt, glaube ich, mit Horrocks, dem Butler. Mr. Crawley liest abends immer Predigten, und morgens schließt er sich in sein Studierzimmer ein oder reitet in Grafschaftsangelegenheiten nach Mudbury oder nach Squashmore, wo er mittwochs und freitags vor den Pächtern predigt.

Herzliche Grüße und hunderttausendmal danke an Deinen lieben Papa und Deine liebe Mama. Hat sich Dein armer Bruder von seinem Arrakpunsch wieder erholt? Gott, o Gott! Männer sollten sich vor dem bösen Punsch hüten!

Immer und ewig die Deine.
Rebekka

Alles in Betracht gezogen, ist es, glaube ich, ganz günstig für unsere liebe Amelia Sedley vom Russell Square, daß Miss Sharp und sie nicht mehr zusammen sind. Rebekka ist gewiß ein drolliges, komisches Geschöpf, und die Beschreibung der armen Lady, die um ihre verlorene Schönheit weint, sowie die des Herrn „mit heufarbenem Backenbart und strohgelben Haaren" ist zweifellos sehr scharf und verrät eine große Weltkenntnis. Daß sie, als sie auf den Knien lag, an etwas Besseres hätte denken können als an Miss Horrocks Bänder, hat uns wahrscheinlich beide in Bestürzung versetzt. Aber der geneigte Leser wird sich erinnern, daß diese Geschichte den Titel „Jahrmarkt der Eitelkeit" trägt und daß der Jahrmarkt der Eitelkeit ein eitler, verderbter, närrischer Ort ist, voll von Lug und Trug und Dünkel; und wenn auch der Moralist weder Talar noch Beffchen trägt, sondern ganz einfach dieselbe langohrige Narrenkappe, in der seine Gemeinde steckt, so ist er dennoch verpflichtet und verbunden, die Wahrheit zu sagen, soweit er sie kennt, mag er nun eine Schellenkappe oder einen Pfarrershut tragen; und im Laufe eines solchen Unternehmens kommt nun eben eine Masse Unangenehmes zur Sprache.

Ich habe in Neapel einen Kollegen gehört, einen Mann aus dem Geschichtenerzähler-Gewerbe, wie er einem Rudel ehrlicher, fauler Nichtsnutze am Meeresufer predigte und sich dabei in eine solche Wut und Leidenschaft über einige der Bösewichter steigerte, deren verruchte Taten er beschrieb oder erfand, daß er seine Zuhörerschaft mitriß; sie brachen mit dem Dichter in ein Gebrüll von Flüchen und Verwünschungen gegen das erdichtete Scheusal der Erzählung aus, so daß inmitten eines Sturmes von Mitgefühl der Hut herumging und die Bajocchi hineinfielen.

In den kleinen Pariser Theatern hört man andererseits nicht nur die Leute „Ah, gredin! Ah, monstre!" brüllen und den Tyrannen des Stückes von den Logen herab verwünschen, sondern die Schauspieler selbst weigern sich entschieden, die Schurkenrollen, wie zum Beispiel infâmes Anglais, brutale Kosaken, und was es sonst noch davon gibt, zu übernehmen, und ziehen es vor, bei kleinerer Gage in ihrem wirklichen Charakter als ehrenwerte Franzosen aufzutreten. Ich stelle die beiden Geschichten einander gegenüber, damit man sehen kann, daß der Puppenspieler dieses Stückes seine Schurken nicht aus rein eigennützigen Gründen zeigt und durchprügelt, sondern weil er ihnen gegenüber einen aufrichtigen Haß hegt, den er nicht zu unterdrücken vermag und der sich in Schimpfreden und mit bösen Worten Luft machen muß.

Ich bereite daher meine gütigen Freunde darauf vor, daß ich eine Geschichte erzählen werde, in der viele abscheuliche Schurkereien und verwickelte – aber hoffentlich interessante – Verbrechen vorkommen werden. Meine Schurken sind ganze Kerle, das verspreche ich euch. Wenn wir an die passenden Stellen kommen, wollen wir es an schönen Worten nicht fehlen lassen, nein, bestimmt nicht! Wenn wir aber durch die stille Landschaft wandeln, müssen wir notgedrungen ruhig sein. Ein Sturm im Wasserglas ist abgeschmackt. Das sparen wir lieber für den gewaltigen Ozean oder die einsame Mitternacht. Dieses Kapitel hier ist noch sehr sanft. Andere – doch wir wollen nicht vorgreifen.

Auch möchte ich, während unsere Darsteller ihren Weg gehen, mir als Mensch und Bruder die Erlaubnis erbitten, sie nicht allein vorzustellen, sondern auch gelegentlich von der Bühne herabzusteigen und über sie zu sprechen. Sind sie gut und freundlich, will ich sie lieben und ihnen die Hand schütteln, sind sie dumm, mir mit dem Leser ganz insgeheim ins Fäustchen lachen, sind sie aber böse und herzlos, will ich sie so energisch ausschelten, wie es die Höflichkeit erlaubt.

Sonst würde der freundliche Leser am Ende noch meinen, *ich* verhöhnte die Abendandacht, die Miss Sharp so lächerlich findet; oder *ich* lachte über den schwankenden alten Silen von einem Baronet, während doch das Gelächter von einer Person herrührt, die nichts hochachtet als ihr Wohlergehen und kein Auge für etwas anderes als ihren Erfolg hat. Solche Leute leben in der Welt und kommen vorwärts – ohne Glauben, ohne Liebe, ohne Hoffnung. Diese, meine Freunde, wollen wir uns mit aller Kraft vornehmen. Es gibt auch Leute darunter, die Erfolg haben und bloß Pfuscher und Narren sind, und um diese zu bekämpfen und bloßzustellen, wurde zweifellos das Lachen geschaffen.

9. Kapitel

Familienporträts

Sir Pitt Crawley war ein Philosoph, mit einem Hang zum Ordinären. Seine erste Ehe mit der Tochter des edlen Binkie war unter der Beihilfe seiner Eltern zustande gekommen. Da er Lady Crawley zu ihren Lebzeiten oft wiederholt hatte, sie sei eine verdammt zänkische, vornehme Hexe und er lasse sich lieber hängen, als nach ihrem Tode wieder eine ihres Schlages zu nehmen, so hielt er nach dem Hinscheiden der Lady sein Wort und nahm als zweite Frau Miss Rose Dawson, Tochter von Mr. John Thomas Dawson, Eisenhändler in Mudbury. Welch ein Glück für Rose, Lady Crawley zu werden!

Wir wollen nun die Posten ihres Glückes aufzählen. Erstens gab sie den jungen Peter Butt auf, mit dem sie eine Liebschaft hatte und der sich nun infolge seiner unglücklichen Liebe auf Schmuggeln, Wildern und tausend andere schlimme Dinge verlegte. Zweitens brach sie pflichtschuldigst mit allen Freunden und Vertrauten ihrer Jugend, die sie als Lady von Queen's Crawley natürlich nicht empfangen konnte – fand aber in ihrem neuen Rang und ihrem neuen Wohnsitz niemanden, der sie willkommen hieß. Wer wäre aber auch in Frage gekommen? Sir Huddleston Fuddleston hatte drei Töchter, die alle gehofft hatten, Lady Crawley zu werden. Sir Giles Wapshots Familie fühlte sich beleidigt, daß keins der Wapshotschen Mädchen bei der Heirat berücksichtigt worden war, und die übrigen Baronets der Grafschaft waren empört über die Mißheirat ihres Standesgenossen. Die Bürgerlichen ziehen wir gar nicht in Betracht, die mögen anonym grollen.

Sir Pitt kümmerte sich, wie er sagte, keinen Pfifferling um jemanden dabei. Er hatte seine hübsche Rose, und was braucht ein Mann mehr, als zu tun, was ihm gefällt? Er betrank sich daher jeden Abend, prügelte ab und zu seine hübsche Rose und ließ sie mutterseelenallein zurück, wenn er nach London zu den Parlamentssitzungen fuhr. Selbst Mrs. Bute Crawley, die Pfarrersfrau, weigerte sich, sie zu besuchen, da sie, wie sie sagte, niemals einer Krämerstochter den Vortritt lassen würde.

Die einzigen Gaben, mit denen die Natur Lady Crawley ausgestattet hatte, waren rosige Wangen und eine weiße Haut, und da sie keinen Charakter und keine Talente, keine Meinung, keine Beschäftigung und keinen Zeitvertreib hatte und ihr jene

Seelenstärke und jenes wilde Temperament fehlten, die oftmals sonst ganz törichten Frauen eigen sind, so gelang es ihr nicht, Sir Pitt sonderlich zu fesseln. Die Rosen verschwanden von ihren Wangen, und ihre Gestalt verlor die hübsche Frische nach der Geburt einiger Kinder; sie wurde zu einer bloßen Maschine im Hause ihres Mannes, ebenso unnütz wie das große Klavier der verstorbenen Lady Crawley. Da sie einen hellen Teint hatte, so trug sie helle Kleider, wie die meisten Blondinen, und erschien vornehmlich in einem schmutzigen Meergrün oder schlampigen Himmelblau. Tag und Nacht war sie mit diesem Strickzeug oder einem ähnlichen beschäftigt. Im Laufe weniger Jahre hatte sie Bettdecken für ganz Queen's Crawley gestrickt. Ihr gehörte ein Blumengärtchen, das sie ganz gern hatte; sonst aber empfand sie weder Zuneigung noch Abneigung für etwas. War ihr Mann grob gegen sie, so war sie apathisch; schlug er sie, so weinte sie. Sie hatte nicht Charakter genug, um sich dem Trunke zu ergeben, und schlurfte seufzend den ganzen Tag mit Lockenwickeln umher. Oh, Jahrmarkt der Eitelkeit – Jahrmarkt der Eitelkeit! Ohne dich hätte sie ein frohes junges Mädchen sein können: Peter Butt und Rose, ein glückliches Ehepaar auf einem hübschen kleinen Bauernhof inmitten einer gesunden Kinderschar und einem ehrlichen Paket Freuden, Sorgen, Hoffnungen und Kämpfen. Aber ein Titel und ein Vierspänner sind auf dem Jahrmarkt der Eitelkeit kostbarer als Glück, und wenn Heinrich VIII. oder Blaubart noch lebte und die zehnte Frau suchte – glaubt ihr nicht, er könnte das hübscheste Mädchen der Saison bekommen?

Das schlaffe, mißmutige Wesen ihrer Mama erweckte natürlich bei den kleinen Töchtern keine große Zuneigung. Die Kinder waren jedoch glücklich in der Gesindestube und in den Ställen; und da der schottische Gärtner glücklicherweise eine nette Frau und nette Kinder besaß, so fanden sie gute Gesellschaft und ein wenig Unterweisung in seinem Häuschen – und dies war die einzige Erziehung, die ihnen zuteil wurde, bis Miss Sharp kam.

Sie war einzig und allein auf die Vorstellungen von Mr. Pitt Crawley eingestellt worden; er war der einzige Freund oder Beschützer, den Lady Crawley je besessen hatte, und der einzige Mensch außer ihren Kindern, zu dem sie eine schwache Zuneigung empfand. Mr. Pitt schlug den edlen Binkies nach, von denen er abstammte, und war ein sehr höflicher und anständiger Herr. Als er vom Christchurch College zurückgekehrt war und ins Mannesalter kam, begann er, die gelockerte Disziplin im Hause wiederherzustellen, ohne auf seinen Vater, der ihn fürchtete, Rücksicht zu nehmen. Er war ein Mann von so strenger Förmlichkeit, daß er lieber verhungert wäre, als ohne weiße Halsbinde zum Essen zu gehen; einmal, als er gerade von der Universität zurück war, überbrachte ihm Horrocks, der Butler, einen Brief ohne Präsentierbrett und empfing dafür einen so schneidenden Blick und einen so scharfen Verweis, daß der Diener sein Leben lang vor ihm zitterte. Das ganze Haus beugte sich vor ihm: Lady Crawleys Lockenwickel wurden schneller beseitigt, wenn er zu Hause war, Sir Pitts schmutzige Gamaschen verschwanden, und wenn auch der unverbesserliche alte Mann noch an anderen alten Gewohnheiten hing, in Gegenwart seines Sohnes betrank er sich nie und war zurückhaltend und höflich gegenüber der Dienerschaft. Die Dienstboten bemerkten auch, daß Sir Pitt nie auf Lady Crawley fluchte, wenn sein Sohn im Zimmer war.

Er war es, der den Butler anwies, „Gnädige Frau, es ist aufgetragen“ zu sagen und der darauf bestand, die Lady zu Tisch zu führen. Er sprach zwar selten mit ihr, aber wenn er es tat, geschah es mit der tiefsten Ehrerbietung, und nie ließ er sie das Zimmer verlassen, ohne sich zu erheben und ihr mit einer zierlichen Verbeugung die Tür zu öffnen.

In Eton nannte man ihn Miss Crawley, und wie ich leider berichten muß, pflegte ihn sein jüngerer Bruder Rawdon fürchterlich durchzuprügeln. Seinen Mangel an Talent und glänzenden Geistesgaben machte er durch rühmlichen Fleiß wett, und er soll während seiner acht Schuljahre jene Strafe nicht erhalten haben, der – wie man gewöhnlich glaubt – nur ein Cherub entgehen kann.

Seine Universitätslaufbahn war natürlich höchst ehrenvoll gewesen. Hier bereitete er sich für das öffentliche Leben vor, in das ihn sein Großvater, Lord Binkie, einführen sollte. Er studierte mit großem Fleiße die antiken und modernen Redner und sprach unaufhörlich in den Debattierklubs. Aber obwohl seine Worte nur so flossen und er sein schwaches Stimmchen zum eigenen Vergnügen sehr wichtigtuerisch hören ließ und er nur Gedanken oder Meinungen vorbrachte, die völlig alt und abgedroschen waren und noch durch ein lateinisches Zitat untermauert werden konnten, schlugen seine hochfliegenden Pläne fehl, trotz seiner Mittelmäßigkeit, die doch eigentlich jedem Menschen Erfolg verspricht. Er gewann nicht einmal den Gedichtpreis, der ihm doch, nach Meinung aller seiner Freunde, zukam.

Als er die Universität verließ, wurde er Privatsekretär von Lord Binkie und dann zum Attaché bei der Gesandtschaft in Pumpernickel ernannt. Diesen Posten bekleidete er in durchaus ehrenvoller Weise, indem er dem damaligen Außenminister Depeschen in der Form von Straßburger Pasteten überbrachte. Nachdem er zehn Jahre Attaché gewesen war (mehrere Jahre noch nach dem Hinscheiden des vielbetrauerten Lord Binkie) und da er fand, daß die Beförderung etwas auf sich warten ließ, gab er endlich leicht angewidert die diplomatische Karriere auf und fing an, ein Landedelmann zu werden.

Nach England zurückgekehrt, schrieb er eine Broschüre über Malz (denn er war ehrgeizig und liebte es, im Mittelpunkt der Öffentlichkeit zu stehen) und nahm heftig Partei in der Frage der Negerbefreiung. Dann wurde er ein Freund von Mr. Wilberforce, dessen Politik er bewunderte, und führte jenen berühmten Briefwechsel mit Ehrwürden Silas Hornblower über die Bekehrung der Ashantis. Wenn auch vielleicht nicht während der Parlamentssitzungen, so doch im Mai, während der religiösen Treffen, war er in London. Auf dem Lande war er Friedensrichter sowie auch ein eifriger Fürsprecher und Besucher derjenigen, die der religiösen Unterweisung bedurften. Es hieß, er mache Lady

Jane Sheepshanks, Lord Southdowns dritter Tochter, den Hof, deren Schwester, Lady Emily, die rührenden Erbauungsschriften „Der wahre Kompaß des Seemannes“ und „Die Apfelfrau von Finchley“ schrieb.

Miss Sharps Bericht von seiner Tätigkeit in Queen's Crawley war durchaus keine Karikatur. Die Dienerschaft dort mußte sich tatsächlich den erwähnten Andachtsübungen unterwerfen, und er brachte sogar, was ja ein großer Vorteil war, seinen Vater dazu, sich daran zu beteiligen. Eine Independentenkapelle im Kirchspiele stand unter seinem Schutz, zur tiefen Entrüstung seines Onkels, des Pfarrherrn, und mithin zum großen Vergnügen Sir Pitts, der sich bewegen ließ, ein- oder zweimal selbst hinzugehen. Das verursachte einige heftige Predigten in der Pfarrkirche von Crawley, direkt gegen den alten gotischen Kirchenstuhl geschleudert, den der Baronet dort hatte.

Aber der ehrliche Sir Pitt fühlte die Kraft dieser Reden nicht, da er während der Predigt stets sein Schläfchen machte. Mr. Crawley war zum Besten der Nation und der ganzen Christenheit sehr darauf bedacht, daß der alte Herr ihm seinen Parlamentssitz überließe; der Vater aber weigerte sich beharrlich, das zu tun. Beide waren natürlich zu klug, um die fünfzehnhundert Pfund pro Jahr aufzugeben, die der zweite Sitz einbrachte (um jene Zeit hatte ihn Mr. Quadroon inne, mit carte blanche betreffs der Sklavenfrage). Tatsächlich war das Familiengut sehr verschuldet, und das Einkommen aus dem Wahlflecken war für den Haushalt von Queen's Crawley von großem Nutzen.

Die Familie hatte sich nie mehr von der harten Geldstrafe erholt, die Walpole Crawley, dem ersten Baronet, wegen Veruntreuungen im Schnur- und Siegellackamt auferlegt worden war. Sir Walpole war ein lustiger Bursche gewesen, der erpicht war, Geld zu haben und es auszugeben („alieni appetens, sui profusus“, wie Mr. Crawley stets seufzend bemerkte). Er war zu seiner Zeit in der ganzen Grafschaft beliebt wegen der Trunkenheit und der Gastfreundschaft, die beständig in Queen's Crawley herrschte. Damals waren die Keller mit Burgunder gefüllt, die Zwinger mit Jagdhunden und die Ställe mit prachtvollen Jagdpferden; jetzt mußten die Pferde von Queen's Crawley vor dem Pflug gehen oder die Trafalgarkutsche ziehen. Ein Gespann dieser Pferde hatte eines Tages, als es nicht woanders benötigt wurde, Miss Sharp ins Schloß gebracht; denn obgleich Sir Pitt durch und durch ein ungeschlachter Bauer war, so hielt er doch große Stücke auf sein Ansehen, solange er zu Hause war; selten fuhr er mit weniger als vier Pferden aus, und obgleich nur gekochtes Hammelfleisch auf den Tisch kam, mußten es doch stets drei Diener servieren.

Wenn bloßer Geiz einen Mann reich machen könnte – Sir Pitt Crawley wäre sehr reich geworden. Wäre er Rechtsanwalt in einer Provinzstadt geworden ohne anderes Kapital als seinen Kopf, so hätte er wahrscheinlich Nutzen daraus geschlagen und sich einen bedeutenden Einfluß und ein gutes Auskommen verschafft. Statt dessen hatte er unglücklicherweise einen wohlklingenden Namen und einen großen, aber belasteten Besitz, was ihm eher Schaden als Nutzen brachte. Er hatte eine Schwäche fürs

Prozessieren, und das kostete ihn jährlich viele Tausende. Da er, wie er sagte, viel zu gescheit war, um von einem einzigen Verwalter ausgeraubt zu werden, ließ er ein ganzes Dutzend in seinen Geschäften mißwirtschaften, denen er allen gleichermaßen mißtraute. Er war ein so strenger Gutsherr, daß er fast nur bankrotte Pächter finden konnte, und ein so geiziger Landwirt, daß er dem Boden die Saat mißgönnte, worauf ihm die rächende Natur die Ernte vorenthielt, die sie freigebigeren Bauern spendete. Er spekulierte, wo er nur konnte, besaß Bergwerke, kaufte Kanalaktien, lieferte Pferde für Postkutschen, übernahm Regierungsaufträge und war der geschäftigste Mann und Friedensrichter der ganzen Grafschaft. Da er in seinem Granitbruch keinen ehrlichen Verwalter bezahlen wollte, so konnte er mit Genugtuung feststellen, daß ihm vier Aufseher nach Amerika durchgingen und ein Vermögen mitnahmen. Da er die nötigen Vorsichtsmaßregeln nicht beachtete, füllten sich seine Bergwerke mit Wasser; die Regierung nahm ihm die Lieferung verdorbenen Rindfleisches nicht ab; und was seine Postpferde betrifft, so wußte jeder Posthalter im Königreich, daß er mehr Pferde verlor als jeder andere, weil er zu billig kaufte und nicht genug fütterte. Von Natur aus war er gesellig und weit entfernt, hochmütig zu sein, er zog die Gesellschaft eines Bauern oder eines Pferdehändlers der eines Gentlemans, wie seines Sohnes, vor; er trank und fluchte gern und liebte es, mit den Bauerntöchtern zu scherzen. Man konnte sich nicht entsinnen, daß er je einen Shilling verschenkt oder eine gute Tat vollbracht hätte, aber er war immer guter Laune, hinterlistig und lachlustig. Er konnte mit seinem Pächter ein Gläschen trinken und Witze reißen und ihn tags darauf pfänden lassen; er konnte mit dem Wilddieb spaßen, den er in ebenso guter Laune deportieren ließ. Seine Höflichkeit gegenüber dem schönen Geschlecht hat Miss Rebekka Sharp bereits angedeutet – mit einem Wort: England besaß unter allen seinen Baronets, Peers und einfachen Leuten keinen listigeren, knauserigeren, selbstsüchtigeren, törichteren, verrufeneren alten Mann. Sir Pitt Crawleys adlige Hand war in jedermanns Tasche, nur nicht in seiner eigenen; und zu unserem großen Kummer und Schmerz sehen wir als Bewunderer der britischen Aristokratie uns gezwungen, so viele schlimme Eigenschaften bei einer Person zugeben zu müssen, deren Name im „Debrett“ aufgeführt ist.

Eine Hauptursache der Zuneigung von Sir Pitt zu seinem Sohn lag in Geldangelegenheiten. Der Baronet schuldete seinem Sohn aus der Mitgift seiner Mutter eine Summe Geldes, die zu bezahlen ihm nicht einfiel. In der Tat hatte er einen fast unbesiegbaren Widerwillen gegen das Zahlen überhaupt, und nur mit Gewalt konnte er dazu gebracht werden, seinen pekuniären Verpflichtungen nachzukommen. Miss Sharp rechnete aus (denn sie wurde, wie wir bald hören werden, in die meisten Familiengeheimnisse eingeweiht), daß der ehrenwerte Baronet jährlich mehrere hundert Pfund nur an seine Gläubiger zu zahlen hatte; es bereitete ihm jedoch ein Vergnügen, das er sich nicht versagen konnte. Er hatte eine wilde Freude daran, die armen Teufel warten zu lassen und die Zahlung von einem Gericht zum anderen, von einem Termin zum anderen zu verschieben. „Was hat es sonst für sich, im Parlament zu sitzen, wenn man seine Schulden bezahlen muß?" fragte er. Und seine Stellung als Abgeordneter brachte ihm so wirklichen Nutzen.

Oh, Jahrmarkt der Eitelkeit – Jahrmarkt der Eitelkeit! Hier ist ein Mann, der nicht richtig schreiben kann und der sich nichts aus dem Lesen macht, ein Mann mit Bauerngewohnheiten und Bauernschläue, dessen einziger Lebenszweck es ist, die Leute übers Ohr zu hauen, dessen Geschmack, Rücksicht und Vergnügen nur auf das Gemeine und Schmutzige gerichtet waren; und doch ist es ein Mann von Rang und Ehre und Macht, ein Würdenträger des Landes und eine Stütze des Staates. Er ist Obersheriff und fährt in einer goldenen Kutsche. Große Minister und Staatsmänner suchen seine Gunst, und auf dem Jahrmarkt der Eitelkeit nimmt er eine höhere Stellung ein als das glänzendste Genie oder die unbefleckteste Tugend.

Sir Pitt hatte eine unverheiratete Halbschwester, die das große Vermögen ihrer Mutter geerbt hatte, und obgleich der Baronet vorgeschlagen hatte, ihm dieses Geld als Hypothek zu überlassen, lehnte Miss Crawley das Angebot ab und zog die sichereren Staatspapiere vor. Sie hatte jedoch zu verstehen gegeben, daß sie ihr Vermögen Sir Pitts zweitem Sohne und der Familie im Pfarrhaus vermachen wolle, und hatte bereits ein- oder zweimal die Schulden Rawdon Crawleys auf der Universität und bei der Armee bezahlt. Miss Crawley war daher der Gegenstand größter Hochachtung, wenn sie nach Queen's Crawley kam, denn sie hatte ein Guthaben auf der Bank, das ihr überall Liebe erworben hätte.

Welche Würde verleiht doch ein Bankkonto einer alten Dame! Wie nachsichtig blicken wir auf ihre Fehler, wenn sie eine Verwandte ist (möge jeder Leser ein paar Dutzend davon haben!), wie freundlich und gütig finden wir das Geschöpf! Lächelnd führt der jüngere Teilhaber von Hobbs und Dobbs sie zu ihrer wappengeschmückten Kutsche mit dem dicken keuchenden Kutscher! Gewöhnlich finden wir bei ihrem Besuch Gelegenheit, unsere Freunde wissen zu lassen, welche vornehme Stellung sie einnimmt! Wir sagen (und das ist nicht gelogen), „ich wünschte, ich hätte Miss MacWhirters Unterschrift auf einem Scheck über fünftausend Pfund". – „Sie würde es nicht vermissen", sagt Ihre Frau. „Es ist meine Tante", sagen Sie beiläufig, wenn Ihr Freund Sie fragt, ob Sie mit Miss MacWhirter verwandt seien. Ihre Frau sendet ihr ständig kleine Liebesbeweise; Ihre kleinen Mädchen arbeiten ewig Körbchen, Kissen und Fußstützen für sie. Was für ein schönes Feuer brennt in ihrem Zimmer, wenn sie zu Besuch kommt, obgleich Ihre Frau sich ihr Korsett im Kalten schnüren muß! Während ihres Aufenthaltes ist das Haus festlich, hübsch, warm, behaglich und freundlich, wie zu anderen Zeiten niemals. Sie selbst, verehrter Herr, vergessen das gewohnte Nachmittagsschläfchen und sind ganz plötzlich (obgleich Sie stets verlieren) leidenschaftlicher Whistspieler. Was für ein Essen gibt es – jeden Tag Wildbret, Madeira und Haufen guter Fische aus London. Selbst die Dienstboten in der Küche haben teil an dem allgemeinen Glück; irgendwie ist das Bier, während der dicke Kutscher von Miss MacWhirter da ist, viel stärker geworden, und es wird gar nicht darauf geachtet, wieviel Tee und Zucker im Kinderzimmer (wo ihre Kammerjungfer speist) verbraucht wird. Stimmt es oder stimmt es nicht? Ich wende mich an den Mittelstand. Oh, ihr himmlischen Mächte! Ich wollte, ihr schicktet mir eine alte Tante – eine unverheiratete Tante – eine Tante mit einem Wappen an der Kutsche und einem milchkaffeebraunen Toupet. Meine Kinder müßten Handarbeitsbeutel für sie anfertigen, und meine Julia und ich würden es ihr bequem machen! Süße, süße Vision! Törichter, törichter Traum!

10. Kapitel

Miss Sharp beginnt Freundschaften zu schließen

Nachdem Rebekka in diese liebenswürdige Familie aufgenommen war, deren Porträt wir auf den vorhergehenden Seiten skizziert haben, machte sie es sich natürlich zur Pflicht, sich, wie sie es ausdrückte, ihren Wohltätern angenehm zu machen und nach bester Kraft deren Vertrauen zu gewinnen. Muß man nicht unbedingt dieses Dankbarkeitsgefühl bei einer armen Waise bewundern; und muß man nicht zugeben, daß ihre Berechnungen eventuell etwas selbstsüchtig waren, ihre Klugheit aber durchaus gerechtfertigt war? Ich stehe allein in der Welt, sagte sich das freundlose Mädchen. Ich werde nie etwas anderes besitzen, als was ich durch meiner eigenen Hände Arbeit verdiene. Während das junge Ding mit den roten Wangen, diese Amelia, nur die Hälfte von meinem Verstand hat und ihr trotzdem zehntausend Pfund und glänzende Aussichten sicher sind, muß sich die arme Rebekka (und meine Figur ist viel besser als ihre) auf sich selbst und ihren Verstand verlassen. Nun, wir wollen abwarten, ob mein Verstand mir nicht einen anständigen Unterhalt verschaffen kann und ob ich nicht eines Tages Miss Amelia meine wahre Überlegenheit zeigen kann. Nicht daß ich etwas gegen die arme Amelia hätte: wer könnte etwas gegen ein harmloses, gutmütiges Geschöpf wie sie haben? Aber es wird doch ein schöner Tag sein, wenn ich meine Stellung über ihr in der Gesellschaft einnehmen kann, und warum sollte ich das auch nicht? In solchen Zukunftsträumen wiegte sich unsere kleine romantische Freundin, und wir dürfen keinen Anstoß daran nehmen, daß in allen ihren Luftschlössern ein Mann der Hauptbewohner war. Woran sollten junge Damen sonst denken als an Männer? Woran sonst denken ihre lieben Mütter? Ich muß meine eigene Mutter sein, meinte Rebekka, nicht ohne ein stechendes Gefühl der Niederlage, wenn sie an ihr kleines mißliches Abenteuer mit Joe Sedley dachte.

Sie beschloß daher weise, ihre Stellung bei der Familie in Queen's Crawley angenehm und sicher zu gestalten, und nahm sich zu diesem Zwecke vor, alle um sie her, die irgendwie zu ihrem Glück beitragen konnten, zu Freunden zu machen.

Da Lady Crawley nicht zu diesem Personenkreis gehörte und da sie außerdem eine gleichgültige und charakterlose Frau war, die in ihrem eigenen Hause nicht das mindeste zu sagen hatte, so entdeckte Rebekka bald, daß es durchaus nicht notwendig sei, sich um ihre Zuneigung zu bemühen – ja daß es überhaupt unmöglich sei, sie zu gewinnen. Mit ihren Schülerinnen pflegte sie von der „armen Mama" zu sprechen; und obwohl sie diese Dame mit allen Anzeichen kühlen Respekts behandelte, richtete sie doch ihr Hauptaugenmerk wohlweislich auf die übrigen Familienmitglieder.

Gegenüber den Kindern, deren Beifall sie völlig gewann, benutzte sie eine ganz einfache Methode. Sie stopfte die jungen Köpfe nicht mit allzuviel Gelehrsamkeit voll, sondern ließ ihnen lieber viel Freiheit, sich selbst zu erziehen; denn welche Erziehung ist wirksamer als die Selbsterziehung? Die ältere hatte eine Vorliebe für Bücher, und da die alte Bibliothek in Queen's Crawley eine beträchtliche Menge französischer und englischer Unterhaltungsliteratur aus dem vergangenen Jahrhundert beherbergte (die Bücher hatte der Sekretär des Schnur- und Siegellackamtes erworben, als er in Ungnade gefallen war) und da sich keiner außer Rebekka um die Bücherregale kümmerte, so konnte sie Miss Rose Crawley auf angenehme Weise und sozusagen spielend eine Menge Kenntnisse beibringen.

So lasen sie und Miss Rose viele reizende französische und englische Schriftsteller zusammen, von denen wir nur einige erwähnen wollen: den gelehrten Doktor Smollett, den geistreichen Mr. Henry Fielding, den anmutigen und phantastischen Monsieur Crebillon den Jüngeren, den unser unsterblicher Dichter Gray so sehr bewunderte, sowie den universellen Monsieur de Voltaire. Einmal, als Mr. Crawley fragte, was die Mädchen lasen, antwortete die Gouvernante: „Smollett." – „Oh, Smollett", rief Mr. Crawley völlig befriedigt. „Seine Geschichte ist zwar langweiliger, aber keineswegs so gefährlich wie die von Mr. Hume. Sie lesen also Geschichte?" – „Ja", antwortete Miss Rose, ohne jedoch hinzuzufügen, daß es die „Geschichte von Mr. Humphry Clinker" sei. Bei anderer Gelegenheit nahm er Anstoß daran, in der Hand seiner Schwester einen Band französischer Schauspiele zu finden; als aber die Gouvernante erklärte, sie lasse das ihre Schülerin lesen, um ihr die französische Konversation beizubringen, so mußte er sich wohl oder übel zufriedengeben. Als Diplomat war Mr. Crawley nicht wenig stolz auf seine Fertigkeit im Französischen (denn noch gehörte er dieser Welt an), und er fühlte sich durch die Komplimente, die ihm die Gouvernante deswegen beständig machte, sehr geschmeichelt.

Miss Violets Neigungen dagegen waren rauher und geräuschvoller als die ihrer Schwester. Sie kannte die abgelegenen Orte, wo die Hennen die Eier legen. Sie konnte auf einen Baum klettern, um in den Nestern der gefiederten Sänger gefleckte Beute zu machen. Ihr größtes Vergnügen war es, auf den jungen Füllen zu reiten und wie Camilla die Ebene zu durchstreifen. Sie war der Liebling ihres Vaters und der Stallknechte. Sie war auch der Günstling und gleichzeitig der Schrecken der Köchin, denn sie entdeckte die Marmeladentöpfe im dunkelsten Versteck und machte sich darüber her, sobald sie in ihre Reichweite kamen. Sie lag sich mit ihrer Schwester ständig in den Haaren. Entdeckte Miss Sharp solch eine Schandtat, so erzählte sie Lady Crawley nichts davon, die sie sonst dem Vater oder, noch schlimmer, Mr. Crawley mitgeteilt hätte, sondern versprach, nichts zu verraten, wenn Miss Violet ein artiges Mädchen sein und ihre Gouvernante liebhaben wollte.

Mr. Crawley gegenüber zeigte sich Miss Sharp respektvoll und unterwürfig. Sie zog ihn zu Rate, wenn sie französische Stellen nicht verstand, obgleich ihre Mutter eine Französin gewesen war; er konnte sie stets zu ihrer Zufriedenheit auslegen. Neben dieser Hilfe bei der weltlichen Literatur war er auch so gütig, Bücher ernsteren Charakters für sie auszuwählen. Er richtete oft das Wort an sie, und sie bewunderte über die Maßen seine Rede vor der Gesellschaft zur Unterstützung der Quashimabu, interessierte sich für seine Malz-Broschüre, war oft bis zu Tränen gerührt von seinen Abendandachten und versicherte dann: „Ach, ich danke Ihnen, Sir." Dabei seufzte sie und schickte einen Blick zum Himmel, der ihn bisweilen bewog, ihr die Hand zu drücken. „Schließlich ist das Blut doch alles", pflegte der aristokratische Frömmler zu sagen. „Wie ist Miss Sharp doch von meinen Worten gepackt, während niemand von den Leuten hier ergriffen wird. Ich bin zu fein für sie – zu zart. Ich muß meinen Stil populärer machen – sie aber versteht mich. Ihre Mutter war eine Montmorency."

In der Tat stammte Miss Sharp mütterlicherseits offenbar von dieser berühmten Familie ab. Natürlich erzählte sie nicht, daß ihre Mutter auf der Bühne gestanden hatte; es hätte nur Mr. Crawleys religiöse Skrupel geweckt. Wie viele adlige Emigranten hatte die abscheuliche Revolution ins Elend gestürzt! Noch ehe sie ein paar Monate im Hause war, hatte sie schon verschiedene Geschichten über ihre Ahnen parat; einige davon fand Mr. Crawley zufällig in d'Hoziers Lexikon, das in der Bibliothek stand, und so sah er sich in seinem Glauben an deren Echtheit und an die vornehme Geburt Rebekkas bestärkt. Sollen wir oder unsere Heldin aus dieser Neugierde und den Nachforschungen im Lexikon schließen, daß Mr. Crawley sich für sie interessierte? Nein, seine Teilnahme war rein freundschaftlicher Natur. Haben wir nicht bereits gesagt, daß Lady Jane Sheepshanks seine Angebetete war?

Ein paarmal machte er Rebekka Vorstellungen, wie wenig schicklich es sei, daß sie mit Sir Pitt Puff spiele; er nannte dieses Spiel einen gottlosen Zeitvertreib und setzte hinzu, daß sie weit besser daran täte, „Thrumps Vermächtnis" oder „Die blinde Waschfrau von Moorfields" oder irgendein Werk ernsteren Charakters zu lesen; allein Miss Sharp bemerkte, ihre liebe Mutter habe dieses Spiel oft mit dem alten Comte de Trictrac und dem ehrwürdigen Abbé du Cornet gespielt, und fand so eine Entschuldigung für diese und andere weltliche Belustigungen.

Aber die kleine Gouvernante machte sich bei dem Baronet nicht bloß durch das Puffspiel angenehm. Sie fand mancherlei Mittel, um ihm nützlich zu sein. Sie las mit unermüdlicher Geduld die Prozeßakten durch, mit denen er vor ihrer Ankunft in Queen's Crawley versprochen hatte, sie zu unterhalten. Sie erbot sich, viele seiner Briefe abzuschreiben, und änderte dabei geschickt die Orthographie, um sie mit dem gegenwärtigen Stand in Einklang zu bringen. Sie interessierte sich für alles, was mit dem Besitz zusammenhing, den Ackerbau, den Park, den Garten und die Stallungen; und sie wußte sich zu einer so angenehmen Gesellschafterin zu machen, daß der Baronet seinen gewöhnlichen Morgenspaziergang selten ohne sie (und natürlich auch die Kinder) machte. Sie erteilte dann gute Ratschläge betreffs der Bäume, die gekappt, der Beete, die umgegraben, des Getreides, das geschnitten, der Pferde, die für den Wagen oder den Pflug bestimmt werden sollten. Sie war noch kein Jahr in Queen's Crawley und hatte das Vertrauen des Baronets bereits in vollstem Maße gewonnen, und das Tischgespräch, das früher zwischen ihm und Mr. Horrocks, dem Butler, geführt wurde, fand jetzt fast ausschließlich zwischen Sir Pitt und Miss Sharp statt. Sie war beinahe Herrin im Hause, wenn Mr. Crawley abwesend war; dabei benahm sie sich aber in ihrer neuen, hohen Stellung mit so viel Umsicht und Bescheidenheit, daß sie die Autoritäten in Küche und Stall, denen gegenüber sie sich auch äußerst bescheiden und freundlich gab, nicht beleidigte. Sie war ganz verschieden von dem hochmütigen, scheuen, unzufriedenen kleinen Mädchen, das wir früher kennengelernt haben; und diese Wesensänderung bewies große Klugheit, den aufrichtigen Wunsch, sich zu bessern, oder jedenfalls doch viel moralischen Mut. Ob dieses neue System der Gefälligkeit und Demut, das unsere Rebekka anwandte, vom Herzen diktiert wurde, wird ihre spätere Geschichte beweisen. Ein System der Heuchelei wird selten jahrelang von einer Einundzwanzigjährigen befriedigend praktiziert. Unsere Leser werden sich jedoch erinnern, daß unsere Heldin, obwohl jung an Jahren, doch alt an Lebenserfahrung war. Unsere Geschichte hat ihren Zweck verfehlt, wenn Sie nicht bereits entdeckt haben, daß Becky ein sehr gescheites Mädchen war.

Der ältere und der jüngere Sohn des Crawleyschen Hauses waren, wie der Mann und die Frau im Wetterhäuschen, nie gemeinsam zu Hause – sie haßten einander von ganzem Herzen. Rawdon Crawley, der Dragoner, hegte eine gewaltige Verachtung gegen das ganze Haus und kam fast nur dahin, wenn seine Tante ihren jährlichen Besuch abstattete.

Die großartige Eigenschaft dieser alten Dame ist bereits erwähnt worden. Sie besaß siebzigtausend Pfund und hatte Rawdon so gut wie adoptiert. Ihr älterer Neffe war ihr außerordentlich zuwider, und sie verachtete ihn als einen Milchreisjüngling. Dieser wiederum zögerte nicht, ihre Seele für unrettbar verloren zu erklären und auch seinem Bruder in jener Welt keine Chance zu geben. „Sie ist eine gottlose weltliche Frau“, pflegte Mr. Crawley zu sagen, „sie verkehrt mit Atheisten und Franzosen. Meine Seele schaudert, wenn ich an ihr furchtbar schreckliches Los denke und wenn ich erwäge, daß sie, bereits am Rande des Grabes, noch so der Eitelkeit, gottlosen Ausschweifungen und der Torheit frönt.“ In der Tat lehnte die alte Dame durchaus ab, seiner Abendandacht zu lauschen, und wenn sie allein nach Queen's Crawley kam, mußte er seine gewohnten frommen Übungen einstellen.

„Behalt deine Predigten für dich, Pitt, wenn Miss Crawley herkommt“, sagte sein Vater, „sie hat geschrieben, daß sie das Salbadern nicht vertragen kann.“

„Oh, Sir! Denken Sie doch an die Dienstboten!“

„Zum Henker mit den Dienstboten!“ sagte Sir Pitt, und sein Sohn dachte, daß ihnen noch weit Schlimmeres als das Hängen widerfahren würde, wenn man sie der Gnade seiner Unterweisungen beraubte.

„Zum Henker, Pitt!“ antwortete der Vater auf seine Vorstellungen. „Hoffentlich bist du nicht so blödsinnig und willst der Familie jährlich dreitausend Pfund durch die Lappen gehen lassen?“

„Was ist alles Geld verglichen mit unserem Seelenheil?“ fuhr Crawley fort.

„Du meinst vielleicht, daß die Alte dir das Geld sowieso nicht hinterläßt?“ – Und wer weiß, ob das nicht wirklich Mr. Crawleys Meinung war?

Die alte Miss Crawley gehörte bestimmt zu den Verdammten. Sie hatte ein hübsches Häuschen in der Park Lane, und da sie während der Saison in London viel zuviel aß und trank, so ging sie während des Sommers nach Harrowgate oder Cheltenham. Sie war gewiß die gastfreundlichste und jovialste aller alten Vestalinnen und war, wie sie sagte, in ihrer Jugend eine Schönheit gewesen. (Wir wissen gut, daß alle einmal Schönheiten gewesen sind.) Sie war ein bel esprit und für jene Zeit schrecklich radikal. Sie war in Frankreich gewesen (wo Saint-Just in ihr eine unglückliche Leidenschaft erweckt haben soll) und liebte seither französische Romane, französische Küche und französische Weine. Sie las Voltaire und kannte Rousseau auswendig, sprach sehr leichtfertig über Ehescheidungen und sehr energisch über Frauenrechte. In jedem Zimmer ihres Hauses hingen Bilder von Mr. Fox. Ich bin nicht sicher, ob sie nicht mit diesem Staatsmann in Verbindung stand, als er in der Opposition war; und als er ins Ministerium kam, tat sie sich nicht wenig darauf zugute, daß sie Sir Pitt und seinen Kollegen von Queen's Crawley auf seine Seite gebracht hatte, obwohl Sir Pitt von sich aus auch ohne Bemühungen der ehrlichen Dame zu ihm übergegangen wäre. Ich brauche hier wohl kaum zu bemerken, daß Sir Pitt sich veranlaßt sah, nach dem Tode des großen Whig-Ministers seine Ansicht wieder zu ändern.

Diese würdige alte Dame faßte eine Vorliebe für Rawdon Crawley, als derselbe noch ein Knabe war, schickte ihn nach Cambridge (in Opposition zu seinem Bruder, der in Oxford war) und kaufte ihm, als die Behörden der erstgenannten Universität dem jungen Mann nach zwei Jahren nahegelegt hatten, das Studium aufzugeben, ein Offizierspatent für die Grüne Leibgarde.

Der junge Offizier wurde als stadtbekannter Stutzer gefeiert. Boxen, Jagen, Fünferball und Vierspännigfahren waren damals bei unserer britischen Aristokratie hoch im Schwange, und in allen diesen edlen Wissenschaften war er Meister. Obgleich er zu den Gardetruppen gehörte, die sich um den Prinzregenten scharen mußten und deshalb ihre Tapferkeit noch nicht vor dem Feind bewiesen hatten, so war doch Rawdon Crawley wegen des Glücksspiels, das er über alles liebte, schon in drei blutige Duelle verwickelt gewesen, in denen er seine Todesverachtung bewiesen hatte.

„Und auch für das, was nach dem Tode kommt", pflegte Mr. Crawley zu bemerken und heftete seine stachelbeerfarbenen Augen auf die Zimmerdecke. Er dachte beständig an die Seele seines Bruders oder an die Seelen derer, die anderer Ansicht waren als er; dies ist oft eine Art Trost für die Frommen.

Die törichte, romantische Miss Crawley war weit entfernt, über den Mut ihres Lieblings entsetzt zu sein, und bezahlte jedesmal nach dem Duell seine Schulden. Sie wollte auch nicht ein Wort von dem hören, was man über seinen schlechten Lebenswandel munkelte. „Er wird sich schon noch die Hörner ablaufen", pflegte sie zu sagen, „aber er ist jedenfalls tausendmal mehr wert als sein winselnder Heuchler von Bruder."

11. Kapitel

Arkadische Einfachheit

Neben diesen ehrlichen Schloßbewohnern, deren Einfachheit und holde ländliche Unschuld gewiß die Vorteile des Landlebens gegenüber dem Stadtleben beweisen, müssen wir den Leser mit ihren Verwandten und Nachbarn im Pfarrhause, mit Bute Crawley und Frau, bekannt machen.

Ehrwürden Bute Crawley, ein großer, stattlicher, lustiger Mann mit einem breitkrempigen Pfarrershut, war in seiner Grafschaft weitaus beliebter als sein Bruder, der Baronet. Während seiner Universitätsjahre hatte er im Christchurch-Boot als Schlagmann gerudert und die besten Boxer der Stadt besiegt. Er nahm seine Freude am Boxen und an der Athletik mit ins Privatleben, und es gab auf zwanzig Meilen in der Runde keinen Boxkampf, kein Rennen, keine Hetzjagd, keine Regatta, keinen Ball, keine Wahl, keinen Empfang oder ein gutes Gastmahl überhaupt in der ganzen Grafschaft, dem beizuwohnen er nicht Mittel und Wege fand. Wo auch immer eine Gesellschaft gegeben wurde – in Fuddleston oder Roxby oder in Schloß Wapshot oder bei den hohen Lords der Grafschaft, mit denen er samt und sonders auf vertrautem Fuße stand – überall im Umkreis von ein paar Dutzend Meilen konnte man seinen Braunen und seine Giglaternen erblicken. Er hatte eine schöne Stimme, sang „Ein Südwind und der

Wolkenhimmel“ und gab das „Hollahe“ im Refrain zu jedermanns Beifall wieder. Bei Hetzjagden erschien er in einem Pfeffer-und-Salz-Rock. Er war auch einer der geschicktesten Angler der Grafschaft.

Mrs. Crawley, die Pfarrersfrau, war eine lebhafte kleine Person, die dem würdigen Geistlichen die Predigten schrieb. Da sie einen häuslichen Sinn hatte und mit ihren Töchtern das Haus fast ganz allein führte, so herrschte sie unumschränkt im Pfarrhause, ließ aber ihrem Manne draußen volle Freiheit. Er konnte kommen und gehen und auswärts speisen, wann immer es ihm beliebte, denn Mrs. Crawley war eine sparsame Frau und kannte den Preis des Portweins sehr genau. Von dem Tage an, als Mrs. Bute den jungen Pfarrer von Queen's Crawley heimführte (sie war aus guter Familie, die Tochter des verstorbenen Oberstleutnants Hector MacTavish, und sie und ihre Mutter hatten sich in Harrowgate um Bute die Hacken abgelaufen und ihn bekommen), war sie ihm stets eine umsichtige und sorgliche Ehefrau gewesen. Trotz all ihrer Fürsorge aber steckte er stets in Schulden. Es kostete ihn mindestens zehn Jahre, um die noch zu Lebzeiten seines Vaters auf der Universität gemachten Schulden zu bezahlen. Im Jahre 179..., als er eben damit fertig geworden war, wettete er zweitausend gegen zwanzig, daß Känguruh verlieren würde, aber das Pferd gewann das Derby. Der Pfarrer sah sich gezwungen, das Geld zu Wucherzinsen aufzunehmen, und hatte seit jener Zeit stets mit Schulden zu kämpfen gehabt. Dann und wann half ihm seine Schwester mit einem Hunderter aus; seine große Hoffnung aber ruhte natürlich in ihrem Tode – wenn, „zum Henker“ (so pflegte er zu sagen), „Matilda mir ihr halbes Vermögen hinterlassen *muß*“.

Der Baronet und sein Bruder hatten somit alle Gründe, die zwei Brüder nur haben können, um sich ständig in den Haaren zu liegen. In unzähligen Familienangelegenheiten hatte Bute gegenüber Sir Pitt das Nachsehen gehabt. Der junge Pitt ging nicht nur nicht auf die Jagd, sondern gründete auch noch ein Bethaus vor der Nase seines Onkels. Rawdon sollte bekanntlich den Löwenanteil von Miss Crawleys Vermögen erben. Solche Geldangelegenheiten, Spekulationen über Tod und Leben, stille Kämpfe um Erbbeute verursachen auf dem Jahrmarkt der Eitelkeit heiße Liebe unter Brüdern. Ich selbst bin Zeuge gewesen, wie eine Fünfpfundnote zwischen zwei Brüdern einer fünfzigjährigen Liebe den Garaus machte; ich muß nur staunen, wenn ich bedenke, wie schön und dauerhaft doch die Liebe unter den Menschen ist.

Es stand zu erwarten, daß die Ankunft einer Person wie Rebekka in Queen's Crawley und ihr allmähliches Einschleichen in die Gunst sämtlicher Schloßbewohner Mrs. Bute Crawleys Aufmerksamkeit nicht entging. Mrs. Bute, die wußte, wie lange ein Lendenbraten im Schlosse reichte, was bei der großen Wäsche alles gewaschen wurde, wie viele Pfirsiche an der Südwand hingen, wieviel Arznei die Lady einnahm, wenn sie krank war – solche Dinge sind für gewisse Personen auf dem Lande Gegenstand von tiefschürfendem Interesse –, Mrs. Bute also konnte nicht an der Gouvernante im Schloß vorbeigehen, ohne gründliche Nachforschungen über ihre Vergangenheit und ihren

Charakter anzustellen. Zwischen den Dienstboten vom Pfarrhaus und denen vom Schloß herrschte stets bestes Einvernehmen. In der Pfarrküche gab es stets ein gutes Glas Ale für die Leute vom Schloß, deren gewöhnliches Bier sehr dünn war – und tatsächlich wußte die Pfarrersfrau aufs Haar genau, wieviel Malz auf jedes Faß Bier im Schloß kam. Es bestanden auch zwischen den Dienstboten des Schlosses wie zwischen den Herrschaften verwandtschaftliche Bande, und durch diese Kanäle war jede Familie genau mit dem Leben und Treiben der anderen unterrichtet. Man kann hier beiläufig eine allgemeine Beobachtung festhalten: Stehst du mit deinem Bruder auf gutem Fuße, so interessiert dich das, was er tut, nicht; hast du dich dagegen mit ihm verzankt, so weißt du alle seine Schritte, als ob du sein Spion wärst.

Sehr bald nach ihrer Ankunft fing Rebekka an, in Mrs. Crawleys Bulletin vom Schloß einen ständigen Platz einzunehmen. So ein Bulletin hatte folgenden Inhalt: „Das schwarze Schwein ist geschlachtet – wog soundso viel Kilo – die Seiten eingesalzen – Wurst und Schweinskeule zum Mittagessen. Mr. Cramp aus Mudbury bei Sir Pitt, wegen John Blackmores Gefängnisstrafe – Mr. Pitt im Bethaus (nebst den Namen aller Anwesenden) – Lady Crawley wie gewöhnlich – die jungen Damen bei der Gouvernante."

Dann kam wieder ein Bericht, etwa folgenden Inhalts: „Die neue Gouvernante eine ganz Gerissene – Sir Pitt sehr nett zu ihr – auch Mr. Crawley – liest ihr Traktate vor." – "Was für eine lockere Spitzbübin!" rief die böse, geschäftige, brünette kleine Mrs. Bute Crawley aus.

Schließlich lauteten die Berichte, die Gouvernante habe jedermann „eingewickelt", schreibe für Sir Pitt Briefe, erledige seine Arbeiten, führe seine Rechnungen, beherrsche das ganze Haus, die Lady, Mr. Crawley, die Mädchen, überhaupt alles – worauf Mrs. Crawley erklärte, die Gouvernante sei ein verschlagenes Weibstück und habe fürchterliche Absichten. So gaben die Vorgänge im Schloß den Gesprächen im Pfarrhaus immer neue Nahrung, und Mrs. Butes helle Augen spionierten alles aus, was im feindlichen Lager geschah – alles, und noch manches andere.

Mrs. Bute Crawley an Miss Pinkerton, The Mall, Chiswick

Pfarrhaus, Queen's Crawley, ...ten Dezember

Meine sehr verehrte Dame. – Obgleich viele Jahre verflossen, seit ich Ihren köstlichen und unschätzbaren Unterricht genoß, habe ich doch nie aufgehört, für Miss Pinkerton und das teure Chiswick die innigste Liebe und Hochachtung zu empfinden. Hoffentlich geht es Ihnen gesundheitlich gut. Die Welt und die Sache der Erziehung können Miss Pinkerton noch auf Jahre hinaus nicht entbehren. Als meine Freundin, Lady Fuddleston, mit gegenüber erwähnte, daß ihre lieben Töchter eine Erzieherin brauchten (ich bin zu arm, um für die meinigen eine Gouvernante einzustellen; aber bin *ich* nicht in Chiswick erzogen worden?), rief ich sogleich: „Bei wem können wir besseren Rat einholen als bei der vortrefflichen, der unvergleichlichen Miss Pinkerton?" Mit einem Wort, teure

Madame, haben Sie auf Ihrer Liste Damen, deren Dienste meine liebe Freundin und Nachbarin in Anspruch nehmen könnte? Ich versichere Ihnen, daß sie nur eine Gouvernante Ihrer Wahl nehmen wird.

Mein lieber Mann sagt immer, daß er an allem, was aus Miss Pinkertons Schule kommt, Gefallen finde. Ach, wie gern möchte ich ihm und meinen lieben Mädchen die Freundin meiner Jugend und die bewunderte Freundin des großen Lexikographen unseres Landes vorstellen! Mr. Crawley bittet mich, zu schreiben, daß er hofft, wenn Sie einmal nach Hampshire kommen sollten, daß unser ländliches Pfarrhaus dann mit Ihrer Gegenwart geziert werden wird. Es ist das bescheidene, aber glückliche Heim

Ihrer liebevoll ergebenen Martha Crawley.

PS: Mr. Crawleys Bruder, der Baronet, mit dem wir leider nicht ganz so einig sind, wie es Brüdern geziemt, hat für seine kleinen Mädchen eine Gouvernante, die, wie ich erfuhr, das große Glück hat, in Chiswick erzogen worden zu sein. Man erzählt verschiedenerlei über sie, und da ich das zärtlichste Interesse für meine kleinen Nichten fühle und sie, ungeachtet aller Familienstreitigkeiten, gern meinen eigenen Kindern zuführen möchte – und da ich das sehnlichste Verlangen habe, mich gegen jede Ihrer Schülerinnen aufmerksam zu erweisen –, so bitte ich Sie, meine teure Miss Pinkerton, mir die Geschichte dieser jungen Dame mitzuteilen, der ich um Ihretwillen von ganzem Herzen Freundschaft erzeigen möchte. – M. C.

Miss Pinkerton an Mrs. Bute Crawley
Johnson-Haus, Chiswick, im Dezember 18..

Sehr geehrte Dame. Ich habe die Ehre, den Empfang Ihres freundlichen Schreibens zu bestätigen, und beeile mich, dasselbe zu beantworten. Es ist höchst erfreulich für eine Person in meiner mühevollen Position, festzustellen, daß meine mütterliche Sorgfalt eine entsprechende Liebe erweckt hat, und in der liebenswürdigen Mrs. Bute Crawley meine vortreffliche Schülerin aus früherer Zeit, die lebhafte und talentvolle Miss Martha MacTavish, wiederzuerkennen. Ich schätze mich glücklich, die Töchter vieler Ihrer ehemaligen Mitschülerinnen in meiner Anstalt jetzt unter meiner Obhut zu haben. Welches Vergnügen würde es mir bereiten, wenn auch Ihre lieben jungen Damen meiner Aufsicht und Belehrung bedürften.

Ich spreche Lady Fuddleston meine respektvollsten Komplimente aus und habe die Ehre, der gnädigen Frau brieflich meine beiden Freundinnen, Miss Tuffin und Miss Hawky, vorzustellen.

Jede der beiden jungen Damen ist bestens befähigt, im Griechischen, Lateinischen und in den Anfangsgründen des Hebräischen, in Mathematik und Geschichte, im Spanischen, Französischen, Italienischen und in Geographie, in der Vokal- und Instrumentalmusik, ohne Unterstützung eines Tanzmeisters im Tanzen sowie in den Grundlagen der Naturwissenschaften zu unterrichten. Beide sind im Gebrauch des

Globus wohlbewandert. Außerdem kann Miss Tuffin, die die Tochter des verstorbenen Ehrwürden Thomas Tuffin (Professor im Corpus College, Cambridge) ist, in der syrischen Sprache sowie in den Grundlagen des konstitutionellen Rechts unterrichten. Da sie aber erst achtzehn Jahre alt ist und ein besonders hübsches Äußeres hat, so dürfte diese junge Dame vielleicht für Sir Huddleston Fuddlestons Familie nicht ganz geeignet erscheinen.

Miss Letitia Hawky dagegen glänzt nicht durch persönliche Reize. Sie ist 29 Jahre alt, und ihr Gesicht hat ziemlich viele Pockennarben. Sie hinkt etwas, hat rote Haare und schielt ein wenig. Beide Damen sind mit allen moralischen und religiösen Tugenden ausgestattet. Ihre Gehaltsansprüche stehen natürlich im Verhältnis zu ihren vielen Talenten. Mit den dankbarsten Empfehlungen an Ehrwürden Bute Crawley habe ich die Ehre, zu zeichnen, sehr geehrte Dame,

Ihre ergebenste und gehorsamste Dienerin Barbara Pinkerton.

PS: Miss Sharp, die Sie als Gouvernante bei Sir Pitt Crawley, Baronet und Parlamentsmitglied, erwähnten, war eine Schülerin von mir, und ich habe nichts Nachteiliges über sie zu berichten. Ihr Äußeres ist zwar unangenehm, aber wir können doch das Walten der Natur nicht hindern; und obgleich ihre Eltern einen schlechten Ruf hatten (der Vater war Maler und machte mehrere Male Bankrott, und ihre Mutter war, wie ich später zu meinem Entsetzen erfuhr, Ballettänzerin), besitzt sie doch beachtenswerte Talente, und ich brauche es nicht zu bereuen, sie aus Barmherzigkeit in mein Haus aufgenommen zu haben. Ich befürchte nur, die Grundsätze der Mutter – wie man mir schilderte, eine französische Gräfin, die durch die Schrecken der Revolution zum Auswandern gezwungen wurde, in Wirklichkeit aber, wie ich inzwischen entdeckte, eine ganz ordinäre und sittenlose Person – könnten sich auf das unglückliche junge Mädchen, das ich als Vagabund auflas, vererbt haben. Bis jetzt aber sind ihre Grundsätze (wie ich glaube) untadelhaft gewesen, und ich bin überzeugt, daß in den vornehmen und gebildeten Kreisen des hervorragenden Sir Pitt Crawley nichts sie verderben wird!

Miss Rebekka Sharp an Miss Amelia Sedley

Viele Wochen habe ich meiner geliebten Amelia nicht geschrieben; denn was konnte ich Dir schon von dem Leben und Treiben aus Schloß Einerlei, wie ich es getauft habe, berichten? Und was würde es Dich auch interessieren, ob die Rübenernte gut oder schlecht war, ob das Mastschwein fünfundsiebzig oder fünfundachtzig Kilo wog und ob das Rindvieh bei Rüben gedeiht? Seit ich Dir das letztemal schrieb, ist ein Tag wie der andere vergangen. Vor dem Frühstück ein Spaziergang mit Sir Pitt und seinen Sprößlingen, nach dem Frühstück Unterricht (was man eben so nennt) im Schulzimmer; nach dem Unterricht Lesen und Schreibereien für Sir Pitt (dessen Sekretärin ich geworden bin) wegen Advokaten, Pachtkontrakten, Bergwerken und Kanälen; nach dem Abendessen Mr. Crawleys Predigten oder Puff mit dem Baronet – beiden Belustigungen sieht die Lady mit der gleichen Ruhe zu. Sie ist in der letzten Zeit durch ihre Unpäßlichkeit etwas interessanter geworden, denn das hat in der Person eines jungen Doktors einen neuen Besucher ins Schloß geführt. Weißt Du, meine Liebe, junge Mädchen brauchen niemals zu verzweifeln. Der junge Doktor gab einer gewissen Freundin von Dir zu verstehen, daß sie, wenn sie Mrs. Glauber werden wolle, sehr gern die Zierde seiner Praxis werden könne! Ich antwortete auf seine Unverschämtheit, daß vergoldete Mörser und Stößel wohl Zierde genug seien – als ob ich zur Frau eines Landarztes geboren wäre! Mr. Glauber ging nach diesem Korb ernstlich mitgenommen nach Hause, trank dort etwas Kühlendes und ist jetzt wieder vollkommen hergestellt. Sir Pitt billigte meinen Entschluß entschieden; ich glaube, er würde seine kleine Sekretärin nur ungern verlieren, und ich bin der Ansicht, der alte Schuft hat mich so gern, wie er nur überhaupt jemanden gern haben kann. Heiraten, mein Gott! Und noch dazu einen Landarzt, nachdem ... Nein, nein, man kann alte Verbindungen nicht so schnell vergessen, aber davon will ich nicht mehr sprechen. Kehren wir nach Schloß Einerlei zurück!

Seit einiger Zeit ist es nicht mehr Schloß Einerlei. Stell Dir vor, meine Liebe, Miss Crawley ist angekommen mit ihren dicken Pferden, ihren dicken Bedienten und ihrem dicken Schoßhund – die bedeutende, reiche Miss Crawley, mit siebzigtausend Pfund in fünfprozentigen Papieren, die – nicht Miss Crawley, sondern eher das Geld – ihre zwei Brüder anbeten. Sie sieht sehr apoplektisch aus, die gute Seele; kein Wunder also, daß ihre Brüder ängstlich um sie besorgt sind. Du solltest nur sehen, wie sehr sie miteinander wetteifern, wenn es gilt, ihr die Kissen zurechtzurücken oder den Kaffee zu reichen! „Wenn ich aufs Land fahre", sagte sie (denn sie hat Sinn für Humor), „lasse ich meine Speichelleckerin, Miss Briggs, zu Hause. Hier sind meine Brüder meine Speichellecker, und wahrhaftig, ein hübsches Paar!"

Wenn sie zu uns aufs Land kommt, so hat unser Schloß offene Türen, und mindestens einen Monat lang könnte man sich einbilden, der alte Sir Walpole sei wieder lebendig geworden. Wir geben Gesellschaften, fahren vierspännig aus, die Diener tragen das neueste Kanariengelb, wir trinken Rotwein und Champagner, als ob wir nie etwas anderes bekämen. Im Unterrichtszimmer haben wir Wachskerzen und Feuer, um uns aufzuwärmen, Lady Crawley muß das schönste Erbsengrüne anziehen, das ihre Garderobe aufzuweisen hat, und meine Schülerinnen legen ihre dicken Schuhe und engen alten Schottenkittel ab und tragen seidene Strümpfe und Musselinröcke, wie es sich für Baronetstöchter von Welt schickt. Rose kam gestern übel zugerichtet heim – die Wiltshire-Sau, ihr erklärter Liebling, hatte sie umgerannt und war auf ihrem hübschen, lilageblümten Seidenkleid herumgetrampelt. Wäre dies vor einer Woche geschehen, so hätte Sir Pitt greulich geflucht, das arme Ding tüchtig geohrfeigt und sie einen Monat lang auf Wasser und Brot gesetzt. Alles, was er jetzt sagte, war: „Warte nur, bis deine Tante fort ist", und dabei lachte er über den Vorfall, als sei es etwas ganz Unbedeutendes. Wir wollen hoffen, daß sein Zorn verflogen ist, wenn Miss Crawley abreist. Ich hoffe es sehr um Miss Roses willen. Was für ein bezaubernder Versöhner und Friedensstifter doch das Geld ist!

Eine weitere wunderbare Wirkung Miss Crawleys und ihrer siebzigtausend Pfund zeigt sich in dem Betragen der beiden Brüder Crawley. Ich meine den Baronet und den Pfarrer, nicht unsere Brüder. Die beiden, die sich das ganze Jahr über hassen, werden zu Weihnachten ganz liebevoll gegeneinander. Ich habe Dir im vergangenen Jahre geschrieben, wie der abscheuliche Pferderenn-Pfarrer uns in der Kirche andauernd mit plumpen Predigten auf den Leib rückt und wie Sir Pitt mit Schnarchen antwortet. Sobald aber Miss Crawley kommt, hört man nichts mehr von Zank und Streit, das Schloß besucht das Pfarrhaus und umgekehrt, der Pfarrer und der Baronet unterhalten sich freundschaftlich ohne jeglichen Zank beim Wein über Schweine und Wilddiebe und Grafschaftsgeschäfte. Miss Crawley will tatsächlich nichts von ihren Streitereien wissen und schwört, sie werde ihr Geld den Shropshire Crawleys hinterlassen, wenn man sie ärgere. Wenn diese Shropshire Crawleys nur ein bißchen schlau wären, so könnten sie wahrscheinlich alles bekommen; der Shropshire Crawley ist jedoch Geistlicher wie sein Hampshire-Vetter und hat Miss Crawley durch seine engstirnigen Moralauffassungen tödlich beleidigt, als sie einmal in einem Wutanfall gegen ihre widerspenstigen Brüder zu ihm geflohen war. Er wollte, glaube ich, zu Hause das Beten einführen.

Unsere Predigtbücher werden zugeklappt, wenn Miss Crawley kommt, und Mr. Pitt, den sie verabscheut, findet es besser, nach London zu fahren. Statt seiner erscheint dann der junge Geck – Stutzer nennt man so einen wohl – Hauptmann Crawley, und wahrscheinlich willst Du wissen, was für ein Mensch er ist.

Nun, er ist ein langer, junger Geck, sechs Fuß groß und spricht sehr laut; er flucht viel und kommandiert die Dienstboten herum, die ihn aber trotzdem anbeten, denn er ist nicht knauserig mit seinem Geld, so daß sie alles für ihn tun. Vergangene Woche haben die Wildhüter beinahe einen Gerichtsdiener und seinen Gehilfen umgebracht, die von London gekommen waren, um den Hauptmann zu verhaften. Sie wurden ertappt, als sie an der Parkmauer entlangschlichen – die Wildhüter verprügelten sie, tauchten sie und hätten sie als Wilddiebe erschossen, wenn sich der Baronet nicht ins Mittel gelegt hätte.

Der Hauptmann zeigt gegenüber seinem Vater eine abgrundtiefe Verachtung, nennt ihn einen alten Tropf, einen alten Blödian, einen Bauerntölpel und belegt ihn mit zahllosen anderen hübschen Namen. Er hat ein schreckliches Ansehen bei den Damen. Er bringt seine Renner mit nach Hause, verkehrt mit den Squires der Grafschaft, ladet zum Essen ein, wen er will, und Sir Pitt wagt keinen Mucks, aus Angst, Miss Crawley zu beleidigen und um seinen Anteil zu kommen, wenn sie am Schlaganfall stirbt. Soll ich Dir ein Kompliment erzählen, das mir der Hauptmann gemacht hat? Ich muß, es ist zu hübsch. Eines Abends war doch tatsächlich Tanz bei uns; es waren Sir Huddleston Fuddleston mit Familie, Sir Giles Wapshot mit seinen Töchtern, und ich weiß nicht, wer noch alles, anwesend. Ich hörte ihn sagen: „Beim Zeus, das ist aber ein hübsches, kleines

Füllen!“, womit er Deine ergebene Dienerin gemeint hat; er tat mir auch die Ehre an, zwei Contretänze mit mir zu tanzen. Er kommt mit den jungen Squires gut aus, trinkt mit ihnen, reitet und unterhält sich vom Jagen und Schießen; die Landmädchen aber findet er langweilig, und ich glaube wirklich, damit hat er nicht ganz unrecht. Du solltest nur sehen, mit welcher Verachtung sie auf mich armes Wesen herabblicken. Wenn sie tanzen, sitze ich ganz bescheiden am Klavier und spiele; als er aber neulich abend ziemlich erhitzt aus dem Speisesaal hereinkam und mich so beschäftigt fand, beteuerte er laut, daß ich die beste Tänzerin des Abends sei, und schwor bei seiner Ehre, daß er Musikanten aus Mudbury kommen lassen würde.

„Ich will einen Contretanz spielen“, erbot sich Mrs. Bute Crawley bereitwillig (sie ist eine kleine brünette Alte mit funkelnden Augen, geht ziemlich krumm und trägt einen Turban), und als der Hauptmann und Deine arme kleine Rebekka miteinander getanzt hatten, tat sie mir doch wirklich die unglaubliche Ehre an, mir über mein Tanzen Komplimente zu machen! So etwas war noch nicht dagewesen. Die stolze Mrs. Bute Crawly, älteste Cousine des Grafen von Tiptoff, die sich nur dann herabläßt, Lady Crawley zu besuchen, wenn ihre Schwägerin auf dem Lande ist. Die arme Lady Crawley! Während dieser Vergnügen hockt sie meistens oben und schluckt Pillen.

Mrs. Bute hat plötzlich eine große Vorliebe für mich entwickelt. „Meine liebe Miss Sharp“, sagte sie, „warum kommen Sie nicht einmal mit Ihren Schülerinnen ins Pfarrhaus? Die kleinen Cousinen würden sich so freuen, sie zu sehen.“ Ich weiß schon, was sie damit bezweckt. Signor Clementi hat uns nicht umsonst Klavierspielen gelehrt: Mrs. Bute aber möchte für ihre Kinder eine Lehrerin umsonst. Ich durchschaue ihre .Pläne, als ob sie sie mir verraten hätte, aber ich werde hingehen, weil ich mich angenehm machen will. Ist das nicht die Pflicht einer armen Gouvernante, die in der ganzen weiten Welt auch nicht einen Freund oder Beschützer hat? Die Pfarrersfrau machte mir auch Dutzende Komplimente über die Fortschritte meiner Schülerinnen und dachte zweifellos, das könnte mein Herz rühren – das arme, einfältige Landei! Als ob mich meine Schülerinnen auch nur einen Pfifferling scherten!

Dein indisches Musselinkleid sowie Dein Rosaseidenes, liebste Amelia, sollen mir sehr gut stehen. Sie sind schon recht abgetragen; aber Du weißt, wir armen Mädchen können uns des fraiches toilettes nicht leisten. Ach, wie glücklich, wie unendlich glücklich bist Du! Du brauchst nur zur St. James' Street zu fahren, und eine gute Mutter schenkt Dir alles, worum Du bittest. Lebe wohl, teuerstes Mädchen.

Deine Dich liebende Rebekka

PS: Schade, daß Du nicht die Gesichter der beiden Miss Blackbrook (Admiral Blackbrooks Töchter, vornehme junge Damen, mit Kleidern aus London) sehen konntest, als Hauptmann Rawdon mich armes Ding zum Tanzen aufforderte.

Als Mrs. Bute Crawley (der unsere scharfsichtige Rebekka so schnell auf die Schliche gekommen war) von Miss Sharp das Versprechen eines Besuches erlangt hatte, bewog sie die allmächtige Miss Crawley, Sir Pitt um die nötige Erlaubnis dafür anzugehen; und die gutmütige alte Dame, die selbst gern lustig war und stets alles um sich her froh und glücklich sehen wollte, war ganz entzückt und gleich bereit, zwischen ihren beiden Brüdern eine Versöhnung herbeizuführen und sie wieder zu Freunden zu machen. Es wurde daher vereinbart, daß die jungen Leute beider Familien sich in Zukunft häufig besuchen sollten. Die Freundschaft währte natürlich nur so lange, wie die joviale alte Vermittlerin da war, um den Frieden aufrechtzuerhalten.

„Warum hast du bloß diesen Halunken, den Rawdon Crawley, zum Essen eingeladen?" fragte der Pfarrer seine Eheliebste, als sie durch den Park nach Hause gingen. „Ich will den Kerl nicht. Er sieht auf uns Leute vom Lande herab, als wären wir Mohren. Er gibt sich nie zufrieden, bis er meinen Gelbsiegelwein bekommt, der mich zehn Shilling pro Flasche kostet; zum Henker mit ihm! Außerdem hat er einen teuflischen Charakter – er spielt, säuft und ist durch und durch ein Bruder Liederlich. Er hat einen Menschen im Duell getötet, steckt bis über die Ohren in Schulden und hat mich und die Meinen um den größten Teil von Miss Crawleys Vermögen gebracht. Waxy sagt, sie habe ihn" – hier schüttelte der Pfarrer die Faust zum Mond empor und stieß etwas aus, was einem Fluche nicht unähnlich klang; dann fügte er melancholisch hinzu – „in ihrem Testament mit fünfzigtausend bedacht, so daß nicht mehr als dreißigtausend zum Teilen übrigbleiben."

„Ich glaube, sie macht nicht mehr lange", meinte die Pfarrersfrau. „Sie war schrecklich rot im Gesicht, als wir vom Essen aufstanden. Ich mußte sie aufschnüren."

„Sie hat sieben Gläser Champagner getrunken", sagte der ehrwürdige Herr leise, „und dabei ist es entsetzlicher Champagner, mit dem uns mein Bruder vergiftet – aber ihr Weiber habt ja keine Ahnung."

„So muß es wohl sein", erwiderte Mrs. Bute Crawley.

„Nach dem Essen hat sie Kirschbranntwein getrunken", fuhr Seine Ehrwürden fort, „und dann zum Kaffee Curaçao. Ich würde nicht für fünf Pfund ein Glas trinken, das Sodbrennen würde mich umbringen. Das kann sie nicht mehr lange aushalten, Mrs. Crawley, sie wird bald das Zeitliche segnen, Fleisch und Blut können das nicht überleben. Ich wette fünf gegen zwei – noch ein Jahr, und Matilda liegt im Grabe."

In diese ernsthaften Erwägungen vertieft, schritt der Pfarrer mit seiner Frau eine Weile dahin und dachte an seine Schulden, an seinen Sohn James auf der Universität, an Frank in Woolwich und an die vier so wenig hübschen Mädchen, die armen Dinger, die außer dem, was ihre Tante ihnen hinterlassen würde, keinen Pfennig zu erwarten hatten.

„Pitt kann doch kein so teuflischer Schurke sein und die Anwartschaft auf die Pfründe verkaufen. Und der methodistische Weichling von einem ältesten Sohne möchte gern ins Parlament", fuhr Mr. Crawley nach einer Pause fort.

„Sir Pitt Crawley kann man alles zutrauen“, sagte die Pfarrersfrau. „Wir müssen in Miss Crawley dringen, daß sie ihn dazu bringt, die Pfründe James zu versprechen.“

„Pitt wird alles versprechen“, erwiderte der Bruder. „Er versprach mir, meine Universitätsschulden zu bezahlen, als unser Vater starb; er versprach, den neuen Flügel an das Pfarrhaus zu bauen; er versprach mir, daß er mir Jibbs Feld sowie die sechs Morgen Wiesenland überlassen wollte – aber wie hat er seine Versprechungen gehalten! Und dem Sohn dieses Mannes, diesem Spitzbuben, Spieler, Schwindler, Mörder Rawdon Crawley, hinterläßt Matilda den Löwenanteil ihres Vermögens. Ich sage, es ist unchristlich. Beim Zeus, das ist es. Der infame Hund hat alle Laster, außer der Heuchelei, und die besitzt sein Bruder.“

„Still, Liebster! Wir sind auf Sir Pitts Grund und Boden“, fiel ihm seine Frau ins Wort.

„Ich sage, er hat jedes Laster, Mrs. Crawley. Bitte, Madame, überschrei mich nicht. Hat er nicht Hauptmann Firebrace erschossen? Hat er nicht den jungen Lord Dovedale im ›Kakaobaum‹ ausgeraubt? Hat er nicht den Kampf zwischen Bill Soames und dem Cheshire As hintertrieben, wodurch ich vierzig Pfund verlor? Das weißt du alles ganz genau. Und was die Weiber betrifft, nun, so hast du das ja in meiner eigenen Gerichtsstube gehört...“

„Um Himmels willen, Mr. Crawley“, rief die Dame, „erspare mir Einzelheiten I“

„Und diesen Schuft lädst du dir ins Haus!“ fuhr der empörte Pfarrer fort. „Du, die Mutter von kleinen Kindern, die Frau eines Geistlichen der Kirche von England. Beim Zeus!“

„Bute Crawley, du bist ein Narr“, sagte die Pfarrersfrau verächtlich.

„Schön, Madame, Narr oder nicht – und ich behaupte ja auch nicht, Martha, daß ich so klug bin wie du, und habe es nie behauptet. Aber Rawdon Crawley will ich nicht sehen, damit du Bescheid weißt. Ich will zu Huddleston hinüber, ja, ganz bestimmt, und mir seinen schwarzen Windhund ansehen, Mrs. Crawley; und ich wette um fünfzig Pfund, daß Lancelot besser läuft als der oder jeder andere Hund in England. Beim Zeus, das will ich. Aber das Biest Rawdon Crawley will ich nicht sehen.“

„Mr. Crawley, du bist wieder einmal betrunken“, erwiderte seine Frau. Und als am nächsten Morgen der Pfarrer aufwachte und Dünnbier verlangte, erinnerte sie ihn an sein Versprechen, am Sonnabend Sir Huddleston Fuddleston zu besuchen, und da er wußte, daß es ein feuchter Abend werden würde, so beschloß man, daß er erst am Sonntagmorgen zurückgaloppieren sollte, um noch rechtzeitig zum Gottesdienst zu kommen. So kann man sehen, daß die Pfarrkinder von Crawley sich gleichermaßen zu ihrem Gutsherrn wie zu ihrem Pfarrer Glück wünschen konnten.

Miss Crawley hatte sich noch nicht lange im Schlosse aufgehalten, da hatten Rebekkas Reize schon das Herz der gutmütigen Londoner Müßiggängerin erobert wie früher das der unschuldigen Landleute, von denen wir sprachen. Als sie eines Tages ihre gewohnte Spazierfahrt machen wollte, hielt sie es für angemessen, zu befehlen, daß „die kleine Gouvernante“ sie nach Mudbury begleiten solle. Noch ehe sie zurück waren, hatte Rebekka sie erobert, da sie die alte Dame viermal zum Lachen gebracht und während der ganzen kleinen Reise amüsiert hatte.

„Miss Sharp nicht mit an der Tafel teilnehmen lassen?“ entrüstete sie sich gegenüber Sir Pitt, der einen offiziellen Empfang arrangiert und alle benachbarten Baronets dazu eingeladen hatte. „Glaubst du denn, du holdes Wesen, ich könne mich mit Lady Fuddleston über Kinderstubentratsch unterhalten oder mit dem alten Dummkopf, Sir Giles Wapshot, Friedensrichterprobleme diskutieren? Ich bestehe darauf, daß Miss Sharp dabei ist! Lady Crawley kann ja oben bleiben, wenn kein Platz mehr da ist. Aber die kleine Miss Sharp! Ja, die ist die einzige in der ganzen Grafschaft, mit der man ein vernünftiges Wort reden kann!“

Auf einen so entschiedenen Befehl hin wurde Miss Sharp, die Gouvernante, natürlich aufgefordert, mit der vornehmen Gesellschaft unten zu speisen. Und als Sir Huddleston mit großem Gepränge und vielen Zeremonien Miss Crawley zur Tafel geführt hatte und sich eben anschickte, neben ihr Platz zu nehmen, rief die alte Dame mit schriller Stimme: „Becky Sharp! Miss Sharp! Kommen Sie, setzen Sie sich neben mich und amüsieren Sie mich. Sir Huddleston kann sich ja neben Lady Wapshot setzen.“

Wenn die Gesellschaften vorbei und die Wagen davongerollt waren, sagte die unersättliche Miss Crawley stets: „Kommen Sie mit mir in mein Ankleidezimmer, Becky, wir wollen die Leute von heute abend ein bißchen durchhecheln“, und das gelang diesem Frauenzimmer prächtig. Der alte Sir Huddleston keuchte entsetzlich beim Essen, Sir Giles Wapshot hatte eine besonders geräuschvolle Art, seine Suppe zu schlürfen, und seine Lady zwinkerte ein wenig mit dem linken Auge, und all das karikierte Becky bewundernswürdig. Ebenso wie die Einzelheiten der Abendunterhaltung, Politik, Krieg, die vierteljährlichen Sitzungen der Friedensrichter, das berühmte Rennen und all die schwerwiegenden und ermüdenden Themen, worüber Landedelleute sprechen. An den Toiletten der beiden Miss Wapshot und dem berühmten gelben Hut von Lady Fuddleston ließ Miss Sharp keinen guten Faden, zur unendlichen Belustigung ihrer Zuhörerin.

„Meine Liebe, Sie sind ja eine wahre trouvaille“, pflegte Miss Crawley zu sagen. „Ich wollte, Sie könnten zu mir nach London kommen. Aber ich könnte Sie nicht wie die arme Briggs zur Zielscheibe meines Spottes machen, nein, nein, Sie gerissenes kleines Geschöpf, Sie sind zu schlau dazu. – Nicht wahr, Firkin?“

Mrs. Firkin (die gerade damit beschäftigt war, die wenigen Haarreste auf Miss Crawleys Schädel zu frisieren) warf den Kopf in den Nacken und sagte mit mörderischem

Sarkasmus: „Ich glaube, Miss ist wirklich sehr schlau." Mrs. Firkin besaß jene natürliche Eifersucht, die eine Haupteigenschaft jeder ehrlichen Frau ist.

Nachdem Miss Crawley sich Sir Huddleston Fuddlestons entledigt hatte, befahl sie, daß Rawdon Crawley sie jeden Tag zu Tisch führen und daß Becky ihr mit dem Kissen folgen sollte, oder aber sie nahm Beckys Arm und ließ Rawdon mit dem Kissen folgen. „Wir müssen zusammen sitzen", erklärte sie. „Wir sind die drei einzigen Christen in der Grafschaft, meine Liebe"; wenn das der Fall war, durfte es allerdings zugegebenermaßen in der Grafschaft Hampshire mit der Religion nicht eben zum besten stehen.

Miss Crawley war aber nicht nur eine fromme Christin, sie war auch, wie bereits erwähnt, von ultraliberaler Einstellung und ergriff jede Gelegenheit, ihre Ansichten offen zu verkünden.

„Was ist schon Geburt, meine Teure?" pflegte sie zu Rebekka zu sagen. „Sehen Sie sich meinen Bruder Pitt an, sehen Sie sich die Huddlestons an, die schon seit Heinrich II. hier wohnen, sehen Sie sich den armen Bute im Pfarrhause an – kann es einer von denen mit Ihnen in bezug auf Verstand und Erziehung aufnehmen? Es mit Ihnen aufnehmen? Ach du großer Gott, die können es nicht einmal mit der armen lieben Briggs, meiner Gesellschaftsdame, oder Bowls, meinem Butler, aufnehmen. Sie, meine Liebe, sind wirklich ein Musterexemplar, ein kleiner Edelstein. Sie haben mehr Verstand als die halbe Grafschaft. Würde Vortrefflichkeit belohnt, so müßten Sie eine Herzogin sein – nein, es sollte überhaupt gar keine Herzoginnen geben, aber Sie dürften niemanden über sich haben, und ich betrachte Sie, meine Liebe, in jeder Hinsicht als mir ebenbürtig; und... würden Sie bitte ein paar Kohlen nachlegen, und würden Sie bitte dieses Kleid nehmen und es ändern, wo Sie es doch so gut können?" So ließ diese alte Philanthropin die, die sie als Gleichgestellte betrachtete, ihre Aufträge ausführen, betraute sie mit ihren Näharbeiten und ließ sich von ihr jeden Abend mit französischen Romanen in den Schlaf lesen.

Wie ältere Leser sich vielleicht noch erinnern werden, war damals die vornehme Welt in beträchtliche Aufregung versetzt worden durch zwei Vorfälle, die geeignet waren, wie die Zeitungen sich ausdrücken, den Herren in den langen Roben Beschäftigung zu verschaffen. Fähnrich Shafton war mit Lady Barbara Fitzurse, Tochter und Erbin des Grafen von Bruin, entlaufen; und der arme Vere Vane, ein Herr, der bis in sein vierzigstes Lebensjahr in bestem Rufe stand und zahlreiche Kinder großgezogen hatte, verließ mit einemmal schändlicherweise sein Haus wegen Mrs. Rougemont, der fünfundsechzigjährigen Schauspielerin.

„Das war der schönste Zug an Lord Nelsons teurem Charakter", sagte Miss Crawley, „daß er für eine Frau zum Teufel ging. In einem Mann, der das tut, *muß* Gutes stecken. Ich liebe alle unklugen Heiraten. Am schönsten finde ich, wenn ein Adliger eine Müllerstochter heiratet, wie Lord Flowerdale es getan hat. Das macht alle Frauen so wütend. Ich wollte, ein Mann liefe mit *Ihnen* davon, meine Liebe, hübsch genug sind Sie."

„Zwei Postillione! Ach, das wäre entzückend!" gestand Rebekka.

„Und am zweitbesten gefällt mir, wenn ein armer Kerl mit einem reichen Mädchen durchbrennt; es wäre herrlich, wenn Rawdon irgendeine entführte."

„Eine Reiche oder eine Arme?"

„Ei, ei, Sie Gänschen! Rawdon hat keinen Shilling, außer dem, was ich ihm gebe. Er ist criblé de dettes – er muß sein Glück reparieren und Erfolg in der Welt haben."

„Ist er sehr klug?" fragte Rebekka.

„Klug, meine Liebe? Ei, er hat keine Ahnung von etwas anderem als von Pferden, seinem Regiment, seiner Jagd und seinem Spiel; aber er muß Erfolg haben – er ist so entzückend lasterhaft. Wissen Sie nicht, daß er einen Mann getötet und einem beschimpften Vater nur durch den Hut geschossen hat? Bei seinem Regiment beten sie ihn an, und alle jungen Leute bei ›Wattier‹ und im ›Kakaobaum‹ schwören auf ihn."

Als Miss Rebekka Sharp ihrer geliebten Freundin den kleinen Ball in Queen's Crawley beschrieb und schilderte, wie Hauptmann Crawley sie zum ersten Male ausgezeichnet hatte, war ihr Bericht seltsamerweise nicht in allen Stücken genau. Der Hauptmann hatte sie schon oft zuvor ausgezeichnet. Der Hauptmann war ihr ein dutzendmal auf Spaziergängen begegnet. Der Hauptmann hatte sie fünfzigmal in Korridoren und Gängen getroffen. Der Hauptmann hatte sich abends wohl zwanzigmal über das Klavier gelehnt, wenn sie sang (die Lady war krank und hielt sich oben auf, und niemand kümmerte sich um sie). Der Hauptmann hatte Rebekka Briefchen geschrieben (die schönsten, die der große, ungeschickte Dragoner ersinnen und aufs Papier bringen konnte, aber mit Dummheit kommt man bei den Frauen ebenso weit wie mit allen anderen Eigenschaften). Als er aber sein erstes Briefchen in die Noten des Liedes gesteckt hatte, das sie gerade sang, erhob sich die kleine Gouvernante, sah ihm fest ins Gesicht, ergriff das dreieckige Briefchen, schwenkte es hin und her, als ob es ein Dreispitz wäre. Dann schritt sie auf den Feind zu und warf das Briefchen ins Feuer, und nach einem tiefen Knicks ging sie an ihren Platz zurück und sang lustiger als je weiter.

„Was ist los?" fragte Miss Crawley, die durch das plötzliche Aufhören der Musik in ihrem Nachmittagsschläfchen gestört wurde.

„Es war eine falsche Note", lachte Miss Sharp; Rawdon Crawley dagegen platzte vor Wut und Ärger.

Wie gut war es doch von Mrs. Bute Crawley, nicht eifersüchtig zu werden, als sie Miss Crawleys offensichtliche Vorliebe für die neue Gouvernante entdeckte, sondern die junge Dame ins Pfarrhaus einzuladen, und mit ihr zusammen auch Rawdon Crawley, ihres Gatten Rivalen in den fünfprozentigen Papieren der alten Jungfer. Sie fanden viel

Gefallen aneinander, Mrs. Crawley und ihr Neffe. Er gab das Jagen auf, folgte nicht mehr den Einladungen nach Fuddleston und speiste nicht mehr in der Offiziersmesse im Hauptquartier des Regiments in Mudbury; sein größtes Vergnügen war, nach dem Pfarrhause von Crawley hinüberzuschlendern, wohin sich auch Miss Crawley begab, und warum nicht auch Miss Sharp mit den Kindern, da doch deren Mutter krank war? So kamen denn auch die Kinder (die herzigen Kleinen!) mit Miss Sharp, und abends gingen gewöhnlich einige aus der Gesellschaft zu Fuß zurück. Nicht Miss Crawley – sie zog ihre Kutsche vor; aber für zwei Liebhaber des Malerischen wie den Hauptmann und Miss Rebekka war der Spaziergang im Mondschein über die Felder des Pfarrers und durch das Parkpförtchen zu den dunklen Bäumen und durch die Allee nach Queen's Crawley hinauf bezaubernd schön.

„Oh, die Sterne, die Sterne!" rief Miss Rebekka jedesmal aus und schlug ihre grünen funkelnden Augen auf. „Ich fühle mich fast wie ein Geist, wenn ich sie anschaue."

„Oh – ah – Gott – ja, ich genauso, Miss Sharp", antwortete der andere Enthusiast. „Meine Zigarre stört Sie doch hoffentlich nicht, Miss Sharp?" Miss Sharp liebte Zigarrenduft im Freien über alles – und sehr zierlich probierte sie selbst mal eine, paffte ein wenig, stieß einen kleinen Schrei aus, kicherte ein wenig und gab die Köstlichkeit dem Hauptmann zurück; der zwirbelte seinen Schnurrbart, paffte so heftig, daß rote Glut zwischen den dunklen Bäumen aufleuchtete, und schwor: „Beim Zeus – ah – Gott – ah – das ist die beste Zigarre, die ich je geraucht habe – ah", denn seine Unterhaltung war ebenso brillant wie sein Verstand und einem schwerfälligen jungen Dragoner angemessen.

Der alte Sir Pitt, der pfeiferauchend, sein Bier vor sich, mit John Horrocks über ein Schaf sprach, das geschlachtet werden sollte, erspähte vom Fenster seines Arbeitszimmers aus das solcherart beschäftigte Paar und schwor unter entsetzlichen Flüchen, daß er, wenn Miss Crawley nicht da wäre, Rawdon ergreifen und hinausschmeißen würde, wie es einem Spitzbuben seines Schlages gebühre.

„Er ist schon schlimm", bemerkte Mr. Horrocks; „sein Diener Flethers aber ist noch schlimmer. Er hat im Zimmer der Haushälterin einen solchen Skandal wegen Essen und Bier aufgeführt, wie kein Lord es tun würde. Aber ich glaube, Miss Sharp ist ihm gewachsen, Sir Pitt", setzte er nach einer Pause hinzu.

Und das war sie auch – dem Vater mitsamt dem Sohn.

12. Kapitel

Ein ganz sentimentales Kapitel

Wir müssen uns nun von Arkadien und den liebenswürdigen Leuten, die dort die ländlichen Tugenden pflegen, verabschieden und nach London zurückkehren, um zu erforschen, was aus Miss Amelia geworden ist. „Wir machen uns keinen Pfifferling aus ihr", schreibt eine unbekannte Leserin mit kleiner, hübscher Handschrift in einem rosa versiegelten Briefchen. „Sie ist fad und abgeschmackt." Und fügt dann noch ein paar ähnliche freundschaftliche Bemerkungen hinzu, die ich überhaupt nicht wiederholt hätte, wären sie nicht in Wahrheit ungemein schmeichelhaft für die junge Dame, die sie betreffen.

Hat der geneigte Leser mit ausreichender Welterfahrung nie ähnliche Bemerkungen gutmütiger Freundinnen gehört, die sich stets wundern, was man bloß Bezauberndes an Miss Smith finden könne oder was Major Jones nur veranlaßt habe, um die einfältige, uninteressante, gezierte Miss Thompson zu werben, die doch nichts aufzuweisen hat als ihr Wachspuppengesicht. Was sind denn schon ein paar rosige Wangen und blaue Augen? fragen die guten Moralistinnen und geben klug zu verstehen, daß Geistesgaben und Bildung, die Beherrschung von Mangnalls Fragen, daß Kenntnisse in Botanik und Geologie – soweit man es von Damen verlangen könne –, daß das Talent, Verse zu machen, Sonaten in Herzscher Art herunterzurattern und so weiter, für eine Frau von weit höherem Werte sei als jene flüchtigen Reize, die unvermeidlich in wenigen Jahren vergehen werden. Es ist erbaulich, zu lauschen, wenn Frauen über den Wert und die Dauer der Schönheit Betrachtungen anstellen.

Aber obgleich Tugend eine weit bessere Eigenschaft ist und jene Ärmsten, die das Unglück haben, gut auszusehen, beständig an ihr künftiges Schicksal erinnert werden sollten und obgleich der heroische weibliche Charakter, den die Damen so bewundern, höchstwahrscheinlich ein weit herrlicheres und schöneres Gesprächsthema ist als die freundliche, frische, lächelnde, harmlose, zärtliche kleine Hausgöttin, die die Männer verehren, so muß doch diese untergeordnete Gruppe von Frauen den Trost haben, daß die Männer sie trotzdem bewundern. Und deshalb beharren wir, allen Warnungen und Protesten unserer netten Freundinnen zum Trotz, auf unserem verzweifelten Irrtum und unserer Torheit, werden bis zum Schluß des Kapitels darauf beharren. Obgleich mir Personen, für die ich große Achtung hege, erklärten, Miss Brown sei ein unbedeutendes Lärvchen, Mrs. White habe nichts als ihr petit minois chiffonné und Mrs. Black wisse gar nichts zu sagen, so kann ich nur versichern, daß ich für mein Teil mit Mrs. Black die angeregtesten Unterhaltungen geführt habe (natürlich sind diese Gespräche, meine teure Dame, ein unverletzliches Geheimnis), ich sehe alle Männer sich um den Stuhl von Mrs. White sammeln, und alle jungen Burschen reißen sich um einen Tanz mit Miss

Brown. Daher fühle ich mich versucht, zu glauben, daß es kein geringes Kompliment für eine Frau ist, wenn ihre eigenen Geschlechtsgenossinnen sie verachten.

Die jungen Damen in Amelias Gesellschaft taten das hinlänglich mit ihr. Es gab zum Beispiel kaum einen Punkt, worin sich die beiden Miss Osborne – Georges Schwestern – und die beiden Mademoiselle Dobbin so sehr einig waren wie in der Beurteilung der geringen Verdienste Amelias sowie in der Verwunderung, was für Reize ihre Brüder ihr abgewinnen konnten. „Wir sind freundlich gegen sie", verkündeten die beiden Miss Osborne, zwei hübsche Brünetten, die die besten Gouvernanten, Lehrer und Putzmacherinnen gehabt hatten, und sie behandelten sie mit Gönnermiene so außerordentlich freundlich und herablassend, daß das arme kleine Ding in ihrer Gesellschaft tatsächlich stumm und allem Anscheine nach so dumm war, wie sie es von ihr glaubten. Amelia bemühte sich, sie pflichtschuldigst als Schwestern ihres zukünftigen Gatten zu lieben. Sie verbrachte lange Morgen bei ihnen – die langweiligsten und ernstesten, die sie je erlebt hatte. Sie fuhr mit ihnen und mit ihrer Gouvernante, Miss Wirt, einer grobknochigen Vestalin, feierlich in der Familienkutsche aus. Um ihr einen besonderen Hochgenuß zu bereiten, schleppten sie die Schwestern zu Kirchenkonzerten, zu Oratorien und in die Sankt-Pauls-Kathedrale zu den Waisenkindern, wo sie aus lauter Angst vor ihren Freunden kaum wagte, sich durch die Hymne der Kinder rühren zu lassen. Das Osbornesche Haus war gemütlich, des Vaters Tisch reich und glänzend, ihre Gesellschaft feierlich und vornehm, ihre Selbstachtung gewaltig; sie hatten den ersten Platz im Findelhaus; alle ihre Gewohnheiten waren pompös und regelmäßig und alle ihre Vergnügungen unerträglich langweilig, aber züchtig. Jedesmal nach Amelias Besuch (und ach, wie froh war sie stets, wenn er vorüber war!) fragten Miss Osborne und Miss Maria Osborne und Miss Wirt, die vestalische Gouvernante, mit steigender Verwunderung: „Was kann George doch bloß an dem Geschöpf finden?"

Wie kommt das? ruft hier ein kritischer Leser aus. Wie kommt es, daß Amelia, die doch in der Schule so viele Freundinnen hatte und dort so beliebt war, bei ihrem Eintritt in die Welt von ihrem scharfsinnigen Geschlecht verachtet wird? Mein sehr verehrter Herr, es gab außer dem alten Tanzmeister in Miss Pinkertons Schule keine Männer; und seinetwegen hätten doch die Mädchen einander nicht in die Haare zu geraten brauchen! Wenn George, der hübsche Bruder, sofort nach dem Frühstück davonlief und wöchentlich sechsmal nicht zu Hause speiste, so ist es kein Wunder, daß die vernachlässigten Schwestern sich etwas ärgerten. Kann man wohl erwarten, daß Miss Maria hätte erfreut sein sollen, als der junge Bullock (von der Bank Hulker, Bullock und Co., Lombard Street), der ihr während der letzten beiden Saisons den Hof gemacht hatte, Amelia doch wahrhaftig zu einem Kotillon aufforderte? Und doch erklärte sie, sie sei es – das harmlose, verzeihende Geschöpf. „Ich freue mich so, daß die liebe Amelia Ihnen gefällt", beteuerte sie Mr. Bullock ganz eifrig nach dem Tanz. „Sie ist mit meinem Bruder George verlobt; es ist zwar nichts Besonderes an ihr, aber sie ist doch ein sehr gutmütiges und natürliches junges Ding. Zu Hause haben wir sie alle *so* gern." Das gute Mädchen! Wer vermag die innige Liebe abzuschätzen, die in diesem enthusiastischen *so* liegt?

Miss Wirt und diese beiden liebevollen jungen Damen führten George Osborne so oft und eindringlich vor Augen, welches ungeheure Opfer er bringe und mit welch romantischem Großmut er sich so an Amelia wegwerfe, daß ich nicht ganz sicher bin, ob er sich nicht wirklich als einen der verdienstvollsten Männer in der britischen Armee betrachtete und sich mit leichter Resignation lieben ließ.

Obwohl George Osborne, wie wir berichteten, jeden Morgen von zu Hause wegstürzte und sechsmal wöchentlich auswärts speiste, so daß seine Schwestern glaubten, der betörte Jüngling hänge an Miss Sedleys Schürzenbändern, war er nicht immer bei Amelia, wenn die Welt ihn zu ihren Füßen glaubte. Mehr als einmal, wenn Hauptmann Dobbin seinen Freund besuchen wollte, deutete Miss Osborne (die dem Hauptmann ihre ganze Aufmerksamkeit schenkte und sehr erpicht auf seine Soldatengeschichten und seine Berichte von der Gesundheit seiner lieben Mama war) lachend über den Russell Square und sagte:"Oh, nach George müssen Sie sich bei den Sedleys erkundigen; wir bekommen ihn ja vom Morgen bis zum Abend nicht zu sehen." Nach solchen Worten lachte dann der Hauptmann etwas eigenartig und gezwungen und lenkte als vollendeter Weltmann das Gespräch auf einen Gegenstand allgemeinen Interesses, wie zum Beispiel die Oper, den letzten Ball beim Kronprinzen im Carlton-Haus oder das Wetter – diesen Wohltäter der Gesellschaft.

„Was für ein unschuldiger Mensch ist doch dein Liebling", pflegte dann Miss Maria zu Miss Jane zu sagen, nachdem der Hauptmann gegangen war. „Hast du gesehen, wie er errötete, als ich erwähnte, daß der arme George Dienst tue?"

„Es ist jammerschade, daß Frederick Bullock nicht etwas von seiner Bescheidenheit besitzt, Maria", erwiderte dann die ältere Schwester und warf den Kopf zurück.

„Bescheidenheit! Du meinst wohl, Unbehilflichkeit, Jane. Ich möchte nicht, daß Frederick mir ein Loch ins Musselinkleid tritt wie Hauptmann Dobbin dir, als wir bei Mrs. Perkin waren."

„In dein Kleid, haha! Wie konnte er denn das? Hat er nicht mit Amelia getanzt?"

Die Sache verhielt sich aber so: Als Hauptmann Dobbin errötete und so verlegen aussah, erinnerte er sich eines Umstandes, den er den jungen Damen lieber verschweigen wollte, nämlich daß er bereits in Mr. Sedleys Haus gewesen war, natürlich unter dem Vorwand, George zu sehen. George aber war nicht dort, sondern bloß die arme kleine Amelia, die ziemlich traurig und gedankenvoll am Salonfenster saß und nach einigen belanglosen, einfältigen Worten zu fragen wagte, ob etwas Wahres an dem Gerücht sei, daß das Regiment ins Ausland gehen würde, und ob Hauptmann Dobbin Mr. Osborne an dem Tage schon gesehen habe?

Das Regiment hatte bis jetzt noch nicht den Befehl erhalten, und Hauptmann Dobbin hatte George nicht gesehen. „Höchstwahrscheinlich ist er bei seiner Schwester“, meinte der Hauptmann. „Soll ich den Säumigen holen gehen?“ Darauf reichte sie ihm freundlich und dankbar die Hand, und er ging über den Platz. Sie wartete und wartete, aber George kam nicht.

Armes, zartes Herzchen! Und so schlägt es weiter in Hoffen, Sehnen, Vertrauen. Man sieht, es wird hier kein besonderes Leben beschrieben, kein ereignisreiches Leben, den lieben langen Tag nur *ein* Gefühl – wann kommt er? Nur *ein* Gedanke im Wachen und im Schlafen. Ich glaube, George spielte mit Hauptmann Cannon in der Swallow Street Billard, als Amelia Hauptmann Dobbin nach ihm fragte; denn er war ein lustiger, geselliger Bursche und Meister in allen Geschicklichkeitsspielen.

Als er einmal drei Tage lang nicht bei ihr gewesen war, setzte sich Miss Amelia den Hut auf und drang wirklich in das Osbornesche Haus ein. „Wie! Sie lassen unsern Bruder allein und kommen zu uns?“ fragten die jungen Damen. „Haben Sie Streit mit ihm gehabt, Amelia? Erzählen Sie doch!“ Nein, sie hatten sich nicht gezankt. „Wer könnte sich schon mit ihm streiten!“ sagte sie. Sie sei bloß herübergekommen, um ihre teuren Freundinnen zu besuchen; sie hätten sich schon so lange nicht mehr gesehen. Und diesmal benahm sie sich so einfältig und unbeholfen, daß die beiden Miss Osborne und ihre Gouvernante, die ihr nachstarrten, als sie sich traurig entfernte, sich mehr denn je wunderten, was doch George an der armen kleinen Amelia finden könne.

Es war ganz natürlich, daß sie sich wunderten. Aber wie konnte Amelia auch nur jemals diesen jungen Damen mit den kalten schwarzen Augen ihr kleines, schüchternes Herz öffnen. Das beste war wohl, sie hielt es zurück und verbarg es. Ich weiß, daß die beiden Miss Osborne einen Kaschmirschal oder ein rosa Atlasunterkleid vortrefflich zu beurteilen verstanden; und wenn Miss Turner ihren rot färbte und sich einen Spenzer daraus machen ließ, oder wenn Miss Pickford ihren Hermelinkragen in einen Muff und Besatzstücke umarbeiten ließ, so garantiere ich, daß derartige Veränderungen den beiden intelligenten jungen Mädchen nicht entgingen. Aber sehen Sie, es gibt Dinge von feinerer Beschaffenheit als Pelzwerk und Atlas, alle Herrlichkeiten Salomos und die ganze Garderobe der Königin von Saba – Dinge, deren Schönheit manchem Kennerauge entgeht. Und es gibt süße, bescheidene Seelchen, die man duftend und lieblich blühend an ruhigen, schattigen Stellen trifft; und es gibt; prächtige Gartenblumen, so groß wie Messingwärmflaschen, welche durch ihre Blicke selbst die Sonne in Verlegenheit bringen können. Miss Sedley gehörte nicht zu dieser Art Sonnenblumen; und ich kann nur sagen, es verstößt gegen alle Regeln der Proportion, ein Veilchen so groß wie eine gefüllte Dahlie zu malen.

Nein, wirklich, im Leben eines braven jungen Mädchens, das sich noch im väterlichen Nest befindet, kann es nicht viele jener spannenden Ereignisse geben, auf die eine Romanheldin gewöhnlich Anspruch erhebt. Die alten Vögel, die draußen umherfliegen und Futter suchen, können Opfer von Schlingen oder Kugeln werden, oder es können Habichte draußen sein, denen sie entkommen oder zur Beute fallen. Aber die Nestjungen führen in Stroh und Daunen ein ganz bequemes, unromantisches Leben, bis auch sie flügge werden. Während Becky Sharp schon selbständig auf dem Lande herumflog und auf allen möglichen Zweigen und zwischen einer Menge Fallen herumhüpfte und ganz harmlos, aber erfolgreich ihr Futter aufpickte, lag Amelia behaglich in ihrem warmen Nest am Russell Square; begab sie sich in die Welt hinaus, so geschah es unter der Führung ihrer Eltern, und weder sie noch das reiche, freundliche und bequeme Haus, in dem sie so liebevoll beschützt wurde, schien ein Unglück treffen zu können. Die Mama hatte ihre Vormittagspflichten, ihre täglichen Ausfahrten und jene entzückende Besuchs- und Einkaufsrunde, die das Vergnügen, wie man es auch nennen kann, den Beruf der reichen Londonerin ausmacht. Der Papa führte seine geheimnisvollen Geschäfte in der City – ein lebhafter Ort in jenen Tagen, als der Krieg in ganz Europa wütete und Weltreiche auf dem Spiele standen; als eine Zeitung wie der „Courier“ ihre Abonnenten nach Zehntausenden zählte, als ein Tag die Schlacht von Vitoria, ein anderer den Brand von Moskau brachte; oder als zur Essenszeit ein Zeitungsverkäufer am Russell Square durch sein Horn verkündete: „Schlacht bei Leipzig – sechshunderttausend Mann beteiligt – totale Niederlage der Franzosen – zweihunderttausend Tote.“ Ein paarmal kam der alte Sedley mit sehr ernstem Gesicht nach Hause; kein Wunder, wenn solche Nachrichten alle Herzen und Börsen Europas in Bewegung setzten.

Unterdessen ging das Leben am Russell Square, Bloomsbury, weiter, als ob die Dinge in Europa nicht im geringsten in Auflösung begriffen wären. Der Rückzug von Leipzig brachte keine Veränderung in der Anzahl der Mahlzeiten mit sich, die Mr. Sambo in der Bedientenstube einnahm ; die Alliierten überfluteten Frankreich, und die Tischglocke läutete um fünf Uhr wie üblich. Ich glaube nicht, daß sich die arme Amelia um Brienne und Montmirail kümmerte oder sonstwie am Krieg interessiert war – bis der Kaiser abdankte. Da klatschte sie in die Hände und sprach voller Inbrunst Dankgebete und warf sich stürmisch in George Osbornes Arme, zum Erstaunen aller, die Zeuge dieser Gefühlsaufwallung waren. Friede war nämlich geschlossen, Europa sollte wieder zur Ruhe kommen; der Korse war gestürzt, und Leutnant Osbornes Regiment brauchte nicht zum Kriegsdienst auszurücken. Das waren Amelias Gedankengänge. Für sie war Leutnant George Osborne das Schicksal Europas. Da er außer Gefahr war, sang sie ein Tedeum. Für sie war er Europa, Kaiser, die alliierten Monarchen und der hohe Prinzregent. Er war ihre Sonne und ihr Mond; und ich glaube sogar, in ihren Augen waren die große Illumination und der Ball, der für die Herrscher im Mansion House gegeben wurde, nur zu Ehren George Osbornes arrangiert.

Wir haben von den traurigen Lehrmeistern Betrug, Eigennutz und Armut gesprochen, denen die arme Miss Becky Sharp ihre Erziehung verdankte. Die letzte Lehrerin von Miss Amelia Sedley dagegen war die Liebe gewesen, und es ist erstaunlich, welche Fortschritte unsere junge Dame unter dieser beliebten Lehrmeisterin machte. Im Laufe von fünfzehn bis achtzehn Monaten täglichen Unterrichts bei dieser ausgezeichneten Erzieherin lernte Amelia eine ganze Reihe von Geschehnissen kennen, von denen Miss Wirt und die schwarzäugigen Damen drüben, ja sogar die alte Miss Pinkerton in Chiswick keine Ahnung hatten! Woher sollten diese steifen und anständigen Jungfrauen auch etwas davon erfahren? Bei Miss P. und auch Miss W. kann von der süßen Leidenschaft keine Rede sein; ich würde es nicht wagen, eine solche Idee auch nur anzudeuten. Miss Maria Osborne „verkehrte" zwar mit Mr. Frederick Augustus Bullock von der Firma Hulker, Bullock und Bullock; aber dieser „Verkehr" war durchaus ehrbar, und ebensogut hätte sie Bullock senior nehmen können, da sie sich nun einmal, wie jedes wohlerzogene junge Mädchen eigentlich sollte, auf ein Haus in der Park Lane, ein Landhaus in Wimbledon, eine schöne Kutsche mit zwei prächtigen Pferden und Lakaien sowie auf ein Viertel des Jahresgewinnes der ausgezeichneten Firma Hulker und Bullock versteift hatte – alles Vorteile, die in der Person des Frederick Augustus vereinigt waren. Wären damals schon die Orangenblüten erfunden gewesen, jene rührenden Symbole weiblicher Reinheit, die aus Frankreich zu uns kamen, wo die Leute ihre Töchter allgemein für die Ehe verkaufen, so hätte sich Miss Maria wohl den reinen Kranz aufs Haupt gesetzt, wäre an der Seite des alten gichtbrüchigen, kahlköpfigen, rotnasigen Bullock senior in den Reisewagen geklettert, hätte ihre schöne Erscheinung mit vollkommener Bescheidenheit seinem Glücke geopfert – wenn der alte Herr nicht leider bereits verheiratet gewesen wäre. So schenkte sie ihre Neigung dem jüngeren Teilhaber. Süße Orangenblüten! Neulich sah ich Miss Trotter (die ehemalige) mit ihnen geschmückt vor der Sankt-Georgs-Kirche am Hanover Square in den Reisewagen klettern, und Lord Methusalem hinkte hinter ihr her. Mit welch bezaubernder Schamhaftigkeit ließ sie die Vorhänge in der Kutsche herab – die liebe Unschuld! Die Hälfte aller Kutschen vom Jahrmarkt der Eitelkeit hatte sich zur Trauung eingefunden.

Diese Art Liebe war es nicht, die Amelias Erziehung vollendete und im Laufe eines Jahres ein artiges junges Mädchen zu einem schönen jungen Weib wandelte, das eine gute Ehefrau werden würde, sobald die glückliche Zeit kam. Dieses junge Wesen liebte von ganzem Herzen den jungen Offizier im Dienste Seiner Majestät, dessen Bekanntschaft wir bereits flüchtig gemacht haben (vielleicht war es nicht sehr klug von ihren Eltern, sie in solchen närrischen, romantischen Ideen noch zu ermuntern und zu bestärken). Der Gedanke an ihn war der erste beim Aufwachen, und sein Name war der letzte, den sie im Gebet erwähnte. Niemals hatte sie einen so schönen und klugen Mann gesehen, noch nie eine solche Gestalt zu Pferde erblickt, noch nie einen solchen Tänzer, überhaupt einen solchen Helden zu Gesicht bekommen. Man schweige von des Prinzregenten Verbeugung! Was war sie schon gegen Georges? Sie hatte Mr. Brummel gesehen, von dem jedermann schwärmte. Wie konnte man einen Menschen wie diesen mit ihrem George vergleichen? Unter allen Beaus in der Oper (und es gab damals etliche Beaus, mit richtigen Klapphüten) war keiner, der ihm das Wasser reichen konnte. Er war gut genug, ein Märchenprinz zu sein, und ach! wie großmütig war es doch von ihm, sich zu einem so geringen Aschenbrödel herabzulassen! Miss Pinkerton hätte wahrlich versucht, dieser blinden Ergebenheit Schranken zu setzen, wäre sie Amelias Vertraute gewesen; aber gewiß nicht mit viel Erfolg, darauf kann man sich verlassen. Das liegt nun einmal in der Natur mancher Frauen. Einige sind zum Ränkeschmieden geboren, andere zum Lieben; und ich wünschte, jeder anständige Junggeselle, der dies liest, möge die Sorte wählen, die ihm entspricht.

Unter diesem überwältigenden Eindruck vernachlässigte Amelia ihre zwölf lieben Freundinnen in Chiswick aufs grausamste, wie es selbstsüchtige Menschen immer tun. Sie dachte natürlich stets nur an diesen einen Gegenstand, und Miss Saltire war für eine Vertraute viel zu kühl. Auch Miss Swartz, der wollköpfigen jungen Erbin von Saint Kitts, konnte sie ihre Gefühle nicht mitteilen. Während der Ferien war die kleine Laura Martin bei ihr zu Besuch, und ich glaube, sie machte sie zu ihrer Vertrauten und versprach, daß Laura bei ihr wohnen sollte, wenn sie erst verheiratet wäre. Sie erzählte Laura eine Menge Dinge über Liebesleidenschaft, die für dieses kleine Mädchen besonders nützlich und neu gewesen sein müssen. Oje! Ich fürchte fast, es stand mit ihrem Kopfe nicht eben zum besten.

Warum aber hinderten ihre Eltern dieses kleine Herz nicht daran, so schnell zu schlagen? Der alte Sedley schien von diesen Dingen nicht viel zu bemerken. Er war in der letzten Zeit ernster geworden, und seine Geschäfte in der City nahmen ihn ganz und gar in Anspruch. Mrs. Sedley war so ruhig und so wenig neugierig, daß sie nicht einmal eifersüchtig war. Mr. Joe war fort und wurde in Cheltenham von einer irischen Witwe belagert. Amelia hatte das Haus ganz für sich allein – ach! bisweilen zu sehr für sich allein; nicht daß sie je von Zweifeln geplagt worden wäre, denn sicherlich war George im Kriegsministerium; und er konnte auch nicht ständig Urlaub von Chatham bekommen; er mußte seine Freunde und Schwestern besuchen und, wenn er in der Stadt war, in der Gesellschaft auftauchen (er, die Zierde jeder Gesellschaft!); und wenn er beim Regiment war, so war er zu müde, um lange Briefe zu schreiben. Ich weiß, wo sie das Bündel aufbewahrte, das sie bekommen hatte, und ich kann mich in ihr Zimmer stehlen und wieder unbemerkt verschwinden, wie Jachimo. Wie Jachimo? Nein, das wäre eine schlechte Rolle. Ich will nur den Mondschein spielen und arglos in das Bett lugen, wo Treue, Schönheit und Unschuld träumen.

Osbornes Briefe waren kurz und soldatisch, müßten wir allerdings Miss Sedleys Briefe an Mr. Osborne veröffentlichen, hätten wir diesen Roman zu einer solchen Menge von Bänden zu erweitern, daß auch der sentimentalste Leser es nicht aushalten könnte. Sie füllte nicht nur große Bogen voll, sondern beschrieb sie auch in ihrer Durchgedrehtheit kreuz und quer; sie kopierte ohne Gnade und Barmherzigkeit ganze Seiten aus Gedichtsammlungen, unterstrich Wörter und Sätze mit wahrhaft wahnsinnigem Nachdruck und ließ, mit einem Wort, die üblichen Zeichen ihres Zustandes merken. Sie war keine Heldin, ihre Briefe waren voller Wiederholungen. Bisweilen war die Grammatik recht zweifelhaft, und in ihren Versen erlaubte sie sich alle Arten von Freiheiten mit dem Metrum. Aber, omeine Damen, wenn es Ihnen nicht erlaubt sein soll, manchmal aller Syntax zum Trotz das Herz zu rühren, und wenn Sie erst geliebt werden sollen, wenn Sie den Unterschied zwischen Trimeter und Tetrameter kennen, so mag alle Poesie zum Teufel fahren und jeder Schulmeister eines elenden Todes sterben!

13. Kapitel

Sentimentales und anderes

Ich fürchte, der Herr, an den Miss Amelias Briefe gerichtet waren, war ein ziemlich verstockter Kritiker. Leutnant Osborne folgte überall eine solche Menge von Briefchen, daß er sich beinahe der Späße seiner Kameraden darüber schämte und seinem Diener befahl, sie nur in seiner Privatwohnung abzugeben. Es wurde beobachtet, wie er sogar einmal seine Zigarre mit einem solchen Brief anzündete, zum Entsetzen Hauptmann Dobbins, der, wie ich glaube, das Dokument gern mit einer Banknote aufgewogen hätte.

Einige Zeit suchte George die Verbindung geheimzuhalten. Er gab zu, daß eine Frau im Spiel sei. „Bestimmt nicht die erste", sagte Fähnrich Spooney zu Fähnrich Stubble. „Der Osborne ist ein Teufelskerl. In Demerara wurde eine Richterstochter seinetwegen fast verrückt; dann kam in Sankt Vincent das prachtvolle Quarteronmädchen, Miss Pye, Sie wissen; und seitdem er nach England zurückgekommen ist, soll er ein wahrer Don Juan sein, beim Zeus!"

Stubble und Spooney dachten, daß „beim Zeus, ein wahrer Don Juan" zu sein eine der besten Eigenschaften eines Mannes sei, und Osborne erfreute sich bei den jungen Leuten des Regiments eines ungeheuren Ansehens. Er war ausgezeichnet in allen möglichen Sportarten, er war ein ausgezeichneter Sänger, er war ausgezeichnet bei der Parade und freigebig mit dem Gelde, womit ihn sein Vater reichlich versah. Seine Röcke waren besser gearbeitet als die aller anderen im Regiment, und er hatte mehr davon als alle anderen. Die Soldaten beteten ihn an. Er konnte mehr trinken als alle anderen in der Offiziersmesse, einschließlich des alten Obersten Heavytop. Im Boxen übertraf er selbst Knuckles, den Gemeinen (der Preiskämpfer gewesen war und ohne seine Trunksucht zum Korporal befördert worden wäre); auch war er weitaus der beste Kricketspieler und Kegler des ganzen Regimentsklubs. Bei den Quebec-Rennen ritt er sein eigenes Pferd, den „Geölten Blitz", und gewann den Garnisonspokal. Außer Amelia gab es noch andere, die ihn verehrten. Stubble und Spooney hielten ihn für eine Art Apollo, Dobbin sah in ihm einen „bewundernswerten Crichton", und die Majorin O'Dowd bekannte, daß er ein eleganter junger Bursche sei und sie an Fitzjurld Fogarty, Lord Castlefogartys zweiten Sohn, erinnere.

Stubble und Spooney und alle anderen ergingen sich also in höchst romantischen Vermutungen, wer Osborne wohl Briefe schreibe. Sie meinten bald, es sei eine Londoner Herzogin, die sich in ihn verliebt habe, bald, es sei eine Generalstochter, die mit einem anderen verlobt sei, ihn aber rasend liebe, bald, es sei die Frau eines Parlamentsabgeordneten, die ihm eine Entführung im Vierspänner vorschlage, bald, es sei ein anderes Opfer einer für alle Teile reizvollen, aufregenden, romantischen und schmachvollen Leidenschaft. Auf alle diese Vermutungen wollte Osborne nicht das geringste Licht werfen und ließ seine jungen Bewunderer und Freunde ihre ganze Geschichte nach Belieben erfinden und ausspinnen.

Der wirkliche Sachverhalt wäre nie im Regiment bekannt geworden, hätte nicht Hauptmann Dobbin Indiskretion geübt. Eines Tages saß der Hauptmann beim Frühstück in der Offiziersmesse, als der Unterarzt Cackle und die beiden obenerwähnten Ehrenmänner Vermutungen über Osbornes Liebeshandel anstellten. Stubble behauptete, die Dame sei eine Herzogin am Hofe der Königin Charlotte, und Cackle schwor, es sei eine berüchtigte Opernsängerin. Diese Worte erregten Dobbin dermaßen, daß er, den Mund voller Ei und Butterbrot, herausplatzte, obwohl er gar nichts hätte sagen dürfen: „Cackle, Sie sind ein Dummkopf. Immer haben Sie Unsinn und Skandalgeschichten auf Lager. Osborne hat nicht vor, eine Herzogin zu entführen oder eine Putzmacherin unglücklich zu machen. Miss Sedley ist eines der bezauberndsten jungen Mädchen, die es je gegeben hat. Er ist mit ihr schon seit langem verlobt, und wer sie beschimpft, sollte es nicht in meiner Gegenwart tun.“ Hier schwieg Dobbin, puterrot geworden, und erstickte beinahe an einer Tasse Tee. In einer halben Stunde wußte das ganze Regiment die Geschichte, und noch am gleichen Abend schrieb die Majorin O'Dowd an ihre Schwägerin Glorvina in O'Dowdstown, sie brauche sich nicht zu beeilen, von Dublin anzureisen, der junge Osborne sei bereits, und leider zu früh, verlobt.

Am Abend beglückwünschte sie den Leutnant in einer angemessenen Rede bei einem Glase Whisky-Toddy, und George ging wütend nach Hause, um mit Dobbin zu streiten, weil er sein Geheimnis verraten hatte. (Dobbin hatte die Einladung der Majorin O'Dowd ausgeschlagen und saß in seinem Zimmer, wo er Flöte spielte und, wie ich glaube, höchst melancholische Verse machte.)

„Wer, beim Satan, hat dich gebeten, von meinen Angelegenheiten zu sprechen?“ schrie Osborne zornig. „Warum, zum Teufel, muß das ganze Regiment wissen, daß ich bald heiraten will? Warum muß die geschwätzige alte Vettel, Peggy O'Dowd, an ihrer verdammten Abendtafel meinen Namen im Munde führen und meine Verlobung in allen drei Königreichen austrompeten? Und was für ein Recht hast du überhaupt, zu erzählen, ich sei verlobt, oder dich in meine Angelegenheiten zu mischen, Dobbin?“

„Es scheint mir ...“, fing Hauptmann Dobbin an.

„Zum Henker mit dem, was dir scheint, Dobbin“, unterbrach ihn der Jüngere. „Ich bin dir zu Dank verpflichtet, das weiß ich, und verdammt viel zu gut weiß ich das; aber ich will mir nicht ewig deine Predigten anhören, weil du fünf Jahre älter bist. Ich will verdammt sein, wenn ich mir deine überlegene Miene, dein höllisches Mitleid und dein Beschützergehabe länger gefallen lasse. Mitleid und Schutz! Ich möchte wohl wissen, in welchem Stück du mir über bist!“

„Bist du verlobt?“ unterbrach Hauptmann Dobbin.

„Was, zum Teufel, geht es dich oder einen anderen Menschen hier an, ob ich es bin?“

„Schämst du dich deshalb?“ fuhr Dobbin fort.

„Welches Recht hast du, mir diese Frage zu stellen? Das möchte ich gern wissen“, rief George.

„Großer Gott, du willst doch damit nicht sagen, daß du mit ihr brechen willst?“ fuhr Dobbin auf.

„Mit anderen Worten, du fragst mich, ob ich ein Ehrenmann bin“, erwiderte Osborne grimmig; „willst du das damit sagen? Seit einiger Zeit hast du gegen mich einen solchen Ton angeschlagen, daß ich verdammt sein will, wenn ich es mir noch länger gefallen lasse.“

„Was habe ich denn getan? Ich habe dir bloß gesagt, daß du ein süßes Mädchen vernachlässigst, George. Ich habe dir bloß gesagt, du sollst zu ihr gehen, wenn du in die Stadt fährst, und nicht in die Spielhäuser um Sankt James.“

„Ich nehme an, du willst dein Geld zurückhaben“, sagte George höhnisch.

„Natürlich will ich das – habe es immer gewollt, nicht wahr?“ rief Dobbin. „Du redest wie ein besonders Großmütiger.“

„Nein, zum Henker, William, verzeih mir bitte“, fiel ihm George in einem Anflug von Reue ins Wort. „Weiß der Himmel, du hast deine Freundschaft hundertfach bewiesen. Du hast mich schon oft aus heiklen Situationen errettet. Ich weiß, als Crawley von der Leibgarde diese Geldsumme von mir gewann, wäre es ohne dich um mich geschehen gewesen. Aber du solltest nicht so streng gegen mich sein. Du darfst mich nicht immer so schulmeistern. Ich liebe Amelia, ich bete sie an und so weiter. Guck nicht so böse. Ich weiß, sie ist fehlerlos. Aber siehst du, es macht keinen Spaß, etwas zu gewinnen, um das man nicht gespielt hat. Zum Henker! Das Regiment ist ja eben erst aus Westindien zurück, ich muß mich ein bißchen austoben. Wenn ich erst einmal verheiratet bin, will ich mich bestimmt bessern, Ehrenwort. Und – weißt du – Dob – sei mir nicht böse; nächsten Monat bekommst du hundert Pfund von mir, wenn mein Vater mir eine hübsche Summe gibt. Ich will Heavytop um Urlaub bitten und morgen in die Stadt fahren und Amelia besuchen – so, bist du nun zufrieden?“

„Man kann dir niemals lange zürnen, George“, sagte der gutmütige Hauptmann, „und was das Geld betrifft, alter Knabe, so würdest du wohl den letzten Shilling mit mir teilen, wenn ich welches brauchte.“

„Beim Zeus, das würde ich, Dobbin“, erklärte George höchst großmütig, obgleich er, nebenbei gesagt, nie Geld hatte, um etwas abzugeben.

„Ich wünschte nur, du hättest dir die Hörner schon abgelaufen, George. Hättest du das Gesicht der armen kleinen Emmy gesehen, als sie mich neulich nach dir fragte, so hättest du die Billardkugeln zum Teufel geschickt. Geh und tröste sie, du Schurke. Schreib ihr einen langen Brief. Tu etwas, um sie glücklich zu machen, eine Kleinigkeit tut's schon.“

„Ich glaube, sie hat mich verdammt gern“, stellte der Leutnant mit selbstzufriedener Miene fest und entfernte sich, um den Abend mit einigen lustigen Kameraden im Speisesaal zu beschließen.

Amelia am Russell Square blickte unterdessen zum Mond, der auf diesen friedlichen Fleck herabschien und ebenso auf die Chatham-Kaserne, wo Leutnant Osborne einquartiert war, und sie überlegte sich, was ihr Held wohl jetzt gerade tue. Vielleicht visitiert er jetzt die Wachen, dachte sie, vielleicht liegt er im Biwak, vielleicht sitzt er am Lager eines verwundeten Kameraden oder studiert die Kriegskunst droben in seinem einsamen Zimmer. Und ihre freundlichen Gedanken eilten dahin, als seien sie Engel mit Flügeln. Sie flogen am Fluß entlang nach Chatham und Rochester und versuchten in die Kaserne zu dringen, in der George war. Alles in allem war es, glaube ich, ganz gut, daß die Tore geschlossen waren und die Schildwache niemanden einließ, so daß der arme, kleine Engel im weißen Gewande die Lieder nicht hören konnte, die die jungen Burschen dort beim Whiskypunsch grölten.

Am Tag nach der kleinen Meinungsverschiedenheit in der Chatham-Kaserne traf der junge Osborne Anstalten, zur Stadt zu fahren, um zu beweisen, daß er wirklich zu seinem Wort stehe, und Hauptmann Dobbins Beifall blieb nicht aus. „Ich hätte ihr gern ein kleines Geschenk gemacht“, vertraute Osborne seinem Freunde an, „ich habe bloß kein Geld mehr, bis mein Vater mit dem Taschengeld herausrückt.“ Dobbin aber wollte nicht, daß Osbornes Gutmütigkeit und Großmut gehemmt werden sollten, und gab ihm daher ein paar Pfundnoten, die er, nach einigem anfänglichen Weigern, auch annahm.

Ich vermute, er hätte für Amelia bestimmt etwas recht Hübsches gekauft, hätte er nicht beim Aussteigen in der Fleet Street in einem Juweliergeschäft eine schöne Busennadel erblickt, deren Anziehungskraft er nicht zu widerstehen vermochte; und als er sie bezahlt hatte, hatte er nur noch wenig Geld übrig, um seiner Großmut freien Lauf zu lassen. Doch es machte nichts, denn wir können uns darauf verlassen, daß es nicht Geschenke waren, die Amelia von ihm erwartete. Als er zum Russell Square kam, leuchtete ihr Gesicht auf, als ob er der Sonnenschein gewesen wäre. Die kleinen Sorgen, Ängste, Tränen, schüchternen Befürchtungen, ruhelosen Einbildungen wer weiß wie vieler Tage und Nächte waren unter dem Einfluß jenes bekannten, unwiderstehlichen Lächelns im Nu vergessen. Er strahlte sie an, als er in der Salontür stand – ein Gott in seiner Pracht und mit seinem ambrosiaduftenden Backenbart. In Sambos Gesicht strahlte ein teilnehmendes Grinsen, als er Hauptmann Osborne meldete (er hatte den jungen Offizier um eine Stufe befördert). Der Diener sah das kleine Mädchen zusammenfahren und errötend von ihrem Beobachtungsposten am Fenster aufspringen und zog sich zurück. Sobald die Tür geschlossen war, flog sie Leutnant George Osborne ans Herz, als ob dieses das einzige richtige Nest für sie wäre. Ach, du armes, unruhiges Seelchen! Der schönste Baum des Waldes mit dem geradesten Stamme, den stärksten Ästen und dem dichtesten Laub, wo du dein Nest bauen und girren willst, kann gezeichnet sein – wofür, weißt du – und bald zu Boden krachen. Was für ein altes, altes Gleichnis ist das zwischen Mensch und Baum!

George küßte sie indessen recht freundlich auf die Stirn und die glänzenden Augen und war recht gnädig und gut, und sie hielt seine diamantene Busennadel (die sie noch nie zuvor an ihm gesehen hatte) für den schönsten Schmuck der Welt.

Der aufmerksame Leser, dem das frühere Benehmen unseres jungen Leutnants nicht entgangen ist und der unsere Berichte von dem kleinen Wortwechsel zwischen ihm und Hauptmann Dobbin noch im Gedächtnis hat, ist wohl zu gewissen Schlüssen hinsichtlich des Charakters von Mr. Osborne gekommen. Ein zynischer Franzose hat einmal gesagt, daß zu einem Liebeshandel zwei gehörten: einer, der liebt, und einer, der sich herabläßt, geliebt zu werden. Gelegentlich ist die Liebe wohl auf seiten des Mannes, andere Male auf seiten der Frau. Vielleicht hat auch schon vorher manch Verliebter Gefühlskälte für Bescheidenheit, Dummheit für jungfräuliche Zurückhaltung, bloße Leere für Schüchternheit und, kurz gesagt, eine Gans für einen Schwan gehalten. Vielleicht hat auch schon die eine oder die andere meiner verehrten Leserinnen einen Esel mit dem Glanze und der Glorie ihrer Phantasie umgeben, seine Stumpfheit als männliche Einfachheit bewundert, seine Selbstsucht als männliche Überlegenheit und ihn so behandelt wie die glänzende Fee Titania einen gewissen Weber aus Athen. Ich glaube solche Komödien der Irrungen in der Welt schon beobachtet zu haben. Sicher ist jedenfalls, daß Amelia ihren Liebhaber für einen der tapfersten und glänzendsten Männer im ganzen englischen Reich hielt; und es ist wohl möglich, daß Leutnant Osborne das gleiche dachte.

Er war etwas wild, aber wie viele andere junge Männer sind es auch! Und lieben die Mädchen einen Schurken nicht mehr als einen Milchbart? Er hatte sich die Hörner noch nicht abgelaufen, aber das mußte doch wohl bald geschehen; auch würde er wohl seinen Abschied nehmen, da jetzt der Friede verkündet war, das korsische Ungeheuer auf Elba festsaß. Mit der Beförderung war es natürlich nun auch vorbei, da sich ihm nun keine Gelegenheit mehr bot, seine unzweifelhaften militärischen Talente und seine Tapferkeit an den Tag zu legen. Sein Geld, zusammen mit Amelias Mitgift, konnten ausreichen, sich auf dem Lande, in der Nähe einer guten Jagd, bequem niederzulassen; da konnte George ein wenig jagen und ein wenig Landwirtschaft betreiben, und sie würden beide sehr glücklich sein. Denn als verheirateter Mann konnte er unmöglich in der Armee bleiben. Man stelle sich einmal Mrs. George Osborne vor, in einem Landstädtchen einquartiert oder, was noch schlimmer wäre, in Ost- oder Westindien, in der Gesellschaft von Offizieren und unter dem Schutz der Majorin O'Dowd. Amelia lachte sich halbtot über die Geschichten, die Osborne von der Majorin O'Dowd erzählte. Er liebte Amelia viel zu sehr, um sie jenem abscheulichen Weib mit ihren Gemeinheiten und dem rauhen Leben einer Soldatenfrau auszusetzen. An sich selbst dachte er nicht, nein. Aber sein liebes kleines Mädchen sollte die Stellung in der Gesellschaft einnehmen, die ihr als seiner Frau zukam. Und wie zu erwarten, stimmte sie diesen Vorschlägen zu, wie sie überhaupt allen Vorschlägen, die von ihm kamen, zustimmen würde.

Bei solcher Unterhaltung brachte das junge Paar einige Stunden sehr angenehm zu und baute Luftschlösser. Amelia schmückte sie mit allerlei Blumengärten, ländlichen Spaziergängen, Dorfkirchen, Sonntagsschulen und dergleichen mehr, während George sein geistiges Auge auf die Stallungen, den Hundezwinger und den Keller gerichtet hatte. Da dem Leutnant nur ein Tag in der Stadt zur Verfügung stand und er noch ungeheuer viele und wichtige Geschäfte zu erledigen hatte, so schlug er vor, daß Miss Emmy bei ihren zukünftigen Schwägerinnen speisen sollte. Die Einladung wurde freudig angenommen. Er begleitete sie zu seinen Schwestern hinüber, wo er sie so gesprächig und plauderlustig zurückließ, daß die Damen ganz erstaunt dachten, George würde vielleicht doch noch etwas aus ihr machen. Dann ging er fort, um seine Geschäfte zu erledigen.

Um es kurz zu machen: Er ging Eis essen in einer Konditorei am Charing Cross, probierte einen neuen Rock in der Pall Mall, sprach im Old Slaughter vor und ließ Hauptmann Cannon rufen, spielte elf Partien Billard mit dem Hauptmann, wovon er acht gewann, und kehrte eine halbe Stunde zu spät fürs Abendessen, aber in vortrefflicher Laune zum Russell Square zurück.

Nicht ganz so verhielt es sich mit dem alten Osborne. Als dieser Herr aus der City nach Hause kam und im Salon von seinen Töchtern und der eleganten Miss Wirt empfangen wurde, sahen diese an seinem Gesicht – das auch in den besten Zeiten aufgeblasen, feierlich und gelb war – sowie an seinem düsteren Blick und dem Zucken seiner schwarzen Augenbrauen, daß ihm das Herz unter der großen weißen Weste unruhig und beklommen schlug. Als Amelia auf ihn zuging, um ihn, wie stets, mit Zittern und Zagen zu begrüßen, gab er als Zeichen des Erkennens ein grämliches Grunzen von sich und ließ die kleine Hand seiner großen, zottigen Pfote entsinken, ohne einen Versuch zu machen, sie festzuhalten. Er sah sich düster nach seiner ältesten Tochter um, sie erfaßte die Bedeutung seines Blickes, der unverkennbar fragte: Was, zum Teufel, will die denn hier?, und sagte schnell:

„George ist in der Stadt, Papa, er ist ins Kriegsministerium gegangen und wird zum Essen wieder hiersein."

„Ei, ei, tatsächlich? Ich will nicht, daß man mit dem Essen auf ihn wartet, Jane", und damit sank der würdige Mann in seinen Stuhl, und nun wurde die vollkommene Stille in dem vornehmen, gut eingerichteten Salon nur noch durch das aufgeregte Ticken der großen französischen Uhr unterbrochen.

Als dieses Chronometer, auf dem sich eine heitere Bronzedarstellung der Opferung Iphigenies befand, mit tiefer Kirchenglockenstimme fünf geschlagen hatte, riß Mr. Osborne aus Leibeskräften am Klingelzug zu seiner Rechten, und der Butler stürzte herein.

„Essen!" brüllte Mr. Osborne.

„Mr. George ist noch nicht da, Sir", entgegnete der Butler.

„Zum Teufel mit Mr. George, Herr! Bin ich hier Herr im Hause? Essen!!" donnerte Mr. Osborne, und sein Blick war dabei ungemein düster. Amelia zitterte. Die drei anderen Damen telegrafierten einander mit den Augen. Die gehorsame Glocke in den unteren Regionen begann das Zeichen zum Essen zu geben. Als das Läuten vorbei war, schob das Familienoberhaupt die Hände in die großen Taschen seines großen blauen Rockes mit den Messingknöpfen und schritt, ohne auf eine weitere Einladung zu warten, allein die Treppe hinab, wobei er die vier Frauen scheel über die Schulter ansah.

„Was ist nun wieder los, meine Teure?" fragten sie einander, als sie aufstanden und behutsam hinter dem Hausherrn hertrippelten. „Vermutlich fallen die Aktien", flüsterte Miss Wirt, und so folgte die weibliche Gesellschaft zitternd und schweigend ihrem finsteren Führer, und schweigend nahmen sie ihre Plätze ein. Er knurrte einen Segen, der barsch klang wie ein Fluch. Dann wurden die großen silbernen Deckel abgenommen. Amelia zitterte auf ihrem Platz, denn sie saß dem furchtbaren Osborne am nächsten, ganz allein an ihrer Tischseite – die Lücke war durch Georges Abwesenheit entstanden.

„Suppe?" fragte Mr. Osborne mit Grabesstimme, den Schöpflöffel in der Hand, und heftete die Augen auf sie. Nachdem er sie und die übrigen bedient hatte, redete er eine Weile kein Wort.

„Nimm Miss Sedleys Teller weg", befahl er schließlich. „Sie kann die Suppe nicht essen – und ich auch nicht. Sie ist ganz scheußlich. Nimm die Suppe weg, Hicks, und du, Jane, kannst morgen die Köchin wegschicken."

Nachdem Mr. Osborne das Thema Suppe beendigt hatte, machte er ein paar kurze, gleichfalls bösartige und satirische Bemerkungen über den Fisch und verwünschte Billingsgate mit einem Nachdruck, der ganz dem Ort entsprach. Dann verfiel er in Schweigen und stürzte mehrere Gläser Wein hinunter, wobei sein Blick ständig furchterregender wurde, bis ein lebhaftes Klopfen an der Haustür Georges Ankunft meldete und alle sich wieder faßten.

Er habe nicht früher kommen können. General Daguilet im Kriegsministerium habe ihn warten lassen. Suppe oder Fisch brauche er nicht unbedingt. Man solle ihm irgend etwas geben – ganz egal was. Prächtiges Hammelfleisch, alles prächtig. Seine gute Laune stand im Gegensatz zu seines Vaters Ernst, und er schwatzte während des Essens unaufhörlich, zur Freude aller und besonders einer, die nicht genannt zu werden braucht.

Sobald die jungen Damen die Orange und das Glas Wein genossen hatten, was gewöhnlich den Abschluß der traurigen Bankette in Mr. Osbornes Haus bildete, wurde das Zeichen zum Absegeln in den Salon gegeben. Alle erhoben sich und gingen davon. Amelia hoffte, George würde sich bald zu ihnen gesellen. Sie begann auf dem großen, lederverkleideten Flügel mit den geschnitzten Beinen droben im Salon einige seiner Lieblingswalzer (die damals ganz neu waren) zu spielen. Aber dieser kleine Kunstgriff brachte ihn nicht hinauf. Er war taub für die Walzer; sie klangen leiser und leiser, und bald verließ die entmutigte Spielerin das riesige Instrument. Obgleich nun ihre drei Freundinnen ein paar sehr laute und brillante neue Stücke aus ihrem Repertoire spielten, so hörte sie doch keine einzige Note, sondern war nachdenklich, Unheil schwante ihr. Der alte Osborne war zwar immer finster und schrecklich, aber noch nie hatte er so tödliche Blicke gegen sie geschleudert. Seine Augen verfolgten sie bis zur Tür, als ob sie etwas verbrochen hätte. Als man ihr den Kaffee reichte, fuhr sie zurück, als ob Mr. Hicks, der Butler, ihr einen Giftbecher anbieten wollte. Welches Geheimnis verbarg sich wohl dahinter? Oh, diese Frauen! Sie hegen und pflegen ihre Ahnungen und hätscheln ihre garstigen Gedanken, wie sie ihre verunstalteten Kinder hätscheln.

Die Düsterkeit im väterlichen Gesicht hatte auch George Osborne ängstlich gemacht. Wie sollte George bei solchen finsteren Augenbrauen und einem so ausgesprochen galligen Blick das Geld aus dem Familienoberhaupt herauslocken, das er so nötig brauchte? Er fing an, seines Vaters Wein zu loben. Das war gewöhnlich ein erfolgreiches Mittel, dem alten Herrn zu schmeicheln.

„Wir haben in Westindien nie so guten Madeira bekommen, Vater, wie deinen. Oberst Heavytop hat sich neulich drei Flaschen von dem, den du mir geschickt hast, zu Gemüte geführt."

„Wirklich?" fragte der alte Herr. „Die Flasche kostet mich acht Shilling."

„Willst du sechs Guineen für ein Dutzend Flaschen haben?" fragte George lachend. „Einer der größten Männer des Königreiches möchte gern welchen davon."

„Wirklich?" brummte der Alte. „Hoffentlich bekommt er welchen."

„Als General Daguilet in Chatham war, gab ihm Heavytop ein Frühstück und bat mich um einige Flaschen von dem Wein. Dem General schmeckte er ebenso gut; er wollte sogar ein Faß für den Oberbefehlshaber haben. Er ist die rechte Hand Seiner Königlichen Hoheit."

„Es ist wirklich verteufelt guter Wein", sagten die Augenbrauen und sahen schon etwas besser gelaunt aus. George wollte gerade aus dem Wohlbehagen seines Vaters Nutzen ziehen und die Geldfrage aufs Tapet bringen, als der Alte ihn in seinem vorherigen feierlichen Ton, wenn auch nicht ohne Herzlichkeit, bat, zu läuten und Rotwein kommen zu lassen. „Und wir wollen sehen, George, ob der so gut ist wie der Madeira, von dem ich Seiner Königlichen Hoheit sicher etwas abgeben werde. Während wir ihn dann trinken, will ich mit dir eine Sache von Wichtigkeit besprechen."

Amelia hörte oben nervös die Rotweinglocke läuten. Dieser Klang schien ihr irgendwie mysteriös und ahnungsvoll zu sein. Manche Leute haben stets Ahnungen, und einige davon müssen sich schließlich auch einmal erfüllen.

„Was ich wissen wollte, George", sagte der alte Herr, nachdem er sein erstes Glas geleert hatte, „was ich wissen wollte, wie stehst du mit dem – hm – dem kleinen Ding da oben?"

„Ich denke, Sir, das ist nicht schwer zu sehen", sagte George mit selbstzufriedenem Grinsen. „Ziemlich klar, Sir – was für ein prächtiger Wein!"

„Was meinst du mit ziemlich klar?"

„Hach, zum Henker, dring doch nicht so in mich. Ich bin ein bescheidener Mensch. Ich – nun ja – ich will mich nicht gerade als Herzensbrecher aufspielen, aber ich muß doch zugeben, daß sie so höllisch verliebt in mich ist wie nur möglich. Das sieht doch ein Blinder."

„Und du selbst?"

„Wieso, hast du mir nicht befohlen, sie zu heiraten, und bin ich nicht ein gehorsamer Sohn? Haben nicht unsere Papas die Sache schon vor ewigen Zeiten abgemacht?"

„Ja, ja, ein schöner Sohn. Habe ich nicht von deinen Machenschaften mit Lord Tarquin, Hauptmann Crawley von der Leibgarde, dem ehrenwerten Mr. Deuceace und Leuten solchen Schlages gehört? Nimm dich in acht, Junge, nimm dich in acht!"

Der alte Herr ließ diese aristokratischen Namen auf der Zunge zerfließen. Sooft er einem großen Namen begegnete, kroch er vor ihm und schmeichelte ihm, wie nur ein frei geborener Brite es fertigbringt. Er ging nach Hause und schlug im Adelskalender nach, um Näheres über ihn zu erfahren; ständig führte er seinen Namen im Munde, prahlte mit Seiner Lordschaft seinen Töchtern gegenüber. Er lag vor ihm auf den Knien und wärmte sich an seinem Anblick wie ein neapolitanischer Bettler an der Sonne. George wurde unruhig, als er die Namen hörte. Er fürchtete, sein Vater könnte von gewissen Spielgeschichten unterrichtet worden sein. Allein der alte Moralist beruhigte ihn, als er heiter sagte:

„Nun ja, junge Leute sind eben junge Leute. Es tröstet mich, George, daß du in der besten Gesellschaft Englands verkehrst, wie ich hoffe und glaube und wie meine Mittel es dir gestatten."

„Ich danke dir, Vater", sagte George und benutzte den günstigen Augenblick, „aber man kann mit so hohen Personen nicht umsonst verkehren; sieh dir meinen Geldbeutel an." Bei diesen Worten hielt er seine Börse, ein selbstgearbeitetes Geschenk von Amelia, in die Höhe, die die letzte Pfundnote von Dobbin enthielt.

„Es soll dir an nichts fehlen, mein Junge, dem Sohn des britischen Kaufmanns soll es an nichts fehlen. Meine Guineen sind so gut wie ihre, George, mein Junge, und ich gebe sie dir gern. Geh morgen, wenn du in die City kommst, bei Mr. Chopper vorbei; er wird was für dich haben. Ich bin nicht kleinlich mit dem Geld, wenn ich weiß, du bist in guter Gesellschaft, weil ich weiß, in guter Gesellschaft kann es nie schiefgehen. Ich bin nicht stolz. Ich bin von niedriger Abstammung, aber du hast in diesem Punkt bedeutende Vorteile. Mache einen guten Gebrauch davon. Misch dich unter den jungen Adel. Es gibt darunter viele, die deiner Guinee keinen Dollar entgegensetzen können, mein Junge. Und was die Weiberhüte betrifft" – hier drang ein schlaues, unangenehmes Blinzeln unter den starken Augenbrauen hervor –, „so sind Burschen nun einmal Burschen. Aber eins mußt du meiden, das sage ich dir, und wenn du das nicht tust, so erhältst du, beim Zeus, von mir keinen Shilling mehr: Ich meine das Spielen."

„Oh, natürlich, Sir", sagte George.

„Um aber auf die andere Angelegenheit, auf Amelia, zurückzukommen: Warum solltest du nicht etwas Besseres als eine Börsenmaklerstochter heiraten, George? Das möchte ich wissen."

„Das ist doch Familiengeschäft, Sir", sagte George, während er Haselnüsse knackte. „Du und Mr. Sedley, ihr habt doch die Sache schon vor hundert Jahren abgesprochen."

„Das leugne ich nicht, aber die Stellung der Menschen kann sich ändern, mein Lieber. Ich leugne es nicht, daß Sedley mein Glück gemacht hat oder, richtiger, daß er mich in die Lage gesetzt hat, dank meiner eigenen Talente und Anlagen die stolze Position zu gewinnen, die ich, ich kann es wohl sagen, im Talghandel und in der City von London einnehme. Ich habe Sedley meine Dankbarkeit bewiesen, und er hat sie in der letzten Zeit sehr in Anspruch genommen, wie man aus meinem Scheckbuch ersehen kann. George, ich sage dir im Vertrauen, Mr. Sedleys Geschäfte gefallen mir nicht. Auch meinem Hauptbuchhalter, Mr. Chopper, wollen sie nicht recht gefallen, und der ist ein alter Fuchs und kennt die Börse wie keiner in London. Hulker und Bullock sind auch mißtrauisch. Ich befürchte, er hat sich auf eigene Gefahr in dumme Sachen eingelassen. Man sagt, die ›Jeune Amelie‹, die von der ›Molasses‹ der Yankees gekapert worden ist, habe ihm gehört. Eins ist klar: Solange ich nicht Amelias zehntausend Pfund gesehen habe, heiratest du sie mir nicht. Ich will nicht in meiner Familie die Tochter eines verkrachten Spekulanten haben. Reich mir mal den Wein, Junge, oder klingle lieber nach dem Kaffee."

Mit diesen Worten entfaltete Mr. Osborne die Abendzeitung, und George erkannte an diesem Zeichen, daß die Unterredung nun zu Ende sei und daß Papa ein Schläfchen machen wolle.

In bester Laune rannte er die Treppe hinauf zu Amelia. Wieso war er an jenem Abend so aufmerksam gegen sie wie schon lange nicht, so eifrig, sie zu unterhalten, so zärtlich, so glänzend im Gespräch? Schlug sein großmütiges Herz in der Voraussicht auf kommendes Unglück wärmer für sie? Oder schätzte er seine kleine, liebe Beute höher bei dem Gedanken, sie verlieren zu können?

Viele Tage noch zehrte Amelia von den Erinnerungen an jenen glücklichen Abend, sie entsann sich seiner Worte, seiner Blicke, des Liedes, das er gesungen hatte, seiner Haltung, als er sich über sie beugte oder sie aus der Ferne ansah. Ihr schien noch nie ein Abend in Mr. Osbornes Haus so rasch verstrichen zu sein, und diesmal war das junge Mädchen fast versucht, ärgerlich zu werden, als Mr. Sambo allzufrüh mit ihrem Schal auftauchte.

Am nächsten Morgen kam George und nahm zärtlich von ihr Abschied; dann eilte er in die City, wo er bei Mr. Chopper, dem Hauptbuchhalter seines Vaters, vorsprach. Von diesem Herrn erhielt er ein Dokument, das er bei Hulker und Bullock gegen eine ganze Tasche voll Geld tauschte. Als George das Haus betrat, kam der alte John Sedley gerade mit unglücklicher Miene aus dem Besuchszimmer des Bankiers. Sein Patensohn aber war viel zu froher Stimmung, um die Niedergeschlagenheit des würdigen Börsenmaklers oder die trostlosen Blicke, die der gute alte Herr ihm zuwarf, zu bemerken.

Der junge Bullock war dieses Mal auch nicht, wie in früheren Jahren, lächelnd mit ihm aus dem Besuchszimmer gekommen. Und als die Tür von Hulker, Bullock und Co. sich hinter Mr. Sedly schloß, winkte Mr. Quill, der Kassierer, dessen angenehme Aufgabe es war, knisternde Banknoten aus einer Schublade zu ziehen und mit einer Kupferschaufel Sovereigns auszuteilen, Mr. Driver, dem Kontoristen am rechten Pulte, zu. Mr. Driver winkte zurück.

„Geht nicht", flüsterte Mr. Driver.

„Nein, auf keinen Fall", sagte Mr. Quill. „Mr. George Osborne, wie hätten Sie es gern?" Und George stopfte sich eifrig eine Anzahl Banknoten in die Tasche und bezahlte Dobbin noch am gleichen Abend fünfzig Pfund in der Offiziersmesse.

Am gleichen Abend schrieb ihm Amelia den zärtlichsten aller langen Briefe. Ihr Herz strömte über vor Zärtlichkeit, aber dennoch ahnte es Böses. Warum sah Mr. Osborne so finster aus? fragte sie. Hatte es zwischen ihm und ihrem Papa Streit gegeben? Ihr armer Papa kam so melancholisch aus der City zurück, daß daheim alle ängstlich wurden – kurz, es waren vier Seiten voller Liebe, Befürchtungen, Hoffnungen und Ahnungen.

„Die arme kleine Emmy – die gute kleine Emmy! Wie liebt sie mich doch", sagte George, als er den Brief las. „Ach, mein Gott, was für Kopfschmerzen hat mir doch der gemixte Punsch gebracht!" Wirklich, arme kleine Emmy!

14. Kapitel

Miss Crawley daheim

Etwa um dieselbe Zeit fuhr ein wappengeschmückter Reisewagen an einem ungemein hübschen und gut eingerichteten Haus in der Park Lane vor; auf dem Bedientensitz befand sich ein unzufriedenes weibliches Wesen mit grünem Schleier und gebrannten Locken, auf dem Bock saß ein dicker, vertrauenerweckender Mann. Es war die Equipage unserer Freundin Miss Crawley, die aus Hampshire zurückkam. Die Wagenfenster waren geschlossen, das fette Hündchen, dessen Kopf und Zunge sonst aus einem Fenster heraushing, ruhte auf dem Schoß des unzufriedenen weiblichen Wesens. Als der Wagen hielt, wurde ein großes rundes Bündel von Schals mit Hilfe verschiedener Diener und einer jungen Dame herausgehoben, die dieses Paket von Bekleidungsstücken begleitete. Das Bündel enthielt Miss Crawley, die sofort die Treppe hinaufgeführt und in ein Zimmer und Bett gebracht wurde, die wie zur Aufnahme einer Kranken gehörig gewärmt worden waren. Boten wurden geschickt, um ihre beiden Ärzte herbeizuholen. Diese kamen, berieten sich, verschrieben etwas und verschwanden wieder. Die junge Begleiterin von Miss Crawley kam am Ende der Besprechung herein, um Verhaltungsmaßregeln zu empfangen, und gab ihr dann die antiphlogistischen Arzneien ein, die die ausgezeichneten Männer verordnet hatten.

Hauptmann Crawley von der Leibgarde kam am nächsten Tage von der Kaserne in Knightsbridge angeritten; sein stattlicher Rappe scharrte im Stroh vor der Tür seiner kranken Tante. Er erkundigte sich sehr liebevoll nach dem Befinden seiner guten Verwandten. Es schien viele Gründe zur Besorgnis zu geben. Er fand Miss Crawleys Kammermädchen (das unzufriedene weibliche Wesen) außerordentlich mürrisch und niedergeschlagen; er fand Miss Briggs, ihre dame de compagnie, in Tränen und allein im Salon. Sie war nach Hause geeilt bei der ersten Nachricht von der Krankheit ihrer geliebten Freundin. Sie wollte an ihr Lager fliegen, an das Lager, dessen Kissen sie, Briggs, in Stunden der Krankheit oft glattgestrichen hatte. Allein der Zutritt zu Miss Crawleys Zimmer wurde ihr verwehrt. Eine Fremde gab ihr die Arznei ein ... eine Fremde vom Lande... eine abscheuliche Miss... Tränen erstickten die Worte der dame de compagnie, und so begrub sie denn ihre grausam zurückgewiesene Liebe und ihre arme, alte, rote Nase im Taschentuch.

Rawdon Crawley ließ sich durch die mürrische femme de chambre oben melden, und Miss Crawleys neue Gesellschaftsdame kam aus dem Krankenzimmer herangetrippelt, legte ihre kleine Hand in die seine, als er eifrig auf sie zuging, um sie zu begrüßen, und warf der völlig verwirrten Briggs einen höhnischen Blick zu. Dann winkte sie den jungen Leibgardisten aus dem Salon, führte ihn die Treppe hinab in das nun verlassene Speisezimmer, wo so manches gute Mahl eingenommen worden war.

Hier sprachen die beiden etwa zehn Minuten miteinander und erörterten zweifellos die Krankheit der alten Patientin droben. Nach Ablauf dieser Zeit wurde energisch die Speisezimmerklingel gezogen, und augenblicklich erschien Mr. Bowls, der dicke vertrauenerweckende Butler (der sich zufällig während des größten Teils der Unterredung am Schlüsselloche aufgehalten hatte). Der Hauptmann trat, seinen Schnurrbart zwirbelnd, heraus und bestieg den im Stroh scharrenden Rappen, zur großen Bewunderung der kleinen Gassenjungen, die sich in der Straße versammelt hatten. Er blickte zum Speisezimmerfenster und ließ sein Pferd tänzeln und eine prächtige Kapriole schlagen – einen Augenblick konnte man das junge Mädchen am Fenster sehen, dann verschwand ihre Gestalt, und ohne Zweifel stieg sie wieder die Treppe hinauf, um die zarten Pflichten der Wohltätigkeit wieder auf sich zu nehmen.

Wer mochte wohl dieses junge Mädchen sein? An jenem Abend war im Speisezimmer für zwei Personen gedeckt. Mrs. Firkin, die Kammerjungfer, machte sich, während die neue Krankenwärterin und Miss Briggs sich zu dem kleinen Mahl niederließen, ungestüm im Zimmer ihrer Herrin zu schaffen.

Die Briggs war so mitgenommen, daß sie kaum ein Bröckchen Fleisch essen konnte. Das junge Mädchen zerlegte ein Huhn mit der größten Sorgfalt und bat so bestimmt um die Eiersoße, daß die arme Briggs, vor der diese würzige Köstlichkeit stand, zusammenfuhr, ein gewaltiges Klapperkonzert mit dem Soßenlöffel vollführte und wieder in ihre rührselige Hysterie verfiel.

„Wäre es nicht besser, wenn Sie Miss Briggs ein Glas Wein gäben?“ sagte die Junge zu Mr. Bowls, dem dicken, vertrauenswürdigen Mann. Er tat es. Die Briggs griff mechanisch danach, stürzte es krampfhaft hinunter, stöhnte ein wenig und fing an, mit dem Hühnchen auf ihrem Teller zu spielen.

„Ich glaube, wir können uns selbst bedienen“, sagte die Junge mit größter Höflichkeit, „wir können daher auf die freundliche Hilfe von Mr. Bowls verzichten. Mr. Bowls, wir werden klingeln, wenn wir Sie benötigen.“

Der Butler ging hinunter ins Bedientenzimmer, wo er, beiläufig gesagt, den unschuldigen Lakaien, seinen Untergebenen, mit den fürchterlichsten Flüchen überhäufte.

„Wie können Sie sich die Sache so zu Herzen nehmen, Miss Briggs“, meinte die junge Dame mit kühler, etwas sarkastischer Miene.

„Meine liebe, liebe Freundin ist so krank und wi... i... i... i... ill mich nicht sehen“, gurgelte die Briggs in einem neuen Schmerzensausbruch hervor. „Sie ist nicht mehr sehr krank. Trösten Sie sich, teure Miss Briggs. Sie hat nur zuviel gegessen – das ist alles. Es geht ihr schon bedeutend besser. Bald wird sie wiederhergestellt sein. Sie ist noch schwach vom Schröpfen und von der ärztlichen Behandlung, wird sich aber bald erholen. Beruhigen Sie sich doch bitte und trinken Sie noch ein bißchen Wein.“

„Aber warum, warum will sie mich nicht sehen?“ plärrte Miss Briggs. „Oh, Matilda, Matilda, ist das nach dreiundzwanzig Jahren zärtlicher Liebe der Dank für deine arme, arme Arabella?“

„Weinen Sie doch nicht, arme Arabella“, sagte die andere mit einem kaum merklichen Lächeln, „sie will Sie nur deshalb nicht sehen, weil sie sagt, ich pflegte sie besser als Sie. Es ist für mich kein Vergnügen, die ganze Nacht aufzubleiben. Ich wünschte, Sie könnten es an meiner Stelle tun.“

„Habe ich nicht viele Jahre lang das teure Lager bewacht?“ fragte Arabella. „Und jetzt...“

„Jetzt zieht sie eben jemanden anders vor. Kranke haben nun einmal ihre Grillen, und man muß ihnen ihren Willen lassen. Wenn sie wieder gesund ist, werde ich gehen.“

„Nie, niemals“, rief Arabella und roch wie wahnsinnig an ihrem Riechfläschchen.

„Nie wieder gesund sein oder nie gehen, Miss Briggs?“ fragte die andere mit derselben herausfordernden Gutmütigkeit. „Pah – in vierzehn Tagen ist sie wieder auf den Beinen, und dann gehe ich zu meinen kleinen Schülerinnen nach Queen's Crawley und zu deren Mutter zurück, die weit kränker ist als unsere Freundin. Sie brauchen nicht eifersüchtig auf mich zu sein, meine liebe Miss Briggs. Ich bin ein armes kleines Mädchen ohne Freunde und tue keinem was zuleide. Ich will Sie gar nicht aus Miss Crawleys Gunst verdrängen. Wenn ich eine Woche fort bin, wird sie mich vergessen haben. Ihre Freundschaft dagegen ist das Werk von vielen Jahren. Bitte, geben Sie mir ein bißchen Wein, meine liebe Miss Briggs, wir wollen Freundinnen sein. Ich brauche Freunde so sehr.“

Die versöhnliche und weichherzige Miss Briggs reichte ihr auf diese Bitte hin wortlos die Hand, aber trotzdem traf sie die Abtrünnigkeit tief, und sie beklagte heftig die Unbeständigkeit ihrer Matilda. Als nach einer halben Stunde das Essen vorüber war, verfügte sich Miss Rebekka Sharp (denn so heißt sie merkwürdigerweise, die bisher sinnreich als „das junge Mädchen“ beschrieben worden ist) wieder in die Zimmer ihrer Patientin und komplimentierte mit ausgesuchter Höflichkeit die arme Firkin wieder hinaus. „Ich danke Ihnen, Mrs. Firkin, das genügt vollkommen; wie nett Sie das machen!

Ich werde klingeln, wenn etwas benötigt wird. Ich danke Ihnen.“ Und die Firkin kam herab in einem Sturm der Eifersucht, der um so gefährlicher war, als sie ihn im Busen verbergen mußte.

War es wohl dieser Sturm, der die Salontür aufblies, als sie am Treppenabsatz des ersten Stockes vorüberging? Nein, sie wurde verstohlen von der Hand der Briggs geöffnet. Die Briggs hatte auf der Lauer gelegen. Nur zu gut hatte die Briggs die zähneknirschende Firkin die Treppe herabkommen und den Löffel in der Haferbreischüssel, die die vernachlässigte Frau trug, klappern hören.

„Nun, Firkin?“ sagte sie, als die andere ins Zimmer trat. „Nun, Jane?“

„Schlimmer und schlimmer, Miss Briggs“, sagte die Firkin kopfschüttelnd.

„Es geht ihr also nicht besser?“

„Sie hat nur ein einziges Mal gesprochen. Ich habe sie gefragt, ob sie sich etwas wohler fühle, und sie hat mir geantwortet, ich solle meinen dummen Mund halten. Oh, Miss B., daß ich diesen Tag noch erleben mußte!“ Und die Wasserspiele setzten erneut ein.

„Was für ein Mensch ist diese Miss Sharp eigentlich, Firkin? Ich habe es mir nicht träumen lassen, als ich das Weihnachtsfest in dem vornehmen Hause meiner treuen Freunde, Ehrwürden Lionel Delameres und seiner liebenswürdigen Gattin, zubrachte, zu entdecken, daß eine Fremde meinen Platz im Herzen meiner teuersten, immer noch teuersten Matilda eingenommen hat!“ Wie man aus der Sprache der Miss Briggs ersehen kann, war sie eine literarisch gebildete und sentimentale Dame. Sie hatte schon einmal einen Band Gedichte mit dem Titel „Das Schluchzen der Nachtigall“ auf Subskription herausgegeben.

„Alle sind wie vernarrt in dieses junge Frauenzimmer, Miss B.“, erwiderte die Firkin. „Sir Pitt hätte sie gar nicht gehen lassen, aber er wagte nicht, Miss Crawley etwas abzuschlagen. Mrs. Bute im Pfarrhause ist genauso schlimm – sie ist nicht glücklich, wenn sie sie nicht sieht. Der Hauptmann ist ganz verrückt nach ihr, Mr. Crawley kannibalisch eifersüchtig. Seit Miss Crawley krank ist, will sie niemanden um sich haben als Miss Sharp; ich kann überhaupt nicht sagen, wie oder warum; ich stell mir nur vor, irgendwas hat alle verhext.“

Rebekka verbrachte jene Nacht wachend bei Miss Crawley. In der nächsten Nacht schlief die alte Dame so ruhig, daß Rebekka einige Stunden auf dem Sofa am Fußende ihrer Gönnerin schlafen konnte; und sehr bald war Miss Crawley wieder so wohlauf, daß sie aufsitzen konnte und über die vollendete Nachahmung von Miss Briggs und ihrem Kummer, die Rebekka ihr vorführte, herzlich lachte. Miss Briggs' tränenreiches Geschnüffel und ihre Art, das Taschentuch zu gebrauchen, waren so täuschend wiedergegeben, daß Miss Crawley ganz lustig wurde, zur großen Verwunderung der

Ärzte, denn gewöhnlich fanden sie bei ihren Besuchen diese würdige Dame von Welt bei der geringsten Krankheit total niedergeschlagen und von Todesfurcht erfüllt.

Hauptmann Crawley kam täglich und ließ sich von Rebekka über das Befinden seiner Tante Bericht erstatten. Ihre Gesundheit verbesserte sich so schnell, daß die arme Briggs ihre Gönnerin besuchen durfte. Weichherzige Leser können sich die unterdrückte Rührung dieses sentimentalen Wesens und das liebevolle Gespräch vorstellen.

Bald wollte Miss Crawley die Briggs wieder häufiger um sich haben. Rebekka pflegte sie vor ihren eigenen Augen mit dem bewundernswertesten Ernst nachzuahmen und machte dadurch die Sache für ihre würdige Gönnerin doppelt pikant.

Die Ursachen, die zu Miss Crawleys beklagenswerter Krankheit und zu ihrer Abreise aus dem Haus ihres Bruders auf dem Lande geführt hatten, waren so unromantisch, daß sie sich kaum eignen, in diesem vornehmen, sentimentalen Roman erklärt zu werden. Denn wie kann man auch nur andeuten, daß eine feine Dame aus guter Gesellschaft zuviel gegessen und getrunken habe und daß der allzu reichliche Genuß von warmen Hummern bei einem Abendbrot im Pfarrhaus die Ursache eines Unwohlseins gewesen sei, das Miss Crawley selbst einzig und allein dem feuchten Wetter zuschrieb? Der Anfall war so heftig, daß Matilda – wie Seine Ehrwürden sich auszudrücken beliebte – nahe daran war, „ins Gras zu beißen". Die ganze Familie war in fieberhafter Erwartung wegen des Testamentes, und Rawdon Crawley sah sich noch vor Beginn der Saison in London im Besitz von mindestens vierzigtausend Pfund. Mr. Crawley schickte ein Paket auserlesener Traktätchen, zur Vorbereitung des Augenblicks, wo sie den Jahrmarkt der Eitelkeit und die Park Lane mit einer anderen Welt vertauschen würde. Aber ein tüchtiger Arzt, der noch zur rechten Zeit von Southampton herbeigerufen worden war, bezwang den verhängnisvollen Hummer und brachte sie wieder so weit zu Kräften, daß sie nach London zurückkehren konnte. Der Baronet verhehlte nicht seinen heftigen Ärger über diese Wendung der Dinge.

Während alle Welt Miss Crawley mit Aufmerksamkeiten überhäufte und Boten vom Pfarrhause stündlich der liebevollen Familie dort Nachrichten über ihr Befinden holten, lag in einem anderen Teil des Hauses eine schwerkranke Dame, um die sich jedoch keine Seele kümmerte; und dies war die Herrin von Crawley. Der gute Doktor schüttelte den Kopf, als er sie sah. Sir Pitt hatte den Besuch erlaubt, da der Arzt nicht extra dafür bezahlt werden mußte. Aber man ließ sie in ihrem einsamen Zimmer langsam dahinsiechen und kümmerte sich um sie sowenig wie um ein Unkraut im Park.

Auch die jungen Damen versäumten viel von dem unschätzbaren Segen des Unterrichts bei ihrer Gouvernante. Miss Sharp war eine so liebevolle Krankenwärterin, daß Miss Crawley nur von ihr die Medizin nehmen wollte. Die Firkin war schon lange vor der Abreise ihrer Herrin vom Lande ihres Dienstes enthoben worden. Bei ihrer Rückkehr nach London fand diese treue Dienerin einen traurigen Trost darin, zu sehen, daß Miss Briggs die gleichen Eifersuchtsqualen litt und derselben treulosen Behandlung ausgesetzt war wie sie selbst.

Hauptmann Rawdon ließ sich wegen der Krankheit seiner Tante seinen Urlaub verlängern und blieb pflichtschuldig zu Hause. Er hielt sich stets in ihrem Vorzimmer auf (sie lag im prächtigsten Schlafzimmer, das man durch den kleinen blauen Salon betreten konnte). Stets begegnete ihm dort sein Vater; und kam er auch noch so leise den Korridor herab, so öffnete sich doch stets die Tür seines Vaters, und das Hyänengesicht des alten Herrn starrte heraus. Warum bewachten sie sich gegenseitig so scharf? Ohne Zweifel war es nur edler Wettstreit, der teuren Kranken im Schlafzimmer die größte Aufmerksamkeit zu beweisen! Rebekka kam gewöhnlich heraus und tröstete beide – oder vielmehr den einen nach dem anderen. Jedem der würdigen Herren lag außerordentlich viel daran, durch die vertraute kleine Botin der Patientin Neues über sie zu erfahren.

Zum Essen kam Rebekka eine halbe Stunde herunter und stiftete immer wieder Frieden zwischen ihnen. Danach verschwand sie für die Nacht. Rawdon ritt ins Hauptquartier des 150. Regiments nach Mudbury und ließ seinen Papa bei Mr. Horrocks und seinem Grog zurück. Rebekka verbrachte zwei über alle Maßen ermüdende Wochen in Miss Crawleys Krankenzimmer; allein sie schien stählerne Nerven zu besitzen, und die beschwerlichen Pflichten und die Langeweile des Krankenzimmers erschütterten sie nicht im geringsten.

Erst viel später erzählte sie, wie mühsam ihr dieser Dienst war, was für eine launische Patientin die joviale alte Dame war, wie zornig in ihrer Schlaflosigkeit, welche Todesfurcht sie hatte, wie viele lange Nächte sie stöhnend im Bett lag, in wahnsinnigen Fieberträumen von der zukünftigen Welt, die sie als Gesunde völlig ignorierte. – Oh, hübsche junge Leserin, stell dir ein weltliches, selbstsüchtiges, gnadenloses, undankbares, gottloses altes Weib vor, das sich vor Schmerz und Angst windet, und dabei noch ohne Perücke. Stell sie dir vor, und lerne lieben und beten, ehe du alt wirst!

Die Sharp wachte an diesem gnadenlosen Bette mit unermüdlicher Geduld. Nichts entging ihr; wie eine kluge Haushälterin wußte sie alles zu gebrauchen. In späteren Jahren erzählte sie manche nette Geschichte von Miss Crawleys Krankheit – Geschichten, über die die Damen unter ihrem künstlichen Rot erröteten. Während der Krankheit war sie nie schlechter Laune und stets munter und flink; sie schlief schnell ein, da sie ein reines Gewissen hatte, und konnte auch in kürzesten Zeitspannen einen erquickenden Schlaf finden. So konnte man in ihrem Äußeren kaum Spuren der Ermüdung finden. Ihr Gesicht mochte ein klein wenig blasser, die Augenringe etwas dunkler als gewöhnlich sein; sooft sie aber aus dem Krankenzimmer trat, lächelte sie und sah in ihrem Morgenröckchen und dem Häubchen so nett und frisch aus wie im schönsten Abendkleid.

Dieser Ansicht war wenigstens der Hauptmann, der sie in sonderbarer Erregung umschwärmte. Der Liebespfeil war in sein dickes Fell eingedrungen. Sechs Wochen Nähe und Gelegenheit hatten ihn völlig besiegt. Ausgerechnet seine Tante im Pfarrhaus zog er ins Vertrauen. Sie verspottete ihn deshalb, sie hatte seine Torheit schon bemerkt; sie warnte ihn, aber sie endete damit, daß sie zugab, die kleine Sharp sei das gescheiteste, drolligste, komischste, gutmütigste, einfachste, freundlichste Geschöpf in ganz England. Rawdon dürfe aber mit ihren Gefühlen nicht spielen, die liebe Miss Crawley würde ihm das nie vergeben; denn auch sie sei von der kleinen Gouvernante ganz hingerissen und liebe die Sharp wie eine Tochter. Rawdon solle fort – zurück zu seinem Regiment, in das leichtfertige London – und dürfe nicht mit den Gefühlen eines armen, harmlosen Mädchens spielen.

Oft und oft gab diese gutmütige Dame dem armen Leibgardisten aus purem Mitleid mit seinem Zustand Gelegenheit, Miss Sharp im Pfarrhause zu sehen und mit ihr nach Hause zu gehen, wie wir bereits gesehen haben. Wenn eine gewisse Sorte Männer verliebt sind, meine Damen, so müssen sie, ob sie wollen oder nicht, den Köder verschlucken, auch wenn sie den Haken und die Schnur und das ganze Instrument, womit sie gefangen werden sollen, sehen; und einen Augenblick später werden sie schnappend an Land gezogen. Rawdon erkannte, daß Mrs. Bute es offenbar darauf anlegte, ihn für Rebekka einzunehmen. Er gehörte nicht zu den Gescheitesten, war aber doch Weltmann genug und hatte verschiedene Saisons mitgemacht. Ein Licht dämmerte in seiner trüben Seele auf, als er über einen Ausspruch von Mrs. Bute nachdachte.

„Gib acht auf meine Worte, Rawdon", sagte sie. „Eines Tages wird Miss Sharp noch deine Verwandte werden."

„Was für eine Verwandte? – Etwa meine Cousine, he, Mrs. Bute? Ist Francis hinter ihr her?" fragte der mutwillige Offizier.

„Mehr als das", erwiderte Mrs. Bute, und ihre schwarzen Augen blitzten.

„Doch nicht etwa Pitt? Der soll sie nicht kriegen. Der Kriecher verdient sie nicht. Der ist für Lady Jane Sheepshanks bestimmt"

„Ihr Männer habt doch keine Augen im Kopf. Du dummer, blinder Kerl – wenn Lady Crawley etwas zustößt, dann wird Miss Sharp deine Stiefmutter; und so wird's kommen."

Rawdon Crawley stieß einen ungeheuren Pfiff aus, zum Zeichen des Erstaunens, das diese Nachricht bei ihm auslöste. Er konnte es nicht leugnen. Die offensichtliche Zuneigung seines Vaters für Miss Sharp war ihm nicht entgangen. Er kannte den Charakter des alten Herrn sehr gut, und ein skrupelloser alter... Er beendete den Satz nicht, sondern ging unter heftigem Schnurrbartzwirbeln nach Hause. Er war überzeugt, daß er den Schlüssel zu Mrs. Butes Geheimnis gefunden hatte.

Beim Zeus, das ist zu schlimm, dachte Rawdon, zu schlimm, beim Zeus! Ich glaube wirklich, das Weib möchte, daß das arme Mädchen zugrunde gerichtet wird, damit sie nicht als Lady Crawley in die Familie kommt.

Als er Rebekka allein traf, zog er sie in seiner anmutigen Art mit seines Vaters Zuneigung auf. Sie warf ihren Kopf verächtlich in den Nacken, sah ihm voll ins Gesicht und sagte:

„Nun, nehmen wir einmal an, er hat mich gern. Ich weiß, daß er das tut, und andere tun es auch. Sie glauben doch wohl nicht, daß ich vor ihm Angst habe, Hauptmann Crawley? Sie nehmen doch wohl nicht an, daß ich außerstande bin, meine Ehre zu verteidigen?“ Diese Worte sprach das junge Mädchen mit der Miene einer Königin.

„Oh – ach – na – will Sie bloß warnen – müssen sich in acht nehmen, wissen Sie, weiter nichts“, stammelte der Schnurrbartzwirbler.

„Spielen Sie etwa auf etwas Unehrenhaftes an?“ fuhr Rebekka hoch.

„Oh – Gott – wirklich – Miss Rebekka“, warf der schwerfällige Dragoner ein.

„Glauben Sie etwa, ich hätte keine Selbstachtung, weil ich arm und allein bin und weil reiche Leute keine haben? Denken Sie etwa, weil ich Gouvernante bin, habe ich nicht so viel Verstand und Gefühl und Bildung wie ihr Adligen in Hampshire? Ich bin eine Montmorency. Glauben Sie etwa, eine Montmorency ist nicht ebenso gut wie ein Crawley?“

Wenn Miss Sharp aufgeregt war und auf ihre Verwandten mütterlicherseits anspielte, sprach sie immer mit einem kaum merklichen Akzent, was ihrer klaren, tönender. Stimme einen besonderen Reiz verlieh. „Nein“, fuhr sie in ihrem Gespräch mit dem Hauptmann fort und wurde immer hitziger, „Armut kann ich ertragen, aber keine Schande.; Hintansetzung, aber keine Beleidigung; und dann gerade Beleidigungen von – von Ihnen.“

Hier übermannten sie ihre Gefühle, und sie brach in Tränen aus.

„Zum Henker, Miss Sharp – Rebekka – beim Zeus – bei meiner Seele, das wollte ich nicht für tausend Pfund. Halt, Rebekka!“

Aber schon war sie fort. An diesem Tage fuhr sie mit Miss Crawley aus. Es war vor der Krankheit der Dame. Beim Mittagessen war sie ungemein strahlend und witzig; aber weder von den Anspielungen noch von dem Nicken, noch von den plumpen Vorstellungen des gedemütigten, betörten Leibgardisten wollte sie Notiz nehmen. Solche Scharmützel fanden während des kleinen Feldzuges ständig statt. Es wäre zu ermüdend, von allen zu erzählen, zumal sie alle zu ähnlichen Resultaten führten. Die Crawleysche schwere Kavallerie wurde durch die Niederlagen fast rasend, aber täglich wieder in die Flucht geschlagen.

Hätte der Baronet von Queen's Crawley nicht befürchtet, das Vermächtnis seiner Schwester vor der Nase zu verlieren, so hätte er seinen lieben Mädchen niemals die segensreiche Erziehung durch ihre unschätzbare Gouvernante vorenthalten. Das alte Haus schien eine Einöde ohne Rebekka, so nützlich und angenehm hatte sie sich dort gemacht. Keiner schrieb Sir Pitts Briefe und korrigierte sie, keiner führte seine Bücher. Seine häuslichen Geschäfte sowie seine vielfältigen Pläne blieben unerledigt, seitdem seine kleine Sekretärin fort war, und am Ton und der Orthographie der vielen Briefe, die er ihr schrieb und in denen er sie bat und aufforderte zurückzukommen, konnte man leicht erkennen, wie nötig ihm ein solcher Amanuensis war. Fast jeder Tag brachte einen portofreien Brief vom Baronet, mit den dringendsten Bitten an Becky, doch zurückzukommen, und für Miss Crawley die pathetischsten Darstellungen von den Folgen der vernachlässigten Erziehung seiner Töchter. Von diesen Dokumenten nahm Miss Crawley jedoch kaum Notiz.

Miss Briggs war zwar nicht förmlich entlassen worden, aber ihre Stelle als Gesellschafterin war eine Sinekure und ein wahrer Hohn; ihre Gesellschaft war der fette Schoßhund im Salon oder gelegentlich die mißvergnügte Firkin im Zimmer der Haushälterin. Doch obgleich die alte Dame auf keinen Fall etwas von Rebekkas Abreise hören mochte, war auch das Mädchen in der Park Lane in ihrem neuen Amt nicht regulär eingestellt worden. Wie viele reiche Leute, so hatte auch Miss Crawley die Gewohnheit, ihren Untergebenen so viele Dienste wie möglich abzufordern und sie dann gutmütig wieder abzuschieben, wenn sie sie nicht länger benötigte. Bei gewissen reichen Leuten ist Dankbarkeit nicht selbstverständlich oder etwas, woran man denken muß. Sie betrachteten die Dienste der Ärmeren als eine Pflichterfüllung. Du armer Schmarotzer und demütiger Schmeichler hast keinen Grund, dich zu beklagen! Deine Freundschaft mit dem Reichen ist in der Regel ebenso echt wie der Lohn, den du gewöhnlich dafür empfängst. Du liebst das Geld und nicht den Menschen; und müßte Krösus die Stellung mit seinem Diener vertauschen – du armer Schelm wüßtest wohl, wem du Treue beweisen würdest.

Ich bin nicht sicher, ob die schlaue alte Londonerin, an die diese Schätze der Freundschaft verschwendet wurden, trotz Rebekkas Einfachheit, Behendigkeit, Sanftmut und unermüdlicher guter Laune, nicht doch die ganze Zeit über ein geheimes Mißtrauen gegen ihre liebevolle Wärterin und Freundin hegte. Miss Crawley mußte doch sicher oft der Gedanke gekommen sein, daß niemand etwas umsonst tut. Wenn sie ihre eigenen Gefühle gegenüber der Welt maß, so mußte sie wohl auch in der Lage sein, die Gefühle der Welt ihr gegenüber gehörig abschätzen zu können. Vielleicht überlegte sie auch, daß es gewöhnlich das Los der Menschen sei, keine Freunde zu haben, wenn sie sich selbst um niemanden kümmern.

Unterdessen aber war ihr Becky eine große Stütze und Annehmlichkeit, und sie schenkte ihr dafür ein paar neue Kleider sowie eine alte Halskette und einen ebenso alten

Schal und bewies ihr ihre Freundschaft, indem sie alle ihre früheren Freundinnen gegenüber ihrer neuen Vertrauten beschimpfte. (Einen rührenderen Freundschaftsbeweis kann es wohl kaum geben!) Sie dachte auch beiläufig daran, ihr künftig noch irgendeine große Wohltat zu erweisen, sie zum Beispiel an Clump, den Apotheker, zu verheiraten oder sie sonst irgendwie vorteilhaft zu versorgen. Auf alle Fälle wollte sie sie nach Queen's Crawley zurückschicken, wenn sie ihre Dienste nicht mehr benötigte und die Saison in London erst richtig begonnen hätte.

Als Miss Crawley einigermaßen wiederhergestellt war und in den Salon hinabging, sang Rebekka ihr vor oder unterhielt sie anderweitig. Als sie wieder ausfahren konnte, mußte Becky sie begleiten. Und welches andere Ziel wählte Miss Crawleys bewundernswürdige Gutmütigkeit und Freundschaft bei einer dieser Ausfahrten als das Haus von John Sedley am Russell Square in Bloomsbury?

Vor diesem Ereignis waren selbstverständlich zwischen den beiden guten Freundinnen viele Briefe gewechselt worden. Während der Monate, die Rebekka in Hampshire verbrachte, hatte die ewige Freundschaft natürlich bedeutend Einbuße erlitten und war so hinfällig und altersschwach geworden, daß sie ganz zu sterben drohte. Das kam, weil beide den Kopf mit ihren eigenen Angelegenheiten voll hatten: Rebekka mit ihrem Fortkommen bei ihren Arbeitgebern, Amelia mit dem Thema, das sie völlig in Anspruch nahm. Als unsere beiden sich wiedersahen und einander mit dem Ungestüm junger Mädchen in die Arme flogen, spielte Rebekka ihre Rolle bei der Umarmung mit vollendeter Lebhaftigkeit und Energie. Die arme kleine Amelia errötete, als sie die Freundin küßte, und dachte, sie habe sich doch einer gewissen Kälte gegen sie schuldig gemacht.

Ihre erste Unterhaltung dauerte nur einige Augenblicke. Amelia war gerade im Begriff, spazierenzugehen. Miss Crawley wartete unten in ihrer Kutsche, und ihre Leute wunderten sich über den Ort, zu dem sie gefahren waren, und starrten den ehrlichen Sambo, den schwarzen Diener von Bloomsbury, als einen der komischen Eingeborenen dieses Ortes an. Dann kam Amelia freundlich lächelnd herab. Rebekka mußte sie ihrer Freundin vorstellen, Miss Crawley war so erpicht darauf, sie zu sehen, war aber noch zu krank, den Wagen zu verlassen. Als Amelia erschien, wunderte sich die Livreearistokratie von der Park Lane noch mehr, daß Bloomsbury so etwas hervorbringen könne, und Miss Crawley war ganz hingerissen von dem süßen, errötenden Gesicht der jungen Dame, die so schüchtern und anmutig auf sie zutrat, um der Beschützerin ihrer Freundin ihre Aufwartung zu machen.

„Was für ein Teint, meine Liebe! Was für eine liebliche Stimme!“ sagte Miss Crawley, als sie nach der kurzen Unterhaltung wieder gen Westen fuhren. „Meine teure Sharp, Ihre junge Freundin ist ja bezaubernd. Bitten Sie sie doch, einmal nach der Park Lane zu kommen, hören Sie?“ Miss Crawley hatte einen guten Geschmack. Sie liebte natürliches Benehmen – etwas Schüchternheit hob es nur noch hervor. Sie hatte gern hübsche

Gesichter um sich, ebenso wie sie schöne Gemälde und hübsches Porzellan gern hatte. An dem Tage sprach sie noch ein halbes dutzendmal mit Entzücken von Amelia. Sie erwähnte sie gegenüber Rawdon Crawley, der pflichtschuldigst kam, um am Hühnchen seiner Tante teilzuhaben.

Daraufhin gab Rebekka natürlich sofort zu verstehen, daß Amelia mit einem gewissen Leutnant Osborne verlobt sei, eine alte Liebe.

„Dient er in einem Linienregiment?" fragte Hauptmann Crawley, dem nun nach einiger Mühe – typisch Leibgardist – auch die Nummer des Regiments einfiel.

Rebekka meinte, es sei dies wahrscheinlich das Regiment. „Der Hauptmann heißt Dobbin", erklärte sie.

„Ein langer, linkischer Bursche, der über jedermann stolpert", meinte Crawley. „Den kenne ich, und Osborne, ist das ein gutaussehender Kerl mit großem, schwarzem Backenbart?"

„Ungeheuer groß und ungeheuer stolz darauf, das können Sie mir glauben", versicherte Miss Rebekka Sharp.

Als Antwort brach Hauptmann Rawdon Crawley in ein heiseres Gelächter aus. Die Damen forderten ihn dringend auf, eine Erklärung abzugeben; als daher der Heiterkeitsausbruch vorüber war, sagte er: „Er bildet sich ein, ein guter Billardspieler zu sein. Zweihundert habe ich ihm im ›Kakaobaum‹ abgewonnen. Der und spielen, dieser Grünschnabel! Er hätte an dem Tag alles aufs Spiel gesetzt, aber sein Freund, Hauptmann Dobbin, holte ihn weg. Zum Henker mit ihm!"

„Rawdon, Rawdon, führ nicht so lose Reden", warf Miss Crawley vergnügt ein.

„Na, unter allen jungen Burschen von der Linie ist der da wohl der grünste. Tarquin und Deuceace nehmen ihn ganz schön aus. Er würde zum Teufel gehen, bloß um mit einem Lord gesehen zu werden. Er bezahlt ihre Essenrechnungen in Greenwich, und sie laden die Gesellschaft ein."

„Wahrscheinlich eine nette Gesellschaft?"

„Ganz richtig, Miss Sharp. Richtig, wie gewöhnlich, Miss Sharp. Eine ungewöhnlich nette Gesellschaft, haha!" Und der Hauptmann, der glaubte, er hätte einen guten Witz gemacht, lachte immer lauter.

„Rawdon, sei nicht unartig!" rief seine Tante.

„Sein Vater ist Citykaufmann, ungeheuer reich, heißt es. Zum Henker mit diesen Cityleuten; sie müssen geschröpft werden, und ich bin mit ihm auch noch nicht fertig, das kann ich euch bloß versichern. Haha!"

„Pfui, Hauptmann Crawley, ich werde Amelia warnen. Ein Ehemann, der spielt!"

„Abscheulich, nicht wahr?“ versetzte der Hauptmann feierlich und fügte dann, als ihm plötzlich ein Gedanke kam, hinzu: „Bei Gott, Tante, wir werden ihn hierher einladen.“

„Ist er denn gesellschaftsfähig?“ fragte die Tante.

„Gesellschaftsfähig? Ei freilich. Du merkst bestimmt keinen Unterschied“, antwortete Hauptmann Crawley. „Können wir ihn nicht einladen, wenn du wieder ein paar Leute empfängst, und seine Dingsda – seine Amorosa – nicht, Miss Sharp, nennt man das nicht so ähnlich? – kann auch kommen. Bei Gott, ich will ihn in einem Briefchen einladen, und dann werden wir mal sehen, ob er ebenso gut Pikett spielen kann wie Billard. Wo wohnt er denn, Miss Sharp?“

Miss Sharp gab Crawley die Londoner Adresse des Leutnants, und einige Tage nach diesem Gespräch erhielt Leutnant Osborne einen Brief in Hauptmann Rawdon Crawleys Schülerhandschrift, dem eine Einladung von Miss Crawley beigelegt war.

Auch Rebekka schickte eine Einladung an ihre teuerste Amelia – die diese, wie man sich vorstellen kann, nicht ungern annahm, als sie hörte, daß George mit von der Partie sei. Es wurde verabredet, daß Amelia den Vormittag bei den Damen in der Park Lane zubringen solle, wo alle sehr freundlich gegen sie waren. Rebekka begönnerte sie mit ruhiger Überlegenheit; sie war ihr an Verstand so weit überlegen, und ihre Freundin war so sanft und bescheiden, daß sie stets nachgab, wenn es jemand einfiel, zu kommandieren, und deshalb ließ sie sich auch Rebekkas Befehle sanftmütig und gutwillig gefallen. Miss Crawleys Huld war ebenfalls bemerkenswert. Sie setzte ihre Begeisterungsergüsse über die kleine Amelia fort und sprach in ihrer Gegenwart von ihr, als ob sie eine Puppe, ein Dienstmädchen oder ein Gemälde wäre, und bewunderte sie wohlwollend. Ich bewundere die Bewunderung, die die vornehme Welt bisweilen den einfachen Menschen zollt. Es gibt im Leben nichts Angenehmeres, als die Mayfair-Welt sich herablassen zu sehen. Miss Crawleys übertriebenes Wohlwollen ermüdete die arme kleine Amelia doch sehr, und ich glaube sicher, daß ihr von den drei Damen in der Park Lane die ehrliche Miss Briggs noch am liebsten war. Sie sympathisierte mit Miss Briggs wie mit allen vernachlässigten, sanften Personen; sie war nicht das, was man gemeinhin als Frau mit Geist bezeichnet.

George kam zum Diner, einem Essen en garçon bei Hauptmann Crawley.

Die große Osbornesche Familienkutsche brachte ihn vom Russell Square zur Park Lane. Die jungen Damen, die selbst nicht eingeladen waren und diese Nichtachtung scheinbar mit größter Gleichgültigkeit betrachteten, schlugen trotzdem Sir Pitt Crawleys Namen im Adelskalender nach und erfuhren darin alles, was dieses Werk über die Familie Crawley und deren Stammbaum und die Binkies, ihre Verwandten und so weiter und so fort zu berichten wußte. Rawdon Crawley empfing George Osborne mit großer Freimütigkeit und war äußerst freundlich, lobte sein Billardspiel, fragte ihn, wann er Revanche haben wollte, legte viel Interesse für Osbornes Regiment an den Tag und hätte ihm wohl noch am gleichen Abend ein Pikettspiel vorgeschlagen, hätte Miss Crawley nicht das Spielen in ihrem Haus energisch verboten, so daß für diesmal wenigstens die Börse des jungen Leutnants von seinem großmütigen Gönner nicht erleichtert wurde. Sie verabredeten sich jedoch für den folgenden Tag, um ein Pferd zu besichtigen und im Park auszuprobieren, das Crawley zu verkaufen hatte; dann wollten sie zusammen speisen und den Abend in Gesellschaft einiger lustiger Kameraden verbringen. „Das heißt, wenn Sie bei der hübschen Miss Sedley nicht Dienst haben“, sagte Crawley mit schlauem Blinzeln. „Ein schrecklich nettes Mädchen, bei meiner Ehre, Osborne“, war er so gnädig hinzuzusetzen. „Vermute, eine Masse Moneten; he?“

Osborne hatte keinen Dienst; mit Vergnügen wolle er mit Crawley zusammenkommen. Als sie sich dann tags darauf trafen, lobte Crawley die Reitkunst seines neuen Freundes – was er auch ehrlich tun konnte – und machte ihn mit drei oder vier jüngeren Männern von Rang und Namen bekannt, auf deren Bekanntschaft der einfache junge Offizier außerordentlich stolz war.

„Übrigens, wie geht es der kleinen Miss Sharp?“ fragte Osborne beim Wein seinen Freund mit der Miene eines Stutzers. „Ein gutherziges kleines Mädchen das. Wie macht sie sich in Queen's Crawley? Miss Sedley war sehr befreundet mit ihr im vorigen Jahr.“

Hauptmann Crawley sah den Leutnant aus seinen kleinen blauen Augen wütend an und beobachtete ihn, als er hinaufging, um seine Bekanntschaft mit der blonden Gouvernante zu erneuern. Ihr Benehmen muß Rawdon aber wieder beruhigt haben, wenn es in der Brust des Leibgardisten die Eifersucht überhaupt gab.

Als der junge Osborne hinaufgegangen und Miss Crawley vorgestellt worden war, stolzierte er großartig und gönnerhaft auf Rebekka zu. Er wollte ihr gegenüber recht freundlich sein und sie beschützen. Ja, er wollte ihr, als einer Freundin von Amelia, sogar die Hand geben; und so hielt er ihr denn mit den Worten: „Ah, guten Tag, Miss Sharp!“ die linke Hand hin, in der Erwartung, daß die Ehre sie gänzlich verwirren werde.

Miss Sharp streckte den rechten Zeigefinger hin und nickte ihm leicht zu; ein so kühles und herablassendes Nicken, daß Rawdon Crawley, der den Vorgang vom Nebenzimmer aus beobachtete, sich kaum das Lachen verbeißen konnte, als er die völlige Schlappe des Leutnants bemerkte, sein plötzliches Zurückweichen, die Pause und die Ungeschicklichkeit, mit der er sich zuletzt herabließ, den angebotenen Finger zu ergreifen. „Sie würde noch den Teufel unterkriegen, beim Zeus!“ jubelte der Hauptmann.

Der Leutnant fragte Rebekka liebenswürdig, um die Unterhaltung in Gang zu bringen, wie ihr ihre neue Stellung gefalle:

„Meine Stellung?“ erwiderte Miss Sharp kühl. „Wie freundlich von Ihnen, mich daran zu erinnern! Es ist eine erträgliche Stellung, das Gehalt ist nicht schlecht, aber wohl nicht so hoch wie das von Miss Wirt bei Ihren Schwestern am Russell Square. Wie geht es den jungen Damen – wenn ich überhaupt fragen darf?“

„Warum denn nicht?“ fragte Mr. Osborne erstaunt.

„Nun, sie haben sich doch nie herabgelassen, mit mir zu sprechen oder mich einzuladen, als ich bei Amelia war; aber wissen Sie, wir armen Gouvernanten sind dergleichen Hintansetzungen ja gewohnt.“

„Meine liebe Miss Sharp!“ rief Osborne.

„Wenigstens in einigen Familien“, fuhr Rebekka fort. „Sie können sich aber kaum vorstellen, was es da für Unterschiede gibt. Wir in Hampshire sind nicht so reich wie ihr glücklichen Leute von der City. Dafür lebe ich aber in der Familie eines Edelmannes – gutes, altes, englisches Blut. Vermutlich wissen Sie, daß Sir Pitts Vater die Peerswürde ausgeschlagen hat. Dabei sehen Sie ja, wie man mich behandelt. Ich fühle mich recht wohl. Wirklich, es ist eine gute Stellung. Aber wie außerordentlich nett von Ihnen, sich zu erkundigen.“

Osborne war wütend. Die kleine Gouvernante begönnerte und verhöhnte ihn, daß es diesem jungen britischen Löwen sehr peinlich wurde. Er hatte aber nicht so viel Geistesgegenwart, sich von diesem ergötzlichen Gespräch unter irgendeinem Vorwand zurückzuziehen.

„Ich hatte doch den Eindruck, die Cityfamilien hätten Ihnen zugesagt“, sagte er hochmütig.

„Sie meinen voriges Jahr, als ich gerade aus dieser scheußlichen, gemeinen Schule kam? Natürlich, damals. Fährt nicht jedes Mädchen während der Ferien gern nach Hause? Und woher hätte ich es besser wissen sollen? Aber ach, Mr. Osborne, eine achtzehnmonatige Erfahrung macht doch einen unheimlichen Unterschied! Achtzehn Monate, die man – entschuldigen Sie, daß ich es so ausdrücke – mit Gentlemen verbracht hat. Die liebe Amelia, das gebe ich zu, ist eine Perle und würde überall bezaubern. – Na, bitte sehr, wie ich sehe, wird Ihre Laune allmählich besser; aber nein! Diese komischen Leute! Und Mr. Joe – wie geht es dem wunderbaren Mr. Joseph?“

„Mir scheint, daß Sie den wunderbaren Mr. Joseph voriges Jahr nicht so ungern sahen“, sagte Osborne liebenswürdig.

„Wie streng Sie doch sind! Nun, entre nous, seinetwegen ist mir das Herz nicht gebrochen; aber wenn er mich um das gebeten hätte, was Ihre Blicke wohl andeuten wollen (wie ausdrucksvoll und freundlich Ihre Blicke übrigens sind), so hätte ich sicher nicht nein gesagt.“

Mr. Osborne warf ihr einen Blick zu, der etwa sagen wollte: Wirklich, bin außerordentlich verbunden!

„Welche Ehre, Sie als Schwager zu haben, denken Sie nun, nicht wahr? Schwägerin von George Osborne, Esquire, Sohn von John Osborne, Esquire, Sohn von ... was war doch gleich Ihr Großvater, Mr. Osborne? Nun, nicht gleich ärgerlich werden! Sie können ja nichts für Ihren Stammbaum, und ich gebe Ihnen recht, daß ich Mr. Joe Sedley geheiratet hätte; denn konnte ein armes mittelloses Mädchen etwas Gescheiteres tun? Nun kennen Sie das ganze Geheimnis. Ich bin offen und ehrlich, und wenn ich es recht betrachte, so war es sehr nett von Ihnen, auf die Sache anzuspielen – sehr nett und höflich. Amelia, meine Liebe, Mr. Osborne und ich haben uns gerade über deinen armen Bruder Joseph unterhalten. Wie geht es ihm?"

So wurde George völlig aus der Fassung gebracht. Nicht daß Rebekka recht gehabt hätte, aber sie hatte es zuwege gebracht, ihn ins Unrecht zu setzen. Und nun ergriff er eine schimpfliche Flucht, weil er fühlte, daß er in Gegenwart Amelias zum Narren gemacht worden wäre, hätte er noch eine Minute länger verweilt.

Obgleich er Rebekka gegenüber den kürzeren gezogen hatte, war George doch nicht so gemein, eine Dame zu verleumden oder sich an ihr zu rächen; er konnte aber nicht umhin, tags darauf Hauptmann Crawley einige seiner Ansichten über Miss Rebekka anzuvertrauen – daß sie eine verschlagene, gefährliche Person, eine schreckliche Kokette sei und so weiter. All dem stimmte Hauptmann Crawley lachend bei, und ehe vierundzwanzig Stunden um waren, hatte Miss Rebekka alles erfahren. Ihre ursprüngliche Achtung für Mr. Osborne wurde dadurch noch erhöht. Ihr weiblicher Instinkt hatte ihr verraten, daß es George gewesen war, der den Erfolg ihres ersten Liebesabenteuers vereitelt hatte, und sie schätzte ihn entsprechend.

„Ich will Sie bloß warnen", sagte er zu Rawdon Crawley mit einem schlauen Blick – er hatte das Pferd gekauft und nach dem Essen ein paar Dutzend Guineen verloren –, „ich will Sie bloß warnen – ich kenne die Frauen und rate Ihnen, auf Ihrer Hut zu sein."

„Sehr verbunden, mein Junge", antwortete Crawley mit besonders dankbarem Blick. „Wie ich sehe, sind Sie sehr auf Draht." Und George entfernte sich mit dem Gedanken, daß Crawley recht habe.

George Osborne berichtete Amelia, was er getan und daß er Rawdon Crawley – einem verteufelt netten, ehrlichen Burschen – geraten habe, sich vor der schlauen, hinterhältigen kleinen Rebekka in acht zu nehmen."

„Vor wem?" rief Amelia.

„Vor Ihrer Freundin, der Gouvernante. Gucken Sie doch nicht so erstaunt!"

„O George, was haben Sie getan?" jammerte Amelia. Denn ihre von der Liebe geschärften Frauenaugen hatten ein Geheimnis entdeckt, das Miss Crawley, der armen, jungfräulichen Briggs und vor allem den einfältigen Augen des jungen bärtigen Stutzers, Leutnant Osbornes, verborgen geblieben war.

Als nämlich Rebekka in einem Zimmer oben Amelia in ihren Schal hüllte und die beiden Freundinnen Gelegenheit gefunden hatten, ein wenig zu tuscheln und Pläne zu schmieden – für Frauen stets ein großes Vergnügen –, wandte sich Amelia ihr zu, nahm ihre beiden kleinen Hände und sagte: „Rebekka, ich begreife alles!“

Rebekka küßte sie.

Keine der beiden Frauen verrieten auch nur eine Silbe von dem süßen Geheimnis. Aber es sollte nicht mehr lange dauern, bis es an die Öffentlichkeit drang.

Kurze Zeit nach diesen Ereignissen – Miss Rebekka Sharp weilte im Hause ihrer Gönnerin in der Park Lane –konnte man in der Great Gaunt Street ein weiteres Totenschild neben den vielen anderen sehen, mit denen diese traurige Gegend gewöhnlich geziert ist. Es befand sich an Sir Pitt Crawleys Haus, zeigte aber nicht das Hinscheiden des würdigen Baronets an. Es war ein weibliches Totenschild und hatte vor wenigen Jahren beim Begräbnis von Sir Pitts alter Mutter, der verwitweten Lady Crawley, gedient. Nachdem es seine Schuldigkeit getan hatte, war es von der Hausfront entfernt worden und hatte in irgendeinem Hintergebäude von Sir Pitts Haus ein zurückgezogenes Dasein geführt. Jetzt erschien es wieder für die arme Rose Dawson. Sir Pitt war abermals Witwer. Das Wappen auf dem Schild neben seinem war zwar nicht das der armen Rose. Sie hatte kein Wappen. Aber die aufgemalten Engel paßten ebensogut für sie wie für Sir Pitts Mutter. Unter dem Wappenschild stand „Resurgam“, und zu beiden Seiten sah man die Crawleysche Taube und Schlange. Wappen, Totenschild und „Resurgam“ – wahrhaftig eine schöne Gelegenheit zum Moralisieren!

Nur Mr. Crawley hatte sich um die einsame Kranke gekümmert. Lady Crawley ging aus der Welt, gestärkt durch die trostreichen Worte, die er ihr geben konnte. Viele Jahre lang war dies die einzige Freundlichkeit, die ihr widerfahren war, die einzige Freundschaft, die diese schwache, verlassene Seele irgendwie getröstet hatte. Ihr Herz war tot, bevor ihr Körper starb. Sie hatte es verkauft, um Sir Pitt Crawleys Frau zu werden. Tagtäglich schließen Mütter und Töchter auf dem Jahrmarkt der Eitelkeit den gleichen Handel ab.

Bei ihrem Hinscheiden befand sich ihr Mann in London, mit seinen zahllosen Plänen und seinen unzähligen Advokaten beschäftigt. Trotzdem hatte er Zeit gefunden, öfter in der Park Lane aufzukreuzen und Rebekka Briefe zu schreiben, worin er sie bat, ihr auftrug, zu ihren jungen Schülerinnen aufs Land zurückzukehren, die nun während der Krankheit ihrer Mutter völlig sich selbst überlassen waren. Allein Miss Crawley wollte ganz und gar nichts von ihrer Abreise hören, denn obgleich es in London keine Dame von Welt gab, die ihre Freunde leichteren Herzens aufgab, sobald sie ihrer Gesellschaft überdrüssig war (und keine wurde ihrer schneller überdrüssig), so war sie doch, solange ihr engouement anhielt, sehr anhänglich, und noch klammerte sie sich mit aller Kraft an Rebekka.

Die Nachricht von Lady Crawleys Tod erregte in Miss Crawleys Familienkreis nicht mehr Kummer oder Beachtung, als man hätte erwarten können. „Ich werde wohl die Gesellschaft, die ich am Dritten geben wollte, verschieben müssen“, meinte Miss Crawley und setzte nach einer Pause hinzu: „Hoffentlich besitzt mein Bruder den Anstand, sich nicht wieder zu verheiraten." „Pitt wird sich totärgern, wenn er es doch tut", bemerkte Rawdon mit seiner gewöhnlichen Hochachtung vor dem älteren Bruder. Rebekka sagte nichts. Sie schien die Ernsteste und Ergriffenste von der ganzen Familie zu sein. Sie verließ an diesem Tage das Zimmer, ehe Rawdon ging; aber zufällig trafen sie sich unten, als er sich verabschiedet hatte und gerade aufbrechen wollte. Sie sprachen lange miteinander.

Als Rebekka am nächsten Morgen aus dem Fenster blickte, erschreckte sie Miss Crawley, die ganz friedlich mit einem französischen Roman beschäftigt war, durch den Schreckensruf: „Sir Pitt kommt, Madame!" Das Klopfen des Baronets folgte dieser Ankündigung unmittelbar.

„Meine Liebe, ich kann ihn nicht sehen. Ich will ihn nicht sehen. Sagen Sie Bowls, ich sei nicht zu Hause, oder gehen Sie hinunter und sagen Sie ihm, ich sei zu krank, um jemanden zu empfangen. Meine Nerven könnten meinen Bruder in diesem Augenblick wirklich nicht ertragen", rief Miss Crawley aus und kehrte zu ihrem Roman zurück.

„Sie ist zu krank, um Sie zu empfangen, Sir", sagte Rebekka und trippelte Sir Pitt entgegen, der gerade die Treppe erklimmen wollte.

„Um so besser", antwortete Sir Pitt. „Ich will ja Sie sprechen, Miss Becky. Kommen Sie mit mir in das Empfangszimmer." Sie betraten gemeinsam das Zimmer.

„Sie müssen unbedingt nach Queen's Crawley zurück, Miss", sagte der Baronet und heftete seine Augen auf sie, als er die schwarzen Handschuhe und den Hut mit dem breiten Trauerflor ablegte. Sein Blick war so seltsam, so starr auf sie gerichtet, daß Rebekka Sharp fast zu zittern begann.

„Ich hoffe, ich kann bald kommen", sagte sie leise, „sobald es Miss Crawley besser geht. Dann werde ich zu – zu den lieben Kindern zurückkehren."

„So reden Sie nun schon drei Monate lang, Becky", erwiderte Sir Pitt, „und immer noch haben Sie sich nicht von meiner Schwester losmachen können. Die wird Sie wie einen alten Schuh wegwerfen, wenn sie Sie satt hat. Ich sage Ihnen, ich brauche Sie. Ich fahre zur Beerdigung nach Hause. Kommen Sie zurück? Ja oder nein?"

„Ich wage es nicht – ich glaube nicht – daß es sich schicken würde – so ganz allein – mit Ihnen, Sir", sagte Becky, offensichtlich in großer Erregung.

„Ich sage es noch einmal: Ich brauche Sie", rief Sir Pitt und hämmerte auf den Tisch. „Ich komme ohne Sie nicht weiter. Als Sie fort waren, habe ich es erst gemerkt. Im Hause geht alles schief. Es ist alles wie verdreht. Meine Rechnungen sind wieder ganz durcheinander. Sie müssen zurückkommen. Ach, kommen Sie doch zurück! Liebe Becky, kommen Sie doch!"

„Kommen – als was, Sir?" keuchte Rebekka.

„Kommen Sie als Lady Crawley, wenn Sie wollen“, sagte der Baronet und griff nach seinem Trauerhut. „So! Sind Sie damit zufrieden? Kommen Sie zurück und werden Sie meine Frau. Sie sind die Richtige. Zum Henker mit der Abstammung! Sie sind so gut eine Lady wie jede andere. Sie haben in Ihrem kleinen Finger mehr Verstand als irgendeine Baronetsfrau in der Grafschaft. Wollen Sie kommen? Ja oder nein?“

„Oh, Sir Pitt!“ sagte Rebekka tief bewegt.

„Sagen Sie ja, Becky“, fuhr Sir Pitt fort. „Ich bin ein alter Mann, aber noch ganz gut beisammen. Zwanzig Jahre treibe ich es noch. Ich werde Sie glücklich machen, das werden Sie erleben. Sie können tun, was Sie möchten, können alles so einrichten, wie Sie es wollen. Ich setze Ihnen eine Summe aus. Ich werde alles in Ordnung bringen. Da, sehen Sie!“ Und der alte Mann fiel auf die Knie und blinzelte wie ein verliebter Satyr.

Rebekka fuhr zurück – ein Bild der Bestürzung. Im Laufe dieser Geschichte haben wir sie noch nie die Geistesgegenwart verlieren sehen; nun tat sie es, und sie weinte einige der echtesten Tränen, die je ihren Augen entfielen.

„Ach, Sir Pitt!“ sagte sie. „Ach, Sir – ich – ich bin doch schon verheiratet!“

15. Kapitel

In dem Rebekkas Mann für kurze Zeit erscheint

Jedem sentimentalen Leser (und wir wünschen uns keinen anderen) muß das tableau, womit: der letzte Akt unseres kleinen Dramas schloß, gefallen haben, denn kann es ein hübscheres Bild geben, als Amor auf den Knien vor der Schönheit?

Als aber Amor das schreckliche Geständnis der Schönheit hörte, daß sie bereits verheiratet sei, sprang er aus seiner demütigen Haltung auf dem Teppich auf und schrie Worte, die die arme kleine Schönheit in größere Angst versetzten, als sie im Augenblick ihres Geständnisses empfunden hatte. „Verheiratet! Sie machen wohl Witze“, schrie der Baronet nach dem ersten Ausbruche von Wut und Staunen. „Sie halten mich zum Narren, Becky. Wer würde Sie schon heiraten, ohne einen Shilling Vermögen?“

„Verheiratet! Verheiratet!“ schluchzte Rebekka, in Tränen aufgelöst, vor Erregung sprachlos, das Taschentuch an die strömenden Augen gedrückt. So stand sie, an den Kamin gelehnt, um nicht in Ohnmacht zu sinken – ein Bild des Schmerzes, das auch das verstockteste Herz hätte rühren müssen, „Ach, Sir Pitt, lieber Sir Pitt, halten Sie mich nicht für undankbar gegenüber all der Güte, die Sie mir erwiesen haben. Nur Ihre Großmut hat mir mein Geheimnis entlockt.“

„Zum Henker mit der Großmut!“ brüllte Sir Pitt. „Mit wem sind Sie denn verheiratet? Wo war es denn?“

„Oh, lassen Sie mich mit Ihnen wieder aufs Land gehen, Sir! Lassen Sie mich über Ihnen wachen, so treu wie je! Ach, bitte, trennen Sie mich nicht von dem lieben Queen's Crawley!“

„Der Kerl hat Sie also sitzenlassen, ja?“ fragte der Baronet, der glaubte, daß ihm allmählich ein Licht aufginge. „Nun, Becky, kommen Sie zurück, wenn Sie wollen. Man kann einen Kuchen nicht zweimal essen. Auf jeden Fall habe ich Ihnen ein ehrliches Anerbieten gemacht. Kommen Sie zurück als Gouvernante – Sie können alles so einrichten, wie Sie es wollen.“ Sie streckte eine Hand aus und weinte dabei, als ob ihr das Herz brechen sollte; ihre Locken fielen ihr übers Gesicht und über den marmornen Kaminsims, auf dem ihr Kopf ruhte.

„Der Halunke ist also durchgegangen, he?“ sagte Sir Pitt in einem schrecklichen Versuch, sie zu trösten. „Es macht nichts, Becky, ich werde für Sie sorgen.“

„Oh, Sir! Es wäre der Stolz meines Lebens, nach Queen's Crawley zurückzukehren und wie früher für die Kinder und für Sie zu sorgen, wo Sie mir doch immer gesagt haben, daß Sie mit den Diensten Ihrer kleinen Rebekka zufrieden wären. Wenn ich mir überlege, was Sie mir eben angeboten haben, so schwillt mir das Herz vor Dankbarkeit, wirklich. Ich kann nicht Ihre Frau werden, Sir; lassen Sie mich – lassen Sie mich Ihre Tochter sein!“ Bei diesen Worten sank nun Rebekka ihrerseits in tragischer Pose auf die Knie, nahm Sir Pitts schwielige schwarze Hand in ihre beiden (die sehr hübsch und weiß und so weich wie Seide waren) und blickte mit einem Ausdrucke tiefster Leidenschaft und unbegrenzten Vertrauens zu ihm auf, als die Tür aufging und Miss Crawley hereinsegelte.

Mrs. Firkin und Miss Briggs hatten, bald nachdem der Baronet und Rebekka das Empfangszimmer betreten hatten, zufällig an der Tür gestanden, hatten dann, abermals zufällig, durchs Schlüsselloch hindurch den alten Herrn vor der Gouvernante knien sehen und seinen großmütigen Antrag gehört. Er war ihm kaum von der Zunge, so eilten Mrs. Firkin und Miss Briggs die Treppe hinauf, stürzten in den Salon, in dem Miss Crawley mit ihrem französischen Roman saß, und überbrachten der alten Dame die erstaunliche Nachricht, daß Sir Pitt vor Miss Sharp auf den Knien liege und ihr einen Heiratsantrag mache. Berechnet man nun die Zeit, die der oben wiedergegebene Dialog dauerte, und dann die Zeit, die die Briggs und die Firkin brauchten, um zum Salon zu fliegen, die Zeit, die Miss Crawley benötigte, um in Erstaunen zu geraten, ihren Pigault-Lebrun fallen zu lassen und die Treppe herabzukommen, so wird man feststellen, wie genau diese Geschichte stimmt und daß Miss Crawley gerade in dem Augenblick erscheinen *mußte,* als Rebekka die demütige Stellung eingenommen hatte.

„Die Dame liegt doch auf den Knien, nicht der Herr“, sagte Miss Crawley mit tiefer Verachtung in Blick und Stimme. „Man hat mir gesagt, *du* lägest auf den Knien, Sir Pitt; knie doch noch einmal nieder, damit ich das hübsche Paar sehen kann!“

„Ich habe Sir Pitt Crawley gedankt, Madame", sagte Rebekka und erhob sich. „Ich habe ihm gesagt, daß – daß ich nie Lady Crawley werden kann."

„Ihn abgewiesen!" rief Miss Crawley, mehr denn je verwirrt. Die Briggs und die Firkin an der Tür rissen vor Staunen Mund und Augen auf.

„Ja – abgewiesen!" fuhr Rebekka mit trauriger, tränenvoller Stimme fort.

„Und darf ich meinen Ohren trauen, daß du ihr wirklich einen Heiratsantrag gemacht hast, Sir Pitt?" fragte die alte Dame.

„Jawoll", antwortete der Baronet, „das stimmt."

„Und sie hat dich abgewiesen, wie sie sagt?"

„Jawoll", sagte Sir Pitt, sein Gesicht zu einem breiten Grinsen verzerrt.

„Jedenfalls scheint es dir nicht das Herz zu brechen", bemerkte Miss Crawley.

„Nicht ein bißchen", antwortete Sir Pitt so kühl und gutgelaunt, daß Miss Crawley vor Staunen beinahe verrückt wurde. Daß ein alter Edelmann vor einer Gouvernante, die arm wie eine Kirchenmaus war, auf die Knie sank und sich halbtot lachte, als sie ablehnte, ihn zu heiraten, daß ferner eine arme Gouvernante einen Baronet mit jährlich viertausend Pfund abwies – all das waren Rätsel, die Miss Crawley nicht begreifen konnte. Das übertraf alle noch so verwickelten Intrigen in ihrem geliebten Pigault-Lebrun.

„Es freut mich, daß du es als einen guten Spaß ansiehst, Bruder", fuhr sie fort und versuchte, sich durch die Wildnis der Verwirrung zu tasten.

„Famos", sagte Sir Pitt. „Wer hätte das gedacht! Was für ein schlaues Teufelchen! So ein kleiner Fuchs!" murmelte er und kicherte vor Vergnügen.

„Wer hätte was gedacht?" rief Miss Crawley und stampfte mit dem Fuße auf. „Sagen Sie mir doch, Miss Sharp, warten Sie vielleicht auf die Scheidung des Prinzregenten, da Ihnen unsere Familie nicht gut genug ist?"

„Meine Haltung, als Sie hereinkamen", antwortete Rebekka, „machte gewiß nicht den Eindruck, als verachtete ich den ehrenvollen Antrag, den dieser gute – dieser edle Mann sich herabließ, mir zu machen. Glauben Sie, ich habe kein Herz? Sie haben mich alle geliebt und sind gegen das arme verwaiste – alleinstehende – Mädchen so freundlich gewesen – und ich soll nichts fühlen? Oh, meine Freunde! Oh, meine Wohltäter! Darf ich mit meiner Liebe, meinem Leben, meiner Pflicht nicht das Vertrauen zu vergelten suchen, das Sie mir erwiesen haben? Sprechen Sie mir sogar Dankbarkeit ab, Miss Crawley? Es ist zuviel – mein Herz ist zu voll!" Sie sank so pathetisch in einen Stuhl, daß die meisten Zuschauer von ihrer Traurigkeit ganz gerührt wurden.

„Ob Sie mich nun heiraten oder nicht, Sie sind ein braves kleines Mädchen, Becky, und ich bin Ihr Freund, merken Sie sich das", sagte Sir Pitt, setzte seinen florumwundenen Hut auf und ging – sehr zur Erleichterung Rebekkas; denn offensichtlich hatte Miss Crawley von ihrem Geheimnis noch nichts erfahren, und so hatte sie noch eine Galgenfrist.

Rebekka hielt ihr Taschentuch vor die Augen, bedeutete der ehrlichen Briggs, ihr nicht die Treppe hinauf zu folgen, und ging auf ihr Zimmer, während die Briggs und Miss Crawley in großer Aufregung zurückblieben, um das seltsame Ereignis zu besprechen. Die nicht weniger bewegte Firkin tauchte in die Küchenregionen hinab und besprach die Angelegenheit mit der ganzen männlichen und weiblichen Gesellschaft dort. Der Eindruck dieser Nachricht auf Mrs. Firkin war so gewaltig, daß sie es für zweckmäßig erachtete, noch mit der Abendpost ihre „untertänigsten Empfehlungen" zu schreiben „an Mrs. Bute Crawley und die Familie im Pfarrhaus, und Sir Pitt ist dagewesen und hat Miss Sharp einen Heiratsantrag gemacht, den sie zur Verwunderung aller aber abgewiesen hat".

Die beiden Damen im Speisezimmer (der würdigen Miss Briggs war zu ihrem Entzücken wieder einmal ein vertrauliches Gespräch mit ihrer Herrin vergönnt) wunderten sich nach Herzenslust über Sir Pitts Antrag und Rebekkas Ablehnung. Die Briggs vermutete sehr scharfsinnig, daß ein Hindernis in der Gestalt einer früheren Liebe im Wege sein müsse; sonst würde wohl kein vernünftiges junges Mädchen einen so vorteilhaften Antrag ablehnen.

„Sie hätten den Antrag wohl angenommen, nicht wahr, Briggs?" sagte Miss Crawley freundlich.

„Wäre es nicht ein Vorzug, Miss Crawleys Schwägerin zu sein?" erwiderte die Briggs, bescheiden ausweichend.

„Nun, schließlich hätte Becky doch eine gute Lady Crawley abgegeben", bemerkte Miss Crawley. Die abschlägige Antwort des Mädchens hatte sie beruhigt, und jetzt, da man kein Opfer von ihr verlangte, war sie ungemein liberal und großmütig. „Sie hat Verstand genug (im kleinen Finger schon mehr als Sie, meine arme liebe Briggs, im ganzen Kopf). Ihre Manieren sind ausgezeichnet, seitdem sie in meinen Händen ist. Sie ist eine Montmorency, Briggs, und Blut bedeutet etwas, obgleich ich für mein Teil keinen Wert darauf lege; und gewiß hätte sie diesen aufgeblasenen, dummen Leuten in Hampshire besser gezeigt, wer sie ist, als die unglückselige Eisenhändlerstochter."

Wie gewöhnlich stimmte die Briggs zu, und dann stellte man Vermutungen über Vermutungen über die „frühere Liebe" an. „Ihr armen freundlosen Geschöpfe habt stets so ein törichtes tendre", sagte Miss Crawley. „Sie wissen ja, Sie selbst waren in einen Schreiblehrer verliebt (weinen Sie nicht, Briggs – andauernd weinen Sie, und das macht ihn nicht wieder lebendig), und ich vermute, die unglückliche Becky ist ebenfalls töricht und sentimental gewesen – wahrscheinlich ein Apotheker, ein Hausverwalter, ein Maler, ein junger Pfarrer oder so etwas Ähnliches."

„Armes Ding, armes Ding!" sagte die Briggs (die sich vierundzwanzig Jahre zurückversetzte und an den schwindsüchtigen jungen Schreiblehrer dachte, dessen strohblonde Haarlocke und in ihrer Unleserlichkeit schöne Briefe sie in ihrem alten Pult liebevoll verborgen hielt). „Armes Ding, armes Ding!" sagte die Briggs. Und noch einmal war sie ein rotwangiges Mädchen von achtzehn, und in der Abendandacht sangen der schwindsüchtige Schreiblehrer und sie aus einem Gesangbuch.

„Nachdem sich Rebekka so verhalten hat", sagte Miss Crawley enthusiastisch, „sollte unsere Familie etwas für sie tun. Suchen Sie doch ausfindig zu machen, wer das Objekt ist, Briggs. Ich richte ihm einen Laden ein oder bestelle mein Porträt bei ihm, wissen Sie, oder ich spreche mit meinem Vetter, dem Bischof – und Becky gebe ich eine schöne Aussteuer, und dann werden wir eine Hochzeit haben, Briggs, und Sie sollen das Frühstück herrichten und Brautjungfer sein."

Die Briggs erklärte, es werde entzückend sein, und beteuerte, daß ihre liebe Miss Crawley stets gütig und großmütig sei. Dann ging sie zu Rebekka in deren Schlafzimmer hinauf, um sie zu trösten und mit ihr über den Heiratsantrag und ihre Ablehnung und den Grund dafür zu plaudern, um Miss Crawleys großmütige Absichten anzudeuten und ausfindig zu machen, wer denn der Herr wäre, der Miss Sharps Herz erobert habe.

Rebekka war sehr freundlich, sehr liebevoll und gerührt, erwiderte die zärtlichen Angebote der Briggs mit heißer Dankbarkeit, gestand ein, daß eine geheime Liebe im Spiele sei, ein köstliches Geheimnis. Wie schade, daß Miss Briggs nicht eine halbe Minute länger am Schlüsselloch geblieben war! Vielleicht hätte Rebekka mehr gesagt. Miss Briggs war kaum fünf Minuten in Rebekkas Zimmer, als Miss Crawley – eine unerhörte Ehre – selbst erschien. Ihre Ungeduld hatte sie überwältigt. Sie konnte nicht die langsamen Operationen ihrer Gesandten abwarten; nun kam sie in höchsteigener Person und hieß die Briggs hinausgehen. Nachdem sie Rebekka ihre Befriedigung über ihr Benehmen ausgedrückt hatte, fragte sie nach Einzelheiten der Unterredung und allem Vorangegangenen, was zu dem erstaunlichen Angebot Sir Pitts geführt hatte.

Rebekka sagte, sie habe schon längst die Vorliebe bemerkt, mit der Sir Pitt sie geehrt hatte (denn er habe die Gewohnheit, seine Gefühle durchaus offen und ohne allen Rückhalt an den Tag zu legen); aber – ohne private Gründe anzuführen, womit sie Miss Crawley vorerst verschonen wolle – machten doch Sir Pitts Alter, Stand und Gewohnheiten eine Heirat unmöglich. Und könnte denn ein anständiges Mädchen, das nur ein wenig Selbstachtung besaß, in einem Augenblick einen Heiratsantrag annehmen, wo die dahingeschiedene Frau des Liebhabers noch nicht einmal beerdigt war?

„Unsinn, meine Liebe; Sie hätten ihm nie einen Korb gegeben, wenn nicht noch jemand im Spiele wäre", sagte Miss Crawley, ohne weiteres auf den Kern zusteuernd.

„Teilen Sie mir Ihre privaten Gründe mit, was sind das für private Gründe? Es gibt jemanden! Wer ist es, der Ihr Herz erobert hat?“

Rebekka schlug die Augen nieder und gab zu, daß das stimmte. „Sie haben es erraten, teure Lady“, sagte sie schlicht mit süßer, stockender Stimme. „Sie wundern sich, daß ein armes, freundloses Mädchen lieben kann, nicht wahr? Ich habe nie gehört, daß Armut vor Liebe schützt. Ich wollte, es wäre so.“

„Mein armes, liebes Kind“, rief Miss Crawley, die jederzeit bereit war, sentimental zu werden. „Wird unsere Liebe nicht erwidert? Haben wir geheimen Kummer? Erzählen Sie mir alles, und ich will Sie trösten.“

„Ich wollte, Sie könnten das“, sagte Rebekka immer noch unter Tränen. „Wirklich, ich brauche es.“ Dabei lehnte sie ihren Kopf an Miss Crawleys Schulter und weinte so echt, daß die alte Dame, unversehens zum Mitleid verführt, Becky mit fast mütterlicher Freundlichkeit umarmte, ihr unendliche Male ihre Achtung und Zuneigung versicherte, ja beteuerte, sie wie eine Tochter zu lieben und alles in ihren Kräften Stehende tun zu wollen, um ihr zu helfen. „Wer ist es denn nun, meine Teure? Ist es der Bruder dieser hübschen Miss Sedley? Sie sagten etwas über eine Liebesaffäre mit ihm. Ich will ihn hierher einladen, meine Liebe. Und Sie sollen ihn bekommen, ganz bestimmt.“

„Fragen Sie mich jetzt nicht“, sagte Rebekka. „Sie werden bald alles erfahren. Ja, wirklich, liebe, gute Miss Crawley – teure Freundin, darf ich so sagen?“

„Ja, das dürfen Sie gern, mein Kind“, erwiderte die alte Dame und küßte sie.

„Ich kann es Ihnen jetzt nicht sagen“, schluchzte Rebekka; „ich bin sehr unglücklich. Ach, bitte haben Sie mich doch immer lieb! Versprechen Sie mir, daß Sie mich stets liebhaben werden!“ Und unter gemeinsamen Tränen – denn die Erregung der Jüngeren hatte die Sympathien der Älteren geweckt – gab Miss Crawley ihr feierlich dieses Versprechen. Dann verließ sie ihren kleinen Schützling und segnete und bewunderte das gute, arglose, weichherzige, liebevolle und unbegreifliche Geschöpf.

Und nun war Becky allein und konnte über die plötzlichen und wunderbaren Ereignisse des Tages, über das, was geschehen war, und das, was hätte geschehen können, nachdenken. Wie, glaubst du, lieber Leser, war es um die innersten Gefühle von Miss, ach nein (ich bitte sie um Verzeihung), von Mrs. Rebekka bestellt? Wenn der Verfasser oben das Vorrecht in Anspruch genommen hat, in Miss Amelia Sedleys Schlafzimmer zu blicken und mit der Allwissenheit des Romanschreibers all die zarten Leidenschaften und Schmerzen zu verstehen, die sich auf dem unschuldigen Kopfkissen wälzten, warum sollte er dann nicht ebenfalls der Vertraute Rebekkas sein, Herr ihrer Geheimnisse und Siegelbewahrer zum Gewissen dieses jungen Mädchens?

Also: vor allem bedauerte Rebekka aufrichtig und rührend, daß ein wunderbares Glück ihr so nahe gewesen war und sie sich gezwungen sah, es von sich zu weisen. So wie sie wird wohl jeder normale Mensch empfinden. Welche gute Mutter würde nicht eine mittellose Jungfrau bemitleiden, die beinahe hätte Lady werden und viertausend Pfund im Jahr bekommen können? Welcher guterzogene junge Mensch auf dem Jahrmarkt der Eitelkeit fühlt nicht mit einem fleißigen, klugen, verdienstvollen Mädchen, der ein so ehrenvolles, vorteilhaftes, reizvolles Anerbieten gerade in dem Augenblick gemacht wird, da es außer ihrer Macht liegt, es anzunehmen? Die Enttäuschung unserer Freundin Becky verdient das Mitgefühl aller und wird es auch erhalten.

Ich erinnere mich, selbst einmal an einer Abendgesellschaft auf dem Jahrmarkt teilgenommen zu haben. Ich beobachtete, wie die alte Miss Toady die kleine Mrs. Briefless, die Frau des Anwalts, die gewiß von guter Familie, aber, wie allgemein bekannt, arm wie eine Kirchenmaus ist, mit Aufmerksamkeiten und Schmeicheleien überhäufte.

Was, fragte ich mich, mag wohl der Grund für Miss Toadys Unterwürfigkeit sein? Ist Briefless über ein Provinzialgericht gesetzt worden, oder hat seine Frau ein großes Vermögen geerbt? Miss Toady erklärte es bald selbst mit jener Einfachheit, die ihr ganzes Benehmen auszeichnet. „Wissen Sie", sagte sie, „Mrs. Briefless ist die Enkelin von Sir John Redhand, der in Cheltenham so krank daniederliegt, daß er kaum noch ein halbes Jahr zu leben hat. Der Vater von Mrs. Briefless ist sein Nachfolger; sie wird also, wie Sie sehen, die Tochter eines Baronets sein." Und die Toady lud Briefless und Frau für die nächste Woche zum Essen ein.

Kann die bloße Möglichkeit, Tochter eines Baronets zu werden, einer Dame in der Welt solche Ehrerbietung verschaffen, dann müssen wir ganz gewiß auch die Qualen einer jungen Frau achten, der die Gelegenheit entschlüpft ist, Gattin eines Baronets zu werden. Wer hätte es sich auch träumen lassen, daß Lady Crawley so bald sterben würde? Sie war eine jener kränklichen Frauen und hätte noch zehn Jahre leben können – das dachte Rebekka im Innersten unter Qualen der Reue –, und ich hätte Lady werden können! Ich hätte den alten Mann nach meinem eigenen Willen lenken können. Ich hätte Mrs. Bute für ihre Gönnermiene und Mr. Pitt für seine unausstehliche Herablassung danken können. Ich hätte das Haus in der Stadt neu herrichten lassen. Ich hätte die prächtigste Kutsche in London und eine Loge in der Oper gehabt, und in der nächsten Saison wäre ich bei Hofe vorgestellt worden. Alles dies hätte sein können, aber jetzt – jetzt war alles zweifelhaft und dunkel.

Allein Rebekka war eine junge Dame mit zuviel Entschlossenheit und Charakterstärke, um sich nutzlosen und unpassenden Sorgen um die unwiederbringliche Vergangenheit hinzugeben; daher richtete sie, nachdem sie ihrem Mißgeschick ein gewisses Maß an Bedauern gegönnt hatte, ihre ganze Aufmerksamkeit auf die Zukunft, die jetzt sehr viel wichtiger für sie war. Sie überblickte ihre Lage mit allen Hoffnungen, Zweifeln und Möglichkeiten.

Fürs erste war da die unbestreitbare Tatsache, daß sie verheiratet war. Sir Pitt wußte es. Nicht so sehr die Überraschung, als vielmehr eine schnelle Berechnung hatte ihr das Geständnis entlockt. Einmal mußte es gesagt werden, warum also erst später und nicht gleich jetzt? Derjenige, der sie selbst heiraten wollte, mußte wenigstens über ihre Heirat schweigen. Aber wie Miss Crawley die Kunde aufnehmen würde – das war die große Frage. Rebekka hegte Befürchtungen, allein sie rief sich alles ins Gedächtnis zurück, was Miss Crawley gesagt hatte, die unverhohlene Verachtung der alten Dame gegenüber der Geburt, ihre kühnen liberalen Ansichten, ihre romantischen Neigungen ganz allgemein, ihre fast kindische Vorliebe für den Neffen und ihre wiederholt ausgesprochene Zuneigung zu Rebekka selbst. Sie liebt ihn so sehr, dachte Rebekka, daß sie ihm alles verzeihen wird. Sie hat sich so an mich gewöhnt, daß sie ohne mich wohl kaum auskommen wird. Wenn es zum éclaircissement kommt, wird es eine Szene geben, hysterische Anfälle, einen großen Krach und dann eine große Versöhnung. Jedenfalls brachte ein Aufschub wohl nichts ein. Die Würfel waren gefallen, und der Ausgang mußte heute oder morgen der gleiche sein. Nachdem sie nun beschlossen hatte, daß Miss Crawley die Sache erfahren sollte, überlegte sie sich, wie man ihr wohl die Neuigkeit am besten beibringen könnte und ob sie dem unausbleiblichen Sturm begegnen oder ihn vermeiden, also fliehen sollte, bis die erste Wut nachgelassen hätte. Während dieser Überlegungen schrieb sie folgenden Brief:

Liebster Freund!

Die große Krise, von der wir oft gesprochen haben, ist nun da. Mein Geheimnis ist zur Hälfte bekannt, und ich habe lange hin und her überlegt, bis ich endlich die feste Überzeugung gewonnen habe, daß es jetzt an der Zeit ist, das ganze Geheimnis zu enthüllen! Sir Pitt kam heute morgen zu mir und machte mir – kannst Du es glauben? – einen Heiratsantrag in aller Form. Denk bloß mal! Ich arme Kleine hätte Lady Crawley werden können. Wie hätte sich Mrs. Bute doch gefreut – und ma tante erst, wenn ich den Vorrang vor ihr gehabt hätte! Ich wäre jemandes Mama geworden, statt... ach, ich zittere, ich zittere, wenn ich bedenke, wie bald wir alles sagen müssen!

Sir Pitt weiß, daß ich verheiratet bin, und da er bisher nicht weiß, mit wem, ist er nicht sehr ungehalten darüber. Ma tante ist wirklich ärgerlich, weil ich ihm einen Korb gegeben habe. Aber sie ist sehr freundlich und gnädig. Sie ließ sich herab, zu sagen, daß ich ihm eine gute Frau geworden wäre, und gelobte, Deiner kleinen Rebekka eine Mutter zu sein! Sie wird erschüttert sein, wenn sie die Neuigkeit erfährt. Brauchen wir aber mehr zu fürchten als einen vorübergehenden Ärger? Ich glaube nicht; ja, ich bin überzeugt davon. Sie hat Dich so gern (Dich unartigen Nichtsnutz), daß sie Dir alles verzeihen würde; und ich glaube wirklich, daß ich in ihrem Herzen gleich nach Dir komme und daß sie ohne mich ganz elend wäre. Liebster! Etwas sagt mir, daß wir siegen werden. Du mußt das abscheuliche Regiment verlassen und das Spielen und die Rennen aufgeben –

und ein gehorsamer Junge sein, dann werden wir alle in der Park Lane wohnen, und ma tante muß uns ihr ganzes Geld hinterlassen.

Ich werde versuchen, morgen um drei Uhr am gewohnten Ort einen Spaziergang zu machen. Sollte mich Miss B. begleiten, so mußt Du zum Essen kommen und mir eine Antwort bringen. Leg sie in den dritten Band von „Porteus' Predigten". Auf jeden Fall aber komm zu Deiner

R.

An Miss Eliza Styles
bei Mr. Barnet, Sattlermeister
Knightsbridge

Ich glaube, keiner meiner Leser besitzt so wenig Scharfsinn, um nicht zu merken, daß Miss Eliza Styles (eine alte Schulkameradin, erklärte Rebekka, mit der sie neuerdings in lebhaftem Briefwechsel stand und die die Briefe von dem Sattler abholte) Messingsporen und einen großen gekräuselten Schnurrbart trug und in Wirklichkeit niemand anders war als Hauptmann Rawdon Crawley.

16. Kapitel

Der Brief auf dem Nadelkissen

Wie ihre Heirat vor sich ging, kann jedermann vollkommen gleichgültig sein. Was kann einen volljährigen Hauptmann und eine mündige junge Dame daran hindern, eine Lizenz zu kaufen und sich in einer Londoner Kirche trauen zu lassen? Wem muß erst gesagt werden, daß eine Frau, die einen Willen hat, ganz gewiß auch einen Weg findet? Ich glaube, man hätte eines Tages, als Miss Sharp weggegangen war, um den Vormittag bei ihrer lieben Freundin Amelia Sedley am Russell Square zu verbringen, beobachten können, daß eine Dame, die ihr sehr ähnlich war, in Begleitung eines Herrn mit gefärbtem Schnurrbart eine Kirche in der City betrat und daß dieser Herr sie nach dem Verlauf von einer Viertelstunde wieder zu der wartenden Mietskutsche brachte. Es war eine stille Hochzeitsgesellschaft.

Und wer in aller Welt kann nach den täglichen Erfahrungen bezweifeln, daß ein Mann irgend jemanden heiratet. Wie viele weise und gelehrte Männer haben nicht ihre Köchin geheiratet? Heiratete nicht Lord Eldon, der Vorsichtigste aller Sterblichen, eine Frau, mit der er durchgebrannt war? Hatten sich nicht Achilles und Ajax beide in ihre Mägde verliebt? Können wir dann von einem schwerfälligen Dragoner mit heftigen Begierden und wenig Verstand, der noch nie im Leben seine Leidenschaften bezwungen hatte, erwarten, daß er plötzlich vorsichtig werden und verschmähen würde, jeden Preis für die Befriedigung einer Leidenschaft zu zahlen, die er sich nun einmal in den Kopf gesetzt hatte? Würden die Leute lediglich Vernunftehen schließen – welch ein Hindernis bedeutete das doch für den Bevölkerungszuwachs!

Meiner Meinung nach war Mr. Rawdons Heirat eine der ehrlichsten Taten, die wir aus dem Leben dieses Herrn – soweit es diese Geschichte betrifft – berichten können. Es wird wohl niemand behaupten, es sei unmännlich, sich von einer Frau fangen zu lassen und, wenn schon gefangen, sie dann auch zu heiraten. Die Bewunderung, das Entzücken, die Leidenschaft, das Erstaunen, das unbegrenzte Vertrauen und die wahnsinnige Anbetung, womit der große Kriegsmann die kleine Rebekka nach und nach betrachtete, waren Gefühle, die zumindest die Damen ihm nicht zur Unehre rechnen werden. Wenn sie sang, so durchbebte jeder Ton seine stumpfe Seele und seine riesige Gestalt. Wenn sie sprach, so bot er alle Geisteskraft auf, um zuzuhören und zu staunen. Wenn sie scherzte, so wälzte er ihre Witze im Kopf hin und her und brach eine halbe Stunde später auf der Straße darüber in Gelächter aus, sehr zum Erstaunen des Reitknechts, der neben ihm im Tilbury saß, oder des Kameraden, mit dem er auf der Rotten Row ritt. Ihre Worte waren Orakelsprüche für ihn, ihre kleinsten Handlungen von unfehlbarer Grazie und Weisheit gekennzeichnet. Wie sie singt, wie sie malt! dachte er. Wie sie in Queen's Crawley die widersetzliche Stute ritt! Auch in vertraulichen Augenblicken sagte er ihr: „Beim Zeus, Beck, du könntest Oberbefehlshaber oder Erzbischof von Canterbury werden, beim Zeus!" Ist er eine Ausnahme? Sehen wir nicht alle Tage manch einen ehrlichen Herkules an den Schürzenbändern seiner Omphale oder manch einen großen, bärtigen Simson im Schoße von Delila liegen?

Als daher Becky ihm sagte, daß die große Krise nahe und die Zeit zum Handeln gekommen sei, erklärte Rawdon sich ebenso schnell bereit, sich nach ihren Befehlen zu richten, wie er unter dem Befehl seines Obersten seine Truppe zum Kampf geführt hätte. Er brauchte seinen Brief nicht in den dritten Band von Porteus zu legen. Rebekka fand leicht Mittel und Wege, sich ihrer Begleiterin, der Briggs, zu entledigen, und traf ihren treuen Freund tags darauf „am gewohnten Ort". Sie hatte sich die Sache während der Nacht noch einmal überlegt und teilte Rawdon ihre Entschlüsse mit. Natürlich stimmte er allem zu. Er war völlig überzeugt, daß alles richtig sei, daß ihr Vorschlag sehr gut sei, daß Miss Crawley sich unfehlbar erweichen lassen würde oder, wie er sich ausdrückte, nach einiger Zeit rumgekriegt werden könnte. Hätte Rebekka vollkommen andere Beschlüsse gefaßt – er wäre ebenso blind gefolgt. „Du hast Köpfchen genug für uns beide, Beck", sagte er. „Es gelingt dir bestimmt, uns aus der Patsche zu ziehen. So was wie dich habe ich noch nicht gesehen, und ich habe seinerzeit doch auch Prachtweiber getroffen." Und mit diesem einfachen Glaubensbekenntnis überließ ihr der liebestolle Dragoner auch seinen Anteil an dem Plan, den sie für sie beide ausgeheckt hatte.

Dieser Plan bestand einfach darin, in Brompton oder in der Nähe der Kaserne für Hauptmann Crawley und Frau eine ruhige Wohnung zu mieten. Denn klugerweise, wie wir glauben, hatte Rebekka beschlossen zu fliehen. Rawdon war darüber hochbeglückt. Er hatte ihr schon wochenlang in den Ohren gelegen, dies zu tun. Mit dem Ungestüm der Liebe stürzte er davon, um die Wohnung zu mieten. Er stimmte so bereitwillig zu, zwei Guineen pro Woche zu zahlen, daß die Hauswirtin bedauerte, nicht mehr gefordert zu haben. Er ließ ein Klavier kommen und ein halbes Gewächshaus voll Blumen und einen Haufen anderer schöner Dinge. Schals, Glacéhandschuhe, seidene Strümpfe, goldene Uhren, Armbänder und Parfüms schickte er mit der Verschwendung blinder Liebe und unbegrenzten Kredits. Und als er mit diesem Freigebigkeitserguß sein Gemüt erleichtert hatte, ging er in seinen Klub essen und wartete voller Ungeduld auf den großen Moment seines Lebens.

Die Ereignisse des vergangenen Tages, die bewundernswerte Haltung Rebekkas, da sie doch ein so vorteilhaftes Anerbieten ausgeschlagen hatte, das geheime Unglück, das auf ihr lag, die Sanftmut und die Stille, womit sie ihren Kummer ertrug, hatten Miss Crawley noch zärtlicher gemacht, als sie gewöhnlich war. Ereignisse wie eine Heirat oder eine Ablehnung oder ein Antrag bringen ein ganzes Haus voller Frauen in Aufregung und setzt ihr ganzes hysterisches Mitgefühl in Tätigkeit. Als Beobachter der menschlichen Natur besuche ich während der Heiratssaison der Oberen regelmäßig die Sankt-Georgs-Kirche am Hanover Square. Dabei habe ich nie die Freunde des Bräutigams weinen sehen oder festgestellt, daß der Küster und der Geistliche auf irgendeine Art ergriffen wären. Es ist aber gar nicht ungewöhnlich, daß man dort Frauen findet, die nichts mit dem zu tun haben, was dort geschieht – alte Damen, die schon längst das Heiratsalter überschritten haben, und dicke Frauen mittleren Alters mit vielen Söhnen und Töchtern, ganz abgesehen von hübschen, jungen Geschöpfen in rosa Hüten, die auf ihren großen Tag warten und deshalb natürlich Interesse an der Zeremonie finden. Obwohl sie also nichts damit zu tun haben, schluchzen sie, schnüffeln, verbergen ihre Gesichter in kleinen, unnützen Taschentüchern, und alt und jung seufzt vor Erregung. Als mein Freund, der vornehme John Pimlico, die liebliche Lady Belgravia Green Parker heiratete, war die Rührung so allgemein, daß selbst die kleine, alte tabakschnupfende Kirchenstuhlschließerin, die mich an meinen Platz führte, in Tränen schwamm. Und warum? fragte ich meine Seele. Sie war es nicht, die heiraten sollte.

Mit einem Wort, Miss Crawley und Miss Briggs ließen nach der Affäre mit Sir Pitt ihren Gefühlen freien Lauf, und Rebekka wurde für sie zum Gegenstand zärtlichsten Interesses. Während das Mädchen abwesend war, tröstete sich Miss Crawley mit dem sentimentalsten Roman, den ihre Bibliothek aufwies. Die kleine Sharp mit ihrem geheimen Kummer war die Heldin des Tages.

An diesem Abend sang Rebekka lieblicher und erzählte hübscher als je zuvor in der Park Lane. Sie wand sich um Miss Crawleys Herz. Sie lachte geringschätzig über Sir Pitts Antrag und verspottete ihn als den närrischen Einfall eines alten Mannes. Ihre Augen füllten sich mit Tränen und das Herz der Briggs mit unaussprechlichen Qualen, als sie sagte, sie wünsche sich kein anderes Los, als immer bei ihrer teuren Wohltäterin bleiben zu dürfen. „Mein liebes Kindchen", sagte die alte Dame, „ich lasse Sie noch viele Jahre nicht von mir, darauf können Sie bauen. Von einer Rückkehr zu meinem scheußlichen Bruder kann nach alldem, was passiert ist, sowieso keine Rede mehr sein. Sie bleiben hier bei mir und der Briggs. Die Briggs möchte gern oft ihre Verwandten besuchen. Briggs, Sie können gehen, wann es Ihnen beliebt. Aber Sie, meine Liebe, müssen hierbleiben und sich um die alte Frau kümmern."

Wäre in diesem Augenblick Rawdon Crawley dabeigewesen, anstatt in seinem Klub aufgeregt Rotwein zu trinken, so hätte das Paar vor der alten Jungfer nur auf die Knie zu fallen und alles zu gestehen brauchen, um im Nu volle Verzeihung zu erhalten. Aber dieses Glück war dem jungen Paare versagt, zweifellos, um dem Verfasser Gelegenheit zu geben, diese Geschichte zu schreiben, in der eine große Anzahl ihrer wunderbaren Abenteuer erzählt werden – Abenteuer, die ihnen niemals hätten widerfahren können, wenn Miss Crawleys bequeme, aber uninteressante Verzeihung ihnen Zuflucht und Schutz gewährt hätte.

Unter Mrs. Firkins Kommando in der Park Lane befand sich auch ein junges Mädchen aus Hampshire, deren Aufgabe es unter anderem war, mit einem Krug heißen Wassers an Miss Sharps Tür zu klopfen, weil Mrs. Firkin selbst lieber gestorben wäre, als ihn dem kleinen Eindringling zu bringen. Dieses Mädchen, das auf dem Familiengut aufgewachsen war, hatte einen Bruder, der in Hauptmann Crawleys Truppe diente, und wüßte man die volle Wahrheit, so würde es sich vielleicht herausstellen, daß sie über gewisse Vereinbarungen Bescheid wußte, die einiges mit dieser Geschichte zu tun haben. Sie kaufte sich jedenfalls einen gelben Schal, ein Paar gelbe Stiefel und einen hellblauen Hut mit roter Feder für drei Guineen, die sie von Rebekka erhalten hatte, und da die kleine Sharp mit ihrem Geld nicht immer so großzügig umging, so war Betty Martin ohne Zweifel für bestimmte Dienstleistungen beschenkt worden.

Zwei Tage nach Sir Pitt Crawleys Heiratsantrag ging die Sonne wie gewöhnlich auf, und zur gewöhnlichen Stunde klopfte Betty Martin, das Stubenmädchen, an die Schlafzimmertür der Gouvernante.

Sie erhielt keine Antwort und klopfte daher abermals. Wieder nur Stille. Betty, mit dem heißen Wasser in der Hand, öffnete die Tür und trat in das Zimmer.

Das kleine, weiße Bett lag so glatt und nett da wie tags zuvor, als Betty mit eigener Hand geholfen hatte, es zu machen. Zwei kleine verschnürte Koffer standen in einer Ecke des Zimmers, und auf dem Tisch am Fenster auf dem Nadelkissen, dem großen, dicken Nadelkissen, das mit rosa Seide gefüttert war und gefältelt wie ein Damennachthäubchen war, lag ein Brief. Wahrscheinlich hatte er dort die ganze Nacht gelegen.

Betty ging auf Zehenspitzen darauf zu, als fürchtete sie, ihn aufzuwecken, blickte ihn mit einer Miene großer Verwunderung und Zufriedenheit an, sah sich mit der gleichen Miene im Zimmer um, nahm den Brief, und grinste übers ganze Gesicht, als sie ihn um und um drehte, und brachte ihn schließlich in Miss Briggs' Zimmer.

Wie konnte Betty wissen, daß der Brief für Miss Briggs bestimmt war? Betty hatte in ihrem ganzen Leben nie eine andere Schule besucht als Mrs. Bute Crawleys Sonntagsschule und konnte Englisch sowenig lesen wie Hebräisch.

„Ach, Miss Briggs", rief das Mädchen, „o Miss, es muß etwas passiert sein – in Miss Sharps Zimmer ist niemand, das Bett ist unberührt, und sie ist weggelaufen und hat den Brief hier für Sie dagelassen, Miss!"

„Was!" rief die Briggs und ließ ihren Kamm fallen, so daß die dünne graue Haarsträhne ihr auf die Schulter fiel. „Eine Entführung! Miss Sharp ist geflohen! Was, was heißt das?" Und sie erbrach eifrig das zierliche Siegel und verschlang den Inhalt des an sie gerichteten Briefes.

Meine liebe Miss Briggs (so schrieb die Entflohene), Ihr Herz, das gütigste der Welt, wird mich bemitleiden, mit mir fühlen und mich entschuldigen. Weinend, betend und segnend verlasse ich das Haus, wo man der armen Waise stets freundlich und liebevoll begegnete. Ansprüche, berechtigter noch als die meiner Wohltäterin, beordern mich von dannen. Die Pflicht ruft mich zu meinem Gatten. Ja, ich bin verheiratet, mein Gatte befiehlt mir, in das bescheidene Heim zu kommen, das wir unser eigen nennen. Liebe Miss Briggs, bringen Sie diese Nachricht meiner teuren, innig geliebten Freundin und Wohltäterin so schonend bei, wie Ihr zartes Mitgefühl es Ihnen diktiert. Sagen Sie ihr, daß ich vor meinem Weggang ihr teures Kissen mit Tränen benetzt habe – jenes Kissen, das ich in Tagen der Krankheit so oft geglättet habe und an dem abermals wachen zu dürfen ich mich sehne. – Oh, mit welcher Freude werde ich nach der teuren Park Lane zurückkehren! Wie zittere ich um die Antwort, die mein Schicksal besiegeln wird! Als Sir Pitt sich herabließ, mir seine Hand anzubieten – eine Ehre, die ich nach Ansicht meiner vielgeliebten Miss Crawley verdiente (meine heißesten Segenswünsche seien mit ihr, daß sie die arme Waise für würdig erachtete, ihre Schwägerin zu werden!) –, da sagte ich Sir Pitt, daß ich bereits verheiratet sei. Sogar er verzieh mir. Aber es gebrach mir an Mut, ihm alles zu sagen – daß ich nämlich nicht seine Frau werden könnte, da ich seine Tochter sei. Ich bin verheiratet mit dem besten und edelsten aller Männer – Miss Crawleys Rawdon ist mein Rawdon. Auf seinen Befehl tue ich meinen Mund auf und folge ihm in unser bescheidenes Heim, wie ich ihm durch die ganze Welt folgen würde. Oh, meine vortreffliche und gütige Freundin, legen Sie bei meines Rawdons geliebter Tante Fürsprache ein für ihn und das arme Mädchen, dem seine ganze edle Familie solch beispiellose Liebe und Freundschaft erwiesen hat. Bitten Sie Miss Crawley, daß sie ihre Kinder aufnehmen möge. Ich kann nichts mehr sagen, aber um Gottes Segen, um Gottes tausendfachen Segen für alle in dem teuren Hause, das ich verlasse, fleht

Ihre Sie liebende und dankbare Rebekka Crawley.

Gerade als die Briggs dieses rührende und interessante Dokument, das sie wieder in ihre frühere Stellung als erste Vertraute der Miss Crawley einsetzte, fertiggelesen hatte, trat Mrs. Firkin ins Zimmer. „Mrs. Bute Crawley ist eben mit der Postkutsche aus Hampshire angekommen und möchte gern etwas Tee. Kommen Sie runter und machen das Frühstück zurecht, Miss?"

Zu Firkins großer Überraschung segelte die Briggs mit gerafftem Morgenrock, aufgelöster Haarsträhne, die Stirn von kleinen Lockenwickeln umrahmt und in der Hand den Brief mit der wunderbaren Nachricht, zu Mrs. Bute hinab.

„Oh, Mrs. Firkin", keuchte Betty, „so eine Geschichte. Miss Sharp ist mit dem Hauptmann auf und davon, und sie sind nach Gretna Green!" Wir würden Mrs. Firkins Gemütsbewegung ein eigenes Kapitel widmen, beschäftigte nicht unsere vornehmere Muse die Leidenschaften ihrer Gebieterin.

Als Mrs. Bute Crawley, ganz erstarrt von ihrer Nachtreise, sich an dem gerade entfachten prasselnden Kaminfeuer wärmte, erfuhr sie aus Miss Briggs' Mund die Nachricht von der heimlichen Heirat und erklärte es für eine himmlische Vorsehung, daß sie gerade jetzt gekommen sei, um der armen, teuren Miss Crawley den Schlag ertragen zu helfen. Sie setzte hinzu, Rebekka sei ein durchtriebenes Weibstück und ihr stets verdächtig erschienen; auch habe sie nie die törichte Vorliebe von Rawdons Tante für ihn begreifen können, und sie habe ihn schon längst als ein verworfenes, gottvergessenes, ruchloses Subjekt betrachtet. Dieses abscheuliche Benehmen, meinte Mrs. Bute, werde wenigstens das Gute haben, der armen, lieben Miss Crawley über den wirklichen Charakter dieses nichtswürdigen Menschen die Augen zu öffnen. Dann bekam Mrs. Bute köstlichen heißen Toast, und da jetzt im Hause ein Zimmer frei war, brauchte sie nicht im Restaurant „Gloster", wo die Portsmouther Postkutsche sie abgesetzt hatte, zu wohnen; deshalb beorderte sie Mr. Bowls' Adjutanten, den Lakaien, ihre Koffer von dort zu holen.

Nun muß man wissen, daß Miss Crawley ihr Zimmer nie vor der Mittagszeit verließ, da sie morgens ihre Schokolade im Bette einnahm, während Becky Sharp ihr die „Morning Post" vorlas, oder sie sich anderweitig die Zeit vertrieb oder faulenzte. Die Verschwörer unten kamen nun überein, die Gefühle der teuren Lady zu schonen, bis sie im Salon auftauchte; inzwischen wurde ihr gemeldet, Mrs. Bute Crawley sei mit der Postkutsche aus Hampshire gekommen, wohne im „Gloster", lasse Miss Crawley grüßen und wolle gern mit Miss Briggs frühstücken. Mrs. Butes Ankunft, sonst kein besonders freudiges Ereignis, wurde jetzt mit Vergnügen begrüßt. Miss Crawley freute sich, mit ihrer Schwägerin über die verstorbene Lady Crawley, die Vorbereitungen für die Beerdigung und Sir Pitts unerwarteten Heiratsantrag klatschen zu können.

Erst als die alte Dame sich bequem in ihrem gewohnten Lehnsessel im Salon niedergelassen hatte und die einleitenden Umarmungen und Erkundigungen zwischen den Damen beendet waren, hielten die Verschwörerinnen es für richtig, sie der Prozedur zu unterziehen. Wer hat nicht schon die Kunstgriffe und das leise Herantasten bewundern können, womit Frauen ihre Freundinnen auf schlimme Nachrichten „vorbereiten"? Miss Crawleys beide Freundinnen taten so geheimnisvoll, ehe sie mit der Nachricht herausrückten, daß sie die alte Dame in den richtigen Zustand von Zweifel und Unruhe versetzten.

„Und sie schlug Sir Pitt aus, meine liebe, liebe Miss Crawley, machen Sie sich auf etwas gefaßt", sagte Mrs. Bute, „weil – weil sie nicht anders konnte."

„Natürlich gab es einen Grund", antwortete Miss Crawley. „Sie liebte einen anderen. Das habe ich der Briggs schon gestern gesagt."

„*Liebt* einen anderen!" keuchte die Briggs. „Oh, meine teure Freundin, sie ist bereits verheiratet."

„Bereits verheiratet", stimmte Mrs. Bute ein. Und beide saßen mit gefalteten Händen da und sahen bald sich, bald ihr Opfer an.

„Sie soll zu mir geschickt werden, sobald sie nach Hause kommt. Die kleine schlaue Kröte; wie konnte sie es wagen, mir nichts zu erzählen?" rief Miss Crawley.

„Sie wird nicht so bald wiederkommen. Fassen Sie sich, teure Freundin – sie ist für lange Zeit fortgegangen – sie ist – sie ist – überhaupt fort."

„Gütiger Himmel! Und wer soll mir meine Schokolade machen? Schicken Sie sogleich zu ihr und holen Sie sie zurück. Ich wünsche, daß sie zurückkommt", sagte die alte Dame.

„Sie ist letzte Nacht ausgerissen, Madame", rief Mrs. Bute.

„Sie hat einen Brief für mich hinterlassen", schrie die Briggs. „Sie ist verheiratet mit..."

„Bereiten Sie sie doch vor, um Himmels willen. Foltern Sie sie nicht, meine liebe Miss Briggs."

„Sie ist verheiratet mit wem?" kreischte die alte Jungfer in wütender Aufregung.

„Mit – mit einem Verwandten von ..."

„Sie hat Sir Pitt abgewiesen", rief das Opfer. „Sprechen Sie doch endlich! Machen Sie mich nicht wahnsinnig."

„Ach, Madame – bereiten Sie sie vor, Miss Briggs – sie ist verheiratet mit Rawdon Crawley."

„Rawdon verheiratet – Rebekka – Gouvernante – niem... Machen Sie, daß Sie aus meinem Hause kommen, Sie Närrin, Sie Idiotin, Sie dumme, alte Briggs – wie können Sie es wagen! Sie stecken mit unter der Decke – Sie haben ihn veranlaßt zu heiraten, weil Sie glaubten, daß ich ihm mein Geld dann nicht hinterlassen würde. Ja, das taten Sie, Martha", schrie die arme alte Dame hysterisch.

„Ich, Madame, ich hätte ein Glied dieser Familie aufgefordert, die Tochter eines Zeichenlehrers zu heiraten?"

„Ihre Mutter war eine Montmorency", schrie die alte Dame und riß aus Leibeskräften an der Klingelschnur.

„Ihre Mutter war eine Ballettänzerin, und sie selbst ist auf der Bühne oder bei etwas noch Schlimmerem gewesen", ließ Mrs. Bute sich vernehmen.

Miss Crawley gab noch einen Schrei von sich und sank ohnmächtig zurück. Man mußte sie in das Zimmer zurückbringen, das sie kaum erst verlassen hatte. Ein hysterischer Anfall folgte dem anderen. Man holte den Doktor. Mrs. Bute nahm den Pflegeposten an ihrem Bett ein. „Es müssen ihre Verwandten um sie sein", erklärte die liebenswürdige Frau.

Kaum war sie in ihr Zimmer gebracht worden, als ein neuer Besucher erschien, dem natürlich die Nachricht gleichfalls mitgeteilt werden mußte. Es war Sir Pitt. „Wo ist Becky?" fragte er schon in der Tür. „Wo ist ihr Gepäck? Sie kommt mit mir nach Queen's Crawley."

„Haben Sie noch nicht die erstaunliche Nachricht von der heimlichen Ehe gehört?" fragte die Briggs.

„Was geht das mich an", erwiderte Sir Pitt. „Ich weiß, daß sie verheiratet ist. Das macht nichts. Sagen Sie ihr, sie soll schnell runterkommen und mich nicht so lange warten lassen."

„Wissen Sie denn noch nicht, Sir", fragte Miss Briggs, „daß sie unser Haus verlassen hat und daß Miss Crawley vor Entsetzen über Hauptmann Rawdons Heirat mit ihr beinahe gestorben ist?"

Als Sir Pitt hörte, daß Rebekka mit seinem Sohn verheiratet sei, benutzte er vor Wut so schreckliche Worte, daß sie hier lieber nicht wiederholt werden sollen. Miss Briggs jedenfalls trieb es schaudernd aus dem Zimmer. Mit ihr wollen nun auch wir die Türe hinter dem tobenden Alten schließen, der wild vor Haß und toll vor vereitelten Wünschen war.

Am Tag nach seiner Ankunft in Queen's Crawley brach er wie ein Wahnsinniger in das Zimmer ein, in dem Rebekka während ihres Aufenthaltes dort gewohnt hatte, stieß mit dem Fuß ihre Koffer und Schachteln auf und schleuderte ihre Papiere, Kleider und andere Dinge, die sie dort zurückgelassen hatte, umher. Miss Horrocks, die Tochter des Butlers, eignete sich einiges davon an. Mit dem übrigen putzten sich die Kinder zum Theaterspielen. Das geschah nur wenige Tage, nachdem die arme Mutter zu Grabe getragen und unbeweint und unbeachtet in eine Gruft zu lauter Fremden gelegt worden war.

„Wenn sich nun aber die Alte doch nicht erweichen läßt“, fragte Rawdon seine kleine Frau, als sie in ihrer hübschen kleinen Wohnung in Brompton beisammensaßen. Rebekka hatte den ganzen Vormittag das neue Klavier ausprobiert. Die neuen Handschuhe paßten ihr wie angegossen, die neuen Schals standen ihr wundervoll, die neuen Ringe glänzten an ihren Händchen, und die neue Uhr tickte an ihrem Gürtel. „Wenn sie sich nun aber doch nicht rumkriegen läßt, hm, Becky?“

„Ich werde dein Glück schon machen“, sagte sie, und Delila tätschelte Simson die Wange.

„Du schaffst alles“, sagte er und küßte die kleine Hand. „Ja, beim Zeus, alles; und nun komm, wir fahren zum ›Stern und Hosenband‹ und essen dort, beim Zeus.“

17. Kapitel

Wie Hauptmann Dobbin ein Klavier kaufte

Wenn es auf dem ganzen Jahrmarkt der Eitelkeit ein Schauspiel gibt, das Satire und Gefühl Arm in Arm besuchen können, wo man auf die seltsamsten Kontraste stößt – lächerlich oder traurig, wo man mit demselben Recht sanft und gefühlvoll oder zornig und zynisch sein kann, so ist das eine jener öffentlichen Versammlungen, die täglich in Massen auf der letzten Seite der „Times“ angekündigt werden und deren würdiger Vorsitzender der selige Mr. George Robins war. Es gibt wohl nur sehr wenige Londoner, die nicht an diesen Versammlungen teilgenommen haben. Alle, die eine Neigung zum Moralisieren haben, müssen mit einem etwas unruhigen und seltsamen Gefühl an den Tag gedacht haben, wo sie an die Reihe kommen und Mr. Hammerdown im Auftrag von Diogenes' Bevollmächtigten oder dem Testamentsvollstrecker die Bibliothek, die Möbel, das Silber, die Garderobe und den auserlesenen Wein aus dem Keller des verstorbenen Epikur öffentlich versteigert.

Auch der selbstsüchtigste Charakter vom Jahrmarkt der Eitelkeit kann ein gewisses Mitgefühl und Bedauern nicht unterdrücken, wenn er Zeuge dieses schmutzigen Teils der Leichenfeierlichkeiten für einen verstorbenen Freund wird. Die sterbliche Hülle Lord Dives' ruht in der Familiengruft, die Bildhauer hauen eine Inschrift aus, die wahrheitsgetreu die Erinnerung an seine Tugenden und den Kummer seines Erben, der jetzt über sein Vermögen verfügt, wachhält. Welcher von Dives' Tischgästen kann ohne Seufzer an dem vertrauten Hause vorübergehen? An dem vertrauten Haus, dessen Lichter abends so freundlich glänzten, dessen Türen sich so bereitwillig öffneten, dessen gehorsame Diener deinen Namen von Absatz zu Absatz meldeten, während du hinaufstiegst, bis er ins Zimmer des lustigen alten Dives drang, der seine Freunde willkommen hieß! Wie viele Freunde hatte er doch, und wie nobel bewirtete er sie! Wie witzig waren die Leute hier, die draußen sofort wieder mürrisch wurden; wie höflich und freundlich begegneten sich Leute hier, die sich sonst haßten und verleumdeten, wo sie konnten! Er war zwar wichtigtuerisch, aber was konnte man bei einem solchen Gastgeber nicht alles in Kauf nehmen? Vielleicht war er auch ein bißchen dumm, macht denn aber nicht solch ein Wein jede Unterhaltung angenehm? „Wir müssen um jeden Preis etwas von seinem Burgunder bekommen", rufen die Leidtragenden in seinem Klub. „Diese Dose habe ich bei der Auktion vom alten Dives ersteigert", sagt Pincher und zeigt sie herum, „eine der Mätressen von Ludwig XV. – hübsches Ding, nicht wahr? Eine süße Miniatur", und sie unterhalten sich darüber, wie der junge Dives sein Vermögen durchbringt.

Wie ganz anders aber sieht nun das Haus aus! Die Fassade ist mit Plakaten bedeckt, auf denen mit grellen Buchstaben Einzelheiten über das Mobiliar zu erfahren sind. Aus einem der oberen Fenster hängt ein Stück Teppich heraus; ein halbes Dutzend Gepäckträger lungert auf den schmutzigen Treppen herum; in der Vorhalle drängen sich dunkelhäutige Gäste mit orientalischen Gesichtszügen, die dir gedruckte Karten in die Hand drücken und für dich bieten wollen. Im oberen Stockwerk treiben sich alte Frauen und andere Liebhaber herum, befühlen die Bettvorhänge, tauchen die Hand in die Federn, kneten die Matratzen und machen Kommoden auf und zu. Unternehmungslustige junge Hausfrauen messen Spiegel und Vorhänge, um zu prüfen, ob sie für den neuen Haushalt passen (Snob prahlt noch nach Jahren, daß er dieses oder jenes in der Divesschen Auktion erstanden hat), und Mr. Hammerdown sitzt auf dem großen Mahagonitisch im Speisezimmer, schwingt den Elfenbeinhammer und bietet alle Künste der Beredsamkeit, Begeisterung, Vernunft, Verzweiflung und des Bittens auf, schreit seine Leute an, verspottet Mr. Davids wegen seiner Langsamkeit, feuert Mr. Moss an, etwas zu tun, fleht, befiehlt und brüllt, bis endlich der Hammer, gewichtig wie das Schicksal, niedersaust und man zur nächsten Nummer übergeht. O Dives! Wer hätte wohl jemals gedacht, als wir um den breiten, von Silber und fleckenlosem Linnen strahlenden Tisch saßen, daß wir je solch ein Gericht auf der Tafel stehen sehen würden wie diesen schreienden Auktionator!

Die Auktion näherte sich bereits ihrem Ende. Die herrliche Saloneinrichtung, von Meisterhand gefertigt, die seltsamen und berühmten Weine, ehemals vom Kenner ohne Rücksicht auf den Preis erworben, und das reiche und vollständige Familiensilber waren bereits an den Tagen zuvor verkauft worden. Einige der besten Weine (die bei den Liebhabern in der Nachbarschaft alle einen guten Ruf hatten) hatte der Butler unseres Freundes John Osborne vom Russell Square für seinen Herrn, der sie recht gut kannte, ersteigert. Ein kleiner Teil von den nützlichsten Gegenständen des Silbers hatten einige junge Börsenmakler aus der City gekauft. Und jetzt, als das Publikum zum Kauf kleinerer Objekte aufgefordert worden war, geschah es, daß der Redner auf dem Tisch sich über den Wert eines Gemäldes ausließ, das er seinen Zuhörern anzupreisen suchte. Das Publikum war aber keineswegs mehr so erlesen und zahlreich wie an den vorangegangenen Auktionstagen.

„Nummer 369“, brüllte Mr. Hammerdown. „Das Porträt eines Herrn auf einem Elefanten. Wer bietet für den Herrn auf dem Elefanten? Halten Sie das Gemälde hoch, Mr. Blowman, damit die Gesellschaft es beurteilen kann.“ Ein langer, blasser Herr von militärischem Aussehen, der ernsthaft an dem Mahagonitisch saß, konnte sich eines Lächelns nicht enthalten, als Mr. Blowman dieses wertvolle Stück zeigte. „Drehen Sie den Elefanten doch zum Hauptmann, Blowman. Wieviel bieten Sie für den Elefanten, Sir?“ Aber der Hauptmann wandte schnell und verlegen errötend den Kopf ab, und der Auktionator wiederholte sein Angebot.

„Sagen wir zwanzig Guineen für das Kunstwerk? Fünfzehn? Fünf? Bestimmen Sie selbst den Preis! Der Herr ist schon ohne den Elefanten fünf Pfund wert.“

„Ich wundere mich nur, daß er nicht unter ihm zusammengebrochen ist“, warf ein Spaßvogel ein, „jedenfalls ist er ganz schön gewichtig.“ Da der Reiter auf dem Elefanten tatsächlich als wohlbeleibte Gestalt dargestellt war, entstand ein allgemeines Gelächter im Raum.

„Suchen Sie doch nicht den Wert des Kunstwerks herabzusetzen, Mr. Moss“, sagte Mr. Hammerdown, „die Versammlung soll den Gegenstand als Kunstwerk betrachten – die Haltung des stattlichen Tieres durchaus naturgetreu, der Herr in einer Nankingjacke, die Flinte in der Hand, geht auf die Jagd, im Hintergrund bemerkt man einen heiligen Feigenbaum und eine Pagode – höchstwahrscheinlich die Darstellung eines interessanten Ortes in unseren berühmten ostindischen Besitzungen. Wieviel für diesen Gegenstand? Kommen Sie, meine Herren, halten Sie mich nicht den ganzen Tag damit auf.“

Jemand bot fünf Shilling, worauf der militärisch aussehende Herr in die Richtung blickte, aus der dieses glänzende Angebot gekommen war, und dort sah er einen anderen Offizier mit einer jungen Dame am Arm. Beide waren offenbar von der Szene höchst belustigt und erhielten den Gegenstand schließlich für eine halbe Guinee zugeschlagen. Der Mann am Tisch schien überraschter und verlegener als zuvor, als er dieses Paar erspähte; er verbarg den Kopf in seinem Uniformkragen und kehrte ihnen den Rücken zu, um den beiden auszuweichen.

Es ist nicht unsere Absicht, alle Dinge aufzuzählen, die Mr. Hammerdown die Ehre hatte, an jenem Tage zum Kaufe anzupreisen. Wir wollen nur das kleine Tafelklavier aus den oberen Regionen des Hauses erwähnen (der prächtige Flügel war schon vorher verkauft worden). Die junge Dame probierte darauf mit schneller und geübter Hand (wobei der Offizier abermals errötete und zusammenfuhr), und als das Klavier an die Reihe kam, begann ihr Beauftragter zu bieten.

Allein hier zeigte sich eine Konkurrenz. Der jüdische Adjutant im Dienste des Offiziers am Tisch bot gegen den jüdischen Herrn, den die Elefantenkäufer angestellt hatten, und es entspann sich nun ein lebhafter Kampf um das kleine Klavier, zu dem die Kontrahenten von Mr. Hammerdown noch gehörig angefeuert wurden.

Als der Wettstreit eine Weile gedauert hatte, gaben der Elefantenhauptmann und seine Dame das Rennen schließlich auf. Der Hammer fiel nieder, der Auktionator sagte: „Mr. Lewis, fünfundzwanzig", und Mr. Lewis' Auftraggeber wurde Eigentümer des kleinen Tafelklaviers. Nachdem der Kauf zustande gekommen war, richtete dieser Herr sich auf, als sei ihm eine Last von den Schultern genommen worden, und in dem Augenblick, da die erfolglosen Konkurrenten ihn erspähten, sagte die Dame zu ihrem Freund: „Sieh mal, Rawdon, es ist ja Hauptmann Dobbin."

Vielleicht war Becky unzufrieden mit dem neuen Klavier, das ihr Mann für sie gemietet hatte, vielleicht hatte auch der Eigentümer das Instrument wieder weggeholt, weil er nicht weiter Kredit gewähren wollte, vielleicht aber hatte Becky auch eine besondere Vorliebe für das Klavier, das sie hatte kaufen wollen, denn sie erinnerte sich noch der Zeit, als sie im Zimmerchen unserer teuren Amelia Sedley darauf gespielt hatte.

Die Versteigerung fand in dem alten Haus am Russell Square statt, wo wir zu Beginn dieser Geschichte einige Abende miteinander verbracht haben. Der gute alte John Sedley war ruiniert. Er war auf der Börse als zahlungsunfähig erklärt worden, und sein Bankrott sowie seine Geschäftstilgung folgten. Mr. Osbornes Butler kam, um einen Teil des berühmten Portweines zu ersteigern und ihn in den Keller gegenüber zu bringen. Drei junge Börsenmakler (Mr. Dale, Mr. Spiggot und Mr. Dale aus der Threadneedle Street) schickten ein Dutzend schön gearbeiteter silberner Löffel und Gabeln sowie ein Dutzend Dessertbestecke, Splitter von dem Wrack, mit besten Grüßen an die gute Mrs. Sedley. Sie hatten mit dem alten Mann geschäftlich zu tun gehabt und von ihm manche Gefälligkeit erfahren in einer Zeit, wo er gegen alle, mit denen er zu tun hatte, gefällig war. Da das Klavier Amelia gehört hatte und sie es bestimmt vermissen würde und jetzt eins brauchen könnte und da Hauptmann Dobbin ebensowenig darauf spielen konnte, wie er Seiltanzen konnte, hatte er das Instrument wahrscheinlich nicht für sich selbst gekauft.

Kurz gesagt, es traf noch am gleichen Abend in einem wunderhübschen Häuschen in einer Querstraße der Fulham Road ein, einer jener Straßen, die die schönsten romantischen Namen tragen (diese hier hieß Sankt-Adelaide-Villen, Anna-Maria Road, West); wo die Häuser wie Puppenhäuser aussehen; wo die Leute, wenn sie aus den Fenstern des ersten Stockwerkes schauen, mit den Füßen offenbar im Erdgeschoß stehen müssen; wo die Sträucher in den Vorgärtchen jahraus, jahrein einen Blütenschmuck von Kinderschürzen, roten Strümpfchen, Mützen und so weiter (polyandria, polygynia) tragen; wo man Spinettklimpern und singende Frauenstimmen vernimmt; wo sich am Geländer kleine Bierkrüge sonnen und wohin abends kleine Angestellte aus der City ihre müden Schritte lenken; hier hatte Mr. Clapp, Mr. Sedleys Buchhalter, sein Zuhause, und zu diesem Ort nahm der gute alte Herr mit Frau und Tochter Zuflucht, als der große Krach kam.

Joe Sedley hatte auf die Nachricht von dem Familienunglück hin so gehandelt, wie man es von einem Manne seines Schlages erwarten konnte. Er kam nicht nach London, schrieb aber seiner Mutter, sie könne bei seinem Beauftragten so viel Geld abheben, wie gebraucht werde, so daß seine guten, tiefgebeugten alten Eltern vorläufig keine Armut fürchten mußten. Nachdem er dies getan hatte, lebte Joe in seiner Pension in Cheltenham weiter wie bisher. Er fuhr in seinem Wagen, trank seinen Claret, spielte seine Partie Whist, tischte seine indischen Geschichten auf, und die irische Witwe tröstete ihn und schmeichelte ihm wie bisher. Sein Geldgeschenk, so nützlich es auch war, machte auf seine Eltern nur wenig Eindruck, und ich habe Amelia erzählen hören, daß ihr Vater zum ersten Male nach dem Bankrott das Haupt wieder erhoben habe, als das Paket mit den Bestecken samt den Empfehlungen der jungen Börsenmakler gekommen sei. Er war dabei wie ein Kind in Tränen ausgebrochen und schien noch weit gerührter als seine Frau, für die das Geschenk bestimmt war. Edward Dale, der Junior des Hauses, der die Löffel und Gabeln für die Firma gekauft hatte, war nämlich sehr verliebt in Amelia und machte Ihr, trotz alledem, einen Antrag. Er heiratete Miss Louisa Cutts (Tochter von Higham und Cutts, der bedeutenden Kornhandlung) mit einem schönen Vermögen im Jahre 1820 und lebt jetzt herrlich und in Freuden mit seiner zahlreichen Familie in seiner eleganten Villa, Muswell Hill. Aber die Erinnerung an diesen guten Burschen soll uns nicht verleiten, von der Hauptgeschichte abzuschweifen.

Hoffentlich hat der Leser eine viel zu gute Meinung von Hauptmann Crawley und seiner Frau, um anzunehmen, daß sie je auf den Gedanken hätten kommen können, einen so entfernten Stadtteil wie Bloomsbury aufzusuchen, wenn sie gewußt hätten, daß die Familie, die sie mit einem Besuch beehren wollten, nicht nur gesellschaftsunfähig, sondern auch völlig mittellos geworden war und ihnen in keiner Weise mehr nützen konnte. Rebekka war ganz überrascht, als sie das gute alte Haus, wo man sie so freundlich aufgenommen hatte, von Maklern .und Trödlern durchwühlt und seine stillen Familienschätze öffentlicher Entweihung und Plünderung ausgesetzt sah. Einen Monat nach ihrer Flucht hatte sie sich an Amelia erinnert, und Rawdon hatte sich mit wieherndem Gelächter bereit erklärt, wieder einmal den jungen George Osborne zu treffen. „Er ist ein angenehmer Bekannter, Beck“, fügte der Spaßvogel hinzu. „Ich würde ihm gern noch ein Pferd verkaufen, Beck. Ich würde gern noch ein paar Partien Billard mit ihm spielen. Er könnte uns gerade jetzt sehr nützlich sein, um es mal so auszudrücken, haha!“ Man darf nun aus diesen Reden nicht etwa schließen, daß Rawdon Crawley beabsichtigte, Mr. Osborne zu betrügen, er wollte nur den ehrlichen Vorteil aus ihm ziehen, den fast jeder Spieler auf dem Jahrmarkt der Eitelkeit von seinem Nächsten gewinnen zu dürfen glaubt.

Die alte Tante ließ sich nicht so schnell „herumkriegen“. Ein Monat war verstrichen. Mr. Bowls verweigerte Rawdon den Zutritt, seine Diener durften nicht mehr im Hause in der Park Lane weilen, seine Briefe wurden ungeöffnet zurückgeschickt. Miss Crawley bewegte sich nicht aus dem Haus - sie war unpäßlich –, und Mrs. Bute war noch immer da und wich ihr nicht von der Seite. Sowohl Crawley wie seine Frau mutmaßten Schlimmes aus Mrs. Butes ständiger Anwesenheit.

„Bei Gott, ich fange an zu begreifen, warum sie uns in Queen's Crawley stets zusammenbrachte“, sagte Rawdon.

„So ein gerissenes Weibstück“, rief Rebekka aus.

„Nun, wenn du es nicht tust – ich bereue es nicht“, rief der Hauptmann, noch immer im Liebestaumel für seine Frau, die ihn als Antwort mit einem Kuß belohnte und über das großherzige Vertrauen ihres Mannes sehr erfreut war.

Wenn er nur ein bißchen mehr Verstand hätte, dachte sie bei sich, so könnte ich noch etwas aus ihm machen, aber sie ließ ihn nie merken, welche Meinung sie von ihm hatte, lauschte mit unermüdlicher Geduld seinen Stall- und Offizierstischgeschichten, lachte über alle seine Witze, interessierte sich sehr für Jack Spatterdash, dessen Pferd gestürzt war, und für Bob Martingale, der in einer Spielhalle aufgegriffen worden war, und für Tom Cinqbars, der an der Steeplechase teilnehmen wollte. Kam er nach Hause, so war sie lustig und glücklich, ging er aus, so redete sie ihm noch zu, blieb er zu Hause, so spielte und sang sie ihm vor, bereitete ihm köstliche Getränke, beaufsichtigte sein Essen, wärmte seine Pantoffeln und badete seine Seele in Behaglichkeit. „Die besten Frauen“, so sagte meine Großmutter immer, „sind Heuchlerinnen.“ Wir wissen nicht, wieviel sie vor uns verbergen, wie wachsam sie sind, wenn sie ganz harmlos und vertrauensselig scheinen, wie häufig das offene Lächeln, das sie so gern zur Schau tragen, eine Falle ist, um zu schmeicheln, abzulenken oder zu entwaffnen – dabei meine ich nicht einmal die Koketten, sondern unsere häuslichen Vorbilder und Muster weiblicher Tugend. Wer hat nicht schon gesehen, wie eine Frau die Dummheit ihres Mannes geschickt verbarg oder seinen Zorn besänftigte? Wir lassen uns diese angenehme Sklaverei gefallen, loben die Frauen noch dafür und nennen den hübschen Betrug Wahrheit. Eine gute Hausfrau ist stets eine Lüge, und Cornelias Gemahl wurde ebenso getäuscht wie Potiphar – nur in anderer Weise.

Durch diese Aufmerksamkeiten wurde der alte Liederjan Rawdon Crawley allmählich in einen glücklichen und gehorsamen Ehemann umgewandelt. Die Spießgesellen seiner früheren Tage bekamen ihn nicht mehr zu sehen. Sie fragten ein paarmal in seinen Klubs nach ihm, vermißten ihn aber nicht sehr. In jenen Buden auf dem Jahrmarkt der Eitelkeit vermißt man einander kaum. Seine einsame, aber stets lächelnde und lustige Frau, seine behagliche kleine Wohnung, die netten Mahlzeiten und die gemütlichen Abende zu Hause hatten für ihn den Zauber des Neuen und Heimlichen. Die Heirat war bis jetzt noch nicht bekanntgegeben oder in der „Morning Post“ veröffentlicht worden. Seine Gläubiger hätten sich wie ein Mann auf ihn gestürzt, wäre ihnen bekannt geworden, daß er eine Frau ohne Vermögen geheiratet hatte. „Meine Verwandten werden nicht pfui über mich schreien“, sagte Becky mit bitterem Lachen; und sie war ganz zufrieden damit, zu warten, bis die alte Tante sich mit ihnen versöhnt hatte, ehe sie ihren Platz in der Gesellschaft beanspruchen würde. So lebte sie in Brompton und sah niemanden – außer den wenigen Freunden ihres Mannes, die in ihrem kleinen Speisezimmer zugelassen wurden. Die waren alle ganz bezaubert von ihr. Die kleinen Diners, das Lachen und Plaudern und anschließend die Musik entzückten alle, die an diesen Genüssen teilnehmen durften. Major Martingale dachte nie daran, nach der Heiratslizenz zu fragen. Hauptmann Cinqbars war hingerissen von ihrer Geschicklichkeit im Punschbereiten. Und der junge Leutnant Spatterdash (er spielte gern Pikett und wurde von Crawley oft eingeladen) war bald offensichtlich in Mrs. Crawley vernarrt. Aber ihre Umsicht und ihr Anstand verließen sie keinen Augenblick, und Crawleys Ruf als rauflustiger und eifersüchtiger Soldat waren ein weiterer vollkommener Schutz für seine kleine Frau.

Es gibt in London vornehme Herren von guter Familie, die noch nie den Salon einer Dame betreten haben, so daß zwar Rawdon Crawleys Heirat in seiner Grafschaft wahrscheinlich besprochen wurde, da Mrs. Bute die Neuigkeit verbreitet hatte; in London dagegen wurde sie angezweifelt oder nicht beachtet oder überhaupt nicht besprochen. Er lebte behaglich auf Kredit, hatte ein großes Schuldenkapital, das, vernünftig angelegt, einen Mann jahrelang erhalten kann und von dem bestimmte Menschen in London hundertmal besser zu leben verstehen als Leute mit Bargeld. Wer, zu Fuß in den Straßen der Stadt unterwegs, kann nicht ein halbes Dutzend Leute herausfinden, die glanzvoll an ihm vorbeireiten, die von der vornehmen Welt hofiert werden, die von Kaufleuten mit Verbeugungen zu ihren Kutschen geleitet werden, die sich nichts versagen und wer weiß wovon leben? Wir sehen, wie Jack Verschwender im Park paradiert oder in seinem Brougham die Pall Mall hinunterrast; wir speisen bei ihm von seinem wundervollen Silbergeschirr und fragen: „Wie hat das angefangen und wo wird es enden?“ – „Mein lieber Junge“, hörte ich Jack einmal sagen, „ich habe in jeder Hauptstadt Europas Schulden.“ Einmal muß das Ende kommen, aber inzwischen lebt Jack herrlich und in Freuden, die Leute freuen sich, ihm die Hand schütteln zu dürfen, hören nicht auf die dunklen Geschichtchen, die man sich hin und wieder über ihn zuflüstert, und erklären ihn für einen gutmütigen, lustigen, sorglosen Burschen.

Die Wahrheit zwingt uns, zuzugeben, daß Rebekka einen Mann dieses Schlages geheiratet hat. Im Haus gab es alles in Hülle und Fülle, nur kein Bargeld, und dieser Mangel machte sich in dem jungen Haushalt bald bemerkbar. Als Rawdon eines Morgens die „Gazette“ las, stieß er auf die Mitteilung: „Leutnant G. Osborne rückt durch Kauf zum Hauptmann auf, anstelle von Smith, der sich in ein anderes Regiment versetzen läßt.“

Da machte er über Amelias Liebhaber jene Bemerkung, die mit dem Besuch am Russell Square endete.

Als Rawdon und seine Frau bei der Auktion mit Hauptmann Dobbin sprechen und Näheres über die Katastrophe wissen wollten, die Rebekkas alte Bekannte betroffen hatte, war der Hauptmann verschwunden. Das bißchen, was sie erfuhren, stammte von den Lastträgern oder den Maklern auf der Auktion.

„Sieh doch mal die Leute dort mit den Hakennasen", sagte Becky vergnügt, als sie, das Gemälde unter dem Arm, in den Buggy stieg. „Sie sehen aus wie Geier nach einer Schlacht."

„Weiß ich nicht. War nie in einer Schlacht, meine Liebe. Frag Martingale, der war in Spanien Adjutant von General Blazes."

„Mr. Sedley war ein sehr freundlicher alter Herr", sagte Rebekka, „es tut mir wirklich leid, daß ihm das passieren mußte."

„Ach Gott, Börsenmakler ... bankrott... sind daran gewöhnt, weißt du", erwiderte Rawdon und vertrieb mit der Peitsche eine Fliege vom Ohr seines Pferdes.

„Schade, daß wir uns nicht etwas von dem Silbergeschirr leisten konnten, Rawdon", fuhr seine Frau gefühlvoll fort. „Fünfundzwanzig Guineen für das kleine Klavier ist unheimlich teuer. Wir haben es bei Broadwood für Amelia gekauft, als sie aus der Schule kam. Damals hat es nur fünfunddreißig gekostet."

„Der Dingsda, dieser – Osborne wird sich jetzt vermutlich von der Kleinen lossagen, wo die Familie doch nun pleite ist. Deine hübsche kleine Freundin wird jetzt ganz schön geklatscht sein, glaubst du, Becky?"

„Ich nehme an, sie wird es überstehen", sagte Becky lächelnd. Und sie fuhren weiter und sprachen von etwas anderem.

18. Kapitel

Wer spielt auf dem Klavier, das Hauptmann Dobbin gekauft bat?

Zu ihrem Erstaunen sieht sich nun unsere Geschichte einen Augenblick lang in Verbindung mit sehr berühmten Ereignissen und Personen am Rockzipfel der Weltgeschichte hängen. Die Adler Napoleon Bonapartes, des korsischen Emporkömmlings, flogen nach einem kurzen Aufenthalt auf der Insel Elba und in der Provence weiter von Kirchturm zu Kirchturm, bis sie sich auf den Türmen von Notre Dame in Paris niederließen, und ich möchte eigentlich wissen, ob die kaiserlichen Vögel dabei ein Auge hatten für einen kleinen Winkel der Gemeinde Bloomsbury in London, den man für so still halten möchte, daß selbst das Schwirren und Schlagen dieser gewaltigen Flügel dort unbemerkt vorübergehen würde.

„Napoleon ist in Cannes gelandet." Solch eine Nachricht konnte wohl in Wien Panik hervorrufen, Rußland veranlassen, seine Karten hinzuwerfen, Preußen in Verlegenheit setzen und Talleyrand und Metternich zum Kopfschütteln veranlassen, während Fürst Hardenberg und sogar der jetzige Marquis von Londonderry ganz verwirrt waren. Wie konnte diese Nachricht aber eine junge Dame am Russell Square berühren, vor deren Tür der Nachtwächter die Stunden ausrief, während sie schlief, die beim Spazierengehen auf dem Platz nicht ohne Schutz war, die auch nur beim kleinsten Gang zur Southampton Row, um dort ein Band zu kaufen, von dem schwarzen Sambo mit einem ungeheuren Stock begleitet wurde, die stets von vielen bezahlten und unbezahlten Schutzengeln umsorgt, gekleidet, zu Bett gebracht und bewacht wurde? Bon Dieu, sage ich, ist es nicht schlimm, daß das verhängnisvolle Rasen des Kaiserkampfes nicht vor sich gehen kann, ohne eine arme, harmlose Achtzehnjährige am Russell Square zu berühren, die sich nur mit Schnäbeln, Girren und Musselinkragensticken beschäftigt? Auch du, liebliche, schlichte Blume! Soll der brüllende Kriegssturm dich umwerfen, obgleich du unter dem sicheren Dach von Holborn kauerst? Ja, Napoleon setzt das Letzte aufs Spiel, und das Glück der armen kleinen Emmy Sedley spielt irgendwie eine Rolle dabei.

Zunächst hatte die verhängnisvolle Nachricht das Vermögen ihres Vaters weggefegt. Dem unglücklichen alten Herrn waren in der letzten Zeit alle Spekulationen fehlgeschlagen. Unternehmungen waren mißlungen, Kaufleute hatten Bankrott gemacht, Staatspapiere waren gestiegen, als er aufs Sinken gerechnet hatte. Was brauchen wir noch auf Einzelheiten einzugehen? Wo Erfolge selten und langsam werden, kommt der Ruin schnell und leicht. Der alte Sedley hatte seine traurige Lage verschwiegen. Alles schien in dem ruhigen, reichen Hause seinen gewöhnlichen Gang zu gehen ; die gutmütige Hausherrin setzte nichtsahnend ihren geschäftigen Müßiggang fort und erfüllte ihre täglichen leichten Pflichten; die Tochter war noch immer ausschließlich mit dem gleichen selbstsüchtigen, zärtlichen Gedanken beschäftigt und kümmerte sich nicht um ihre Umwelt – bis jener Schlag kam, unter dem die würdige Familie fiel.

Eines Abends schrieb Mrs. Sedley Einladungskarten für eine Gesellschaft; die Osbornes hatten eine gegeben, und sie durfte nicht zurückstehen. John Sedley, der sehr spät aus der City heimgekommen war, saß schweigend am Kamin, während seine Frau ihm etwas vorschwatzte. Emmy war unpäßlich und hatte sich niedergeschlagen auf ihr Zimmer zurückgezogen. „Sie ist nicht glücklich", fuhr die Mutter in ihrem Gespräch fort. „George Osborne vernachlässigt sie. Ich kann das Gebaren dieser Leute nicht ausstehen. Die Mädchen sind seit drei Wochen nicht mehr hiergewesen, und George war zweimal in der Stadt, ohne uns zu besuchen. Edward Dale hat ihn in der Oper gesehen. Ich glaube bestimmt, Edward würde sie heiraten; und dann ist da noch Hauptmann Dobbin, der auch – nur, ich kann keinen Soldaten leiden. Was für ein Stutzer der George geworden ist! Und dieses militärische Gehabe; nein, wirklich, wir müssen gewissen Leuten zeigen, daß wir so gut sind wie sie. Gib nur Edward einige Hoffnung, und du wirst sehen. Wir müssen eine Gesellschaft geben, Sedley. Warum sprichst du nicht, John? Soll ich sagen, Dienstag in vierzehn Tagen? Aber warum antwortest du nicht? Guter Gott, John, was ist geschehen?“

John Sedley sprang aus seinem Stuhl auf, seiner Frau entgegen, die auf ihn zustürzte. Er nahm sie in die Arme und sagte hastig: „Wir sind ruiniert, Mary. Wir müssen nun wieder von vorn anfangen, meine Liebe. Es ist das beste, du erfährst sofort alles.“ Als er sprach, zitterte er am ganzen Leibe und sank fast zu Boden. Er dachte, die Nachricht würde seine Frau überwältigen, diese Frau, der er nie ein hartes Wort gegeben hatte. Aber nun war er am tiefsten erschüttert, so plötzlich auch der Schlag für sie kam. Als er in seinen Stuhl zurücksank, übernahm seine Frau das Trösteramt. Sie ergriff seine zitternden Hände, küßte sie und legte sie um ihren Hals; sie nannte ihn ihren John... ihren lieben John... ihren alten Mann ... ihren guten alten Mann; sie ergoß hundert unzusammenhängende Worte der Liebe und Zärtlichkeit über ihn, ihre treue Stimme und ihre schlichten Liebkosungen entzückten und quälten dieses betrübte Herz zugleich und erleichterten und trösteten seine beladene Seele.

Nur einmal im Laufe der langen Nacht, als sie beieinandersaßen und der arme Sedley in einer Generalbeichte seine verschlossene Seele auftat und die Geschichte seiner Verluste und Verlegenheiten erzählte – den Verrat einiger seiner ältesten Freunde, die mannhafte Freundlichkeit anderer, von denen er es nie erwartet hätte –, nur einmal machte die treue Frau ihren Gefühlen Luft. „Mein Gott, mein Gott! Es wird Emmy das Herz brechen“, sagte sie.

Der Vater hatte das arme Mädchen vergessen. Sie lag unglücklich oben in ihrem Zimmer wach. Umgeben von Freunden und gütigen Eltern, war sie in ihrem eigenen Hause einsam. Wie vielen Menschen kann man alles erzählen? Wer ist offen, wo er keinem Mitgefühl begegnet, oder wer kann schon mit denen sprechen, die doch kein Verständnis haben? So war unsere sanfte Amelia einsam. Sie hatte keine Vertraute mehr, seitdem sie etwas anzuvertrauen hatte. Ihrer alten Mutter konnte sie mit ihren Zweifeln und Sorgen nicht kommen, und ihre sogenannten Schwestern schienen ihr jeden Tag fremder. Sie hatte auch Ahnungen und Befürchtungen, die sie sich selbst nicht einzugestehen wagte, obwohl sie insgeheim dauernd darüber brütete.

Ihr Herz suchte ihr fortwährend zu versichern, daß George Osborne ihrer würdig und ihr treu sei, obgleich sie es anders wußte. Wie vieles hatte sie gesagt, ohne ein Echo von ihm zu vernehmen. Wie oft mußte sie dem Verdacht der Selbstsucht und der Gleichgültigkeit begegnen und ihn hartnäckig niederkämpfen. Wem konnte die arme kleine Märtyrerin diese tagtäglichen Kämpfe und Qualen anvertrauen? Ihr Held selbst verstand sie nur halb. Sie wagte es nicht, sich zu gestehen, daß der Mann ihrer Liebe ihr unterlegen war; sie wollte nicht fühlen, daß sie ihr Herz zu schnell verschenkt hatte. Da dies nun aber einmal geschehen war, so war das reine, schamhafte Mädchen zu bescheiden, zu zärtlich, zu vertrauensvoll, zu schwach, zu sehr Frau, um es wieder zurückzunehmen. Wir gehen mit der Liebe unserer Frauen wie die Türken um und haben sie zur Anerkennung unserer Lehre gezwungen. Wir lassen ihren Körper frei umhergehen, sie dürfen lächeln und Locken und rosa Hüte tragen, anstatt sich hinter Schleier und Jaschmak zu verbergen. Aber ihre Seele darf nur von einem einzigen Mann gesehen werden, und sie gehorchen nicht ungern und sind einverstanden, als unsere Sklavinnen zu Hause zu bleiben, uns zu bedienen und sich für uns abzuplagen.

So gefangen und gequält war dieses sanfte Herzchen, als im März Anno Domini 1815 Napoleon in Cannes landete, Ludwig XVIII. floh, ganz Europa in Unruhe versetzt wurde, die Aktien fielen und der alte John Sedley ruiniert wurde.

Wir wollen dem würdigen alten Börsenmakler nicht durch die letzten Qualen und Kämpfe des Ruins folgen, bis sein geschäftlicher Tod eintrat. Er wurde auf der Börse als zahlungsunfähig ausgehängt, er blieb von seinem Kontor weg, seine Wechsel wurden protestiert, sein Bankrott wurde in aller Form ausgesprochen. Das Haus und die Einrichtung am Russell Square wurden beschlagnahmt und verkauft und er und seine Familie daraus vertrieben, wie wir gesehen haben. Sollten sie sehen, wo sie nun blieben.

John Sedley brachte es nicht übers Herz, die Dienstboten des Hauses, die dann und wann in unserer Geschichte aufgetreten sind, noch einmal zu sehen, nachdem er sie nun, durch Armut gezwungen, entlassen mußte. Der Lohn wurde diesen guten Leuten mit jener Pünktlichkeit ausgezahlt, die man häufig bei Leuten findet, welche große Summen schulden. Es tat ihnen sehr leid, gute Stellungen aufgeben zu müssen, aber es brach ihnen nicht das Herz, sich von ihren angebeteten Herrschaften zu trennen. Das Kammermädchen unserer Amelia war zwar verschwenderisch mit Beileidsbezeigungen, ging aber ganz gelassen davon, um sich in einem vornehmeren Stadtteil zu verbessern. Der schwarze Sambo beschloß mit der Verblendung seines Standes, ein Wirtshaus zu eröffnen. Nur die ehrliche Mrs. Blenkinsop, die Joes und Amelias Geburt sowie John Sedleys Werben um seine Frau erlebt hatte, wollte auch ohne Lohn bei ihnen bleiben, da sie in ihrem Dienst eine schöne Summe gespart hatte. Sie begleitete die gefallene Familie zu ihrem neuen und bescheidenen Zufluchtsort, wo sie sie eine Zeitlang brummend pflegte.

Unter allen Gegnern Sedleys bei den nun folgenden Verhandlungen mit seinen Gläubigern – Verhandlungen, die die Gefühle des gedemütigten alten Herrn so sehr quälten, daß er in sechs Wochen mehr alterte als während der verflossenen fünfzehn Jahre – schien der entschlossenste und hartnäckigste sein alter Freund und Nachbar John Osborne zu sein, John Osborne, dem er geholfen hatte, auf eigenen Füßen zu stehen, der ihm hundertmal zu Dank verpflichtet war und dessen Sohn Sedleys Tochter heiraten sollte. Schon einer dieser Gründe würde die Bitterkeit von Osbornes Gegnerschaft hinreichend erklären.

Wenn ein Mensch einem anderen, mit dem er später in Streit gerät, sehr verpflichtet ist, so macht ihn ein allgemeines Anstandsgefühl gleichsam zu einem weit schlimmeren Feind, als er einem bloßen Fremden gegenüber sein würde. Um in diesem Fall deine eigene Hartherzigkeit und Undankbarkeit zu erklären und zu rechtfertigen, mußt du das Verbrechen des anderen Teiles beweisen. Nicht du selbst bist selbstsüchtig, brutal und wütend beim Fehlschlagen einer Spekulation – nein, nein, dein Partner hat dich durch niederträchtige Verräterei und in unehrlicher Absicht dazu verleitet. Ein bloßer Sinn für Konsequenz verpflichtet einen Ankläger, zu zeigen, daß der Gefallene ein Schurke ist – sonst ist er, der Ankläger, nämlich selbst ein Schuft.

Es ist eine allgemeine Regel, beruhigend für alle gestrengen Gläubiger, daß nämlich höchstwahrscheinlich kein Mensch, der sich in Verlegenheit befindet, vollkommen ehrlich ist. Er verhehlt immer etwas, übertreibt Glücksumstände, verheimlicht den wahren Stand der Dinge, sagt, bei ihm sei alles in Ordnung, wenn er gerade alle Hoffnung aufgegeben hat, trägt stets ein lächelndes Gesicht zur Schau (wahrhaftig, ein trauriges Lächeln!), während er am Rande des Bankrotts steht, möchte gern jeden Vorwand für einen Aufschub benutzen oder jede Art von Geld aufnehmen, um den unausbleiblichen Ruin noch einige Tage hinauszuschieben. „Nieder mit solcher Unehrlichkeit!“ ruft der Gläubiger triumphierend und schmäht seinen sinkenden Feind noch. „Du Narr, warum klammerst du dich an einen Strohhalm?“ fragt der kühle gesunde Menschenverstand den Ertrinkenden. „Du Schuft, warum scheust du dich, in der ›Gazette‹ zu erscheinen, wo du doch sowieso einmal hineinmußt?“ schreit der Reichtum den armen Teufel an, der sich in diesem schwarzen Strudel abmüht. Wer hat nicht schon bemerkt, mit welchem Eifer sich die intimsten Freunde und die ehrlichsten Menschen verdächtigen und sich gegenseitig des Betruges beschuldigen, wenn sie sich wegen Geldsachen überwerfen. Alle tun es. Alle haben vermutlich recht, und die Welt ist ein Schurke.

Außerdem hatte Osborne noch das unerträgliche Bewußtsein, einst von Sedley Wohltaten empfangen zu haben. Das stachelte und ärgerte ihn, und so etwas vertieft die Feindschaft stets noch. Schließlich mußte er das Verhältnis zwischen Sedleys Tochter und seinem Sohn abbrechen. Und da die Sache schon sehr weit gediehen war und das Glück, ja vielleicht der gute Ruf des armen Mädchens auf dem Spiele standen, so mußten wirklich zwingende Gründe für den Bruch ins Feld geführt werden, und John Osborne hatte zu beweisen, daß John Sedley wirklich ein ganz schlechtes Subjekt sei.

Bei den Gläubigerversammlungen trat John Osborne daher mit einer solchen Wut und Verachtung gegen Sedley auf, daß es dem ruinierten alten Manne fast das Herz brach. Von Stund an verbot er George jeglichen Umgang mit Amelia und bedrohte den jungen Mann mit seinem Fluch, falls er seinem Befehl zuwiderhandelte, und sprach von dem armen, unschuldigen Mädchen geringschätzig als von einem gemeinen und gerissenen

Weibstück. Eine Hauptvoraussetzung für Haß und Zorn ist, daß man über den Verhaßten Lügen verbreiten und sie auch glauben muß, um, wie gesagt, konsequent zu sein.

Als der große Krach kam – die Verkündung des Ruins, der Auszug vom Russell Square und die Erklärung, daß zwischen ihr und George, zwischen ihr und der Liebe, dem Glück und dem Glauben an die Welt alles aus sei – ein brutaler Brief von John Osborne teilte ihr in wenigen Zeilen mit, daß das Verhalten ihres Vaters jede Verbindung zwischen den beiden Familien verbiete –, als die letzte Entscheidung kam, war sie nicht so erschüttert, wie ihre Eltern, oder vielmehr ihre Mutter, erwartet hatten, denn John Sedley selbst war völlig zerschmettert: in den Trümmern seiner eigenen Angelegenheiten und seiner vernichteten Ehre. Amelia nahm die Nachricht bleich und ruhig auf. Es war ja nur die Bestätigung ihrer düsteren Ahnungen. Es war nur die Urteilsverkündung für das Verbrechen, dessen sie sich längst schuldig gemacht hatte, nämlich zu Unrecht, gegen alle Vernunft, leidenschaftlich zu lieben. Sie verriet jetzt ihre Gedanken ebensowenig wie früher. Jetzt, wo sie überzeugt war, daß alle Hoffnung geschwunden sei, schien sie kaum unglücklicher zu sein als früher, als sie fühlte, aber sich nicht einzugestehen wagte, daß alles vorbei sei. So zog sie ohne jede Äußerung aus dem großen Haus in das kleine, blieb meistens in ihrem Zimmerchen, härmte sich im stillen ab und welkte dahin. Ich will nicht sagen, alle Frauen seien so. Ich glaube nicht, daß Ihr Herz, meine liebe Miss Bullock, brechen würde! Sie sind ein vernünftiges junges Mädchen mit gesunden Grundsätzen. Ich will auch nicht sagen, daß meines brechen würde, es hat vieles erduldet und ist trotzdem am Leben geblieben. Aber es gibt solche Seelen, die so zart gebaut, so zerbrechlich, fein und empfindlich sind.

Sooft der alte John Sedley an die Angelegenheit zwischen George und Amelia dachte oder darauf anspielte, geschah es mit einer Bitterkeit, die der Mr. Osbornes kaum nachstand. Er verfluchte Osborne und seine Familie als herzlos, schurkisch und undankbar. Er schwor, keine Macht auf Erden könne ihn bewegen, seine Tochter an den Sohn so eines Halunken zu verheiraten, und er befahl Emmy, sich George aus dem Sinn zu schlagen und alle Geschenke und Briefe zurückzugeben, die sie je von ihm empfangen hatte.

Sie versprach, sich in ihr Schicksal zu fügen, und versuchte zu gehorchen. Sie packte die wenigen Schmucksachen zusammen und zog die Briefe aus ihrem Versteck und las sie noch einmal – als ob sie sie nicht schon auswendig gewußt hätte. Aber von ihnen konnte sie sich nicht trennen. Das war zuviel verlangt, sie steckte sie wieder in den Busen – so sieht man manchmal eine Frau ihr totes Kind herzen. Die junge Amelia fühlte, daß sie sterben oder den Verstand verlieren würde, wenn man ihr diesen letzten Trost entrisse. Wie sie jedesmal, wenn einer von diesen Briefen gekommen war, errötete und strahlte, wie schnell sie klopfenden Herzens wegtrippelte, um ihn ungestört lesen zu können! Waren sie kühl gehalten, so las sie diese liebevolle kleine Seele in Wärme um, waren sie kurz und egoistisch, fand sie immer wieder Entschuldigungen für den Schreiber!

Über diesen wenigen wertlosen Papieren brütete und brütete sie nun. Sie lebte in der Vergangenheit – jeder Brief schien ihr ein Ereignis daraus zurückzurufen. Wie gut sie sich an alles erinnerte! Sein Blick und sein Ton, seine Kleidung, was er sagte und wie er es sagte – diese Reliquien und Erinnerungsstücke einer toten Neigung waren alles, was ihr auf der Welt verblieben war. Und ihre Lebensaufgabe war nun, den Leichnam der Liebe zu bewachen.

Dem Tode sah sie mit unaussprechlichem Verlangen entgegen. Dann, dachte sie, werde ich stets bei ihm sein, werde ich ihm stets folgen. – Ich lobe ihr Betragen nicht, und ich will es Miss Bullock keineswegs als nachahmenswertes Beispiel hinstellen. Miss B. versteht besser, ihre Gefühle zu beherrschen, als dieses arme kleine Geschöpf. Miss B. hätte sich nie so kompromittiert wie die unvorsichtige Amelia, hätte nie ihre Liebe verpfändet und ihr Herz offenbart und verschenkt, ohne etwas anderes dafür zu erhalten als ein unsicheres Versprechen, das in einem Augenblick gebrochen und wertlos war. Eine lange Verlobung ist eine Gemeinschaft, bei der ein Partner nach eigenem Willen sein Wort halten oder brechen kann, in der aber das ganze Kapital des anderen steckt.

Seid daher vorsichtig, ihr jungen Damen! Seid wachsam, wie ihr euch bindet! Hütet euch, aufrichtig zu lieben, verratet nie alle eure Gefühle oder (noch besser) fühlt sehr wenig! Beachtet die Folgen der vorschnellen Ehrlichkeit und des Vertrauens! Mißtraut euch selbst und allen anderen! Verheiratet euch am besten wie in Frankreich, wo Advokaten Brautjungfern und Vertraute sind. Auf jeden Fall hütet euch vor Gefühlen, die euch unbequem werden können, und vor Versprechungen, die ihr nicht ständig in der Gewalt habt und zurückziehen könnt. Das ist der Weg, auf dem Jahrmarkt der Eitelkeit sein Glück zu machen, sich Achtung zu verschaffen und einen tugendhaften Charakter zu erhalten.

Hätte Amelia diese Kommentare hören können, die die Kreise, aus denen der Ruin ihres Vaters sie gerade vertrieben hatte, über sie machten, so hätte sie erfahren, welche Verbrechen sie begangen hatte und wie sehr ihr guter Ruf gefährdet war. Von solch einer verbrecherischen Unklugheit hatte Mrs. Smith noch nie gehört, solche abscheulichen Vertraulichkeiten hatte Mrs. Brown stets verdammt, und das Ende sollte nun ihren Töchtern als warnendes Beispiel dienen. „Hauptmann Osborne kann natürlich die Tochter eines Bankrotteurs nicht heiraten", sagten die beiden Miss Dobbin. „Es ist schon genug, von dem Vater beschwindelt zu werden. Und die kleine Amelia hat in ihrer Torheit alles überschritten, was..."

„Alles, was?" brüllte Hauptmann Dobbin. „Waren sie nicht schon von Kindheit an miteinander verlobt? War es nicht so gut wie eine Ehe? Wagt jemand, auch nur ein Wort gegen das lieblichste, reinste, zärtlichste, engelhafteste aller Mädchen zu sagen?"

„Ach Gott, William, sei doch nicht zu rabiat gegen uns. Wir sind doch keine Männer. Wir können uns nicht mit dir schlagen“, sagte Miss Jane. „Wir haben doch nichts gegen Miss Sedley gesagt, bloß daß sie sich eben sehr unvorsichtig benommen hat, um es mal ganz harmlos auszudrücken, und daß ihre Eltern Leute sind, die ihr Unglück verdient haben.“

„Willst du ihr nicht lieber selbst einen Heiratsantrag machen, wo sie doch jetzt frei ist, William?“ fragte Miss Ann sarkastisch. „Das wäre doch eine angemessene Familienverbindung. Haha!“

„Ich sie heiraten!“ sagte Dobbin schnell, wobei er tief errötete. „Wenn ihr, meine jungen Damen, so schnell dabei seid, eure Meinung andauernd zu ändern, glaubt ihr dann, daß sie es auch ist? Lacht und spottet nur über diesen Engel! Sie kann es ja nicht hören, und sie ist elend und unglücklich und verdient, daß man sie auslacht. Mach nur weiter mit deinem Ulk, Ann. Du bist der Witzbold der Familie, und die anderen hören es gern.“

„Ich muß dir abermals sagen, daß wir hier nicht in der Kaserne sind, William“, bemerkte Miss Ann.

„In der Kaserne, beim Zeus – ich wollte, es würde einer in der Kaserne so reden wie ihr“, brüllte der aufgestörte britische Löwe. „Soll mir bloß einer auch nur ein Wort gegen sie flüstern, beim Zeus. Aber Männer reden nicht so wie du, Ann, nur Weiber stecken die Köpfe zusammen und zischeln und kreischen und schnattern. Ach, macht, daß ihr wegkommt, und fangt nicht an zu heulen. Ich habe doch bloß gesagt, daß ihr ein paar Gänse seid“, sagte Will Dobbin, als er bemerkte, daß Miss Anns gerötete Augen wie üblich feucht wurden. „Ja doch, von mir aus seid ihr eben keine Gänse, sondern Schwäne – alles, was ihr wollt. Nur laßt bitte, bitte Miss Sedley aus dem Spiel!“

Hatte man schon so etwas wie die Vernarrtheit Williams in das einfältige, kokettierende, himmelnde kleine Ding erlebt? fragten sich die Schwestern und die Mama, und sie zitterten vor Angst, daß Amelia, da die Verlobung mit Osborne ja nun gelöst war, ihren anderen Anbeter und Hauptmann erhören würde. Bei diesen Befürchtungen urteilten die würdigen jungen Damen ohne Zweifel aus eigener Erfahrung oder, richtiger gesprochen (da sie bisher noch keine Gelegenheit zum Heiraten oder Sitzenlassen gehabt hatten), nach ihren eigenen Ansichten über Recht und Unrecht.

„Man muß dem Himmel danken, Mama, daß das Regiment ins Ausland versetzt wird“, sagten die Mädchen. „Dann bleibt wenigstens diese Gefahr unserem Bruder erspart.“

So war es auch. Und daher kommt es, daß der französische Kaiser auftritt und eine Rolle in dieser Familienkomödie vom Jahrmarkt der Eitelkeit spielt, die wir jetzt aufführen und die ohne das Eingreifen dieser hohen stummen Figur nie auf die Bühne gekommen wäre. Er war es, der die Bourbonen und Mr. John Sedley ruinierte. Seine

Ankunft in seiner Hauptstadt rief ganz Frankreich zu den Waffen, um ihn dort zu verteidigen, und ganz Europa, um ihn seiner Macht zu entheben. Während die französische Nation und Armee auf dem Champ-de-Mai auf den Adler den Treueid leisteten, setzten sich vier gewaltige europäische Heere zur großen chasse à l'aigle in Bewegung. Eines dieser Heere war die britische Armee, zu der auch zwei unserer Helden, Hauptmann Dobbin und Hauptmann Osborne, gehörten.

Die Nachricht von Napoleons Flucht und Landung wurde von dem tapferen ...ten Regiment mit Jubel und Begeisterung begrüßt, was jeder begreift, der das berühmte Korps kennt. Vom Oberst bis zum kleinsten Regimentstrommler herab war alles voller Hoffnung, Ehrgeiz und patriotischer Wut. Sie waren dem französischen Kaiser dankbar wie für eine persönliche Gunstbezeigung, daß er gekommen war, um den Frieden Europas zu stören. Jetzt war endlich die Zeit gekommen, auf die das ...te Regiment lange sehnlichst gewartet hatte, wo sie ihren Waffenbrüdern zeigen konnten, daß sie zu kämpfen verstanden wie die Veteranen des Spanienkrieges und daß aller Mut und alle Tapferkeit des ...ten Regiments nicht von Westindien und dem gelben Fieber getötet worden war. Stubble und Spooney hofften, ihre Kompanie zu bekommen, ohne das Patent zu kaufen. Noch vor dem Ende des Feldzugs (an dem sie teilzunehmen beschloß) hoffte Majorin O'Dowd sich Frau Oberst O'Dowd schreiben zu können. Unsere beiden Freunde, Dobbin und Osborne, waren ebenso aufgeregt wie alle übrigen, und jeder war auf seine Weise entschlossen – Mr. Dobbin sehr ruhig, Mr. Osborne sehr laut und energisch –, seine Pflicht zu tun und seinen Teil an Ehre und Auszeichnung zu erringen.

Die Erregung, die nach dieser Nachricht die Armee und das ganze Land durchzitterte, war so groß, daß man Privatsachen kaum noch beachtete. Daher machten Ereignisse, die den gerade zum Hauptmann beförderten George Osborne in ruhigeren Zeiten sehr interessiert hätten, keinen großen Eindruck auf ihn, der mit den Vorbereitungen zum sicheren Marsch und Aussichten auf weitere Beförderung beschäftigt war. Er war, wir müssen es bekennen, über das Mißgeschick des guten alten Mr. Sedley nicht sehr betrübt. An dem Tage, an dem die erste Gläubigerversammlung mit dem unglücklichen Herrn stattfand, probierte er gerade seine neue, kleidsame Uniform an. Sein Vater erzählte ihm von der boshaften, schurkischen, schändlichen Haltung des Bankrotteurs, erinnerte ihn an seine Worte über Amelia und wiederholte ihm, daß ihre Verbindung für immer abgebrochen sei. Am Abend gab er ihm eine beträchtliche Geldsumme, um die neuen Kleider und Epauletten zu bezahlen, in denen er so stattlich aussah. Geld konnte der freigebige junge Mann stets gebrauchen, und so nahm er es denn ohne viele Worte an. Die Aushänge waren am Sedleyschen Hause angebracht worden, wo er so viele, viele glückliche Stunden verlebt hatte. Er konnte sie im Mondschein weiß leuchten sehen, als er an jenem Abend von zu Hause zu Slaughter ging, wo er immer wohnte, wenn er in der Stadt war. Das gute, bequeme Haus war also für Amelia und ihre Eltern verschlossen, wo mochten sie wohl Zuflucht gesucht haben? Der Gedanke an ihren Ruin berührte ihn doch etwas. An diesem Abend war er im Kaffeezimmer von Slaughter sehr melancholisch und trank viel, wie seine Kameraden dort feststellten.

Bald kam Dobbin und warnte ihn, zuviel zu trinken, aber George meinte, daß er es nur tue, weil er verdammt trüber Stimmung sei. Als nun sein Freund jedoch begann, ungeschickte Fragen zu stellen, und sich bedeutungsvoll nach Neuigkeiten erkundigte, lehnte Osborne ab, sich mit ihm in ein Gespräch einzulassen, gab aber zu, daß er verteufelt unruhig und unglücklich sei.

Drei Tage darauf fand Dobbin den jungen Hauptmann Osborne in seinem Zimmer in der Kaserne – den Kopf auf dem Tisch, um ihn her eine Menge Papiere verstreut, offenbar in äußerst kleinmütiger Stimmung. „Sie hat – sie hat mir ein paar Dinge zurückgeschickt, die ich ihr einmal geschenkt habe – ein bißchen verdammten Flitterkram. Hier, siehst du!“ Da war ein Päckchen, in wohlbekannter Handschrift an Hauptmann George Osborne adressiert, und einige Gegenstände rundum verstreut – ein Ring, ein silbernes Messer, das er ihr als Knabe auf einem Jahrmarkt gekauft hatte, eine goldene Kette und ein Medaillon mit einer Haarlocke. „Es ist alles aus“, sagte er mit einem Seufzer bitterer Reue. „Da, sieh, Will, du kannst es lesen, wenn du willst.“

Er deutete auf ein Briefchen, in dessen wenigen Zeilen folgendes stand:

Mein Papa hat mir befohlen, Ihnen diese Geschenke zurückzugeben, die ich in glücklichen Tagen von Ihnen erhalten habe. Dies soll mein letzter Brief an Sie sein. Ich glaube, ja ich weiß, Sie werden den Schlag, der uns getroffen hat, ebenso fühlen wie ich. Ich selbst entbinde Sie von einem Verlöbnis, das in unserem gegenwärtigen Elend nicht aufrechtzuerhalten ist. Ich bin überzeugt, daß Sie weder daran noch an Mr. Osbornes grausamen Verdächtigungen teilhaben, die uns in all unserem Kummer am schwersten bedrücken. Leben Sie wohl. Leben Sie wohl. Ich flehe zu Gott, mir die Kraft zu geben, das und weiteres Elend ertragen zu können, und Sie stets mit seinem Segen zu überhäufen.
A.

Ich werde oft auf dem Klavier – Ihrem Klavier – spielen. Es sah Ihnen so ähnlich, es mir zu schicken.

Dobbin war sehr weichherzig. Beim Anblick leidender Frauen und Kinder schmolz er stets dahin. Der Gedanke, daß Amelia gramverzehrt und einsam sei, zerriß seine gute Seele vor Pein. Er geriet in eine Gefühlsaufwallung, die jeder, der Lust hat, als unmännlich betrachten mag. Er schwor, Amelia sei ein Engel, wozu Osborne von ganzem Herzen zustimmte. Auch er hatte seine und Amelias Lebensgeschichte an sich vorbeiziehen lassen und sie, von ihrer Kindheit bis jetzt, so süß, so unschuldig, so bezaubernd einfach, liebevoll und zärtlich gesehen.

Welch ein Schmerz, dies alles nun verlieren zu müssen, es besessen und nicht gehörig geschätzt zu haben! Tausend liebliche Szenen und Erinnerungen drängten sich ihm auf, und stets sah er sie gut und schön vor sich. Er errötete vor Scham und Reue bei der Erinnerung an seine Selbstsucht und Gleichgültigkeit im Gegensatz zu ihrer vollkommenen Reinheit. Für eine Weile war Ruhm, Krieg und alles andere vergessen, und die beiden Freunde sprachen nur von ihr.

„Wo sind sie?" fragte Osborne nach einem langen Gespräch und einer langen Pause, und er war wirklich beschämt bei dem Gedanken, daß er keinerlei Schritte unternommen hatte, ihr zu folgen. „Wo sind sie? In dem Briefchen steht keine Adresse."

Dobbin wußte es. Er hatte nicht nur das Klavier geschickt, sondern auch an Mrs. Sedley geschrieben und um Erlaubnis gebeten, sie besuchen zu dürfen, und er hatte sie und Amelia tags zuvor gesehen, ehe er wieder nach Chatham ging. Außerdem hatte er den Abschiedsbrief und das Päckchen überbracht, das sie beide so bewegt hatte.

Mrs. Sedley hatte den gutmütigen Burschen nur zu bereitwillig empfangen. Er fand sie sehr aufgeregt über das Eintreffen des Klaviers, das, wie sie vermutete, nur von George kommen konnte und ein Zeichen seiner Freundschaft war. Hauptmann Dobbin befreite die würdige Dame nicht von ihrem Irrtum und hörte sich mitfühlend ihre ganze Leidensgeschichte an, bedauerte ihre Verluste und Entbehrungen und tadelte, gleich ihr, Mr. Osbornes verwerfliches Verhalten gegenüber seinem ersten Wohltäter. Als sie ihr überströmendes Herz etwas erleichtert und einen großen Teil ihrer Sorgen vor ihm ausgeschüttet hatte, faßte er wirklich Mut, zu fragen, ob er Amelia sehen dürfte, die, wie gewöhnlich, oben in ihrem Zimmerchen war und zitternd von der Mutter herabgeführt wurde.

Sie sah so totenblaß aus und blickte so verzweifelt, daß der ehrliche William Dobbin bei ihrem Anblick erschrak und in dem bleichen, starren Gesicht die schlimmsten Vorzeichen las. Nachdem sie ein paar Minuten mit ihm gesessen hatte, drückte sie ihm das Päckchen in die Hand und bat: „Bringen Sie das bitte Hauptmann Osborne und – und ich hoffe, es geht ihm gut – und es war sehr freundlich von Ihnen, uns zu besuchen – und unser neues Haus gefällt uns sehr. Und ich – ich glaube, ich werde wieder hinaufgehen, Mama, ich fühle mich etwas schwach." Damit ging das arme Kind knicksend und lächelnd davon. Als die Mutter Amelia hinaufführte, warf sie einen ängstlichen Blick auf Dobbin. Einer solchen Aufforderung bedurfte es bei dem guten Burschen nicht. Dafür liebte er sie selbst viel zu zärtlich. Unaussprechlicher Kummer, Mitleid, Schrecken verfolgten ihn, als er, nachdem er sie gesehen hatte, wie ein Verbrecher davonschlich.

Als Osborne hörte, daß sein Freund sie gefunden hatte, erkundigte er sich warm und ängstlich nach dem armen Kind. Wie ging es ihr? Wie sah sie aus? Was sagte sie? Der Kamerad ergriff seine Hand und blickte ihm ins Gesicht.

„George, sie stirbt", sagte William Dobbin. Er konnte nicht weitersprechen.

In dem Häuschen, wo Familie Sedley Zuflucht gefunden hatte, gab es ein dralles, irisches Dienstmädchen, das alle Hausarbeit tat. Dieses Mädchen hatte sich während der vergangenen Tage vergeblich bemüht, Amelia Hilfe oder Trost zu geben. Emmy aber war viel zu traurig, um auf sie zu hören, und bemerkte nicht einmal die Versuche der anderen, sie aufzuheitern.

Vier Stunden nach dem Gespräch zwischen Dobbin und Osborne kam dieses Dienstmädchen in Amelias Zimmer, wo sie wie gewöhnlich über ihren Briefen, ihren kleinen Schätzen, brütete. Das Mädchen lächelte und machte mit schlauer und glücklicher Miene allerlei Versuche, die Aufmerksamkeit der armen Emmy zu erwecken. Aber diese nahm keinerlei Notiz von ihr.

„Miss Emmy!“ sagte das Mädchen.

„Ich komme gleich“, sagte Emmy, ohne sich umzusehen.

„Ich habe etwas auszurichten“, fuhr das Dienstmädchen fort. „Da ist etwas – jemand – hier ist ein neuer Brief für Sie – lassen Sie doch die Leserei von den alten sein.“ Und sie reichte ihr einen Brief. Emmy nahm ihn und las.

„Ich muß Dich sehen“, sagte der Brief. „Liebste Emmy –mein Liebling – meine liebe, kleine Frau, komm zu mir.“

George und ihre Mutter standen vor der Tür und warteten, bis sie den Brief gelesen hatte.

19. Kapitel

Miss Crawley in Pflege

Wir haben gesehen, daß Mrs. Firkin, die Kammerfrau, sich verpflichtet fühlte, jedesmal, wenn sie ein für die Familie Crawley wichtiges Ereignis erfuhr, es Mrs. Bute Crawley im Pfarrhaus mitzuteilen. Wir haben weiter oben auch erwähnt, wie freundlich und aufmerksam diese gutmütige Dame gegen Miss Crawleys vertrauenswürdigen Butler war, und auch für Miss Briggs, die Gesellschaftsdame, war sie stets eine gütige Freundin gewesen und hatte sich deren Wohlwollen durch eine Unzahl von Aufmerksamkeiten und Versprechungen erworben, die den Spender so wenig kosten und dem Empfänger doch so angenehm und wertvoll sind. füberhäuft. Jede sparsame Hausfrau sollte wissen, wie wohlfeil und doch gern gesehen solche Erklärungen sind und welchen Wohlgeschmack sie der einfachsten Speise im Leben verleihen. Wer war bloß der Dummkopf, der das Sprichwort „Schöne Worte machen den Kohl nicht fett“ erfand? Ich sage dagegen, die Hälfte allen Kohls der Gesellschaft wird mit keiner anderen Zutat angerichtet und serviert. Wie der unsterbliche Alexis Soyer eine köstlichere Suppe für einen halben Penny zubereiten kann als ein schlechter Koch, der Fleisch und Gemüse pfundweise verbraucht, ebenso kann ein geschickter Künstler mit ein paar einfachen, gefälligen Redensarten mehr ausrichten als ein bloßer Stümper mit einem ganzen Vorrat von wirklichen Wohltaten. Ja, wir wissen sogar, daß wirkliche Wohltaten einige Mägen oft zum Erbrechen reizen, während die meisten jede Menge schöner Worte gut verdauen und immer noch mehr von dieser Kost verlangen. Mrs. Bute hatte der Briggs und der Firkin so oft ihre große Zuneigung beteuert und ihnen erzählt, was sie alles für so vortreffliche und ergebene Freundinnen tun würde, besäße sie nur Miss Crawleys Vermögen, daß die fraglichen Damen sie sehr schätzten und ihr ebensoviel Dankbarkeit und Vertrauen entgegenbrachten, als hätte Mrs. Bute sie mit kostspieligen Gunstbezeigungen überhäuft.

Rawdon Crawley allerdings, dieser selbstsüchtige, schwerfällige Dragoner, gab sich nie Mühe, sich bei den Adjutanten seiner Tante angenehm zu machen. Er legte seine Verachtung für die beiden ganz offen an den Tag, ließ sich einmal von der Firkin die Stiefel ausziehen, schickte sie ein andermal im Regen mit entwürdigenden Aufträgen weg, und gab er ihr schon mal eine Guinee, so warf er sie ihr zu wie eine Ohrfeige. Da die Tante die Briggs auch zur Zielscheibe ihres Spottes machte, so folgte der Hauptmann ihrem Beispiel und zielte mit seinen Späßen auf sie – Späßen, so zart wie der Hufschlag seines Pferdes. Mrs. Bute dagegen zog sie in schwierigen Angelegenheiten oder in Fragen des Geschmacks zu Rate, bewunderte ihre Gedichte und bewies durch tausend höfliche und freundliche Taten, wie sehr sie die Briggs schätzte. Und wenn sie der Firkin ein Geschenk von ein paar Pennys machte, so tat sie es mit so vielen Komplimenten, daß sich die wenigen Pennys im Herzen der dankbaren Kammerfrau in pures Gold verwandelten. Außerdem wartete die Firkin geduldig auf einen erstaunlichen Glücksumstand, der sich an dem Tage ereignen mußte, wo Mrs. Bute ihr großes Erbe antreten würde.

Ich erlaube mir, Menschen, die in die Welt eintreten, ergebenst auf das unterschiedliche Benehmen dieser beiden Leute aufmerksam zu machen. Ich rate ihnen: Lobt jedermann, seid nie zurückhaltend, sondern sagt einem Menschen eure Komplimente gerade ins Gesicht und hinter seinem Rücken dann, wenn ihr annehmt, es besteht die Möglichkeit, daß sie ihm zu Ohren kommen. Laßt nie eine Gelegenheit vorübergehen, ein freundliches Wort anzubringen. Wie Collingwood auf seinem Gut nie eine leere Stelle sehen konnte, ohne eine Eichel aus der Tasche zu ziehen und sie in die Erde zu stecken, so haltet es auch euer Leben lang mit den Komplimenten. Eine Eichel kostet nichts, kann aber zu einer riesigen Menge Bauholz werden.

Mit einem Wort, solange es Rawdon Crawley gut ging, gehorchte man ihm nur mürrisch. Als er nun in Ungnade fiel, war niemand da, um ihm zu helfen oder ihn zu bemitleiden. Dagegen als Mrs. Bute in Miss Crawleys Haus das Kommando übernahm, war die Besatzung ganz entzückt, unter solch einem Kommandeur zu stehen, und versprach sich alle erdenklichen Vorteile von ihren Versprechungen, ihrem Edelmut und ihren freundlichen Worten.

Mrs. Bute Crawley glaubte nie, daß Rawdon sich nach einer einzigen Niederlage besiegt erklären und keinen weiteren Versuch unternehmen würde, die verlorene Stellung wiederzuerobern. Sie kannte Rebekka als zu klug, zu mutig und zu rücksichtslos, um sich der Hoffnung hinzugeben, daß sich die junge Frau kampflos in ihr Schicksal fügen würde, und sie fühlte, daß sie sich für diesen Kampf vorbereiten und auf der Hut sein müsse gegen jeden Angriff, jede Mine und jeden Überfall.

War sie aber, obwohl sie die Stadt besetzt hielt, der Hauptbewohnerin so sicher? Würde Miss Crawley selbst aushalten? Trug sie nicht ein heimliches Verlangen, den vertriebenen Gegner wieder bei sich willkommen zu heißen? Die alte Dame hatte Rawdon gern und auch die unterhaltsame Rebekka. Mrs. Bute mußte zugeben, daß von ihrer Partei keiner imstande war, die Lebedame zu amüsieren. Der Gesang meiner Mädchen, das weiß ich sicher, ist im Vergleich mit dem der abscheulichen kleinen Gouvernante unerträglich, gestand sich die aufrichtige Pfarrersfrau selbst ein. Wenn Martha und Louisa ihre Duette spielten, ist sie immer eingeschlafen. Jims steifes Universitätsbenehmen und die Unterhaltung mit dem armen lieben Bute über seine Pferde und Hunde langweilten sie stets. Nähme ich sie mit ins Pfarrhaus, so würde sie ganz bestimmt auf uns alle böse werden und flüchten, und dann könnte sie wieder in die Klauen des abscheulichen Rawdon fallen und ein Opfer dieser kleinen Schlange werden. Immerhin ist mir klar, daß sie sich sehr schlecht fühlt und sich auf jeden Fall ein paar Wochen nicht rühren wird. Während dieser Zeit müssen wir irgendeinen Plan aushecken, um sie vor den Ränken dieser charakterlosen Leute zu schützen.

Wenn jemand Miss Crawley, sogar in ihren besten Augenblicken, zu verstehen gab, sie sei krank oder sehe so aus, dann schickte die zitternde alte Dame auf der Stelle nach ihrem Doktor. Daß es ihr nach dem plötzlichen Familienereignis, das auch stärkere Nerven als ihre erschüttert hätte, wirklich sehr schlecht ging, kann man wohl sagen. Mrs. Bute hielt es wenigstens für ihre Pflicht, den Arzt, den Apotheker, die dame de compagnie und die Dienstboten wissen zu lassen, daß Miss Crawleys Zustand überaus kritisch sei und daß man sich dementsprechend zu benehmen habe. Sie ließ die Straße kniehoch mit Stroh bestreuen, den Türklopfer abnehmen und ihn mit Mr. Bowls' Silbergeschirr wegpacken. Sie bestand darauf, daß der Doktor täglich zweimal kam, und überschwemmte ihre Patientin alle zwei Stunden mit Arzneien. Trat jemand ins Zimmer, so ließ sie ein so zischendes, unheilverkündendes „schschsch“ hören, daß die arme alte Dame vor Schreck im Bett zusammenfuhr. Miss Crawley konnte nicht hochblicken, ohne Mrs. Butes eifrig auf sie gerichteten Perlenaugen zu begegnen, da die gute Frau den Armsessel neben dem Bett auch nicht eine Sekunde verließ. Wenn Mrs. Bute im Zimmer wie auf samtenen Katzenpfoten umherging, schienen die Augen sogar im Dunkeln zu leuchten (die Vorhänge hielt sie nämlich ständig zugezogen). So lag Miss Crawley tagelang, viele, viele Tage, und Mrs. Bute las ihr aus Andachtsbüchern vor. So lag sie nächtelang, viele, viele Nächte, in denen sie den Ruf des Nachtwächters hörte und sah, wie das Nachtlicht sprühte. Um Mitternacht kam als letzter Besuch leise der Apotheker, und dann war sie allein mit Mrs. Butes funkelnden Augen und dem gelben Flackern des Nachtlichtes an der eintönigen düsteren Zimmerdecke. Hygieia selbst wäre unter einer solchen Herrschaft krank geworden, wieviel mehr dann erst dieses arme, alte nervenschwache Opfer! Wir haben festgestellt, daß die würdige Bewohnerin des Jahrmarkts der Eitelkeit, wenn sie gesund und munter war, so freie Ansichten über Religion und Moral hatte, wie Monsieur de Voltaire sie sich selbst hätte wünschen können; sobald sie aber krank wurde, verschlimmerte sich ihr Zustand durch die entsetzlichsten Todesschrecken, und die alte Sünderin wurde ausgesprochen feige.

Predigten am Krankenbett und fromme Betrachtungen sind in einem reinen Geschichtenbuch bestimmt fehl am Platze, und wir beabsichtigen nicht (wie manche moderne Romanschreiber), den Leser zu beschwatzen, eine Predigt anzuhören, wenn er für eine Komödie bezahlt hat. Aber ohne predigen zu wollen, möchten wir doch bitten, die Wahrheit im Auge zu behalten und zu sehen, daß das Leben und Treiben und der Triumph, das Lachen und die Fröhlichkeit, die der Jahrmarkt der Eitelkeit öffentlich zeigt, dem Schauspieler nicht immer ins Privatleben folgen und daß ihn oftmals traurige Niedergeschlagenheit und verzweifelte Reue packen. Die Erinnerung an die köstlichsten Bankette wird kranke Epikureer wohl schwerlich aufheitern können. Erinnerungen an die hübschesten Kleider und glänzendsten Balltriumphe werden verwelkten Schönheiten stets nur wenig zum Trost dienen. Vielleicht bereitet es Staatsmännern in einer gewissen Periode ihres Lebens wenig Befriedigung, an die erfolgreichsten Abstimmungen zu denken, und der Erfolg und die Freude von gestern schrumpfen gewaltig zusammen, wenn ein gewisses (und trotzdem Ungewisses) Morgen in Aussicht steht, mit dem wir doch alle früher oder später einmal rechnen müssen. O meine Mitbrüder im Narrenkleid! Gibt es nicht Augenblicke, wo einen die Luftsprünge, das Lachen und das Schellengeklingel anekeln? Mein liebenswürdiges Ziel, teure Freunde und Genossen, ist es, mit euch über den Jahrmarkt zu gehen und die Buden und Schaustellungen zu durchforschen; und nach all dem Glanz, all dem Lärmen und all der Lustigkeit werden wir wieder heimkehren und dann im verborgenen höchst unglücklich sein.

Wenn mein armer Mann doch bloß einen Kopf auf den Schultern trüge, dachte Mrs. Bute Crawley bei sich, wie nützlich könnte er sich gerade jetzt der unglücklichen alten Dame machen! Er könnte sie zur Reue über ihre entsetzliche Freidenkerei bringen; er könnte sie bewegen, ihre Pflicht zu tun und diesen abscheulichen Verworfenen, der sich und seiner Familie Schande gemacht hat, zu verstoßen. Auch könnte er sie veranlassen, meinen lieben Mädchen und den beiden Jungen Gerechtigkeit widerfahren zu lassen, die ganz sicher jede Hilfe brauchen und verdienen, die ihre Verwandten ihnen geben können.

Da Haß gegen das Laster stets ein Schritt zur Tugend ist, versuchte Mrs. Bute Crawley ihrer Schwägerin einen gehörigen Abscheu vor Rawdon Crawleys vielfältigen Sünden einzuflößen. Die Frau seines Onkels verfaßte einen so ausführlichen Katalog davon, daß er ausgereicht hätte, ein ganzes Regiment junger Offiziere zu verdammen. Hat ein Mensch im Leben ein Unrecht begangen, so wüßte ich nicht, wer schneller dabei wäre, seine Fehler der Welt zu verkünden, als die eigenen Verwandten. Mrs. Bute zeigte daher auch ein höchst lebhaftes Familieninteresse und eine genaue Kenntnis von Rawdons Lebensgeschichte. Sie wußte alle Einzelheiten jenes häßlichen Streites mit Hauptmann Firebrace, bei dem Rawdon, der von Anfang an im Unrecht war, den Hauptmann schließlich erschoß. Sie kannte die Geschichte von dem unglücklichen Lord Dovedale, dessen Mutter in Oxford ein Haus gemietet hatte, damit ihr Sohn dort ausgebildet werden konnte. Der Junge hatte vor seiner Ankunft in London noch nie eine Karte in der Hand gehabt, Rawdon aber, dieser abscheuliche Verführer der Jugend, lockte ihn in den „Kakaobaum", machte ihn total betrunken und jagte ihm viertausend Pfund ab. Lebhaft und genau beschrieb sie den Schmerz der Familien auf dem Lande, die er ruiniert hatte, deren Söhne er in Unehre und Armut gestürzt, deren Töchter er verführt hatte. Sie kannte die armen Kaufleute, die durch seine Verschwendung an den Bettelstab kamen, die niederträchtigen Ränke und Spitzbübereien, mit denen er zu Werke ging, die erstaunlichen Lügen, mit denen er die edelmütigste aller Tanten hinters Licht führte, und die Undankbarkeit und den Spott, womit er deren Opfer vergalt. Alle diese Geschichten teilte sie Miss Crawley nach und nach mit, und zwar so ausführlich wie möglich. Sie hielt das für ihre Pflicht als Christin und Familienmutter und empfand keine Gewissensbisse oder Mitleid mit dem Opfer ihrer Zunge. Ja sie fand ihre Handlungsweise höchstwahrscheinlich ungemein verdienstvoll und tat sich auf die Entschlossenheit, mit der sie zu Werke ging, nicht wenig zugute. Man sage, was man will: Soll ein Mensch um seinen guten Ruf gebracht werden, so ist niemand geeigneter dazu als ein Verwandter. Dabei muß man zugeben, daß bei diesem elenden, unglückseligen Rawdon Crawley die bloße Wahrheit schon völlig ausgereicht hätte und daß alle erfundenen Skandalgeschichten seiner Freunde eine durchaus überflüssige Mühe waren.

Da Rebekka nun auch zur Verwandtschaft gehörte, hatte sie natürlich ebenfalls teil an Mrs. Butes freundlichen Nachforschungen. Diese unermüdliche Wahrheitsverfechterin (sie hatte strengen Befehl gegeben, allen Abgesandten oder Briefen von Rawdon die Tür zu verschließen) nahm Miss Crawleys Kutsche und fuhr zu ihrer alten Freundin, Miss Pinkerton im Minerva-Haus, Chiswick Mall, der sie die schreckliche Nachricht von Hauptmann Rawdons Verführung durch Miss Sharp mitteilte und von der sie alle nur möglichen Einzelheiten über die Geburt und die frühere Geschichte der ehemaligen Gouvernante erfuhr. Die Freundin des großen Lexikographen hatte viel Wissenswertes auf Lager. Miss Jemima mußte die Quittungen und Briefe des Zeichenlehrers herbeiholen. Der eine war entstanden, als er gerade ins Schuldgefängnis geworfen werden sollte, in einem anderen bat er um Vorschuß, ein dritter war voll von

Dankbarkeit für Rebekkas Aufnahme im Hause der Damen in Chiswick, und das letzte Dokument aus der Feder des unglücklichen Künstlers war das, worin er auf dem Totenbett sein verwaistes Kind Miss Pinkertons Schutz empfahl. In der Sammlung gab es auch kindliche Briefe und Bittschriften von Rebekka, in denen sie angelegentlich um Unterstützung für ihren Vater bat oder ihre Dankbarkeit ausdrückte. Vielleicht gibt es auf dem Jahrmarkt der Eitelkeit keine besseren Satiren als eben Briefe. Nimm ein Bündel von denen, die dein lieber Freund dir vor zehn Jahren schrieb – dein lieber Freund, den du jetzt haßt. Schau dir den Stoß von deiner Schwester an; wie hingt ihr aneinander, bis ihr euch wegen der Erbschaft von zwanzig Pfund gestritten habt. Kram die Kinderbriefe deines Sohnes heraus, der dir später mit seinem selbstsüchtigen Ungehorsam fast das Herz gebrochen hat. Oder einen Stoß deiner eigenen, die unendliche Glut und ewige Liebe atmen und die dir deine Geliebte zurückschickte, als sie den Nabob heiratete – deine Geliebte, die dich jetzt nicht mehr kümmert als die Königin Elisabeth. Gelübde, Liebesschwüre, Versprechungen, vertrauliche Mitteilungen, Dankbezeigungen – wie seltsam liest sich das nach einiger Zeit! Auf dem Jahrmarkt der Eitelkeit müßte es ein Gesetz geben, wonach jedes geschriebene Dokument (außer quittierten Rechnungen) nach einem angemessenen Zeitraum vernichtet werden soll. Die Quacksalber und Misanthropen, die ihre unzerstörbare japanische Tinte anpreisen, sollten samt ihren abscheulichen Erfindungen ins Jenseits befördert werden. Die beste Tinte für den Jahrmarkt der Eitelkeit wäre eine, die in wenigen Tagen vollständig verbliche und das Papier rein und weiß hinterließe, so daß man darauf an irgend jemand anderes schreiben könnte.

Von Miss Pinkertons Haus verfolgte die unermüdliche Mrs. Bute die Spur Sharps und seiner Tochter bis in die Wohnung in der Greek Street, die der verstorbene Maler innegehabt hatte und wo das Porträt der Hauswirtin in weißem Atlas und ihres Mannes mit Messingknöpfen, von Sharp als Ersatz für die Vierteljahresmiete gemalt, noch die Wände des Wohnzimmers zierten. Mrs. Stokes war sehr mitteilsam und erzählte ohne Umschweife alles, was sie über Mr. Sharp wußte, wie liederlich und arm er war, wie gutmütig und unterhaltsam, wie er unablässig von Gerichtsdienern und ungeduldigen Gläubigern verfolgt wurde, wie er, zum Entsetzen der Hauswirtin – obgleich sie das Weib nicht ausstehen konnte –, seine Frau erst ganz kurz vor ihrem Tode geheiratet hatte und was für eine komische, wilde kleine Dirne seine Tochter war, wie sie durch ihre Späße und ihre Nachäfferei alle zum Lachen brachte, wie sie den Gin aus dem Wirtshaus holte und wie sie in allen Ateliers des Stadtviertels bekannt war – kurz, Mrs. Bute erhielt einen ausführlichen Bericht über Eltern, Erziehung und Benehmen ihrer neuen Nichte, und Rebekka wäre kaum erfreut gewesen, hätte sie gewußt, daß man solche Nachforschungen über sie anstellte.

Die Ergebnisse dieser fleißigen Untersuchungen wurden Miss Crawley natürlich nicht vorenthalten; Mrs. Rawdon Crawley war die Tochter einer Ballettänzerin. Sie hatte selbst getanzt. Sie hatte Malern Modell gestanden. Sie war erzogen worden, wie es der Tochter einer solchen Mutter anstand. Sie trank Gin mit ihrem Vater und so weiter und so fort. Ein verlorenes Frauenzimmer hatte einen verlorenen Mann geheiratet, und die Moral von Mrs. Butes Geschichte war, daß die Schlechtigkeit des Paares unverbesserlich sei und daß kein Mensch, der etwas auf sich hielt, je wieder Notiz von ihnen nehmen dürfe.

Dies war das Material, das die umsichtige Mrs. Bute in der Park Lane sammelte, sozusagen der Proviant und die Munition, um das Haus gegen die Belagerung zu befestigen, die Rawdon und seine Frau, soviel war ihr klar, gegen Miss Crawley durchführen würden.

Wenn in ihrem System ein Fehler zu finden war, so war es der, daß sie zu eifrig war. Sie tat des Guten zuviel. Zweifellos machte sie Miss Crawley kränker, als es nötig war. Und obgleich die alte Patientin sich ihrer Autorität unterwarf, so war das doch so quälend und streng für das Opfer, daß es bei der ersten besten Gelegenheit nur zu gern entfliehen würde. Geschickte Frauen, die Zierde ihres Geschlechts, Frauen, die alles für alle erledigen und so viel besser als die Betroffenen selbst wissen, was für ihre Nächsten gut ist, ziehen bisweilen nicht die Möglichkeit einer häuslichen Revolte in Betracht oder andere schlimme Folgen, die sich aus ihrer übertriebenen Autorität ergeben.

Mrs. Bute zum Beispiel ging, zweifellos mit den besten Absichten der Welt, in ihrer Überzeugung von der Krankheit der alten Dame so weit, daß sie sie beinahe in den Sarg brachte. Dabei rieb sie sich selbst auf und versagte sich um ihrer kranken Schwägerin willen Schlaf, Essen und frische Luft. Einmal zählte sie dem unvermeidlichen Apotheker, Mr. Clump, alle ihre Opfer und deren Folgen auf.

„Ich habe es, mein lieber Mr. Clump", sagte sie, „gewiß nicht an Anstrengungen fehlen lassen, um unserer lieben Patientin, die durch die Undankbarkeit ihres Neffen auf das Krankenlager geworfen wurde, wieder auf die Beine zu helfen. Vor persönlichen Unannehmlichkeiten weiche ich nie zurück, nie weigere ich mich, mich aufzuopfern."

„Ihre Hingabe ist bewundernswert, das muß man gestehen", sagte Mr. Clump mit einer tiefen Verbeugung, „aber..."

„Seit meiner Ankunft habe ich kaum ein Auge zugetan. Schlaf, Gesundheit, jede Bequemlichkeit opfere ich meinem Pflichtgefühl. Als mein armer James die Windpocken hatte, durfte ihn da ein anderer pflegen? Nein."

„Sie handelten wie eine vortreffliche Mutter, wie die beste aller Mütter, meine liebe Dame, aber..."

„Als Familienmutter und Frau eines englischen Geistlichen glaube ich in aller Bescheidenheit, daß meine Grundsätze richtig sind", sagte Mrs. Bute mit der glücklichen Feierlichkeit der Überzeugung, „und solange mir die Natur weiterhilft, werde ich nie, nie, Mr. Clump, den Posten der Pflicht verlassen. Andere mögen dieses graue, kummervolle Haupt aufs Krankenbett bringen" (dabei deutete Mrs. Bute mit einer

Handbewegung auf eines von Miss Crawleys kaffeefarbenen Toupets, das auf einem Gestell im Ankleidezimmer ruhte), „ich aber werde es nie verlassen. Ach, Mr. Clump! Ich fürchte, ich weiß, daß dieses Krankenlager des geistlichen wie des ärztlichen Trostes bedarf."

„Was ich gerade sagen wollte, meine liebe Dame", fiel hier der entschlossene Clump noch einmal mit freundlicher Miene ein. „Was ich gerade sagen wollte, als Sie Gefühle äußerten, die Ihnen alle Ehre machen: Sie beunruhigen sich meiner Meinung nach wegen unserer gütigen Freundin ganz unnötig und opfern Ihre Gesundheit zu verschwenderisch in ihrem Dienste."

„Ich würde mein Leben für meine Pflicht oder für einen Angehörigen meines Gatten opfern", entgegnete Mrs. Bute.

„Ja, Madame, wenn es nötig wäre, allein wir wollen nicht, daß Mrs. Bute Crawley zur Märtyrerin wird", sagte Clump galant. „Sie können glauben, daß Doktor Squills und ich Miss Crawleys Zustand mit ängstlicher Sorgfalt untersucht haben. Wir sehen sie niedergeschlagen und angegriffen. Familienereignisse haben sie erschüttert..."

„Ihr Neffe wird der Verdammnis anheimfallen", rief Mrs. Crawley.

„... haben sie erschüttert. Und Sie erscheinen wie ein Schutzengel, meine liebe Dame, wie ein wahrer Schutzengel, das können Sie glauben, um sie im Unglück aufzurichten. Aber Doktor Squills und ich waren der Ansicht, daß der Zustand unserer liebenswürdigen Freundin nicht so ernst ist, daß sie unbedingt das Bett hüten muß. Sie ist zwar niedergeschlagen, aber diese Abgeschlossenheit trägt wahrscheinlich noch zu ihrer Niedergeschlagenheit bei. Sie sollte Abwechslung haben, frische Luft, Fröhlichkeit – die köstlichsten Arzneien der Pharmakologie", sagte Mr. Clump lächelnd und zeigte seine schönen Zähne. „Lassen Sie sie aufstehen, liebe Dame, befreien Sie sie von ihrem Bett und ihrer Niedergeschlagenheit, bestehen Sie darauf, daß sie jeden Tag kurze Ausfahrten unternimmt. Das wird auch auf Ihre Wangen die Rosen zurückbringen, wenn ich das zu Mrs. Bute Crawley sagen darf."

„Der Anblick ihres schrecklichen Neffen im Park, wo der Entsetzliche mit seiner unverschämten Spießgesellin herumfahren soll", sagte Mrs. Bute und ließ damit die Katze der Selbstsucht aus dem Sack der Geheimnisse, „würde ihr einen solchen Schock verursachen, daß wir sie sofort ins Bett zurückbringen müssen. Sie darf nicht hinaus, Mr. Clump. Solange ich da bin, um über sie zu wachen, soll sie mir nicht aus dem Hause. Und was meine Gesundheit betrifft – was macht das schon? Freudig gebe ich sie hin, Sir, und opfere sie auf dem Altar der Pflicht."

„Auf mein Wort, Madame", sagte jetzt Mr. Clump geradeheraus, „ich kann nicht für ihr Leben garantieren, wenn sie in diesem dunklen Zimmer eingesperrt bleibt. Sie ist so angegriffen, daß wir sie jeden Tag verlieren können. Und wenn Sie wollen, daß

Hauptmann Crawley ihr Erbe wird, so verkünde ich Ihnen ganz offen, Madame, daß Sie Ihr Bestes tun, um ihm zu helfen."

„Gütiger Himmel! Ist denn ihr Leben in Gefahr?" rief Mrs. Bute. „Warum, warum, Mr. Clump, haben Sie mir das nicht früher gesagt."

Am Abend vorher hatten Clump und Doktor Squills (bei einer Flasche Wein im Hause von Sir Lapin Warren, dessen Gemahlin ihm eben ein dreizehntes Geschenk bescheren wollte) den Fall Miss Crawley besprochen.

„Na, Clump", bemerkte Squills, „so eine kleine Harpyie, diese Frau aus Hampshire, die die alte Tilly Crawley mit Beschlag belegt hat. Verteufelt guter Madeira!"

„Was für ein Narr doch dieser Rawdon Crawley ist! Eine Gouvernante zu heiraten!" erwiderte Clump. „Das Mädchen hat aber auch etwas an sich."

„Grüne Augen, weiße Haut, hübsche Figur, famose Frontalentwicklung", bemerkte Squills. „Es ist tatsächlich etwas an ihr, aber Crawley ist wirklich ein Narr, Clump."

„Ein verdammter Narr; war er schon immer", erwiderte der Apotheker.

„Natürlich wirft ihn die alte Jungfer jetzt über Bord", sagte der Doktor und setzte nach einer Pause hinzu: „Sie wird ganz schön was hinterlassen."

„Hinterlassen?" sagte Clump lachend, „wegen der zweihundert pro Jahr möchte ich eigentlich nicht, daß sie jetzt schon zum Hinterlassen kommt."

„Diese Frau aus Hampshire bringt sie in zwei Monaten unter die Erde, Clump, mein Junge, wenn sie bei ihr bleibt", sagte Doktor Squills. „Alte Frau, starke Esserin, nervöse Patientin, Herzklopfen, Gehirndruck, Schlaganfall – und aus ist es. Erreiche, daß sie aufsteht, Clump, und ausgeht, sonst bleiben für deine zweihundert pro Jahr bloß noch ein paar Wochen." Auf diesen Wink hin sprach der würdige Apotheker so offen mit Mrs. Bute Crawley.

Mrs. Bute hatte, solange die alte Dame unter ihrer Regierung im Bett lag und sonst niemand um sie war, öfter einen Angriff unternommen, um sie zu veranlassen, ihr Testament zu ändern. Aber Miss Crawleys gewöhnliche Todesfurcht vergrößerte sich bedeutend, sobald man ihr solche trübseligen Vorschläge machte. Mrs. Bute sah daher ein, daß sie ihre Patientin erst einmal wieder in fröhliche Stimmung versetzen und gesund werden lassen müsse, ehe sie hoffen könnte, das fromme Ziel, das sie im Auge hatte, zu erreichen. Die nächste Frage war, wohin man mit ihr fahren sollte. Der einzige Ort, an dem sie die abscheulichen Rawdons höchstwahrscheinlich nicht treffen würde, war die Kirche, und die langweilt sie nur, empfand Mrs. Bute ganz richtig. Dann dachte sie weiter: Wir müssen unsere schönen Londoner Vororte besuchen. Es heißt, sie seien die malerischsten der Welt; und so fühlte sie ein plötzliches Interesse für Hampstead und Hornsey und fand, daß Dulwich große Reize für sie habe. Sie verstaute ihr Opfer in der Kutsche und fuhr mit ihr in jene ländlichen Orte; dabei verkürzte sie auf diesen kleinen Reisen die Zeit mit Gesprächen über Rawdon und dessen Frau und erzählte der alten Dame allerlei Geschichten, die ihre Entrüstung gegen das verworfene Paar vergrößern konnten.

Vielleicht zog sie die Schlinge unnötig fest, denn obgleich sie Miss Crawley einen gehörigen Widerwillen gegen ihren ungehorsamen Neffen beibrachte, so fühlte die Patientin doch auch großen Haß und geheime Furcht gegenüber ihrer Peinigerin und sehnte sich, ihr zu entkommen. Nach kurzer Zeit empörte sie sich gegen Highgate und Hornsey und wollte in den Park. Mrs. Bute aber wußte, daß sie dort den abscheulichen Rawdon treffen würde, und sie hatte recht. Eines Tages tauchte auf dem Ring Rawdons Stanhope auf, Rebekka saß neben ihrem Mann. In dem feindlichen Wagen saß Miss Crawley auf ihrem gewöhnlichen Platz, Mrs. Bute zu ihrer Linken, der Pudel und Miss Briggs auf dem Rücksitz. Es war ein aufregender Augenblick, und Rebekkas Herz schlug schnell, als sie den Wagen erkannte. Und als die beiden Gefährte dicht aneinander vorbeifuhren, faltete sie die Hände und sah die alte Jungfer mit einer Miene schmerzerfüllter Anhänglichkeit und Hingabe an. Rawdon zitterte, und sein Gesicht hinter dem gefärbten Schnurrbart wurde puterrot. Nur die alte Briggs im anderen Wagen war bewegt und richtete die Augen groß und ängstlich auf ihre alten Freunde. Miss Crawleys Haube blieb beharrlich der Serpentine zugewandt. Mrs. Bute war zufällig ganz entzückt von dem Pudel, nannte ihn ihren kleinen Liebling, ein nettes Zottelchen, ein hübsches Geschöpf und so fort. Die Wagen fuhren weiter, jeder in seiner Reihe.

„Verspielt, beim Zeus“, sagte Rawdon zu seiner Frau.

„Versuch es doch noch einmal, Rawdon“, antwortete Rebekka. „Könntest du nicht mit deinen Rädern in ihre fahren, Liebster?“

Zu diesem Manöver hatte Rawdon jedoch nicht genug Mut. Als die Wagen sich abermals begegneten, erhob er sich in seinem Stanhope, hob die Hand, um den Hut zu ziehen, und blickte angestrengt hinüber. Diesmal aber war Miss Crawleys Gesicht nicht abgewandt, sie und Mrs. Bute sahen ihrem Neffen voll ins Gesicht und schnitten ihn mitleidslos. Mit einem Fluch sank er auf seinen Sitz zurück, schwenkte aus dem Ring und raste verzweifelt nach Hause.

Für Mrs. Bute war das ein herrlicher und entscheidender Triumph. Allein sie fühlte doch die Gefahr mehrerer solcher Begegnungen, als sie die Nervosität Miss Crawleys bemerkte. Sie beschloß daher, daß es für die Gesundheit ihrer lieben Freundin durchaus notwendig sei, die Stadt für einige Zeit zu verlassen, und sie empfahl nachdrücklich Brighton.

20. Kapitel

In dem Hauptmann Dobbin als Bote Hymens auftritt

Ohne zu wissen wie, wurde Hauptmann William Dobbin der große Förderer, Ordner und Dirigent der Heirat George Osbornes mit Amelia. Ohne ihn wäre sie nie zustande gekommen, das mußte er sich selbst mit bitterem Lächeln gestehen. Ausgerechnet er war es, der für die Heirat sorgen mußte. Aber wenn diese Unterhandlung für ihn wirklich eine peinvolle Angelegenheit bedeutete, so war doch Hauptmann Dobbin gewohnt, jede Pflicht ohne viele Worte und langes Zögern zu erfüllen, und da er überzeugt war, daß Miss Sedley vor Kummer sterben würde, wenn sie diesen Mann nicht bekäme, so war er entschlossen, alles in seinen Kräften Stehende zu tun, um sie am Leben zu erhalten.

Ich will auf die Einzelheiten der Unterredung zwischen George und Amelia nicht eingehen, als dieser durch die Vermittlung seines Freundes, des ehrlichen Williams, zu den Füßen (oder dürfen wir sagen: in die Arme?) seiner Geliebten zurückgeführt wurde. Ein weit härteres Herz als Georges wäre geschmolzen beim Anblick des lieblichen Gesichtes, auf dem Schmerz und Verzweiflung ihre Spuren hinterlassen hatten, und bei den einfachen zärtlichen Worten, in denen sie ihre kleine herzzerbrechende Geschichte erzählte. Da sie aber nicht in Ohnmacht fiel, als die zitternde Mutter Osborne zu ihr führte, und da sie ihrem übermäßigen Schmerz erst Luft machen konnte, als sie den Kopf an die Schulter des Geliebten lehnte und dort eine Weile freigebig zärtliche und erfrischende Tränen weinte, dachte die alte Mrs. Sedley ebenfalls sehr erleichtert, es sei wohl das beste, die jungen Leute sich selbst zu überlassen. So ging sie hinaus, während Emmy unter Tränen demütig Georges Hand küßte, als wäre er ihr oberster Herr und Meister, sie aber ein schuldiges und unwürdiges Wesen, das seiner Gunst und Gnade bedürfe.

Diese Demut und süße, widerspruchslose Unterwerfung rührten George Osborne ebenso, wie sie ihm schmeichelten. Er sah in dem einfachen, nachgiebigen, treuen Geschöpf eine Sklavin vor sich, und seine Seele erschauerte insgeheim in der Erkenntnis seiner Macht. Er wollte ein großmütiger Sultan sein und seine knieende Esther aufheben und zur Königin machen. Auch ihre Traurigkeit und Schönheit rührten ihn. Daher tröstete er sie, richtete sie auf und verzieh ihr sozusagen. All ihre Hoffnungen und Gefühle, die dahinwelkten und vergingen, als sie von ihrer Sonne verbannt war, blühten plötzlich wieder, als ihnen das Licht zurückgegeben war. Man hätte an jenem Abend wohl schwerlich das kleine strahlende Gesicht auf Amelias Kissen als das gleiche wiedererkannt, das in der Nacht zuvor so bleich, leblos und gleichgültig für alles um sie her dort gelegen hatte. Das ehrliche irische Dienstmädchen bat, entzückt von der Veränderung, das plötzlich so rosig gewordene Gesicht küssen zu dürfen. Amelia schlang die Arme um den Hals des Mädchens und küßte sie aus tiefstem Herzen wie ein Kind. Sie war auch kaum mehr als ein Kind. In dieser Nacht war ihr Schlaf süß und erquickend wie selten – und welch ein Quell unaussprechlichen Glückes, als sie im Morgensonnenschein erwachte.

Heute kommt er wieder, dachte Amelia. Er ist der größte und beste aller Männer. In Wirklichkeit dachte auch George, er sei eines der edelmütigsten Geschöpfe auf der Welt und er bringe ein ungeheures Opfer, wenn er dieses junge Wesen heirate.

Während sie und Osborne oben ihr entzückendes Tête-à-tête hatten, sprachen die alte Mrs. Sedley und Hauptmann Dobbin über den Stand der Dinge sowie über die Aussichten und das künftige Leben der jungen Leute. Nachdem Mrs. Sedley nun die beiden Liebenden zusammengeführt und sie in inniger Umarmung zurückgelassen hatte, glaubte sie als echte Frau, daß keine Macht auf der Welt Mr. Sedley bewegen würde, der Heirat zwischen seiner Tochter und dem Sohn eines Mannes zuzustimmen, der ihn so schändlich, böse und scheußlich behandelt hatte. Sie erzählte eine lange Geschichte von glücklicheren Tagen und früherem Glanz, als Osborne noch bescheiden in der New Road gelebt hatte und seine Frau nur zu glücklich gewesen war, ein paar von Joes Kindersachen zu bekommen, die Mrs. Sedley ihr bei der Geburt eines der Osborneschen Kinder geschenkt hatte. Die teuflische Undankbarkeit Osbornes hatte Mr. Sedley das Herz gebrochen, davon war sie überzeugt, und er würde nie, nie, nie, niemals in eine Heirat einwilligen.

„Dann müssen sie eben miteinander fliehen, Madame“, sagte Dobbin lachend, „müssen dem Beispiel von Hauptmann Rawdon Crawley und Miss Emmys Freundin, der kleinen Gouvernante, folgen.“ War es möglich? Niemals hätte sie…! Mrs. Sedley war ganz aufgeregt über diese Nachricht. Sie wünschte, die Blenkinsop wäre da, um es ebenfalls zu hören, die Blenkinsop habe dieser Miss Sharp immer mißtraut. Ein Glück, daß Joe noch davongekommen war! Und nun beschrieb sie die bereits bekannten Liebesabenteuer zwischen Rebekka und dem Steuereinnehmer von Boggley Wollah.

Dobbin fürchtete allerdings Mr. Sedleys Zorn nicht so sehr wie den des anderen beteiligten Vaters, und er gestand sich, daß er erhebliche Zweifel und Besorgnisse hegte, wie sich der finstere alte Tyrann von einem Kaufmann am Russell Square verhalten werde. Er hat die Heirat entschieden verboten, dachte Dobbin. Er wußte, was für ein wilder, entschlossener Mann Osborne war und wie er zu seinem Wort stand. George darf nur dann auf Versöhnung hoffen, meinte sein Freund, wenn er sich in dem bevorstehenden Feldzug auszeichnet. Fällt er, so gehen beide. Zeichnet er sich nicht aus – was dann? Von seiner Mutter hat er etwas Geld, ich nehme an, genug, um den Majorsrang zu erwerben – oder aber er muß sein Offizierspatent verkaufen und sich in Kanada ansiedeln oder sich in einem Häuschen auf dem Lande durchschlagen. Mit einer solchen Lebensgefährtin würde ihm selbst Sibirien nichts ausmachen, meinte Dobbin. Seltsamerweise dachte dieser weltfremde junge Mann auch nicht einen Augenblick daran, daß das Fehlen der nötigen Mittel, um eine hübsche Equipage zu halten, und das

Fehlen eines Einkommens, um die Freunde anständig zu bewirten, eine Schranke zwischen George Osborne und Miss Sedley errichten könnte.

Diese gewichtigen Erwägungen ließen ihn auf eine baldige Heirat drängen. Wollte er etwa selbst, daß die Sache so schnell wie möglich erledigt würde, etwa in der Art von Menschen, die sich bei einem Todesfall mit dem Begräbnis beeilen oder bei einem Abschied auf Eile drängen? Sicher ist, daß Mr. Dobbin, nachdem er die Sache in die Hand genommen hatte, sehr eifrig zu Werke ging. Er stellte George eindringlich vor, wie notwendig es sei, schnell zu handeln. Er wies ihn auf die Aussichten einer Versöhnung mit seinem Vater hin, die durch eine günstige Erwähnung seines Namens in der „Gazette" herbeigeführt werden könnte. Wenn nötig, wollte er selbst hingehen und beiden Vätern mutig gegenübertreten. Auf jeden Fall aber ersuchte er George, die Sache zu erledigen, ehe der allgemein erwartete Marschbefehl käme, der das Regiment ins Ausland riefe.

Mit diesen Heiratsprojekten beschäftigt und mit Mrs. Sedleys Zustimmung und Billigung, der es nicht sonderlich darum zu tun war, die Sache ihrem Manne persönlich mitzuteilen, machte Mr. Dobbin sich auf, um John Sedley in seinem Aufenthaltsort in der City, dem Tapioka-Kaffeehaus, aufzusuchen, wohin der arme gebeugte alte Herr täglich ging, seitdem sein Kontor geschlossen war und das Schicksal ihn ereilt hatte. Dort schrieb und empfing er Briefe und bündelte sie zu geheimnisvollen Päckchen, von denen er stets einige in den Rocktaschen herumtrug. Ich kenne nichts Traurigeres als diese Geschäftigkeit und Geheimnistuerei bei einem ruinierten Mann, als diese Briefe von reichen Leuten, die er einem zeigt, als diese abgegriffenen, schmierigen Dokumente voll Hilfeversprechen und Beileidsbezeigungen, die er einem schweigend vorlegt und auf die er seine Hoffnungen vom Wiederaufkommen und künftigen Glück baut. Dem verehrten Leser hat im Laufe seines Lebens zweifellos schon manch einer dieser unglücklichen Gesellen aufgelauert. Er zieht ihn in eine Ecke, holt einen Packen Papiere aus der weit offenstehenden Rocktasche, löst die Schnur, hält sie im Mund, wählt die schönsten Briefe aus und legt sie vor einen hin. Und wer kennt nicht den traurigen, gierigen, halb wahnsinnigen Blick, den seine hoffnungslosen Augen auf einen heften?

In solch einen Mann verwandelt, fand Dobbin den einst so blühenden, jovialen und reichen John Sedley. Sein Rock, sonst immer elegant und sauber, glänzte jetzt an den Nähten, und an den Knöpfen schimmerte das Kupfer durch. Sein Gesicht war eingefallen und unrasiert. Hemdkrause und Halstuch hingen schlaff unter der ausgebeutelten Weste herab. Wenn er in alten Zeiten die Jungen im Kaffeehaus freigehalten hatte, hatte er lauter als irgendein anderer gelacht und geschrien, und stets hatten alle Kellner bei ihm vollauf zu tun gehabt. Es war jetzt wirklich schmerzlich, zu sehen, wie demütig und höflich er gegenüber John vom Tapioka-Kaffeehaus war, einem triefäugigen alten Diener in dunklen Strümpfen und zerrissenen Tanzschuhen, dessen Geschäft darin bestand, den Gästen dieses trübseligen Gasthauses, wo sonst nichts verzehrt zu werden schien, Gläser voller Oblaten, zinnerne Tintenfässer und Papierbogen zu reichen. Der alte Sedley gab William Dobbin, den er in seinen jungen Jahren wiederholt beschenkt und der dem alten Herrn bei tausend Gelegenheiten zur Zielscheibe seines Witzes gedient hatte, zaghaft und demütig die Hand und nannte ihn „Sir". Als der gebrochene alte Mann ihn so empfing und ansprach, bemächtigte sich William Dobbins ein Gefühl von Scham und Reue, als hätte er selbst irgendwie Schuld an dem Unglück, das Sedley so tief heruntergebracht hatte.

„Es freut mich unendlich, Hauptmann Dobbin, Sie zu sehen", sagte er nach einigen verstohlenen Blicken auf seinen Besuch (dessen schlanke Gestalt und dessen militärisches Aussehen einiges Leben in die Triefaugen des Kellners mit den zerrissenen Tanzschuhen brachte und die alte Dame in Schwarz aufgeweckt hatte, die zwischen alten, angeschlagenen Kaffeetassen an der Theke döste). „Wie geht es dem würdigen Alderman und der Lady, Ihrer vortrefflichen Mutter, Sir?" Beim Worte „Lady" blickte er sich nach dem Kellner um, als wollte er sagen: Hörst du, John, ich habe noch Freunde, und zwar Personen von Rang und Ruf. „Kommen Sie in Geschäftsangelegenheiten zu mir, Sir? Meine jungen Freunde Dale und Spiggot führen jetzt alle Geschäfte für mich, bis mein neues Kontor fertig ist; ich bin nämlich nur vorübergehend hier, wissen Sie, Hauptmann. Was können wir für Sie tun, Sir? Wollen Sie etwas zu sich nehmen?"

Stockend und stotternd beteuerte Dobbin, daß er weder Hunger noch Durst verspüre, daß er nicht geschäftlich gekommen sei, sondern nur, um zu fragen, ob es Mr. Sedley gut gehe, und um einem alten Freund die Hand zu drücken. Und er stellte verzweifelt die Wahrheit auf den Kopf, als er hinzufügte: „Meiner Mutter geht es gut – das heißt, sie war krank und wartet jetzt bloß auf den ersten schönen Tag, um auszugehen und Mrs. Sedley einen Besuch abzustatten. Wie geht es Mrs. Sedley, Sir? Hoffentlich ist sie wohlauf." Hier hielt er inne und überlegte sich seine vollendete Heuchelei, denn der Tag war so schön, und die Sonne strahlte wie nur je in Coffin Court, wo das Tapioka-Kaffeehaus liegt. Und Mr. Dobbin erinnerte sich, daß er Mrs. Sedley noch vor einer Stunde gesehen hatte, als er Osborne in seiner Gig nach Fulham gefahren und dort tête à tête mit Miss Amelia zurückgelassen hatte.

„Meine Frau wird sich sehr freuen, Lady Dobbin zu sehen", erwiderte Sedley und zog seine Papiere hervor. „Ich habe hier einen sehr freundlichen Brief von Ihrem Vater, Sir, bitte, richten Sie ihm meine ehrerbietigsten Komplimente aus. Lady Dobbin wird unser Haus jetzt etwas kleiner vorfinden als das, in dem wir sonst unsere Freunde empfingen; aber es ist nett, und die Luftveränderung tut meiner Tochter gut, die in der Stadt etwas leidend – Sie erinnern sich doch der kleinen Emmy, Sir? –, ja sehr leidend war." Während der alte Herr sprach, irrten seine Augen umher, und wie er so dasaß und auf seine Papiere trommelte und mit der alten roten Schnur spielte, dachte er an etwas ganz anderes.

„Sie sind Militär", fuhr er fort, „ich frage Sie, Bill Dobbin, hätte jemand ahnen können, daß der korsische Schurke je von Elba zurückkommen würde? Als die alliierten

Monarchen im verflossenen Jahre hier waren und wir ihnen in der City ein Essen gaben, Sir, und den Tempel der Eintracht, das Feuerwerk und die chinesische Brücke im Sankt-James-Park sahen – konnte da ein vernünftiger Mensch denken, daß nicht wirklich Friede geschlossen sei, nachdem wir doch deswegen schon ein Tedeum gesungen hatten, Sir? Ich frage Sie, William, konnte ich vermuten, daß der Kaiser von Österreich ein verdammter Verräter sei – ein Verräter und nichts anderes? Ich will es nicht beschönigen – ein scheinheiliger, teuflischer Verräter und Intrigant, der die ganze Zeit über beabsichtigte, seinen Schwiegersohn zurückzuhaben. Und ich sage, Bonys Flucht von Elba war ein verdammter Betrug und ein Komplott, Sir, an dem die Hälfte der europäischen Mächte beteiligt war, um die Staatspapiere zu drücken und unser Land zu ruinieren. Deshalb bin ich hier, William. Deshalb steht mein Name in der ›Gazette‹. Warum, Sir? Weil ich dem Kaiser von Rußland und dem Prinzregenten getraut habe. Sehen Sie her. Sehen Sie meine Papiere an. Sehen Sie, wie sie am ersten März standen, wie die französischen Fünfprozentigen standen, als ich sie erwarb. Und wie stehen sie jetzt? Das war ein abgekartetes Spiel, Sir, sonst wäre der Schurke gewiß nie entkommen. Wo war der englische Kommissar, der ihn fliehen ließ? Man sollte ihn erschießen, Sir, sollte ihn vor ein Kriegsgericht stellen und erschießen, beim Zeus!“

„Wir werden Bony bald davonjagen, Sir“, sagte Dobbin, etwas beunruhigt von der Wut des alten Mannes, dessen Stirnadern zu schwellen begannen und der mit geballter Faust auf seine Papiere trommelte. „Wir werden ihn bald davonjagen, Sir, der Herzog ist bereits in Belgien, und wir erwarten täglich Marschbefehl.“

„Gebt ihm keinen Pardon. Bringt den Kopf des Halunken mit! Schießt den Feigling nieder!“ brüllte Sedley. „Ich würde selbst ins Feld ziehen, beim..., aber ich bin ein gebrochener, alter Mann – ruiniert von diesem verdammten Schurken und einem Haufen Gaunern und Dieben in unserem Lande, die ich zu Männern gemacht habe, Sir, und die jetzt in einer Equipage fahren“, setzte er mit brechender Stimme hinzu.

Der Zustand dieses einst so gütigen und jetzt durch sein Unglück fast wahnsinnigen und in altersschwachem Zorn wütenden alten Freundes ging Dobbin sehr zu Herzen. Habt Mitleid mit dem gefallenen alten Herrn, ihr, denen Geld und guter Ruf das Höchste bedeuten, und das bedeuten sie sicherlich auch auf dem Jahrmarkt der Eitelkeit.

„Ja“, fuhr er fort, „es gibt Schlangen, die man an seinem Busen nährt und die einen später beißen. Es gibt Bettler, denen man aufs Pferd hilft und die einen als ersten niederreiten. Sie wissen, wen ich meine, William Dobbin, mein Junge. Ich meine einen schurkischen Geldsackprotz am Russell Square, den ich schon kannte, als er noch keinen Shilling besaß, ich bete und hoffe, ihn noch einmal als den Bettler zu sehen, der er war, als ich ihm half.“

„Mein Freund George hat mir etwas davon erzählt, Sir“, sprach Dobbin, bestrebt, nun endlich auf sein Ziel loszusteuern. „Der Streit zwischen Ihnen und seinem Vater hat ihn sehr betrübt, Sir. Ich habe für Sie eine Botschaft von ihm.“

„Ach, deswegen sind Sie also hier!“ rief der alte Mann und sprang auf. „Wie? Vielleicht läßt er mir sein Beileid bezeigen, ja? Sehr nett von ihm, dem hochnäsigen Geck mit der Stutzermiene und den West-End-Allüren. Schleicht er immer noch um mein Haus herum? Hätte mein Sohn den Mut eines Mannes, so würde er ihn erschießen. Er ist ein ebenso großer Schurke wie sein Vater. Ich will seinen Namen in meinem Haus nicht hören. Ich verfluche den Tag, wo er es zum erstenmal betrat, und lieber möchte ich meine Tochter tot zu meinen Füßen als mit ihm verheiratet sehen.“

„George ist nicht schuld an der Härte seines Vaters, Sir. Daß Ihre Tochter ihn liebt, dazu haben Sie so gut beigetragen wie er. Wer sind Sie, daß Sie mit der Liebe zweier junger Menschen spielen und ihnen nach Ihrem Belieben das Herz brechen können?“

„Vergessen Sie nicht, daß es nicht sein Vater ist, der die Verbindung abbricht“, rief der alte Sedley aus. „Ich bin es, der sie verbietet. Seine und meine Familie sind für immer und ewig geschieden. Ich bin tief gesunken, aber doch nicht so tief. Nein, nein! Das alles können Sie der ganzen Sippschaft sagen – Sohn, Vater und Schwestern und allen.“

„Ich glaube, Sir, daß Sie weder die Macht noch das Recht haben, die beiden zu trennen“, antwortete Dobbin leise, „und wenn Sie Ihrer Tochter nicht die Zustimmung geben wollen, so wird sie ohne heiraten müssen. Es spricht nichts dafür, daß sie wegen Ihrer Starrköpfigkeit ihr Leben lang unglücklich sein sollte. Meiner Ansicht nach ist sie ebensogut verheiratet, als ob sie schon in allen Kirchen Londons aufgeboten worden wäre. Und kann es auf Osbornes Anschuldigungen gegen Sie eine bessere Antwort geben – wenn es nun schon einmal Anschuldigungen gibt –, als daß sein Sohn in Ihre Familie eintreten und Ihre Tochter heiraten will?“

So etwas wie ein Leuchten der Befriedigung ging über das Gesicht des alten Sedley, als ihm die Sache so dargestellt wurde. Doch blieb er hartnäckig dabei, daß Amelia und George niemals seine Zustimmung zur Heirat erhalten würden.

„Dann müssen wir es eben ohne Sie tun“, sagte Dobbin lächelnd und erzählte nun Mr. Sedley wie vorher seiner Frau die Geschichte von Rebekkas und Hauptmann Crawleys Flucht. Offenbar belustigte die Erzählung des Hauptmanns den alten Herrn. „Ihr seid fürchterliche Burschen, Ihr Hauptleute“, sagte er und band seine Papiere wieder zusammen. Dabei zeigte sich auf seinem Gesicht die Andeutung von einem Lächeln, zum Erstaunen des triefäugigen Kellners, der gerade eintrat und, seit Sedley das trübselige Kaffeehaus besuchte, auf seinem Gesicht noch nie solch einen Ausdruck bemerkt hatte.

Vielleicht besänftigte den alten Herrn auch der Gedanke, seinem Feinde Osborne solch einen Schlag zu versetzen, denn als ihr Gespräch zum Ende kam, schieden er und Dobbin als gute Freunde voneinander.

„Meine Schwestern behaupten, sie habe Diamanten, so groß wie Taubeneier“, sagte George lachend. „Wie mögen die bloß ihren Teint noch hervorheben! Es muß ja eine wahre Illumination sein, wenn ihr die Juwelen am Hals hängen. Ihr kohlschwarzes Haar ist so kraus wie Sambos. Sie muß einen Nasenring getragen haben, als sie bei Hofe vorgestellt wurde. Und mit einem Federbusch im Knoten sähe sie geradezu wie eine belle sauvage aus.“

George machte sich im Gespräch mit Amelia gerade über das Äußere einer jungen Dame lustig, die sein Vater und seine Schwestern kürzlich kennengelernt hatten und die die Familie am Russell Square sehr verehrte. Es hieß, sie besitze wer weiß wie viele Plantagen in Westindien, habe eine schöne Summe in Staatspapieren und drei Sterne neben ihrem Namen im Verzeichnis der Aktionäre der Ostindischen Kompanie. Sie hatte ein Gutshaus in Surrey und ein Haus am Portland Place. Der Name der reichen westindischen Erbin war beifällig in der „Morning Post“ erwähnt worden. Mrs. Haggistoun, Oberst Haggistouns Witwe, eine Verwandte von ihr, spielte Anstandsdame bei ihr und führte ihr den Haushalt. Sie war gerade von der Schule gekommen, wo ihre Erziehung vollendet worden war, und George und seine Schwestern hatten sie auf einer Abendgesellschaft im Hause des alten Hulker auf dem Devonshire Place kennengelernt (Hulker, Bullock und Co. hatten lange mit ihrem Hause in Westindien in Geschäftsverbindung gestanden), die Mädchen hatten ihr ein herzliches Entgegenkommen gezeigt, was die Erbin gutmütig zugelassen hatte. Eine Waise in ihrer Stellung – mit ihrem Gelde – wie interessant! sagten die beiden Miss Osborne. Sie waren von ihrer neuen Freundin ganz erfüllt, als sie vom Ball bei Hulker zu Miss Wirt, ihrer Gesellschafterin, heimkehrten. Sie hatten verabredet, einander recht häufig zu besuchen, und ließen gleich am nächsten Tag anspannen, um zu ihr zu fahren. Mrs. Haggistoun, Oberst Haggistouns Witwe, eine Verwandte von Lord Binkie, von dem sie beständig sprach, kam den lieben, unschuldigen Mädchen etwas hochmütig vor und etwas zu geneigt, ständig von ihren vornehmen Verwandten zu sprechen. Aber Rhoda war ganz, wie sie nur wünschen konnten – offen, freundlich, angenehm, zwar noch etwas ungeschliffen, aber sehr gutmütig. Die Mädchen nannten einander bald nur noch mit Vornamen.

„Sie hätten sie in ihrem Kleid für den Empfang bei Hofe sehen sollen, Emmy“, rief Osborne lachend. „Sie kam zu meinen Schwestern, um sich bewundern zu lassen, ehe sie von Lady Binkie, der Verwandten der Haggistoun, vorgestellt wurde. Diese Haggistoun ist mit jedermann verwandt. Ihre Diamanten funkelten wie Vauxhall an dem Abend, als wir dort waren. (Erinnern Sie sich noch an Vauxhall, Emmy, und wie Joe seinem Lirum-larum-Lieb-chen vorsang?) Diamanten und Mahagoni, meine Liebe. Stellen Sie sich diesen vorteilhaften Kontrast vor – und die weißen Federn in ihrem Haar – ich meine, in ihrer Wolle. Sie hatte Ohrringe, so groß wie Kronleuchter. Man hätte sie anzünden können, beim Zeus. Und eine gelbe Atlasschleppe, die sie wie einen Kometenschweif hinter sich herzog.“

„Wie alt ist sie denn?“ fragte Emmy, der George am Morgen ihrer Wiedervereinigung von diesem schwarzen Musterexemplar vorplauderte – vorplauderte, wie gewiß kein anderer Mensch auf der Welt es konnte.

„Ach, die schwarze Prinzessin muß zwei- oder dreiundzwanzig sein, obgleich sie eben erst von der Schule gekommen ist. Und Sie sollten ihre Handschrift sehen! Gewöhnlich schreibt Mrs. Haggistoun ihre Briefe, aber in einem vertraulichen Augenblick brachte sie etwas für meine Schwestern zu Papier, und da schrieb sie dann statt Satin ›Satteng‹ und anstatt Saint James ›Sent Jehms‹.“

„Ja, das muß Miss Swartz sein, Miss Pinkertons Vorzugsschülerin“, sagte Emmy, der das gutmütige junge Mulattenmädchen einfiel, die sich in ihrer Erregung über Amelias Abschied vom Pensionat so hysterisch aufgeführt hatte.

„Stimmt, so heißt sie“, sagte George. „Ihr Vater war ein deutscher Jude – ein Sklavenbesitzer, erzählt man –, der irgend etwas mit den Kannibaleninseln zu tun hatte. Er ist im vergangenen Jahr gestorben, und Miss Pinkerton hat die Erziehung des Mädchens vollendet. Sie kann zwei Stücke auf dem Klavier spielen, kann drei Lieder singen, kann schreiben, wenn Mrs. Haggistoun dabeisitzt und ihr vorbuchstabiert. Und Jane und Maria haben sie bereits so liebgewonnen wie eine Schwester.“

„Ich wollte, sie hätten mich geliebt“, sagte Emmy gedankenvoll. „Sie waren immer sehr kühl gegen mich.“

„Mein liebes Kind, sie hätten Sie geliebt, wenn Sie zweihunderttausend Pfund gehabt hätten“, erwiderte George. „Sie sind nun einmal so erzogen worden. Unsere Gesellschaft kennt eben nichts als das bare Geld. Wir leben unter Bankiers und City-Geldprotzen und hängen uns an sie. Und jeder, der mit einem spricht, klappert mit den Guineen in der Tasche. Da ist dieser Esel Fred Bullock, der Maria heiraten wird, da ist Goldmore, der Direktor der Ostindischen Kompanie, da ist Dipley vom Talghandel – unserem Handel“, sagte George errötend und lachte verlegen. „Zum Teufel mit dem ganzen Pack von protzigen Geldschefflern! Bei ihren langweiligen Festessen schlafe ich immer ein. Ich schäme mich bei den geistlosen großen Gesellschaften meines Vaters. Ich bin gewohnt, mit Gentlemen und vornehmen Leuten zu verkehren, Emmy, nicht mit einem Haufen schildkrötenessender Krämer. Liebes kleines Mädchen, Sie sind die einzige in unseren Kreisen, die wie eine Lady aussieht, denkt und spricht. Und Sie tun es, weil Sie ein Engel sind und nicht anders können. Widersprechen Sie nicht. Sie *sind* die einzige Lady. Hat es nicht auch Miss Crawley gesagt, die doch in der besten Gesellschaft von Europa gelebt hat? Und der Crawley von der Leibgarde ist, zum Henker, ein feiner Kerl. Es gefällt mir sehr, daß er das Mädchen seiner Wahl geheiratet hat.“

Amelia bewunderte Mr. Crawley ebenfalls deswegen und glaubte, daß Rebekka mit ihm glücklich werde, und meinte lachend, sie hoffe, Joe werde sich wohl trösten. Und so plauderte das Paar ganz wie früher. Amelia hatte ihr Vertrauen wiedergewonnen, obgleich sie vorgab – die kleine Heuchlerin –, sie sei eifersüchtig auf Miss Swartz und schwebe in tausend Ängsten, George könne sie wegen der Erbin, ihres Geldes und ihrer Besitzungen auf Saint Kitts vergessen. Dabei war sie viel zu glücklich, um Zweifel, Befürchtungen oder Besorgnisse irgendeiner Art zu hegen. Und da sie George wieder bei sich hatte, fürchtete sie weder Erbin noch Schönheit, noch eine andere Gefahr.

Als Hauptmann Dobbin am Nachmittag voller Mitgefühl zu ihnen zurückkehrte, tat es ihm im Herzen wohl, zu sehen, wie Amelia wieder jung geworden war, wie sie lachte, zwitscherte und wohlbekannte alte Lieder am Klavier sang, unterbrochen erst von der Haustürklingel, mit der Mr. Sedleys Rückkehr aus der City angekündigt wurde. Das war ein Signal für George, sich zurückzuziehen.

Abgesehen vom ersten Begrüßungslächeln – und auch das war geheuchelt, denn sie empfand sein Kommen als sehr störend –, nahm Miss Sedley während Dobbins Besuch keine Notiz von ihm. Aber er war zufrieden, sie glücklich zu sehen, und dankbar, daß er ihr dazu verholfen hatte.

21. Kapitel

Streit um eine Erbin

Eine junge Dame mit den Eigenschaften der Miss Swartz mußte wohl geliebt werden, und der alte Mr. Osborne gab sich plötzlich ehrgeizigen Träumen hin, die sie verwirklichen sollte. Er ermutigte die liebenswürdige Anhänglichkeit seiner Töchter für die junge Erbin mit größter Freundlichkeit und Begeisterung und beteuerte, daß er als Vater sehr froh sei, daß seine Mädchen ihre Liebe gerade ihr geschenkt hatten.

„Mein liebes Fräulein", pflegte er zu Miss Rhoda zu sagen, „Sie werden in unserem bescheidenen Hause am Russell Square nicht den Glanz und Rang finden, den Sie von West End her gewohnt sind. Meine Töchter sind einfache, uneigennützige Mädchen, aber das Herz sitzt ihnen auf dem rechten Fleck, und sie haben eine Zuneigung zu Ihnen gefaßt, die ihnen Ehre macht – ich sage, die ihnen alle Ehre macht. Ich bin ein schlichter, einfacher, bescheidener britischer Kaufmann – ein ehrlicher, wie meine verehrten Freunde Hulker und Bullock, die ehemaligen Geschäftsfreunde Ihres viel betrauerten seligen Vaters, bezeugen können. Sie werden in uns eine einfache, glückliche und, ich darf wohl sagen, angesehene Familie finden, die gut zusammenhält, einen einfachen Tisch, schlichte Leute, aber ein warmes Willkommen, meine liebe Miss Rhoda – lassen Sie mich Rhoda sagen, denn mein Herz erwärmt sich für Sie, wirklich. Ich bin ein freimütiger Mann, und ich habe Sie gern. Ein Glas Champagner, Hicks! Champagner für Miss Swartz!"

Es besteht kaum ein Zweifel, daß der alte Osborne alles glaubte, was er sagte, und daß es den Mädchen mit ihren Freundschaftsbeteuerungen gegenüber Miss Swartz wirklich ernst war. Auf dem Jahrmarkt der Eitelkeit schließt man sich ganz natürlich reichen Leuten an. Die einfachsten Menschen schon blicken nicht unfreundlich auf den großen Reichtum (ich fordere jedes Mitglied der britischen Öffentlichkeit auf, zu sagen, ob die Vorstellung von Reichtum nicht etwas Ehrfurchteinflößendes und Anziehendes in sich birgt. Und wenn du erfährst, daß dein Tischnachbar eine halbe Million besitzt – betrachtest du ihn nicht auch mit einem gewissen Interesse?). Wenn einfache Menschen das Geld so wohlwollend ansehen, wieviel mehr erst so ein alter Weltmann! Ihre Neigung stürzt sich auf das Geld und heißt es herzlich willkommen. Freundliche Gefühle gegenüber den interessanten Besitzern erwachen unvermittelt. Ich kenne achtbare Leute, die es sich nur dann gestatten, Freundschaft für jemanden zu empfinden, wenn dieser ein gewisses Vermögen oder eine Stellung in der Gesellschaft hat. Bei passender Gelegenheit machen sie dann ihren Gefühlen Luft. Als Beweis dafür kann dienen, daß der größte Teil der Familie Osborne, dem es fünfzehn Jahre lang unmöglich gewesen war, eine Zuneigung zu Amelia Sedley zu fassen, im Laufe eines einzigen Abends Miss Swartz so liebgewann, daß es sich selbst der romantischste Verteidiger der Freundschaft auf den ersten Blick nicht besser wünschen konnte.

Was für eine vortreffliche Partie wäre das für George (waren sich die Schwestern und Miss Wirt einig), und wie war sie der unbedeutenden kleinen Amelia doch überlegen. So ein schneidiger Bursche wie er, von so gutem Aussehen, Rang und solchen Talenten wäre gerade der rechte Mann für sie. Visionen von Bällen am Portland Place, Vorstellungen bei Hofe und beim halben Adel schwebten den jungen Damen vor, die mit ihrer geliebten neuen Freundin von nichts anderem sprachen als von George und seinen vornehmen Bekannten.

Auch der alte Osborne dachte, sie gebe eine vortreffliche Partie für seinen Sohn ab. Er müsse dann die Armee verlassen, ins Parlament gehen und in der vornehmen Gesellschaft wie im Staat eine große Rolle spielen. Sein Blut wallte in ehrlicher britischer Begeisterung, als er den Namen Osborne schon in der Person seines Sohnes geadelt sah, und er fühlte sich bereits als Stammvater einer ruhmreichen Reihe von Baronets. Er zog in der City und an der Börse Erkundigungen ein, bis er alles über das Vermögen der Erbin wußte, wie ihr Geld angelegt war und wo ihre Besitzungen lagen. Der junge Fred Bullock, eine seiner Hauptinformationsquellen, hätte zwar selbst gern auf sie geboten (so drückte sich der junge Bankier aus), aber er war ja für Maria Osborne bestimmt. Da er sie nun nicht als Frau gewinnen konnte, so war der uneigennützige Fred völlig einverstanden, sie zur Schwägerin zu bekommen. George müsse bald anfangen zu handeln und sie gewinnen, so lautete sein Rat. „Man muß das Eisen schmieden, solange es heiß ist, wissen Sie, solange sie noch neu in der Stadt ist. In ein paar Wochen kommt dann so ein verdammter Kerl von West End mit einem Titel und einem Paket Schulden und sticht uns Cityleute aus, wie voriges Jahr Lord Fitzrufus bei Miss Grogram, die eigentlich mit

Podder von Podder und Brown verlobt war. Je schneller die Sache zustande kommt, um so besser, Mr. Osborne. Das ist meine Meinung“, sagte der Bursche. Als Osborne jedoch die Bank verlassen hatte, fiel Mr. Bullock Amelia ein und was für ein hübsches Mädchen sie sei und wie sehr sie an George Osborne hänge. Und so widmete er mindestens zehn Sekunden seiner wertvollen Zeit dafür, das Unglück des armen jungen Mädchens zu bedauern.

Während nun George Osbornes bessere Gefühle und sein treuer Freund und guter Genius Dobbin den Pflichtvergessenen zu Amelias Füßen zurückführten, arrangierten Georges Vater und seine Schwestern diese glänzende Partie für ihn, wobei sie sich nicht einen Augenblick träumen ließen, er könne etwas dagegen haben.

Wenn der alte Osborne jemandem einen „Wink“ gab, wie er es nannte, so begriff auch der Dümmste, wo lang der Hase lief. Ein „Wink“ für einen Diener, daß er entlassen sei, war es, wenn er ihn die Treppe hinunterwarf. Mit seinem gewohnten Freimut und Takt versprach er Mrs. Haggistoun einen Scheck auf zehntausend Pfund für den Tag, an dem sein Sohn ihr Mündel heiraten würde. Auch diesen Vorschlag nannte er einen Wink und betrachtete ihn als einen geschickten diplomatischen Schachzug. Zuletzt gab er George auch einen „Wink“ hinsichtlich der Erbin. Er befahl ihm, sie auf der Stelle zu heiraten, ganz so, wie er dem Butler befohlen hätte, eine Flasche zu entkorken, oder seinem Buchhalter, einen Brief zu schreiben.

Dieser gebieterische „Wink“ beunruhigte George doch sehr. Er war noch in der ersten Begeisterung und Freude, Amelia zum zweitenmal den Hof zu machen, was ihm unaussprechlich viel Vergnügen bereitete. Der Kontrast zwischen ihrem Benehmen und Äußeren und dem der Erbin machte ihm die Vorstellung einer Verbindung mit dieser doppelt lächerlich und verhaßt. Kutsche und Opernlogen, dachte er, man stelle sich vor, sie sehen einen darin an der Seite einer solchen mahagonifarbenen Zauberin! Zu alledem war Osborne junior ebenso eigensinnig wie Osborne senior; ebenso standhaft in seinem Entschluß, etwas, was er sich in den Kopf gesetzt hatte, zu erreichen; ebenso heftig im Zorn wie sein Vater in den schlimmsten Augenblicken.

An dem Tage, an dem ihm sein Vater allen Ernstes den Wink gab, seine Liebe Miss Swartz zu Füßen zu legen, versuchte George, bei dem alten Herrn Zeit zu gewinnen. „Du hättest eher daran denken müssen, Vater“, sagte er. „Jetzt, wo wir jeden Tag Marschbefehl erwarten, geht es nicht. Warte bis zu meiner Rückkehr, falls ich zurückkehre.“ Er stellte ihm vor, daß die Zeit, wo das Regiment täglich erwartete, England zu verlassen, durchaus schlecht gewählt sei und daß die wenigen Tage in der Woche, an denen sie noch zu Hause sein durften, Geschäften und nicht Liebeleien gewidmet sein müßten. Dafür bliebe immer noch genug Zeit, wenn er als Major zurückkomme, „denn ich verspreche dir“, sagte er mit selbstzufriedener Miene, „du wirst den Namen George Osborne auf die eine oder andere Art in der ›Gazette‹ lesen können.“

Die Antwort des Vaters darauf gründete sich auf die Auskunft, die er in der City erhalten hatte, daß nämlich die Erbin unfehlbar einem der faulen Kunden von West End in die Hände fallen würde, wenn man sich nicht beeilte. Wenn er sich schon nicht schnell mit Miss Swartz trauen lassen wolle, so solle er wenigstens die Verlobung schriftlich bestätigen lassen und gleich heiraten, wenn er nach England zurückkehren würde. Ein Mensch, der zehntausend pro Jahr bekommen könne, wenn er zu Hause bliebe, sei ein Narr, sein Leben auswärts aufs Spiel zu setzen.

„Du möchtest also meinen Namen als den eines Feiglings bloßgestellt sehen, bloß um des Geldes von Miss Swartz willen“, fiel George ihm ins Wort.

Diese Bemerkung beunruhigte den alten Herrn etwas. Da er aber darauf zu antworten hatte und sein Entschluß gefaßt war, erwiderte er: „Morgen ißt du mit uns, und sooft Miss Swartz kommt, bist du hier, um ihr deine Aufwartung zu machen. Wenn du Geld brauchst, dann sprich bei Mr. Chopper vor.“ Damit stellte sich Georges Plänen mit Amelia ein neues Hindernis in den Weg. Er und Dobbin hielten deshalb manche vertrauliche Beratung ab. Die Ansicht seines Freundes über sein künftiges Verhalten kennen wir bereits. Und wenn sich Osborne etwas in den Kopf gesetzt hatte, machten ihn ein paar Hindernisse um so entschlossener.

Das dunkle Opfer dieser vom Haupt der Osborneschen Familie angezettelten Verschwörung ahnte von all den Plänen rein gar nichts (seltsamerweise verriet auch ihre Freundin und Anstandsdame nichts davon). Sie erwiderte die ihr entgegengebrachte Liebe mit tropischer Glut, da sie alle Schmeicheleien der jungen Damen für echte Gefühle hielt und, wie bereits gesagt, von Natur aus sehr warmherzig und ungestüm war. Um der Wahrheit willen müssen wir hinzusetzen, daß selbstsüchtige Beweggründe sie zu dem Hause am Russell Square führten, kurz gesagt, daß sie George Osborne für einen sehr netten jungen Mann hielt. Schon am ersten Abend ihrer Bekanntschaft auf dem Ball bei Hulkers hatte sein Backenbart Eindruck auf sie gemacht, und bekanntlich war sie nicht die erste Frau, die davon bezaubert war. George war gleichzeitig arrogant und melancholisch und ungestüm. Er sah aus wie ein Mann voll Leidenschaft und Geheimnis, voll geheimen Kummers und voller Abenteuer. Seine Stimme war wohltönend und tief. Er konnte in so traurigem und vertraulichem Ton seiner Partnerin ein Eis anbieten oder sagen, es sei ein warmer Abend, als ob er ihr den Tod ihrer Mutter mitteilen oder eine Liebeserklärung machen wollte. Er drückte alle jungen Stutzer an die Wand, die sich bei seinem Vater blicken ließen, und war der Held dieser drittrangigen Leute. Einige spöttelten über ihn und haßten ihn, andere wieder, unter ihnen Dobbin, bewunderten ihn fanatisch. Und sein Backenbart hatte angefangen, seine Wirkung zu tun und sich um das Herz von Miss Swartz zu winden.

Sooft die Aussicht bestand, George am Russell Square zu treffen, war dieses einfache und gutmütige junge Ding ganz aufgeregt, ihre lieben Osborne-Mädchen zu sehen. Sie stürzte sich in gewaltige Ausgaben für neue Kleider, Armbänder, Hüte und riesige

Federbüsche. Sie putzte sich mit großer Geschicklichkeit, um dem Eroberer zu gefallen, und zeigte alle ihre bescheidenen Talente, um seine Gunst zu gewinnen. Die Mädchen pflegten sie feierlich zu bitten, ein wenig Musik zu machen, und sie sang dann ihre drei Lieder und spielte ihre zwei Stückchen, sooft man es wünschte, und ihr Vergnügen dabei steigerte sich ständig. Während dieser ergötzlichen Unterhaltung saßen Miss Wirt und die Anstandsdame dabei und studierten den Adelskalender und sprachen von den Vornehmen.

Am Tage nachdem George von seinem Vater den „Wink“ erhalten hatte, lag er kurz vor dem Mittagessen in sehr kleidsamer und vollkommen natürlicher Melancholie auf einem Sofa im Salon hingestreckt. Er war auf Geheiß seines Vaters bei Mr. Chopper in der City gewesen (obwohl der alte Herr seinem Sohne große Summen zukommen ließ, setzte er ihm nie ein festes Taschengeld aus und gab ihm bloß etwas, wenn er in guter Laune war). Darauf hatte er drei Stunden bei Amelia, bei seiner lieben kleinen Amelia, in Fulham verbracht, und als er dann nach Hause kam, fand er seine Schwestern in gestärkten Musselinkleidern im Salon vor, die beiden alten Damen plaudernd im Hintergrund und die ehrliche Swartz in ihrem Lieblingskleid aus bernsteingelbem Atlas, mit Türkisarmbändern, zahllosen Ringen, Blumen, Federn und allen Arten von Besatz und Flitter, fast ebenso elegant herausgeputzt wie ein weiblicher Schornsteinfeger am ersten Mai.

Nachdem die Mädchen verschiedene vergebliche Versuche gemacht hatten, ihn ins Gespräch zu ziehen, unterhielten sie sich über Moden und die letzte Hofgesellschaft, bis er von ihrem Geschwätz ganz krank war. Er verglich das Benehmen der drei mit dem von Emmy, ihre schrillen, unangenehmen Stimmen mit Emmys zartem, klingendem Tonfall, ihre Haltung, ihre eckige Steifheit mit den bescheidenen, sanften Bewegungen und dem verschämten Liebreiz Amelias. Die arme Swartz saß auf Emmys ehemaligem Platz. Ihre juwelenüberladenen Hände lagen gespreizt in ihrem bernsteingelben Atlasschoß. Ihre Behänge und Ohrringe funkelten, und ihre großen Augen rollten durch den Raum. Völlig mit sich zufrieden, tat sie nichts und hielt sich für bezaubernd. Die Schwestern hatten noch nie etwas so Kleidsames gesehen wie Atlas.

„Verdammt“, sagte George zu seinem vertrauten Freund, „sie sah aus wie eine Porzellanpuppe, die den ganzen Tag nichts zu tun hat, als zu lächeln und mit dem Kopfe zu wackeln. Beim Zeus, Will, ich mußte mich beherrschen, daß ich ihr nicht das Sofakissen an den Kopf warf.“ Diesen Gefühlsausbruch hielt er jedoch zurück.

Die Schwestern fingen an, die „Schlacht von Prag“ zu spielen. „Hört auf mit dem verdammten Zeug“, brüllte George wütend vom Sofa. „Es macht mich ganz verrückt. Spielen Sie uns lieber etwas, Miss Swartz. Singen Sie etwas, irgend etwas, bloß nicht die ›Schlacht von Prag‹.“

„Soll ich ›Blauäuglein Mary‹ singen oder das Lied von der Gartenlaube?“ fragte Miss Swartz.

„Die hübsche Gartenlaube“, sagten die Schwestern.

„Das haben wir schon gehört“, entgegnete der Misanthrop auf dem Sofa.

„Ich kann auch ›Flefe di Tasche‹ singen“, sagte die Swartz sanftmütig, „wenn ich bloß den Text hätte.“ Es war das letzte Stück aus dem Repertoire des netten jungen Mädchens.

„Ach, ›Fleuve du Tage‹“, rief Miss Maria, „das Lied haben wir“, und sie ging, das Buch zu holen, in dem es stand.

Dieses damals so außerordentlich beliebte Lied war den Damen von einer jungen Freundin geschenkt worden, deren Namen auf dem Titelblatt stand. Miss Swartz hoffte vielleicht, als sie das Lied zu Georges Beifall gesungen hatte (denn der junge Hauptmann erinnerte sich, daß es ein Lieblingslied Amelias war), auf ein Dakapo. Sie spielte dabei mit den Notenblättern, als ihr Auge auf das Titelblatt fiel und sie in der Ecke „Amelia Sedley“ las.

„Mein Gott!“ rief Miss Swartz und drehte sich auf dem Klaviersessel wie ein Kreisel. „Ist es meine Amelia? Die Amelia, die im Pensionat von Miss Pinkerton in Hammersmith war? Ich weiß, sie ist es. Sie ist es, und... Erzählen Sie mir doch von ihr... Wo ist sie?“

„Sprechen Sie nicht von ihr!“ sagte Miss Maria Osborne hastig. „Ihre Familie hat sich in Unehre gebracht. Ihr Vater hat Papa betrogen. Und ihr Name darf hier nie und nimmermehr erwähnt werden.“ Das war Miss Marias Antwort auf Georges Grobheit wegen der „Schlacht von Prag“.

„Sind Sie eine Freundin von Amelia?“ fragte George und sprang auf. „Gott segne Sie dafür, Miss Swartz. Glauben Sie nicht, was die Mädchen da sagen. Sie kann auf jeden Fall nichts dafür. Sie ist das beste...“

„Du weißt, du sollst nicht von ihr sprechen, George“, rief Jane. „Papa hat es verboten.“

„Wer will mich daran hindern?“ rief George. „Ich will von ihr sprechen. Ich sage, sie ist das beste, freundlichste, sanfteste, süßeste Mädchen in ganz England, und bankrott oder nicht – meine Schwestern können ihr nicht das Wasser reichen. Wenn Sie sie lieben, Miss Swartz, so besuchen Sie sie, sie braucht jetzt Freunde. Und ich sage, Gott segne alle, die freundlich zu ihr sind! Jeder, der Gutes von ihr sagt, ist mein Freund. Und jeder, der gegen sie spricht, ist mein Feind. Ich danke Ihnen, Miss Swartz.“ Und er stand auf und schüttelte ihr die Hand.

„George! George!“ rief eine der Schwestern flehend.

„Ich sage“, sagte George heftig, „ich danke jedem, der Liebe für Amelia Sed ...“ Er hielt inne. Der alte Osborne stand im Zimmer, leichenblaß vor Wut und mit Augen wie glühende Kohlen.

Obgleich George mitten im Satz abgebrochen hatte, war sein Blut doch so in Wallung gebracht, daß alle Osborneschen Generationen zusammengenommen ihn nicht einschüchtern konnten. Sofort faßte er sich wieder und erwiderte den drohenden Blick seines Vaters mit seinem eigenen, so voll Entschlossenheit und Trotz, daß der alte Mann nun seinerseits erschrak und wegsah. Er fühlte, daß der Kampf bevorstand. „Mrs. Haggistoun, erlauben Sie mir, daß ich Sie zu Tisch führe", sagte er. „Reich deinen Arm Miss Swartz, George." Und sie marschierten ab.

„Miss Swartz, ich liebe Amelia, und wir sind fast unser ganzes Leben miteinander verlobt", sagte Osborne zu seiner Partnerin. Und während des ganzen Essens plauderte George mit einer Geläufigkeit, die ihn selbst überraschte und seinen Vater doppelt furchtsam machte in Erwartung des Kampfes, der stattfinden mußte, sobald die Damen sich entfernt hatten.

Der Unterschied zwischen beiden lag darin, daß der Vater heftig und grob war, der Sohn aber dreimal soviel Mut und Seelenstärke besaß und nicht bloß angreifen, sondern auch einen Angriff parieren konnte. Und da er sah, daß der Augenblick nun gekommen war, wo der Streit zwischen ihm und seinem Vater zur Entscheidung drängte, so aß er in aller Seelenruhe mit dem besten Appetit, ehe der Kampf begann. Der alte Osborne dagegen war erregt und . trank viel. Er stockte in der Unterhaltung mit seinen Tischnachbarinnen, und Georges Kaltblütigkeit machte ihn nur noch zorniger. Er wurde halb wahnsinnig, als er bemerkte, mit welcher Gelassenheit George seine Serviette zusammenfaltete und mit galanter Verbeugung den Damen die Tür öffnete, als sie das Zimmer verlassen wollten. Dann schenkte George sich ein Glas Wein ein, trank es aus und blickte seinem Vater gerade ins Gesicht, als wollte er sagen: Meine Herren von der Garde, feuern Sie zuerst. Der alte Mann versah sich ebenfalls mit Munition, aber die Flasche klirrte gegen das Glas, als er es füllen wollte.

Er holte tief Luft und begann dann, purpurrot im Gesicht, als wollte er ersticken: „Wie kannst du dich unterstehen, den Namen dieser Person in meinem Salon vor Miss Swartz zu nennen? Ich frage dich, wie kannst du dich unterstehen?"

„Moment mal, Vater", sagte George, „sage nicht ›unterstehen‹. ›Unterstehen‹ ist ein Wort, das man einem Hauptmann der britischen Armee gegenüber nicht in den Mund nehmen sollte."

„Ich sage zu meinem Sohn, was ich will. Ich kann ihn enterben bis auf den letzten Shilling, wenn ich will. Ich kann ihn zum Bettler machen, wenn ich will. Ich werde sagen, was ich will", sagte der Alte.

„Ich bin ein Gentleman, obgleich ich dein Sohn bin", antwortete George hochmütig. „Ich muß darum bitten, daß alle Mitteilungen, die du mir zu machen, oder alle Befehle, die du mir zu geben beabsichtigst, in einer Form gehalten sind, die ich zu hören gewohnt bin."

Sooft der junge Osborne diese hochmütige Haltung annahm, erregte er bei dem Vater entweder große Furcht oder einen gewaltigen Zorn. Der alte Osborne hatte eine geheime Angst vor seinem Sohne als dem besseren Gentleman. Und vielleicht haben meine Leser auf unserem Jahrmarkt der Eitelkeit auch schon erfahren, daß Menschen niedriger Gesinnung niemandem so mißtrauen wie einem Gentleman.

„Mein Vater ließ mir nicht die Erziehung angedeihen, die du erhalten hast, ich hatte auch nicht die Vorteile, die du gehabt, oder das Geld, das du bekommen hast. Hätte ich in der Gesellschaft verkehrt, wo ich gewissen Leuten mit meinen Mitteln ermöglicht habe, zu verkehren, so hätte mein Sohn wahrscheinlich keinen Grund, mit seiner Überlegenheit und seiner West-End-Miene zu prahlen." (Diese Worte sprach der alte Osborne in seinem sarkastischsten Ton.) „Aber zu meiner Zeit glaubte man noch nicht, daß es einem Gentleman zieme, seinen Vater zu beleidigen. Hätte ich so etwas getan, so hätte mich meiner die Treppe hinuntergeworfen."

„Ich habe dich niemals beleidigt, Vater. Ich habe gesagt, du möchtest nicht vergessen, daß dein Sohn ebenso Gentleman ist wie du selbst. Ich weiß sehr gut, daß du mir viel Geld gibst", sagte George (dabei befühlte er ein Bündel Banknoten, das er am Morgen von Mr. Chopper erhalten hatte). „Das sagst du mir oft genug, Vater. Du brauchst keine Angst zu haben, daß ich es vergesse."

„Ich wollte, du erinnertest dich anderer Dinge ebensogut", antwortete der Vater. „Ich wollte, du erinnertest dich – solange du dieses Haus mit deiner Gegenwart beehrst, Herr Hauptmann –, daß ich darin der Herr bin, und dieser Name – und daß der – daß du – daß ich sage..."

„Daß was, Sir?" fragte George mit einem Anflug von Hohn, während er sich noch ein Glas Rotwein einschenkte.

Dem Vater entfuhr ein gräßlicher Fluch. „Daß der Name dieser Sedleys hier nicht genannt werden darf, nicht einer von der ganzen verdammten Brut!"

„Nicht ich war es, Vater, der Miss Sedleys Namen zuerst erwähnte. Meine Schwestern sprachen vor Miss Swartz schlecht über sie. Und, beim Zeus, ich werde sie verteidigen, wo es auch sein mag. Niemand soll diesen Namen in meiner Gegenwart geringschätzig aussprechen. Unsere Familie hat ihr Schaden genug zugefügt, denke ich, und jetzt, wo sie am Boden liegt, sollte man mit den Schmähungen aufhören. Ich schieße jeden, außer dir, nieder, der nur ein Wort gegen sie sagt."

„Weiter, nur weiter so", sagte der alte Herr mit hervorquellenden Augen.

„Weiter? Worüber, Vater? Über die Art und Weise, wie wir diesen Engel von einem Mädchen behandelt haben? Wer hieß mich, sie zu lieben? Das war dein Werk. Ich hätte eine andere Wahl treffen und dabei aus deinen Kreisen herauskommen können. Aber ich habe dir gehorcht. Und jetzt, wo mir ihr Herz gehört, befiehlst du mir, es wegzuwerfen und sie zu strafen, vielleicht gar zu töten – wegen anderer Leute Fehler. Es ist eine Schande, beim Himmel“, schrie George, der sich immer mehr in Zorn und Begeisterung steigerte, „mit der Liebe eines jungen Mädchens ein leichtfertiges Spiel zu treiben – und noch dazu eines Engels wie sie – eines Wesens, so hoch über den Menschen, unter denen sie lebt, daß sie Neid hätte erregen können, wäre sie nicht so gut und so sanft, daß es ein Wunder ist, wie jemand sie überhaupt hassen kann. Glaubst du denn, Vater, sie würde mich vergessen, wenn ich sie verließe?“

„Ich will von solchem verdammten sentimentalen Quatsch und Unsinn nichts wissen“, schrie der Vater. „In meiner Familie dulde ich keine Bettelheiraten. Wenn du achttausend pro Jahr, die du im Handumdrehen bekommen könntest, aus dem Fenster werfen willst, so tue es nur. Aber beim Zeus, dann pack deine Siebensachen und verschwinde mir aus dem Haus. Willst du tun, was ich dir sage, ein für allemal, oder willst du es nicht?“

„Die Mulattin da heiraten?“ fragte George und zog den Hemdkragen hoch. „Ich mag die Farbe nicht. Frag den Schwarzen, der am Fleet Market drüben die Straße fegt! Ich jedenfalls heirate keine Hottentottenvenus.“

Mr. Osborne riß wie ein Rasender an der Klingelschnur, mit der er sonst den Butler herbeirief, wenn er Wein haben wollte, und befahl diesem dienstbaren Geist, fast schwarz im Gesicht, für Hauptmann Osborne einen Wagen zu holen.

„Ich habe es getan“, sagte George, als er eine Stunde später mit bleichem Gesicht zu Slaughters kam.

„Was, mein Junge?“ sagte Dobbin.

George erzählte, was zwischen seinem Vater und ihm vorgefallen war.

„Morgen werde ich sie heiraten“, sagte er mit einem Fluch. „Ich liebe sie jeden Tag mehr, Dobbin!“

22. Kapitel

Eine Heirat und ein Teil der Flitterwochen

Die hartnäckigsten und mutigsten Feinde vermögen dem Hunger nicht auf lange Zeit standzuhalten, und so war denn der alte Osborne unbesorgt um seinen Gegner in dem Kampf, den wir gerade beschrieben haben. Er erwartete zuversichtlich, daß George sich auf Gnade und Ungnade ergeben würde, sobald ihm das Geld ausgehen würde. Zwar war der Junge unglücklicherweise gerade am Tage des ersten Gefechts mit Proviant versehen worden, allein der alte Osborne dachte, er würde nicht lange reichen und Georges Unterwerfung höchstens etwas verzögern. Einige Tage lang hörten Vater und Sohn nichts voneinander. Der Alte war über das Schweigen aufgebracht, aber nicht unruhig, denn er wußte, wo er George die Daumenschrauben anzusetzen hatte, und wollte daher bloß das Resultat dieser Operation abwarten. Er teilte den Schwestern den Ausgang des Streites mit, befahl ihnen aber gleichzeitig, von der Sache keine Notiz zu nehmen und George bei seiner Rückkehr zu begrüßen, als ob nichts vorgefallen wäre. Wie üblich wurde für ihn jeden Tag gedeckt, und der alte Herr erwartete ihn wahrscheinlich sehnsüchtig. Aber George ließ sich nicht blicken. Man erkundigte sich nach ihm bei Slaughters und erfuhr, daß er und sein Freund, Hauptmann Dobbin, die Stadt verlassen hätten.

Es war an einem stürmischen, unfreundlichen Tag Ende April, der Regen peitschte das Pflaster der alten Straße, in der einst Slaughters' Kaffeehaus lag – da betrat George Osborne das Kaffeezimmer. Er war ungemein verstört und bleich, obgleich er einen eleganten blauen Frack mit Messingknöpfen und eine nette bräunliche Weste trug, wie es damals gerade Mode war. Sein Freund, Hauptmann Dobbin, war schon anwesend, gleichfalls in Blau und Messing. Diese Kleidung ersetzte den Militärrock und die grauen Beinkleider, mit denen er seinen schmalen Körper sonst bedeckte.

Dobbin war schon über eine Stunde im Kaffeezimmer. Er hatte alle Zeitungen zur Hand genommen, konnte aber nicht lesen. Er hatte unzählige Male auf die Uhr gesehen und auf die Straße geblickt, wo der Regen niederprasselte und wo die Leute in Holzschuhen vorbeiklapperten und sich in den glänzenden Steinen widerspiegelten. Er trommelte auf dem Tisch, kaute gründlich an den Nägeln und biß sie fast bis zum Fleisch ab (er war gewohnt, seine großen Hände auf diese Weise zu zieren), er balancierte den Teelöffel geschickt auf dem Milchkännchen, stieß es um und so weiter und so weiter. Kurz gesagt, er zeigte alle Symptome von Unruhe und machte all die verzweifelten Versuche, die Zeit totzuschlagen, die die Menschen gewöhnlich unternehmen, wenn sie sehr ängstlich, erwartungsvoll und unruhig sind.

Einige seiner gerade anwesenden Kameraden zogen ihn wegen seines glänzenden Aufzuges und seines aufgeregten Benehmens auf. Einer fragte ihn, ob er wohl heiraten wolle. Dobbin lachte und erwiderte, er würde seinem Kameraden (Major Wagstaff von den Genietruppen) ein Stück Kuchen schicken, wenn es soweit wäre. Endlich erschien Hauptmann Osborne, wie gesagt sehr elegant, aber ungemein blaß und aufgeregt. Er wischte sich das bleiche Gesicht mit einem großen gelben, stark parfümierten Taschentuch ab, schüttelte Dobbin die Hand, blickte auf die Wanduhr und bestellte bei John, dem Kellner, Curaçao. Er schüttete ein paar Gläser von diesem Likör mit nervöser Hast hinunter. Sein Freund fragte mit einiger Teilnahme nach seinem Befinden.

„Habe bis Tagesanbruch nicht ein Auge zugetan, Dob“, sagte er. „Höllisches Kopfweh und Fieber. Stand um neun auf und ging ins Bad. Ich sage dir, Dob, es ist mir gerade so zumute wie an dem Morgen in Quebec, als ich mich mit Rocket schlug.“

„Mir geht es ebenso“, antwortete William. „Ich war aber an dem Morgen verteufelt nervöser als du. Du hast damals noch tüchtig gefrühstückt, wie ich mich entsinnen kann. Iß jetzt auch etwas.“

„Du bist ein guter, alter Kerl, Will. Ich trinke auf dein Wohl, alter Junge, und dann adieu dem...“

„Nein, nein. Zwei Gläser sind genug“, unterbrach ihn Dobbin. „Hier, John, bringen Sie den Likör weg. Nimm ein bißchen Cayennepfeffer zu deinem Huhn. Aber beeil dich ein wenig, denn es wird Zeit, daß wir hinkommen.“

Es war ungefähr halb zwölf, als dieses kurze Gespräch zwischen den beiden Hauptleuten stattfand. Eine Kutsche, in der Hauptmann Osbornes Diener das kleine tragbare Briefpult und den Toilettenkasten seines Herrn verstaut hatte, wartete schon einige Zeit. Und nun eilten die beiden Herren unter einem Regenschirm eilig auf die Kutsche zu und stiegen ein, während der Diener den Bock bestieg und den Regen sowie die dampfende Feuchtigkeit des Kutschers neben ihm verwünschte. „Wir werden an der Kirchtüre eine bessere Kalesche finden als die hier“, sagte er, „das ist ein Trost.“ Und nun ging es weiter, Piccadilly entlang, wo das Apsley-Haus und das Sankt-Georgs-Hospital noch rote Jacken trugen, wo es noch Öllaternen gab, wo der Achilles noch nicht geboren war und man den Pimlico-Bogen noch nicht gebaut hatte und auch nicht das abscheuliche Monstrum von Reiterstandbild, das die ganze Umgebung jetzt überragt. Und so fuhren sie durch Brompton auf eine bestimmte Kapelle in der Nähe der Fulham Road zu.

Dort wartete eine vierspännige Kutsche und noch eine vornehme, die man damals Glaskutsche nannte. Nur sehr wenige Müßiggänger waren in Anbetracht des abscheulichen Regenwetters dort versammelt.

„Zum Henker!“ rief George. „Ich habe doch gesagt, zwei sind genug.“

„Mein Herr wollte vier haben“, sagte Mr. Joseph Sedleys Diener, der dort wartete. Er und auch Mr. Osbornes Diener waren der Ansicht, während sie George und William in die Kirche folgten, daß es „wirklich eine schäbige Veranstaltung sei, wo es kaum ein Frühstück oder eine Hochzeitsschleife gebe“.

„Da seid ihr ja“, sagte unser alter Freund Joe Sedley und trat hinzu. „Du kommst fünf Minuten zu spät, George, mein Junge. Was für ein Tag, nicht? Verdammt noch mal, es ist wie beim Beginn der Regenzeit in Bengalen. Ihr werdet aber merken, daß mein Wagen wasserdicht ist. Kommt, kommt, meine Mutter und Emmy warten in der Sakristei.“

Joe Sedley sah prachtvoll aus. Er war dicker denn je. Sein Hemdkragen war noch höher, sein Gesicht noch röter, seine Hemdkrause prangte in vollem Glanze auf seiner bunten Weste. Lackstiefel waren damals noch nicht erfunden, aber die Reitstiefel an seinen schönen Beinen glänzten so, daß es das gleiche Paar sein mußte, vor dem der Herr auf dem alten Bild sich zu rasieren pflegte. Und auf seinem hellgrünen Frack prangte eine schöne Hochzeitsschleife wie eine große vollerblühte weiße Magnolie.

Mit einem Wort, George hatte den großen Wurf getan. Er war auf dem Wege zur Hochzeit. Daher seine Blässe und Nervosität, die schlaflose Nacht und die Aufregung am Morgen. Ich habe Leute, die dasselbe durchgemacht haben, bekennen hören, daß ihnen ebenso zumute gewesen sei. Nach drei oder vier dieser heiligen Handlungen gewöhnt man sich zweifellos daran, aber jedermann gesteht, daß es beim ersten Mal schrecklich ist.

Die Braut trug einen braunseidenen Umhang (wie Hauptmann Dobbin mir später berichtet hat) und einen Strohhut mit rosa Band. Um den Hut hatte sie einen Schleier aus weißen Chantillyspitzen geschlungen – ein Geschenk von ihrem Bruder, Mr. Joseph Sedley. Hauptmann Dobbin hatte gebeten, ihr eine goldene Kette mit einer Uhr schenken zu dürfen, womit sie sich bei dieser Gelegenheit geschmückt hatte. Ihre Mutter hatte ihr ihre Diamantbrosche geschenkt – fast das einzige Schmuckstück, das der alten Dame geblieben war. Während der Trauung saß Mrs. Sedley heftig weinend in einem Kirchenstuhl, während das irische Dienstmädchen und Mrs. Clapp, eine Hausbewohnerin, sie trösteten. Der alte Sedley wollte nicht kommen. Joe vertrat seinen Vater und gab die Braut zur Ehe, während Hauptmann Dobbin Georges Brautführer war.

Außer dem Pfarrer und seinen Helfern, dem Brautpaar und ihren Begleitern war niemand in der Kirche. Die beiden Bedienten hatten sich hochmütig in den Hintergrund verzogen. Der Regen trommelte gegen die Fenster. In den Pausen beim Gottesdienst konnte man ihn und das Schluchzen der alten Mrs. Sedley im Kirchenstuhl deutlich hören. Die kahlen Wände gaben die Stimme des Pfarrers traurig zurück. Osbornes „Ja" ertönte in tiefem Baß. Emmys Antwort schwebte zitternd vom Herzen zu den Lippen, wurde aber von kaum jemandem außer Hauptmann Dobbin vernommen.

Als die Trauung vorüber war, trat Joe Sedley vor und küßte seine bräutliche Schwester nach vielen Monaten zum erstenmal. Georges düstere Miene war verschwunden, und er sah stolz und strahlend aus. „Nun bist du dran, William", sagte er und legte die Hand liebevoll auf Dobbins Schulter. Und Dobbin trat hinzu und berührte Amelias Wange.

Dann gingen sie in die Sakristei, wo sie sich in das Register einschrieben. „Gott segne dich, alter Dobbin", sagte George und ergriff seine Hand, während etwas Feuchtes in seinen Augen schimmerte. William antwortete nur mit einem Kopfnicken. Sein Herz war ihm zu voll zum Sprechen.

„Schreib gleich und komm, sobald du kannst, ja?" sagte Osborne. Nachdem Mrs. Sedley bewegt von ihrer Tochter Abschied genommen hatte, ging das Paar zur Kutsche. „Aus dem Wege, ihr kleinen Teufel", rief George einigen durchweichten Gassenjungen zu, die sich an der Kirchentür herumtrieben. Der Regen schlug dem Brautpaar ins Gesicht, als sie zum Wagen schritten. Die Hochzeitsschleifen der Postillione baumelten an ihren triefenden Jacken. Die wenigen Kinder riefen ein trauriges Hurra, als der Wagen schmutzspritzend davonfuhr.

William Dobbin stand in der Kirchentür und sah ihnen nach – eine seltsame Figur. Das kleine Zuschauerhäuflein lachte über ihn, aber er beachtete weder sie noch ihr Gelächter.

„Kommen Sie mit, wir wollen einen kleinen Imbiß einnehmen, Dobbin", rief eine Stimme hinter ihm, und eine fette Hand legte sich auf seine Schulter. Die Träumerei des ehrlichen Burschen war unterbrochen. Aber dem Hauptmann stand der Sinn jetzt nicht nach einem Festessen mit Joe Sedley. Er half der weinenden alten Dame und ihren Begleitern in Joes Kutsche und verließ sie ohne ein weiteres Wort. Auch diese Kutsche entfernte sich, und die kleinen Gassenjungen riefen noch ein Hurra, sehr sarkastisch.

„Hier, ihr kleinen Bettler", sagte Dobbin und verteilte ein paar Münzen unter ihnen. Dann ging er allein durch den Regen davon. Alles war vorbei. Sie waren verheiratet und glücklich, darum betete er zu Gott. Seit seiner Kindheit hatte er sich noch nie so elend und so einsam gefühlt. Mit schmerzhaftem Sehnen wünschte er, daß die ersten Tage vorüber wären, damit er sie wiedersehen könnte.

Etwa zehn Tage nach der beschriebenen Feier genossen drei junge Männer aus unserer Bekanntschaft den herrlichen Anblick von Erkerfenstern auf der einen Seite und blauer See auf der anderen, den Brighton dem Reisenden bietet. Bisweilen schaut der Londoner entzückt zum Meer, wenn es mit zahllosen Grübchen lächelt, mit weißen Segeln gesprenkelt ist und Hunderte von Badekarren den Saum seines blauen Gewandes küssen. Manchmal dagegen, wenn er lieber die menschliche Natur als irgendwelche Aussichten studieren will, dann wendet er sich den Erkerfenstern und dem Menschengewimmel zu, das sich dort zeigt. Aus einem Fenster dringen die Töne eines Klaviers, auf dem eine lockige junge Dame zum großen Entzücken der Hausgenossen sechs Stunden täglich übt. An einem anderen steht das Kindermädchen, die hübsche Polly, die den kleinen Master Omnium auf den Armen wiegt, während man ein Fenster tiefer Jakob, seinen Papa, zum Frühstück Garnelen essen und die „Times" verschlingen sieht. Drüben halten die Misses Leery Ausschau nach den jungen Kürassieroffizieren, die höchstwahrscheinlich an den Klippen Spazierengehen. Oder dort hält ein Londoner Kaufmann, wie ein Matrose ausstaffiert, ein Teleskop von der Größe einer Sechspfünderkanone auf das Meer gerichtet, um jedes Vergnügungsboot, jedes Fischerboot und jeden Badekarren, die ans Ufer kommen oder hinausfahren, auszumachen. Aber haben wir Zeit für eine Beschreibung von Brighton? Von Brighton, dem sauberen Neapel mit eleganten Lazzaronis, von Brighton, das immer lebhaft, heiter und bunt wirkt wie eine Harlekinsjacke, von Brighton, das zur Zeit unserer Geschichte sieben Stunden von London entfernt ist, jetzt nur noch hundert Minuten, und uns noch wer weiß wieviel näher rücken mag, wenn nicht Joinville kommt und es zur Unzeit bombardiert.

„Was für ein unheimlich hübsches Mädchen, das dort in der Wohnung über der Putzmacherin ist“, meinte einer der drei Spaziergänger zu den anderen. „Bei Gott, Crawley, haben Sie das Zeichen gesehen, das sie mir gab, als ich vorüberging?“

„Brechen Sie ihr nicht das Herz, Joe, Sie Schurke“, sagte ein anderer. „Spielen Sie nicht mit ihrem Gefühl, Sie Don Juan!“

„Kommt, weiter!“ sagte Joe Sedley hocherfreut und warf dem betreffenden Dienstmädchen einen unwiderstehlichen Blick hinauf. Joe war in Brighton noch großartiger ausgeputzt als bei der Trauung seiner Schwester. Er hatte prächtige Westen an, von denen schon eine ausgereicht hätte, einen gewöhnlichen Stutzer aus jemandem zu machen. Er trug einen militärischen Überrock mit Säbelösen, Quasten, schwarzen Knöpfen und reichen Stickereien verziert. Er hatte in der letzten Zeit militärische Gewohnheiten und ein militärisches Äußeres angenommen; und er schritt sporenklirrend neben seinen beiden Freunden, die diesem Stande angehörten, gab ungeheuer an und schoß tödliche Blicke auf alle Dienstmädchen ab, die es wert waren, erjagt zu werden.

„Was fangen wir an, Jungs, bis die Damen zurückkommen?“ fragte der Stutzer. Die Damen hatten in seinem Wagen eine Spazierfahrt nach Rottingdean gemacht.

„Wir wollen eine Partie Billard spielen“, sagte einer seiner beiden Freunde, der große mit dem gefärbten Schnurrbart.

„Nein, verdammt, nein, Hauptmann“, antwortete Joe etwas beunruhigt. „Kein Billard heute, Crawley, mein Junge. Gestern hat es gereicht.“

„Sie spielen sehr gut“, sagte Crawley lachend. „Nicht wahr, Osborne? Hat er nicht die fünf Punkte großartig gemacht, wie?“

„Prachtvoll“, sagte Osborne. „Joe ist ein Teufelskerl beim Billard und überhaupt bei allem. Ich wünschte, es gäbe hier Tigerjagden. Dann könnten wir vor Tisch noch einige erlegen. (Dort geht ein hübsches Mädchen! Was für Fesseln, was, Joe?) Erzähl uns doch die Geschichte von der Tigerjagd und wie du die Bestie im Dschungel erledigt hast – eine wundervolle Geschichte, Crawley.“ Hier gähnte Osborne. „Es ist doch verdammt langweilig hier“, sagte er. „Was können wir bloß anfangen?“

„Wollen wir ein paar Pferde ansehen, die Snaffler gerade vom Markt in Lewes mitgebracht hat?“ fragte Crawley.

„Wie wäre es, wenn wir zu Dutton Gelee essen gehen würden“, fragte der Schalk Joe, der zwei Fliegen mit einer Klappe schlagen wollte. „Ein verteufelt hübsches Mädchen haben sie bei Dutton.“

„Wie wäre es, wenn wir uns ansehen, wie der ›Blitz‹ kommt? Es ist gerade die rechte Zeit“, sagte George. Dieser Vorschlag trug den Sieg über Stall und Gelee davon, und sie gingen zum Postkutschenbüro, um die Ankunft des „Blitzes“ zu sehen.

Unterwegs trafen sie den Wagen – Joseph Sedleys offenen Wagen mit seinem prachtvollen Wappenschmuck –, das glänzende Gefährt, in dem er majestätisch einsam mit Dreispitz und verschränkten Armen oder, glücklicher, in Damengesellschaft herumzukutschieren pflegte.

Im Augenblick saßen zwei Personen in dem Wagen: die eine war klein, mit hellem Haar und in modischer Kleidung, die andere in einem braunseidenen Umhang und einem Strohhut mit rosa Bändern, mit rosigem, rundem, glücklichem Gesicht, dessen Anblick einem guttat. Sie ließ den Wagen anhalten, als er sich den drei Herren näherte. Nach diesem Autoritätsbeweis schien sie ziemlich nervös und errötete seltsamerweise. „Die Spazierfahrt war wunderschön, George", sagte sie, „und – und wir sind so froh, daß wir wieder da sind. Und Joseph, sorg dafür, daß er nicht zu spät zurückkommt."

„Verführen Sie unsere Männer nicht, Mr. Sedley, Sie schlimmer, schlimmer Mann, Sie", sagte Rebekka und drohte Joseph mit einem hübschen kleinen Finger in den zierlichsten französischen Wildlederhandschuhen. „Kein Billard, kein Rauchen, keine Dummheiten!"

„Meine liebe Mrs. Crawley – ach, oh, bei meiner Ehre!" war alles, was Joe als Antwort hervorbringen konnte, aber er bewahrte doch leidlich Haltung; mit schiefem Kopf lächelte er zu seinem Opfer hinauf, die eine Hand hielt er auf dem Rücken, den er auf den Spazierstock stützte, mit der anderen (der Hand mit dem Diamantring) fingerte er an seiner Hemdkrause und an seinen Westen herum. Als der Wagen sich entfernte, warf er den schönen Insassinnen Diamantenhandküsse zu. Er wünschte, ganz Cheltenham, ganz Chowringhee, ganz Kalkutta würde ihn in dieser Stellung sehen, da er in Gesellschaft eines so berühmten Stutzers wie Rawdon Crawley von der Leibgarde solch einer Schönheit nachwinkte.

Unser junges Brautpaar hatte Brighton als Aufenthaltsort für die ersten paar Tage nach der Hochzeit ausersehen und lebte nun dort sehr behaglich und ruhig im „Schiffshof", bis Joe zu ihnen kam. Er war aber nicht der einzige Gesellschafter, den sie dort fanden. Wen sollten sie eines Nachmittags, als sie von einem Strandspaziergang zum Hotel zurückkamen, treffen als Rebekka und ihren Mann? Sie erkannten sich augenblicklich. Rebekka flog ihrer lieben Freundin in die Arme. Crawley und Osborne schüttelten sich herzlich die Hand. Becky fand im Laufe weniger Stunden den Weg, um George den kleinen unerfreulichen Wortwechsel zwischen ihnen vergessen zu machen. „Erinnern Sie sich noch an damals, als wir uns bei Miss Crawley sahen? Ich war damals sehr grob zu Ihnen, mein lieber Hauptmann Osborne. Ich glaubte, Sie vernachlässigten die liebe Amelia, und deshalb war ich so böse, so schnippisch, unfreundlich und undankbar. Vergeben Sie mir doch!" sagte Rebekka und streckte ihm ihre Hand mit so freimütiger, gewinnender Anmut hin, daß Osborne sie einfach ergreifen mußte. Du hast keine Ahnung, mein Sohn, wieviel Gutes du erreichen kannst, wenn du offen und bescheiden dein Unrecht zugibst. Ich kannte einmal einen Herrn, einen recht würdigen Kenner des Jahrmarkts der Eitelkeit, der seinen Nächsten absichtlich ein kleines Unrecht zufügte, um sich später offenherzig und mannhaft dafür zu entschuldigen – und was geschah? Mein Freund Crocky Doyle war überall beliebt. Man hielt ihn zwar für etwas heftig, aber doch für einen sehr ehrlichen Kerl. So nahm auch George Osborne Beckys Demut ernst.

Die beiden jungen Paare hatten einander viel zu erzählen. Sie besprachen ihre Heiraten und die Aussichten für das Leben mit großer Offenheit und lebhaftem Interesse. Georges Heirat sollte sein Freund Hauptmann Dobbin dem alten Osborne mitteilen, und der junge Osborne wartete ängstlich auf das Ergebnis dieser Eröffnung. Miss Crawley, auf der alle Hoffnungen Rawdons ruhten, hatte sich immer noch nicht erweichen lassen. Da es ihrem lieben Neffen und seiner Frau nicht gelungen war, sich zu ihrem Haus in der Park Lane Zutritt zu verschaffen, waren sie ihr nach Brighton gefolgt. Nun belagerten ständig Kundschafter die Tür der alten Dame.

„Ich wollte, du könntest einige von Rawdons Freunden sehen, die *unsere* Tür ständig belagern“, sagte Rebekka lachend. „Hast du schon einmal einen ungeduldigen Gläubiger gesehen, meine Liebe, oder einen Gerichtsdiener mit seinem Gehilfen? Zwei von diesen abscheulichen Kerlen haben die ganze Woche gegenüber beim Gemüsehändler Wachposten bezogen, und wir konnten daher erst am Sonntag raus. Was sollen wir bloß tun, wenn Tantchen unerbittlich bleibt?“

Rawdon erzählte unter schallendem Gelächter ein Dutzend lustige Anekdoten von seinen Gläubigern und wie geschickt Rebekka sie behandelte. Mit einem kräftigen Eid beteuerte er, daß es in ganz Europa keine Frau gebe, die es so gut wie sie verstehe, einen Gläubiger einzuwickeln. Gleich nach der Hochzeit hatte ihre Praxis begonnen, und ihr Mann hatte festgestellt, wie wertvoll doch so eine Frau war. Es mangelte ihnen nicht an Kredit, aber ebensowenig mangelte es ihnen an unbezahlten Rechnungen, und es fehlte ihnen an Bargeld. Hatten diese Geldschwierigkeiten einen Einfluß auf Rawdons gute Laune? Nein. Jedermann auf dem Jahrmarkt der Eitelkeit wird schon bemerkt haben, wie gut diejenigen leben, die bis über die Ohren in Schulden stecken, wie sie sich nichts versagen und wie lustig und unbekümmert sie sind. Rawdon und seine Frau hatten in Brighton die besten Zimmer im Gasthof, der Wirt verbeugte sich vor ihnen wie vor seinen reichsten und vornehmsten Gästen, wenn er ihnen das erste Gericht hereinbrachte, und Rawdon schimpfte über Essen und Wein mit einer Unverschämtheit, die kein reicher Mann hätte übertreffen können. Lange Übung, eine männliche Erscheinung, tadellose Stiefel und Kleider und ein glückliches Temperament sind oft einem Menschen ebenso nützlich wie ein großes Bankkonto.

Die beiden jungen Ehepaare besuchten sich häufig auf ihren Zimmern. Nach zwei oder drei Abenden spielten die Herren ein bißchen Pikett, während ihre Frauen sich zum Plaudern zurückgezogen hatten. Dieser Zeitvertreib sowie die Ankunft Joseph Sedleys, der in seinem prächtigen offenen Wagen erschien und einige Partien Billard mit Hauptmann Crawley spielte, füllten Rawdons Börse wieder einigermaßen und verhalfen ihm zu dem flüssigen Geld, ohne das oft auch die größten Geister nicht mehr weiterwissen.

Die drei Herren gingen also hinab, um die Ankunft des „Blitzes“ zu beobachten. Pünktlich auf die Minute kam die Postkutsche, innen und außen vollbesetzt, die Straße herabgerattert; der Postillion blies seine gewöhnliche Melodie, und der „Blitz“ hielt vor dem Büro.

„Hallo! Da ist ja der alte Dobbin“, rief George erfreut, als er seinen alten Freund auf dem Dach thronen sah. Dieser hatte seinen versprochenen Besuch in Brighton bis jetzt hinausgezögert. „Wie geht's dir, alter Bursche? Schön, daß du endlich gekommen bist. Emmy wird sich freuen, dich zu sehen“, sagte Osborne und schüttelte die Hand seines Kameraden, sobald er herabgestiegen war. Dann setzte er leiser und erregter hinzu: „Was gibt's Neues? Bist du am Russell Square gewesen? Was sagt der Alte? Erzähl mir alles.“

Dobbin war sehr bleich und ernst. „Ich war bei deinem Vater“, sagte er. „Wie geht es Amelia – Mrs. Osborne? Ich werde dir gleich alles erzählen. Aber vorher habe ich noch eine viel wichtigere Nachricht, und zwar...“

„Heraus damit, alter Bursche“, sagte George.

„Wir haben Marschbefehl nach Belgien erhalten. Die ganze Armee geht dahin – die Garde und alle. Heavytop hat die Gicht und tobt, weil er sich nicht bewegen kann. O'Dowd hat das Kommando übernommen. Nächste Woche schiffen wir uns in Chatham ein.“ Diese Kriegsnachricht war für unsere Liebenden ein schwerer Schlag, und alle Herren sahen mit einemmal sehr ernst aus.

23. Kapitel

Hauptmann Dobbin als Vermittler

Welchen geheimen Mesmerismus besitzt doch die Freundschaft, wenn unter ihrem Einfluß ein sonst träger, kalter oder furchtsamer Mensch für einen Freund klug, tätig und entschlossen wird? Wie Alexis nach einigen Strichen von Doktor Elliotson keinen Schmerz mehr verspürt, mit dem Hinterkopf liest, meilenweit und in die nächste Woche sieht und andere Wunder vollbringt, zu denen er im normalen Zustand niemals fähig wäre, so wird auch draußen in der Welt unter dem Magnetismus der Freundschaft der Bescheidene kühn, der Scheue zutraulich, der Träge fleißig und der Ungestüme vorsichtig und friedlich. Was veranlaßt den Advokaten, seinen eigenen Rechtsfall nicht selbst zu führen und seinen gelehrten Kollegen als Ratgeber heranzuziehen? Was veranlaßt den kranken Arzt, nach seinem Rivalen zu schicken, anstatt sich hinzusetzen, um seine Zunge im Spiegel zu betrachten oder sich am eigenen Schreibtisch etwas zu verschreiben? Ich stelle diese Fragen, damit intelligente Leser sie beantworten können, die wissen, wie leichtgläubig und skeptisch, wie nachgiebig und eigensinnig, wie standhaft und schüchtern wir gleichzeitig sind – in den Angelegenheiten anderer und in unseren eigenen. Es ist jedenfalls sicher, daß unser Freund William Dobbin persönlich so nachgiebig war, daß er wahrscheinlich in die Küche hinuntergestiegen wäre, um die Köchin zu heiraten, wenn seine Eltern ihn gedrängt hätten; und wenn es seinen eigenen Interessen gegolten hätte, wäre er deshalb wohl kaum über die Straße gegangen, so aber entwickelte er in George Osbornes Angelegenheiten eine so große Geschäftigkeit und einen Eifer, wie der selbstsüchtigste Taktiker nur in seinen eigenen Sachen an den Tag legen könnte.

Während unser Freund George und seine junge Frau die ersten rosigen Tage der Flitterwochen in Brighton genossen, mußte der ehrliche William als Georges Bevollmächtigter in London zurückbleiben, um den geschäftlichen Teil der Heirat zu erledigen. Seine Aufgabe war es, Mr. Sedley und seine Frau zu besuchen und den Alten bei guter Laune zu erhalten; er mußte Joseph seinem Schwager näherbringen, damit Joes Rang und Würde als Steuereinnehmer von Boggley Wollah als Ersatz für den Sturz seines Vaters dienen und den alten Osborne geneigter machen konnte, sich in die Verbindung zu fügen. Schließlich mußte er ihm die Heirat so mitteilen, daß der Zorn des guten Herrn sowenig wie möglich erregt würde.

Dobbin war der Ansicht, daß es diplomatisch wäre, die übrigen Familienmitglieder zu gewinnen, ehe er dem Haupt des Hauses mit seiner Mitteilung kommen wollte. Er wollte möglichst die Damen auf seine Seite ziehen, weil er dachte, sie könnten im Herzen nicht böse sein. Noch nie war eine Frau wegen einer romantischen Heirat böse gewesen. Es würde ein bißchen Geschrei geben, aber dann mußten sie auf die Seite ihres Bruders treten, und später könnten sie alle drei den alten Mr. Osborne belagern. So überlegte sich also dieser ränkevolle Infanteriehauptmann ein paar geeignete Mittel oder eine Kriegslist, um die beiden Miss Osborne leise und allmählich in das Geheimnis ihres Bruders einzuweihen.

Durch ein paar Fragen über Einladungen, die seine Mutter erhalten hatte, machte er bald ausfindig, welche ihrer Freundinnen bald Gesellschaften geben würden und wo er Osbornes Schwestern eventuell treffen konnte. Und obgleich er vor Bällen und Abendgesellschaften wie viele verständige Männer einen Abscheu hatte, so fand er doch bald ein Vergnügen, zu dem die Schwestern erscheinen mußten. Er kam also auf den Ball und tanzte mit beiden ein paarmal und war ausgesprochen höflich, bis er endlich den Mut fand, Miss Osborne um eine kurze Unterredung für den nächsten Morgen zu bitten, da er ihr, wie er sagte, Neuigkeiten von höchstem Interesse mitzuteilen habe.

Warum fuhr sie wohl zusammen und starrte einen Augenblick auf ihn und dann auf den Boden zu ihren Füßen? Sie tat, als ob sie in seinen Armen in Ohnmacht sinken müßte, er trat ihr aber noch rechtzeitig auf die Zehen und brachte so die junge Dame wieder zu sich selbst. Warum war sie so heftig erregt, als Dobbin seine Bitte vortrug? Das wird ewig ein Geheimnis bleiben. Als er aber am darauffolgenden Tage erschien, war Maria nicht bei ihrer Schwester im Salon, und Miss Wirt entfernte sich, um sie zu holen. So blieb der Hauptmann allein mit Miss Osborne. Sie waren beide so still, daß das Ticktack der Uhr mit dem Opfer der Iphigenie auf dem Kaminsims unbarmherzig laut ertönte.

„Was war das doch für ein netter Ball gestern abend", fing Miss Osborne endlich an, um den Hauptmann zu ermutigen, „und – und welche Fortschritte Sie im Tanzen gemacht haben, Hauptmann Dobbin! Gewiß hat es Ihnen jemand beigebracht", setzte sie mit liebenswürdigem Schalk hinzu.

„Sie sollten einmal sehen, wie ich einen Schottischen mit Frau Major O'Dowd von unserem Regiment tanze oder eine Gigue – haben Sie schon mal eine Gigue gesehen? Aber ich glaube, mit Ihnen, Miss Osborne, könnte jeder tanzen, wo Sie doch eine so gute Tänzerin sind."

„Ist die Majorin jung und schön, Hauptmann?" fuhr die hübsche Fragerin fort. „Ach, es ist doch gewiß schrecklich, die Frau eines Soldaten zu sein! Ich möchte wissen, ob sie überhaupt noch Lust zum Tanzen haben, und noch dazu in diesen furchtbaren Kriegszeiten! Ach, Hauptmann Dobbin, ich zittere bisweilen, wenn ich an unseren lieben George und an die Gefahren des Soldatenlebens denke. Sind beim ...ten Regiment viele Offiziere verheiratet, Hauptmann Dobbin?"

Ehrlich gesagt, spielt sie wohl doch etwas zu sehr mit offenen Karten, dachte Miss Wirt. Allein diese Bemerkung steht nur in Klammern und war durch die Türspalte, an der die Gouvernante sie machte, nicht zu hören.

„Einer unserer jungen Leute hat gerade geheiratet", sagte Dobbin und steuerte damit auf den Kern zu. „Es war eine sehr alte Liebe, und das junge Ehepaar ist so arm wie eine Kirchenmaus." „Oh, wie entzückend! Oh, wie romantisch!" rief Miss Osborne, als der Hauptmann die Worte „alte Liebe" und „arm" aussprach. Ihr Mitgefühl gab ihm Mut.

„Der beste junge Bursche im ganzen Regiment", fuhr er fort. „Es gibt in der ganzen Armee keinen tapfereren oder hübscheren Offizier und solch eine bezaubernde Frau! Wie würden Sie sie lieben, wie werden Sie sie lieben, wenn Sie sie kennenlernen, Miss Osborne." Die junge Dame glaubte, nun sei der große Augenblick gekommen, denn Dobbins nervöse Gesichtszuckungen, seine Art und Weise, mit den großen Füßen den Boden zu stampfen, das rasche Auf- und Zuknöpfen seines Rockes und so weiter schienen Miss Osborne anzudeuten, daß er, sobald er sich etwas gefaßt hätte, sein ganzes Herz ausschütten würde. Sie bereitete sich schon vor, ihm mit gespannter Aufmerksamkeit zuzuhören. Als die Uhr mit ihrem Altar darauf, auf dem Iphigenie sich befand, nach einem einleitenden Röcheln anfing, die zwölfte Stunde zu schlagen, schien es, als ob die Schläge bis ein Uhr dauern würden – so ewig kam es der ängstlich harrenden Jungfrau vor.

„Aber ich wollte nicht vom Heiraten sprechen – das heißt von dieser Heirat – das heißt – nein, ich meine – meine liebe Miss Osborne, es dreht sich um unseren lieben Freund George", sagte Dobbin.

„George?" sagte sie so verwirrt, daß Maria und Miss Wirt hinter der Tür lachen mußten und daß selbst der arme Schelm von einem Dobbin ein Lächeln bekämpfen mußte. Er kannte nämlich den Stand der Dinge ganz gut, denn George hatte ihn oft geneckt und zu ihm gesagt: „Zum Henker, Will, warum heiratest du nicht die gute Jane? Sie nimmt dich, wenn du sie fragst. Ich wette fünf gegen zwei, daß sie's tut."

„Ja, George", fuhr er fort. „Es hat doch zwischen ihm und Mr. Osborne eine Auseinandersetzung gegeben. Ich schätze ihn so sehr – Sie wissen ja, daß wir stets wie Brüder gewesen sind –, und ich hoffe und bete, der Streit möge beigelegt werden. Wir müssen fort von England, Miss Osborne. Jeden Tag kann der Marschbefehl kommen. Wer weiß, was während des Feldzuges geschieht? Regen Sie sic nicht auf, liebe Miss Osborne; die beiden sollten wenigstens als Freunde scheiden."

„Es hat keinen Streit gegeben, Hauptmann Dobbin, nur eine seiner üblichen Szenen mit Papa", sagte die Dame. „Wir erwarten George täglich zurück. Papa wollte nur sein Bestes. Er braucht bloß zurückzukommen, und dann ist alles wieder gut, da bin ich sicher. Und die liebe Rhoda, die sehr, sehr böse und traurig von hier fortgegangen ist, wird ihm ganz gewiß verzeihen. Eine Frau verzeiht nur zu leicht, Hauptmann."

„Ein Engel wie Sie bestimmt", sagte Mr. Dobbin mit abscheulicher List. „Und kein rechter Mann kann es sich verzeihen, einer Frau Schmerz zugefügt zu haben. Was würden Sie fühlen, wenn ein Mann Ihnen untreu würde?"

„Ich würde sterben – ich würde mich aus dem Fenster stürzen – ich würde Gift nehmen – ich würde mich zu Tode grämen. Ja, bestimmt", rief Miss Osborne, die allerdings schon einige Herzensangelegenheiten durchgemacht hatte, ohne an Selbstmord zu denken.

„Es gibt aber auch andere", fuhr Dobbin fort, „die ebenso aufrichtig, so gutherzig sind wie Sie. Ich spreche nicht von der westindischen Erbin, Miss Osborne, sondern von einem armen Mädchen, das George einst liebte und das von ihrer frühesten Kindheit in Gedanken an ihn erzogen wurde. Ich habe sie klaglos, mit gebrochenem Herzen, aber ohne Falsch in ihrer Armut gesehen. Ich spreche von Miss Sedley. Liebe Miss Osborne, kann Ihr edelmütiges Herz Ihrem Bruder deswegen zürnen, weil er ihr treu blieb? Könnte er seinem eigenen Gewissen je verzeihen, wenn er sie verließe? Seien Sie ihre Freundin – sie hat Sie immer liebgehabt – und – und ich stehe hier, von George beauftragt, und soll Ihnen sagen, daß er seine Verpflichtungen gegenüber Miss Sedley als seine heiligsten betrachtet, und wenigstens Sie bitten, zu ihm zu halten."

Wenn Mr. Dobbin von einer starken Gemütsbewegung ergriffen wurde, so konnte er nach anfänglichem Stocken sehr geläufig sprechen, und es war offensichtlich, daß seine Beredsamkeit auf seine Gesprächspartnerin doch einigen Eindruck machte.

„Nun“, sagte sie, „das ist – sehr überraschend – sehr schmerzlich – ganz außerordentlich. Was wird Papa dazu sagen – daß George eine so großartige Partie ablehnt – aber auf jeden Fall hat er einen tüchtigen Fürsprecher an Ihnen gefunden, Hauptmann Dobbin. Es hilft aber nichts“, fuhr sie nach einer Pause fort, „die Lage der armen Miss Sedley geht mir ganz gewiß zu Herzen, ja, sehr zu Herzen, wissen Sie. Wir hielten die Partie nie für gut, obgleich wir hier stets freundlich, ja, sehr freundlich zu ihr waren. Aber Papa wird nie seine Einwilligung geben, da bin ich sicher. Und ein wohlerzogenes junges Mädchen, wissen Sie – ein Mädchen mit Verstand – muß ... George muß sie aufgeben, lieber Hauptmann Dobbin, ja, das muß er.“

„Darf ein Mann die Frau aufgeben, die er liebt, gerade wenn sie ins Unglück gerät?“ fragte Dobbin und streckte die Hand aus. „Liebe Miss Osborne! Ist das der Rat, den ich von Ihnen höre? Mein liebes gnädiges Fräulein, Sie müssen ihre Freundin sein. Er kann sie nicht aufgeben. Er darf sie nicht aufgeben. Würde ein Mann Sie aufgeben, wenn Sie arm wären?“

Diese geschickte Frage rührte Miss Jane Osbornes Herz. „Ich weiß nicht, ob wir armen Mädchen euch Männern glauben dürfen, Hauptmann“, sagte sie. „Die Liebe macht die Frauen allzu leichtgläubig. Ich befürchte, ihr seid grausame, grausame Betrüger.“ Dobbin vermeinte sicher einen Druck der Hand zu spüren, die Miss Osborne ihm hingehalten hatte.

Er ließ sie etwas bestürzt los. „Betrüger!“ sagte er. „Nein, liebe Miss Osborne, nicht alle Männer sind Betrüger. Ihr Bruder ist jedenfalls keiner. George hat Amelia Sedley schon geliebt, als sie noch Kinder waren; kein Reichtum könnte ihn bewegen, eine andere zu heiraten als sie. Soll er sie verlassen? Würden Sie ihm raten, das zu tun?“

Was konnte Miss Jane auf solch eine Frage antworten, zumal sie ihre eigenen besonderen Absichten hegte? Sie konnte nicht antworten, also wich sie aus und sagte: „Nun schön, wenn Sie kein Betrüger sind, so sind Sie jedenfalls sehr romantisch.“ Diese Bemerkung ließ Hauptmann William unangefochten.

Als er schließlich durch noch einige höfliche Redensarten Miss Osborne genügend vorbereitet glaubte, die Neuigkeit zu hören, schenkte er ihr die Wahrheit ein. „George könnte Amelia gar nicht aufgeben – George hat sie geheiratet“, und dann erzählte er ihr die näheren Umstände der Heirat und alles, was wir bereits wissen: daß das arme Mädchen gestorben wäre, hätte ihr nicht ihr Liebhaber die Treue gehalten, daß der alte Sedley von der Heirat nichts habe wissen wollen und daß man sich eine Lizenz verschaffen mußte, daß Joseph Sedley von Cheltenham gekommen sei, um die Braut zur Ehe zu geben, daß sie in Joes Vierspänner nach Brighton gefahren seien, um dort die

Flitterwochen zu verleben, und daß George auf seine lieben, guten Schwestern rechne, die ihn mit ihrem Vater wieder aussöhnen müßten, denn sie seien doch so treue und zärtliche Mädchen und würden es gewiß tun. Damit verbeugte sich Hauptmann Dobbin und nahm Abschied, nachdem er noch um die (bereitwillig gegebene) Erlaubnis gebeten hatte, sie wieder besuchen zu dürfen. Er vermutete ganz richtig, daß es kaum fünf Minuten dauern würde, bis die anderen Damen die Neuigkeit, die er gebracht hatte, erfahren würden.

Kaum war er aus dem Hause, so stürzten Miss Maria und Miss Wirt zu Miss Osborne herein, und die junge Dame teilte ihnen nun das ganze wunderbare Geheimnis mit. Dabei muß ich jedoch den beiden Schwestern die Gerechtigkeit widerfahren lassen, daß keine sehr böse war. Eine Entführung hat etwas an sich, daß nur wenige Damen ernstlich böse darüber sein können, und wegen des Mutes, den Amelia gezeigt hatte, indem sie ihre Zustimmung zu der Verbindung gab, stieg sie sogar in ihrer Achtung. Während sie die Geschichte besprachen und schwatzten und überlegten, was Papa wohl tun und sagen würde, dröhnte an der Tür ein lautes Klopfen, ähnlich einem rächenden Donnerschlag, und ließ die Verschwörerinnen zusammenfahren. Das muß Papa sein, dachten sie. Aber er war es nicht. Es war nur Mr. Frederick Bullock, der versprochen hatte, die Damen in eine Blumenausstellung zu begleiten, und deshalb aus der City kam.

Wie man sich wohl denken kann, wurde diesem Herrn das Geheimnis nicht lange vorenthalten. Als er es dann erfuhr, zeigte sein Gesicht jedoch eine Verwunderung, die ganz und gar verschieden war von dem sentimentalen Staunen in der Miene der Schwestern. Mr. Bullock war ein Mann von Welt und der jüngere Teilhaber einer reichen Firma. Er wußte, was das Geld bedeutet, und kannte dessen Wert. In seinen kleinen Augen blitzte ein schöner Strahl der Erwartung auf, und er lächelte seiner Maria zu bei dem Gedanken, daß sie durch diesen Narrenstreich von Mr. George dreißigtausend Pfund mehr wert werden könnte, als er je mit ihr zu bekommen gehofft hatte.

„Bei Gott, Jane“, sagte er und musterte selbst die ältere Schwester mit einigem Interesse, „Eels wird es nun leid tun, daß er sich von Ihnen losgesagt hat. Sie können noch einmal ein Fünfzigtausendpfünder werden.“

Bis jetzt hatten die Schwestern noch nie an die Geldfrage gedacht, aber Fred Bullock neckte sie deswegen bei ihrem Vormittagsausflug mit anmutiger Lustigkeit, und als sie nach diesem morgendlichen Vergnügen zum Essen zurückfuhren, waren sie in ihrer eigenen Achtung nicht wenig gestiegen. Der verehrte Leser soll nun diese Selbstsucht nicht etwa als unnatürlich betrachten. Erst heute morgen bemerkte der Verfasser dieser Geschichte, während er auf dem Omnibus aus Richmond saß, beim Pferdewechsel, wie drei schmutzige kleine Kinder in einer Pfütze freundschaftlich und glücklich miteinander spielten. Zu diesen dreien gesellte sich noch ein kleines Mädchen. „Polly“, sagte es, „deine Schwester hat einen Penny bekommen.“ Sofort sprangen die Kinder von ihrer Pfütze auf und rannten davon, um Peggy den Hof zu machen. Und als der Omnibus davonfuhr, sah ich Peggy mit dem Kindergefolge würdevoll auf den Stand einer Süßwarenhändlerin in der Nähe zuschreiten.

24. Kapitel

In dem Osborne die Familienbibel herunterlangt

Nachdem Dobbin die Schwestern vorbereitet hatte, eilte er nach der City, um den letzten und schwierigsten Teil seiner Aufgabe zu erfüllen. Der Gedanke, dem alten Osborne gegenüberzustehen, machte ihn nicht wenig unruhig, und mehr als einmal dachte er, er wolle es den jungen Damen überlassen, ihm das Geheimnis mitzuteilen, das sie – wie er wohl wußte – nicht lange für sich behalten konnten. Aber er hatte George versprochen, ihm zu berichten, wie der alte Osborne die Nachricht aufgenommen habe, und deshalb ging er in die City zum Kontor Osbornes in der Thames Street und gab dort ein Billett für Mr. Osborne ab, in dem er ihn um eine halbstündige Unterredung betreffs seines Sohnes George bat. Dobbins Bote kam aus dem Büro zurück mit Empfehlungen Mr. Osbornes, der sich glücklich schätzen würde, den Hauptmann gleich zu sprechen. Dobbin machte sich daher auf, ihm gegenüberzutreten.

Der Hauptmann, mit der Aussicht, ein Geheimnis zu enthüllen, an dem er nicht schuldlos war, und eine stürmische und höchst unangenehme Unterredung vor sich zu haben, betrat das Kontor von Mr. Osborne mit trüber Miene und unsicherem Schritt. Als er durch das Vorzimmer ging, wo Mr. Chopper herrschte, grüßte ihn dieser Angestellte vom Schreibtisch aus mit schalkhafter Miene, und das brachte ihn noch mehr aus der Fassung. Mr. Chopper zwinkerte und nickte ihm zu, deutete mit dem Federhalter auf die Tür des Prinzipals und sagte aufreizend humorvoll: „Sie werden den Alten in guter Stimmung finden."

Osborne erhob sich ebenfalls, schüttelte ihm freundschaftlich die Hand und sagte: „Na wie geht's, mein lieber Junge?" mit einer Herzlichkeit, daß der Abgesandte des armen George sich doppelt schuldig fühlte. Seine Hand lag wie tot in der des alten Mannes. Er fühlte, daß er, Dobbin, mehr oder weniger schuld an allem Geschehenen sei. Er war es, der George zu Amelia zurückgeführt hatte, er hatte die Heirat gebilligt, gefördert, ja fast zustande gebracht, die er nun Georges Vater mitzuteilen gekommen war, und der Alte empfing ihn noch mit freundlichem Lächeln, klopfte ihm auf die Schulter und nannte ihn „Dobbin, mein lieber Junge". Der Abgesandte hatte wohl Ursache, den Kopf hängenzulassen.

Osborne glaubte nicht anders, als daß Dobbin gekommen sei, um ihm die Unterwerfung seines Sohnes zu melden. Mr. Chopper hatte mit seinem Prinzipal gerade von der Angelegenheit gesprochen, als Dobbins Bote erschien. Beide waren sich einig, daß George seine Unterwerfung mitteilen lasse. Beide hatten schon seit einigen Tagen damit gerechnet. „Mein Gott! Chopper, was für eine Hochzeit werden wir haben!“ sagte Mr. Osborne zu seinem Angestellten, dabei knackte er mit den dicken Fingern und klapperte mit den Guineen und Shillings in seinen großen Taschen, als er seinen Untergebenen mit triumphierender Miene ansah.

Mit ähnlichen Geräuschen in beiden Taschen und einer schlauen, fröhlichen Miene betrachtete Osborne von seinem Stuhle aus Dobbin, der ihm wortlos verlegen gegenübersaß. Für einen Hauptmann ist er doch ein rechter Tolpatsch, dachte der alte Osborne. Es will mir nicht in den Kopf, daß George ihm noch keine besseren Manieren beigebracht hat.

Endlich faßte sich Dobbin ein Herz zu beginnen. „Sir“, sagte er, „ich bringe Ihnen sehr ernste Nachrichten. Ich bin an diesem Morgen im Kriegsministerium gewesen, und es unterliegt keinem Zweifel, daß unser Regiment noch vor Ende dieser Woche Marschbefehl erhält und nach Belgien geht. Und Sie wissen, Sir, daß wir erst zurückkommen werden, wenn wir eine Schlacht geschlagen haben, die manchem von uns verhängnisvoll werden wird.“

Osborne sah sehr ernst aus. „Mein S ... das Regiment wird seine Pflicht tun, Sir, das wage ich zu behaupten“, sagte er. „Die Franzosen sind sehr stark, Sir“, fuhr Dobbin fort. „Es wird lange dauern, bis die Russen und Österreicher ihre Truppen heranbringen. Wir werden die ersten im Kampf sein, Sir, und verlassen Sie sich darauf, Bony wird schon dafür sorgen, daß der Kampf hart wird.“

„Worauf wollen Sie hinaus, Dobbin?“ fragte sein Gegenüber unruhig und finster. „Ich nehme doch an, kein Brite fürchtet sich vor einem verdammten Franzosen, wie?“

„Ich meine nur, bevor wir losrücken und wenn wir die große und sichere Gefahr, die über uns allen schwebt, betrachten, so wäre es gut – falls Differenzen zwischen Ihnen und George bestehen – wenn – wenn Sie sich die Hände reichen würden, nicht wahr? Sollte ihm etwas zustoßen, so würden Sie es sich wohl nie verzeihen können, nicht in Güte von ihm geschieden zu sein.“

Bei diesen Worten wurde der arme William Dobbin scharlachrot, er fühlte und mußte sich selbst eingestehen, daß er ein Verräter sei. Wäre er nicht gewesen, so wäre es wahrscheinlich nie zu dieser Trennung gekommen. Warum war Georges Heirat nicht aufgeschoben worden? Welchen Grund gab es, so übereifrig darauf zu drängen? Er fühlte, daß George sich jedenfalls ohne tödlichen Schmerz von Amelia getrennt hätte. Auch Amelia hätte sich von dem Schlag vielleicht wieder erholt. Sein Rat war es gewesen, der diese Heirat und alle ihre Folgen zuwege gebracht hatte. Und warum bloß? Weil er sie so sehr liebte, daß er es nicht ertragen konnte, sie unglücklich zu sehen, oder vielleicht weil ihm die schmerzliche Ungewißheit so unerträglich war, daß er die Gelegenheit ergriff, sie mit einem Male ersticken zu können – wie wir nach einem

Todesfall das Begräbnis beschleunigen oder wie wir, wenn eine Trennung von unseren Lieben bevorsteht, keine Ruhe finden, ehe der Abschied vorüber ist,

„Sie sind ein guter Junge, William", sagte Mr. Osborne in sanftem Ton, „und ich und George sollten nicht im Zorne voneinander scheiden, das ist wahr. Sehen Sie, ich habe für ihn getan, was nur je ein Vater tun kann. Er hat bestimmt dreimal soviel Geld von mir bekommen wie Sie von Ihrem Vater. Aber ich brüste mich nicht damit. Ich will nicht davon sprechen, wie ich mich für ihn abgeplagt, wie ich gearbeitet und meine Fähigkeit und Energie aufgewandt habe. Fragen Sie Chopper. Fragen Sie ihn selbst. Fragen Sie die City von London. Nun schlage ich ihm eine Heirat vor, auf die jeder britische Edelmann stolz sein würde – das einzige, was ich jemals von ihm erbeten habe -, und er will nicht. Habe ich unrecht? Ist der Streit mein Werk? Was will ich anderes als sein Wohlergehen, für das ich seit seiner Geburt wie ein Sträfling geschuftet habe? Niemand kann sagen, daß ich selbstsüchtig bin. Lassen Sie ihn zurückkommen. Ich sage, hier ist meine Hand, ich will vergessen und vergeben. Heiraten kann er jetzt sowieso nicht. Er soll sich mit Miss Swartz einigen und später heiraten, wenn er als Oberst zurückkommt; denn er soll Oberst werden, bei Gott, ja, das soll er, wenn Geld es tun kann. Ich bin froh, daß Sie ihn herumgebracht haben. Ich weiß, es ist Ihr Werk, Dobbin. Sie haben ihm schon aus mancher Patsche geholfen. Lassen Sie ihn zurückkommen, ich werde nicht hart sein. Kommen Sie beide heute zum Essen am Russell Square. Im alten Haus, zur alten Zeit. Sie werden einen Rehrücken bekommen, und es wird nichts gefragt."

Dieses Lob und. Vertrauen trafen Dobbins Herz tief. Jeder Augenblick des Gesprächs in diesem Ton länger verstärkte sein Schuldgefühl. „Sir", sagte er, „ich fürchte, Sie täuschen sich. Bestimmt! George ist viel zu hochherzig, um wegen Geldes zu heiraten. Eine Drohung von Ihnen, ihn zu enterben, falls er sich ungehorsam erweisen sollte, würde nur Widerstand bei ihm hervorrufen."

„Na, zum Henker, Mann, ein Angebot von acht- bis zehntausend pro Jahr nennen Sie doch wohl nicht Drohung?" sagte Mr. Osborne, immer noch aufreizend gut gelaunt. „Mein Gott, wenn Miss Swartz mich haben will, dann bin ich ihr Mann. Ein bißchen mehr oder weniger schwarz macht mir nichts aus." Dabei grinste der alte Herr bedeutsam und brach in ein rauhes Gelächter aus.

„Sie vergessen frühere Verbindungen von Hauptmann Osborne", sagte der Gesandte ernst.

„Welche Bindungen? Was zum Teufel meinen Sie? Sie meinen doch wohl nicht", fuhr Mr. Osborne fort, dem mit diesem Gedanken Zorn und Verwunderung aufstiegen, „Sie meinen doch wohl nicht, daß er ein so verdammter Narr ist und immer noch der Tochter von dem alten Schwindler und Bankrotteur nachläuft? Sie sind doch wohl nicht hierhergekommen, um mich glauben zu machen, daß er diese heiraten will? Die heiraten – das wäre ein guter Witz. Mein Sohn und Erbe eine Bettlerstochter aus der

Gosse heiraten! Gott verdamm ihn, wenn er das tut, dann mag er sich einen Besen kaufen und die Straße fegen. Andauernd ist sie ihm nachgelaufen und hat ihm schöne Augen gemacht, jetzt fällt es mir wieder ein. Und ich bin sicher, ihr alter Gauner von einem Vater hat sie angestiftet."

„Mr. Sedley war einst ein sehr guter Freund von Ihnen, Sir", fiel Dobbin ein, beinahe froh, daß er selbst wütend wurde. „Es gab einmal eine Zeit, wo Sie ihm bessere Namen gönnten als Spitzbube und Schwindler. Die Verbindung ist ja Ihr Werk. George hatte kein Recht, ein leichtfertiges Spiel zu treiben ..."

„Ein leichtfertiges Spiel treiben", brüllte der alte Osborne. „Ein leichtfertiges Spiel treiben! Hach, verdammt, das sind ja dieselben Worte, die mein Gentleman benutzte, als er sich am Donnerstag vor vierzehn Tagen so aufspielte und seinem Vater, der erst etwas aus ihm gemacht hat, was von der britischen Armee erzählte. Wie, sind Sie es, der ihm das eingeredet hat? Meinen besten Dank dafür, Herr Hauptmann. Sind Sie es, der Bettler in meine Familie bringen will? Danke ergebenst, Herr Hauptmann. Er und die heiraten! Warum bloß? Ich garantiere Ihnen, sie würde auch ohne das schnell genug zu ihm laufen."

„Sir", fuhr Dobbin in unverhohlenem Zorne auf, „niemand darf in meiner Gegenwart die Dame beschimpfen, und Sie am allerwenigsten."

„Ach, Sie wollen mich herausfordern, ja? Warten Sie, ich will nach zwei Pistolen klingeln. Mr. George hat Sie hergeschickt, um seinen Vater zu beleidigen, nicht wahr?" sagte Osborne und riß an der Klingelschnur.

„Mr. Osborne", sagte Dobbin mit versagender Stimme, „Sie sind es, der das beste Wesen der Welt beleidigt. Sie sollten sie lieber schonen, Sir, denn sie ist Ihres Sohnes Frau."

Und mit diesen Worten entfernte sich Dobbin, da er fühlte, daß er nichts weiter sagen könnte. Osborne sank in seinen Stuhl und sah ihm wild nach. Auf das Klingeln hin betrat ein Angestellter den Raum; und kaum hatte der Hauptmann den Hof verlassen, in dem Mr. Osbornes Büro lag, als Mr. Chopper, der Buchhalter, ihm ohne Hut nachgerannt kam.

„Um Gottes willen, was ist passiert?" rief Mr. Chopper und ergriff den Hauptmann an den Rockschößen. „Der Alte ist in Ohnmacht gefallen. Was hat Mr. George bloß angestellt?"

„Er hat vor fünf Tagen Miss Sedley geheiratet", erwiderte Dobbin. „Ich war sein Brautführer, Mr. Chopper, und Sie müssen sein Freund bleiben."

Der alte Buchhalter schüttelte den Kopf. „Wenn das Ihre Neuigkeit ist. Hauptmann, dann steht es schlimm. Das wird ihm der Alte nie verzeihen."

Dobbin bat Chopper, er möchte ihn in dem Hotel, in dem er abgestiegen sei, die weitere Entwicklung wissen lassen, und ging gedankenvoll und wegen der Vergangenheit und Zukunft beunruhigt westwärts.

Als die Familie am Russell Square sich diesen Abend zum Essen versammelte, fand sie den Hausherrn zwar an seinem gewöhnlichen Platze sitzend, aber mit dem düsteren Gesicht, die dem ganzen Kreis stets den Mund verschloß. Die Damen und Mr. Bullock, der mit ihnen speiste, fühlten, daß die Nachricht Mr. Osborne bereits zu Ohren gekommen war. Sein finsterer Blick veranlaßte Mr. Bullock, sich still und ruhig zu verhalten, dabei war er aber außerordentlich freundlich und aufmerksam gegen Miss Maria, die neben ihm saß, und gegen ihre Schwester, die ihren Platz oben am Tisch hatte.

Deshalb saß Miss Wirt allein an ihrer Tischseite, und ein Stuhl zwischen ihr und Miss Jane Osborne blieb unbesetzt. Das war Georges Platz, wenn er zu Hause aß; sein Gedeck lag, wie gesagt, immer dort, da man ihn ständig zurückerwartete. Nichts geschah während des Essens, was die Stille hätte unterbrechen können, nur das schwache vertrauliche Geflüster des lächelnden Mr. Frederick und das Geklapper des Tafelsilbers und Porzellans war zu vernehmen. Die Dienstboten gingen auf leisen Sohlen hin und her und erfüllten ihre Aufgaben. Begräbniswärter konnten kaum düsterer dreinblicken als die Osborneschen Bedienten. Den Rehrücken, zu dem der alte Herr Dobbin eingeladen hatte, zerlegte er in tiefstem Schweigen, aber seine eigene Portion wurde fast unberührt wieder abgetragen, obgleich er viel trank und der Butler unermüdlich sein Glas füllte.

Schließlich – gegen Ende des Essens – heftete er seine Augen, nachdem er der Reihe nach alle angestarrt hatte, eine Weile auf Georges Gedeck. Dann deutete er mit der linken Hand darauf. Seine Töchter sahen ihn an und verstanden entweder die Geste nicht oder wollten sie nicht verstehen, und auch die Diener wußten zunächst nicht, was sie bedeuten sollte.

„Nehmt das Gedeck weg“, sagte er schließlich und erhob sich mit einem Fluch. Dann stieß er seinen Stuhl zurück und begab sich in sein Zimmer.

Hinter Mr. Osbornes Speisezimmer befand sich wie üblich noch ein Raum., den man hier im Hause Studierzimmer nannte und der das Heiligtum des Hausherrn war. Hierhin pflegte sich Mr. Osborne an Sonntagvormittagen zurückzuziehen, wenn er keine Lust hatte, zur Kirche zu gehen, und hier verbrachte er dann den Morgen in seinem karmesinroten Ledersessel mit Zeitunglesen. Einige verglaste Bücherschränke standen dort mit den klassischen Werken, wie zum Beispiel dem „Jahresregister“, dem „Herrenmagazin“, „Blairs Predigten“ sowie Hume und Smollett. Vom Jahresanfang bis zum Ende nahm er nie einen dieser Bände vom Regal herab. Aber keiner in der Familie hätte je gewagt, eines der Bücher zu berühren, ausgenommen an jenen seltenen Sonntagabenden, an denen man keine Gesellschaft gab und an denen die große scharlachrote Bibel und das Gebetbuch aus der Ecke genommen wurden, wo sie neben einem Exemplar des Adelskalenders standen. Jedesmal rief dann die Klingel die Dienstboten ins Speisezimmer, und Osborne las seiner Familie mit lauter, schriller, hochtrabender Stimme die Abendandacht vor. Kein Mitglied des Hauses, weder seine Kinder noch die Dienstboten, betrat diesen Raum ohne ein gewisses Entsetzen. Hier prüfte er die Rechnungen der Haushälterin und das Kellerbuch des Butlers. Von hier konnte er jenseits des sauberen kiesbestreuten Hofes die Hintertür des Stalles sehen, mit dem eine Klingel ihn verband; und in diesen Hof trat der Kutscher aus seinen Hintergebäuden wie in eine Anklagebank, wenn Osborne ihn vom Fenster des Studierzimmers ausschalt. Viermal im Jahre betrat Miss Wirt dieses Zimmer, um ihr Gehalt zu holen, und seine Töchter kamen, um ihr vierteljährliches Taschengeld in Empfang zu nehmen. Als Knabe war George in diesem Zimmer sehr oft durchgepeitscht worden, und seine Mutter saß dann kraftlos auf der Treppe und lauschte den Peitschenhieben. Man hatte den Jungen bei dieser Strafe kaum weinen sehen – die arme Frau pflegte ihn insgeheim zu herzen und zu küssen und ihm, wenn er herauskam, Geld zu geben, um ihn zu beschwichtigen.

Über dem Kaminsims hing ein Familiengemälde, das nach Mrs. Osbornes Tod aus dem Vorderzimmer hierhin gebracht worden war: George saß auf einem Pony, die ältere Schwester reichte ihm einen Blumenstrauß hinauf, die jüngere war an der Hand der Mutter. Alle hatten rote Wangen und einen roten Mund und lächelten einander in bewährter Familienbilderweise an. Die Mutter lag jetzt unter der Erde und war von allen schon längst vergessen, die Schwestern und der Bruder hatten hundert verschiedene eigene Interessen und waren sich völlig fremd, obwohl sie nach außen hin auf einem vertrauten Fuße standen. Welch bittere Ironie liegt nicht ein paar Dutzend Jahre später, wenn alle dargestellten Personen alt geworden sind, in diesen kindischen Familienprunkgemälden mit ihren erheuchelten Gefühlen und ihren lächelnden Lügen und ihrer selbstbewußten und selbstzufriedenen Unschuld. Osbornes eigenes Staatsporträt im Lehnsessel mit dem großen silbernen Schreibzeug hatte im Speisezimmer den Ehrenplatz eingenommen, den das Familienstück frei gemacht hatte.

In dieses Studierzimmer zog sich nun der alte Osborne zur Erleichterung der kleinen Gesellschaft, die er verließ, zurück. Als die Dienstboten sich entfernt hatten, sprachen sie eine Weile lebhaft, aber sehr leise; dann gingen sie still die Treppe hinauf, und Mr. Bullock begleitete sie behutsam auf knarrenden Sohlen. Er hatte nicht den Mut, allein und dem fürchterlichen alten Herrn im anstoßenden Studierzimmer so nahe, seinen Wein zu trinken.

Mindestens eine Stunde nach Einbruch der Dunkelheit wagte schließlich der Butler, ohne Aufforderung an die Tür zu klopfen und ihm Kerzen und Tee zu bringen. Der Herr des Hauses saß im Sessel und gab vor, die Zeitung zu lesen. Als der Diener die Lichter und Erfrischung auf den Tisch neben ihm gestellt und sich zurückgezogen hatte, erhob sich Mr. Osborne und verschloß hinter ihm die Tür. Diesmal konnte man sich nicht täuschen; das ganze Haus wußte, daß eine große Katastrophe im Anzug sei, die wahrscheinlich für Master George schreckliche Folgen haben würde.

In dem großen glänzenden Mahagonischreibtisch hatte Mr. Osborne eine Schublade ausschließlich für die Sachen und Papiere seines Sohnes. Hier bewahrte er seit dessen Geburt alle seine Dokumente auf. Hier waren seine Hefte und Zeichenblocks, für die er einen Preis bekommen hatte, alle trugen Georges und des Lehrers Schriftzüge. Da waren seine ersten Briefe, in großer Kinderschrift geschrieben, worin er Papa und Mama herzlich grüßte und sie um einen Kuchen bat. Sein lieber Pate Sedley war mehr als einmal darin genannt. Flüche bebten auf den bleichen Lippen des alten Osborne, und ein schrecklicher Haß und gräßliche Enttäuschung wüteten in seinem Herzen, als er beim Durchsehen der Papiere auf diesen Namen stieß. Sie waren alle bezeichnet, mit kurzer Zusammenfassung versehen und mit einer roten Schnur zusammengebunden. Da war einer: „Von Georgy mit der Bitte um fünf Shilling, 23. April 18..; beantwortet am 25. April" oder „Georgy wegen eines Ponys, 13. Oktober" und so fort. In einem anderen Päckchen waren „Dr. S.'s Rechnungen", „G.'s Schneiderrechnungen und Ausstattung, Anweisung auf mich von G. Osborne junior" und so weiter, seine Briefe aus Westindien – die Briefe seines Beauftragten sowie Zeitungen, die seine Beförderung brachten. Hier befanden sich auch eine Exitpeitsche, die ihm als Knabe gehörte, und, in Papier eingewickelt, ein Medaillon mit einer Haarlocke, das seine Mutter gewöhnlich getragen hatte.

Der unglückliche Mann verbrachte viele Stunden damit, eines dieser Erinnerungsstücke nach dem anderen zu betrachten und zu grübeln. Seine teuerste Eitelkeit, sein brennender Ehrgeiz, seine schönsten Hoffnungen lagen hier. Wie stolz war er auf seinen Jungen gewesen! Er war das schönste Kind, das man je gesehen hatte. Alle sagten, er sehe wie der Sohn eines Edelmannes aus. Eine königliche Prinzessin hatte ihn einmal in den Kew Gardens bemerkt, ihn geküßt und nach seinem Namen gefragt. Welcher Mann in der City konnte so einen Sohn aufweisen? Hätte der Prinz mehr umsorgt werden können? Sein Sohn hatte alles, was für Geld zu bekommen war. Bei Schulschlußfeiern pflegte er vierspännig und mit neuen Livreen zur Schule zu fahren und neue Shillings unter Georges Mitschülern zu verteilen. Als er George zum Regimentshauptquartier begleitete, ehe der Junge sich nach Kanada einschiffte, gab er den Offizieren ein Essen, an dem auch der Herzog von York hätte teilnehmen können. War je ein Wechsel, von George ausgestellt, unbezahlt geblieben? Da lagen sie – bezahlt, ohne daß er je ein Wort verloren hätte. Mancher General in der Armee hatte nicht solche Pferde, wie George sie ritt. Er hatte das Kind noch vor Augen in hundert verschiedenen Situationen: nach dem Essen, wenn er stolz wie ein Lord hereinkam und an der Seite seines Vaters oben am Tisch sein Glas austrank; auf einem Pony in Brighton, wo er die Hecke nahm und mit dem Jäger Schritt hielt; am Tage, als er dem Prinzregenten beim Lever vorgestellt wurde, wobei der ganze Sankt-James-Palast keinen hübscheren Burschen aufweisen konnte. Und das war nun das Ende vom Lied! Die Tochter eines

Bankrotteurs zu heiraten und angesichts Pflicht und Glück zu flüchten. Unter welcher Demütigung und Wut, welchen Qualen schmerzlichen Zorns, vereitelten Ehrgeizes und getäuschter Liebe, welchen Wunden beleidigter Eitelkeit, ja sogar Zärtlichkeit hatte dieser alte Weltmann nun zu leiden!

Nachdem Georges unglücklicher Vater diese Papiere durchgeblättert hatte und im bittersten allen hilflosen Wehs an vergangene glückliche Zeiten zurückgedacht und diesem und jenem nachgesonnen hatte, nahm er sämtliche Dokumente aus der Schublade, in der er sie so lange aufbewahrt hatte, und verschloß sie in einem Schreibkästchen, das er verschnürte und siegelte. Dann öffnete er den Bücherschrank und langte die große, bereits erwähnte rote Bibel herunter – ein prachtvoll ausgestattetes Buch, selten gebraucht, und über und über von Gold glänzend. Das Titelbild stellte die Opferung Isaaks durch Abraham dar. Hier hatte Osborne, wie es Brauch war, auf dem Vorsatzblatt mit seiner großen Kaufmannshandschrift die Daten seiner Heirat, des Todes seiner Frau und die Geburtstage und Taufnamen seiner Kinder eingetragen. Zuerst kam Jane, dann George Sedley Osborne und schließlich Maria Frances und die Taufdaten von allen. Er ergriff eine Feder und strich Georges Namen auf der Seite sorgfältig aus. Als das Blatt ganz trocken war, stellte er das Buch wieder an seinen Platz zurück. Aus einer anderen Schublade, worin seine eigenen Privatpapiere lagen, nahm er ein Dokument und las es durch. Dann zerknüllte er es, zündete es an einer Kerze an und sah zu, wie es auf dem Kaminrost gänzlich verbrannte. Es war sein Testament. Als es in Asche zerfallen war, setzte er sich nieder, schrieb einen Brief und klingelte nach seinem Diener. Er beauftragte ihn, das Schriftstück am Morgen zu bestellen. Es war bereits Morgen. Als er ins Bett ging, erhellte die Sonne schon das ganze Haus, und die Vögel sangen in den frischen grünen Bäumen am Russell Square.

Von dem Wunsche beseelt, Mr. Osbornes Familie und Untergebene in guter Laune zu erhalten und George im Augenblick der Not so viele Freunde wie möglich zu gewinnen, ließ William Dobbin, der die Wirkung eines guten Essens und guten Weines auf die Menschenseele kannte, in sein Hotel zurückgekehrt, sofort dem gnädigen Herrn Thomas Chopper eine gastfreundliche Einladung zugehen. Darin bat er diesen Gentleman, am folgenden Tage mit ihm bei Slaughters zu speisen. Mr. Chopper erhielt die Einladung, noch ehe er die City verließ, und die umgehende Antwort lautete, daß „Mr. Chopper Hauptmann Dobbin seine respektvollsten Empfehlungen sende und sich die Ehre und das Vergnügen geben werde, Hauptmann Dobbin seine Aufwartung zu machen.“ Die Einladung sowie der Entwurf der Antwort wurden nach seiner Heimkunft am Abend Mrs. Chopper und ihren Töchtern vorgelegt, und man sprach nun während des Tees triumphierend über höhere Militärs und West-End-Leute. Als die Mädchen sich zur Ruhe begeben hatten, besprachen Mr. und Mrs. Chopper die seltsamen Ereignisse, die in der Familie des Alten vor sich gingen. Noch nie hatte der Buchhalter seinen Prinzipal so erregt gesehen. Als Mr. Chopper nach Hauptmann Dobbins Weggang Mr. Osbornes Zimmer betrat, fand er seinen Prinzipal ganz schwarz im Gesicht und einer Ohnmacht nahe. Er glaubte bestimmt, ein furchtbarer Streit mußte zwischen Mr. Osborne und dem jungen Hauptmann stattgefunden haben. Chopper hatte den Auftrag erhalten, eine Aufstellung aller während der letzten drei Jahre an Hauptmann Osborne gezahlten Summen anzufertigen. „Wahrhaftig, das war ein schöner Haufen Geld, den er bekommen hat", sagte der erste Buchhalter und achtete seinen alten und jungen Herrn um so mehr wegen der verschwenderischen Freigebigkeit, mit der die Guineen hinausgeworfen worden waren. Der Streit mußte wegen Miss Sedley entstanden sein. Mrs. Chopper beteuerte, daß ihr die arme junge Dame, die einen so hübschen jungen Mann wie den Hauptmann verloren habe, leid tue. Mr. Chopper dagegen empfand für Miss Sedley als der Tochter eines unglücklichen Spekulanten, der nur eine schäbige Dividende gezahlt hatte, keine sonderliche Achtung. Er schätzte das Haus Osborne vor allen anderen in der City, und er hoffte und wünschte, daß Hauptmann George die Tochter eines Edelmannes heiraten möchte. Der Buchhalter schlief in dieser Nacht viel besser als sein Prinzipal. Nachdem er sein Frühstück mit bestem Appetit verzehrt (obgleich sein bescheidenes Lebenselixier nur mit braunem Zucker gesüßt wurde) und seine Kinder geherzt hatte, machte er sich im besten Sonntagsanzug und im schönsten Hemd auf den Weg zum Büro. Seiner Frau, die ihn voller Bewunderung ansah, versprach er, Hauptmann Dobbins Portwein am Abend nicht allzusehr zuzusprechen.

Als Mr. Osborne zur gewöhnlichen Zeit in der City erschien, fiel seinen Untergebenen, die aus guten Gründen auf seinen Gesichtsausdruck zu achten pflegten, auf, daß er besonders bleich und angegriffen aussah. Um zwölf Uhr kam, wie verabredet, Mr. Higgs (von der Firma Higgs und Blatherwick, Rechtsanwälte, Bedford Row) und wurde in das Privatzimmer des Alten geführt, wo er länger als eine Stunde blieb. Ungefähr um ein Uhr erhielt Mr. Chopper ein Billett von Hauptmann Dobbins Diener gebracht. Es enthielt eine Einlage für Mr. Osborne, die der Buchhalter sogleich abgab. Kurze Zeit darauf wurden Mr. Chopper und Mr. Birch, der zweite Buchhalter, gerufen und ersucht, ein Dokument als Zeugen zu unterschreiben. „Ich habe ein neues Testament gemacht", sagte Mr. Osborne, worauf die Herren es unterschrieben. Eine weitere Unterhaltung fand nicht statt. Mr. Higgs sah sehr ernst aus, als er in das Vorzimmer trat, und blickte Mr. Chopper scharf ins Gesicht. Erklärungen wurden aber nicht gegeben. Zum großen Erstaunen derjenigen, denen Mr. Osbornes finsteres Gesicht unheilverkündend erschienen war, war der alte Herr den ganzen Tag über besonders ruhig und sanft. Er schimpfte mit niemandem, und man hörte ihn überhaupt nicht fluchen. Er verließ das Kontor ziemlich früh. Ehe er wegging, bestellte er seinen ersten Buchhalter noch einmal zu sich und fragte ihn, nach einigen allgemeinen Anweisungen, zögernd, ob er wisse, ob Hauptmann Dobbin in der Stadt sei.

Chopper sagte, er glaube, ja. In Wirklichkeit aber wußten es beide ganz genau.

Osborne gab dem Buchhalter nun einen an den Offizier gerichteten Brief und bat ihn, das Schriftstück sofort Dobbin persönlich auszuhändigen.

„Und nun, Chopper“, sagte er mit sonderbarem Blick und griff nach seinem Hut, „hat meine Seele Ruhe.“ Schlag zwei (zweifellos waren die beiden verabredet) kam Mr. Frederick Bullock, und er und Mr. Osborne gingen davon.

Der Oberst des ...ten Regiments, in dem die Herren Dobbin und Osborne ihre Kompanien hatten, war ein alter General, der seinen ersten Feldzug unter Wolfe in Quebec mitgemacht hatte und schon längst viel zu alt und schwach für das Kommando war. Aber er zeigte einiges Interesse an dem Regiment, dessen notarielles Haupt er war, und hielt offene Tafel für einige unter seinen jungen Offizieren – eine Art Gastfreundschaft, die heute, wie ich glaube, bei seinen Kameraden nicht allzu häufig vorkommt. Hauptmann Dobbin stand bei diesem alten General in besonderer Gunst. Dobbin war mit der Militärliteratur vertraut und konnte vom Großen Friedrich, von Maria Theresia und deren Kriegen fast ebenso gut sprechen wie der General selbst, der gegen die Triumphe der neuesten Zeit gleichgültig war und dessen Herz für die Strategen vor fünfzig Jahren schlug. Dieser Offizier lud Dobbin an dem Morgen, als Mr. Osborne sein neues Testament machte und Mr. Chopper sein schönstes Hemd anzog, ein, mit ihm zu frühstücken. Dabei setzte er seinen jungen Günstling einige Tage vor den anderen in Kenntnis, daß der lang erwartete Marschbefehl nach Belgien bald ergehen würde und daß in wenigen Tagen das Kriegsministerium das Kommando ausgeben würde, das Regiment möge sich bereit halten. Da genügend Transportschiffe vorhanden waren, war damit zu rechnen, daß man noch vor Ende der Woche aufbrechen würde. Während das Regiment in Chatham lag, waren Rekruten dazugekommen, und der alte General hoffte, daß das Regiment, das geholfen hatte, Montcalm in Kanada zu besiegen und Washington auf Long Island in die Flucht zu schlagen, sich auf den vielumstrittenen Schlachtfeldern der Niederlande seines historischen Rufes würdig erweisen würde. „Wenn Sie nun, mein guter Freund, noch etwas zu erledigen haben“, sagte der alte General, nahm mit seiner zitternden weißen Hand eine Prise Schnupftabak und deutete auf die Stelle seiner robe de chambre, unter der sein Herz noch schwach schlug, „wenn Sie eine Phyllis zu trösten haben oder sich von Vater und Mutter verabschieden oder ein Testament machen müssen, so rate ich Ihnen, die Sache nicht länger hinauszuzögern.“ Bei diesen Worten reichte der General seinem jungen Freund einen Finger und nickte ihm mit seinem gepuderten und bezopften Kopf gutmütig zu; dann, als Dobbin sich entfernt hatte, setzte er sich nieder, um ein poulet (er war außerordentlich eitel auf sein Französisch) an Mademoiselle Amenaide vom Königlichen Theater zu schreiben.

Diese Nachricht stimmte Dobbin sehr ernst, und er dachte an unsere Freunde in Brighton und schämte sich, daß Amelia stets zuerst in seinen Gedanken auftauchte (vor allen anderen, vor Vater und Mutter, vor Schwestern und Pflicht, ja immer, wachend und schlafend, den ganzen Tag). Und als er wieder in seinem Hotel anlangte, sandte er einen kurzen Brief an Mr. Osborne, worin er ihm die eben erhaltene Nachricht mitteilte, in der Hoffnung, es würde dadurch zu einer baldigen Aussöhnung mit George kommen.

Dieser Brief, von demselben Boten gebracht wie tags zuvor die Einladung an Chopper, beunruhigte den würdigen Buchhalter nicht wenig. Er war an ihn adressiert, und als er den Brief öffnete, zitterte er vor Angst, das Essen, mit dem er schon so sehr gerechnet hatte, sei abgesagt worden. Er fühlte sich unendlich erleichtert, als er merkte, das Kuvert solle ihn nur noch einmal erinnern. „Ich erwarte Sie um halb sechs", schrieb Hauptmann Dobbin. Er nahm großen Anteil an der Familie seines Prinzipals, aber, que voulez-vous?, ein gutes Essen war ihm wichtiger als die Angelegenheiten eines anderen Sterblichen.

Dobbin durfte die vom General erhaltene Nachricht allen Offizieren des Regiments mitteilen, denen er bei seinen Streifzügen begegnete. Er berichtete Fähnrich Stubble davon, den er zufällig traf und der – so groß war sein militärischer Eifer – sich sofort in ein Ausrüstungsgeschäft begab, um einen neuen Degen zu kaufen. Hier zeigte der junge Bursche, obgleich er erst siebzehn Jahre alt und nur etwa 65 Zoll groß und von Natur aus schwächlich war – noch verschlimmert durch allzu zeitigen Alkoholgenuß – Löwenmut. Er wog, probierte, bog und balancierte die Waffe, die unter den Franzosen Verheerung anrichten würde, schrie „ha, ha!", stampfte mit seinen kleinen Füßen aus Leibeskräften den Boden und machte ein paar Ausfälle auf Hauptmann Dobbin, der die Stöße aber lachend mit dem Spazierstock parierte.

Mr. Stubble gehörte zur leichten Infanterie, wie man aus seiner Größe und Schmächtigkeit schon schließen konnte. Fähnrich Spooney dagegen war ein großer Jüngling aus Hauptmann Dobbins Grenadierkompanie. Er probierte eine neue Bärenfellmütze, unter der er für seine Jahre sehr wild aussah. Dann gingen die beiden Burschen zu Slaughters, bestellten ein gutes Essen und schrieben an ihre teuren, ängstlichen Eltern zu Hause Briefe, voll von Liebe, Herzlichkeit, Mut und schlechter Orthographie. Ach! Damals klopfte in England manches bange Herz, in vielen Häusern vergossen Mütter Tränen, und viele beteten.

Als Dobbin den jungen Stubble an einem Tisch bei Slaughters über einen Brief gebeugt sah und beobachtete, wie ihm die Tränen über die Nase aufs Papier tropften (denn der junge Mensch dachte an seine Mutter, die er vielleicht nie wiedersehen würde), überkam ihn die Rührung. Er unterbrach seinen Brief an George Osborne und schloß sein Schreibpult ab. „Warum sollte ich auch jetzt schreiben?" sagte er. „Mag sie diese Nacht noch glücklich sein. Morgen früh werde ich meine Eltern besuchen und dann selbst nach Brighton fahren."

So stand er auf und legte dem jungen Stubble seine große Hand auf die Schulter und richtete den jungen Krieger auf. Er sagte ihm, es könne noch ein guter Soldat aus ihm werden, da er stets ein ehrlicher, gutherziger Kerl gewesen sei, wenn er nur den Alkohol meiden würde. Die Augen des jungen Stubble hellten sich bei diesen Worten auf, denn Dobbin war beim Regiment als der beste Offizier und klügste Mensch angesehen.

„Ich danke Ihnen, Dobbin", sagte er und rieb sich die Augen mit den Knöcheln. „Ich schrieb ihr eben – eben, daß ich es wollte. Ach, Sir, sie ist so verdammt freundlich zu mir." Die Wasserwerke begannen ihre Tätigkeit von neuem, und ich bin nicht sicher, ob die Augen des weichherzigen Hauptmanns nicht ebenfalls zwinkerten.

Die zwei Fähnriche, der Hauptmann und Mr. Chopper speisten in derselben Abteilung. Chopper übergab den Brief von Mr. Osborne, worin dieser Hauptmann Dobbin kurz seine Empfehlung machte und ihn bat, Inliegendes Hauptmann George Osborne zukommen zu lassen. Chopper wußte nichts Näheres, er beschrieb nur Mr. Osbornes Aussehen und erzählte, daß sein Rechtsanwalt bei ihm gewesen sei. Er drückte auch seine Verwunderung aus, daß der Alte auf niemanden geflucht hatte. Als die Weinflasche die Runde machte, erging er sich in einer Menge von Spekulationen und Vermutungen, mit jedem Glas aber wurden sie vager, bis sie schließlich ganz und gar unverständlich waren. Spät in der Nacht brachte Hauptmann Dobbin seinen Gast, der unter einem Schluckauf schwor, daß er immer und ewig der Freund vom Hau-Hau-Hauptmann bleiben werde, zu einer Droschke.

Wir haben erzählt, daß Hauptmann Dobbin beim Abschied von Miss Osborne um Erlaubnis bat, sie noch einmal besuchen zu dürfen. So wartete das ältliche Mädchen am nächsten Tage mehrere Stunden auf ihn, und wäre er gekommen und hätte er ihr die Frage gestellt, die sie so gern beantwortet hätte, dann hätte sie sich wahrscheinlich auf die Seite ihres Bruders geschlagen, und zwischen George und seinem grimmigen Vater wäre es zu einer Aussöhnung gekommen. Aber obgleich sie zu Hause wartete, ließ sich der Hauptmann nicht blicken. Er mußte seinen eigenen Geschäften nachgehen, seine Eltern besuchen und trösten, und sehr früh nahm er seinen Platz auf dem „Blitz" ein, um zu seinen Freunden nach Brighton zu eilen. Im Laufe des Tages hörte Miss Osborne, wie ihr Vater den Befehl gab, dem intrigierenden Schuft, Hauptmann Dobbin, den Eintritt in sein Haus zu verweigern, und so waren alle Hoffnungen, die sie insgeheim gehegt haben mochte, zunichte gemacht. Mr. Frederick Bullock kam und war besonders liebevoll zu Maria und besonders aufmerksam gegen den gramerfüllten alten Herrn. Denn wenn Mr. Osborne auch sagte, seine Seele sei nun ruhig, so schienen doch die Mittel, mit denen er diese Ruhe hatte finden wollen, noch nicht gewirkt zu haben. Die Ereignisse der letzten zwei Tage hatten ihn sichtlich erschüttert.

25. Kapitel

In dem es sämtlichen Hauptpersonen geraten erscheint, Brighton zu verlassen

Als Dobbin im „Schiffshof" zu den Damen geführt wurde, wurde er sehr heiter und gesprächig, was bewies, daß der junge Offizier mit jedem Tage besser zu heucheln verstand. Einmal versuchte er damit seine Gefühle zu verbergen, als er Mrs. George

Osborne in ihrem neuen Stande sah, und zum anderen wollte er damit seine Befürchtungen maskieren, wie die schlimme Nachricht, die er brachte, auf sie wirken würde.

„Meiner Meinung nach, George", sagte er, „wird der französische Kaiser uns mit Kavallerie und Infanterie angreifen, bevor drei Wochen vergangen sind, und dem Herzog einen Tanz liefern, gegen den der Krieg in Spanien ein bloßes Kinderspiel war. Aber weißt du, das brauchst du Mrs. Osborne nicht zu erzählen. Vielleicht kommen wir am Ende gar nicht zum Kampf, und unser ganzes Unternehmen in Belgien erweist sich als bloße militärische Okkupation. Viele teilen diese Ansicht, und Brüssel ist voll von feinen Leuten und vornehmen Damen." Man beschloß also, Amelia die Aufgabe der britischen Armee in Belgien in diesem harmlosen Licht darzustellen.

Nachdem dieses Abkommen getroffen war, begrüßte der heuchlerische Dobbin Mrs. George Osborne ganz heiter, versuchte, ihr einige Komplimente über ihren jungen Ehestand zu machen (die, wie wir bekennen müssen, außerordentlich ungeschickt waren und jämmerlich verpufften), und fing dann an, von Brighton und der Seeluft und den Vergnügungen des Ortes, den Schönheiten der Reise und den Vorzügen des „Blitzes" und der Pferde zu sprechen – alles das in einer Art, die für Amelia völlig unverständlich schien, für Rebekka aber sehr belustigend war, denn sie beobachtete den Hauptmann, wie jeden anderen, der in ihre Nähe kam, sehr genau.

Die kleine Amelia hatte, wie wir gestehen müssen, keine sehr hohe Meinung von dem Freunde ihres Mannes, Hauptmann Dobbin. Er lispelte, hatte unschöne, grobe Gesichtszüge und war dazu noch sehr linkisch und schwerfällig. Sie konnte ihn wegen der Anhänglichkeit gegenüber ihrem Mann ganz gut leiden (darin lag nur ein geringes Verdienst) und hielt George für ungemein großmütig und gütig, weil er seinem Offizierskollegen Freundschaft schenkte. George hatte vor ihr oft Dobbins Gelispel und seine wunderlichen Manieren nachgeahmt, obgleich er, um ihm Gerechtigkeit widerfahren zu lassen, stets hochachtungsvoll von den guten Eigenschaften seines Freundes sprach. In den wenigen Tagen ihres Glückes, wo sie den ehrlichen William noch nicht so genau kannte, machte sie sich nichts aus ihm – und er wußte sehr gut, wie sie über ihn dachte, und ließ es sich demütig gefallen. Es sollte eine Zeit kommen, wo sie ihn besser kennenlernen und ihre Ansicht von ihm ändern würde, aber diese Zeit lag noch fern.

Rebekka kannte Hauptmann Dobbins Geheimnis, noch ehe er zwei Stunden in Gesellschaft der Damen verbracht hatte. Sie konnte ihn nicht leiden und fürchtete ihn insgeheim, aber auch er mochte sie nicht besonders. Er war so ehrlich, daß ihre Künste und Schmeicheleien bei ihm nicht wirkten, und in instinktivem Widerwillen scheute er vor ihr zurück. Und da sie keineswegs so hoch über ihr Geschlecht erhaben war, daß sie keine Eifersucht gekannt hätte, haßte sie ihn wegen seiner Verehrung für Amelia noch mehr. Trotzdem benahm sie sich sehr respektvoll und herzlich gegen ihn. Ein Freund der Osbornes! Ein Freund ihrer teuersten Wohltäter! Sie beteuerte, daß sie ihn stets aufrichtig lieben würde; sie hatte ihn von dem Vauxhall-Abend noch gut im Gedächtnis, wie sie Amelia schelmisch erzählte, und sie machte sich ein wenig über ihn lustig, als die beiden Damen sich entfernten, um sich zum Essen umzukleiden. Rawdon Crawley beachtete Dobbin fast gar nicht. Er betrachtete ihn als einen gutmütigen Einfaltspinsel und als einen unerzogenen Krämerssohn. Joseph begönnerte ihn würdevoll.

Als George Dobbin in dessen Zimmer gefolgt war, nahm Dobbin aus seinem Pult den Brief, den er im Auftrag von Mr. Osborne dem Freund übergeben sollte. „Es ist nicht die Handschrift meines Vaters", sagte George bestürzt, und das war es auch nicht. Der Brief stammte von Mr. Osbornes Rechtsanwalt und lautete:

Bedford Row, 7. Mai, 1815

Sir,

Ich bin von Mr. Osborne beauftragt, Ihnen mitzuteilen, daß er auf dem Entschluß beharrt, den er früher schon einmal gegen Sie ausgesprochen hat, und daß er Sie infolge der Heirat, die Sie einzugehen beliebten, in Zukunft nicht mehr als Mitglied seiner Familie betrachtet. Dieser Entschluß ist endgültig und unwiderruflich.

Obwohl die während Ihrer Minderjährigkeit auf Sie verwendeten Gelder und die Wechsel, die Sie während der letzten Jahre so reichlich auf Mr. Osborne gezogen haben, bei weitem die Summe übersteigen, auf die Sie rechtmäßig Anspruch erheben können (das heißt den dritten Teil vom Vermögen Ihrer Mutter, der verstorbenen Mrs. Osborne, das bei ihrem Tode auf Sie, Miss Jane Osborne und Miss Maria Frances Osborne fiel), so soll ich Ihnen doch mit teilen, daß Mr. Osborne auf alle Ansprüche auf Ihr Vermögen verzichtet und daß die Summe von zweitausend Pfund mit vierprozentigen Jahreszinsen zum. Tageskurs (das ist das Ihnen zustehende Drittel der sechstausend Pfund) entweder an Sie selbst oder Ihren Beauftragten gegen Quittung ausgezahlt werden kann von

Ihrem gehorsamen Diener
S. Higgs.

PS: Mr. Osborne ersucht mich, Ihnen ein für allemal zu sagen, daß er keinerlei Botschaften, Briefe oder Mitteilungen von Ihnen über diese oder eine andere Frage entgegennehmen wird.

„Das hast du ja hübsch arrangiert", rief George mit einem wilden Blick auf William Dobbin. „Da, siehst du, Dobbin", und er warf ihm das väterliche Schreiben zu. „Ein Bettler, beim Zeus, und alles wegen meiner verdammten Rührseligkeit. Warum konnten wir nicht warten? Eine Kugel hätte mich im Laufe des Krieges erledigen können und kann es noch – und wie ist Emmy gebessert, wenn sie als Witwe eines Bettlers zurückbleibt? Das ist alles dein Werk. Du hattest weder Rast: noch Ruhe, bis du mich verheiratet und ruiniert hattest. Was, zum Henker, soll ich mit zweitausend Pfund anfangen? So eine Summe reicht keine zwei Jahre. Seitdem ich hier bin, habe ich allein hundertundvierzig Pfund bei Karten und Billard an Crawley verloren. Du verstehst es wirklich, anderer Leute Angelegenheiten in Ordnung zu bringen."

„Es läßt sich nicht leugnen, daß die Lage schwierig ist", erwiderte Dobbin, nachdem er den Brief mit blassem Gesicht gelesen hatte, „und wie du schon sagst, ist es teilweise mein Werk. Es gibt aber doch noch Leute, die gern mit dir tauschen würden", setzte er bitter lächelnd hinzu. „Wieviel Hauptleute im Regiment, glaubst du wohl, haben zweitausend Pfund zur Verfügung? Du mußt von deinem Sold leben, bis dein Vater nachgibt, und wenn du stirbst, so hinterläßt du deiner Frau hundert pro Jahr."

„Du glaubst doch wohl nicht, daß ein Mann von meinen Lebensgewohnheiten von seinem Sold und jährlich hundert leben kann", rief George zornig. „Du mußt ein Narr sein, daß du so reden kannst, Dobbin. Wie, zum Teufel, kann ich meine Stellung in der Welt mit einem so erbärmlichen bißchen halten? Ich kann meine Gewohnheiten nicht ändern. Ich muß meine Bequemlichkeiten haben. Ich bin nicht mit Haferbrei aufgezogen worden wie MacWhirter oder mit Kartoffeln wie der alte O'Dowd. Denkst du etwa, meine Frau soll den Soldaten die Wäsche waschen oder dem Regiment in einem Gepäckwagen nachfahren?"

„Nun, nun", sagte Dobbin immer noch gutmütig, „es wird uns schon ein besseres Fahrzeug einfallen. Aber versuch daran zu denken, daß du jetzt bloß ein entthronter Prinz bist, George, mein Junge, und verhalte dich ruhig, solange der Sturm dauert. Lange kann er nicht anhalten. Laß erst mal deinen Namen in der ›Gazette‹ stehen, und ich verspreche dir, daß der alte Vater dann nachgibt."

„Mein Name in der ›Gazette‹ !" höhnte George. „Und in welchem Teil? Unter den Toten und Verwundeten, und höchstwahrscheinlich an der Spitze der Liste."

„Pah! Wenn wir verwundet werden, ist Zeit genug zu schreien", sagte Dobbin. „Und wenn etwas passiert, so weißt du, George, daß ich etwas besitze. Ich gedenke nicht zu heiraten und werde in meinem Testament meinen Patensohn nicht vergessen", setzte er lächelnd hinzu. Damit endete der Streit – wie schon Hunderte von Unterredungen zwischen den beiden Freunden früher geendet hatten: Osborne erklärte, es sei unmöglich, mit Dobbin lange böse zu sein, und verzieh ihm großmütig, nachdem er ihn ohne allen Grund beschimpft hatte.

„Du, Becky", rief Rawdon Crawley aus seinem Ankleideraum seiner Frau zu, die sich in ihrem Zimmer zum Essen anzog.

„Was ist?" antwortete Beckys schrille Stimme. Sie blickte über die Schulter in den Spiegel. Sie hatte das hübscheste, frischeste weiße Kleid an, das man sich nur denken kann, und sah mit den bloßen Schultern, einer kleinen Halskette und einer hellblauen Schärpe wie ein Bild jugendlicher Unschuld und mädchenhaften Glücks aus.

„Du, was wird Mrs. Osborne tun, wenn George mit dem Regiment auszieht?“ fragte Crawley und trat ins Zimmer, wobei er mit zwei riesigen Haarbürsten auf seinem Kopfe ein Duett spielte und unter seinem Haar hervor sein hübsches Weibchen bewundernd anblickte.

„Ich denke, sie wird sich die Augen ausweinen“, antwortete Becky. „Schon bei dem bloßen Gedanken hat sie bereits ein halbes dutzendmal gewinselt, als ich dabei war.“

„Dir macht es wahrscheinlich nichts aus“, sagte Rawdon, halb ärgerlich über die Gefühllosigkeit seiner Frau.

„Du armer Tropf! Weißt du denn nicht, daß ich mitkommen werde?“ erwiderte Becky. „Zudem ist es mit dir ganz anders. Du gehst als General Tuftos Adjutant. *Wir* gehören nicht zur Linie“, sagte Mrs. Crawley und warf ihren Kopf mit einer Miene in den Nacken, die ihren bezauberten Gatten veranlaßte, sich niederzubeugen und sie zu küssen.

„Rawdon, Lieber – meinst du nicht auch, daß es ganz gut wäre, wenn du das – Geld von Cupido bekämst, ehe er weggeht?“ fuhr Becky fort, während sie eine reizende Schleife befestigte. Sie nannte George Osborne Cupido. Sie hatte ihm bereits einige Dutzend Male mit seinem guten Aussehen geschmeichelt. Sie schenkte ihm ihre Aufmerksamkeit, wenn er abends für eine halbe Stunde vor dem Schlafengehen in Rawdons Zimmer kam, um noch ein bißchen Ekarté zu spielen.

Oft hatte sie ihn einen schrecklichen, ausschweifenden Schurken genannt und ihm gedroht, Emmy von seinem nichtsnutzigen Lebenswandel und seinen unartigen, verschwenderischen Gewohnheiten zu erzählen. Sie brachte seine Zigarre und zündete sie ihm an; sie kannte die Wirkung dieses Manövers, hatte sie es doch schon früher an Rawdon Crawley erprobt. Sie schien ihm lustig, lebhaft, schelmisch, vornehm, entzückend. Bei ihren kleinen Spazierfahrten und Mahlzeiten stellte Becky natürlich die arme Emmy ganz in den Schatten. Amelia war stumm und schüchtern, während ihr Mann und Mrs. Crawley drauflosschwatzten und Hauptmann Crawley und Joseph (nachdem er sich zu dem neuvermählten Paar gesellt hatte) schweigend aßen.

Emmy ahnte nichts Gutes; Rebekkas Witz, ihr Temperament und ihre Talente versetzten sie in schmerzvolle Unruhe. Sie waren erst eine Woche verheiratet, und schon langweilte sich George und suchte eifrig die Gesellschaft anderer! Sie zitterte für die Zukunft. Wie kann ich ihm eine Gefährtin sein, dachte sie, da er so klug und glänzend ist und ich ein so unbedeutendes törichtes Geschöpf bin? Wie edel war es von ihm, mich zu heiraten, alles aufzugeben und sich zu mir herabzulassen! Ich hätte ihn zurückweisen sollen, aber ich konnte es nicht übers Herz bringen. Ich hätte daheim bleiben und mich um den armen Papa kümmern sollen. Zum erstenmal fielen ihr ihre vernachlässigten Eltern ein (tatsächlich war die Anklage des schlechten Gewissens gegen das arme Kind ja nicht ganz unbegründet), und sie wurde schamrot. Oh! dachte sie, wie bin ich doch böse und selbstsüchtig gewesen! Selbstsüchtig, weil ich sie in ihrem Kummer vergaß, selbstsüchtig, weil ich George zwang, mich zu heiraten. Ich weiß, daß ich seiner nicht würdig bin; ich weiß, er wäre ohne mich glücklich – aber ich habe doch immer wieder versucht, ihn aufzugeben.

Es ist hart, wenn solche Gedanken und Geständnisse sich einer jungen Frau aufdrängen, noch ehe sieben Tage der Ehe vergangen sind. Aber so war es nun eben. Am Abend vor Dobbins Ankunft, einem schönen prachtvollen mondbeschienenen Maiabend, so warm und balsamisch, daß die Fenster zum Balkon aufgemacht wurden, standen George und Mrs. Crawley draußen und blickten auf das ruhige Meer hinaus, das vor ihnen glänzte, während drinnen Rawdon und Joseph Puff spielten. Amelia aber hockte völlig verlassen in einem großen Sessel und beobachtete die beiden Gruppen, und es bemächtigte sich ihrer Verzweiflung und Reue, die gewiß bittere Gesellschafter für diese zarte, einsame Seele waren. Kaum eine Woche war vergangen, und so weit war es schon gekommen! Hätte sie die Zukunft ins Auge gefaßt, so hätten sich ihr trübe Aussichten geboten. Aber Emmy war irgendwie viel zu scheu, dahin zu blicken und sich allein auf das weite Meer zu wagen, das sie ohne Führer und Beschützer doch nicht befahren konnte. Ich weiß, daß Miss Smith keine sehr hohe Meinung von ihr hat. Aber wie viele, mein teures Fräulein, besitzen Ihre ungeheure Geistesstärke?

„Gott, was für ein schöner Abend, und wie hell der Mond scheint!“ sagte George und paffte ein Zigarrenrauchwölkchen zum Himmel empor.

„Wie köstlich riecht das doch im Freien! Ich liebe es! Soll man glauben, daß der Mond zweihundertsechsunddreißig-tausendachthundertsiebenundvierzig Meilen von uns entfernt ist?“ setzte sie hinzu und lächelte dem Himmelskörper zu. „Bin ich nicht gut, daß ich mich noch daran erinnere? Solchen Quatsch haben wir bei Miss Pinkerton gelernt! Wie ruhig doch das Meer ist und wie klar alles! Ich möchte sagen, ich kann fast die Küste von Frankreich sehen.“ Ihre hellen grünen Augen funkelten und schossen einen Blick in die Nacht hinaus, als ob sie wirklich hindurchschauen könnten.

„Wissen Sie, was ich eines Morgens tun will?“ fragte sie. „Ich kann nämlich sehr gut schwimmen, und eines Tages, wenn Tante Crawleys Gesellschafterin, die alte Briggs, wissen Sie – können Sie sich entsinnen, die Frau mit der krummen Nase und den langen Haarbüscheln? –, wenn die Briggs baden geht, dann will ich unter ihr Badezelt tauchen und im Wasser auf eine Versöhnung drängen. Ist das nicht eine Kriegslist?“

Beim Gedanken an die wäßrige Zusammenkunft mußte George laut lachen. „Was treibt ihr denn da draußen, ihr zwei?“ schrie Rawdon und schüttelte den Würfelbecher. Amelia reagierte sehr töricht: sie benahm sich ganz unsinnig und hysterisch und zog sich auf ihr Zimmer zurück, um dort im stillen zu schluchzen.

Unsere Erzählung muß in diesem Kapitel scheinbar unentschlossen vorwärts und rückwärts gehen, und wenn wir mit unserer Geschichte bald bei morgen angelangt sind, so werden wir sofort wieder Gelegenheit haben, auf gestern zurückzukommen, damit die ganze Geschichte berichtet wird. Wie beim Empfang Ihrer Majestät die Wagen der Gesandten und hohen Würdenträger von einem Privatausgang davonfahren, während Hauptmann Jones' Damen auf ihre Droschke warten – wie im Vorzimmer des Sekretärs der Schatzkammer ein halbes Dutzend Bittsteller geduldig auf ihre Audienz warten und der Reihe nach hereingerufen werden, während plötzlich ein irischer Abgeordneter oder eine hochgestellte Persönlichkeit hereinkommt und sozusagen über die Köpfe aller Anwesenden hinweg zum Herrn Untersekretär hineingeht, so muß auch im Laufe einer Erzählung der Autor diese höchst parteiische Gerechtigkeit walten lassen. Wenn auch keiner der kleineren Vorfälle unerwähnt bleiben soll, so müssen sie doch vor großen Ereignissen zurückstehen. Ganz gewiß war ein Umstand wie der, der Dobbin nach Brighton führte, das heißt der Marschbefehl für Garde und Linie nach Belgien und die Vereinigung der alliierten Heere in diesem Land unter dem Kommando Seiner Gnaden, des Herzogs von Wellington, so sehr wichtig. Er berechtigte uns, allen unwichtigeren Vorfällen, woraus unsere Geschichte hauptsächlich besteht, vorauszueilen, und deshalb war eine kleine Unordnung entschuldbar und dienlich. Wir sind jetzt wieder im 22. Kapitel und nur so weit fortgeschritten, daß wir unsere verschiedenen Darsteller in ihre Ankleidezimmer befördert haben. Es ist kurz vor dem Essen am Tage von Dobbins Ankunft, das wie üblich stattfand.

George war zu menschenfreundlich oder zu sehr mit dem Binden seines Halstuches beschäftigt, um Amelia sofort alle Nachrichten mitzuteilen, die sein Kamerad aus London gebracht hatte. Aber er betrat ihr Zimmer mit so ernster und wichtiger Miene, den Brief des Rechtsanwaltes in der Hand, daß sie, stets in Erwartung eines Unheils, glaubte, das Schlimmste sei im Anzug. Sie eilte auf ihren Mann zu und bat ihren geliebten George inständig, er möge ihr doch alles sagen: Gewiß müsse er weg von England, es werde nächste Woche eine Schlacht stattfinden, sie wisse es wohl.

Der geliebte George parierte die Frage nach dem Feldzug und sagte mit melancholischem Kopf schütteln: „Nein, Emmy, das ist es nicht, nicht um mich mache ich mir Gedanken, sondern um dich. Ich habe schlimme Nachrichten von meinem Vater bekommen. Er lehnt jede Verbindung mit mir ab, er schickt uns weg und überläßt uns der Armut. Ich kann schon irgendwie durchkommen, aber du, meine Liebe, wie wirst du es ertragen? Da, lies!“ Und er reichte ihr den Brief.

Amelia lauschte mit zärtlicher Unruhe im Blick ihrem edlen Helden, als er diese großmütigen Gefühle äußerte. Dann setzte sie sich aufs Bett und las den Brief, den George ihr mit hochtrabender Märtyrermiene überreicht hatte. Während sie las, erhellte sich ihr Gesicht zusehends. Der Gedanke, Armut und Entbehrung mit dem Geliebten zu teilen, hat, wie bereits gesagt, für eine warmherzige Frau nichts Abschreckendes an sich. Ja, die Aussicht war der kleinen Amelia sogar angenehm. Dann schämte sie sich, wie gewöhnlich, daß sie sich in einem so unpassenden Augenblick glücklich fühlte, bezähmte ihre Freude und sagte demütig: „O George, wie dir doch das Herz bluten muß bei dem Gedanken, daß du von deinem Papa getrennt bist.“

„Ja, das tut es auch“, sagte George mit gequältem Gesichtsausdruck.

„Aber er kann dir nicht lange böse sein“, fuhr sie fort. „Niemand könnte das, davon bin ich überzeugt. Er muß dir verzeihen, mein liebster, bester Mann. Oh, ich werde mir nie verzeihen, wenn er es nicht tut.“

„Was mich quält, meine arme Emmy, ist nicht mein Unglück, sondern deines“, sagte George. „Ein bißchen Armut stört mich nicht, und ich glaube ohne Eitelkeit sagen zu können, daß ich genug Talente besitze, um meinen Weg selbst zu machen.“

„Das stimmt“, fiel seine Frau ein, die glaubte, der Krieg werde sofort beendet werden und ihr Mann zum General befördert.

„Ja, ich werde meinen Weg machen, so gut wie jeder andere“, fuhr Osborne fort, „aber du, mein liebes Mädchen, wie kann ich es ertragen, daß dir die Bequemlichkeit entgeht und du nicht die Stellung in der Gesellschaft einnehmen kannst, die dir als meiner Frau gebührt? Mein liebstes Mädchen in einer Kaserne! Soldatenfrau beim Regiment, allen Arten von Belästigungen und Entbehrungen ausgesetzt! Es macht mich ganz elend!“

Erleichtert, daß dies ihres Mannes einziger Grund zur Beunruhigung war, ergriff sie seine Hand und begann mit freudestrahlendem Gesicht aus dem bekannten Lied „An der alten Treppe von Wapping“ die Strophe zu singen, wo die Heldin, nachdem sie ihren Tom wegen seiner Unaufmerksamkeit gescholten hat, verspricht, „seine Hosen zu flicken und Grog ihm zu machen“, wenn er treu und freundlich sein und sie nicht verlassen würde. „Und außerdem“, sagte sie nach einer Pause, wobei sie so hübsch und glücklich aussah, wie eine junge Frau es sein sollte, „sind nicht zweitausend Pfund ungeheuer viel Geld, George?“

George lachte über ihre Naivität, und schließlich gingen sie zum Essen hinab. Amelia hing an Georges Arm und trällerte noch immer die Melodie von der „Alten Treppe von Wapping“. Sie war so vergnügt und lustig wie schon einige Tage nicht mehr.

So war denn das Mittagsmahl, das endlich zustande kam, gar nicht traurig, sondern im Gegenteil ungemein lebhaft und lustig. Die Aufregung beim Gedanken an den bevorstehenden Feldzug wirkte bei George der Niedergeschlagenheit, die durch den Enterbungsbrief verursacht worden war, entgegen. Dobbin bewährte sich als unermüdlicher Plauderer. Er belustigte die Gesellschaft mit Berichten über die Armee in Belgien, wo es nichts anderes gab als Festlichkeiten, Vergnügungen und vornehme Leute. Sodann ging der geschickte Hauptmann zur Beschreibung der Majorin O'Dowd über, wobei er ein besonderes Ziel verfolgte. Er erzählte, wie sie ihre und ihres Majors Garderobe eingepackt hatte und wie sie seine besten Epauletten in einer Teebüchse verstaut hatte. Ihr berühmter gelber Turban, mit dem Paradiesvogel, in Packpapier gewickelt, war in die blecherne Hutschachtel des Majors gewandert. Dobbin hätte gern wissen mögen, welche Wirkung der Turban wohl am Hofe des französischen Königs in Gent oder auf den großen Offiziersbällen in Brüssel haben würde.

„Gent! Brüssel!" rief Amelia und fuhr vor Schreck hoch. „Hat das Regiment Marschbefehl bekommen, George, hat es Marschbefehl bekommen?" Schrecken malte sich in dem lieblichen, lächelnden Gesicht, und sie klammerte sich instinktiv an George an.

„Hab keine Angst, Liebste", sagte er gutmütig, „die Überfahrt dauert nur zwölf Stunden. Es wird dir nichts passieren. Du sollst auch mitkommen, Emmy."

„Ich gehe jedenfalls mit", sagte Becky, „ich bin beim Generalstab, General Tufto gehört zu meinen eifrigsten Anbetern, nicht wahr, Rawdon?" Rawdon brach in sein übliches schallendes Gelächter aus. William Dobbin wurde rot. „Sie kann nicht mitkommen", sagte er, „denk doch an die…", die Gefahr wollte er hinzufügen; sollte aber denn nicht sein ganzes Tischgespräch beweisen, daß es keine Gefahr gab? Er wurde sehr verlegen und schweigsam.

„Ich muß und will gehen", rief Amelia mit größter Lebhaftigkeit. George lobte ihren Entschluß, tätschelte sie unterm Kinn und fragte alle Anwesenden, ob sie je eine so ungestüme Frau gesehen hätten. Er war einverstanden, daß sie ihm Gesellschaft leisten würde. „Wir haben Mrs. O'Dowd als Anstandsdame für dich", sagte er. Was kümmerte sie sich darum, solange ihr Mann in der Nähe war? Und so wurde denn die Bitterkeit des Abschieds sozusagen hinweggegaukelt. Wenn es auch Krieg und Gefahr gab, so konnte es doch noch Monate dauern, bis Krieg und Gefahr sich bemerkbar machten. Auf jeden Fall war es ein Aufschub, der die schüchterne kleine Amelia fast ebenso glücklich machte, wie die aufgehobene Gefahr es getan hätte. Selbst Dobbin mußte im Innern zugeben, daß es so ganz günstig sei. Amelia sehen zu dürfen war nämlich jetzt das größte Glück und die Hoffnung seines Lebens, und insgeheim überlegte er, wie er sie bewachen und beschützen wollte. Ich hätte sie nicht mitgehen lassen, wenn sie meine Frau wäre, dachte er. Aber George war nun einmal der Herr, und sein Freund hielt es nicht für angemessen, ihm Vorstellungen zu machen.

Den Arm um Amelias Taille geschlungen, führte Rebekka ihre Freundin schließlich vom Tisch fort, wo so viele wichtige Dinge besprochen worden waren. Sie ließen die Herren in der heitersten Stimmung der Welt, trinkend und plaudernd, zurück.

Im Laufe des Abends erhielt Rawdon von seiner Frau ein kleines Familienbriefchen. Obgleich er es zerknüllte und sofort an der Kerze verbrannte, glückte es uns doch, über Rebekkas Schulter zu lesen. „Wichtige Neuigkeiten", schrieb sie. „Mrs. Bute ist fort. Verschaff dir noch heute abend das Geld von Cupido, da er morgen höchstwahrscheinlich abfährt. Denk daran. R." Als daher die kleine Gesellschaft unterwegs war, um im Zimmer der Damen Kaffee zu trinken, berührte Rawdon

Hauptmann Osborne am Ellbogen und sagte freundlich: „Hören Sie, Osborne, mein Junge, wenn es Ihnen recht ist, so möchte ich Sie um die Kleinigkeit bemühen." Es war George nicht recht, aber trotzdem leistete er eine bedeutende Abschlagszahlung in Banknoten aus der Brieftasche und gab ihm für den Rest einen in acht Tagen bei seinem Beauftragten zahlbaren Wechsel.

Nachdem die Sache erledigt war, hielten George, Joseph und Dobbin bei einer Zigarre Kriegsrat und beschlossen, am folgenden Tage alle in Joes offenem Wagen nach London aufzubrechen. Joseph hätte es ganz gern gesehen, wenn man bis zu Rawdon Crawleys Abreise in Brighton geblieben wäre, aber Dobbin und George überstimmten ihn, und so ließ er sich denn herbei, die Gesellschaft in die Stadt zu bringen, und bestellte, wie es seiner Würde angemessen war, vier Pferde. Damit fuhren sie am folgenden Tage nach dem Frühstück mit Gepränge ab. Amelia war sehr zeitig aufgestanden und hatte mit großem Eifer ihre Köfferchen gepackt, während Osborne im Bett lag und bedauerte, daß sie kein Mädchen hatte, das ihr helfen könnte. Amelia war aber nur zu froh, diese Arbeit selbst tun zu können. Ein vages, unheimliches Gefühl beschlich sie, wenn sie an Rebekka dachte, und obgleich sie sich beim Abschied recht zärtlich küßten, so wissen wir doch, was Eifersucht ist; und die besaß Mrs. Amelia neben den anderen Tugenden ihres Geschlechtes.

Wir dürfen nicht vergessen, daß neben diesen ankommenden und abfahrenden Personen sich noch einige andere alte Bekannte von uns in Brighton befanden: Miss Crawley nämlich und ihr Gefolge. Obgleich Rebekka mit ihrem Mann nur ein paar Steinwürfe von der kranken Miss Crawley entfernt wohnte, so blieb doch für beide die Tür zu der alten Dame ebenso unbarmherzig verschlossen wie zuvor in London. Solange Mrs. Bute Crawley bei ihrer Schwägerin war, sorgte sie dafür, daß ihre geliebte Matilda nicht durch ein Zusammentreffen mit ihrem Neffen aufgeregt wurde. Fuhr die alte Jungfer aus, so saß die treue Mrs. Bute neben ihr im Wagen. Schöpfte Miss Crawley in einem Rollstuhl Luft, so ging Mrs. Bute auf einer Seite des Gefährts, während die ehrliche Briggs die andere einnahm. Trafen sie zufällig einmal Rawdon und dessen Frau, so ging die Gesellschaft um Miss Crawley so kalt und niederschmetternd gleichgültig vorbei, obwohl Rawdon stets unterwürfig den Hut zog, daß er anfing zu verzweifeln.

„Wir könnten ebensogut in London sein wie hier", sagte Rawdon oft mit niedergeschlagener Miene.

„Ein komfortabler Gasthof in Brighton ist besser als das Schuldgefängnis in der Chancery Lane", antwortete seine Frau, die ein fröhliches Temperament besaß. „Denk nur an die beiden Adjutanten von Mr. Moses, dem Gerichtsvollzieher, die unsere Wohnung eine ganze Woche lang bewacht haben. Unsere Freunde hier sind zwar sehr geistlos, aber Mr. Joe und Hauptmann Cupido sind immerhin bessere Gesellschafter als Mr. Moses' Leute, mein lieber Rawdon."

„Ich wundere mich, daß mir die Haftbefehle nicht hierher gefolgt sind", fuhr Rawdon immer noch verzagt fort.

„Wenn sie noch kommen, dann werden wir ihnen schon entwischen", sagte die unerschrockene kleine Becky und setzte ihrem Mann den Vorteil und Nutzen, daß sie Joe und Osborne getroffen hatten, auseinander. Hatte doch diese Bekanntschaft Rawdon einen willkommenen kleinen Vorrat an Bargeld eingebracht.

„Es wird kaum reichen, die Gasthofrechnung zu bezahlen", brummte der Leibgardist.

„Warum sollen wir sie denn bezahlen?" fragte die Dame, die auf alles eine Antwort wußte.

Durch Rawdons Diener, der mit den männlichen Dienstboten von Miss Crawley immer noch gelegentlich Umgang pflegte und angewiesen worden war, den Kutscher, sooft sie zusammenkamen, zum Trinken einzuladen, erfuhr unser junges Paar so beinahe alle Schritte der alten Miss Crawley; Rebekka kam auch noch auf den glücklichen Gedanken, unwohl zu sein und denselben Arzt zu rufen, der die alte Jungfer behandelte, so daß sie, im großen ganzen, einigermaßen unterrichtet waren. Übrigens war Miss Briggs, die zwar gezwungen war, äußerlich eine feindliche Haltung einzunehmen, im Innern Rawdon und seiner Frau nicht unfreundlich gesinnt. Sie hatte von Natur aus ein gutmütiges, versöhnliches Wesen, und jetzt, wo kein Grund mehr zur Eifersucht vorhanden war, verschwand auch ihre Abneigung gegen Rebekka, und sie erinnerte sich nur noch an ihre freundlichen Worte und ihre gute Laune. Tatsächlich stöhnten sie und Mrs. Firkin, die Kammerfrau, und das ganze Dienstpersonal von Miss Crawley insgeheim unter der Tyrannei der glorreichen Mrs. Bute.

Wie es oft vorkommt, verfolgte diese gute, aber herrschsüchtige Frau ihren Vorteil zu weit und ihr Glück zu unbarmherzig. Im Laufe weniger Wochen war es ihr gelungen, die Kranke in einen solchen Zustand hilfloser Fügsamkeit zu versetzen, daß die arme Seele sich völlig den Befehlen ihrer Schwägerin unterwarf und sich nicht einmal bei der Briggs oder der Firkin über ihre Sklaverei zu beklagen wagte. Mit unwiderstehlicher Genauigkeit maß Mrs. Bute die Gläser Wein ab, die Miss Crawley täglich trinken durfte – zum großen Ärger der Firkin und des Butlers, die sich nun sogar der Herrschaft über die Sherryflasche beraubt sahen. Sie teilte die Kalbsmilch, Gelees und Hühnchen nach Menge und Reihenfolge aus. Abends, mittags und morgens brachte sie die vom Arzt verordneten abscheulichen Tränke, die die Kranke mit einem so rührenden Gehorsam schluckte, daß die Firkin sagte: „Meine arme Herrin nimmt ihre Arznei wie ein Lamm ein." Sie bestimmte, wann sie in der Kutsche oder im Rollstuhl ausgefahren werden sollte; mit einem Wort: sie zermürbte die alte Dame während ihrer Genesung, wie es nur einer so rechtschaffenen, mütterlichen, moralischen Frau gelingt. Leistete die Patientin einmal einen schwachen Widerstand und bat um ein wenig mehr Essen oder einen Tropfen weniger Arznei, dann drohte ihre Wärterin ihr mit augenblicklichem Tode, und

Miss Crawley gab sofort nach. „Es ist gar kein Leben mehr in ihr“, bemerkte die Firkin gegenüber der Briggs, „schon seit drei Wochen hat sie mich nicht mehr Dummkopf genannt.“ Schließlich nahm sich Mrs. Bute vor, die eben erwähnte ehrliche Kammerfrau, den dicken, vertrauenerweckenden Mr. Bowls und die Briggs wegzuschicken und dafür ihre Töchter aus dem Pfarrhaus kommen zu lassen, bevor man die teure Patientin nach Queen's Crawley bringen konnte. Es ereignete sich aber ein böser Unfall, der sie von ihren angenehmen Pflichten wegrief. Ehrwürden Bute Crawley, ihr Mann, war nämlich eines Abends beim Heimritt vom Pferd gestürzt und hatte sich das Schlüsselbein gebrochen. Fieber und eine Entzündung stellten sich ein, und Mrs. Bute mußte Sussex verlassen und nach Hampshire fahren. Sie versprach, zu ihrer teuersten Freundin zurückzukehren, sobald Bute wiederhergestellt wäre, und hinterließ bei ihrer Abreise für die Dienerschaft strengste Vorschriften, wie ihre Herrin zu behandeln war. Kaum aber hatte sie den Southamptoner Postwagen bestiegen, als sich im ganzen Haus von Miss Crawley ein Jubel verbreitete und alle so erleichtert aufatmeten, wie es die Gesellschaft dort seit vielen Wochen nicht erlebt hatte. Noch am gleichen Tage ließ Miss Crawley ihre Nachmittagsdosis an Medizin aus, noch am gleichen Nachmittag öffnete Bowls nur für sich und Mrs. Firkin eine Flasche Sherry, noch am gleichen Abend frönten Miss Crawley und Miss Briggs einem Spiel Pikett, anstatt einer Predigt von Porteus. Es war ganz wie in dem alten Ammenmärchen, wo der Prügel vergaß, den Pudel zu schlagen, und der ganze Lauf der Ereignisse eine friedliche und glückliche Veränderung erfuhr.

Zwei- oder dreimal in der Woche pflegte Miss Briggs morgens in aller Frühe einen Badekarren aufzusuchen und sich in einem Flanellgewand und einer Öltuchhaube im Wasser zu vergnügen. Wie wir gesehen haben, war Rebekka dieser Umstand nicht unbekannt, und obgleich sie nicht versuchte, die Briggs zu stürmen, wie sie angedroht hatte, nämlich plötzlich vor der Dame aufzutauchen und sie unter ihrem geheiligten Zelt zu überraschen, so beschloß Mrs. Rawdon doch, die Briggs anzugreifen, wenn sie erfrischt und gestärkt und wahrscheinlich in guter Laune vom Bade käme.

Becky stand also am nächsten Morgen sehr zeitig auf, holte sich das Fernrohr in ihr Wohnzimmer, das aufs Meer hinausging, und richtete es auf die Badekarren am Strand. Bald sah sie die Briggs herbeikommen, in ihren Kasten steigen und auf das Meer hinausfahren. Rebekka war am Strande, gerade als die ersehnte Nymphe aus dem kleinen Fahrzeug kletterte und auf die Steine trat. Es war ein hübsches Bild: der Strand, die Gesichter der Badefrauen, die langen Reihen von Felsen und Häusern leuchteten rot im Sonnenlicht. Rebekka trug ein freundliches, zärtliches Lächeln zur Schau und streckte in dem Augenblick, als die Briggs aus dem Kasten auftauchte, ihre hübsche weiße Hand aus. Was konnte die Briggs anderes tun, als den Gruß zu erwidern?

„Miss Sh..., Mrs. Crawley“, sagte sie.

Mrs. Crawley ergriff ihre Hand, drückte sie an ihr Herz und umarmte und küßte die Briggs in einer plötzlichen Eingebung herzlich. „Liebe, liebe Freundin!“ sagte sie mit so echtem Gefühl, daß Miss Briggs natürlich sofort zerschmolz und sogar die Badefrau weich wurde.

Es fiel Rebekka nicht schwer, die Briggs in ein langes, vertrautes und reizendes Gespräch zu verwickeln. Die Briggs beschrieb alles, was sich seit Beckys plötzlichem Verschwinden an jenem Morgen aus Miss Crawleys Haus in der Park Lane bis zu diesem Tage mit Mrs. Butes glücklichem Rückzug ereignet hatte. Ausführlich und genau, wie Frauen es gern tun, schilderte die Vertraute alle Einzelheiten von Miss Crawleys Krankheit und der ärztlichen Behandlung. Werden Frauen jemals müde, sich über ihre Krankheiten und Ärzte zu unterhalten? Die Briggs wurde es jedenfalls nicht, und Rebekka hörte unermüdlich zu. Sie war dankbar, wirklich dankbar, daß die liebe gute Briggs und die treue, unschätzbare Firkin bei ihrer kranken Wohltäterin hatten bleiben dürfen. Der Himmel segne Miss Crawley! Obgleich sie, Rebekka, sich scheinbar ungehorsam gegen die alte Dame betragen habe. Aber sei ihr Vergehen nicht natürlich und entschuldbar? Konnte sie anders, als dem Mann, der ihr Herz gewonnen hatte, ihre Hand zu geben? Die sentimentale Briggs konnte bei diesem Geständnis nur ihre Augen zum Himmel erheben und einen mitfühlenden Seufzer ausstoßen. Sie dachte daran, daß auch sie einst, vor vielen Jahren, ihr Herz verschenkt hatte, und mußte zugeben, daß Rebekkas Verbrechen nicht groß war.

„Kann ich jemals die vergessen, die der freundlosen Waise eine Freundin wurde? Nein, obwohl sie mich verstoßen hat, werde ich doch nie aufhören, sie zu lieben, und würde gern mein Leben ihrem Dienste weihen", versicherte Rebekka. „Als meine Wohltäterin, als die angebetete Verwandte meines geliebten Rawdon liebe und bewundere ich Miss Crawley, meine teure Miss Briggs, mehr als jede andere Frau in der Welt, und danach liebe ich alle die, die ihr treu sind. Nie hätte ich Miss Crawleys treue Freundinnen so behandelt, wie die gemeine, ränkevolle Mrs. Bute es getan hat. Rawdon, der ganz Herz ist", fuhr Becky fort, „obgleich seine Manieren rauh und unbedacht erscheinen mögen, hat wohl hundertmal mit Tränen in den Augen gesagt, er danke dem Himmel dafür, daß er seinem lieben Tantchen zwei so wunderbare Wärterinnen gesandt hat wie ihre ergebene Firkin und ihre bewundernswerte Miss Briggs." Sollten die Anschläge der abscheulichen Mrs. Bute damit enden – und sie, Rebekka, befürchte das nur zu sehr –, daß sie jeden, der Miss Crawley liebte, von ihrer Seite verbannte und die arme Dame so ein Opfer der Harpyien im Pfarrhaus würde, so bitte sie (Rebekka) ihre Freundin (Miss Briggs), stets daran zu denken, daß ihr Haus, so bescheiden es auch sei, immer für Miss Briggs offenstünde. „Liebe Freundin", rief sie in einem Ausbruch von Begeisterung, „es gibt Herzen, die Wohltaten niemals vergessen! Nicht alle Frauen sind Bute Crawleys! Aber weshalb sollte ich mich über sie beklagen", setzte Rebekka hinzu, „wenn ich auch ihr Werkzeug und das Opfer ihrer Künste wurde – verdanke ich ihr nicht meinen liebsten Rawdon?" Und nun enthüllte Rebekka der Briggs das ganze Verhalten von Mrs. Bute in Queen's Crawley, ein Verhalten, das ihr damals unverständlich gewesen sei, jetzt aber durch die Ereignisse deutlich genug erklärt werde – jetzt, da die Verbindung entstanden war, die Mrs. Bute durch tausend Kunstgriffe begünstigt hatte, jetzt, da zwei Unschuldige in die Schlinge gegangen waren, die sie gelegt hatte, sich liebten, heirateten und dem Ruin entgegengingen – alles durch ihre Schliche.

Das entsprach alles der Wahrheit. Die Briggs durchschaute die Kriegslist völlig. Mrs. Bute hatte die Ehe zwischen Rawdon und Rebekka gestiftet. Obgleich die junge Frau durchaus ein unschuldiges Opfer war, so konnte doch Miss Briggs ihrer Freundin nicht ihre Furcht verhehlen, daß Miss Crawley ihre Liebe von Rebekka abgewandt habe und daß die alte Dame es ihrem Neffen nie verzeihen werde, eine so unkluge Heirat eingegangen zu sein.

In diesem Punkte hatte Rebekka ihre eigenen Ansichten und war noch immer guten Mutes. Wenn Miss Crawley ihnen auch nicht jetzt verzieh, so konnte sie sich doch später erweichen lassen. Es stand jetzt nur noch der plärrende, kränkliche Pitt Crawley zwischen Rawdon und der Baronetswürde, und sollte diesem etwas zustoßen, wäre alles gut. Jedenfalls war es eine Genugtuung, Mrs. Butes Ränke enthüllt und sich selbst ins rechte Licht gerückt zu haben – was auch Rawdons Interessen dienen konnte. Nach einem einstündigen Schwatz verließ Rebekka ihre wiedergewonnene Freundin unter den zärtlichsten Freundschaftsbezeigungen, vollkommen überzeugt, daß die Unterhaltung Miss Crawley noch vor Ablauf einiger Stunden berichtet werden würde.

Als die Unterredung zu Ende war, wurde es für Rebekka höchste Zeit, in ihr Gasthaus zurückzukehren, wo sich die ganze Gesellschaft vom vergangenen Tage zu einem Abschiedsfrühstück zusammengefunden hatte. Rebekka nahm von Amelia so zärtlich Abschied, wie es zwei Frauen, die sich wie Schwestern lieben, zukommt. Sie benutzte ausgiebig ihr Taschentuch, hängte sich der Freundin an den Hals, als ob sie sich für immer trennten, und winkte mit dem (nebenbei gesagt ganz trockenen) Taschentuch aus dem Fenster dem abfahrenden Wagen nach. Dann begab sie sich an den Frühstückstisch zurück und aß – wenn man ihre Rührung in Betracht zieht, mit gutem Appetit – ein paar Garnelen. Während sie diese Delikatessen kaute, erzählte sie Rawdon, was auf ihrem Morgenspaziergang zwischen ihr und der Briggs vorgefallen war. Ihre Hoffnungen waren hochgespannt, und sie brachte ihren Mann dazu, sie zu teilen. Es gelang ihr stets, ihren Mann für ihre Ansichten zu gewinnen, ganz gleich, ob sie traurig oder lustig waren.

„Mein Lieber, du wirst dich nun gefälligst an den Schreibtisch setzen und mir ein hübsches Briefchen an Miss Crawley schreiben und ihr darin sagen, daß du ein guter Junge bist und so weiter.“ Er setzte sich also hin und schrieb schnell los: „Brighton, Donnerstag“ und „Meine liebe Tante!“ Aber hier verließ den tapferen Offizier die Phantasie. Er kaute an der Feder und sah seine kleine Frau an. Sie mußte über seine jämmerliche Miene lachen und begann nun selbst einen Brief zu diktieren, wobei sie, die Hände auf dem Rücken, im Zimmer auf und ab ging:

„Bevor ich England verlasse und in eine Schlacht ziehe, die sehr wahrscheinlich verhängnisvoll…“

„Was?“ rief Rawdon ziemlich überrascht, begriff aber doch den Humor des Satzes und schrieb ihn grinsend nieder.

„… die sehr wahrscheinlich verhängnisvoll werden kann, bin ich hierhergekommen …“

„Warum nicht: ›hergekommen‹, Becky? ›hergekommen‹ ist doch auch grammatisch“, fiel der Dragoner ein.

„… bin ich hierhergekommen“, wiederholte Rebekka und stampfte mit dem. Fuß auf, „um meiner liebsten und ältesten Freundin Lebewohl zu sagen. Ich flehe Sie an, ehe ich scheide, um vielleicht nie zurückzukommen, mich noch einmal die Hand drücken zu lassen, aus der ich mein Leben lang nichts als Güte empfangen habe.“

„… Güte empfangen habe“, wiederholte Rawdon, und als er die Worte hinkritzelte, war er ganz erstaunt über seinen flüssigen Stil.

„Ich erbitte von Ihnen nur, daß wir nicht in Unfrieden voneinander scheiden. In einigen Punkten, wenn auch nicht in allen, besitze ich den Stolz meiner Familie. Ich habe die Tochter eines Malers geheiratet und schäme mich dieser Verbindung nicht.“

„Nein, du kannst mich durchbohren, wenn ich das tue!“ rief Rawdon.

„Du alter Einfaltspinsel“, sagte Rebekka und kniff ihn ins Ohr. Sie sah ihm über die Schulter, um zu verhüten, daß er Schreibfehler machte. „›Güte‹ schreibt man ohne h, ›Lebewohl‹ mit.“ Er beugte sich der überlegenen Kenntnis seiner kleinen Herrin und verbesserte die Worte.

„Ich dachte, Sie kannten meine Liebe“, fuhr Rebekka fort, „ich wußte, daß Mrs. Bute Crawley sie guthieß und unterstützte. Aber ich mache niemandem Vorwürfe. Ich habe ein armes Mädchen geheiratet und will zu dem, was ich getan habe, stehen. Hinterlassen Sie Ihr Vermögen, liebe Tante, wem Sie wollen. Ich werde mich nie beklagen, wie Sie auch darüber verfügen mögen. Ich möchte Sie nur davon überzeugen, daß ich Sie nicht um Ihres Geldes, sondern um Ihrer selbst willen liebe. Ich möchte mich gern mit Ihnen versöhnen, ehe ich England verlasse. Bitte, bitte, darf ich Sie sehen, ehe ich gehe? In ein paar Wochen oder Monaten könnte es zu spät sein, und ich kann den Gedanken nicht ertragen, mein Vaterland ohne ein freundliches Abschiedswort von Ihnen zu verlassen.“

„Sie wird hier meinen Stil wohl kaum erkennen“, sagte Becky. „Ich habe die Sätze absichtlich so kurz und bündig gemacht.“ Und nun wurde dieses authentische Schreiben an Miss Briggs' Adresse abgeschickt.

Die alte Miss Crawley lachte, als die Briggs mit äußerst geheimnisvoller Miene ihr dieses aufrichtige und ungekünstelte Schreiben überreichte. „Wir können es jetzt wohl lesen, da Mrs. Bute fort ist“, sagte sie. „Lesen Sie mir den Brief vor, Briggs.“

Als die Briggs gelesen hatte, lachte ihre Gebieterin noch mehr. „Sehen Sie nicht, Sie Gans", sagte sie zu der Briggs, die sich den Anschein gab, als sei sie von der uneigennützigen Liebe, die aus dem ganzen Schreiben sprach, sehr gerührt, „merken Sie nicht, daß Rawdon auch nicht eine Silbe davon geschrieben hat? Sein ganzes Leben hat er mir noch nie geschrieben, ohne Geld zu verlangen, und alle seine Briefe wimmelten von Schreibfehlern, von falscher Grammatik und Strichen. Diese kleine Schlange von einer Gouvernante hat ihn an der Strippe." Sie sind sich alle gleich, dachte Miss Crawley in ihrem Herzen. Alle möchten, daß ich tot wäre, und trachten nach meinem Geld.

„Ich habe nichts dagegen, Rawdon zu sehen", setzte sie nach einer Pause in vollkommen gleichgültigem Ton hinzu. „Es macht nichts aus, ob ich ihm nun die Hand drücke oder nicht. Vorausgesetzt, es gibt keine Szene – warum sollten wir uns nicht sehen? Von mir aus! Aber die menschliche Geduld hat ihre Grenzen, und vergessen Sie nicht, meine Liebe, ich lehne es höflich ab, Mrs. Rawdon zu empfangen, das kann ich denn doch nicht ertragen." Miss Briggs mußte sich nun wohl oder übel mit dieser halben Versöhnungsbotschaft zufriedengeben. Sie dachte, die beste Weise, die alte Dame und den Neffen zusammenzubringen, wäre, Rawdon zu empfehlen, auf den Klippen zu warten, wenn Miss Crawley sich im Rollstuhl dorthin bringen ließ, um Luft zu schöpfen. Dort trafen sie sich. Ich weiß nicht, ob Miss Crawley noch ein geheimes Gefühl der Zuneigung oder Rührung empfand, als sie ihren einstigen Liebling erblickte, jedenfalls hielt sie ihm lächelnd und mit gutgelaunter Miene ein paar Finger hin, als ob sie sich tags zuvor erst getroffen hätten. Rawdon wurde scharlachrot und zerdrückte der armen Briggs beinahe die Hand, so groß waren seine Begeisterung und Verwirrung bei dem Zusammentreffen. Vielleicht waren es seine Interessen, die ihn bewegten, vielleicht war es Liebe, vielleicht war es auch die Veränderung im Äußeren seiner Tante, durch die Krankheit der letzten Wochen, die ihn ergriff.

„Das alte Mädchen war immer eine treue Seele für mich", sagte er zu seiner Frau, als er ihr von der Unterredung berichtete, „und weißt du, mir war ganz komisch zumute, na ja, und so weiter. Ich bin neben dem Dingsda – du weißt schon – hergegangen, bis vor ihre Tür, und dann kam Bowls und brachte sie hinein. Ich wollte ja auch ganz gern mit reingehen, bloß ..."

„Bist du etwa nicht mit hineingegangen, Rawdon!" schrie seine Frau.

„Nein, meine Liebe, der Teufel hole mich, aber ich hatte Angst, als es soweit war."

„Du Narr! Du hättest hineingehen und nicht mehr herauskommen sollen", sagte Rebekka.

„Beschimpf mich nicht!" sagte der große Leibgardist verdrießlich. „Vielleicht war ich ein Narr, Becky, aber du solltest das nicht sagen." Und er warf seiner Frau den Blick zu, den er im Zorn haben konnte und dem man lieber nicht trotzen sollte.

„Schön, Liebster, du mußt eben morgen wieder auf der Lauer liegen und sie besuchen, ob sie dich nun einlädt oder nicht!“ sagte Rebekka und versuchte, ihren zornigen Eheliebsten zu besänftigen. Dieser erwiderte darauf, daß er tun würde, was ihm beliebte, und daß er ihr raten wollte, in Zukunft ihre Zunge im Zaum zu halten. Damit entfernte sich der gekränkte Ehemann und verbrachte den Vormittag mürrisch, schweigsam und argwöhnisch im Billardzimmer.

Noch vor Ende der Nacht aber sah er sich genötigt, nachzugeben und wie gewöhnlich abermals die größere Klugheit und Vorsicht seiner Frau anzuerkennen. Ihre Ahnungen wegen der Folgen seines Fehlers bestätigten sich auf traurige Weise. Miss Crawley mußte wirklich etwas bewegt worden sein, als sie ihn nach einem so langen Bruch wiedersah und ihm die Hand drückte. Sie dachte lange Zeit über die Zusammenkunft nach. „Rawdon wird sehr dick und alt, Briggs“, bemerkte sie zu ihrer Gesellschafterin. „Seine Nase ist entsetzlich rot, und er sieht außerordentlich heruntergekommen aus. Seine Heirat mit diesem Frauenzimmer hat ihn hoffnungslos ordinär gemacht. Mrs. Bute sagte mir immer, daß sie beide trinken, und ich zweifle nicht daran, daß sie es wirklich tun. Ja, er hat ganz entsetzlich nach Gin gerochen. Ich habe es gemerkt. Sie nicht auch?“

Vergeblich wandte die Briggs ein, daß Mrs. Bute von jedermann schlecht sprach, und soweit ein Mensch in ihrer bescheidenen Stellung urteilen könne, so sei sie ein ...

„Ein gerissenes, ränkevolles Frauenzimmer, nicht wahr? Ja, das stimmt, und es stimmt auch, daß sie von jedermann schlecht spricht. Aber ich bin doch überzeugt, daß dieses Weib Rawdon zum Trinken verleitet hat. Alle diese gewöhnlichen Leute ...“

„Er war sehr ergriffen, als er Sie sah, Madame“, sagte die Gesellschafterin, „und ich bin überzeugt, wenn Sie bedenken, daß er sich nun in Gefahr begibt...“

„Wieviel Geld hat er Ihnen versprochen, Briggs?“ schrie die alte Jungfer, die sich in eine nervöse Wut hineinarbeitete, „da haben wir's wieder, natürlich fangen Sie jetzt an zu heulen. Ich hasse Szenen. Warum muß ich immer gequält werden? Gehen Sie in Ihr Zimmer und weinen Sie sich dort aus und schicken Sie mir die Firkin – oder nein, bleiben Sie da, setzen Sie sich und putzen Sie sich die Nase. Hören Sie auf zu heulen und schreiben Sie einen Brief an Hauptmann Crawley.“ Die arme Briggs setzte sich gehorsam an den Schreibblock. Die Blätter trugen noch Spuren der festen, energischen, schnellen Handschrift von dem letzten Amanuensis der alten Jungfer, von Mrs. Bute Crawley.

„Fangen Sie an: ›Mein sehr verehrter Herr‹ oder besser ›Verehrter Herr‹, und sagen Sie, Sie seien beauftragt von Mrs. Crawley – nein, von Miss Crawleys Arzt, Mr. Creamer, mitzuteilen, daß in meinem jetzigen Gesundheitszustand alle starken Gemütsbewegungen gefährlich seien – und daß ich deshalb jede Besprechung von Familienangelegenheiten und überhaupt jede Unterredung ablehnen müsse. Und danken Sie ihm, daß er nach Brighton gekommen ist und so weiter und bitten Sie ihn, meinetwegen nicht länger hier zu verweilen. Und, Miss Briggs, Sie können noch hinzufügen, daß ich ihm bon voyage wünsche und daß er bei meinem Rechtsanwalt am Gray's Inn Square vorsprechen kann, wenn er sich die Mühe machen will, und dort eine Mitteilung von mir finden wird. Ja, ja, das wird reichen und bewirken, daß er Brighton verläßt." Den letzten Satz schrieb die wohlwollende Briggs mit großer Befriedigung nieder.

„Mich schon am Tag nach Mrs. Butes Abreise zu überfallen", schwatzte die alte Dame weiter, „das war doch etwas taktlos. Briggs, meine Liebe, schreiben Sie an Mrs. Crawley und sagen Sie ihr, sie brauche nicht wiederzukommen. Nein, sie braucht nicht, und sie soll auch nicht, ich will nicht Sklavin in meinem eigenen Hause sein – und ich will nicht verhungern und vergiftet werden. Sie wollen mich alle umbringen – alle – ja, alle." Und bei diesen Worten brach die einsame alte Frau in einen hysterischen Tränenstrom aus.

Der letzte Aufzug ihrer traurigen Komödie auf dem Jahrmarkt der Eitelkeit näherte sich schnell dem Ende, die flimmernden Lampen erloschen eine nach der anderen, und der dunkle Vorhang sollte sich bald herabsenken.

Der letzte Absatz, der Rawdon an Miss Crawleys Advokaten in London verwies und den die Briggs so befriedigt geschrieben hatte, tröstete den Dragoner und seine Frau etwas nach der ersten schweren Enttäuschung über die ablehnende Antwort der alten Jungfer hinsichtlich der Versöhnung. Aber er erfüllte den Zweck, den die alte Dame beim Schreiben im Auge gehabt hatte, denn Rawdon war jetzt sehr erpicht darauf, nach London zu kommen.

Mit Josephs Geldverlusten und mit George Osbornes Banknoten bezahlte er die Gasthofrechnung, und der Wirt hat wahrscheinlich bis heute nicht erfahren, wie unsicher die Aussicht auf Bezahlung seiner Rechnung einmal war. Denn wie ein General vor dem Treffen sein Gepäck bei der Nachhut in Sicherheit bringt, so hatte auch Rebekka wohlweislich ihr wertvollstes Eigentum in Koffer gepackt und sie unter der Aufsicht von Georges Diener mit der Postkutsche nach London geschickt. Rawdon fuhr mit seiner Frau am nächsten Tag mit demselben Fahrzeug zurück.

„Ich hätte das alte Mädchen vor unserer Abreise gern noch einmal gesehen", sagte Rawdon. „Sie sieht so krank und verändert aus, daß sie es gewiß nicht mehr lange treiben kann. Möchte wohl wissen, wie hoch der Scheck bei Waxy ist. Zweihundert – es kann doch nicht weniger als zweihundert sein, meinst du nicht auch, Becky?"

Infolge der wiederholten Besuche der beiden Herren, die wir bereits beschrieben haben, kehrten Rawdon und seine Frau nicht zu ihrer Wohnung in Brompton zurück, sondern stiegen in einem Gasthaus ab. Früh am nächsten Morgen hatte Rebekka Gelegenheit, sie zu sehen. Sie war unterwegs zu der alten Mrs. Sedley in Fulham, um ihre liebe Amelia und ihre Freunde von Brighton zu besuchen, und dabei kam sie an der Vorstadt vorbei. Sie waren alle nach Chatham und von dort nach Harwich gegangen, um sich mit dem Regiment nach Belgien einzuschiffen. Rebekka traf die gute alte Mrs. Sedley sehr gedrückt und in ihrer Einsamkeit weinend an. Als sie von dem Besuch zurückkam, fand sie ihren Mann, der in Gray's Inn gewesen war und dort sein Schicksal erfahren hatte. Wütend war er zurückgekommen.

„Beim Zeus, Becky“, sagte er, „sie hat mir nur zwanzig Pfund gegeben!“

Obgleich es sie beide betraf, war der Spaß doch zu gelungen, und Becky brach über Rawdons langes Gesicht in schallendes Gelächter aus.

26. Kapitel

Zwischen London und Chatham

Als unser Freund George Brighton verließ, fuhr er, wie es sich für einen Mann von Rang und Welt, der vierspännig reist, gehört, mit Pomp an einem vornehmen Hotel am Cavendish Square vor, wo eine Flucht prächtiger Zimmer und eine Tafel, verschwenderisch mit Silber gedeckt und umgeben von einem halben Dutzend schweigsamer Kellner in Schwarz, für die beiden Neuvermählten bereit waren. George machte mit fürstlicher Miene Joseph und Dobbin die Honneurs, und Amelia führte zum erstenmal schüchtern und ängstlich den Vorsitz am „eigenen Tisch“, wie George es nannte.

George schimpfte über den Wein und kommandierte die Kellner herum wie ein König, und Joe schlürfte mit Behagen die Schildkrötensuppe. Dobbin tat ihm auf, denn die Dame des Hauses, vor der die Terrine stand, kannte den Inhalt so wenig, daß sie Mr. Sedley auftun wollte, ohne ihm Schildkrötenfleisch zu geben.

Die Pracht des Essens und des Zimmers, in dem es gereicht wurde, beunruhigte Mr. Dobbin, und als die Mahlzeit vorüber war und Joe in dem großen Lehnsessel eingeschlafen war, machte er seinem Freund Vorhaltungen. Aber vergebens protestierte er gegen die Verschwendung von Schildkrötensuppe und Champagner, die einem Erzbischof Ehre gemacht hätten. „Ich bin stets gewohnt gewesen, wie ein Gentleman zu reisen“, sagte George, „und verdammt noch mal, meine Frau soll reisen wie eine Lady. Solange ich noch Pulver auf der Pfanne habe, soll sie keinen Mangel leiden“, sagte der hochherzige Bursche, sehr zufrieden mit seiner Großartigkeit. Dobbin machte nun keinen Versuch, ihn zu überzeugen, daß Amelias Glück nicht von Schildkrötensuppe abhing.

Kurz nach dem Essen fragte Amelia schüchtern, ob sie ihre Mutter in Fulham besuchen dürfe. Etwas unwillig erlaubte es George. Sofort trippelte sie in ihr riesiges Schlafzimmer mit dem riesigen Paradebett in der Mitte, worin „dem Zar Alexander seine Schwester geschlafen hat, als die alliierten Herrscher hier waren“. Eilig und vergnügt setzte sie den

Hut auf und legte sich den Schal um. George saß noch bei seinem Rotwein, als sie in den Speisesaal zurückkam, und machte keine Anstalten aufzubrechen. „Willst du mich nicht begleiten, Liebster?“ fragte sie. Nein, der „Liebste“ hatte an jenem Abend „dienstlich“ zu tun. Sein Diener sollte ihr einen Wagen holen und sie begleiten. Als der Wagen vor der Hoteltür stand, machte Amelia George einen kleinen enttäuschten Knicks, nachdem sie ein paarmal vergeblich versucht hatte, ihm ins Gesicht zu blicken. Sie ging mit Hauptmann Dobbin traurig die große Treppe hinab. Er half ihr beim Einsteigen und blickte dem Fahrzeug nach, als es losfuhr. Sogar der Diener schämte sich, dem Droschkenkutscher vor den Ohren der Hotelkellner die Adresse zu sagen. Er erklärte deshalb, er wolle ihm Bescheid sagen, wenn sie ein Stück gefahren wären.

Dobbin ging in sein altes Quartier zu Slaughters und dachte wahrscheinlich daran, wie schön es wäre, mit Mrs. Osborne in der Droschke zu sitzen. Georges Geschmack war offensichtlich anderer Art, denn als er genug Wein getrunken hatte, ging er zum halben Preis ins Theater, um Mr. Kean den Shylock spielen zu sehen. Hauptmann Osborne war ein großer Theaterfreund und war selbst bei verschiedenen Theatervorstellungen in der Garnison in komischen Rollen erfolgreich aufgetreten. Joseph schlief bis in die dunkle Nacht hinein und fuhr erst hoch, als sein Diener die Weinkaraffen auf dem Tisch leerte und abräumte. Der Droschkenstand wurde erneut alarmiert, und es kam ein Wagen, der den dicken Helden nach Hause und ins Bett brachte.

Als die Kutsche vor dem kleinen Gartentor anhielt, rannte Mrs. Sedley aus dem Hause, drückte ihre Tochter in mütterlicher Liebe ans Herz und begrüßte die weinende, zitternde junge Frau so stürmisch, daß der alte Mr. Clapp, der in Hemdsärmeln in seinem Gärtchen arbeitete, erschrocken zusammenfuhr. Das irische Dienstmädchen eilte aus der Küche und lächelte ihr ein „Gott segne Sie“ zu. Amelia war kaum imstande, über die Steinplatten und die Treppe ins Wohnzimmer zu gehen.

Jeder Leser mit einem bißchen Gefühl kann sich ausmalen, wie die Tränenschleusen geöffnet wurden und Mutter und Tochter sich weinend umarmten, als sie in dem Heiligtum waren. Wann weinen Frauen nicht? Bei welcher freudigen oder traurigen oder anderen Gelegenheit im Leben? Nach einem solchen Ereignis wie einer Hochzeit durften Mutter und Tochter sicher ihrem Gefühl Luft machen, was ebenso zärtlich wie erquickend war. Ich habe schon Frauen gesehen, die sich sonst haßten und die sich doch küßten und zusammen weinten, wenn es um eine Hochzeit ging. Wie stark sind ihre Gefühle erst, wenn sie sich lieben! Gute Mütter heiraten bei der Hochzeit ihrer Töchter noch einmal, und wer weiß nicht, daß bei späteren Ereignissen Großmütter doppelt mütterlich sind? In der Tat weiß eine Frau oft erst dann, was es heißt, Mutter zu sein, wenn sie Großmutter geworden ist. Wir wollen daher Amelia und ihre Mama bei ihrem Flüstern, Weinen, Lachen und Schluchzen im Dämmerlicht des Wohnzimmers allein lassen. Der alte Mr. Sedley tat es. Er hatte nicht erraten, wer in der Kutsche saß, die vor dem Hause hielt. Er war seiner Tochter nicht entgegengeeilt, obgleich er sie bei ihrem

Eintreten in das Zimmer (wo er wie immer mit seinen Papierbündeln, Schnüren und Rechnungen beschäftigt war) herzlich küßte. Nachdem er aber eine Weile bei Mutter und Tochter sitzen geblieben war, überließ er ihnen das Stübchen weise allein.

Georges Kammerdiener sah hochmütig Mr. Clapp zu, der in Hemdsärmeln seine Rosensträucher begoß. Er nahm jedoch sehr herablassend den Hut vor Mr. Sedley ab, der ihn nach seinem Schwiegersohn fragte und nach Josephs Wagen und ob seine Pferde auch in Brighton gewesen seien und wie es um den höllischen Verräter Bonaparte und den Krieg stünde – bis das irische Dienstmädchen mit einer Flasche Wein auf einem Tablett erschien, aus der der alte Herr dem Diener unbedingt einschenken wollte. Er gab ihm auch eine halbe Guinee, die der Diener mit einer Mischung von Verwunderung und Verachtung einsteckte. „Auf das Wohl Ihrer Herrschaft, Trotter", sagte Mr. Sedley, „und hier ist etwas, damit Sie zu Hause auf Ihre Gesundheit trinken können, Trotter."

Es waren erst neun Tage vergangen, seit Amelia ihr Heim in dem kleinen Häuschen verlassen hatte, wie lange schien ihr aber der Abschied schon zurückzuliegen. Was für ein Abgrund lag zwischen ihr und ihrem früheren Leben. Wenn sie von ihrem jetzigen Standpunkt fast wie ein fremdes Wesen darauf zurückblickte, sah sie das junge unverheiratete Mädchen, in ihre Liebe versunken, das für nichts anderes Augen hatte. Sie hatte die elterliche Liebe nicht undankbar, aber doch gleichgültig und als selbstverständlich hingenommen, und ihr ganzes Herz und Denken waren nur auf die Erfüllung eines Wunsches gerichtet. Der Rückblick auf diese kaum erst entschwundenen und doch schon so fernen Tage erweckte in ihr ein Schamgefühl, und der Anblick der guten Eltern erfüllte sie mit zärtlicher Reue. War der Preis – der Himmel auf Erden – errungen und die Gewinnerin noch zweifelnd und unbefriedigt? Gewöhnlich läßt der Romanschreiber, wenn Held und Heldin im Hafen der Ehe gelandet sind, den Vorhang fallen, als ob das Drama nun vorüber wäre, die Zweifel und Kämpfe des Lebens zu Ende, im Laufe der Ehe alles grün und schön und Mann und Frau nun nichts anderes zu tun hätten, als Arm in Arm im Genuß vollkommensten Glückes langsam dem Alter zuzusteuern. Aber unsere kleine Amelia war eben erst am Ufer ihrer neuen Heimat angekommen, und schon blickte sie ängstlich zu den traurigen, freundlichen Gestalten zurück, die jenseits des Stromes standen und ihr Lebewohl winkten.

Die Mutter hielt es für notwendig, zu Ehren der jungen Frau was weiß ich für Empfangsvorbereitungen zu treffen. Nach den ersten überschäumenden Worten zog sie sich auf eine Weile von Mrs. George Osborne zurück und tauchte in die unteren Regionen des Hauses, in eine Art Wohnküche, hinab, wo Mr. und Mrs. Clapp sich aufhielten und abends, wenn sie das Geschirr gespült und die Lockenwickel entfernt hatte, Miss Flannigan, das irische Dienstmädchen, sich zu ihnen gesellte. Dort traf sie die nötigen Vorbereitungen für einen großartigen Festtee. Jeder Mensch drückt seine Liebe anders aus, und Mrs. Sedley schienen ein Brötchen und eine Menge

Orangenmarmelade in einer kleinen Kristallschale für Amelia in ihrer interessanten Lage ganz besonders willkommene Erfrischungen zu sein.

Während unten alle diese Delikatessen zubereitet wurden, verließ Amelia den Salon und befand sich bald, fast ohne zu wissen wie, oben in dem Zimmerchen, das sie vor ihrer Heirat bewohnt hatte, und auf dem Sessel, auf dem sie so manche bittere Stunde zugebracht hatte. Sie schmiegte sich hinein, als ob er ein alter Freund wäre, und dachte über die vergangene Woche und das Leben vorher nach. Jetzt schon traurig und unsicher zurückzublicken, sich stets nach etwas zu sehnen, das, wenn es erreicht war, mehr Zweifel und Traurigkeit brachte als Freude – das war das Los unseres armen kleinen Geschöpfs, dieses harmlosen einsamen Wanderers in dem tosenden Menschengewühl auf dem Jahrmarkt der Eitelkeit.

Da saß sie nun und rief sich zärtlich das Bild von George zurück, vor dem sie vor ihrer Heirat gekniet hatte. Gestand sie sich ein, wie verschieden der wirkliche Mensch von dem herrlichen jungen Helden war, den sie angebetet hatte? Es braucht viele, viele Jahre – und der Mann muß wirklich sehr schlecht sein –, bis der Stolz und die Eitelkeit einer Frau solch ein Geständnis zulassen. Dann stiegen vor ihr Rebekkas funkelnde grüne Augen und ihr unheilvolles Lächeln auf und peinigten sie. So saß sie eine ganze Weile, in ihr übliches selbstsüchtiges Brüten versunken und in derselben teilnahmslosen und melancholischen Haltung, in der das ehrliche Dienstmädchen sie an dem Tag gefunden hatte, als sie ihr den Brief mit Georges erneutem Heiratsantrag hinaufbrachte.

Sie sah zu dem weißen Bettchen hin, das noch vor wenigen Tagen ihres gewesen war, und dachte, wie gern sie diese Nacht darin schlafen würde, um am Morgen, wie früher, unter dem Lächeln der Mutter zu erwachen. Dann dachte sie mit Schrecken an das große feierliche Damasthimmelbett in dem riesigen und düsteren Prachtschlafzimmer, das sie in dem vornehmen Hotel am Cavendish Square erwartete. Liebes weißes Bettchen! Wie manche lange Nacht hatte sie in die Kissen geweint! Wie oft war sie verzweifelt und hatte darin zu sterben gehofft! Und waren nicht jetzt alle ihre Wünsche erfüllt, und der Geliebte, den sie schon aufgegeben hatte, gehörte ihr für immer? Gute Mutter! Wie geduldig und zärtlich hatte sie an diesem Bett gewacht. Sie kniete daran nieder, und die verwundete, schüchterne, sanfte und liebende Seele suchte da Trost, wo unser kleines Mädchen, wie wir zugeben müssen, ihn bis dahin selten gefunden hatte. Bisher war die Liebe ihr Glaube gewesen, und das traurige, blutende, enttäuschte Herz begann nun zu fühlen, daß es einen anderen Tröster brauche.

Haben wie das Recht, ihr Gebet zu belauschen oder zu wiederholen? Das, mein Bruder, sind Geheimnisse und liegt außerhalb der Sphäre des Jahrmarkts der Eitelkeit, auf dem unsere Erzählung spielt.

Soviel sei gesagt: Als endlich zum Tee gebeten wurde, stieg unsere junge Dame weit froher die Treppe hinunter. Sie verzagte nicht und beklagte nicht ihr Schicksal. Sie dachte nicht an Georges Kälte oder an Rebekkas Augen, wie sie es in der letzten Zeit oft getan hatte. Sie ging hinunter, küßte den Vater und die Mutter, plauderte mit dem alten Herrn und machte ihn heiterer, als er seit langem gewesen war. Sie setzte sich an das Klavier, das Dobbin ihr gekauft hatte, und sang alle alten Lieblingslieder ihres Vaters. Sie erklärte, der Tee sei ausgezeichnet, und lobte den erlesenen Geschmack, mit dem die Marmelade in den Schalen serviert war. Da sie nun entschlossen war, alle anderen glücklich zu machen, wurde sie selbst glücklich. Sie schlief in dem großen düsteren Himmelbett ruhig ein und wachte mit einem Lächeln auf, als George aus dem Theater zurückkam.

Am folgenden Tage hatte George wichtigere „Geschäfte" zu erledigen, als Mr. Kean in der Rolle des Shylock zu sehen. Unmittelbar nach seiner Ankunft in London hatte er an die Rechtsanwälte seines Vaters geschrieben und ihnen königlich mitgeteilt, er werde sich das Vergnügen geben, sie am nächsten Tag zu einer Unterredung aufzusuchen. Seine Verluste beim Billard- und Kartenspiel im Gasthof mit Hauptmann Crawley hatten die Börse des jungen Mannes fast geleert. Vor seinem Weggang mußte er sie daher wieder füllen, und es blieb ihm nichts übrig, als die zweitausend Pfund anzugreifen, die auszuzahlen die Rechtsanwälte bevollmächtigt worden waren. Er war innerlich vollkommen überzeugt, daß der Alte bald nachgeben würde. Wie konnte auch ein Vater auf die Dauer gegen solch ein Musterbeispiel von Vollkommenheit wie ihn hart bleiben. Wenn seine Persönlichkeit und seine Verdienste nicht ausreichen sollten, den Vater zu erweichen, so beschloß George, sich in dem bevorstehenden Feldzug so ungeheuer auszuzeichnen, daß der alte Herr nachgeben mußte. Und wenn nicht? Pah! Die ganze Welt lag vor ihm. Vielleicht würde das Glück beim Spiel ihm wieder einmal lächeln, und dann waren zweitausend Pfund ja auch eine ganze Menge Geld.

Er schickte also Amelia noch einmal im Wagen zu ihrer Mutter mit einer carte blanche und der strengen Weisung für die beiden Damen, alles einzukaufen, was eine Dame von Mrs. George Osbornes Stellung für eine Reise ins Ausland benötigte. Sie hatten nur einen Tag, um die Ausstattung zu vervollständigen, und es läßt sich daher leicht denken, daß dieses Geschäft sie völlig in Anspruch nahm. Wieder einmal in einer Kutsche, auf dem Weg von der Putzmacherin zum Wäschegeschäft, von dienstfertigen Ladendienern oder höflichen Besitzern an den Wagen zurückgeleitet, war Mrs. Sedley beinahe wieder die alte und zum ersten Male seit ihrem Unglück wahrhaft glücklich. Aber auch Mrs. Amelia war nicht erhaben über die Freuden des Einkaufens, Handelns und Aussuchens von hübschen Sachen. (Würde der philosophischste Mann auch nur einen Groschen für eine Frau geben, die darüber erhaben wäre?) Sie machte sich daher ein Vergnügen daraus, der Anweisung ihres Mannes zu folgen, und kaufte einen Haufen Damenartikel, wobei sie, nach der Ansicht aller Verkäufer, sehr viel Geschmack und Schönheitssinn bewies.

Über den bevorstehenden Krieg beunruhigte sich Mrs. Osborne nicht allzusehr. Bonaparte würde schon kampflos zerschmettert werden. Von Margate segelten fast täglich Schiffe vornehmer Herren und Damen ab, die nach Brüssel und Gent gingen. Man begab sich nicht so sehr in einen Krieg als auf eine elegante Reise. Die Zeitungen verhöhnten den elenden Emporkömmling und Schwindler. Wie sollte auch so ein korsischer Tropf den vereinigten Armeen von Europa und dem Genie des unsterblichen Wellington widerstehen! Amelia verachtete ihn auch, denn es braucht wohl kaum erst hier gesagt zu werden, daß dieses sanfte und liebe Geschöpf sich nach der Meinung der Leute um sie herum richtete und in ihrer Aufrichtigkeit viel zu bescheiden war, um sich eigene Ansichten zu bilden. Mit einem Wort: Sie und ihre Mutter kauften den lieben langen Tag ein, und Amelia erledigte diese Geschäfte bei ihrem ersten Auftreten in der vornehmen Londoner Welt mit großer Lebhaftigkeit und legte Ehre ein.

Unterdessen ging George, den Hut schief auf dem Kopf, die Ellbogen angewinkelt, mit überaus forscher martialischer Miene zur Bedford Row und stolzierte in das Anwaltsbüro hinein, als ob er der Herr und Gebieter jedes bleichwangigen, kritzelnden Schreibers dort wäre. Stolz und herablassend schickte er jemanden, um Mr. Higgs zu melden, daß Hauptmann Osborne warte, als ob dieser pékin von einem Anwalt, der doch dreimal soviel Verstand, fünfzigmal soviel Geld und tausendmal soviel Erfahrung wie er besaß, ein Nichts wäre, das augenblicklich alle seine Geschäfte liegenlassen müsse, um dem Hauptmann zu Diensten zu sein. Er bemerkte nicht das verächtliche Lächeln, das durch das ganze Zimmer lief, vom ersten Buchhalter bis zu den Gehilfen, von den Gehilfen bis zu den zerlumpten Schreibern und bleichwangigen Botenjungen in ihren zu engen Kleidern, während er dasaß, mit seinem Spazierstock auf den Stiefel schlug und dachte, was für ein Pack von elenden armen Teufeln alle diese Leute doch seien. Die elenden armen Teufel kannten seine Lage jedoch genau, sie besprachen das alles abends beim Bier an ihrem Stammtisch mit anderen Angestellten. Ihr Götter, was wissen nicht die Londoner Rechtsanwälte und ihre Angestellten alles! Nichts bleibt ihren Nachforschungen verborgen, und ihre Leute herrschen stumm über unsere Stadt.

Vielleicht erwartete George beim Eintritt in Mr. Higgs' Büro, daß der Herr beauftragt sei, ihm eine Botschaft seines Vaters über Kompromiß oder Versöhnung mitzuteilen. Vielleicht sollte sein hochmütiges und kühles Auftreten seinen Mut und seine Entschlossenheit bekunden. Wenn es so war, dann traf sein hochfahrendes Wesen bei dem Rechtsanwalt auf eisige Kälte und Gleichgültigkeit, die seine Großtuerei völlig sinnlos machten. Als der Hauptmann eintrat, gab er sich den Anschein, mit Schreiben beschäftigt zu sein. „Nehmen Sie bitte Platz, Sir“, sagte er, „einen Augenblick noch, dann werde ich mich Ihrer kleinen Angelegenheit zuwenden. Mr. Poe, bringen Sie mir bitte die Quittungsformulare!“ Und dann schrieb er weiter.

Als Poe die Formulare gebracht hatte, berechnete sein Prinzipal den Betrag von zweitausend Pfund Aktien nach dem Tageskurs und fragte Hauptmann Osborne, ob er für die Summe einen Scheck auf die Bank haben wolle oder ob er lieber die Bank beauftragen solle, für die Summe Aktien für ihn zu kaufen. „Einer der

Vermögensverwalter der verstorbenen Mrs. Osborne ist nicht in der Stadt“, sagte er gleichgültig, „aber mein Klient will Ihren Wünschen entgegenkommen und das Geschäft so rasch wie möglich erledigen.“

„Geben Sie mir einen Bankscheck, Sir“, sagte der Hauptmann verdrießlich. „Lassen Sie nur das verdammte einzelne Geld, Sir“, setzte er hinzu, als der Rechtsanwalt die Anweisung ausschrieb, und in dem schmeichelhaften Glauben, daß er durch diesen Großmutsbeweis die alte Schreiberseele beschämt habe, stolzierte er mit dem Scheck in der Tasche aus dem Büro.

„Der Bursche sitzt in zwei Jahren im Gefängnis“, sagte Mr. Higgs zu Mr. Poe.

„Ob Osborne sich nicht herumbringen läßt, Sir?“

„Läßt eine Statue sich herumbringen?“ antwortete Mr. Higgs.

„Er treibt's ganz schön“, sagte der Buchhalter. „Seit einer Woche ist er erst verheiratet, und schon habe ich gesehen, wie er und einige andere Kerle in Uniform Mrs. Highflyer nach der Vorstellung zum Wagen begleiteten.“ Dann kam ein anderer Fall zur Sprache, und Mr. Osborne verschwand aus dem Gedächtnis dieser würdigen Herren.

Die Anweisung lautete auf unsere Freunde Hulker und Bullock aus der Lombard Street. Zu deren Haus lenkte George nun seine Schritte, immer noch im Glauben, daß er ein Geschäft mache, und erhielt sein Geld. Als George eintrat, war Frederick Bullock zufällig im Kassenraum, das gelbe Gesicht über ein Hauptbuch gebeugt, an dem ein ernst aussehender Angestellter saß. Als er den Hauptmann erblickte, wurde sein gelbes Gesicht leichenfahl, und er schlich sich schuldbewußt in den hinteren Büroraum zurück. George war zu sehr damit beschäftigt, sich an seinem Geld zu weiden (er hatte noch nie eine so große Summe besessen), um den Gesichtsausdruck oder die Flucht des totenblassen Liebhabers seiner Schwester zu bemerken.

Frederick Bullock berichtete dem alten Osborne von dem Erscheinen und Benehmen seines Sohnes. „Er kam mit unverschämter Miene und hat sich bis auf den letzten Shilling alles geben lassen“, sagte Frederick. Wie lange wird einer wie der mit ein paar hundert Pfund reichen? Osborne schwor, daß es ihm völlig gleichgültig wäre, wann oder wie bald er es ausgeben würde. Frederick aß jetzt täglich am Russell Square. George war im großen ganzen höchst zufrieden mit den Geschäften. Sein Gepäck und seine ganze Ausstattung wurden schnell zusammengebracht, und er bezahlte Amelias Einkäufe mit einem Scheck und der Großartigkeit eines Lords.

27. Kapitel

In dem Amelia zu ihrem Regiment stößt

Das erste Gesicht, das Amelia erkannte, als Josephs vornehmer Wagen vor dem Gasthaus in Chatham hielt, war das freundliche Antlitz Hauptmann Dobbins, der schon über eine Stunde in Erwartung seiner Freunde die Straße auf und ab gegangen war. Der Hauptmann, Militärknöpfe am Rock, mit Degen und roter Schärpe, bot einen so militärischen Anblick, daß Joe ganz stolz war, einen solchen Bekannten zu haben, und der dicke Zivilist begrüßte ihn mit einer Herzlichkeit, die sehr von dem Empfang abstach, den Joe seinem Freunde in Brighton und in der Bond Street zuteil werden ließ.

An der Seite des Hauptmanns ging Fähnrich Stubble, der, als die Kutsche sich dem Gasthof näherte, in den Ausruf: „Beim Zeus! Was für ein hübsches Mädel!“ ausbrach und damit Osbornes Wahl billigte. In der Tat sah Amelia mit den rosa Bändern und dem Hochzeitsumhang, das Gesicht gerötet von der schnellen Fahrt in der frischen Luft, so frisch und hübsch aus, daß das Kompliment des Fähnrichs vollkommen am Platze war. Dobbin schloß ihn ins Herz dafür. Als er vortrat, um der Dame beim Aussteigen zu helfen, sah Stubble, was für ein hübsches Händchen sie ihm gab und was für ein reizendes zierliches Füßchen sie auf den Tritt setzte. Er wurde scharlachrot im Gesicht und machte seine allerschönste Verbeugung, worauf Amelia, als sie die Nummer des ...ten Regiments auf seiner Mütze eingestickt sah, errötend lächelte und mit einem Knicks dankte – da war es um den jungen Fähnrich auf der Stelle geschehen. Dobbin war von Stund an sehr freundlich gegenüber Stubble und ermunterte ihn, bei ihren Spaziergängen oder im Quartier von Amelia zu sprechen. Bald wurde es bei allen ehrlichen jungen Burschen des ...ten Regiments Mode, Mrs. Osborne zu bewundern und anzubeten. Ihr schlichtes, ungekünsteltes Wesen und die ihr eigene bescheidene Freundlichkeit gewann alle diese natürlichen Herzen. Diese Einfachheit und Lieblichkeit lassen sich nicht in Worte fassen. Wer hat das aber noch nicht bei Frauen gefunden und alle möglichen Vorzüge bei ihnen bemerkt, wenn sie einem auch nichts weiter gesagt haben, als daß sie die nächste Quadrille bereits vergeben haben oder daß es sehr heiß ist? George, schon immer der Liebling seines Regiments, stieg noch mehr in der Achtung der jungen Leute, weil er dieses vermögenslose junge Geschöpf so edelmütig geheiratet und sich eine so hübsche, freundliche Lebensgefährtin auserkoren hatte.

In dem Wohnzimmer, das die Reisenden erwartete, fand Amelia zu ihrem großen Erstaunen einen an Frau Hauptmann Osborne adressierten Brief vor. Es war ein dreieckiges Billett auf rosa Papier, mit einer Taube und einem Olivenzweig und einer Unmenge hellblauen Siegellacks verschlossen und mit einer großen undeutlichen weiblichen Handschrift beschrieben.

„Das ist Peggy O'Dowds Klaue“, sagte George lachend, „ich sehe es am verklecksten Siegellack.“ Und in der Tat war es ein Billett von der Majorin O'Dowd, worin sie Mrs.

Osborne bat, ihr noch am gleichen Abend das Vergnügen zu machen, an einer kleinen Gesellschaft im engsten Freundeskreis teilzunehmen. „Du mußt gehen“, sagte George. „Du wirst dort mit dem ganzen Regiment bekannt werden. O'Dowd kommandiert das Regiment, und Peggy kommandiert O'Dowd.“

Ihre Freude über Mrs. O'Dowds Brief hatte aber noch nicht lange gedauert, als die Tür aufflog und eine stattliche, muntere Dame im Reitkleid, gefolgt von ein paar Offizieren des Regiments, das Zimmer betrat.

„Wirklich, ich konnte nicht bis zum Tee warten. George, mein lieber Junge, stellen Sie mich Ihrer Gemahlin vor. Madame, es freut mich unendlich, Sie zu sehen und Ihnen meinen Mann, Major O'Dowd, vorstellen zu können.“ Bei diesen Worten drückte die muntere Dame im Reitkleid herzlich Amelias Hand, und diese wußte sofort, daß die Dame vor ihr stand, über die ihr Mann so oft gelacht hatte. „Ihr Mann da hat Ihnen gewiß oft genug von mir erzählt“, sagte die Dame sehr lebhaft.

„Gewiß oft genug von ihr erzählt“, echote ihr Mann, der Major.

Amelia antwortete lächelnd, daß das stimme.

„Und bestimmt hat er Ihnen nicht viel Gutes von mir erzählt“, erwiderte Mrs. O'Dowd und fügte noch hinzu, George sei ein böser Teufel.

„Dafür kann ich mich verbürgen“, sagte der Major und versuchte eine schlaue Miene anzunehmen, worüber George lachen mußte. Aber Mrs. O'Dowd bedeutete dem Major mit einem leichten Schlag ihrer Reitpeitsche, still zu sein, und bat nun, der Frau Hauptmann Osborne in aller Form vorgestellt zu werden.

„Dies, meine Liebe“, sagte George gravitätisch, „ist meine gute, liebe und vortreffliche Freundin Aurelia Margareta, sonst Peggy genannt.“

„Meiner Treu, da haben Sie recht“, fiel der Major ein.

„Sonst Peggy genannt, Gemahlin von Major Michael O'Dowd aus unserem Regiment und Tochter von Fitzjurld Bersford de Burgo Malony von Glenmalony, Grafschaft Kildare.“

„Und vom Muryan Square, Dublin“, sagte die Dame ruhig und überlegen.

„Ja natürlich, auch Muryan Square“, flüsterte der Major.

„Dort war es, wo du mir den Hof gemacht hast, mein lieber Major“, sagte die Dame. Und der Major stimmte zu, wie er jeder in Gesellschaft gemachten Behauptung zustimmte.

Major O'Dowd, der seinem König in allen Teilen der Welt gedient und jede Beförderung durch mindestens eine kühne und ritterliche Tat erkauft hatte, war der bescheidenste, schweigsamste, harmloseste und sanfteste kleine Mann und seiner Frau so gehorsam, als wäre er ihr Laufbursche. Am Offizierstisch war er stets schweigsam und trank viel. Hatte er genug Alkohol zu sich genommen, schwankte er schweigend nach Hause. Wenn er sprach, dann nur, um jedermann in jedem Punkt recht zu geben. So ging er in vollkommener Ruhe und Zufriedenheit durchs Leben. Die heißeste Sonne Indiens hatte ihn nie hitzig gemacht und das Tropenfieber ihn nicht erschüttert. Er näherte sich einer Batterie ebenso gleichgültig wie einem Mittagstisch. Mit gleichem Appetit aß er Pferdefleisch und Schildkrötensuppe, und er hatte eine alte Mutter, Mrs. O'Dowd von O'Dowdstown, der er nur zweimal im Leben ungehorsam gewesen war, nämlich, als er davonlief und zu den Soldaten ging und als er darauf bestand, diese schreckliche Peggy Malony zu heiraten.

Peggy war eins von fünf Mädchen und elf Kindern des edlen Hauses von Glenmalony. Ihr Gatte war ihr leiblicher Vetter mütterlicherseits und hatte demnach nicht den unschätzbaren Vorteil, mit den Malonys verwandt zu sein, die sie für die vornehmste Familie der Welt hielt. Nachdem Miss Malony neun Saisons in Dublin und zwei in Bath und Cheltenham einen Lebensgefährten gesucht und nicht gefunden hatte, befahl sie mit ungefähr dreiunddreißig ihrem Vetter Mick, sie zu heiraten. Der ehrliche Bursche gehorchte und nahm sie mit nach Westindien, wo sie den Vorsitz der Damen des ...ten Regiments übernahm, in das er soeben versetzt worden war.

Mrs. O'Dowd war noch keine halbe Stunde in Amelias Gesellschaft (wie überhaupt in jedermanns Gesellschaft), als die liebenswürdige Dame ihrer neuen Freundin auch schon alles mitgeteilt hatte, was mit ihrer Herkunft und ihrem Stammbaum zusammenhing. „Meine Liebe“, sagte sie gutmütig, „es war eigentlich meine Absicht, daß George mein Schwager würde, und meine Schwägerin Glorvina hätte auch gut zu ihm gepaßt. Na ja, vorbei ist vorbei, und da er schon mit Ihnen verlobt war, so habe ich mich entschlossen, Sie statt dessen als Schwester zu betrachten und Sie wie ein Glied meiner Familie zu lieben. Meiner Treu, Sie haben so ein hübsches, gutmütiges Gesicht und Wesen, daß wir uns gewiß gut vertragen werden, und Sie werden ein netter Familienzuwachs sein.“

„Das wird sie sicher“, sagte O'Dowd mit beistimmender Miene, und Amelia fühlte sich nicht wenig belustigt und dankbar, plötzlich in eine so große Verwandtschaft aufgenommen zu sein.

„Wir hier sind alles gute Kerle“, fuhr die Majorsfrau fort. „Es gibt kein Regiment, wo Sie eine einträchtigere Gesellschaft und eine angenehmere Offiziersmesse finden werden. Bei uns gibt es keinen Zank und Streit, keine Verleumdungen und keinen Klatsch. Wir lieben uns alle.“

„Ganz besonders Mrs. Magenis“, sagte George lachend.

„Frau Hauptmann Magenis und ich haben uns wieder ausgesöhnt, obgleich sie mich so behandelt hat, daß sie mich beinahe mit grauen Haaren ins Grab gebracht hätte.“

„Wo du doch so schönes schwarzes hast, meine liebe Peggy“, rief der Major.

„Halt 'n Mund, Mick, du Dummkopf. Die Ehemänner stehen einem immer im Wege, meine liebe Mrs. Osborne. Und wie oft habe ich meinem Mick schon gesagt, daß er den Mund nur zum Kommandieren und Essen und Trinken aufmachen soll. Ich werde Ihnen alles über das Regiment erzählen und Sie warnen, wenn wir einmal allein sind. Stellen Sie mich nun Ihrem Bruder vor. Das ist ja fürwahr ein gewaltig hübscher Mann und erinnert mich an meinen Vetter, Dekan Malony (Malony von Ballymalony, meine Liebe, wissen Sie, der Ophelia Scully von Oystherstown, eine leibliche Cousine von Lord Poldoody, geheiratet hat). Mr. Sedley, es freut mich unendlich, Ihre Bekanntschaft zu machen. Vermutlich speisen Sie heute in der Offiziersmesse. (Denk an den verflixten Doktor, Mick, und vor allem, bleib nüchtern für meine Gesellschaft heute abend.)"

„Das Hundertfünfzigste gibt uns heute ein Abschiedsessen, meine Liebe", fiel der Major ein, „aber wir werden für Mr. Sedley leicht eine Karte bekommen."

„Laufen Sie, Simple (Fähnrich Simple, von unserem Regiment, meine liebe Amelia, ich habe vergessen, ihn vorzustellen), rennen Sie zu Oberst Tavish, grüßen Sie ihn von Majorin O'Dowd, und Hauptmann Osborne hätte seinen Schwager mitgebracht und würde ihn Punkt fünf zur Messe des Hundertfünfzigsten mitbringen. Sie, meine Liebe, und ich werden hier etwas essen, wenn es Ihnen recht ist." Mrs. O'Dowd hatte noch nicht ausgeredet, da trabte der junge Fähnrich bereits die Treppe hinab, um seinen Auftrag auszuführen.

„Gehorsam ist die Seele der Armee. Wir wollen unserem Dienst nachgehen, während Mrs. O'Dowd bei dir bleibt, um dich aufzuklären, Emmy", sagte Hauptmann Osborne, worauf die beiden Hauptleute jeder einen Arm des Majors ergriffen und mit ihm abmarschierten, wobei sie sich über seinen Kopf zugrinsten.

Und nun, da die temperamentvolle Mrs. O'Dowd mit ihrer neuen Freundin allein war, fing sie an, eine Unmenge von Geschichten herauszusprudeln, die der Kopf einer armen kleinen Frau niemals behalten konnte. Sie erzählte Amelia tausend Einzelheiten über die zahlreiche Familie, deren Mitglied die verwirrte junge Dame nun war. „Mrs. Heavytop, die Frau des Obersten, starb in Jamaika am gelben Fieber und an gebrochenem Herzen, denn der schreckliche alte Oberst, kahlköpfig wie eine Kanonenkugel, machte einem Eingeborenenmädchen schöne Augen. Mrs. Magenis, obwohl ungebildet, ist eine gute Frau. Sie hat aber eine Teufelszunge und würde ihre eigene Mutter beim Whist betrügen. Die Frau des Hauptmanns Kirk schlägt schon beim Gedanken an ein ehrliches Spiel ihre Hummeraugen zum Himmel auf (dabei spielten mein Vater, ein so frommer Mann, wie nur je zur Kirche ging, mein Onkel, Dekan Malony, und unser Cousin, der Bischof, jeden Abend in ihrem Leben Whist oder Loo). Keine von ihnen geht diesmal mit dem Regiment mit", setzte Mrs. O'Dowd hinzu. „Fanny Magenis bleibt bei ihrer Mutter, die, wie man erzählt, in Islington-Town, ganz in der Nähe von London, Kohlen und Kartoffeln verkauft, obwohl sie ständig mit den Schiffen ihres Vaters prahlt und sie uns zeigt, wenn sie den Fluß hinauffahren. Und Mrs. Kirk wird mit ihren Kindern hier am Bethesda Place bleiben, um in der Nähe ihres Lieblingspredigers, Doktor Ramshorns, zu sein. Mrs. Bunny ist in interessanten Umständen (das ist sie immer), sie hat dem Leutnant schon sieben geschenkt. Und Fähnrich Poskys Frau, die zwei Monate vor Ihnen zu uns kam, meine Liebe, hat mit Tom Posky schon ein paar dutzendmal Streit gehabt, daß man es durch die ganze Kaserne hört (man sagt, es hätte schon zerbrochene Teller gegeben, und Tom hat nie erzählt, wo er sein blaues Auge herhatte). Sie geht zu ihrer Mutter, die in Richmond eine höhere Töchterschule hat – schadet ihr nichts, warum ist sie von dort weggelaufen? Wo sind Sie zur Schule gegangen, meine Liebe? Ich muß sagen, bei mir haben sie keine Kosten gescheut, ich bin im Pensionat von Madame Flanahan, Booterstown bei Dublin, Ulysses Grove, erzogen worden, wo wir eine Marquise hatten, die uns den echten Pariser Akzent beibringen sollte, und einen pensionierten französischen Generalmajor, um uns bei den Aufgaben zu helfen."

Unsere erstaunte Amelia war also plötzlich Mitglied dieser bunten Familie, und Mrs. O'Dowd war ihre ältere Schwester. Ihren übrigen weiblichen Verwandten, auf die sie einen angenehmen Eindruck machte, weil sie ruhig, gutmütig und nicht zu hübsch war, wurde sie beim Tee vorgestellt. Als aber die Herren von der Offiziersmesse des Hundertfünfzigsten kamen und sie alle bewunderten, fanden ihre Schwestern natürlich bald etwas an ihr auszusetzen.

„Hoffentlich hat Osborne sich nun die Hörner abgelaufen", meinte Mrs. Magenis zu Mrs. Bunny. „Wenn ein gebesserter Wüstling ein guter Ehemann wird, so hat sie fürwahr mit George die besten Aussichten", bemerkte Mrs. O'Dowd zur Posky, die nun ihre Stellung als Jüngste im Regiment eingebüßt hatte und natürlich über die Verdrängung böse war. Und Mrs. Kirk, die Schülerin von Doktor Ramshorn, stellte Amelia wichtige religiöse Fragen, um zu sehen, ob sie erweckt sei, ob sie eine gute Christin sei und so weiter, und als sie aus Mrs. Osbornes einfältigen Antworten schloß, daß diese noch in tiefster Finsternis wandle, so steckte sie ihr drei bebilderte kleine Traktätchen zu, und zwar „Die heulende Wildnis", „Die Waschfrau von Wandsworth" und „Das beste Bajonett des britischen Soldaten". Da Mrs. Kirk sich in den Kopf gesetzt hatte, Amelia noch vor dem Einschlafen zu erwecken, bat sie die junge Frau, sie vor dem Schlafengehen zu lesen.

Alle Männer aber, gute Burschen, die sie waren, sammelten sich um die hübsche kleine Frau ihres Kameraden und machten ihr mit militärischer Galanterie den Hof. Sie feierte einen kleinen Triumph, der ihre Stimmung belebte und ihre Augen leuchten ließ. George war ganz stolz auf ihre Beliebtheit und freute sich darüber, wie munter und graziös und trotzdem naiv und etwas schüchtern sie die Aufmerksamkeiten der Herren entgegennahm und ihren Komplimenten antwortete. Und er in seiner Uniform – wieviel hübscher war er als alle im Zimmer Anwesenden! Sie fühlte, daß er sie liebevoll beobachtete, und strahlte vor Freude über seine Güte. Ich will zu allen seinen Freunden nett sein, beschloß sie in ihrem Herzen. Ich will alle lieben, die ihn lieben. Ich will mir

Mühe geben, immer munter und gut gelaunt zu sein, um ihm ein glückliches Heim zu schaffen.

Das Regiment nahm sie wirklich mit Jubel auf. Die Hauptleute freundeten sich mit ihr an, die Leutnants spendeten Beifall, die Fähnriche bewunderten sie. Der alte Cutler, der Arzt, machte ein paar Witze, die wir nicht wiederholen wollen, weil sie in sein Fach schlagen, und Cackle, der assistierende Doktor der Medizin aus Edinburgh, ließ sich herab, sie in Literatur zu prüfen, und stellte sie mit seinen drei besten französischen Zitaten auf die Probe. Der junge Stubble ging von einem zum anderen und flüsterte: „Beim Zeus, ist sie nicht ein nettes Mädel?“ und wandte seine Augen nur von ihr ab, wenn der Glühwein serviert wurde.

Hauptmann Dobbin sprach den ganzen Abend fast kein Wort mit ihr. Er brachte jedoch mit Hauptmann Porter vom Hundertfünfzigsten den bezechten Joe ins Hotel. Dieser hatte mit großem Erfolg sowohl in der Offiziersmesse als auch bei der Soiree Mrs. O'Dowd in ihrem Turban mit dem Paradiesvogel seine Tigerjagdgeschichte zum besten gegeben. Nachdem Dobbin den Steuereinnehmer den Händen seines Bedienten überantwortet hatte, ging er die Straßen auf und ab und rauchte vor der Gasthaustür noch seine Zigarre. Mittlerweile hatte George seine Frau sorgfältig in den Schal gehüllt und sie nach allgemeinem Händedrücken von Mrs. O'Dowd weggeführt. Die jungen Offiziere begleiteten sie an den Wagen und ließen sie hochleben, während die Kutsche sich entfernte. Beim Aussteigen reichte Amelia ihm ihr kleines Händchen und machte ihm lächelnd Vorwürfe, weil er sie den ganzen Abend nicht beachtet habe.

Der Hauptmann überließ sich noch lange, nachdem das Gasthaus und die Straße zur Ruhe gegangen waren, dem köstlichen Vergnügen des Rauchens. Er beobachtete, wie die Lichter in den Fenstern von Georges Wohnzimmer verschwanden und im daranstoßenden Schlafzimmer wieder auftauchten. Es war fast Morgen, als er in sein eigenes Quartier zurückkehrte. Er konnte die hellen Zurufe von den Schiffen im Fluß hören, wo sie ihre Ladung aufnahmen, ehe sie die Themse hinabglitten.

28. Kapitel

In dem Amelia in die Niederlande einrückt

Das Regiment samt seinen Offizieren sollte in Schiffen transportiert werden, die die Regierung Seiner Majestät eigens dafür beschaffte. Zwei Tage nach der Gesellschaft bei Mrs. O'Dowd fuhren die Schiffe unter dem Geschrei der Seeleute von sämtlichen Ostindienfahrern auf dem Fluß, des Militärs am Ufer und unter den Klängen von: „Gott schütz den König“ mit Konvoi flußabwärts. Die Offiziere schwenkten die Mützen, und die Mannschaften schrien wacker hurra. Unterdessen hatte der ritterliche Joseph sich entschlossen, seine Schwester und die Majorin zu begleiten. Der größte Teil des Gepäcks, einschließlich des berühmten Paradiesvogels und des Turbans, befand sich bei der Regimentsbagage, und so reisten unsere beiden Heldinnen bequem bis nach Ramsgate, von wo sie in einem der vielen Schiffe schnell nach Ostende kamen.

Der nun folgende Abschnitt in Josephs Leben war so ereignisreich, daß es ihm noch jahrelang Unterhaltungsstoff bot, und selbst die Tigerjagdgeschichte geriet ins Hintertreffen zugunsten aufregenderer Berichte, die er von der großen Schlacht bei Waterloo zu geben hatte. Sobald er sich dazu entschlossen hatte, seine Schwester ins Ausland zu begleiten, konnte man bemerken, daß er aufhörte, sich die Oberlippe zu rasieren. In Chatham verfolgte er mit großer Beharrlichkeit alle Paraden und Exerzierübungen. Aufmerksam lauschte er den Gesprächen seiner Offizierskameraden, (wie er sie später bisweilen nannte) und lernte so viele militärische Namen wie möglich. Dabei war ihm die treffliche Mrs. O'Dowd eine große Hilfe. Und an dem Tage, als sie sich schließlich auf der „Lieblichen Rose“ einschifften, die sie an ihren Bestimmungsort bringen sollte, erschien er in einem bordierten Rock, weißen Beinkleidern und einer Feldmütze mit prächtigem Goldband. Da er seinen Wagen bei sich hatte und jedem an Bord vertraulich mitteilte, daß er zur Armee des Herzogs von Wellington wolle, hielt man ihn für eine große Persönlichkeit, für einen Generalproviantmeister oder wenigstens für einen Regierungskurier.

Er litt sehr während der Überfahrt, und auch die Damen waren krank. Amelia aber wurde ins Leben zurückgebracht, als sie bei ihrer Ankunft in Ostende die Transportschiffe mit ihrem Regiment erblickte, die fast zur gleichen Zeit wie die „Liebliche Rose“ in den Hafen einliefen. Joseph begab sich, mehr tot als lebendig, in ein Gasthaus, während Hauptmann Dobbin die Damen begleitete und sich dann damit beschäftigte, Josephs Wagen und Gepäck vom Schiff und dem Zollhaus zu holen. Mr. Joe war nämlich im Augenblick ohne Diener, da Osbornes und sein eigener verzärtelter dienstbarer Geist sich in Chatham verschworen hatten und sich rundweg weigerten, übers Wasser zu gehen. Diese Revolte, die unerwartet am letzten Tage ausbrach, beunruhigte Mr. Sedley junior derartig, daß er schon drauf und dran war, das Unternehmen aufzugeben. Aber Hauptmann Dobbin (der sich, wie Joe sagte, in dieser Angelegenheit fast übertrieben diensteifrig zeigte) schalt ihn und lachte ihn tüchtig aus; der Schnurrbart war schon so schön gewachsen, und schließlich ließ sich Joe überreden, sich einzuschiffen. Anstelle der wohlerzogenen und wohlgenährten Londoner Bedienten, die nur Englisch sprechen konnten, trieb Dobbin für Joe einen kleinen, dunklen, belgischen Diener auf, der überhaupt keine Sprache sprach, sich aber durch sein äußerst rühriges Wesen und dadurch, daß er Mr. Sedley stets mit „gnädiger Herr“ ansprach, in kurzer Zeit dessen Gunst erwarb. Die Zeiten haben sich jetzt in Ostende geändert. Von den Briten, die nun dahin fahren, sehen nur sehr wenige wie Lords aus oder handeln wie Mitglieder unserer erblichen Aristokratie. Sie haben größtenteils ein schäbiges Äußeres, tragen schmutzige Wäsche und lieben Billard, Branntwein, Zigarren und schmierige Wirtshäuser.

Es muß gesagt werden, daß in der Regel jeder Engländer bei der Armee des Herzogs von Wellington sofort bar bezahlte, und die Erinnerung daran ziemt einer Nation von Kaufleuten gar wohl. Es war ein Segen für ein handelsfreudiges Land, von einem solchen Heer von Kunden überschwemmt zu werden und so zuverlässige Soldaten zu ernähren. Und das Land, das zu schützen sie kamen, ist nicht kriegerisch gesinnt. Eine lange Zeit in der Geschichte haben sie andere Länder dort kämpfen lassen. Als der Verfasser dieser Geschichte sich nach Waterloo begab, um das Schlachtfeld mit Adlerblicken zu überschauen, fragte er den Postillion der Postkutsche, einen stattlichen, kriegerisch aussehenden Veteranen, ob er an der Schlacht teilgenommen habe. „Pas si bête" lautete seine Antwort, und gewiß hätte ein Franzose nie so etwas gedacht oder gesagt. Auf der anderen Seite war unser Postillion ein Vicomte, der Sohn irgendeines bankrotten kaiserlichen Generals, der unterwegs Geld für ein Glas Bier annahm. Man kann daraus sicherlich eine gute Lehre ziehen.

Dieses flache, blühende, zufriedene Land hatte wohl niemals reicher und glänzender ausgesehen als im Frühsommer 1815, als Tausende von Rotröcken seine grünen Felder und ruhigen Städte belebten, als seine breiten Chausseen prächtige englische Equipagen bedeckten, als englische Reisende seine großen Kanalschiffe füllten, die an fetten Weiden und schönen sauberen alten Dörfern und alten Schlössern, von alten Bäumen umgeben, vorbeiglitten, als der Soldat, der in der Dorfkneipe trank, nicht nur trank, sondern auch seine Zeche bezahlte, und Donald, der Hochländer, der in dem flämischen Bauernhaus einquartiert worden war, das Kind wiegte, während Jean und Jeanette das Heu einfuhren. Da unsere Maler sich jetzt gerade viel mit militärischen Themen befassen, empfehle ich das als einen guten Gegenstand für ihren Pinsel, um die Prinzipien eines ehrlichen englischen Krieges zu illustrieren. Alles wirkte so glänzend und harmlos wie bei einer Truppenbesichtigung im. Hyde Park. Unterdessen bereitete sich Napoleon, geschützt hinter seiner Kette von Grenzfestungen, auf den Krieg vor, der alle diese ordentlichen Leute in Wut und Blut stürzen und manchen von ihnen ins Grab bringen sollte.

Jeder hatte ein so vollkommenes Zutrauen zu dem Heerführer (denn das entschlossene Vertrauen, das der Herzog von Wellington der ganzen englischen Nation eingeflößt hatte, war ebenso stark wie die noch wildere Begeisterung, mit der einst die Franzosen Napoleon angesehen hatten), das Land schien in so gutem Verteidigungszustand und im Notfall die Hilfe so nahe und wirksam zu sein, daß Furcht unbekannt war und unsere Reisenden, von denen doch zwei von Natur aus sehr ängstlich waren, ebenso beruhigt waren wie alle anderen der zahlreichen englischen Touristen. Das berühmte Regiment, von dem wir so viele Offiziere kennengelernt haben, wurde auf Kanalschiffen nach Brügge und Gent gebracht, um von dort nach Brüssel zu marschieren. Joseph begleitete die Damen in einem Passagierboot. Alle, die einst in Flandern reisten, werden sich der prächtigen und bequemen Einrichtung erinnern. Essen und Trinken waren an Bord dieser zwar langsamen, aber außerordentlich komfortablen Schiffe so gut, daß man sich dort von einem englischen Reisenden erzählt, der auf eine Woche nach Belgien gekommen und in einem dieser Schiffe gefahren sei. Er sei von der Kost so begeistert gewesen, daß er ständig von Gent nach Brügge und wieder zurück gefahren sei, bis die Eisenbahn erfunden wurde. Auf der letzten Fahrt des Schiffes stürzte er sich ins Wasser. Josephs Tod sollte nicht so aussehen, aber er fühlte sich doch ungemein behaglich, und Mrs. O'Dowd behauptete, daß ihm zum vollständigen Glück nur noch ihre Schwägerin Glorvina fehle. Er saß den ganzen Tag auf dem Deck, trank flämisches Bier, schrie nach seinem Diener Isidor und unterhielt sich galant mit den Damen.

Sein Mut war grenzenlos. „Bony uns angreifen!“ rief er. „Mein liebes Kleines, meine arme Emmy, fürchte dich nicht. Es besteht keine Gefahr. Ich sage dir, in zwei Monaten sind die Alliierten in Paris, und dann gehe ich mit dir ins Palais Royal essen. Ich sage dir, dreihunderttausend Russen marschieren jetzt bei Mainz über den Rhein nach Frankreich ein, dreihunderttausend unter Wittgenstein und Barclay de Tolly, mein armes Kleines. Du verstehst nichts von militärischen Dingen, meine Liebe. Aber ich, und ich sage dir, keine französische Infanterie kann sich mit der russischen messen, und keiner von Bonys Generalen kann Wittgenstein das Wasser reichen. Dann sind da noch die Österreicher, wenigstens fünfhunderttausend, unter Schwarzenberg und Prinz Karl, und sie sind in diesem Augenblick nur noch zehn Tagesmärsche von der Grenze entfernt. Dann haben wir die Preußen unter dem tapferen Marschall. Nennt mir einen Kavalleriegeneral wie ihn, jetzt, wo Murat tot ist. Mrs. O'Dowd, glauben Sie denn, daß unser kleines Mädchen Angst zu haben braucht? Besteht ein Grund zur Furcht, Isidor? He, Mann! Bringen Sie noch Bier!“

Mrs. O'Dowd meinte, ihre Glorvina fürchte sich vor keinem Mann auf der Welt, am allerwenigsten aber vor einem Franzosen. Dann stürzte sie ein Glas Bier hinunter und zwinkerte mit den Augen, was ihre Vorliebe für das Getränk ausdrückte.

Unser Freund, der Steuereinnehmer, hatte nun oft genug dem Feinde oder, besser gesagt, den Damen in Cheltenham und Bath gegenübergestanden und ein Großteil seiner früheren Schüchternheit verloren und war jetzt, besonders wenn Alkohol ihn ermutigt hatte, so gesprächig wie nur möglich. Beim Regiment stand er sehr in Gunst, weil er die jungen Offiziere großzügig freihielt und sie durch sein militärisches Getue belustigte. Und wie es in der englischen Armee ein Regiment gibt, dem beim Marsch stets eine Ziege vorangeht, und ein anderes, das von einem Hirsch angeführt wird, so sagte George im Hinblick auf seinen Schwager, sein Regiment marschiere mit einem Elefanten.

Seit Amelia in das Regiment eingeführt worden war, fing George an, sich einiger, denen er sie hatte vorstellen müssen, zu schämen. Er hatte daher beschlossen, wie er

Dobbin erzählte (und wir brauchen wohl nicht zu sagen, welche Befriedigung es diesem bereitete), sich bald in ein besseres Regiment versetzen zu lassen und seine Frau von der Gesellschaft dieser verdammt ordinären Weiber zu befreien. Diese häßliche Eigenschaft, sich anderer zu schämen, ist bei Männern weit häufiger als bei Frauen (natürlich mit Ausnahme der Damen von Welt, die auch dieser Unart frönen). Mrs. Amelia, eine natürliche und schlichte Frau, kannte diese künstliche Scham nicht, die ihr Mann in seinem Innern für Zartgefühl hielt. Mrs. O'Dowd trug zum Beispiel eine Hahnenfeder auf dem Hut und eine riesige Repetieruhr am Gürtel, die sie bei jeder Gelegenheit schlagen ließ. Dabei erzählte sie, wie ihr Vater ihr die Uhr geschenkt habe, als sie nach der Trauung in den Wagen gestiegen sei. Diese Schmuckstücke nun und noch andere äußerliche Eigentümlichkeiten der Majorin bereiteten Hauptmann Osborne Höllenqualen, sooft seine Frau mit der Majorin zusammentraf. Amelia dagegen fand die Eigenheiten der ehrlichen Dame nur belustigend und schämte sich ihrer Gesellschaft nicht im geringsten.

Auf dieser wohlbekannten Reise, die seitdem fast jeder Engländer aus der Mittelklasse gemacht hat, hätte es vielleicht eine belehrendere, aber schwerlich eine unterhaltendere Gesellschaft als die der Majorin O'Dowd geben können. „Wo wir gerade von Kanalschiffen sprechen, meine Liebe. Sie sollten einmal die zwischen Dublin und Ballinsaloe sehen. Da reist man schnell, und da bekommt man schönes Vieh zu sehen. Mein Vater hat einmal eine goldene Medaille gekriegt für eine vierjährige Kuh, wie sie hierzulande gewiß nie einer zu Gesicht bekommen hat (und Seine Exzellenz hat selbst ein Stück davon gegessen und erklärt, daß er noch nie in seinem Leben besseres Fleisch gegessen habe).“ Und Joe gab seufzend zu, daß kein Land auf der Welt so gutes, durchwachsenes Rindfleisch, nicht zu fett und nicht zu mager, aufweisen könne wie England.

„Irland ausgenommen, wo euer bestes Fleisch herkommt“, sagte die Majorin und fuhr fort, wie man es bei Patrioten ihres Volkes nicht selten findet, Vergleiche anzustellen, die sehr vorteilhaft für ihre Heimat ausfielen. Der Gedanke, den Markt von Brügge mit dem von Dublin zu vergleichen, erregte bei ihr Hohn und Spott, obwohl sie selbst den Vergleich gezogen hatte. „Ich wäre froh, wenn mir einer erklären würde, was die alte Baracke dort auf dem Marktplatz bedeuten soll“, sagte sie in einem Lachanfall, der den alten Turm beinahe umgeworfen hätte. Die Stadt war, als sie hinkamen, voll von englischem Militär. Englische Hörner weckten sie am Morgen, am Abend gingen sie unter dem Klang britischer Pfeifen und Trommeln ins Bett, das ganze Land, ganz Europa stand unter Waffen, und das größte Ereignis der Geschichte bereitete sich vor. Das hinderte jedoch die ehrliche Peggy O'Dowd, die es ebenso anging wie alle anderen, nicht, von Ballinafad und den Pferden in den Ställen von Glenmalony und dem Rotwein, der dort getrunken werde, zu sprechen. Joe Sedley wiederum warf Bemerkungen vom Curry und dem Reis in Dumdum ein, während Amelia an ihren Mann dachte und überlegte, wie sie ihm am besten ihre Liebe beweisen könne – als ob das jetzt die weltbewegenden Themen gewesen wären.

Diejenigen, die das Geschichtsbuch gern weglegen, um Spekulationen darüber anzustellen, was in der Welt hätte geschehen können, wenn unglücklicherweise nicht gerade das geschehen wäre, was geschah (eine ungemein verwirrende, ergötzliche, sinnreiche und nützliche Art, nachzudenken), haben sich ohne Zweifel oft überlegt, wie unglücklich Napoleon den Zeitpunkt gewählt habe, um von Elba zurückzukommen und seinen Adler vom Golfe Juan nach Notre Dame fliegen zu lassen. Die Geschichtsschreiber auf unserer Seite berichten, daß die Armeen der alliierten Mächte alle vorsorglich für den Krieg gerüstet und bereit gewesen seien, sich sofort auf den Kaiser von Elba zu stürzen. Die erlauchten Spekulanten, die sich in Wien versammelt hatten und nach ihrem Verstand die Königreiche Europas zurechtschnitten, hatten so viele Ursachen zum Streit unter sich selbst, daß die Armeen, die Napoleon besiegt hatten, sich gegenseitig bekämpft hätten, wäre nicht der Gegenstand des allgemeinen Hasses und der Furcht zurückgekehrt. Ein Monarch hatte eine vollkommen gerüstete Armee, weil er sich Polen angeeignet hatte und entschlossen war, es zu halten; ein anderer hatte halb Sachsen geraubt und wollte seine Beute um keinen Preis verlieren; ein dritter hatte sich Italien zum Gegenstand seiner Fürsorge erkoren. Jeder protestierte gegen die Raubgier des anderen, und hätte der Korse nun in seinem Gefängnis gewartet, bis sich all diese Parteien in den Haaren lagen, dann hätte er zurückkommen und unbelästigt regieren können. Aber was wäre dann aus unserer Geschichte und allen unseren Freunden geworden? Was würde aus dem Meer werden, wenn jeder Wassertropfen darin vertrocknen würde?

Unterdessen gingen die Geschäfte des Lebens und insbesondere die Vergnügungen weiter, als ob kein Ende zu erwarten stünde und kein Feind sich nähern könnte. Als unsere Reisenden in Brüssel ankamen, wo das Regiment einquartiert war – ein wahres Glück, wie alle sagten –, fanden sie sich in einer der lustigsten und glänzendsten kleinen Hauptstädte Europas. Alle Buden auf dem Jahrmarkt der Eitelkeit waren hier besonders prachtvoll und verlockend ausgestattet. Spiel und Tanz wurden groß geschrieben; man speiste so gut, daß selbst der große Gourmand Joseph entzückt war; es gab ein Theater, wo eine wundervolle Catalani alle Zuhörer hinriß; prächtige Reitwege waren von soldatischem Glanz belebt, eine merkwürdige alte Stadt mit seltsamen Trachten und wundervollen Gebäuden erfreute das Auge der kleinen Amelia, die noch nie ein fremdes Land gesehen hatte, und bereitete ihr zauberhafte Überraschungen. In einer schönen Wohnung, deren Kosten Joe und Osborne trugen – George hatte reichlich Geld und war voll zarter Aufmerksamkeit gegen seine Frau –, war Mrs. Amelia in den letzten vierzehn Tagen ihrer Flitterwochen so froh und glücklich wie nur irgendeine junge Frau außerhalb Englands.

In dieser glücklichen Zeit brachte jeder Tag etwas Neues und Vergnügliches für alle. Man besichtigte eine Kirche oder eine Gemäldegalerie, unternahm eine Spazierfahrt oder besuchte eine Oper. Ständig spielten die Regimentskapellen. Die vornehmsten Leute von England spazierten im Park – es war ein einziges militärisches Fest. George führte seine Frau jeden Abend zu einem anderen Vergnügen und war, wie gewöhnlich, außerordentlich zufrieden mit sich selbst. Er beteuerte, daß er direkt Familiensinn entwickelte. Und ein Vergnügen in seiner Gesellschaft! Reichte das nicht aus, um das kleine Herzchen vor Freude hüpfen zu lassen? Die Briefe an ihre Mutter waren in dieser Zeit voll von Entzücken und Dankbarkeit. Ihr Mann beauftragte sie, Spitzen, Juwelen und allerlei Flitterkram zu kaufen. Oh, er war der freundlichste, beste und großmütigste aller Männer!

Der Anblick der vielen Lords und Ladys und vornehmen Leute, von denen die Stadt wimmelte und die sich alle in der Öffentlichkeit zeigten, erfüllte Georges echt britische Seele mit hohem Entzücken. Sie hatten das kühle und anmaßende Wesen abgelegt, das die vornehmen Engländer häufig zu Hause charakterisiert. Sie erschienen auf zahllosen öffentlichen Veranstaltungen und ließen sich herab, sich unter die übrige Gesellschaft, die sie dort trafen, zu mischen. Eines Abends auf einer Party beim General der Division, dem Georges Regiment angehörte, hatte er die Ehre, mit Lady Blanche Thistlewood, der Tochter von Lord Bareacres, zu tanzen.. Er eilte geschäftig nach Eis und Erfrischungen für die beiden vornehmen Damen, er drängte und zwängte sich durch, um Lady Bareacres' Wagen zu holen. Zu Hause prahlte er mit der Gräfin, daß nicht einmal sein Vater ihn darin hätte übertreffen können. Am nächsten Tage machte er den Damen seine Aufwartung, ritt im Park an ihrer Seite, lud sie zu einem großen Diner in ein Restaurant ein und wußte sich vor Frohlocken kaum zu fassen, als sie die Einladung annahmen. Der alte Bareacres, der nicht viel Stolz, aber einen großen Appetit besaß, wäre für ein Mittagessen sonstwohin gegangen.

„Hoffentlich werden außer uns keine anderen Damen dasein“, meinte Lady Bareacres, nachdem sie über die allzu bereitwillig ausgesprochene und angenommene Einladung nachgedacht hatte.

„Gütiger Himmel; Mama! Du wirst doch nicht glauben, daß der Mann seine Frau mitbringt“, schrie Lady Blanche, die am vorhergehenden Abend, beim neuimportierten Walzer, stundenlang in Georges Armen geschmachtet hatte. „Die Männer sind ja erträglich, aber ihre Weiber...“

„Seine Frau, erst ganz kurz verheiratet, verteufelt hübsch, wie ich höre“, sagte der alte Graf.

„Nun, meine liebe Blanche“, sagte die Mutter, „ich denke, wenn Papa gehen will, dann müssen wir eben gehen. Aber weißt du, wir brauchen sie in England ja nicht zu kennen.“ Und so gingen diese vornehmen Leute, um in Brüssel beim Diner ihrer neuen Bekannten zu speisen, aber fest entschlossen, sie in der Bond Street zu schneiden. Und während sie sich herabließen, sich ihr Vergnügen von George bezahlen zu lassen, bewiesen sie ihre Würde, indem sie seine Frau in eine unbehagliche Stimmung versetzten und sie sorgfältig von der Unterhaltung ausschlossen. Das ist so eine Art von Würde, in der eine hochgeborene britische Dame unübertroffen dasteht. Das Benehmen einer vornehmen Dame gegenüber einer einfacheren zu beobachten ist für einen philosophisch veranlagten Besucher des Jahrmarkts der Eitelkeit eine besonders gute Unterhaltung.

Dieses Festmahl, das den ehrlichen George einen großen Teil seines Geldes kostete, war das trübseligste Vergnügen, das Amelia während ihrer Flitterwochen hatte. Sie schrieb den kläglichsten Bericht darüber an ihre Mama nach Hause – daß die Gräfin Bareacres nicht geantwortet hatte, wenn man mit ihr sprach, daß Lady Blanche sie durch ihr Lorgnon angestarrt habe, wie wütend Hauptmann Dobbin über das Benehmen der beiden vornehmen Damen gewesen sei und daß der Lord hinterher die Rechnung hatte sehen wollen und das Essen als verdammt schlecht und verdammt teuer bezeichnet habe. Aber obgleich Amelia alle diese Geschichten berichtete und die Ungezogenheit ihrer Gäste sowie ihre eigene Niederlage schilderte, war doch die alte Mrs. Sedley trotzdem höchst erfreut und erzählte überall von Emmys Freundin, der Gräfin von Bareacres, daß die Nachricht, sein Sohn bewirte Grafen und Gräfinnen, schließlich auch dem alten Osborne in der City zu Ohren kam.

Wer den jetzigen Generalleutnant Sir George Tufto, Komtur des Bathordens, kennt und ihn gesehen hat – was man während der Saison fast täglich kann –, wie er auswattiert und geschnürt, sich gebrechlich in den Hüften wiegend, mit hochhackigen lackierten Stiefeln die Pall Mall hinabstolziert, vorübergehenden Damen unter den Hut schaut oder in den Parks einen prächtigen Kastanienbraunen reitet und in die Kutschen äugelt, der würde wohl schwerlich in ihm den kühnen Offizier von Spanien und Waterloo wiedererkennen. Er hat jetzt dichte, braune Locken und schwarze Augenbrauen, und sein Backenbart ist von tiefstem Purpur. Im Jahre 1815 war er hell und fast kahl und dabei dicker. Seine Glieder vor allem sind in letzter Zeit bedeutend zusammengeschrumpft. Als er etwa siebzig Jahre alt war (er ist jetzt bald achtzig), wurde sein spärliches, ganz weißes Haar auf einmal dicht und braun und lockig, und Augenbrauen und Backenbart nahmen ihre jetzige Farbe an. Mißgünstige behaupten, seine Brust sei nur Watte und sein Haar sei eine Perücke, da es nie wachse. Tom Tufto, mit dessen Vater er sich vor langen Jahren gestritten hatte, erklärte, daß Mademoiselle de Jaisey vom französischen Theater seinem Großpapa in der Garderobe das Haar ausgerissen habe, aber Tom ist notorisch boshaft und eifersüchtig, und die Perücke des Generals hat nichts mit unserer Geschichte zu tun.

Eines Tages schlenderten einige unserer Freunde vom ...ten Regiment auf dem Blumenmarkt von Brüssel umher. Sie hatten das Hôtel de ville besichtigt, und die Majorin O'Dowd behauptete, daß es lange nicht so groß und schön sei wie ihres Vaters

Haus in Glenmalony. Da kam ein höherer Offizier, gefolgt von einer Ordonnanz, auf den Markt geritten, stieg ab, ging auf die Blumen zu und wählte das allerschönste Bukett, das für Geld zu haben war. Als der schöne Strauß in Papier gewickelt war, stieg der Offizier wieder auf, übergab das Bukett seinem Burschen, der es grinsend seinem stattlich und selbstzufrieden davonreitenden Herrn nachtrug.

„Sie sollten einmal die Blumen in Glenmalony sehen", bemerkte Mrs. O'Dowd. „Mein Vater hat drei schottische Gärtner und neun Gehilfen. Wir haben einen Morgen voll von Gewächshäusern und in der Saison ebensoviel Ananas wie Erbsen. Jede Weintraube wiegt mindestens sechs Pfund, und auf Ehre und Gewissen – unsere Magnolien sind wohl ebenso groß wie Teekessel."

Dobbin, der Mrs. O'Dowd niemals zum Reden veranlaßte, wie der boshafte Osborne es so gern tat (zum Schrecken Amelias, die ihn bat, sie doch zu verschonen), suchte sich unter fortwährendem Prusten in der Menge zu verlieren, bis er in sicherer Entfernung inmitten der erstaunten Marktleute in ein schallendes Gelächter ausbrach.

„Was hat der Tölpel da zu kichern?" fragte Mrs. O'Dowd. „Hat er denn wieder Nasenbluten? Er sagt immer, er hat Nasenbluten, und jetzt muß er ja bald sein ganzes Blut aus sich rausgepumpt haben. Sind die Magnolien in Glenmalony nicht so groß wie Teekessel, O'Dowd?"

„Natürlich und noch größer, Peggy", sagte der Major. Und hier wurde das Gespräch, wie schon berichtet, durch die Ankunft des Offiziers unterbrochen, der das Bukett kaufte.

„Verteufelt schönes Pferd – wer ist es?" fragte George.

„Sie sollten meines Bruders Mallay Malonys Pferd Melasse sehen, das den Curragh-Pokal gewonnen hat", rief die Majorin und wollte die Familiengeschichte fortsetzen, als ihr Mann sie unterbrach und sagte:

„Es ist General Tufto, der die ...te Kavalleriedivision kommandiert." Und ganz ruhig setzte er hinzu: „Er und ich wurden in Talavera am gleichen Bein verwundet."

„Wo Sie befördert wurden", sagte George lachend. „General Tufto! Dann, meine Liebe, sind auch die Crawleys da."

Amelia sank das Herz – sie wußte nicht warum. Es war, als ob die Sonne nicht mehr so hell schiene. Die hohen alten Dächer und Giebel sahen plötzlich nicht mehr so malerisch aus, obwohl es ein prächtiger Sonnenuntergang und einer der hellsten und schönsten letzten Maitage war.

29. Kapitel

Brüssel

Mr. Joseph hatte für seinen offenen Wagen ein paar Pferde gemietet. Mit diesen Tieren und seinem eleganten Londoner Wagen gab er bei den Spazierfahrten in Brüssel gar keine schlechte Figur ab. George kaufte sich ein Pferd zu eigenem Gebrauch und begleitete mit Hauptmann Dobbin oft den Wagen, in dem Joseph und seine Schwester täglich Ausflüge machten. Sie fuhren wie gewöhnlich auch an diesem Tag zu ihrer Zerstreuung im Park spazieren, und dort erwies es sich, daß Georges Bemerkung über die Ankunft Rawdon Crawleys und seiner Frau stimmte. Inmitten eines kleinen Reitertrupps, einigen der bedeutendsten Personen in Brüssel, war Rebekka zu sehen. Sie trug ein sehr hübsches, eng anliegendes Reitkostüm und saß auf einem prachtvollen kleinen Araber, den sie vortrefflich ritt (sie hatte in Queen's Crawley vom Baronet, Mr. Pitt und Rawdon selbst das Reiten gelernt). Neben ihr der tapfere General Tufto.

„Ha, da ist ja der Herzog selbst", rief die Majorin O'Dowd Joseph zu, der heftig errötete, „und dort, auf dem Braunen, das ist Lord Uxbridge. Wie elegant er aussieht! Mein Bruder Mallay Malony gleicht ihm wie eine Erbse der anderen."

Rebekka ritt nicht auf den Wagen zu. Als sie aber ihre alte Freundin Amelia darin sitzen sah, grüßte sie mit einem gnädigen Wort und Lächeln und warf spielerisch eine Kußhand in Richtung des Wagens. Sodann setzte sie ihre Unterhaltung mit General Tufto fort und antwortete auf die Frage, wer denn der dicke Offizier mit der goldbebänderten Mütze sei, es sei ein Offizier in Diensten der Ostindischen Kompanie. Rawdon Crawley jedoch kam herbeigeritten, drückte Amelia herzlich die Hand, fragte Joe: „Nun, alter Knabe, wie geht's?" und starrte Mrs. O'Dowd ins Gesicht und auf die schwarzen Hahnenfedern, bis die Majorin zu glauben anfing, sie habe an ihm eine Eroberung gemacht.

George, der ein wenig zurückgeblieben war, kam sofort mit Dobbin herbeigeritten, und sie grüßten, die Hand an der Mütze, die erlauchten Persönlichkeiten, unter denen Osborne sogleich Mrs. Crawley bemerkte. Er freute sich, zu sehen, wie Rawdon sich vertraulich über seinen Wagen lehnte und mit Amelia sprach, und begegnete dem herzlichen Gruß des Adjutanten mit mehr als angemessener Wärme. Das Kopfnicken zwischen Rawdon und Dobbin gehörte zu den schwächsten Beweisstücken der Höflichkeit.

Crawley erzählte George, daß sie mit General Tufto im Hotel du Parc wohnten, und George ließ sich von seinem Freunde versprechen, die Osbornes recht bald zu besuchen. „Schade, daß ich Sie nicht schon vor drei Tagen sah", sagte George. „Hatten ein Diner im Restaurant – ganz hübsch. Lord Bareacres und die Gräfin sowie Lady Blanche waren so gütig, mit uns zu speisen – wollte, Sie wären auch dabeigewesen." Nachdem Osborne so seinem Freund beigebracht hatte, daß er als Mann von Welt angesehen werden wollte, trennte er sich von Rawdon, der der davongaloppierenden vornehmen Gesellschaft in eine Allee hinein folgte, während George und Dobbin wieder ihre Plätze neben dem Wagen Amelias einnahmen.

„Wie gut der Herzog aussah“, bemerkte Mrs. O'Dowd. „Die Wellesleys und Malonys sind doch miteinander verwandt; natürlich würde ich armes Wesen nicht im Traume daran denken, mich vorzustellen, wenn nicht Seine Gnaden es für angemessen hielte, sich unserer Familienbande zu erinnern.“

„Er ist ein großer Soldat“, sagte Joe, der sich jetzt weit behaglicher fühlte, nachdem der bedeutende Herr fort war. „Gab es je eine Schlacht wie die bei Salamanca? Was meinen Sie, Dobbin? Aber wo hat er seine Kunst gelernt? In Indien, mein Junge! Der Dschungel ist die rechte Schule für einen General, merken Sie sich das. Ich habe ihn auch persönlich kennengelernt, Mrs. O'Dowd. Wir beide tanzten in Dumdum am selben Abend mit Miss Cutler, der Tochter Cutlers von der Artillerie, ein verteufelt hübsches Mädchen.“

Die Erscheinung der hohen Herrschaften bot ihnen während der Spazierfahrt, beim Essen und bis zur Stunde, wo sie alle miteinander in die Oper gehen wollten, genug Unterhaltungsstoff.

Es war beinahe wie im alten England. Das Haus war voll von bekannten englischen Gesichtern und den Toiletten, die die Britin schon seit langer Zeit berühmt gemacht hatte. Mrs. O'Dowds gehörte zu den prächtigsten, sie trug auf der Stirn eine Locke und einen Schmuck von irischen Diamanten und Rauchtopasen, der nach ihrer Meinung alles im Hause überstrahlte. Ihre Gegenwart war qualvoll für Osborne. Aber sie hatte nun einmal beschlossen, um jeden Preis alle Vergnügungen mitzumachen, wenn sie hörte, daß ihre Freunde teilnahmen. Es kam ihr nie anders in den Sinn, als daß sie von ihrer Gesellschaft bezaubert sein müßten.

„Sie ist dir nützlich gewesen, meine Liebe“, sagte George zu seiner Frau, die er in ihrer Gesellschaft mit weniger Bedenken allein lassen konnte. „Wie gut ist es aber, daß Rebekka gekommen ist. Sie wird dir eine Freundin sein, und wir können nun diese verdammte Irin loswerden.“ Amelia antwortete hierauf weder mit Ja noch mit Nein, und wie können wir wissen, was sie dachte?

Der coup d' œil des Brüsseler Opernhauses war für Mrs. O'Dowd lange nicht so schön wie der des Theaters in der Fishamble Street in Dublin. Auch die französische Musik kam ihrer Meinung nach den Melodien ihres Heimatlandes bei weitem nicht gleich. Mit diesen und anderen sehr laut ausgesprochenen Bemerkungen erfreute sie ihre Freunde, wobei sie mit vornehmer Selbstgefälligkeit einen großen klappernden Fächer hin und her schwenkte.

„Wer ist die wundervolle Frau dort bei Amelia, liebster Rawdon?“ fragte in einer gegenüberliegenden Loge eine Dame (die, schon zu Hause fast immer höflich gegenüber ihrem Mann, in der Öffentlichkeit liebevoller denn je zu ihm war).

„Siehst du nicht dieses Wesen dort, mit dem gelben Ding auf dem Turban und einem roten Atlaskleid und einer großen Uhr?“

„Neben der hübschen kleinen Frau in Weiß?“ fragte ein Mann mittleren Alters, der neben der Fragerin saß. Er trug Orden im Knopfloch und verschiedene Unterwesten und eine große, weiße Halsbinde, die ihn fast erwürgte.

„Die hübsche Frau in Weiß ist Amelia, General. Sie bemerken doch gleich alle hübschen Frauen, Sie ungezogener Mann!“

„Bei Gott, nur eine in der Welt!“ sagte der General ganz entzückt, und die Dame versetzte ihm einen sanften Schlag mit dem großen Bukett, das sie in der Hand hielt.

„Bei Gott, er ist es“, sagte Mrs. O'Dowd, „und es ist dasselbe Bukett, das er auf dem Blumenmarkt gekauft hat!“ Als Rebekka dem Blick ihrer Freundin begegnet war und noch einmal die kleine Handkußszene spielte, bezog die Majorin O'Dowd das Kompliment auf sich selbst und erwiderte den Gruß mit einem graziösen Lächeln, was den unglücklichen Dobbin wieder prustend aus der Loge trieb.

Nach dem ersten Akt war George sofort aus der Loge verschwunden, um Rebekka seine Aufwartung zu machen. Im Foyer traf er Crawley, und sie wechselten einige Worte über die Vorfälle der letzten vierzehn Tage.

„War der Scheck auf meinen Agenten in Ordnung?“ fragte George mit schlauer Miene.

„Jawohl, mein Junge“, antwortete Rawdon. „Soll mir ein Vergnügen sein, Ihnen Revanche zu geben. Der Alte herumgebracht?“

„Noch nicht“, sagte George, „wird aber bald sein. Und wissen Sie, ich habe etwas Vermögen von meiner Mutter. Ist Tantchen weich geworden?“

„Hat mir zwanzig Pfund geschickt, der verdammte alte Geizkragen. Wann treffen wir uns wieder einmal? Dienstag speist der General auswärts. Können Sie nicht Dienstag kommen? Und dann noch, veranlassen Sie doch Sedley bloß, sich den Schnurrbart abzurasieren. Was, zum Henker, braucht ein Zivilist einen Schnurrbart und die verdammten Borten am Rock. Adieu! Sehen Sie zu, daß Sie Dienstag kommen können.“ Und Rawdon entfernte sich mit zwei eleganten jungen Herren, die wie er dem Generalstab angehörten.

George war nur halb erfreut, gerade für den Tag eine Einladung zu erhalten, an dem der General nicht dabei war. „Ich will hineingehen und Ihrer Frau meine Aufwartung machen“, sagte er, und Rawdon antwortete mit finsterem Blick: „Hm, wenn es Ihnen beliebt.“ Die beiden jungen Offiziere tauschten verständnisinnige Blicke. George trennte sich von ihnen und stolzierte durch das Foyer zur Loge des Generals, deren Nummer er sich gut ausgerechnet hatte.

„Entrez!“ rief ein helles Stimmchen, und unser Freund fand sich Rebekka gegenüber. Vor Freude, ihn zu sehen, sprang sie auf, klatschte in die Hände und streckte sie George entgegen. Der General, die Orden im Knopfloch, starrte den Neuankömmling finster an, als wollte er sagen: Wer, zum Teufel, sind Sie?

„Mein lieber Hauptmann George!“ rief die kleine Rebekka ganz entzückt. „Wie nett von Ihnen, mich aufzusuchen. Der General und ich, wir langweilen uns so bei unserem Tête-à-tête. General, das ist mein Hauptmann George, von dem ich Ihnen schon erzählt habe.“

„Soso“, sagte der General mit einer ganz leichten Verbeugung, „zu welchem Regiment gehört Hauptmann George?“

George nannte das ...te Regiment. Wie gern hätte er von einem glänzenden Kavalleriekorps gesprochen!

„Wie ich glaube, erst kürzlich aus Westindien zurückgekommen, wie? Vom letzten Krieg nicht viel erlebt. Hier einquartiert, Hauptmann George?“ fuhr der General mit eisigem Hochmut fort.

„Nicht Hauptmann George, Sie Dummerchen, Hauptmann Osborne“, sagte Rebekka. Der General blickte während der ganzen Zeit wütend von einem zum anderen.

„Hauptmann Osborne, soso, mit den Osbornes von L. verwandt?“

„Wir führen das gleiche Wappen“, sagte George wahrheitsgemäß, da Mr. Osborne vor fünfzehn Jahren bei der Anschaffung seines Wagens einen Heraldiker in Long Acre zu Rate gezogen hatte und sich aus dem Adelskalender das Wappen der Osbornes von L. herausgesucht hatte. Darauf erwiderte der General nichts, sondern nahm sein Theaterfernrohr – das doppelläufige Opernglas war in jenen Tagen noch nicht erfunden – und stellte sich, als betrachte er das Haus; aber Rebekka sah wohl, daß sein freies Auge nach ihr schielte und blutdürstige Blicke auf sie und George schoß.

Sie verdoppelte ihre Herzlichkeit. „Wie geht es der lieben Amelia? Aber ich brauche ja gar nicht zu fragen – wie hübsch sie aussieht! Und wer ist das nette, gutmütig aussehende Geschöpf neben ihr – wohl eine Flamme von Ihnen? Oh, ihr bösen Männer! Und dort ißt Mr. Sedley Eis, nein, wie es ihm schmeckt! General, warum haben wir kein Eis bekommen?“

„Soll ich Ihnen welches holen?“ sagte der General wutschnaubend.

„Lassen Sie mich gehen, ich bitte Sie darum“, sagte George.

„Nein, ich will Amelia in ihrer Loge aufsuchen. Liebes, süßes Mädchen! Geben Sie mir bitte den Arm, Hauptmann George.“ Nach diesen Worten nickte sie dem General leicht zu und trippelte in das Foyer hinaus. Kaum waren sie draußen, so warf sie George einen sehr seltsam schlauen Blick zu, einen Blick, der in Worten ausgedrückt hätte bedeuten können: Sehen Sie nicht, wie die Dinge stehen und wie ich ihn zum Narren halte? Aber er bemerkte den Blick nicht. Er dachte an seine eigenen Pläne und war in prahlerische Bewunderung seiner eigenen Unwiderstehlichkeit versunken.

Die Flüche, die der General vor sich hin murmelte, sobald Rebekka und ihr Eroberer ihn verlassen hatten, waren so schrecklich, daß sicherlich kein Setzer in der Firma von Bradbury und Evans es wagen würde, sie zu setzen, wenn ich sie aufgeschrieben hätte. Sie kamen dem General aus der Tiefe des Herzens, und es ist doch wunderlich, wenn man sich überlegt, daß das menschliche Herz solche Produkte erzeugt, daß es, wie es die Gelegenheit erfordert, eine solche Menge von Begierde und Zorn, Wut und Haß zutage bringen kann.

Auch Amelias sanfte Augen hatten sich ängstlich auf das Paar geheftet, dessen Benehmen den eifersüchtigen General so erhitzt hatte. Als aber Rebekka die Loge betrat, flog sie der Freundin mit einem liebevollen Entzücken entgegen, obwohl das Publikum sie sehr gut beobachten konnte, denn sie umarmte ihre liebste Freundin vor dem ganzen Haus oder doch zumindest unter dem Fernglas des Generals, das jetzt gerade auf die Osbornesche Gesellschaft gerichtet war. Mrs. Rawdon begrüßte auch Joseph sehr freundlich. Sie bewunderte Mrs. O'Dowds große Rauchtopasbrosche und ihre prachtvollen irischen Diamanten und wollte gar nicht glauben, daß sie nicht direkt von Golkonda kämen. Sie plauderte, drehte und wendete sich und lächelte bald diesem, bald jenem zu, alles unter dem eifersüchtigen Fernglas gegenüber. Als das Ballett anfangen sollte (in dem keine Tänzerin echter spielte und sich besser verstellte), hüpfte sie wieder in ihre eigene Loge zurück, diesmal an Hauptmann Dobbins Arm. Nein, sie wollte Georges Arm nicht nehmen, er sollte bei seiner allerliebsten, besten, kleinen Amelia bleiben und mit ihr plaudern.

„Was für eine Schwindlerin doch diese Frau ist“, murmelte der alte ehrliche Dobbin George zu, als er aus Rebekkas Loge, wohin er sie schweigend und mit Leichenbittermiene begleitet hatte, zurückkam. „Sie dreht und wendet sich wie eine Schlange. Hast du nicht gemerkt, George, daß sie die ganze Zeit, wo sie hier war, für den General da drüben gespielt hat?“

„Schwindlerin – gespielt? Zum Henker, sie ist die netteste kleine Frau in ganz England“, erwiderte George. Er zeigte seine weißen Zähne und zwirbelte seinen ambrosiaduftenden Backenbart. „Du bist kein Mann von Welt, Dobbin, verdammt, sieh mal hinüber, in der kurzen Zeit hat sie Tufto beschwatzt! Sieh nur, wie er lacht! Bei Gott, was für Schultern sie hat! Emmy, warum hast du kein Bukett? Jeder hat doch ein Bukett.“

„Na ja, warum haben Sie ihr denn eigentlich keins gekauft?“ fragte Mrs. O'Dowd, und sowohl Amelia als auch William Dobbin waren ihr für diese treffende Bemerkung dankbar. Trotzdem fand keine der beiden Damen ihre gute Laune wieder. Amelia war ganz überwältigt von dem verwirrenden Glanz und dem eleganten Geplauder ihrer gewandten Rivalin. Selbst die O'Dowd war schweigsam und unterworfen von Beckys brillanter Erscheinung und sagte den ganzen Abend über kaum noch ein Wort von Glenmalony.

„Wann wirst du endlich das Spielen aufgeben, George, wie du es mir in den letzten hundert Jahren andauernd versprochen hast?“ fragte Dobbin seinen Freund ein paar Tage nach dem Opernbesuch. „Und wann wirst du endlich das Predigen aufgeben?“ lautete die Antwort des anderen. „Weshalb, zum Henker, Mann, regst du dich so auf? Wir spielen niedrig; ich habe gestern abend gewonnen. Du glaubst doch nicht etwa, daß Crawley betrügt? Wenn man ehrlich spielt, gleicht es sich bis zum Ende des Jahres wieder aus.“

„Aber ich glaube nicht, daß er bezahlen könnte, wenn er verlöre“, sagte Dobbin. Der Rat des guten William hatte den Erfolg, den ein guter Rat gewöhnlich hat. Osborne und Crawley waren jetzt häufig zusammen. General Tufto speiste fast immer auswärts. George war stets willkommen in den Räumen, die der Adjutant und seine Frau, wirklich sehr dicht neben denen des Generals, im Hotel bewohnten.

Als George mit Amelia Crawley und dessen Frau in dieser Wohnung besucht hatte, führte sich Amelia so auf, daß es fast zu ihrem ersten Streit gekommen wäre. George schalt seine Frau heftig, weil sie erst zu verstehen gab, daß sie nicht mitgehen wollte, und sich dann so hochmütig gegenüber ihrer alten Freundin, Mrs. Crawley, benahm. Amelia antwortete keinen Ton darauf. Aber beim zweiten Besuch, unter den Augen ihres Mannes und Rebekkas prüfendem Blick, war sie womöglich noch scheuer und unbeholfener als beim ersten.

Rebekka war natürlich doppelt liebevoll und wollte von der Kälte ihrer Freundin nicht die mindeste Notiz nehmen. „Ich glaube, Emmy ist stolzer geworden, seitdem der Name ihres Vaters in der ... seit Mr. Sedleys Unglück“, sagte Rebekka, wobei sie den Satz für Georges Ohr barmherzig milderte.

„Auf mein Wort, als wir in Brighton waren, glaubte ich, daß sie mir die Ehre erwiese, eifersüchtig auf mich zu sein, und jetzt stößt sie sich wahrscheinlich daran, daß Rawdon, ich und der General zusammen wohnen. Aber, Kindchen, wie könnten wir mit unseren geringen Mitteln überhaupt leben, wenn wir nicht einen Freund hätten, der die Kosten mit uns teilt? Und glauben Sie denn, Rawdon sei nicht groß genug, um über meiner Ehre zu wachen? Aber ich bin Emmy sehr verbunden, sehr“, sagte Mrs. Rawdon.

„Pah, Eifersucht!“ antwortete George. „Alle Frauen sind eifersüchtig.“

„Und alle Männer auch. Waren Sie an dem Abend in der Oper nicht eifersüchtig auf General Tufto und der General auf Sie? Hach, er hätte mich am liebsten gefressen, als ich mit Ihnen ging, um Ihre närrische kleine Frau zu besuchen. Als ob ich mir auch nur einen

Pfifferling aus einem von euch machte“, sagte Crawleys Frau und warf keck den Kopf in den Nacken. „Wollen Sie hier speisen? Der Dragoner speist bei dem Oberbefehlshaber. Wichtige Nachrichten soll es geben. Man sagt, die Franzosen hätten die Grenze überschritten. Wir können ganz ruhig essen.“

George nahm die Einladung an, obwohl seine Frau sich nicht ganz wohl fühlte. Sie waren jetzt noch nicht sechs Wochen verheiratet. Eine andere Frau verlachte und verhöhnte sie, und er ließ es ruhig geschehen. Er war nicht einmal mit sich selbst böse, der gutmütige Bursche. Es ist eine Schande, gestand er sich; allein, zum Henker! was kann ein junger Kerl tun, wenn sich ihm eine hübsche Frau an den Hals wirft? „Ich springe mit Frauen eben ziemlich frei um“, hatte er oft lächelnd und verständnisinnig nickend zu Stubble, Spooney und anderen Kameraden am Offizierstisch gesagt, und sie achteten ihn wegen dieser Tapferkeit nur um so mehr. Nächst Kriegseroberungen sind seit undenklichen Zeiten Liebeseroberungen bei Männern auf dem Jahrmarkt der Eitelkeit stets eine Quelle des Stolzes gewesen; denn warum sollten sonst Schulbuben mit ihren Liebschaften prahlen und Don Juan so beliebt sein?

So versuchte denn Mr. Osborne in der Überzeugung, er sei ein Herzensbrecher und seine Bestimmung sei es, Frauen zu erobern, nicht, gegen sein Schicksal anzukämpfen, sondern ergab sich selbstzufrieden darein. Und da Emmy nicht viel sagte und ihn nicht mit ihrer Eifersucht plagte, sondern bloß unglücklich wurde und sich im stillen grämte, so bildete er sich ein, daß sie gar keine Ahnung von dem hätte, was doch keinem seiner Bekannten verborgen war – dem verzweifelten Flirt, der sich zwischen ihm und Mrs. Crawley angesponnen hatte. Sooft sie frei war, ritt er mit ihr aus. Bei Amelia schützte er Regimentsgeschäfte vor (eine Lüge, die sie nicht zu täuschen vermochte). Er überließ seine Frau der Einsamkeit oder der Gesellschaft ihres Bruders und verbrachte seine Abende bei den Crawleys. Er verlor sein Geld an den Mann und schmeichelte sich, daß die Frau sterblich in ihn verliebt sei. Höchstwahrscheinlich hatte sich das würdige Paar nie direkt gegen ihn verschworen und ausgesprochen, daß der eine dem jungen Mann um den Bart gehen sollte, während der andere ihm beim Kartenspiel sein Geld abzugewinnen habe; aber sie verstanden sich völlig, und Rawdon ließ Osborne stets gutgelaunt kommen und gehen.

George war mit seinen neuen Bekannten so beschäftigt, daß er mit William Dobbin weit weniger zusammen war als früher. George mied ihn in der Öffentlichkeit und beim Regiment und liebte, wie wir wissen, die Predigten nicht, mit denen sein älterer Freund ihn so gern heimsuchte. Georges Benehmen stimmte Hauptmann Dobbin oftmals außerordentlich ernst und kühl; doch was nützte es, George zu sagen, daß er trotz seines mächtigen Backenbartes und seines großen Selbstgefühls so grün wie ein Schuljunge war, daß er Rawdons Opfer werden würde, wie schon viele zuvor, und daß dieser ihn verächtlich abschütteln werde, wenn er ihn ausgenützt habe? Er würde ja doch nicht zuhören; und da Dobbin an den Tagen, an denen er Osbornes Haus aufsuchte, seinen alten Freund selten traf, wurden ihnen viele schmerzliche nutzlose Gespräche erspart. Unser Freund George genoß mit vollen Zügen die Freuden des Jahrmarkts der Eitelkeit.

Seit den Tagen des Königs Darius hat sich wohl kaum einem Heer ein so glänzendes Gefolge angeschlossen wie im Jahre 1815 dem des Herzogs von Wellington in den Niederlanden. Dieses Gefolge führte die Armee des Herzogs sozusagen tanzend und feiernd der Schlacht entgegen. Ein Ball, den eine edle Herzogin am 15. Juni dieses Jahres in Brüssel gab, ist historisch geworden. Ganz Brüssel war in Aufruhr deshalb, und ich habe von Damen, die sich zu jener Zeit in dieser Stadt aufhielten, gehört, daß sich ihre Geschlechtsgenossinnen weit mehr für den Ball interessierten und erhitzten als für den Feind an der Front. Die Kämpfe, Intrigen und Bitten um Karten waren so, wie nur englische Damen sie anstrengen können, die in die Gesellschaft der Großen ihrer Nation zugelassen werden wollen.

Joseph und Mr. O'Dowd, die darauf brannten, eingeladen zu werden, bemühten sich vergeblich, Karten zu erhalten; aber andere unserer Freunde waren glücklicher. So erhielt zum Beispiel George durch Vermittlung von Lord Bareacres als Ausgleich für das Diner in dem Restaurant eine Karte für Hauptmann und Mrs. Osborne. Er war nicht wenig stolz darauf. Dobbin, der ein Freund des kommandierenden Generals der Division, zu der ihr Regiment gehörte, war, kam eines Tages lachend zu Mrs. Osborne und zeigte eine gleiche Einladungskarte vor, was den guten Joseph neidisch machte und George verwunderte, wie zum Teufel denn der sich Zutritt zu so vornehmer Gesellschaft verschaffen konnte. Mr. und Mrs. Rawdon waren natürlich auch eingeladen, wie es Freunden des Generals einer Kavalleriebrigade zukam.

An dem festgesetzten Abend fuhren George und Amelia, der er neue Kleider und Schmuck aller Art hatte kommen lassen, auf den berühmten Ball, wo seine Frau auch nicht eine Seele kannte. Nachdem er sich nach Lady Bareacres umgesehen hatte, die ihn aber schnitt, weil sie dachte, die Einladung sei genug, setzte er Amelia auf eine Bank und überließ sie ihren eigenen Gedanken. Er war der Ansicht, daß er sich doch recht anständig benommen hatte, ihr neue Kleider zu kaufen und sie auf den Ball mitzunehmen, nun stand es ihr doch frei, sich zu amüsieren, wenn sie Lust hatte. Ihre Gedanken waren nicht sehr heiter, und außer dem ehrlichen Dobbin kam niemand, um sie darin zu stören.

Während ihr Erscheinen gar kein Aufsehen erregte (wie ihr Gatte mit einiger Wut feststellte), war Mrs. Rawdon Crawleys Debüt dagegen sehr glänzend. Sie kam spät. Ihr Gesicht strahlte, ihre Kleidung war vollkommen. Inmitten der anwesenden hohen Persönlichkeiten und der auf sie gerichteten Augengläser schien Rebekka so kaltblütig und gefaßt zu sein wie damals, als sie die kleinen Mädchen bei Miss Pinkerton zur Kirche geführt hatte. Viele der Herren kannte sie bereits, und sämtliche Stutzer umdrängten sie. Die Damen flüsterten untereinander, Rawdon habe sie aus einem Kloster entführt und sie sei eine Verwandte der Montmorencys. Sie sprach so vollendet Französisch, daß an dem Gerücht wohl etwas Wahres sein konnte. Man war sich einig, daß sie sehr gute Manieren habe und sehr vornehm auftrete. Fünfzig Tänzer umringten sie auf einmal und drängten auf die Ehre, mit ihr tanzen zu dürfen. Aber sie sagte, sie sei bereits engagiert und wolle nur sehr wenig tanzen. Dann eilte sie zu dem Platz, wo Emmy völlig unbeachtet und tief unglücklich saß. Und um das arme Kind unmöglich zu machen, begrüßte Mrs. Rawdon ihre liebste Amelia herzlich und fing sofort an, sie zu begönnern. Sie hatte am Kleid und an der Frisur ihrer Freundin etwas auszusetzen und wunderte sich, wie sie nur so chaussée sein könne, und sie bestand darauf, ihr gleich am nächsten Morgen ihre corsetière zu schicken. Sie beteuerte, daß es ein herrlicher Ball sei, daß alle da seien, die jedermann kenne, und daß nur ganz wenige gesellschaftliche Nullen im Saal seien. Tatsächlich hatte diese junge Frau schon nach vierzehn Tagen und drei Diners in der Gesellschaft sich so den vornehmen Jargon angeeignet, daß ein Angehöriger dieser Klasse ihn nicht besser hätte sprechen können. Und nur daraus, daß ihr Französisch so gut war, konnte man ersehen, daß sie von Geburt keine Dame war.

George, der Amelia beim Eintritt in den Ballsaal auf ihrer Bank gelassen hatte, fand bald seinen Weg zu ihr zurück, als Rebekka bei ihrer lieben Freundin war. Becky belehrte eben Mrs. Osborne über die Torheiten, die ihr Mann beging. „Um Himmels willen, meine Liebe, halt ihn vom Spielen zurück, sonst ruiniert er sich noch“, sagte sie. „Er und Rawdon spielen jeden Abend Karten, und du weißt, wie arm er ist, und Rawdon gewinnt ihm jeden Shilling ab, wenn er sich nicht vorsieht. Warum verhinderst du es nicht, du sorgloses Geschöpfchen? Warum kommst du nicht abends zu uns, anstatt dich mit diesem Hauptmann Dobbin daheim zu langweilen? Er ist gewiß très aimable, aber wie kann man einen Mann mit so großen Füßen lieben? Die Füße deines Mannes dagegen sind süß – ah, da kommt er ja. Wo sind Sie gewesen, Sie Böser? Emmy weint sich inzwischen Ihretwegen die Augen aus. Wollen Sie mich zur Quadrille holen?“ Und sie ließ ihr Bukett und ihren Schal bei Amelia und trippelte mit George davon zum Tanzen. Nur Frauen können so verletzen. Sie haben an den Spitzen ihrer kleinen Pfeile ein Gift, das tausendmal mehr schmerzt als die stumpfere Waffe eines Mannes. Unsere arme Emmy, die in ihrem ganzen Leben noch nie gehaßt, noch nie gehöhnt hatte, war machtlos in den Händen ihrer unbarmherzigen kleinen Feindin.

George tanzte zwei- oder dreimal mit Rebekka, wie oft, wußte Amelia kaum. Sie saß völlig unbeachtet in ihrer Ecke, und nur Rawdon kam einmal und versuchte ungeschickt, sich ein wenig mit ihr zu unterhalten, und spät am Abend war Hauptmann Dobbin so kühn, ihr ein paar Erfrischungen zu bringen und sich zu ihr zu setzen. Er mochte sie nicht fragen, warum sie so traurig sei, aber als Erklärung für die Tränen in ihren Augen sagte sie, Mrs. Crawley habe sie erschreckt, als sie ihr erzählte, daß George immer noch spiele.

„Es ist doch komisch, von welchen plumpen Schuften sich ein Mann betrügen läßt, wenn er hinter dem Spiel her ist“, sagte Dobbin, und Emmy antwortete: „Ja, wirklich.“

Sie dachte an etwas anderes. Es war nicht der Verlust des Geldes, der ihr Kummer machte.

Schließlich kam George zurück, um Rebekkas Schal und ihre Blumen zu holen. Sie ging und ließ sich nicht einmal herab, zurückzukommen, um sich von Amelia zu verabschieden. Das arme Mädchen ließ ihren Mann kommen und gehen, ohne auch nur eine Silbe zu sagen, und ließ traurig den Kopf hängen. Dobbin war weggerufen worden und flüsterte angelegentlich mit dem Divisionsgeneral, seinem Freund. Er hatte diesen Abschied nicht beobachtet. George entfernte sich mit dem Bukett. Als er es aber der Eigentümerin übergab, lag ein Briefchen, zusammengerollt wie eine Schlange, in den Blumen. Rebekka fiel es sofort ins Auge. Schon in frühester Jugend war sie es gewohnt, mit Briefchen umzugehen. Sie streckte ihre Hand aus und nahm den Strauß. Ihre Augen trafen sich, und er sah, daß sie wußte, was sie darin finden würde. Ihr Mann führte sie eiligst davon, scheinbar viel zu sehr mit seinen eigenen Gedanken beschäftigt, um die Zeichen der Verständigung zwischen seinem Freund und seiner Frau zu bemerken. Sie waren auch nicht sehr auffällig. Rebekka reichte George die Hand mit einem ihrer raschen schlauen Blicke, knickste und entfernte sich. George beugte sich über ihre Hand, erwiderte nichts auf eine Bemerkung Crawleys, ja hörte sie nicht einmal. Sein Gehirn fieberte vor Triumph und Aufregung, und er ließ sie wortlos gehen.

Seine Frau sah zumindest einen Teil der Bukettszene. Daß George auf Rebekkas Bitte ihren Schal und die Blumen holte, war ganz in Ordnung, das hatte er im Laufe der letzten Tage zwanzigmal getan, aber jetzt wurde es ihr doch zuviel. „William“, sagte sie und klammerte sich plötzlich an Dobbin, der ganz in der Nähe stand, „Sie sind immer sehr freundlich zu mir gewesen – mir ist – mir ist nicht gut. Bringen Sie mich nach Hause.“ Sie wußte nicht, daß sie ihn mit dem Vornamen ansprach, wie es George sonst tat. Rasch ging er mit ihr davon. Ihre Wohnung war ganz in der Nähe, und sie schlängelten sich durch die Menge draußen, die in noch größerer Bewegung war als im Ballsaal.

George war schon ein paarmal ärgerlich gewesen, als er, von einer Gesellschaft nach Hause gekommen, seine Frau noch auf fand. Sie legte sich daher bald ins Bett, aber obgleich sie nicht schlief und der Lärm und das Getöse und das Pferdegetrappel kein Ende nahm, so hörte sie doch nichts von alldem, da ganz andere Aufregungen sie wach hielten.

Unterdessen ging Osborne, ganz berauscht in seinem Hochmut, an einen Spieltisch und fing an, wie wild zu setzen. Er gewann wiederholt. „Heute abend gelingt mir alles“, sagte er. Aber nicht einmal das Glück im Spiel heilte ihn von seiner Ratlosigkeit.

Er sprang daher nach einer Weile auf, steckte seinen Gewinn ein und ging an ein Büfett, wo er mehrere Gläser Wein hinunterstürzte. Hier fand ihn Dobbin, als er mit den Umstehenden überschäumend vor Lebhaftigkeit schwatzte und laut lachte. Er hatte seinen Freund schon an den Spieltischen gesucht. Dobbin war so blaß und ernst, wie sein Kamerad rot und lustig war.

„Hallo, Dob! Komm und trink, alter Dob! Der Wein des Herzogs ist famos. Geben Sie mir noch etwas, mein Herr", und er streckte sein zitterndes Glas aus.

„Komm mit raus, George", sagte Dobbin, immer noch ernst. „Laß das Trinken!"

„Das Trinken! Es gibt nichts Besseres auf der Welt. Trink selbst, damit deine Wangen ein bißchen Farbe bekommen, alter Junge. Auf dein Wohl!"

Dobbin trat ganz nahe an ihn heran und flüsterte ihm etwas zu, worauf George hochfuhr, ein wildes Hurra ausstieß, sein Glas austrank, es klirrend auf den Tisch stellte und sich am Arme seines Freundes eiligst entfernte. „Der Feind hat die Sambre überschritten", sagte William, „und unser linker Flügel kämpft bereits. Komm fort. In drei Stunden müssen wir marschieren."

George ging mit Dobbin davon, und seine Nerven zitterten vor Aufregung über die so lange erwartete Nachricht, die doch so plötzlich kam. Was bedeuteten jetzt Liebe und Intrigen? Er dachte, während er mit eiligen Schritten seinem Quartier zustrebte, an tausend andere Dinge – an sein vergangenes Leben und seine Aussichten für die Zukunft, an das Schicksal, das ihn erwarten konnte, an die Frau, vielleicht an das Kind, von dem er, ohne es gesehen zu haben, scheiden mußte. Ach, könnte er doch die Ereignisse des Abends ungeschehen machen und dem zarten und reinen Wesen mit ruhigem Gewissen Lebewohl sagen, dessen Liebe er so geringgeachtet hatte!

Er dachte über sein kurzes Eheleben nach. In diesen wenigen Wochen hatte er sein kleines Kapital furchtbar verschwendet. Wie wild und rücksichtslos war er doch gewesen! Was blieb ihr, wenn ihm ein Unglück zustieße? Wie unwürdig war er ihrer. Warum hatte er sie geheiratet? Er war nicht für die Ehe geboren. Warum hatte er seinem Vater nicht gehorcht, der doch stets so großmütig gegen ihn gewesen war? Hoffnung, Reue, Ehrgeiz, Zärtlichkeit und egoistisches Bedauern erfüllten sein Herz. Er setzte sich nieder und schrieb an seinen Vater, dabei fiel ihm ein, was er schon einmal gesagt hatte, als er vor einem Duell stand. Die Morgendämmerung warf bereits ihre zarten Streifen über den Himmel, als er den Abschiedsbrief beendete. Er versiegelte ihn und küßte die Aufschrift. Er dachte daran, wie er diesen großzügigen Vater verlassen hatte, und an das viele Gute, das ihm der strenge alte Mann erwiesen hatte.

Er hatte einen Blick in Amelias Schlafzimmer geworfen, als er nach Hause kam. Sie lag ruhig, ihre Augen schienen geschlossen, und er war froh, daß sie schlief. Vom Balle zurückgekehrt, hatte er seinen Burschen schon inmitten der Vorbereitungen für den Abmarsch angetroffen. Der Diener hatte sein Signal, kein Geräusch zu machen, verstanden und tat seine Arbeit schnell und ruhig. Sollte er nun hineingehen und Amelia wecken, überlegte er, oder sollte er ihrem Bruder ein Briefchen zurücklassen, daß der ihr die Nachricht von dem Abmarsch mitteilte? Er ging hinein, um sie noch einmal zu sehen.

Sie war wach gewesen, als er zum ersten Male in ihr Zimmer trat, hatte aber die Augen geschlossen gehalten, damit er ihr Wachsein nicht als Vorwurf betrachten sollte. Als er aber so kurz nach ihr selbst zurückkam, fühlte sich das furchtsame Herzchen etwas erleichtert. Sie drehte sich ihm zu, als er leise aus ihrem Zimmer ging, und fiel in einen leichten Schlummer. George trat nun noch leiser ein und betrachtete sie wieder. Bei dem bleichen Nachtlicht konnte er ihr liebliches, blasses Gesicht sehen – die rosigen Augenlider mit den langen Wimpern waren geschlossen, und ein runder Arm, glatt und weiß, lag auf der Decke. Guter Gott! Wie rein war sie, wie anmutig, wie zart und wie einsam! Und er, wie egoistisch, wie brutal und wie verbrecherisch! Schuldbewußt und tief beschämt stand er am Fußende des Bettes und sah auf das schlafende Mädchen. Wie konnte er es wagen – wer war er, für eine so Reine zu beten! Gott segne sie! Gott segne sie! Er trat neben das Bett und blickte auf die Hand, die kleine, weiche Hand, die schlafend dalag. Dann beugte er sich lautlos über das Kissen mit dem sanften blassen Gesicht.

Zwei schöne Arme schlangen sich zärtlich um seinen Hals. „Ich bin wach, George", sagte das arme Kind mit einem tiefen Seufzer, der beinahe das kleine Herz gebrochen hätte, das sich so fest an das seine anschmiegte. Sie war wach, die arme Seele, und warum? In diesem Augenblick ertönte vom Waffenplatz der helle Ton eines Horns und wurde überall aufgenommen. Und von den Trommeln der Infanterie und den schrillen Pfeifen der Schotten erwachte die ganze Stadt.

30. Kapitel

„Ein Mädchen ließ zurück ich"

Wir erheben keinen Anspruch, zu den Kriegsschriftstellern gerechnet zu werden. Unser Platz ist bei den Nichtkämpfern. Wenn das Verdeck für den Kampf geräumt wird, dann gehen wir hinab und warten bescheiden ab. Wir würden nur die Manöver behindern, die die tapferen Burschen oben durchführen. Wir wollen daher auch mit dem ... ten Regiment nur bis zum Stadttor mitgehen und kehren, während wir den Major O'Dowd seinen Pflichten überlassen, zu der Majorin, den Damen und der Bagage zurück.

Der Major und seine Frau, die man nicht zu dem Ball eingeladen hatte, auf dem in unserem letzten Kapitel andere unserer Freunde erschienen waren, hatten weit mehr Zeit gehabt, die gesunde natürliche Ruhe im Bette zu pflegen, als Leute, die neben den Pflichten noch Vergnügungen nachgehen wollen. „Ich glaube, meine liebe Peggy", sagte der Major, als er sich gelassen die Nachtmütze über die Ohren zog, „es wird in ein paar Tagen auf einem Ball getanzt werden, dessen Musik einige von denen noch nie gehört haben." Er fühlte sich weit glücklicher, nach einem stillen Gläschen zur Ruhe gehen zu können als bei irgendeinem anderen Vergnügen zu erscheinen. Peggy ihrerseits hätte zwar gern ihren Turban und den Paradiesvogel auf dem Ball gezeigt, wenn nicht ihr Mann ihr etwas mitgeteilt hätte, was sie sehr ernst stimmte.

„Ich möchte gern, daß du mich, eine halbe Stunde bevor das Signal zum Sammeln gegeben wird, weckst", sagte der Major zu seiner Frau. „Ruf mich um halb zwei Uhr, liebe Peggy, und bring bitte meine Sachen in Ordnung. Es kann sein, daß ich nicht zum Frühstück zurückkomme, Mrs. O'Dowd." Mit diesen Worten, mit denen er ausdrückte, daß das Regiment am nächsten Morgen marschieren würde, beendete der Major das Gespräch und schlief ein.

Mrs. O'Dowd, die gute Hausfrau, geschmückt mit Lockenwickeln und Kamisol, fühlte, daß es in diesem Moment ihre Pflicht sei, zu handeln und nicht zu schlafen. „Dafür ist noch Zeit genug, wenn Mick fort ist", sagte sie, und so packte sie seinen Reisesack für den Marsch, bürstete seinen Mantel, seine Mütze und andere Uniformstücke, legte sie ihm zurecht und steckte ihm in die Manteltaschen ein Päckchen mit allerlei Erfrischungen und eine Korbflasche, eine sogenannte Taschenpistole, mit fast einem halben Liter guten Kognaks, den sie und der Major sehr schätzten. Sobald dann die Zeiger der Repetieruhr auf halb zwei Uhr wiesen und das Schlagwerk (es stand dem Klang von Kirchenglocken nicht nach, wie seine schöne Eigentümerin meinte) die verhängnisvolle Stunde einläutete, weckte Mrs. O'Dowd ihren Major und hatte für ihn eine so gemütliche Tasse Kaffee bereit, wie nur eine an jenem Morgen in Brüssel gemacht wurde. Wer kann leugnen, daß die Vorbereitungen dieser würdigen Dame ebensoviel Zuneigung bewiesen wie die hysterischen Tränenausbrüche, mit denen gefühlvollere Frauen ihre Liebe zur Schau stellten? War nicht das gemeinsame Kaffeetrinken unter dem Sammelruf der Hörner und dem Trommelklang in den verschiedenen Stadtteilen nützlicher und zweckmäßiger, als ein bloßer Gefühlserguß sein konnte? Die Folge war, daß der Major bei der Parade nett, frisch und munter erschien, und sein rosiges, gutrasiertes Gesicht hoch zu Pferde erfüllte das ganze Korps mit Zuversicht und Vertrauen. Alle Offiziere grüßten beim Vorbeimarsch die wackere Frau auf dem Balkon, die ihnen einen Abschiedsgruß zuwinkte. Ich glaube, ich darf sagen, daß es nicht Mangel an Mut war, sondern eher das Gefühl weiblichen Taktes und Anstands, was die Majorin davon abhielt, das tapfere ...te Regiment persönlich in die Schlacht zu führen.

An Sonntagen und bei feierlichen Anlässen las Mrs. O'Dowd sehr ernsthaft in einem dicken Band mit Predigten ihres Onkels, des Dekans. Sie hatte Trost darin gefunden, als sie auf der Rückreise von Westindien nach England mit ihrem Transportschiff beinahe untergegangen wären. Nach dem Abmarsch des Regiments nahm sie sich wieder den Band vor, um ihre Betrachtungen anzustellen. Wahrscheinlich verstand sie nicht viel von dem, was sie las, und ihre Gedanken waren woanders. Aber jetzt zu schlafen, mit der Nachtmütze des armen Mick dort auf dem Kopfkissen, war ein vergebliches Unterfangen. So ist der Lauf der Welt. Jack und Donald marschieren, mit dem Tornister auf dem Rücken, dem Ruhm entgegen und setzen ihre Füße munter nach der Melodie

„Ein Mädchen ließ zurück ich". Und sie ist es, die zurückbleibt und leidet – denn sie hat Zeit zum Denken und Brüten und dazu, Erinnerungen nachzuhängen.

Da sie wußte, wie unnütz Kummer ist und daß man sich nur noch unglücklicher macht, wenn man seinen Gefühlen nachgibt, beschloß Mrs. Rebekka weislich, keine sinnlose Trauer aufkommen zu lassen, und ertrug die Trennung von ihrem Gatten mit wahrhaft spartanischem Gleichmut. Tatsächlich war Hauptmann Rawdon vom Abschied weit mehr ergriffen als die entschlossene kleine Frau, der er Lebewohl sagte. Sie hatte diesen rohen, ungehobelten Charakter bezwungen, und er liebte und verehrte sie mit allen Kräften von Achtung und Bewunderung. Während seines ganzen Lebens war er noch nie so glücklich gewesen wie in den wenigen letzten Monaten durch seine Frau. Alle früheren Freuden beim Pferderennen, am Offizierstisch, bei der Jagd und beim Spiel, alle früheren Liebschaften mit Modistinnen und Ballettänzerinnen und ähnliche leichte Triumphe des ungeschlachten Adonis in Uniform waren fade im Vergleich zu den rechtmäßigen Ehefreuden, die er zuletzt genossen hatte. Seine Frau wußte ihn stets zu zerstreuen, und er hatte sein Haus und ihre Gesellschaft tausendmal angenehmer empfunden als alle Orte oder Gesellschaften seit seiner Kindheit. Er verwünschte seine früheren Torheiten und Ausschweifungen und bedauerte vor allem seine keineswegs unbedeutenden Schulden, die das Fortkommen seiner Frau in der Welt stets behindern würden. Oft hatte er in mitternächtlichen Unterredungen mit Rebekka darüber gestöhnt, obgleich sie ihm während seiner Junggesellenzeit niemals Unruhe verursacht hatten. Das setzte ihn selbst in Erstaunen. „Zum Henker", pflegte er zu sagen (vielleicht benutzte er auch einen stärkeren Ausdruck aus seinem einfachen Wortschatz), „bevor ich geheiratet hatte, war es mir gleich, unter welche Wechsel ich meinen Namen setzte, und solange Moses Aufschub gab oder Levy auf weitere drei Monate verlängern wollte, kümmerte ich mich nicht darum. Aber seit ich verheiratet bin, habe ich auf Ehrenwort keinen Fetzen Stempelpapier angerührt, außer natürlich der verlängerten Wechsel."

Rebekka wußte diese melancholische Stimmung stets zu verscheuchen. „Ach, du dummes Schätzchen", pflegte sie zu sagen, „mit deiner Tante sind wir noch nicht fertig. Wenn sie uns im Stich läßt, so kann man immer noch öffentlich Bankrott erklären, oder halt! Ich habe noch einen anderen Plan für den Fall, daß dein Onkel Bute stirbt. Die Pfründe hat stets dem jüngeren Bruder gehört, und warum solltest du nicht dein Offizierspatent verkaufen und der Kirche beitreten?" Der Gedanke an diese Bekehrung ließ Rawdon in ein brüllendes Gelächter ausbrechen; man hätte die Explosion und das „Haha" der gewaltigen Dragonerstimme durch das mitternächtliche Hotel hören können. General Tufto vernahm es in seinem Quartier im ersten Stock über ihnen. Rebekka führte mit viel Witz zur großen Freude des Generals die ganze Szene beim Frühstück noch einmal auf und hielt dabei Rawdons Antrittspredigt.

Aber alle diese Tage und Unterhaltungen gehörten der Vergangenheit an. Als die Nachricht kam, daß der Feldzug eröffnet sei und die Truppen marschieren sollten, wurde

Rawdon so ernst, daß Becky ihn neckte, und das verletzte die Gefühle des Leibgardisten tief. „Hoffentlich glaubst du nicht, daß ich Furcht habe“, sagte er mit etwas zitternder Stimme. „Aber ich bin ein gutes Ziel für eine Kugel, und siehst du, wenn es mich trifft, so lasse ich einen oder vielleicht zwei Menschen zurück, die ich gern versorgt wissen möchte, da ich sie doch in die Patsche gebracht habe. Dabei gibt es wirklich nichts zu lachen, Mrs. Crawley.“

Rebekka suchte durch hundert Liebkosungen und freundliche Worte die Gefühle des verwundeten Liebhabers wieder zu besänftigen. Wenn das Temperament und der Humor in diesem munteren Geschöpf die Oberhand gewannen (und das geschah in fast allen Lebenslagen), brach der Spott mit ihr durch, sie konnte aber bald auch wieder ein ernsthaftes Gesicht aufsetzen. „Liebster Schatz“, sagte sie, „glaubst du, ich fühle nichts?“ Sie wischte hastig etwas aus ihren Augen und sah ihren Mann lächelnd an.

„Schau mal“, sagte er. „Wir wollen sehen, was für dich bleibt, wenn ich fallen sollte. Ich habe jetzt ziemlich viel Glück gehabt, da, hier sind zweihundert Pfund. In meiner Tasche habe ich zehn Napoleons. Mehr brauche ich nicht, denn der General zahlt wie ein Fürst alles. Und wenn ich getroffen werde, nun, so weißt du ja, daß ich nichts mehr koste. Weine nicht, kleine Frau, ich kann noch lange leben, um dich zu ärgern. Von meinen Pferden nehme ich keins mit, ich werde den Grauen des Generals reiten, das ist billiger. Ich habe ihm gesagt, meins sei lahm. Komm ich nicht wieder, dann könnten dir die beiden was einbringen. Gestern, ehe diese vermaledeite Nachricht kam, hat Grigg mir neunzig für die Stute geboten. Dumm wie ich war, wollte ich sie nicht unter zwei Nullen weggeben. Für Dompfaff erhältst du überall einen schönen Preis, nur wird es besser sein, wenn du ihn hierzulande verkaufst. Die Händler drüben haben zu viele Wechsel von mir in Händen, und deshalb wäre mir lieber, er ginge nicht nach England zurück. Die kleine Stute, die der General dir geschenkt hat, wird auch etwas bringen, und hier gibt es nicht die verdammten Stallrechnungen wie in London“, setzte Rawdon lachend hinzu. „Da das Necessaire hat mich zweihundert gekostet – das heißt, ich bin zweihundert dafür schuldig. Und die Golddeckel und Flaschen werden dreißig bis vierzig wert sein. Das mußt du alles versetzen mitsamt meinen Nadeln und Ringen, meiner Uhr, Kette und dem ganzen Kram. Es hat alles eine hübsche Summe gekostet. Soviel ich weiß, hat Miss Crawley für die Kette samt der Ticktack hundert bare bezahlt. Ja, ja, Golddeckel und Flaschen! Verdammt, ich ärgere mich jetzt, daß ich nicht mehr genommen habe. Edwards wollte mir durchaus einen silbernen vergoldeten Stiefelknecht aufdrängen, und ich hätte ein Necessaire bekommen können mit einer silbernen Wärmflasche und ein Silberservice. Aber weißt du, Becky, wir müssen eben aus dem, was wir haben, das Beste machen.“

So traf Hauptmann Crawley, der bis auf die letzten Monate seines Lebens, als die Liebe ihn bezwungen hatte, selten an etwas anderes gedacht hatte als an sich selbst, seine letzten Verfügungen und ging die verschiedenen Posten seines kleinen

Eigentumsverzeichnisses durch, um zu sehen, wie sie sich zum Wohle seiner Frau in Geld umsetzen ließen, falls ihm ein Unglück zustoßen würde. Er gefiel sich darin, mit einem Bleistift in seiner Schuljungenhandschrift die verschiedenen Posten seines beweglichen Eigentums, das zugunsten seiner Witwe verkauft werden konnte, aufzuschreiben. Es hieß zum Beispiel darin: „Meine doppelläufige Mantonflinte, sagen wir 40 Guineen; mein Ausgehmantel mit Zobel gefüttert 50 Pfund; meine Duellpistolen im Rosenholzkasten (mit denen ich Hauptmann Marker erschoß) 20 Pfund; meine regulären Sattelhalter und Satteldecke; dito von Laurie“ und so weiter. Er machte Rebekka zur Herrin über alle diese Gegenstände.

Getreu seinem Sparsamkeitsplan zog der Hauptmann seine älteste und schäbigste Uniform an und nahm die schlechtesten Epauletten, alles Neue ließ er unter der Obhut seiner Frau (oder vielleicht seiner Witwe) zurück. So zog also dieser berühmte Stutzer von Windsor und dem Hyde Park bescheiden ausgerüstet wie ein Sergeant in den Kampf und mit einer Art von Gebet für die Frau, von der er schied, auf den Lippen. Er hob sie hoch und hielt sie eine Minute, fest an sein heftig klopfendes Herz gedrückt, in den Armen. Sein Gesicht war purpurrot, und seine Augen verschleiert, als er sie niedersetzte und sich entfernte. Schweigend ritt er neben seinem General und rauchte seine Zigarre, als sie den Truppen, die zur Brigade des Generals gehörten und schon voraus waren, nacheilten. Erst als sie ein paar Meilen zurückgelegt hatten, hörte er auf, seinen Schnurrbart zu zwirbeln, und brach das Schweigen.

Rebekka hatte ja weislich beschlossen, wie wir bereits berichtet haben, beim Abschied ihres Mannes sich keinen nutzlosen Sentimentalitäten hinzugeben. Sie winkte ihm vom Fenster aus ein Adieu zu, und nachdem er verschwunden war, blieb sie noch einen Augenblick stehen, um hinauszusehen. Die Türme der Kathedrale und die hohen Giebel der altertümlichen Häuser begannen gerade, in der aufgehenden Sonne rosig zu leuchten. Sie hatte in dieser Nacht keinen Schlaf gehabt. Immer noch war sie in ihrem hübschen Ballkleid, ihr blondes Haar hing ihr in leichter Unordnung im Nacken, und sie hatte dunkle Augenränder vom Wachen. Wie abscheulich sehe ich aus, sagte sie sich, als sie einen prüfenden Blick in den Spiegel warf, und wie blaß mich dieses Rosa macht! Sie legte das rosa Gewand ab, dabei fiel aus dem Mieder ein Billett. Sie hob es lächelnd auf und verschloß es in ihrem Toilettenkästchen. Dann stellte sie ihr Bukett vom Ball in ein Glas Wasser, ging zu Bett und schlief sehr behaglich.

Die Stadt war ganz ruhig, als sie um zehn Uhr aufwachte und ihren Kaffee trank. Nach der Anstrengung und dem Kummer des Morgens war er sehr notwendig und angenehm.

Nachdem sie ihr Frühstück eingenommen hatte, ging sie die Berechnungen des ehrlichen Rawdon von der vergangenen Nacht durch und überdachte ihre Lage. Sollte das Schlimmste eintreten, war sie, alles in allem betrachtet, gar nicht so schlecht gestellt. Neben dem, was ihr Mann ihr zurückgelassen hatte, hatte sie noch ihre eigenen Juwelen und ihre ganze Ausstattung. Rawdons Großmut nach der Heirat wurde schon beschrieben und gelobt. Außerdem hatte ihr der General, ihr Sklave und Anbeter, neben der kleinen Stute noch manches hübsche Geschenk gemacht in der Gestalt von Kaschmirschals, gekauft auf der Auktion einer bankrotten französischen Generalin, und zahlreichen Kostbarkeiten aus Juwelierläden, die alle den Geschmack und Reichtum ihres Bewunderers bekundeten. Ihre Wohnung war voll von dem Geräusch der „Ticktacks", wie der arme Rawdon Uhren nannte. Eines Abends hatte sie zufällig erwähnt, daß ihre Uhr, ein Geschenk Rawdons, englisches Fabrikat sei und schlecht gehe. Schon am nächsten Morgen kam ein kleines Juwel Marke Leroy mit einer Kette und einem reizenden türkisbesetzten Deckel und eine andere, Marke Breguet, perlenbesetzt und kaum größer als ein Goldstück. General Tufto hatte die eine gekauft, und der galante Hauptmann Osborne die andere geschickt. Mrs. Osborne hatte keine Uhr, obgleich sie, um George Gerechtigkeit widerfahren zu lassen, nur hätte darum bitten müssen, und die ehrenwerte Mrs. Tufto in England hatte ein altes Monstrum von ihrer Mutter geerbt, das als die silberne Wärmflasche hätte dienen können, von der Rawdon gesprochen hatte. Sollte es der Firma Howell und James einmal einfallen, eine Liste aller ihrer Käufer von Schmucksachen zu veröffentlichen, dann wäre das Erstaunen vieler Familien groß; und würden alle diese Schmuckgegenstände zu den rechtmäßigen Frauen und Töchtern der Männer gelangen, welche Unmasse von Juwelen würde da in den vornehmsten Häusern auf dem Jahrmarkt der Eitelkeit zu finden sein.

Nachdem Mrs. Rebekka den Wert aller dieser Gegenstände so ziemlich genau berechnet hatte, stellte sie fest, nicht ohne ein prickelndes Gefühl von Triumph und Selbstzufriedenheit, daß sie, wenn es die Umstände erforderten, mindestens auf sechs- bis siebenhundert Pfund rechnen könne, um ihre Laufbahn in der Welt zu beginnen. So verbrachte sie den Morgen in der angenehmsten Weise mit dem Ordnen, Betrachten und Wegpacken ihres Besitzes. Unter den Papieren in Rawdons Brieftasche befand sich auch eine Anweisung von zwanzig Pfund auf Osbornes Bank. Das brachte ihr Osborne in Erinnerung. „Ich will gehen und den Wechsel einlösen", sagte sie, „und nachher die arme kleine Emmy besuchen." Wenn dies ein Roman ohne Helden ist, so wollen wir wenigstens Anspruch auf eine Heldin erheben. Kein Mann in der ausmarschierenden britischen Armee, ja nicht einmal der große Herzog selbst, hätte Zweifeln oder Schwierigkeiten kaltblütiger oder gefaßter begegnen können als die unbezwingbare kleine Frau des Adjutanten.

Von unseren Bekannten war noch einer zurückgeblieben, ein Nichtkämpfer, dessen Gefühle und Benehmen kennenzulernen wir deshalb ein Recht haben. Es war unser Freund, der ehemalige Steuereinnehmer von Boggley Wollah, dessen Nachtruhe, wie die anderer Leute, in aller Frühe durch den Klang der Hörner gestört worden war. Da er ein großer Schläfer war und sein Bett liebte, so hätte er wahrscheinlich, allen Trommeln, Hörnern und Dudelsäcken der britischen Armee zum Trotz, bis zu seiner üblichen Zeit am Vormittag durchgeschnarcht, wenn es nicht eine Störung gegeben hätte, die nicht George Osborne verursachte, der mit Joseph das Quartier teilte. Der Hauptmann war nämlich wie gewöhnlich viel zu sehr mit seinen eigenen Angelegenheiten oder mit dem Abschiedskummer seiner Frau beschäftigt, um auf den Gedanken zu kommen, von seinem schlummernden Schwager Abschied zu nehmen. Es war also, wie gesagt, nicht George, der sich zwischen Joseph Sedley und den Schlaf drängte, sondern Hauptmann Dobbin, der kam und ihn aufrüttelte und ihm vor seinem Weggehen unbedingt noch die Hand schütteln wollte.

„Sehr freundlich von Ihnen“, sagte Joe gähnend und wünschte den Hauptmann zum Teufel.

„Ich – ich wollte nicht gehen, ohne Ihnen Lebewohl zu sagen, wissen Sie“, sagte Dobbin etwas unzusammenhängend, „weil, wissen Sie, einige von uns kommen vielleicht nicht zurück, und ich möchte, daß es Ihnen allen gut geht, und – und allerlei so was, wissen Sie.“

„Was meinen Sie eigentlich?“ fragte Joe und rieb sich die Augen. Der Hauptmann hörte weder, noch sah er den dicken Herrn in der Nachtmütze, für den er so ein zärtliches Interesse zu hegen vorgab. Der Heuchler blickte und lauschte, so scharf er konnte, in die Richtung von Georges Zimmer, ging im Zimmer auf und ab, warf Stühle um, trommelte gegen die Scheiben, kaute an den Nägeln und gab allerlei Anzeichen einer großen inneren Erregung von sich.

Joseph hatte schon immer eine geringe Meinung von dem Hauptmann gehabt, und nun begann er an seinem Mut zu zweifeln. „Was kann ich für Sie tun, Dobbin?“ fragte er sarkastisch.

„Ich will Ihnen sagen, was Sie tun können“, erwiderte der Hauptmann und trat an das Bett heran, „in einer Viertelstunde marschieren wir, Sedley, und vielleicht kommen weder George noch ich zurück. Vergessen Sie nicht, daß Sie diese Stadt nicht verlassen dürfen, bis Sie ganz sicher sind, wie die Dinge stehen. Sie müssen hierbleiben und Ihre Schwester schützen und sie trösten und dafür sorgen, daß ihr nichts zustößt. Denken Sie daran, wenn George etwas passiert, hat sie außer Ihnen niemanden auf der Welt. Erleidet die Armee eine Niederlage, dann müssen Sie dafür sorgen, daß sie sicher nach England zurückkommt, und Sie müssen mir auf Ihr Ehrenwort versprechen, daß Sie sie niemals verlassen werden. Ich weiß, daß Sie das nicht tun, in Geldangelegenheiten waren Sie immer großzügig genug. Brauchen Sie welches? Ich meine, haben Sie genug, um im Falle eines Unglücks nach England zurückkehren zu können?“

„Sir“, sagte Joseph majestätisch, „wenn ich Geld brauche, so weiß ich, wo ich darum anzuklopfen habe. Und was meine Schwester betrifft, so brauchen Sie mir nicht zu erzählen, wie ich mich ihr gegenüber benehmen muß.“

„Sie sprechen wie ein Mann von Charakter, Joseph“, versetzte der andere gutmütig, „und ich freue mich, daß George sie in so guten Händen zurücklassen kann. So darf ich ihm also Ihr Ehrenwort geben, nicht wahr, daß Sie ihr im schlimmsten Fall beistehen werden?“

„Natürlich, natürlich“, erwiderte Joseph, dessen Großzügigkeit in Geldangelegenheiten Dobbin ganz richtig beurteilt hatte.

„Und Sie werden sie im Falle einer Niederlage sicher von Brüssel wegbringen?“

„Eine Niederlage! Verdammt, Sir, das ist unmöglich. Versuchen Sie doch nicht, mir Furcht einzuflößen“, rief der Held aus seinem Bett, und Dobbin war nun vollkommen beruhigt, als Joe sich so entschieden geäußert hatte, wie er sich seiner Schwester gegenüber verhalten wollte. So ist ihr Rückzug wenigstens gesichert, wenn das Schlimmste sich ereignen sollte, dachte der Hauptmann.

Wenn Hauptmann Dobbin erwartet hatte, vor dem Abmarsch des Regiments noch einmal Trost und Befriedigung in ihrem Anblick zu finden, so erhielt sein Egoismus die verdiente Strafe. Die Tür von Josephs Schlafzimmer führte in das gemeinsame Wohnzimmer, und gegenüber befand sich Amelias Tür. Die Hörner hatten alle aufgeweckt, es war also nutzlos, noch etwas zu verheimlichen. Georges Diener packte in diesem Raum, und Osborne kam öfter aus dem anstoßenden Schlafzimmer, um dem Diener die Sachen zuzuwerfen, die er mit ins Feld nehmen wollte. Bald erhielt auch Dobbin die so heiß ersehnte Gelegenheit, Amelias Gesicht noch einmal zu sehen. Aber welch ein Gesicht! So weiß, so wild und so verzweifelt, daß ihn die Erinnerung daran später wie ein Verbrechen verfolgte, und der Anblick erfüllte ihn mit unaussprechlichen Qualen von Sehnsucht und Mitleid.

Sie war in ein weißes Morgenkleid gehüllt, ihr Haar fiel auf die Schultern herab, und ihre großen Augen waren starr und glanzlos. Um bei den Vorbereitungen zum Abmarsch nicht müßig zu sein und um zu zeigen, daß auch sie in einem so kritischen Augenblick sich nützlich machen könne, hatte die arme Seele eine von Georges Schärpen von der Kommode genommen. Mit dieser Schärpe in der Hand folgte sie ihm bald hierhin, bald dahin und sah stumm dem Packen zu. Sie kam heraus und lehnte sich an die Wand. Die Schärpe drückte sie an ihren Busen, so daß das schwere karmesinrote Netz wie ein riesiger Blutfleck herabhing. Ein Schuldgefühl durchschoß unseren sanftmütigen Hauptmann, als er sie so stehen sah. Guter Gott, dachte er, diesen Schmerz habe ich zu belauschen gewagt? Aber es gab keine Hilfe, kein Mittel, diesen hilflosen, stummen Kummer zu lindern. Er stand einen Augenblick da und sah sie an, ohnmächtig und mitleidzerrissen, wie ein Vater ein leidendes Kind ansieht.

Schließlich ergriff George Emmys Hand und führte sie in das Schlafzimmer zurück, aus dem er allein wieder heraustrat. In diesem kurzen Augenblick hatten sie Abschied genommen, und er hatte sich entfernt.

Dem Himmel sei Dank, daß es vorüber ist, dachte George, als er mit dem Degen unter dem Arm die Treppe hinunterstieg. Und während er zum Sammelplatz lief, wo das

Regiment gemustert wurde und wohin Soldaten und Offiziere aus ihren Quartieren eilten, schlug sein Puls heftig, und seine Wangen röteten sich: das große Kriegsspiel sollte nun beginnen, und er war einer der Mitspielenden! Welch fieberhafte Aufregung, bestehend aus Zweifeln, Hoffnungen und Freuden! Was für ein Wagnis um Verlust oder Gewinn! Was waren alle Glücksspiele seines Lebens im Vergleich mit diesem? An jedem Wettkampf, der Körpergewandtheit und Mut erforderte, hatte sich der junge Mann seit seinen Knabenjahren mit allen Kräften beteiligt. Er war der Champion der Schule und des Regiments, und überall folgten ihm die Hochrufe seiner Schulkameraden. Von dem Kricketspiel der Knaben bis zu den Garnisonswettrennen hatte er hundert Triumphe gefeiert. Wo er ging und stand, hatten Frauen und Männer ihn bewundert und beneidet. Welche menschlichen Eigenschaften werden so häufig mit Beifall belohnt wie körperliche Überlegenheit, Tatkraft und Mut? Seit undenklichen Zeiten sind Körperstärke und Mut Themen von Barden und Liedern gewesen. Und seit der Sage von Troja bis auf diesen Tag hat die Poesie stets einen Krieger zum Helden erkoren. Ich möchte wohl wissen, ob die Menschen auf Grund einer heimlichen Feigheit die Tapferkeit so sehr bewundern und kriegerische Großtaten so viel höher einschätzen und besser lohnen als jede andere Eigenschaft.

George riß sich also bei den Tönen des erregenden Schlachtrufes aus den zarten Armen, in denen er getändelt hatte, nicht ohne ein Schamgefühl (obgleich seine Frau ihn nicht sehr stark gefesselt hatte), daß er sich so lange hatte darin zurückhalten lassen. Dasselbe Gefühl von Eifer und Aufregung hatten alle seine Freunde, die wir gelegentlich kennengelernt haben, angefangen von dem untersetzten Major, der das Regiment in den Kampf führte, bis zu dem kleinen Stubble, der als Fähnrich an diesem Tage die Regimentsfahne zu tragen hatte.

Die Sonne ging eben auf, als sie losmarschierten – es war ein prachtvoller Anblick: voran die Musikkapellen mit dem Regimentsmarsch, dann der kommandierende Major auf seinem kräftigen Schlachtroß Pyramus, dann folgten die Grenadiere, mit ihrem Hauptmann an der Spitze. In der Mitte die Fahnen, getragen von den älteren und jüngeren Fähnrichen, George marschierte an der Spitze seiner Kompanie und blickte lächelnd zu Amelia auf. Dann war er vorüber, und auch die Musikklänge erstarben.

31. Kapitel

In dem Joseph Sedley die Schwester in seine Obhut nimmt

Da nun alle höheren Offiziere anderswo ihrer Dienstpflicht nachgingen, blieb Joseph Sedley als Oberbefehlshaber der kleinen Kolonie in Brüssel zurück. Seine Garnison bestand aus der leidenden Amelia, seinem belgischen Diener Isidor und der Zofe, die Mädchen für alles im Haushalt war. Obgleich Josephs Geist beunruhigt war und Dobbins

Eindringen und die morgendlichen Vorfälle seine Nachtruhe gestört hatten, blieb er, sich schlaflos hin und her wälzend, doch noch ein paar Stunden bis zu seiner üblichen Aufstehzeit im Bett. Die Sonne stand bereits hoch am Himmel, und unsere tapferen Freunde vom ...ten Regiment hatten auf ihrem Marsch bereits einige Meilen zurückgelegt, ehe der Zivilist in seinem geblümten Schlafrock beim Frühstück erschien.

Georges Abwesenheit bereitete seinem Schwager keinen Kummer. Vielleicht war Joe innerlich sogar froh darüber, daß Osborne fort war; denn solange George da war, hatte sein Schwager im Haus nur eine untergeordnete Rolle gespielt. Osborne hatte nie mit seiner Verachtung gegenüber dem dicken Zivilisten hinter dem Berg gehalten. Emmy dagegen war stets nett und aufmerksam zu ihm. Sie war es, die sich um seine Bequemlichkeit kümmerte, die die Zubereitung seiner Lieblingsgerichte überwachte, die mit ihm spazierenging oder -fuhr (wozu sie oft, allzuoft Gelegenheit hatte, denn wo war George?) und sich mit ihrem süßen, freundlichen Gesicht zwischen Josephs Zorn und ihres Mannes Verachtung stellte. Sie war bei George oft für ihren Bruder eingetreten. Ihr Mann aber fertigte diese Bitten immer schneidend kurz ab. „Ich bin ein ehrlicher Mann", sagte er, „und nehme wie jeder ehrliche Mann nie ein Blatt vor den Mund. Wie, zum Teufel, kannst du von mir verlangen, meine Liebe, daß ich mich gegen einen Narren wie deinen Bruder achtungsvoll benehme?" Joe war also über Georges Abwesenheit wirklich erfreut. Der Anblick von Georges Hut und Handschuhen auf einem Seitentisch und der Gedanke, daß ihr Besitzer nicht mehr da war, bereiteten Joseph weiß der Himmel was für ein geheimes Vergnügen. Der mit seiner Stutzermiene und seiner Unverschämtheit wird mich jedenfalls heute morgen nicht ärgern, dachte Joseph.

„Bringen Sie den Hut des Hauptmanns ins Vorzimmer", befahl er dem Diener Isidor.

„Vielleicht braucht er ihn nicht mehr", erwiderte der Lakai und warf seinem Herrn einen schlauen Blick zu. Er konnte George auch nicht leiden, da dieser ihn stets mit echt englischer Anmaßung behandelt hatte.

„Und fragen Sie bitte, ob Madame zum Frühstück kommt", sagte Mr. Sedley majestätisch, da er etwas beschämt war, sich mit einem Diener über das Thema seiner Abneigung gegen George unterhalten zu haben. Dabei hatte er aber schon einige dutzendmal vorher in Gegenwart des Bedienten auf seinen Schwager geschimpft.

Ach! Madame konnte nicht zum Frühstück kommen und die tartines zurechtmachen, die Joseph so sehr liebte. Madame war viel zu krank und befand sich seit dem Abschied von ihrem Mann in einem entsetzlichen Zustand, berichtete ihre Zofe. Joe bewies seine Sympathie, indem er eine große Tasse Tee für sie einschenkte. Das war so seine Art, seine Zuneigung zum Ausdruck zu bringen. Er ging sogar noch weiter, denn er schickte ihr nicht nur das Frühstück hinein, sondern zerbrach sich auch noch den Kopf darüber, welche Delikatessen sie wohl am liebsten zu Mittag essen würde.

Isidor, der Diener, hatte äußerst verdrießlich ausgesehen, als Osbornes Bursche das Gepäck seines Herrn vor dem Abmarsch in Ordnung brachte, denn einmal haßte er Mr. Osborne, der sich gegen ihn und alle Untergebenen in der Regel sehr hochfahrend benahm (denn auf dem Kontinent lassen sich die Dienstboten nicht so unverschämt behandeln wie unsere geduldigeren englischen Bedienten), und zum anderen ärgerte es ihn, daß so viele wertvolle Sachen aus seiner Reichweite gebracht wurden und anderen Leuten in die Hände fallen würden, wenn die Engländer besiegt wären. An dieser Niederlage zweifelten weder er noch viele andere Leute in Brüssel und Belgien auch nur im geringsten. Man glaubte allgemein, der Kaiser würde die preußische und die englische Armee trennen und beide nebeneinander vernichten und binnen drei Tagen in Brüssel einmarschieren. Dann würden seine jetzigen Herren getötet oder gefangengenommen werden oder flüchten, und ihre ganze bewegliche Habe würde von Rechts wegen Monsieur Isidor zufallen.

Während der treue Diener Joseph bei seiner mühsamen und komplizierten täglichen Toilette half, überlegte er, was er mit den Gegenständen anfangen würde, mit denen er im Augenblick die Person seines Herrn schmückte. Die silbernen Essenzfläschchen und den anderen Toilettentand würde er einer jungen Dame, die er liebte, schenken. Die englischen Messer dagegen und die große Rubinnadel wollte er selbst behalten. Die Nadel mußte sich auf einem der feinen Hemden mit Krause wunderschön ausnehmen. Zusammen mit der goldbebänderten Mütze und dem bordierten Rock, den er leicht für sich ändern lassen könnte, des Hauptmanns Spazierstock mit dem goldenen Knauf und dem großen doppelten Rubinring, aus dem sich zwei prachtvolle Ohrringe fertigen ließen, würde das seiner Meinung nach aus ihm einen vollkommenen Adonis machen und Mademoiselle Reine eine leichte Beute werden. Wie gut mir diese Manschettenknöpfe stehen werden, dachte er, als er ein Paar an den dicken, schwammigen Handgelenken von Mr. Sedley befestigte. Ich sehne mich nach Manschettenknöpfen. Und corbleu, welches Aufsehen werden des Hauptmanns Stiefel nebenan mit den Messingsporen in der Allée-verte erregen! Während Monsieur Isidor mit seinen leibhaftigen Fingern die Nase seines Herrn hielt und Josephs untere Gesichtspartie rasierte, flog die Phantasie des Dieners der grünen Allee zu. Er sah sich schon im bordierten Rock mit Manschetten und Spitzen in Gesellschaft von Mademoiselle Reine. Im Geist schlenderte er am Kanal entlang und musterte die Barken, die im kühlen Schatten der Uferbäume langsam dahinfuhren, oder er erfrischte sich mit einem Krug Bier auf der Bank eines Gasthauses, unterwegs nach Laeken.

Aber zum Glück für Mr. Joseph Sedleys eigenen Frieden wußte er ebensowenig, was im Kopf seines Dieners vorging, wie der verehrte Leser und ich erraten können, was John oder Mary, die bei uns in Lohn und Brot stehen, von uns denken. Was unsere Dienstboten von uns denken! Wüßten wir, was unsere engsten Freunde und unsere lieben Verwandten von uns denken, so würden wir die Welt, in der wir leben, sehr gerne verlassen und befänden uns in einem Zustand ewigen Schreckens, der unerträglich wäre.

Josephs Bedienter zeichnete also schon sein Opfer, wie man in der Leadenhall Street beobachten kann, wie ein Angestellter von Mr. Paynter eine ahnungslose Schildkröte mit einem Zettel ziert, worauf geschrieben steht: „Morgen zur Suppe“.

Amelias Zofe war viel weniger selbstsüchtig gesinnt. Diesem freundlichen, sanften Geschöpf konnten nur wenige Untergebene nahekommen, ohne ihr einen Tribut an Ergebenheit und Anhänglichkeit für ihr nettes und liebevolles Wesen zu zahlen. Und tatsächlich tröstete Pauline, die Köchin, ihre Gebieterin mehr als sonst jemand, den sie an diesem unglückseligen Morgen sah, denn als das ehrliche Mädchen bemerkte, daß Amelia noch stundenlang, nachdem die Bajonette der abmarschierenden Truppen verschwunden waren, starr und stumm und verstört am Fenster saß, von dem sie ihnen nachgeblickt hatte, ergriff sie die Hand der Dame und sagte: „Tenez, Madame, est-ce qu'il n'est pas aussi à l'armée, mon homme à moi?“ Sie brach in Tränen aus, und Amelia fiel ihr, ebenfalls weinend, in die Arme, und sie bemitleideten und trösteten sich gegenseitig.

Mehrmals im Laufe des Vormittags ging Mr. Josephs Isidor in die Stadt zu den Türen der Hotels und Pensionen rund um den Park, wo die Engländer zusammengekommen waren. Dort mischte er sich unter die anderen Kammerdiener, Kuriere und Lakaien, sammelte alle Neuigkeiten, die in Umlauf waren, und hinterbrachte die Berichte seinem Herrn. Fast alle diese Ehrenmänner standen innerlich auf der Seite des Kaisers und hatten ihre eigenen Ansichten über die baldige Beendigung des Feldzuges. Die Proklamation des Kaisers aus Avesnes war in Brüssel überall in großen Mengen verbreitet worden. „Soldaten“, hieß es darin, „es ist der Jahrestag von Marengo und Friedland, an dem das Geschick Europas zweimal entschieden wurde. Damals, wie auch nach Austerlitz und Wagram, waren wir zu großmütig. Wir glaubten an die Schwüre und Versprechungen von Fürsten, die wir auf ihrem Thron beließen. Laßt uns noch einmal gegen sie marschieren. Wir und sie – sind es nicht immer noch dieselben? Soldaten! Dieselben Preußen, die jetzt so anmaßend sind, standen uns bei Jena in dreifacher Überzahl und in Montmirail sogar in sechsfacher gegenüber. Diejenigen unter euch, die Gefangene in England waren, können ihren Kameraden erzählen, welchen fürchterlichen Quälereien sie auf den englischen Schiffen ausgesetzt waren. Die Wahnsinnigen! Ein Augenblick des Glücks hat sie verblendet, und wenn sie jemals in Frankreich einmarschieren, dann nur, um dort ihr Grab zu finden!“ Die Anhänger der Franzosen prophezeiten jedoch den Feinden des Kaisers ein noch schnelleres Ende, und man war sich einig, daß die Preußen und Briten nie zurückkommen würden, es sei denn als Gefangene im Gefolge der siegreichen Armee.

Diese Meinungen wurden im Laufe des Tages Mr. Sedley mitgeteilt, damit sie bei ihm ihre Wirkung tun könnten. Man erzählte ihm, der Herzog von Wellington hätte versucht, seine Armee wieder zu sammeln, da der Vormarsch in der vergangenen Nacht vereitelt worden sei.

„Vereitelt, pah!“ sagte Joseph, der während des Frühstücks sehr mutig war. „Der Herzog wird den Kaiser schlagen, wie er zuvor alle seine Generale geschlagen hat.“

„Seine Papiere sind verbrannt, seine Sachen fortgeschafft, und sein Quartier wird für den Herzog von Dalmatien hergerichtet“, erwiderte Josephs Berichterstatter. „Ich habe es von seinem eigenen maitre d'hôtel. Die Leute vom Herzog von Richmond packen schon alles ein. Seine Gnaden sind bereits geflohen, und die Herzogin wartet nur noch, bis das Silber verpackt ist, und geht dann nach Ostende zum König von Frankreich.“

„Der König von Frankreich ist in Gent, Kerl“, entgegnete Joseph mit einem Versuch, sich ungläubig zu stellen.

„Er ist in der letzten Nacht nach Brügge geflohen und schifft sich heute in Ostende ein. Der Herzog von Berry ist gefangen. Wer sich in Sicherheit bringen will, sollte lieber bald gehen, denn morgen sollen die Deiche geöffnet werden – und wer kann dann noch fliehen, wenn das ganze Land überschwemmt ist?“

„Unsinn, wir sind in dreifacher Überzahl gegen jede Macht, die Bony aufbringen kann“, wandte Mr. Sedley ein, „die Österreicher und Russen sind schon auf dem Marsch. Er muß, er wird besiegt werden“, sagte Joseph und schlug mit der Hand auf den Tisch.

„Die Preußen waren auch in dreifacher Überzahl bei Jena, und doch vernichtete er ihre Armee und eroberte das Reich in einer Woche. Sie waren sechsmal soviel in Montmirail, und doch trieb er sie wie Schafe auseinander. Es stimmt schon, daß die österreichische Armee im Anzug ist, aber mit der Kaiserin und dem König von Rom an der Spitze. Und die Russen, pah! Die Russen werden sich zurückziehen. Den Engländern wird man kein Pardon geben, weil sie sich so grausam gegen unsere Tapferen auf den abscheulichen Schiffen aufgeführt haben. Schauen Sie her, hier steht es schwarz auf weiß. Das ist die Proklamation Seiner Majestät des Kaisers und Königs“, sagte Isidor, der sich jetzt offen als Anhänger Napoleons erklärte. Er zog das Dokument aus der Tasche und hielt es mit strenger Miene seinem Herrn vors Gesicht. Dabei blickte er auf den bordierten Rock und die Wertsachen als auf seine Kriegsbeute.

Joseph verspürte zwar noch keine ernste Furcht, war aber doch beträchtlich beunruhigt. „Geben Sie mir Rock und Mütze und folgen Sie mir“, sagte er. „Ich will selbst gehen und mich überzeugen, ob etwas Wahres an diesen Gerüchten ist.“ Isidor war wütend, als Joseph den bordierten Rock anzog. „Der gnädige Herr sollte den Soldatenrock lieber nicht tragen“, sagte er, „die Franzosen haben geschworen, keinem einzigen britischen Soldaten Pardon zu geben.“

„Halten Sie 's Maul, Kerl!“ sagte Joe, immer noch mit entschlossener Miene, und stieß mit unbezwingbarem Mut einen Arm in den Rockärmel. Bei dieser heroischen Tat wurde er von Mrs. Rawdon Crawley überrascht, die gerade in dem Augenblick, ohne an der Vorzimmertür zu läuten, eingetreten war, um Amelia zu besuchen.

Rebekka war wie gewöhnlich ungemein nett und elegant gekleidet. Der ruhige Schlummer nach Rawdons Weggang hatte sie erfrischt, und der Anblick ihrer lächelnden rosigen Wangen in einer Stadt und an einem Tage, wo sich auf allen Gesichtern die größte Angst und Unruhe spiegelte, tat wohl. Sie lachte über die Stellung, in der sie Joe antraf, und über seine krampfhaften Bemühungen, sich in den bordierten Rock zu zwängen.

„Treffen Sie Anstalten, sich der Armee anzuschließen, Mr. Joseph?" fragte sie. „Bleibt denn niemand in Brüssel zurück, um uns arme Frauen zu schützen?" Unterdessen war es Joe gelungen, sich in seinen Rock zu klemmen. Er trat auf seine hübsche Besucherin zu und stotterte tief errötend ein paar Entschuldigungen hervor. Wie sie sich denn nach den Ereignissen des Morgens und den Anstrengungen des Balls abends zuvor fühle? Monsieur Isidor verschwand mit dem geblümten Schlafrock im anstoßenden Schlafzimmer seines Herrn.

„Wie nett von Ihnen, sich danach zu erkundigen", sagte sie und drückte seine Hand zwischen ihren beiden. „Wie kaltblütig und gefaßt sehen Sie doch aus, während alle anderen vor Angst umkommen! Wie geht es unserer lieben kleinen Emmy? Es muß ein schrecklicher, schrecklicher Abschied gewesen sein."

„Ja, furchtbar", sagte Joseph.

„Ihr Männer könnt doch alles ertragen", erwiderte die Dame. „Trennung und Gefahren bedeuten euch nichts. Geben Sie nur zu, daß Sie beabsichtigt haben, sich der Armee anzuschließen und uns unserem Schicksal zu überlassen. Ich weiß, daß Sie das tun wollten, irgend etwas sagt es mir. Ich war so erschrocken, als mir der Gedanke kam (denn manchmal, wenn ich allein bin, denke ich an Sie, Mr. Joseph!). Ich bin gleich losgelaufen, um Sie zu bitten und anzuflehen, uns doch hier nicht im Stich zu lassen."

Diese Worte muß man folgendermaßen auslegen: Mein lieber Herr, Sie haben einen bequemen Wagen, und sollte der Armee etwas zustoßen und ein Rückzug würde notwendig, so beabsichtige ich, darin einen Platz zu belegen. Ich weiß zwar nicht, ob Joe die Worte so verstand. Er war nämlich tief gekränkt wegen der geringen Aufmerksamkeit, die die Dame ihm während ihres Aufenthalts in Brüssel gezollt hatte. Man hatte ihn keinem von Rawdon Crawleys bedeutenden Bekannten vorgestellt, und zu Rebekkas Gesellschaften war er kaum eingeladen worden, denn er war zu ängstlich, um hoch zu spielen, und seine Anwesenheit langweilte George und Rawdon. Keiner der beiden hatte gern einen Zeugen bei den Vergnügungen, denen sie frönten. Aha! dachte Joe, jetzt, wo sie mich braucht, kommt sie zu mir. Wenn sie niemanden weiter hat, dann fällt ihr der alte Joseph Sedley ein! Aber abgesehen von diesen Zweifeln fühlte er sich geschmeichelt durch Rebekkas Ansichten über seinen Mut.

Er errötete, setzte eine ungemein wichtige Miene auf. „Ich möchte das Gefecht gern sehen", sagte er. „Jeder mutige Mann möchte das, wissen Sie. In Indien habe ich ein bißchen Krieg, aber keineswegs in solchem großen Ausmaß, kennengelernt."

„Für ein Vergnügen opfert ihr alles", erwiderte Rebekka. „Hauptmann Crawley hat mich heute morgen so fröhlich verlassen, als ob er zu einer Jagdpartie gehen würde. Was kümmert er sich schon darum! Was kümmert sich überhaupt einer von euch Männern um die Qualen und den Kummer einer armen verlassenen Frau!" (Ich möchte wirklich wissen, ob er sich aufraffen würde, sich den Truppen anzuschließen, dieser große träge Schlemmer.) „Oh, lieber Mr. Sedley, ich komme, um bei Ihnen Trost zu suchen und Beistand. Den ganzen Morgen habe ich auf den Knien gelegen. Ich zittere, wenn ich an die furchtbare Gefahr denke, in die unsere Ehemänner, Freunde, unsere tapferen Truppen und Alliierten sich stürzen. Und ich komme hierher, um Schutz zu suchen, und finde einen meiner Freunde – den letzten, der mir geblieben ist – entschlossen, sich zu dem furchtbaren Kriegsschauplatz zu begeben!"

„Meine liebe gnädige Frau", erwiderte Joe, der allmählich besänftigt wurde. „Haben Sie keine Angst. Ich sagte nur, daß ich gern dabeisein würde – und welcher Brite möchte das wohl nicht? Aber meine Pflicht hält mich hier zurück. Ich kann das arme Geschöpf nebenan nicht allein lassen." Dabei deutete er mit dem Finger auf die Tür von Amelias Zimmer.

„Guter, edler Bruder!" sagte Rebekka und führte ihr Taschentuch an die Augen. Sie roch das Eau de Cologne, womit es parfümiert war. „Ich habe Ihnen unrecht getan: Sie haben ein Herz. Ich glaubte, Sie hätten keins."

„Oh, bei meiner Ehre!" sagte Joseph und machte eine Bewegung, als wollte er die Hand auf die erwähnte Körperstelle legen. „Sie tun mir unrecht, ja, gewiß, das tun Sie – meine liebe Mrs. Crawley."

„Ja, das stimmt, jetzt, wo Ihr Herz Ihrer Schwester so treu ist. Aber ich erinnere mich, vor zwei Jahren – als es so treulos mir gegenüber war!" sagte Rebekka, heftete ihre Augen eine Sekunde auf ihn und wandte sich dann zum Fenster.

Joe errötete heftig. Das Organ, das er nach Rebekkas Beschuldigung nicht hatte, fing an, heftig zu klopfen. Er rief sich die Tage ins Gedächtnis zurück, wo er ihr entflohen war, und die Leidenschaft, die ihn einst verzehrt hatte, die Tage, wo er sie in seinem Wagen spazierenfuhr und sie ihm die grüne Börse arbeitete – wo er entzückt dasaß und ihre weißen Arme und leuchtenden Augen angestarrt hatte.

„Ich weiß, Sie halten mich für undankbar", fuhr Rebekka fort, nachdem sie vom Fenster zurückgekehrt war und ihn abermals ansah. Sie sprach leise und mit zitternder Stimme. „Ihre Kälte, Ihre abgewandten Blicke, Ihr Verhalten, wenn wir uns in der letzten Zeit trafen und auch eben, als ich eintrat, das alles bewies es mir. Aber hatte ich keine Gründe, Sie zu meiden? Lassen Sie Ihr eigenes Herz diese Frage beantworten. Glauben

Sie, mein Mann war sehr geneigt, Sie bei uns zu empfangen? Die einzigen unfreundlichen Worte, die ich je von ihm gehört habe (diese Gerechtigkeit muß ich Hauptmann Crawley widerfahren lassen), fielen Ihretwegen – und das waren sehr, sehr grausame Worte."

„Gütiger Himmel! Was habe ich denn getan?" fragte Joe in einer Mischung von Freude und Verwirrung. „Was habe ich getan ... um ... um ...?"

„Ist Eifersucht nichts?" fragte Rebekka. „Er macht mir Ihretwegen die Hölle heiß. Aber was auch je geschehen sein mag – mein Herz gehört nur ihm. Ich bin doch unschuldig. Nicht wahr, Mr. Sedley?"

Josephs Blut geriet in freudige Wallung, als er dieses Opfer seiner Reize betrachtete. Ein paar geschickte Worte, einige verständnisinnige, zärtliche Blicke – und sein Herz stand wieder in Flammen, und seine Zweifel und sein Verdacht waren vergessen. Sind nicht seit Salomos Tagen schon weisere Männer als er von Frauen beschwatzt und betört worden? Kommt es zum Schlimmsten, dachte Becky, mein Rückzug ist jedenfalls gesichert, und der beste Platz im Wagen gehört mir.

Man kann nicht wissen, zu welchen Liebeserklärungen Mr. Joseph sich durch seine gewaltige Leidenschaft hätte hinreißen lassen, wäre nicht der Diener Isidor in diesem Augenblick wieder erschienen und hätte sich im Zimmer zu schaffen gemacht. Joe, der gerade im Begriff war, ein Geständnis hervorzukeuchen, erstickte fast an den Gefühlen, die er jetzt zurückdrängen mußte. Rebekka dachte nun auch, daß es an der Zeit sei, zu ihrer teuersten Amelia zu gehen und sie zu trösten. „Au revoir", sagte sie und warf Mr. Joseph eine Kußhand zu. Dann klopfte sie leise an die Tür seiner Schwester. Als sie hineinging und die Tür hinter sich schloß, sank er in einen Stuhl und starrte, seufzte und keuchte furchtbar. „Dieser Rock ist dem gnädigen Herrn aber sehr eng", sagte Isidor, der die Augen nicht von den Borten wenden konnte. Aber sein Herr hörte ihn nicht, seine Gedanken waren anderswo. Bald erglühte er in wahnsinniger Raserei beim Gedanken an die bezaubernde Rebekka, bald schreckte er schuldbewußt zurück vor der Erscheinung des eifersüchtigen Rawdon Crawley mit dem gekräuselten grimmigen Schnurrbart und den furchtbaren, geladenen und gespannten Duellpistolen.

Beim Anblick Rebekkas fuhr Amelia erschrocken zurück. Das rief sie in die Welt zurück, und ihr kam wieder die Erinnerung an den vergangenen Abend. In der alles überschattenden Furcht vor dem Morgen hatte sie Rebekka, die Eifersucht, alles vergessen und dachte nur noch daran, daß ihr Mann fort war und in Gefahr schwebt. Wir haben dieses traurige Zimmer nicht betreten wollen, bis das unerschrockene Weltkind kam und mit dem Druck auf die Klinke den Zauber brach. Wie lange hatte die arme junge Frau auf den Knien gelegen! Welche Stunden stummen Gebets und bitterer Niedergeschlagenheit hatte sie da durchlebt! Kriegschronisten, die glänzende Geschichten vom Kampf und Triumph schreiben, berichten davon kaum. Dies sind zu unbedeutende Szenen in dem Schauspiel, und die Schreie der Witwen und das Schluchzen der Mütter gehen unter im Jubelruf des großen Siegeschores. Und doch, wann hat es diese Schreie nicht gegeben, wann haben nicht Frauen, gebrochenen Herzens, demütige Proteste ausgestoßen, die ungehört im Siegeslärm verhallten!

Nach Amelias erstem Schrecken, als Rebekka ihre grünen Augen auf sie richtete und in ihrem neuen rauschenden Seidenkleid und glänzenden Schmuck mit ausgebreiteten Armen auf sie zutrippelte, um sie zu umarmen, gewann ein Zorngefühl die Oberhand. Ihr Gesicht, vorher totenblaß, überzog sich purpurrot, und im nächsten Moment erwiderte sie Rebekkas Blick mit einer Festigkeit, die ihre Rivalin überraschte und irgendwie beschämte.

„Liebste Amelia, dir geht es ganz und gar nicht gut", sagte die Besucherin und streckte die Hand aus, um Amelias zu ergreifen. „Was ist mit dir? Ich fand keine Ruhe, bis ich wußte, wie es dir geht."

Amelia zog ihre Hand zurück – noch nie in ihrem Leben hatte die sanfte Seele sich geweigert, eine nette oder liebevolle Geste zu glauben oder zu erwidern. Aber jetzt zog sie, am ganzen Körper bebend, ihre Hand zurück. „Warum bist ausgerechnet du hierhergekommen, Rebekka?" fragte sie und sah Rebekka noch immer mit großen, ernsten Augen an. Dieser Blick brachte ihre Besucherin etwas aus der Fassung.

Sie muß gesehen haben, wie er mir auf dem Ball den Brief zusteckte, dachte Rebekka. „Rege dich nicht auf, liebe Amelia", sagte sie und blickte zu Boden. „Ich bin nur gekommen, um zu sehen, ob ich dir irgendwie... ob du wohlauf bist."

„Bist du es denn?" fragte Amelia. „Ich glaube schon, daß du es bist. Du liebst deinen Mann nicht. Du wärst nicht hier, wenn du ihn liebtest. Sag mir doch, Rebekka, hast du von mir je etwas anderes als Freundlichkeiten erfahren?"

„Nein, bestimmt nicht, Amelia", erwiderte die andere, immer noch mit gesenktem Kopf.

„Wer war dir eine Freundin, als du noch ganz arm warst? War ich nicht wie eine Schwester zu dir? Du hast uns alle in glücklicheren Tagen gesehen, ehe er mich heiratete. Damals bedeutete ich alles für ihn, denn hätte er sonst sein Vermögen, seine Familie so edelmütig aufgegeben, um mich glücklich zu machen? Warum bist du zwischen meine Liebe und mich getreten? Wer hat dich geschickt, zu trennen, was Gott zusammengefügt hat, und mir das Herz meines Geliebten – meinen Mann zu stehlen? Glaubst du, du könntest ihn lieben wie ich? Seine Liebe bedeutet mir alles. Du hast es gewußt und wolltest sie mir stehlen. Pfui, Rebekka, du schlechtes, böses Geschöpf – falsche Freundin und falsche Ehefrau."

„Amelia, ich schwöre vor Gott, ich habe meinem Mann kein Unrecht getan", sagte Rebekka und wandte sich ab.

„Hast du mir kein Unrecht getan, Rebekka? Es gelang dir nicht, aber du hast es versucht. Frage dein Herz, ob es stimmt.“

Sie weiß nichts, dachte Rebekka.

„Er ist zu mir zurückgekommen. Ich wußte, daß er das tun würde. Ich wußte, daß keine Lüge, keine Schmeichelei ihn mir lange entziehen konnte. Ich wußte, er würde zurückkommen. Gott hat mein Gebet erhört.“

Das arme Mädchen sprach diese Worte ohne Stocken, mit einem Mut, den Rebekka bei ihr nicht kannte. Sie war völlig sprachlos. „Was habe ich dir denn getan“, fuhr Amelia in wehmütigerem Ton fort, „daß du versucht hast, ihn mir zu entreißen? Ich hatte ihn nur sechs Wochen. Die hättest du mir gönnen sollen, Rebekka. Und doch bist du vom ersten Tage unserer Ehe an gekommen, um sie zu zerstören. Bist du jetzt, wo er fort ist, gekommen, um zu sehen, wie unglücklich ich bin?“ Sie fuhr fort: „Du hast mich in den letzten vierzehn Tagen elend genug gemacht. Heute wenigstens hättest du mich verschonen können.“

„Ich – ich bin nie hierhergekommen“, fiel Rebekka ein, was unglücklicherweise stimmte.

„Nein, du bist nicht hierhergekommen. Du hast ihn weggenommen. Bist du gekommen, um ihn von mir wegzuholen?“ fuhr sie in wilderem Tone fort. „Er ist hiergewesen, aber jetzt ist er fort! Auf dem Sofa dort hat er gesessen. Berühre es nicht! Dort haben wir miteinander gesprochen. Ich saß auf seinen Knien, und meine Arme umschlangen seinen Hals, und wir beteten ein Vaterunser. Ja, er ist hiergewesen, und sie sind gekommen und haben ihn weggeholt, aber er hat mir versprochen, zurückzukommen.“

„Er wird zurückkommen, meine Liebe“, sagte Rebekka, wider Willen gerührt.

„Sieh her“, fuhr Amelia fort, „das ist seine Schärpe – hat sie nicht eine hübsche Farbe?“ Und sie nahm die Fransen und küßte sie. Sie hatte sich irgendwann am Vormittag die Schärpe um die Taille gebunden. Anscheinend hatte sie ihren Zorn, ihre Eifersucht, ja sogar die Gegenwart ihrer Rivalin vergessen; denn sie ging schweigend und mit der Andeutung eines Lächelns auf das Bett zu und begann Georges Kissen zu glätten.

Rebekka ging, ebenfalls schweigend, davon. „Wie geht es Amelia?“ fragte Joe, der immer noch in derselben Stellung auf dem Stuhl saß.

„Es sollte jemand bei ihr sein“, sagte Rebekka. „Ich glaube, es geht ihr nicht gut.“ Und Mrs. Crawley entfernte sich ernsten Gesichtes, ohne auf Mr. Sedleys dringende Bitten, sie solle dableiben und an dem frühen Essen, das er bestellt hatte, teilnehmen, einzugehen.

Rebekka war von Natur aus gutmütig und gefällig, und sie mochte Amelia ganz gern. Sogar deren harte Worte waren trotz aller Vorwürfe Komplimente für sie – es war das

Stöhnen eines Menschen, der verwundet und besiegt war. Im Park traf Rebekka Mrs. O'Dowd, die durch die Predigten des Dekans keineswegs getröstet worden war und nun verzweifelt umherlief. Sie redete die Majorin vertraulich an, und diese war ziemlich überrascht, da sie an Höflichkeitsbezeigungen von Mrs. Rawdon Crawley nicht gewöhnt war. Nachdem sie der gutmütigen Irin gesagt hatte, daß sich die arme kleine Mrs. Osborne in einem verzweifelten Zustand befände und fast wahnsinnig vor Schmerz sei, veranlaßte sie die Majorin, geradewegs hinzugehen und zu versuchen, ob sie ihre junge Freundin nicht trösten könne.

„Ich habe selbst Sorgen genug", sagte Mrs. O'Dowd ernst, „und ich dachte, die arme Amelia hätte heute kein großes Verlangen nach Gesellschaft. Wenn es aber so schlimm mit ihr steht, wie Sie sagen, und Sie nicht bei ihr bleiben können, wo Sie sie doch so gern hatten, nun, so will ich sehen, ob ich nicht von Nutzen sein kann. Ich wünsche Ihnen einen guten Morgen, Madame." Damit warf die Dame mit der Repetieruhr den Kopf in den Nacken und verabschiedete sich von Mrs. Crawley, um deren Gesellschaft sie sich keineswegs bemühte.

Becky verfolgte ihren Abgang mit einem Lächeln auf den Lippen. Sie hatte viel Sinn für Humor, und der vernichtende Blick, den die abziehende Mrs. O'Dowd ihr über die Schulter zuwarf, stellte Mrs. Crawleys Ernst auf eine harte Probe. Ganz zu Ihren Diensten, meine feine gnädige Frau. Es freut mich, Sie so lustig zu sehen, dachte Peggy. Auf jeden Fall sind nicht Sie es, die sich vor Kummer die Augen ausweint. Und damit marschierte sie los und fand schnell ihren Weg zu Mrs. Osbornes Wohnung.

Die arme Seele stand, fast wahnsinnig vor Schmerz, immer noch an dem Bett, wo Rebekka sie verlassen hatte. Die Majorin, eine weniger zartbesaitete Frau, versuchte nach besten Kräften, ihre junge Freundin zu trösten. „Sie müssen standhaft sein, liebe Amelia", sagte sie freundlich, „denn er darf Sie nicht krank finden, wenn er Sie nach dem Siege holen läßt. Sie sind nicht die einzige Frau, deren Schicksal jetzt in Gottes Händen liegt."

„Ich weiß das. Ich bin sehr gottlos, sehr schwach", sagte Amelia. Sie kannte ihre eigene Schwäche gut genug. Die Anwesenheit der resoluteren Freundin hielt sie jedoch etwas zurück, und dieser Zwang und diese Gesellschaft taten ihr wohl. Bis zwei Uhr saßen sie so zusammen, und ihre Herzen waren bei der Truppe, die sich immer weiter entfernte. Schreckliche Zweifel und Ängste, Gebete, Befürchtungen und unaussprechlicher Kummer folgten dem Regiment. Das war der Tribut der Frauen an den Krieg. Der fordert seine Abgaben von Männern und Frauen gleichermaßen: von diesen das Blut, von jenen die Tränen.

Um halb drei Uhr geschah täglich ein Ereignis von Wichtigkeit für Mr. Joseph: die Essenszeit nahte. Krieger mochten kämpfen und fallen – er mußte zu Mittag speisen. Er trat in Amelias Zimmer, um sie vielleicht überreden zu können, daran teilzunehmen. „Versuche es doch einmal", sagte er, „die Suppe ist sehr gut, Bitte, versuche es, Emmy", und er küßte ihre Hand. Außer an ihrem Hochzeitstag hatte er sich seit Jahren nicht so um sie bemüht. „Du bist sehr gut und freundlich, Joseph“, sagte sie, „alle sind es, aber wenn du nichts dagegen hast, möchte ich heute in meinem Zimmer bleiben.“

Der Duft der Suppe war indessen Mrs. O'Dowd angenehm in die Nase gestiegen, und sie glaubte daher, sie würde Mr. Josephs Gesellschaft wohl aushalten können. So setzten sich die beiden zum Essen nieder. „Der Herr segne die Mahlzeit“, sagte die Majorin feierlich. Sie dachte an ihren ehrlichen Mick, der an der Spitze seines Regiments ritt. „Die armen Burschen bekommen heute ein schlechtes Mittagessen“, sagte sie mit einem Seufzer und ließ es sich dann als echter Lebensphilosoph schmecken.

Mit dem Essen belebte sich Josephs Geist. Er brachte die Gesundheit des Regiments aus oder benutzte auch jeden anderen Vorwand, ein Glas Champagner hinunterstürzen zu können. „Wir wollen auf das Wohl O'Dowds und des tapferen ...ten Regiments trinken“, sagte er mit galanter Verbeugung zu seinem Gast. „Ja, Mrs. O'Dowd! Füllen Sie bitte Mrs. O'Dowds Glas, Isidor.“

Aber plötzlich fuhr Isidor zusammen, und die Majorin legte Messer und Gabel hin. Die Fenster standen offen. Sie gingen nach Süden, und aus dieser Richtung über die sonnenbeschienenen Dächer erscholl ein dumpfes, fernes Dröhnen. „Was ist los?“ fragte Joseph. „Warum schenken Sie nicht ein, Sie Schurke?“

„C'est le feu“, erwiderte Isidor und stürzte auf den Balkon.

„Gott schütze uns. Es sind die Kanonen!“ rief Mts. O'Dowd erschrocken und eilte ebenfalls zum Fenster. Tausend blasse und ängstliche Gesichter hätte man an anderen Fenstern erblicken können, und bald schien es, als ob die gesamte Bevölkerung der Stadt auf die Straße stürzte.

32. Kapitel

In dem Joseph die Flucht ergreift und der Krieg zu Ende geht

Wir friedlichen Bewohner Londons haben nie solch eine Szene von Hast und Verwirrung erblickt wie die, die sich in Brüssel abspielte, und werden es, will's Gott, auch nie erleben. Die Menge eilte zum Namure-Tor, denn aus dieser Richtung kam der Schall, und viele fuhren auf die ebene Chaussee hinaus, um noch schneller Nachrichten von der Armee zu bekommen. Jeder fragte seinen Nachbarn nach Neuigkeiten, und selbst vornehme englische Lords und Ladys ließen sich herab, mit Leuten zu sprechen, die sie gar nicht kannten. Die Franzosenfreunde liefen in wilder Aufregung umher und prophezeiten den Triumph ihres Kaisers. Die Kaufleute schlossen ihre Läden und traten auf die Straße, um den allgemeinen Chor von Aufregung und Lärm zu verstärken. Frauen stürzten zu den Kirchen, füllten die Kapellen und knieten betend auf Fußböden und Stufen. Das dumpfe Donnern der Kanonen dröhnte und dröhnte; bald begannen Wagen mit Reisenden die Stadt durch den Genter Schlagbaum zu verlassen. Die Prophezeiungen der Parteigänger Frankreichs nahm man als Tatsachen auf. „Er hat einen Keil in die Armee getrieben“, hieß es. „Er marschiert geradewegs auf Brüssel los. Er wird die Engländer überwältigen und heute abend hiersein.“ – „Er wird die Engländer überwältigen“, schrie Isidor seinem Herrn zu, „und heute abend hiersein.“ Der Kammerdiener sprang zwischen Haus und Straße hin und her und brachte jedesmal neue Einzelheiten des Unheils mit. Josephs Gesicht wurde bleicher und bleicher. Der Schrecken begann von dem dicken Zivilisten Besitz zu ergreifen. All der Champagner, den er trank, war nicht imstande, ihm Mut einzuflößen. Ehe die Sonne unterging, hatte er sich in eine schreckliche Angst hineingesteigert, und sein Freund Isidor beobachtete ihn entzückt, da er jetzt sicher auf Beute aus den Besitztümern des Herrn mit dem bordierten Rock rechnete.

Die Frauen waren die ganze Zeit über unsichtbar gewesen. Nachdem die wackere Majorin einen Augenblick dem Schießen gelauscht hatte, dachte sie an ihre Freundin nebenan, und sie eilte hinüber, um auf Amelia aufzupassen und sie, wenn möglich, zu trösten. Der Gedanke, daß sie das hilflose, sanfte Geschöpf beschützen mußte, erhöhte noch die Kraft der von Natur aus mutigen Irin. Sie blieb fünf Stunden lang an der Seite ihrer Freundin, ermahnte sie hin und wieder, plauderte zuweilen munter, aber den größten Teil der Zeit über schwiegen sie und beteten stumm. „Ich habe ihre Hand erst losgelassen“, erzählte die wackere Dame später, „als nach Sonnenuntergang das Schießen vorüber war.“ Pauline, die Zofe, lag in einer nahen Kirche auf den Knien und betete für son homme à elle.

Als das Geräusch der Kanonen verstummt war, ging Mrs. O'Dowd aus Amelias Raum nach nebenan ins Wohnzimmer, wo Joseph völlig mutlos bei zwei leeren Flaschen saß. Ein paarmal war er in Amelias Zimmer aufgetaucht, in großer Unruhe, als wollte er etwas sagen. Aber die Majorin war nicht von ihrem Platz gewichen, und er ging wieder hinaus, ohne sein Herz erleichtert zu haben. Er schämte sich, ihr zu erklären, daß er fliehen wolle.

Als sie aber in der Dämmerung im Speisezimmer erschien, wo er in der trostlosen Gesellschaft seiner leeren Champagnerflaschen saß, begann er ihr sein Herz auszuschütten.

„Mrs. O'Dowd“, sagte er, „wäre es nicht besser, Sie forderten Amelia auf, sich fertigzumachen?“

„Wollen Sie mit ihr Spazierengehen?“ entgegnete die Majorin. „Dafür ist sie wahrscheinlich zu schwach.“

„Ich – ich habe den Wagen bestellt“, sagte er, „und – und Postpferde; Isidor holt sie“, fuhr er fort.

„Wozu wollen Sie denn heute abend noch ausfahren?“ fragte die Dame. „Meinen Sie nicht, daß Amelia sich im Bett wohler fühlt? Ich habe sie eben dazu gebracht, sich hinzulegen.“

„Sagen Sie ihr, sie soll aufstehen“, forderte Joseph, „sie muß aufstehen“, und er stampfte energisch mit dem Fuß. „Ich sagte bereits, die Pferde sind schon bestellt, ja, die Pferde sind bestellt. Es ist alles aus, und...“

„Und was?“ fragte Mrs. O'Dowd.

„Ich gehe nach Gent“, antwortete Joseph, „alle machen, daß sie fortkommen. Ich habe auch einen Platz für Sie; in einer halben Stunde fahren wir los.“

Die Majorin sah ihn mit unendlicher Verachtung an. „Ich rühre mich erst, wenn mir O'Dowd den Marschbefehl gibt“, sagte sie. „Sie können ja gehen, wenn Sie wollen, Mr. Sedley, aber bei meiner Ehre, Amelia und ich bleiben hier.“

„Sie muß weg“, sagte Joseph und stampfte wieder mit dem Fuß. Mrs. O'Dowd stemmte die Arme in die Hüfte und stellte sich vor die Schlafzimmertür.

„Ist es, weil Sie sie zu ihrer Mutter bringen wollen?“ fragte sie. „Oder wollen Sie selbst zur Mama, Mr. Sedley? Guten Morgen, angenehme Reise, mein Herr; bon voyage, wie man hier sagt, und folgen Sie meinem Rat und rasieren Sie sich den Schnurrbart da ab, der könnte Sie noch ins Unglück stürzen.“

„Verdammt!“ brüllte Joseph, halb wahnsinnig vor Furcht, Wut und Demütigung, und in diesem Augenblick kam Isidor herein, und nun war er mit Fluchen an der Reihe. „Pas de chevaux, sacrebleu!“ zischte der wütende Diener. Alle Pferde waren weg. Joseph war an jenem Tag in Brüssel nicht der einzige, der von Panik ergriffen war.

Aber noch vor Ende der Nacht sollte Josephs ohnehin schon große und grausame Angst sich fast zur Raserei steigern. Wir haben erwähnt, daß Pauline, die Zofe, ihren homme à elle ebenfalls in den Reihen der Armee hatte, die ausgezogen war, um Kaiser Napoleon entgegenzutreten. Dieser Geliebte war Brüsseler und belgischer Husar. Die Truppen seiner Nation zeichneten sich in diesem Kriege durch alles andere als Mut aus, und der junge Van Cutsum, Paulines Liebhaber, war ein zu guter Soldat, um dem Befehl seines Obersten, davonzulaufen, nicht zu gehorchen. Solange der junge Regulus (er war in der Revolutionszeit geboren) in Brüssel in Garnison lag, hatte er in Paulines Küche Trost gefunden und dort fast alle seine Freizeit zugebracht. Als er vor wenigen Tagen ins Feld rücken mußte und von seiner weinenden Geliebten Abschied nahm, hatte sie ihm Taschen und Halfter mit allerlei guten Sachen aus ihrer Speisekammer vollgepackt.

Soweit es sein Regiment betraf, war der Feldzug nun vorüber. Es gehörte zu der Division, die der rechtmäßige Herrscher, der Prinz von Oranien, kommandierte. Nach der Länge der Säbel und Schnurrbarte und der Pracht der Uniformen und Ausrüstung zu urteilen, waren Regulus und seine Kameraden eine so tapfere Truppe, wie nur je eine von der Trompete zum Angriff gerufen wurde.

Als Ney sich auf die Vorhut der alliierten Truppen stürzte und diesen eine Stellung nach der anderen entriß, bis die Ankunft des Hauptkörpers der britischen Armee aus Brüssel die Aussichten des Kampfes bei Quatre-Bras änderte, hatten die Schwadronen, zu denen Regulus gehörte, die größte Tapferkeit im Rückzug vor den Franzosen bewiesen und sich bereitwillig von einer Stellung zur anderen zurücktreiben lassen. Ihre Bewegungen waren erst von dem Anmarsch der Engländer hinter ihnen aufgehalten worden. Da sie nun auf diese Weise zum Stillstand gezwungen waren, hatte endlich die feindliche Kavallerie (deren blutdürstige Hartnäckigkeit nicht scharf genug getadelt werden kann) Gelegenheit, mit den braven Belgiern vor ihnen zusammenzutreffen. Die zogen jedoch ein Treffen mit den Engländern einem mit den Franzosen vor, machten kehrt, ritten durch die hinter ihnen kommenden englischen Regimenter und zerstreuten sich in alle Richtungen. Das Regiment hatte zu existieren aufgehört. Es war nirgends. Es hatte kein Hauptquartier. Regulus fand sich plötzlich vollkommen allein, meilenweit vom Schlachtfeld entfernt, und wo konnte er anders Zuflucht suchen, als in der Küche und den treuen Armen, wo ihn Pauline so oft willkommen geheißen hatte!

Gegen zehn Uhr konnte man das Klappern eines Säbels auf der Treppe des Hauses, in dem die Osbornes nach kontinentaler Sitte ein Stockwerk bewohnten, hören. Man konnte ein Klopfen an der Küchentür vernehmen, und die arme Pauline, die gerade erst aus der Kirche zurückgekehrt war, fiel vor Schreck fast in Ohnmacht, als sie beim Öffnen ihren erschöpften Husaren erblickte. Er sah so totenbleich aus, wie jener mitternächtliche Reiter, der Lenore aufstörte. Pauline hätte geschrien, wenn sie damit nicht ihre Herrschaft herbeigerufen und ihren Geliebten verraten hätte. Sie erstickte daher ihren Aufschrei, führte ihren Helden in die Küche und gab ihm Bier und die erlesenen Bissen vom Mittagessen, die Joseph aus Angst nicht hatte anrühren können. Der Husar bewies durch die ungeheuren Mengen von Fleisch und Bier, die er verschlang, daß er kein Geist war. Zwischendurch erzählte er seine Unglücksgeschichte.

Sein Regiment hatte Wunder an Tapferkeit vollbracht und eine Zeitlang dem Angriff des gesamten französischen Heeres standgehalten. Es war aber endlich überwältigt worden, wie inzwischen die ganze britische Armee. Ney hatte jedes Regiment, wie es ankam, vernichtet. Umsonst hatten sich die Belgier bemüht, die Engländer vor dem Abschlachten zu bewahren. Die Braunschweiger waren besiegt und geflohen, ihr Herzog getötet. Es war ein allgemeines débâcle; er versuchte, seinen Kummer über die Niederlage in Strömen von Bier zu ertränken.

Isidor, der in die Küche gekommen war, hörte das Gespräch und eilte hinaus, um es seinem Herrn mitzuteilen. „Es ist alles aus!" schrie er Joseph zu, Mylord der Herzog ist gefangen, der Herzog von Braunschweig getötet, die britische Armee in wilder Flucht, nur ein Mann ist davongekommen, und der sitzt jetzt in der Küche – kommen Sie und hören Sie ihn an." Joseph schwankte also in die Küche, wo Regulus auf dem Tisch saß und seine Bierflasche festhielt. In seinem besten Französisch, das aber leider doch ziemlich ungrammatisch war, beschwor Joseph den Husaren, seine Geschichte zu erzählen. Je mehr Regulus berichtete, desto schlimmer wurde das Unglück. Er war der einzige Mann aus seinem Regiment, der nicht auf dem Schlachtfeld erschlagen worden war. Er hatte gesehen, wie der Herzog von Braunschweig fiel, die schwarzen Husaren flohen und die Schotten von den Kanonen niedergemäht wurden. „Und das ...te Regiment?" keuchte Joseph.

„In Stücke gehauen", antwortete der Husar – worauf Pauline rief: „Oh, meine Herrin, ma bonne petite dame!" und das Haus mit ihrem hysterischen Geschrei erfüllte.

Mr. Sedley wußte in wildem Entsetzen nicht, wie oder wo er Sicherheit finden konnte. Er stürzte von der Küche ins Wohnzimmer und warf einen flehenden Blick auf Amelias Tür, die Mrs. O'Dowd ihm vor der Nase zugemacht und verschlossen hatte. Er verweilte einen Augenblick lauschend an der Tür, da ihm aber einfiel, wie verächtlich ihn die Majorin behandelt hatte, trat er zurück und beschloß, zum erstenmal an jenem Tag auf die Straße zu gehen. Er ergriff eine Kerze und sah sich nach seiner goldbebänderten Mütze um. Er fand sie auf ihrem gewöhnlichen Platz auf einer Spiegelkonsole im Vorzimmer liegen. Dort pflegte Joseph sonst sich zu drehen und zu wenden, seine Schläfenlocken zurechtzulegen und seine Mütze schief aufzusetzen, ehe er sich in der Öffentlichkeit zeigte. So stark ist die Macht der Gewohnheit, daß er sogar jetzt in seiner entsetzlichen Angst mechanisch an seinem Haar zupfte und seine Mütze schief aufsetzte; dann blickte er bestürzt auf das blasse Gesicht im Spiegel und besonders auf seinen Schnurrbart, der in den sieben Wochen, die er auf der Welt war, ein stattliches Wachstum entwickelt hatte. Sie werden mich ganz bestimmt für einen Militär halten, überlegte er und dachte an Isidors Warnung bezüglich des Gemetzels, das die besiegte britische Armee erwartete. Er schwankte in sein Schlafzimmer zurück und fing an, wie toll an der Klingel zu reißen, um seinen Diener zu rufen.

Isidor erschien. Joseph war in einen Stuhl gesunken, hatte sein Halstuch abgerissen, den Kragen heruntergeklappt und saß da, mit beiden Händen an der Kehle. „Coupez-moi, Isidor", schrie er, „vite! Coupez-moi!" Isidor glaubte einen Augenblick, er sei wahnsinnig geworden und fordere ihn auf, ihm den Hals abzuschneiden.

„Les moustaches", ächzte Joseph, „les moustaches, couper, raser, vite!" So war sein Französisch: fließend, wie wir gesagt haben, aber grammatisch nicht besonders korrekt.

Isidor fegte den Schnurrbart im Nu mit dem Rasiermesser hinweg und vernahm mit unaussprechlichem Entzücken den Befehl seines Herrn, einen Hut und einen Zivilrock zu bringen. „Ne porter plus – habit militaire – bonnet – donner à vous, prenez dehors", waren Josephs Worte; Rock und Mütze waren endlich sein Eigentum.

Nachdem Joseph dies Geschenk gemacht hatte, suchte er aus seinem Vorrat einen einfachen schwarzen Rock mit Weste, ein großes weißes Halstuch und einen einfachen Filzhut heraus. Wenn er einen breitkrempigen Hut hätte auftreiben können, er hätte sogar diesen getragen. Aber auch so schon hätte man ihn für einen stattlichen Geistlichen der englischen Kirche halten können.

„Venez maintenant", fuhr er fort, „suivez – allez – partez – dans la rue." Hiermit stürzte er schnell die Treppe hinab und eilte auf die Straße.

Obwohl Regulus behauptet hatte, er sei fast der einzige Mann seines Regimentes oder gar des alliierten Heeres, den Ney nicht in Stücke gehauen hatte, so erwies sich seine Angabe doch als ungenau, und es stellte sich heraus, daß eine ganze Anzahl von den angeblichen Schlachtopfern das Gemetzel überlebt hatte. Viele Dutzende von Regulus' Kameraden hatten nach Brüssel zurückgefunden und durch ihr einmütiges Geständnis, sie seien davongelaufen, die ganze Stadt zum Glauben an die Niederlage der Alliierten gebracht. Man erwartete stündlich die Ankunft der Franzosen; die Panik wurde immer größer, und überall traf man Vorbereitungen zur Flucht. Keine Pferde! dachte Joseph entsetzt. Er schickte Isidor zu unzähligen Leuten, um zu erfahren, ob sie welche zu verleihen oder zu verkaufen hätten, und sein Herz sank immer tiefer, je mehr verneinende Antworten er erhielt. Sollte er die Reise zu Fuß machen? Nicht einmal die Angst vermochte es, diesen schwerfälligen Körper in Bewegung zu setzen.

Fast alle von Engländern in Brüssel bewohnten Hotels lagen gegenüber dem Park, und Joseph wanderte zusammen mit vielen anderen, die ebenso von Furcht und Neugier befallen waren, in dieser Gegend umher. Er sah, daß einige Familien glücklicher gewesen waren als er, Pferde aufgetrieben hatten und nun in wilder Flucht durch die Straßen davonrasselten; andere dagegen befanden sich in gleicher Verlegenheit wie er und konnten weder durch Geld noch gute Worte die notwendigen Fluchtmittel auftreiben. Unter diesen, die gern fliehen wollten, bemerkte Joseph Lady Bareacres und ihre Tochter im porte cochère ihres Hotels in ihrem Wagen. Alle Koffer waren gepackt, und der einzige Hinderungsgrund für ihre Flucht war wie bei Joseph das Fehlen der bewegenden Kraft.

In diesem Hotel wohnte auch Rebekka Crawley. In der jüngsten Vergangenheit hatte sie mehrmals feindliche Begegnungen mit den Damen der Familie Bareacres gehabt. Lady Bareacres grüßte Mrs. Crawley nicht, wenn sie sich zufällig auf der Treppe trafen, und sie erzählte überall, wo der Name ihrer Nachbarin erwähnt wurde, beharrlich nur Schlechtes von ihr. Die Gräfin war entsetzt über die Vertraulichkeit zwischen General Tufto und der Frau seines Adjutanten. Lady Blanche mied sie wie eine ansteckende Krankheit. Nur Lord Bareacres selbst pflegte heimlich Umgang mit ihr, wenn er sich nicht unter der Aufsicht seiner Damen befand.

Rebekka konnte sich jetzt an ihren unverschämten Feindinnen rächen. Es wurde im Hotel bekannt, daß Hauptmann Crawley seine Pferde zurückgelassen hatte. Als daher die Panik begann, ließ sich Lady Bareacres herab, ihr Kammermädchen mit Empfehlungen zu Mrs. Crawley zu schicken und sie nach dem Preis ihrer Pferde zu fragen. Mrs. Crawley schickte ein Billett zurück, worin sie sich empfahl und zu verstehen gab, daß sie nicht gewohnt sei, mit Kammerjungfern Geschäfte abzuschließen.

Diese kurze Antwort brachte den Grafen höchstpersönlich in Rebekkas Zimmer; er hatte jedoch nicht mehr Erfolg als die erste Abgesandte. „Mir eine Kammerjungfer zu schicken!" rief Mrs. Crawley sehr erzürnt, „warum verlangte Lady Bareacres nicht auch, daß ich ihr die Pferde satteln sollte? Ist sie es, die fliehen will, oder ihre Kammerjungfer?" Das war die ganze Antwort, die der Graf seiner Gemahlin brachte.

Was lehrt die Not aber nicht alles! Nach dem Mißerfolg ihres zweiten Abgesandten machte die Gräfin tatsächlich selbst ihre Aufwartung bei Mrs. Crawley. Sie bat sie, irgendeinen Preis zu nennen, und erbot sich sogar, Becky nach Haus Bareacres einzuladen, wenn die junge Frau ihr nur ermöglichte, dorthin zurückzukehren. Mrs. Crawleys Antwort war ganz Hohn.

„Ich will mir nicht von Gerichtsdienern in Livree aufwarten lassen, obgleich Sie höchstwahrscheinlich nicht zurückgelangen werden, wenigstens nicht Sie zusammen mit Ihren Diamanten. Die werden die Franzosen schon bekommen. In zwei Stunden sind sie hier, und ich habe dann schon die halbe Strecke nach Gent hinter mir. Ich werde Ihnen meine Pferde um keinen Preis verkaufen, nein, nicht einmal für die zwei größten Diamanten, die Euer Gnaden auf dem Ball getragen haben." Lady Bareacres zitterte vor Wut und Schrecken. Die Diamanten waren in ihr Kleid eingenäht und in der Wattierung und den Stiefeln des gnädigen Herrn versteckt. „Weib, die Diamanten sind in der Bank, und ich will und will die Pferde haben", rief sie. Rebekka lachte ihr ins Gesicht. Die wütende Gräfin ging hinunter und setzte sich in die Kutsche. Das Kammermädchen, den Diener und ihren Gatten schickte sie noch einmal in die Stadt nach Pferden, und wehe dem, der zuletzt zurückkam! Die Lady war entschlossen, sofort abzureisen, wenn die Pferde von irgendwoher ankommen würden, mit ihrem Mann oder ohne ihn.

Rebekka hatte das Vergnügen, Lady Bareacres in dem unbespannten Wagen sitzen zu sehen. Sie behielt sie ständig im Auge und bejammerte so laut sie konnte die Verlegenheit der Gräfin. „Keine Pferde zu bekommen!" rief sie, „und alle Diamanten in den Wagenkissen eingenäht! Was für eine Beute für die Franzosen, wenn sie kommen! Ich meine die Kutsche und die Diamanten, nicht die Dame!" Sie erzählte das dem Wirt, den Dienern, den Gästen und den zahllosen Müßiggängern im Hof. Lady Bareacres hätte sie am liebsten vom Wagenfenster aus abgeschossen.

Während sie sich noch an der Demütigung ihrer Feindin labte, erblickte Rebekka Joseph, der geradewegs auf sie zueilte.

Sein verändertes, schreckensbleiches, dickes Gesicht verriet sein Geheimnis deutlich. Auch er wollte fliehen und sah sich nach den Fluchtmitteln um. Der soll meine Pferde kaufen, dachte Rebekka, und ich werde die Stute reiten.

Joseph trat zu seiner Freundin und stellte die in der letzten Stunde wohl hundertmal wiederholte Frage, ob sie wisse, wo man Pferde bekommen könne.

„Was, Sie fliehen?" lachte Rebekka. „Ich dachte, Sie seien der Beschützer aller Damen, Mr. Sedley."

„Ich – ich bin kein Soldat", keuchte er.

„Und Amelia? Wer soll Ihr armes Schwesterchen beschützen?" fragte Rebekka. „Sie wollen sie doch nicht etwa verlassen?"

„Was kann ich ihr nützen, wenn – wenn der Feind kommt", erwiderte Joseph. „Die Frauen werden sie verschonen, aber mein Diener hat mir erzählt, sie hätten geschworen, keinem Mann Pardon zu geben – die elenden Feiglinge."

„Entsetzlich!" rief Rebekka und weidete sich an seiner Verlegenheit.

„Übrigens will ich sie ja gar nicht verlassen", schrie der Bruder, „sie soll nicht zurückbleiben. Ich habe einen Platz für Amelia in meinem Wagen, und auch einen für Sie, liebe Mrs. Crawley, wenn Sie mitkommen wollen – und falls wir Pferde auftreiben", setzte er seufzend hinzu.

„Ich habe zwei zu verkaufen", sagte die Dame. Joseph hätte sie bei dieser Nachricht umarmen mögen. „Hol den Wagen, Isidor", rief er. „Wir haben welche – wir haben welche."

„Meine Pferde sind noch nie im Geschirr gegangen", fügte Mrs. Crawley hinzu, „Dompfaff würde den Wagen in Stücke schlagen, wenn Sie ihn einspannen wollten."

„Er läßt sich aber ruhig reiten?" fragte der Zivilist.

„Ruhig wie ein Lamm und schnell wie ein Hase", antwortete die Dame.

„Glauben Sie, daß er mein Gewicht aushält?" fragte Joseph. Er saß in Gedanken schon auf dem Pferde, ohne auch nur einen Augenblick an die arme Amelia zu denken. Welcher Mensch, der Pferdegeschäfte liebt, könnte auch einer solchen Versuchung widerstehen?

Rebekka antwortete nicht, sondern bat ihn, auf ihr Zimmer zu kommen. Er folgte ihr in atemloser Hast, um den Handel abzuschließen. Joseph hatte selten eine halbe Stunde erlebt, die ihn so viel Geld kostete. Rebekka, die den Wert ihrer Ware nach Josephs Kaufeifer und nach der Seltenheit des Artikels maß, verlangte einen so ungeheuren Preis für die Pferde, daß sogar der Zivilist zurückschreckte. Sie wolle beide verkaufen oder keins sagte sie entschlossen. Rawdon habe ihr befohlen, sich nicht unter dem angegebenen Preis von ihnen zu trennen. Lord Bareacres unten würde ihr die gleiche

Summe geben, und bei all ihrer Liebe und Achtung für die Familie Sedley müsse ihr lieber Mr. Joseph doch einsehen, daß arme Leute leben müßten – kurz, es gab niemanden, der freundschaftlicher, aber zugleich auch entschlossener in Geschäftsangelegenheiten gehandelt hätte.

Joseph willigte schließlich, wie zu erwarten gewesen war, in den Preis ein. Die Summe, die er ihr zu zahlen hatte, war so groß, daß er um Zeit bitten mußte; so groß, daß sie ein kleines Vermögen für Rebekka bedeutete. Sie hatte schnell überschlagen, daß sie mit dieser Summe und dem, was beim Verkauf von Rawdons übrigen Sachen herausspringen würde, und ihrer Witwenpension, falls er fiel, absolut unabhängig von der Welt sein würde und dem Witwenstand mit Ruhe entgegensehen könne.

Ein paarmal im Laufe des Tages hatte sie allerdings auch an Flucht gedacht. Ihr Verstand gab ihr aber besseren Rat. Angenommen, die Franzosen kommen, dachte sie, was können sie dann schon einer armen Offizierswitwe tun! Pah, die Zeiten der Belagerungen und Plünderungen sind vorüber, man wird uns ruhig nach Hause gehen lassen, oder ich kann auch mit meinem hübschen kleinen Einkommen angenehm im Ausland leben.

Inzwischen waren Joseph und Isidor zum Stall gegangen, um die neugekauften Pferde zu besichtigen. Joseph befahl seinem Diener, sofort zu satteln, denn er wollte noch in derselben Nacht, noch zur selben Stunde fortreiten. Er ließ daher den Diener zurück, damit der die Pferde fertigmache, während er selbst nach Hause ging, um sich für die Abreise vorzubereiten. Sie mußte geheim bleiben. Er wollte durch die Hintertür auf sein Zimmer gehen. Es lag ihm nichts daran, der Majorin und Amelia zu begegnen und gestehen zu müssen, daß er davonlaufen wollte.

Josephs Handel mit Rebekka war nun abgeschlossen, er hatte die Pferde besichtigt, und der neue Tag war angebrochen; obwohl jedoch Mitternacht schon lange vorüber war, hatte die Stadt noch keine Ruhe gefunden. Die Leute waren wach, in den Häusern brannten Lichter, vor den Türen standen noch immer Menschengruppen, und auf den Straßen herrschte ein reges Leben. Noch immer wanderten die verschiedensten Gerüchte von Mund zu Mund; das eine behauptete, die Preußen hätten eine vollständige Niederlage erlitten; ein anderes, es seien die Engländer gewesen, die angegriffen und besiegt wurden; ein drittes, daß die Engländer das Feld behauptet hätten. Dieses letzte Gerücht gewann allmählich die Oberhand; noch kein Franzose hatte sich blicken lassen. Einzelne Zurückkehrende brachten immer günstigere Nachrichten; endlich kam sogar ein Adjutant nach Brüssel mit Depeschen für den Kommandanten der Stadt, und dieser ließ bald darauf ein Plakat mit der offiziellen Mitteilung vom Triumph der Alliierten bei Quatre-Bras und dem Rückzug der Franzosen unter Ney nach sechsstündiger Schlacht in der Stadt anschlagen. Der Adjutant mußte in der Zeit, als Joseph und Rebekka ihren Handel abgeschlossen oder beim Besichtigen der Pferde waren, angekommen sein. Als Joseph sein Hotel erreichte, fand er mehr als ein Dutzend der zahlreichen Bewohner vor der Tür im Gespräch über die Neuigkeit, an deren Wahrheit nicht zu rütteln war. Er ging also hinauf, um sie den unter seiner Obhut befindlichen Damen mitzuteilen. Er hielt es nicht für nötig, ihnen zu erklären, daß er beabsichtigt hatte, sie zu verlassen, daß er bereits Pferde gekauft hatte und welchen Preis er dafür hatte zahlen müssen.

Sieg oder Niederlage war jedoch für diejenigen, die nur um die Sicherheit ihrer geliebten Männer bangten, von geringerer Bedeutung. Amelia wurde bei der Siegesnachricht sogar noch aufgeregter als vorher. Sie wollte unverzüglich zur Armee gehen und flehte ihren Bruder unter Tränen an, sie dorthin zu begleiten. Zweifel und Schrecken erreichten bei ihr den Höhepunkt, und das arme Mädchen, das viele Stunden lang in dumpfem Brüten verbracht hatte, lief in wahnsinniger Hysterie hin und her – ein erbarmungswürdiger Anblick! Kein Mann, der sich fünfzehn Meilen entfernt auf dem schwerumkämpften Schlachtfeld vor Schmerzen krümmte – und es lagen viele Tapfere dort –, litt mehr als dieses arme, unschuldige Opfer des Krieges. Joseph konnte den Anblick ihrer Qual nicht ertragen. Er ließ seine Schwester unter der Obhut ihrer härteren Gefährtin zurück und stieg von neuem zur Hoteltür hinunter, wo noch alles schwatzend herumlungerte und auf weitere Nachrichten wartete.

Während sie dort standen, wurde es völlig hell, und Männer, die auf dem Kriegsschauplatz mitgewirkt hatten, brachten neue Nachrichten. Leiterwagen und lange Bauernkarren, mit Verwundeten beladen, rollten in die Stadt; schauriges Ächzen erscholl daraus, und abgekämpfte Gesichter schauten traurig aus dem Stroh. Joseph Sedley blickte mit schmerzlicher Neugier auf einen dieser Wagen – das Stöhnen der darin Liegenden war entsetzlich. Die müden Pferde konnten ihn kaum noch ziehen. „Halt, halt!" rief eine schwache Stimme aus dem Stroh, und das Fuhrwerk hielt gegenüber von Mr. Sedleys Hotel an.

„Es ist George, ich weiß es ganz genau", schrie Amelia und stürzte augenblicklich mit bleichem Gesicht und wirrem Haar auf den Balkon. Es war jedoch nicht George, aber das Nächstbeste, was kommen konnte: Nachricht von ihm.

Es war der arme Tom Stubble, der vierundzwanzig Stunden vorher so mutig von Brüssel losmarschiert war, mit der Regimentsfahne in der Hand, die er auf dem Schlachtfeld so tapfer verteidigt hatte. Ein französischer Ulan hatte den jungen Fähnrich am Bein verwundet, und der fiel hin, hielt aber tapfer die Fahne fest. Nach Beendigung des Gefechts hatte man in einem Karren für den armen Burschen Platz gefunden und ihn nach Brüssel zurückgebracht.

„Mr. Sedley, Mr. Sedley!" rief der Junge mit schwacher Stimme, und Joseph trat erschrocken zu ihm heran. Er hatte anfangs nicht unterscheiden können, wer ihn gerufen hatte.

Der kleine Tom Stubble hielt ihm seine heiße, kraftlose Hand hin. „Ich soll hierhergebracht werden", flüsterte er, „Osborne – und – und Dobbin haben es gesagt;

und Sie sollen dem Mann zwei Napoleons geben; meine Mutter wird sie Ihnen zurückzahlen.“ Die Gedanken des jungen Burschen waren während der langen Stunden im Wagen zum väterlichen Pfarrhaus, das er erst vor ein paar Monaten verlassen hatte, zurückgewandert, und zuweilen hatte er in diesem Fiebertraum sogar seine Schmerzen vergessen.

Das Hotel war groß und die Bewohner freundlich. Alle vom Karren wurden hineingebracht und auf die verschiedensten Lager gebettet. Der junge Fähnrich kam in Osbornes Räume hinauf. Sobald die Majorin ihn vom Balkon aus erkannt hatte, waren sie und Amelia hinuntergestürzt. Man kann sich die Gefühle der beiden Frauen vorstellen, als sie hörten, die Schlacht sei vorüber und beide Gatten seien unverletzt. In stummem Entzücken fiel Amelia ihrer teuren Freundin um den Hals und umarmte sie; und in leidenschaftlicher Dankbarkeit sank sie auf die Knie und pries die Macht, die ihren Mann gerettet hatte.

Kein Arzt hätte unserer jungen Frau in ihrem fieberhaften und nervösen Zustand eine heilsamere Arznei verschreiben können als die, welche ihr der Zufall bot. Sie wachte mit Mrs. O'Dowd unablässig bei dem verwundeten Jüngling, der große Schmerzen litt. Diese ihr auferlegte Pflicht ließ keine Zeit mehr, über ihren persönlichen Sorgen zu brüten oder sich ihren gewohnten Befürchtungen und Ahnungen hinzugeben. Der junge Patient schilderte mit einfachen Worten die Ereignisse des Tages und die Taten unserer Freunde vom tapferen ...ten Regiment. Sie hatten schwer gelitten und sehr viele Offiziere und Soldaten verloren. Als sie angriffen, war das Pferd unter dem Major erschossen worden, und sie hatten alle geglaubt, O'Dowd sei tot und Dobbin würde nun Major. Aber bei ihrer Rückkehr nach dem. Angriff zu ihrer alten Stellung hatten sie entdeckt, daß der Major auf Pyramus' Leichnam saß und sich aus seiner Feldflasche erfrischte. Hauptmann Osborne hatte den französischen Ulan, der den Fähnrich verwundet hatte, niedergehauen. Amelia wurde bei dem bloßen Gedanken daran so bleich, daß Mrs. O'Dowd den jungen Fähnrich in seiner Erzählung innehalten ließ. Und Hauptmann Dobbin war es gewesen, der nach Beendigung der Schlacht, obwohl selbst verwundet, den Jüngling auf die Arme genommen und zum Wundarzt und von da zu dem Karren geschleppt hatte, der ihn nach Brüssel zurückbringen sollte, und er war es auch, der dem Fuhrmann zwei Louisdor versprochen hatte, wenn er zu Mr. Sedleys Hotel in Brüssel fahren würde und Mrs. Osborne sagen wolle, daß die Schlacht vorbei und ihr Mann unverletzt und wohlauf sei.

„Er hat wirklich ein gutes Herz, dieser William Dobbin, wenn er auch immer über mich lacht“, sagte Mrs. O'Dowd.

Der junge Stubble beteuerte, daß es keinen zweiten Offizier wie ihn im ganzen Heer gebe, und konnte kein Ende finden, seine Bescheidenheit, Güte und bewundernswerte Kaltblütigkeit im Felde zu preisen. Diesem Teil des Gesprächs widmete Amelia indes nur schwache Aufmerksamkeit; sie hörte nur dann zu, wenn von George gesprochen wurde, und auch solange man seinen Namen nicht erwähnte, dachte sie an ihn.

Bei der Pflege ihres Patienten und dem Nachdenken über die wunderbaren Ereignisse des gestrigen Tages verging Amelia der zweite Tag ziemlich schnell. Für sie gab es nur einen Mann in der Armee, und solange er wohlauf war, interessierten sie die Truppenbewegungen nur wenig, wie wir zugeben müssen. Alle Gerüchte, die Joseph von der Straße mitbrachte, hörte sie nur verschwommen, obwohl sie ausreichten, um diesen furchtsamen Herrn, und mit ihm viele andere Leute in Brüssel, tief zu beunruhigen. Die Franzosen waren zwar zurückgeschlagen worden, aber erst nach hartem, zweifelhaftem Kampf, und es war nur ein Teil der französischen Armee. Der Kaiser war mit der Hauptmasse in Ligny, wo er die Preußen gänzlich vernichtet hatte, und nun hatte er freie Hand, seine ganze Kraft auf die Alliierten zu richten. Der Herzog von Wellington zog sich zur Hauptstadt zurück, und höchstwahrscheinlich würde es unter ihren Mauern eine große Schlacht geben, deren Ausgang mehr als zweifelhaft war. Der Herzog von Wellington hatte nur zwanzigtausend Mann englische Truppen, auf die er bauen konnte, denn die Deutschen waren rohe Miliz, die Belgier unzuverlässig; und mit dieser Handvoll hatte Seine Hoheit hundertundfünfzigtausend Mann Widerstand zu leisten, die unter Napoleon in Belgien eingedrungen waren. Unter Napoleon! Welcher Heerführer, mochte er noch so berühmt und geschickt sein, konnte mit einer ungleichen Macht gegen ihn kämpfen?

All das überlegte sich Joseph und zitterte. So ging es auch den meisten anderen Bewohnern Brüssels, denn die Leute spürten, daß das gestrige Gefecht nur das Vorspiel zu dem drohenden größeren Kampf gewesen war. Eine der Armeen, die sich dem Kaiser entgegengestellt hatte, war bereits in alle Winde zerstreut. Die wenigen Engländer, die zum Widerstand gegen ihn aufgebracht werden konnten, würden auf ihren Posten fallen, und der Eroberer würde über ihre Leichen in die Stadt ziehen. Wehe denen, die er dort fand! Ansprachen wurden bereits ausgearbeitet, Beamte versammelten sich und berieten im geheimen, Zimmer wurden vorbereitet und Trikoloren und Siegesembleme verfertigt, um die Ankunft Seiner Majestät des Kaisers und Königs zu begrüßen.

Die Fluchtbewegung dauerte noch immer an, und alle Familien, die Mittel und Wege finden konnten, flohen. Als Joseph am Nachmittag des siebzehnten Juni in Rebekkas Hotel ging, entdeckte er, daß die große Bareacressche Kutsche schließlich doch aus dem porte cochère verschwunden war. Der Graf hatte Mrs. Crawley zum Trotz irgendwie ein Paar Pferde verschaffen können und rollte nun auf dem Wege nach Gent. Ludwig der Ersehnte packte in dieser Stadt auch schon seine Reisetasche. Es schien, als ob das Unglück nie müde würde, diesen schwerfälligen Verbannten weiterzutreiben.

Joseph fühlte, daß der gestrige Sieg nur eine Gnadenfrist gewesen war und daß er seine teuer gekauften Pferde doch noch brauchen würde. Seine Angst war den ganzen Tag über entsetzlich. Solange noch eine englische Armee zwischen Brüssel und Napoleon stand, war sofortige Flucht nicht notwendig; er ließ jedoch seine Pferde aus ihrem entfernten Stall in den seines Hotels bringen, damit er sie stets unter Augen hatte und sie ihm nicht gewaltsam entführt werden konnten. Isidor beobachtete die Stalltür ständig. Die Pferde hatte er gesattelt und alles für die Abreise vorbereitet. Er wartete sehnsüchtig auf dieses Ereignis.

Nach dem gestrigen Empfang hatte Rebekka keine Lust, sich wieder ihrer lieben Amelia zu nähern. Sie beschnitt den Blumenstrauß, den sie von George bekommen hatte, gab ihm frisches Wasser und las noch einmal das Billett durch, das er ihr zugesteckt hatte. „Das arme Geschöpf", sagte sie und drehte das Stückchen Papier zwischen den Fingern, „wie ich sie damit zerschmettern könnte! Und um so ein Wesen muß sie sich nun das Herz brechen – um so einen Dummkopf, einen Hanswurst, der sich nichts aus ihr macht. Mein armer guter Rawdon ist zehnmal mehr wert als so einer." Und dann dachte sie darüber nach, was sie tun sollte, wenn – wenn dem armen guten Rawdon etwas zustieße, und was für ein Glück es gewesen sei, daß er seine Pferde zurückgelassen hatte.

Mrs. Crawley, die nicht ohne Ärger die Familie Bareacres hatte wegfahren sehen, dachte im Laufe des Tages auch an die Vorsichtsmaßregeln, die die Gräfin getroffen hatte, und machte ein paar Handarbeiten für sich. Sie nähte den größten Teil ihrer Schmucksachen, Wechsel und Banknoten in ihre Kleider ein, und so vorbereitet, war sie für alle Fälle gerüstet – entweder zu fliehen, wenn sie es für angemessen hielt, oder zu bleiben und den Sieger zu begrüßen, mochte er nun Engländer oder Franzose sein. Ich bin nicht sicher, ob sie nicht in jener Nacht davon träumte, Herzogin oder Madame la maréchale zu werden, während Rawdon in seinen Mantel gehüllt am Mont Saint-Jean im strömenden Regen biwakierte und mit aller Kraft seines Herzens an die kleine Frau dachte, die er in Brüssel zurückgelassen hatte.

Der nächste Tag war ein Sonntag, und Mrs. O'Dowd sah mit Befriedigung, daß die Nachtruhe ihre beiden Patienten körperlich und geistig gestärkt hatte. Sie selbst hatte in einem Lehnstuhl in Amelias Zimmer geschlafen, bereit, ihrer armen Freundin oder dem Fähnrich zu Diensten zu stehen, wenn einer von ihnen ihre Fürsorge brauchte. Bei Anbruch des Tages ging die tapfere Frau in das Haus, wo sie und der Major einquartiert waren, und machte dort sorgfältig Toilette, wie es sich für den Tag gehörte. Und während sie allein in dem Zimmer war, das ihr Mann bewohnt hatte, wo seine Nachtmütze noch auf dem Kissen lag und sein Stock in der Ecke stand, wurde höchstwahrscheinlich ein Gebet für das Wohlergehen des tapferen Soldaten Michael O'Dowd gen Himmel geschickt.

Als sie zurückkehrte, brachte sie ihr Gebetbuch und die berühmten Predigten ihres Onkels, des Dekans, mit, aus denen sie regelmäßig am Sonntag zu lesen pflegte; wenn sie auch nicht alles verstand und vielleicht manche der langen und komplizierten Wörter nicht richtig aussprach – denn der Dekan war ein gelehrter Mann und liebte lange lateinische Wörter –, so las sie doch mit großem Ernst, viel Gefühl und im allgemeinen leidlich richtig. Wie oft hat Mick diesen Predigten gelauscht, dachte sie, wenn ich sie bei Windstille in der Kajüte las. Auch heute beabsichtigte sie, diese geistliche Übung vorzunehmen, und Amelia und der verwundete Fähnrich sollten die Gemeinde sein. Der gleiche Gottesdienst wurde an jenem Tag zur gleichen Stunde in zwanzigtausend Kirchen abgehalten, und Millionen britischer Männer und Frauen flehten auf den Knien den Vater aller Dinge um Schutz an.

Sie alle hörten den Lärm nicht, der unsere kleine Gemeinde in Brüssel störte. Als Mrs. O'Dowd mit ihrer schönsten Stimme die Predigt las, begannen die Kanonen von Waterloo aufs neue zu dröhnen – lauter als zwei Tage zuvor.

Als Joseph dieses entsetzliche Geräusch vernahm, faßte er den Entschluß, diese unaufhörliche Wiederkehr des Schreckens nicht länger zu ertragen und sofort zu fliehen. Er stürzte in das Krankenzimmer, wo unsere drei Freunde im Gebet innegehalten hatten, und störte sie auf, indem er sich heftig an Amelia wandte:

„Ich kann es nicht länger aushalten, Emmy", sagte er, „ich will es nicht mehr aushalten, und du mußt mit mir mitkommen. Ich habe ein Pferd für dich gekauft – zu welchem Preis ist ganz gleichgültig –, und du mußt dich anziehen und mit mir mitkommen und dich hinter Isidor setzen."

„Gott verzeih mir, Mr. Sedley, aber Sie sind nichts anderes als ein Feigling", sagte Mrs. O'Dowd und legte das Buch hin.

„Ich sage dir, komm, Amelia", fuhr der Zivilist fort, „kümmere dich nicht darum, was sie sagt; warum sollen wir hierbleiben und uns von den Franzosen abschlachten lassen?"

„Sie vergessen das ...te Regiment, mein Junge", rief der kleine Stubble, der verwundete Held, von seinem Bett, „und – und Sie werden mich doch nicht verlassen, nicht wahr, Mrs. O'Dowd?"

„Nein, mein liebes Kerlchen", sagte sie, ging zu dem Jungen und gab ihm einen Kuß. „Niemand soll Ihnen etwas tun, solange ich bei Ihnen bin. Ich weiche nicht, bis Mick mir den Befehl dazu erteilt. Würde ich nicht eine hübsche Figur abgeben auf einem Reitkissen hinter dem Kerl da?"

Über dieses Bild brach der junge Patient in seinem Bett in Gelächter aus, und selbst Amelia mußte lächeln. „Ich frage ja nicht sie, ob sie mitkommt", schrie Joseph. „Ich frage ja nicht die – die Irin da, sondern dich, Amelia; ein für allemal, kommst du mit?"

„Ohne meinen Mann, Joseph?" fragte Amelia mit verwundertem Blick und ergriff die Hand der Majorin. Josephs Geduld war jetzt erschöpft.

„Also dann, auf Wiedersehen", sagte er, schüttelte wütend die Faust und warf die Tür beim Hinausgehen hinter sich zu. Dieses Mal gab er wirklich den Marschbefehl und bestieg auf dem Hof das Pferd. Mrs. O'Dowd hörte das Klappern der Hufe, als die Pferde aus dem Tor sprengten; sie machte allerlei höhnische Bemerkungen über den armen Joseph, als sie ihn die Straße hinabreiten sah, gefolgt von Isidor mit der goldbebänderten Mütze. Die Pferde, die ein paar Tage lang keine Bewegung gehabt hatten, waren lebhaft und machten frohe Sprünge auf der Straße. Joseph war ein ungeschickter, ängstlicher Reiter und wirkte im Sattel sehr unvorteilhaft. „Sehen Sie nur, liebe Amelia, er reitet geradezu in das Fenster dort hinein. So einen Elefanten im Porzellanladen habe ich noch nie gesehen." Sie verfolgte die beiden Reiter mit einer Kanonade von sarkastischen Bemerkungen, bis sie um die Ecke in Richtung der Straße nach Gent verschwanden.

Den ganzen Tag lang, vom Morgen bis nach Sonnenuntergang, hörte das Dröhnen der Geschütze nicht auf. Es war schon dunkel, als das Feuer plötzlich abbrach.

Wir alle haben gelesen, was sich während dieser Zeitspanne zutrug. Diese Geschichte ist im Munde eines jeden Engländers; und du und ich, die wir noch Kinder waren, als die große Schlacht gewonnen und verloren wurde, können nicht müde werden, von diesem berühmten Kampf zu hören und zu erzählen. Die Erinnerung daran nagt noch immer am Herzen von Millionen Landsleuten jener tapferen Männer, die diese Schlacht verloren.. Sie brennen darauf, die Demütigung bei Gelegenheit zu rächen. Wenn nun ein Kampf siegreich für sie enden sollte, so würden die anderen ihrerseits sich erheben und uns ein verfluchtes Erbe von Haß und Rachsucht hinterlassen, und so wäre kein Ende dieser sogenannten Ehre und Schande und des jeweiligen erfolgreichen und erfolglosen Mordens abzusehen, in das die beiden stolzen Nationen verwickelt würden. Noch nach Jahrhunderten würden Engländer und Franzosen voreinander prahlen und sich gegenseitig umbringen, um den Ehrenkodex des Teufels tapfer zu befolgen.

Alle unsere Freunde nahmen an der Schlacht teil und standen ihren Mann. Den ganzen Tag lang hielt die unerschrockene englische Infanterie den wütenden Angriffen der französischen Kavallerie stand und erwiderte sie, während die Frauen, zehn Meilen entfernt, beteten. Die Geschütze, die man bis nach Brüssel hörte, zerrissen ihre Reihen. Kameraden fielen, und die beherzten Überlebenden schlossen die Reihen wieder. Gegen Abend ließ die Heftigkeit der vielen so tapfer zurückgeschlagenen französischen Angriffe nach. Die Franzosen hatten wohl außer mit den Briten noch mit anderen Feinden zu tun, oder sie rüsteten sich auf einen letzten Ansturm. Der kam schließlich auch. Die Kolonnen der kaiserlichen Garde marschierten den Mont Saint-Jean hinauf, um mit einem Male die Engländer von der Höhe zu fegen, die sie den ganzen Tag behauptet hatten; ungeachtet des Geschützfeuers der Engländer, das den Tod in ihre Reihen schleuderte, drängten die dunklen, wogenden Kolonnen näher den Hügel hinauf. Sie schienen den Gipfel fast erreicht zu haben, als sie zu wanken begannen. Dann blieben sie stehen, immer noch das Gesicht zum Feind gerichtet. Nun endlich stürzten die englischen Truppen aus ihren Stellungen, aus denen sie kein Feind hatte verdrängen können, und die Garde wandte sich und floh.

Man hörte in Brüssel kein Schießen mehr – die Verfolger entfernten sich meilenweit. Dunkelheit senkte sich über Schlachtfeld und Stadt herab, und Amelia betete für George, der auf dem Gesicht lag, tot, von einer Kugel ins Herz getroffen.

33. Kapitel

In dem Miss Crawleys Verwandte sehr besorgt um sie sind

Während die Armee aus Flandern abmarschiert, um nach den dort vollbrachten Heldentaten die französischen Grenzfestungen zu erobern und dann das ganze Land zu besetzen, wird sich der geneigte Leser erinnern, daß eine Anzahl von Personen friedlich in England leben, die etwas mit unserer Geschichte zu tun haben und denen wir einen Anteil an unserer Chronik zugestehen müssen. Die alte Miss Crawley war in der Zeit dieser Kämpfe und Gefahren in Brighton geblieben und war von den großen Ereignissen nur wenig berührt worden. Die großen Ereignisse machten allerdings die Zeitungen ausgesprochen interessant. Eines Tages las ihr die Briggs aus der „Gazette“ vor, wo Rawdon Crawleys Tapferkeit ehrenvolle Erwähnung fand und seine Beförderung zum Oberstleutnant berichtet wurde.

„Wie schade, daß der junge Mann einen so unwiderruflichen Schritt in die Welt getan hat“, sagte die Tante. „Bei seinem Rang und diesen Auszeichnungen hätte er eine Brauerstochter mit einer Viertelmillion heiraten können – zum Beispiel Miss Grains, oder er hätte zusehen können, sich mit den besten Familien Englands zu verbinden. Irgendwann hätte er mein Geld bekommen oder seine Kinder – denn ich habe es nicht so eilig, zu sterben, Miss Briggs, wenn Sie es wahrscheinlich auch eilig haben, mich loszuwerden; aber statt dessen ist er nun zur Armut verdammt mit einem Ballettmädchen als Frau.“

„Will meine liebe Miss Crawley nicht ein mitleidiges Auge auf den heldenmütigen Krieger werfen, dessen Name in den Ruhmesannalen seines Vaterlandes verzeichnet ist?“ fragte Miss Briggs, die durch die Ereignisse bei Waterloo sehr erregt war und die jede Gelegenheit ergriff, sich romantisch auszudrücken. „Hat nicht der Hauptmann – oder der Oberst, wie ich ihn jetzt nennen darf, Taten vollbracht, die dem Namen Crawley zu Glanz und Ruhm verhelfen?“

„Briggs, Sie sind eine Närrin“, sagte Miss Crawley. „Oberst Crawley hat den Namen Crawley in den Schmutz gezerrt, Miss Briggs. Eine Zeichenlehrerstochter zu heiraten, nein, wirklich! Eine Gesellschafterin zu heiraten – denn etwas Besseres war sie nicht, Briggs – ja, sie war dasselbe wie Sie, nur jünger und bedeutend hübscher und klüger. Ich möchte wissen, ob Sie mit der abscheulichen Kreatur, deren niederträchtigen Winkelzügen er zum Opfer fiel, unter einer Decke gesteckt haben, da Sie sie doch so bewunderten. Ja, ich möchte behaupten, Sie haben mit ihr unter einer Decke gesteckt. Aber von meinem Testament werden Sie enttäuscht sein. Sie sind bitte so gut und schreiben Mr. Waxy, daß ich ihn sofort zu sprechen wünsche." Miss Crawley hatte es sich jetzt angewöhnt, fast täglich ihrem Rechtsanwalt, Mr. Waxy, zu schreiben, denn sie hatte alle ihre Anordnungen hinsichtlich ihres Eigentums widerrufen, und sie war in großer Verlegenheit, was mit ihrem Geld später einmal werden sollte.

Wie die zunehmende Schärfe und Häufigkeit ihres Spottes gegenüber Miss Briggs bewies, hatte sich der Gesundheitszustand der alten Jungfer beträchtlich gebessert. Die arme Gesellschafterin trug all diese Angriffe demütig und feige, mit einer halb großmütigen, halb heuchlerischen Resignation, mit einem Wort, mit der sklavischen Unterwürfigkeit, die Frauen ihrer Bestimmung und ihres Charakters zeigen müssen. Wer hat noch nicht erlebt, wie eine Frau eine andere tyrannisieren kann? Was sind schon die Qualen, die Männer zu erdulden haben, im Vergleich zu den täglich abgeschossenen Pfeilen von Hohn und Grausamkeit, mit denen arme Frauen von den Tyrannen ihres eigenen Geschlechts durchbohrt werden? Arme Opfer! Aber wir schweifen vom Thema ab, und dazu gehört nur, daß Miss Crawley stets besonders unerträglich und wild war, wenn sie sich von einer Krankheit erholte – etwa wie man sagt, daß heilende Wunden am meisten schmerzen.

Während sie nun, wie alle hofften, der Genesung zuging, war Miss Briggs das einzige Opfer, das die Kranke vorließ. Miss Crawleys Verwandte in der Ferne vergaßen jedoch ihr geliebtes Familienmitglied nicht und versuchten, sich durch eine Menge von Liebesgaben, Geschenken und liebevollen Briefen in ihrem Gedächtnis lebendig zu erhalten.

Als ersten wollen wir ihren Neffen Rawdon Crawley erwähnen. Einige Wochen nach der berühmten Schlacht bei Waterloo, als Miss Crawley in der „Gazette" von der Beförderung und der Tapferkeit des hervorragenden Offiziers gelesen hatte, brachte ihr das Paketboot von Dieppe ein Kästchen voller Geschenke und einen ehrerbietigen Brief von ihrem Neffen, dem Oberst, nach Brighton. In dem Kästchen befanden sich ein Paar französische Epauletten – ein Kreuz der Ehrenlegion und der Griff eines Degens – Reliquien vom Schlachtfeld. Der Brief berichtete humorvoll, daß der Degengriff einem hohen Offizier der Garde gehört habe. Als er gerade geschworen hatte, „die Garde kann zwar fallen, wird sich aber niemals ergeben", wurde er von einem einfachen Soldaten gefangengenommen, der den Degen des Franzosen mit seinem Musketenkolben zerbrochen hatte. Rawdon hatte sich darauf der zertrümmerten Waffe bemächtigt. Das Kreuz und die Epauletten stammten von einem französischen Kavallerieoberst, der in der Schlacht unter den Streichen des Adjutanten gefallen war. Rawdon Crawley nun wußte nichts Besseres mit der Beute anzufangen, als sie seiner gütigsten und liebevollsten alten Freundin zu schicken. Sollte er ihr auch von Paris aus schreiben, wohin die Armee jetzt marschierte? Es wäre ihm vielleicht möglich, ihr Interessantes aus der Hauptstadt und von ein paar ihrer alten Freunde aus der Zeit der Emigration zu berichten, denen sie in ihrer Not so viel Güte bewiesen hatte.

Die alte Jungfer veranlaßte die Briggs, dem Oberst einen gnädigen Brief voller Komplimente zu schreiben und ihn aufzufordern, seine Korrespondenz fortzusetzen. Sein erster Brief sei so ausnehmend lebhaft und amüsant gewesen, daß sie den nachfolgenden mit Vergnügen entgegensehe. – „Ich weiß natürlich“, erklärte sie der Briggs, „daß Rawdon ebensowenig imstande ist, einen derartigen Brief zu schreiben, wie Sie, meine arme Briggs, und daß ihm dieses schlaue Teufelchen Rebekka jedes Wort diktiert; das ist aber noch lange kein Grund, daß mein Neffe mich nicht unterhalten sollte, und deshalb will ich ihm zu verstehen geben, daß ich in der besten Laune bin.“

Ich möchte gern erfahren, ob sie auch wußte, daß Becky nicht nur die Briefe schrieb, sondern daß Mrs. Rawdon sich auch die Trophäen verschafft und sie nach England geschickt hatte. Sie hatte sie für ein paar Francs von einem der unzähligen Hausierer gekauft, die sofort mit Kriegsandenken zu handeln begannen. Der Verfasser, der alles weiß, weiß auch das. Wie dem aber auch sei, Miss Crawleys gnädige Antwort ermutigte unsere jungen Freunde, Rawdon und seine Gemahlin, sehr. Sie erhofften das Beste von der offenbar besänftigten Laune ihrer Tante und gaben sich alle Mühe, sie durch viele höchst köstliche Briefe aus Paris zu unterhalten, wohin sie das Glück, wie Rawdon sagte, auf den Spuren der siegreichen Armee führte.

Die Briefe der alten Jungfer an die Pfarrersfrau, die abgereist war, um das gebrochene Schlüsselbein ihres Gatten im Pfarrhaus in Queen's Crawley zu pflegen, waren bei weitem nicht so gnädig. Die energische, ränkevolle, lebhafte, tyrannische Mrs. Bute hatte gegenüber ihrer Schwägerin einen großen Fehler begangen. Sie hatte die Alte und deren Hausstand nicht nur unterdrückt – sie hatte Miss Crawley auch gelangweilt, und wenn die arme Miss Briggs auch nur ein bißchen Temperament und Charakter besessen hätte, so hätte der Auftrag, den ihr ihre Herrin gab, sie glücklich gemacht. Sie sollte nämlich an Mrs. Bute schreiben, Miss Crawleys Zustand habe sich seit der Abreise von Mrs. Bute Crawley bedeutend gebessert, und Miss Crawley bittet sie, sich unter keinen Umständen zu beunruhigen oder ihre Familie um Miss Crawleys willen allein zu lassen. Dieser Triumph über eine Dame, die sich gegenüber Miss Briggs so hochmütig und grausam benommen hatte, hätte die meisten Frauen entzückt; aber um die Wahrheit zu gestehen, war die Briggs eine Frau ohne jegliche Charakterstärke, und in dem Augenblick, wo ihre Feindin besiegt war, begann sie Mitkid für sie zu empfinden.

Wie töricht ich doch war, dachte Mrs. Bute, und damit hatte sie recht, Miss Crawley in dem dummen Brief, den wir ihr mit den Truthühnern schickten, anzudeuten, daß ich kommen würde; ich hätte ohne ein Wort zu der armen geistesschwachen Alten fahren und sie aus den Händen der närrischen Briggs und dieser Harpyie von einer Kammerfrau reißen müssen. O Bute, Bute! Warum hast du dir bloß das Schlüsselbein gebrochen!

Ja, warum! Wir haben gesehen, daß Mrs. Bute, als sie das Spiel noch in der Hand hatte, ihre Karten zu gut ausgespielt hatte. Sie hatte in Miss Crawleys Haus völlig geherrscht und wurde völlig geschlagen, als sich eine günstige Gelegenheit zur Rebellion bot. Sie und ihre Familie glaubten jedoch, daß sie das Opfer schrecklicher Selbstsucht und gemeinen Verrates sei und daß man ihre Aufopferung für Miss Crawley mit dem schändlichsten Undank belohnt habe. Rawdons Beförderung und die ehrenvolle Erwähnung seines Namens in der „Gazette" beunruhigten die gute christliche Dame ebenfalls. Würde seine Tante sich jetzt erweichen lassen, da er nun Oberst und Träger des Bathordens geworden war, und diese verhaßte Rebekka wieder in Gnaden aufgenommen werden? Die Pfarrersfrau verfaßte für ihren Mann eine Predigt über die Eitelkeit des militärischen Ruhmes und das Glück der Gottlosen, die der würdige Pfarrer mit seiner salbungsvollsten Stimme ablas, ohne auch nur ein Wort zu verstehen. Einer seiner Zuhörer war Pitt Crawley – Pitt, der mit seinen beiden Halbschwestern zum Gottesdienst gekommen war. Der alte Baronet ließ sich durch nichts mehr bewegen, zur Kirche zu gehen.

Seit Rebekka Sharps Abreise hatte sich der alte Bösewicht zum großen Ärgernis der Grafschaft und zum stummen Abscheu des Sohnes ganz und gar seinem schlechten Lebenswandel ergeben. Die Bänder an Miss Horrocks' Haube wurden immer prächtiger. Die anständigen Familien flohen das Schloß und seinen Besitzer entsetzt. Sir Pitt ging in die Häuser seiner Pächter zum Saufen, und an Markttagen trank er mit den Bauern in Mudbury oder anderen Nachbarorten Grog. Er fuhr mit Miss Horrocks vierspännig in der Familienkutsche nach Southampton, und die Leute aus der Grafschaft erwarteten jede Woche, daß seine Trauung mit ihr in der Provinzzeitung angezeigt würde, und auch sein Sohn erwartete das in sprachloser Angst. Für Mr. Crawley war es in der Tat eine schwere Last; seine Beredsamkeit bei Missionstreffen und anderen religiösen Versammlungen in der Nachbarschaft, wo er immer den Vorsitz geführt und stundenlang gesprochen hatte, war gelähmt; denn sobald er aufstand, fühlte er, daß die Versammlung sagte: „Dies ist der Sohn von dem verworfenen Sir Pitt, der höchstwahrscheinlich jetzt gerade im Wirtshaus sitzt und trinkt." Einmal, als er von dem unerleuchteten König von Timbuktu und seinen vielen Frauen, die ebenfalls in Finsternis wandelten, sprach, fragte ein angetrunkener Schurke aus der Menge: „Wie viele von der Sorte gibt's denn in Queen's Crawley, Sie junger Pedant Sie?" – zur Bestürzung des Vorstandes und zum Ruin von Mr. Pitts Rede. Die beiden Töchter des Hauses wären vollkommen verwildert (denn Sir Pitt schwor, daß nie wieder eine Gouvernante seine Schwelle betreten dürfe), wenn nicht Mr. Crawley den alten Herrn durch Drohungen gezwungen hätte, sie zur Schule zu schicken.

Welche persönlichen Differenzen aber auch zwischen allen bestanden – Miss Crawleys liebe Neffen und Nichten waren sich einig in der Liebe zu ihrer Tante, wie wir bereit erwähnten, und sandten ihr viele Beweise ihrer Zuneigung. Mrs. Bute zum Beispiel schickte ihr Truthühner und besonders schönen Blumenkohl und eine hübsche Börse oder ein Nadelkissen, von ihren lieben Töchtern gearbeitet, die um ein kleines Plätzchen im Herzen ihrer teuren Tante baten, während Mr. Pitt Pfirsiche, Trauben und Wildbret aus dem Schloß schickte. Die Southamptoner Postkutsche pflegte diese Liebeszeichen zu Miss Crawley nach Brighton zu bringen ; zuweilen beförderte sie auch Mr. Pitt dorthin, denn seine Zwistigkeiten mit Sir Pitt veranlaßten Mr. Crawley, sich jetzt häufig von zu Hause fernzuhalten. Außerdem besaß Brighton eine Anziehungskraft für ihn in der Person der Lady Jane Sheepshanks, deren Verlobung mit Mr. Crawley in dieser Geschichte schon erwähnt wurde. Lady Jane und ihre Schwestern wohnten in Brighton bei der Mama, der Gräfin Southdown, einer strengen Dame, die in religiösen Kreisen sehr geschätzt war.

Wir müssen einige Worte über Lady Southdown und ihre adlige Familie sagen, die jetzt und in Zukunft durch verwandtschaftliche Bande mit dem Hause Crawley verknüpft ist. Vom Haupt der Familie Southdown, Clemens William, dem vierten Grafen Southdown, ist wenig zu sagen, höchstens daß Seine Lordschaft (als Lord Wolsey) durch den Beistand von Mr. Wilberforce ins Parlament kam, dort eine Zeitlang seinem politischen Paten alle Ehre machte und zweifellos ein ernsthafter junger Mann war. Worte aber können nicht die Gefühle seiner trefflichen Mutter beschreiben, als diese kurz nach dem Ableben ihres edlen Gatten erfuhr, daß ihr Sohn Mitglied mehrerer weltlicher Klubs sei, große Summen bei Wattiers und im „Kakaobaum" verloren, Geld auf ihren Tod aufgenommen und den Familienbesitz schwer belastet habe, daß er vierspännig fahre, Preisboxer fördere und sogar eine Loge in der Oper habe, wo er sich mit einer sehr gefährlichen Gruppe von Junggesellen eingelassen habe. Sein Name wurde im Kreise der verwitweten Gräfin nur noch unter Stöhnen erwähnt.

Lady Emily war um viele Jahre älter als ihr Bruder. In der frommen Welt nahm sie als Verfasserin einiger der schon früher erwähnten anmutigen Traktate und vieler Hymnen und geistlichen Lieder eine bedeutende Stellung ein. Eine reife Jungfrau, die alle Gedanken an eine Ehe aufgegeben hatte, konzentrierte sie fast alle ihre Gefühle auf die Liebe zu den Negern. Wenn ich mich nicht täusche, so verdanken wir ihr, soviel ich weiß, auch das schöne Gedicht:

> Führ uns im atlant'schen Meere zu
> den sonnenumglänzten Inseln, wo der
> Himmel ewig lächelt und die
> Schwarzen ewig winseln etc.

Sie stand in Briefwechsel mit vielen geistlichen Herren in fast allen englischen Besitzungen in Ost- und Westindien, und das Gerücht geht, sie habe einst eine Neigung zu Ehrwürden Silas Hornblower gehegt, der auf einer Südseeinsel tätowiert worden war.

Lady Jane, der, wie bereits erwähnt, Mr. Crawleys Liebe galt, war ein sanftes, stilles, scheues Mädchen, das leicht errötete. Trotz seiner Abtrünnigkeit weinte sie um ihren Bruder und schämte sich, daß sie ihn noch liebte. Selbst jetzt noch schmuggelte sie ihm kleine eilige Briefchen zu, die sie verstohlen zur Post brachte. Ein einziges entsetzliches Geheimnis lastete auf ihrem Gewissen: Zusammen mit der alten Haushälterin hatte sie ihrem Bruder einen heimlichen Besuch in seiner Wohnung im Albany abgestattet und ihn – den unartigen, verworfenen, lieben Tunichtgut – bei einer Zigarre und einer Flasche Curaçao gefunden. Sie bewunderte ihre Schwester, vergötterte ihre Mutter, hielt Mr. Crawley nächst dem gefallenen Engel Southdown für den besten und fähigsten aller Männer. Mutter und Schwester, sehr überlegene Damen, erledigten alles für sie und betrachteten sie mit dem liebenswürdigen Mitleid, das wahrhaft überlegene Frauen stets aus einem großen Vorrat zu verschenken haben. Ihre Mama schrieb ihr die Kleider, Bücher, Hüte und Gedanken vor. Sie mußte auf dem Pony reiten, Klavierstunden nehmen und alle möglichen anderen Mittel zur körperlichen Ertüchtigung anwenden, wie es Lady Southdown für angemessen hielt. Die Gräfin hätte ihre Tochter wohl bis zu ihrem gegenwärtigen sechsundzwanzigsten Lebensjahr mit einem Kinderschürzchen herumlaufen lassen, wenn Lady Jane das nicht hätte ablegen müssen, als sie der Königin Charlotte vorgestellt wurde.

In der ersten Zeit ihres Aufenthalts in Brighton stattete Mr. Crawley nur ihnen seine persönlichen Besuche ab, während er sich damit begnügte, im Hause seiner Tante nur seine Karte abzugeben und sich bei Mr. Bowls oder dessen Gehilfen nach der Gesundheit der Patientin zu erkundigen. Wenn Mr. Crawley Miss Briggs auf ihrem Heimweg von der Bibliothek mit einer Ladung Romane unter dem Arm traf und der Gesellschafterin von Miss Crawley die Hand schüttelte, so errötete er, was bei ihm sonst gar nicht üblich war. Er stellte Miss Briggs der Dame, mit der er spazierenging (es war Lady Jane Sheepshanks), vor mit den Worten: „Lady Jane, erlauben Sie mir, Ihnen die beste Freundin und liebevollste Gefährtin meiner Tante, Miss Briggs, vorzustellen, die Sie unter einem anderen Namen bereits kennen, nämlich als Verfasserin der entzückenden ›Lyrik des Herzens‹, die Sie doch so sehr lieben." Lady Jane errötete ebenfalls, als sie Miss Briggs freundlich das Händchen reichte. Dabei sagte sie höflich und unzusammenhängend etwas über die Mama und ihre Absicht, Miss Crawley ihre Aufwartung zu machen, und wie froh sie sei, die Freunde und Verwandten von Mr. Crawley kennenzulernen. Mit sanften Taubenaugen verabschiedete sie sich von Miss Briggs, während Pitt Crawley sie mit einer tiefen höflichen Verbeugung beehrte, wie er sie der Großherzogin von Pumpernickel gemacht hatte, als er noch Attaché am Hofe dort war.

Dieser gerissene Diplomat und echte Schüler des machiavellistischen Binkie! Er war es, der Lady Jane das Exemplar von Miss Briggs' frühen Gedichten gegeben hatte, da er sich erinnerte, es mit einer Widmung der Dichterin an die verstorbene Frau seines Vaters in Queen's Crawley gesehen zu haben; und er hatte den Band nach Brighton mitgebracht.

Ehe er ihn der sanften Lady Jane überreichte, hatte er ihn in der Southamptoner Postkutsche gelesen und mit Bleistift verschiedene Stellen angestrichen.

Er war es auch, der Lady Southdown die großen Vorteile auseinandergesetzt hatte, die sich aus der Freundschaft zwischen ihrer Familie und Miss Crawley ergeben könnten – Vorteile weltlicher als auch geistlicher Art, wie er sagte; denn Miss Crawley sei jetzt ganz allein; die gräßliche Verschwendungssucht und die Heirat seines Bruders Rawdon hätte diesem verworfenen jungen Mann ihre Zuneigung völlig verscherzt, und die habgierige Tyrannei und der Geiz von Mrs. Bute Crawley hätten die alte Dame dazu gebracht, sich gegen die unverschämten Ansprüche dieses Familienzweiges aufzulehnen. Obwohl er sich sein ganzes Leben hindurch, vielleicht in ungebührlichem Stolz, zurückgehalten habe, ihre Freundschaft zu erwerben, so glaube er jetzt doch, daß man alle schicklichen Mittel ergreifen müsse, um ihre Seele vor dem Verderben zu retten und ihr Vermögen ihm, als dem Haupt des Hauses Crawley, zu sichern.

Die gestrenge Lady Southdown zollte den beiden Vorschlägen ihres Schwiegersohns Beifall und war dafür, Miss Crawley unverzüglich zu bekehren. Dort, wo sie zu Hause war, in Southdown und in Schloß Trottermore, fuhr diese große und furchtbare Missionarin der Wahrheit in ihrer Kutsche mit Vorreitern auf dem Lande umher und verteilte Pakete von Traktaten unter die Dorfbewohner und Pächter. Sie befahl dem Gevatter Jones, sich bekehren zu lassen, wie sie der Muhme Hicks anordnete, eine Dosis Bittersalz zu nehmen, und sie beachtete weder Bitten noch Widerstand und kannte keine Gnade. Lord Southdown, ihr seliger Gemahl, ein epileptischer und einfältiger Edelmann, hatte gewöhnlich allem, was seine Matilda tat oder dachte, zugestimmt. Sie empfand bei allen Wandlungen in ihrem Glauben (und der hatte sich schon einer ganzen Anzahl verschiedener Meinungen von allen möglichen Geistlichen unter den Dissenters angepaßt) keine Skrupel, ihren Pächtern und Untergebenen zu befehlen, ihr im Glauben zu folgen. Ob sie nun Ehrwürden Saunders McNitre, den schottischen Geistlichen, empfing oder Ehrwürden Luke Waters, den milden Wesleyaner, oder Ehrwürden Giles Jowls, den erleuchteten Schuhflicker, der sich selbst zum Geistlichen ernannt hatte, wie Napoleon sich zum Kaiser krönte – Lady Southdown verlangte von ihrem Dienstpersonal, ihren Kindern und Pächtern, mit ihr auf die Knie zu fallen und amen zu den jeweiligen Gebeten eines jeden dieser Geistlichen zu sagen. Während dieser geistlichen Übungen durfte der alte Southdown, mit Rücksicht auf seine Krankheit, in seinem Zimmer bleiben, Glühwein trinken und sich die Zeitung vorlesen lassen. Lady Jane war die Lieblingstochter des alten Grafen. Sie liebte ihn herzlich und behütete ihn. Lady Emily dagegen, die Verfasserin der „Apfelfrau von Finchley“, stellte die künftigen Strafen so entsetzlich dar (zu jener Zeit zumindest, denn ihre Ansichten milderten sich später), daß sie den furchtsamen alten Herrn in großen Schrecken versetzte. Die Ärzte erklärten, daß seine Anfälle stets nach den Predigten der Lady aufträten.

„Ich werde ihr auf jeden Fall einen Besuch abstatten", erwiderte Lady Southdown auf das Zureden von ihrer Tochter pretendu, Mr. Pitt Crawley. „Wer ist Miss Crawleys Arzt?"

Mr. Crawley nannte Mr. Creamer.

„Ein höchst gefährlicher und unwissender Mensch, mein lieber Pitt. Die Vorsehung hat mich ein paarmal zum Werkzeug gemacht, ihn aus verschiedenen Häusern zu vertreiben; in ein oder zwei Fällen kam ich allerdings zu spät. Ich konnte den armen lieben General Glanders nicht retten, der diesem unwissenden Menschen unter den Händen starb – ja, starb. Er erholte sich ein wenig infolge von Podgers' Pillen, die ich ihm verordnete, aber leider, es war zu spät. Er hatte jedoch einen schönen Tod, und der Wechsel war nur zu seinem Besten. Creamer, mein teurer Pitt, muß von Ihrer Tante weg."

Pitt stimmte durchaus zu; er war von der Energie seiner künftigen Schwiegermutter und edlen Verwandten beeinflußt und hatte Saunders McNitre, Luke Waters, Giles Jowls, Podgers' Pillen, Rodgers' Pillen, Pokeys Elixier, kurz, alle geistlichen und weltlichen Heilmittel der Lady akzeptieren müssen. Er verließ ihr Haus nie ohne ganze Ladungen von Quacksalbertheologie und -medizin. Oh, meine teuren Brüder und Genossen auf dem Jahrmarkt der Eitelkeit! Wer von euch hat nicht auch unter solchen wohlwollenden Despoten zu leiden? Umsonst sagt man ihnen: „Liebe gnädige Frau, auf Ihre Empfehlung hin habe ich im vergangenen Jahr Podgers' Arznei eingenommen und glaube daran. Warum, warum soll ich jetzt widerrufen und Rodgers' Artikel nehmen?" Man kann nichts dagegen tun. Wenn die treue Proselytenmacherin einen nicht mehr mit Argumenten überzeugen kann, dann beginnt sie zu weinen, bis der Widerspenstige am Ende des Streites die Pille schluckt und sagt: „Nun gut, dann also Rodgers' Pillen."

„Auch um ihren Seelenzustand", fuhr die Dame fort, „müssen wir uns sofort kümmern; wenn Creamer um sie ist, kann sie jeden Tag sterben, und in welcher Verfassung, mein lieber Pitt, in welcher entsetzlichen Verfassung! Ich werde ihr sofort Ehrwürden Irans schicken. Jane, schreib eine Zeile an Ehrwürden Bartholomew Irons, in der dritten Person, und sage ihm, daß ich mir das Vergnügen seiner Gesellschaft heute abend halb sieben Uhr zum Tee erbitte. Er kann andere sehr gut erwecken, und er muß sich Miss Crawley ansehen, ehe sie heute abend zur Ruhe geht. Und Emily, mein Herz, mach ein Paket Bücher für Miss Crawley fertig. Nimm ›Eine Stimme aus den Flammen‹, ›Ein warnender Trompetenstoß für Jericho‹ und ›Die zerbrochenen Fleischtöpfe oder Der bekehrte Kannibale‹."

„Und ›Die Apfelfrau von Finchley‹, Mama", fügte sie hinzu. „Es wird das beste sein, sanft anzufangen."

„Halt, meine lieben Damen", fiel Pitt, der Diplomat, ein. „Bei aller Achtung für die Ansicht meiner geliebten und hochverehrten Lady Southdown halte ich es nicht für ratsam, Miss Crawley so früh mit religiösen Themen zu kommen. Denken Sie an ihre zarte Gesundheit und wie wenig, wie äußerst wenig sie bisher gewohnt war, Betrachtungen über ihr ewiges Seelenheil anzustellen."

„Können wir denn zu zeitig anfangen?" fragte Lady Emily, die schon mit sechs Broschüren in der Hand aufstand.

„Wenn Sie zu plötzlich damit anfangen, werden Sie sie nur erschrecken. Ich kenne die weltliche Natur meiner Tante sehr gut und bin überzeugt, jeder plötzliche Bekehrungsversuch würde ein sehr schlechtes Mittel sein, das Seelenheil dieser unglücklichen Dame zu gewinnen. Man kann sie damit nur ängstigen und ärgern. Sie wird höchstwahrscheinlich die Bücher fortwerfen und die Bekanntschaft mit den Gebern ablehnen."

„Pitt, Sie sind ebenso weltlich wie Miss Crawley", sagte Emily und stolzierte mit ihren Büchern aus dem Zimmer.

„Ich brauche Ihnen wohl nicht erst zu erklären, meine liebe Lady Southdown", fuhr Pitt, ohne die Unterbrechung zu beachten, mit leiser Stimme fort, „wie verhängnisvoll sich auch nur ein kleiner Mangel an Sanftmut und Vorsicht für alle Hoffnungen auf die weltlichen Güter meiner Tante erweisen könnte. Denken Sie daran, daß sie siebzigtausend Pfund besitzt; denken Sie an ihr Alter, ihre Nervosität und ihre zarte Gesundheit überhaupt. Ich weiß, daß sie das Testament, das zugunsten meines Bruders (Oberst Crawley) lautete, vernichtet hat. Nur durch besänftigende Mittel können wir diese verwundete Seele auf den rechten Pfad bringen, nicht aber, indem wir sie erschrecken, und deshalb glaube ich, Sie werden mit mir übereinstimmen, daß .. daß ..."

„Natürlich, natürlich", bemerkte Lady Southdown. „Jane, mein Liebling, du brauchst Mr. Irons das Billett nicht zu schicken. Wenn ihre Gesundheit so schwach ist, daß Diskussionen sie erschöpfen, dann wollen wir warten, bis es ihr besser geht. Ich will Miss Crawley morgen besuchen."

„Und wenn ich mir einen Vorschlag erlauben dürfte, meine Gnädigste", fuhr Pitt in einschmeichelndem Ton fort, „so wäre es wohl gut, unsere vortreffliche Emily nicht mitzunehmen, sie ist zu enthusiastisch. Lassen Sie sich lieber von unserer sanften lieben Lady Jane begleiten."

„Gewiß, Emily würde alles verderben", sagte Lady Southdown und ließ sich für dieses Mal überreden, von ihrer gewöhnlichen Methode abzugehen. Die bestand, wie wir gesagt haben, darin, daß sie eine Anzahl Traktate auf den abfeuerte, den sie unterwerfen wollte, ehe sie sich persönlich mit dem Bedrohten befaßte (wie die Franzosen ihren Angriff stets mit einer wütenden Kanonade einleiten). Lady Southdown ließ sich herbei, aus Rücksicht auf die Gesundheit der Patientin oder auf ihr ewiges Seelenheil oder auf ihr Geld, sich nicht zu überstürzen.

Am nächsten Tage fuhr die große Familienkutsche der Damen Southdown bei Miss Crawley vor. Am Schlag konnte man die Grafenkrone und das Wappen bewundern, auf dem sich im grünen Feld die drei silbernen springenden Lämmer der Southdowns mit dem schwarzgoldenen Schrägbalken und den roten Schnupftabakdosen der Binkies befand. Und der große, ernsthafte Lakai überreichte Mr. Bowls die Karten der Ladys für Miss Crawley und eine für Miss Briggs. Als Ausgleich schickte Lady Emily am Abend ein Paket für Miss Briggs, das ein Exemplar der „Apfelfrau“ und andere milde und beliebte Traktate zu Miss Briggs' eigenem Gebrauch und ein paar viel kräftigere für die Dienstboten enthielt, nämlich „Brosamen aus der Speisekammer“, „Bratpfanne und Feuer“ und „Die Livree der Sünde“.

34. Kapitel

James Crawleys Pfeife wird ausgelöscht

Das liebenswürdige Benehmen Mr. Crawleys und Lady Janes freundliche Begrüßung schmeichelten Miss Briggs sehr, und als die Karten der Familie Southdown Miss Crawley überbracht worden waren, legte sie ein gutes Wort für Lady Jane ein. Daß die Karte einer Gräfin persönlich für sie abgegeben wurde, freute die arme freundlose Gesellschafterin nicht wenig. „Ich möchte wissen, was Lady Southdown damit bezweckte, als sie für Sie auch eine Karte abgab, Miss Briggs“, meinte die republikanische Miss Crawley, worauf ihre Gefährtin bescheiden erwiderte, „sie hoffe, es erwecke keinen Anstoß, daß eine vornehme Lady von einer armen Dame Notiz nähme“. Die Karte legte sie in ihr Arbeitskästchen zu ihren teuersten privaten Schätzen. So erzählte Miss Briggs auch, daß sie tags zuvor Mr. Crawley mit seiner Cousine und langjährigen Braut getroffen habe, und wie freundlich und sanft die Dame ausgesehen habe, und wie schlicht, um nicht zu sagen einfach, ihre Kleidung gewesen sei, deren Bestandteile sie vom Hut bis zu den Stiefelchen mit weiblicher Genauigkeit beschrieb und beurteilte.

Miss Crawley ließ die Briggs ohne große Unterbrechung weiterschwätzen. Sobald ihre Gesundheit sich besserte, sehnte sie sich nach Gesellschaft. Ihr Arzt, Mr. Creamer, wollte nichts davon hören, daß sie zu ihren alten Vergnügungen und Zerstreuungen in London zurückkehrte. Die alte Jungfer war nur zu froh, in Brighton überhaupt Gesellschaft zu finden, und erwiderte nicht nur die Karten schon am nächsten Tag, sondern lud sogar Pitt Crawley sehr gnädig ein, seine Tante zu besuchen. Er kam und brachte Lady Southdown und ihre Tochter mit. Die verwitwete Gräfin verlor kein Wort über Miss Crawleys Seelenheil, sondern sprach mit viel Taktgefühl vom Wetter, dem Krieg und dem Sturz des Ungeheuers Bonaparte, vor allem aber von den Ärzten, Quacksalbern und den besonderen Verdiensten Dr. Podgers', dessen Gönnerin sie gerade war.

Während der Unterhaltung führte Pitt Crawley einen Hauptstreich und bewies damit, daß er ein großer Diplomat hätte werden können, wäre nicht seine Karriere durch anfängliche Nachlässigkeit verhindert worden. Als die verwitwete Gräfin Southdown nach der damaligen Mode über den korsischen Emporkömmling herzog und erklärte, er sei ein Ungeheuer und mit allen möglichen Verbrechen befleckt, ein lebensuntauglicher Feigling und Tyrann, dessen Sturz schon längst prophezeit sei, ergriff Pitt Crawley plötzlich Partei für den Mann des Schicksals. Er beschrieb den Ersten Konsul, wie er ihn nach dem Frieden von Amiens in Paris gesehen hatte, als er, Pitt Crawley, das Vergnügen gehabt, die Bekanntschaft des großen und guten Mr. Fox zu machen, eines Staatsmannes, den er trotz verschiedener abweichender Ansichten unbedingt glühend bewundern müsse, eines Staatsmannes, der stets die höchste Meinung vom Kaiser Napoleon gehegt hatte. Er ereiferte sich gegen die treulose Behandlung des entthronten Monarchen durch die Alliierten. Nachdem er sich nämlich edelmütig ihrer Gnade ausgeliefert hätte, sei er in eine unwürdige und grausame Verbannung geschleppt worden, während an seiner Statt ein bigotter päpstlicher Pöbel Frankreich tyrannisierte.

Dieser orthodoxe Abscheu gegen den römischen Aberglauben rettete Pitt Crawley in Lady Southdowns Augen, während seine Bewunderung für Fox und Napoleon ihn unermeßlich in Miss Crawleys Meinung steigen ließ. Ihre Freundschaft mit dem verstorbenen britischen Staatsmann ist bereits erwähnt worden, als wir sie in unserer Geschichte vorstellten. Als ein echter Whig war Miss Crawley während des ganzen Krieges in der Opposition gewesen, und wenn auch der Sturz des Kaisers die alte Dame kaum erregte, noch seine schlechte Behandlung ihr das Leben verkürzte oder den Schlaf raubte, so sprach ihr Pitt doch aus dem Herzen, als er ihre beiden Idole lobte, und machte durch diese Bemerkungen allein schon ungeheure Fortschritte in ihrer Gunst.

„Und was denken Sie, meine Liebe?" fragte Miss Crawley die junge Dame, zu der sie beim ersten Anblick, wie stets für hübsche und bescheidene junge Leute, Zuneigung gefaßt hatte, obgleich man zugeben muß, daß ihre Neigungen stets ebenso schnell abkühlten, wie sie entstanden waren.

Lady Jane errötete tief und meinte, daß sie nichts von Politik, verstünde und das lieber klügeren Köpfen überließe. Wenn nun auch zweifellos die Mama im Recht sei, so habe doch Mr. Crawley jedenfalls schön gesprochen. Als sich die Damen entfernten, äußerte Miss Crawley die Hoffnung, Lady Southdown möge die Güte haben, ihr zuweilen Lady Jane zu schicken, wenn sie abkömmlich sei, um eine arme, kranke, einsame alte Frau zu trösten. Dieses Versprechen wurde gnädigst gegeben, und sie schieden in bestem Einvernehmen.

„Lady Southdown soll nicht wieder herkommen, Pitt", sagte die alte Dame. „Sie ist dumm und aufgeblasen wie die ganze Familie deiner Mutter, die ich nie leiden konnte. Aber bring die kleine, nette, gutmütige Lady Jane mit, sooft du Lust hast." Pitt versprach es. Er sagte der Gräfin Southdown nicht, welche Meinung Miss Crawley von ihr hatte, sondern ließ sie im Gegenteil in dem Glauben, sie habe einen vortrefflichen und ungemein majestätischen Eindruck auf seine Tante gemacht.

So besuchte Lady Jane Miss Crawley recht häufig, begleitete sie auf ihren Spazierfahrten und vertrieb ihr des Abends oftmals die Zeit, denn sie hatte nichts dagegen, einer Kranken beizustehen, und war vielleicht im Innern froh, ab und zu dem langweiligen Gesäusel von Ehrwürden Bartholomew Irons und den frommen Speichelleckern, die sich um die Fußbank der pompösen Gräfin, ihrer Mama scharten, zu entrinnen. Sie war von Natur aus so gut und weich, daß selbst die Firkin nicht eifersüchtig auf sie war, und die sanfte Briggs glaubte, ihre Freundin sei in Gegenwart der guten Lady Jane weniger grausam zu ihr. Miss Crawley benahm sich gegenüber der Lady reizend. Die alte Jungfer erzählte ihr tausend Anekdoten aus ihrer Jugendzeit und sprach mit ihr ganz anders als früher mit der gottlosen kleinen Rebekka. Lady Janes Unschuld stempelte nämlich lose Reden zu einer Unverschämtheit, und Miss Crawley hatte zu gute Manieren, um eine solche Reinheit zu beleidigen. Die junge Dame selbst hatte von keiner Seite als von dieser alten Jungfer, von ihrem Bruder und ihrem Vater Güte empfangen, und sie vergalt Miss Crawleys engoûment mit schlichter, anmutiger Freundschaft.

An den Herbstabenden (an denen Rebekka als die fröhlichste unter den fröhlichen Siegern in Paris umherflatterte, und unsere Amelia, unsere liebe, verwundete Amelia, ach! wo war sie?) saß Lady Jane gewöhnlich in Miss Crawleys Wohnzimmer und sang ihr in der Dämmerung mit süßer Stimme ihre einfachen Liedchen vor, während die Sonne unterging und die Meereswogen an die Küste donnerten. Die alte Jungfer erwachte stets, wenn das Singen aufhörte, und verlangte nach mehr. Die Briggs vergoß Freudentränen, wenn sie auf das glänzende Meer hinausblickte, das langsam dunkel wurde, und auf die Himmelslichter, die immer heller strahlten. Wer kann das Glück und die Gefühle der Briggs beschreiben, die dasaß und vorgab zu stricken?

Inzwischen fand Pitt im Speisezimmer bei einer Broschüre über die Korngesetze oder einem Missionarregister die Erholung, die romantischen und unromantischen Männern nach dem Essen ansteht. Er schlürfte Madeira, baute Luftschlösser, hielt sich für einen prächtigen Kerl, fühlte sich verliebter in Jane als je zuvor in den sieben Jahren, die ihre Verbindung jetzt schon ohne das geringste Zeichen von Ungeduld auf seiner Seite dauerte, und schlief viel. Wenn es Zeit für den Kaffee war, kam Mr. Bowls lärmend herein und rief Squire Pitt, der im Dunkeln sehr stark mit seiner Broschüre beschäftigt war.

„Es wäre schön, meine Liebe, wenn ich jemanden auftreiben könnte, der mit mir Pikett spielt“, sagte Miss Crawley eines Abends, als der Butler mit den Kerzen und dem Kaffee erschien. „Die arme Briggs spielt nicht besser als eine Eule. Sie ist so dumm“ (die alte Jungfer ergriff jede Gelegenheit, die Briggs vor den Dienstboten schlechtzumachen) ; „und ich glaube, ich würde besser schlafen, wenn ich mein Spielchen hätte.“

Bei diesen Worten errötete Lady Jane bis hinter die Ohren und bis in ihre hübschen Fingerspitzen. Sobald Mr. Bowls das Zimmer verlassen hatte und die Tür fest hinter sich zugemacht hatte, sagte sie:

„Miss Crawley, ich spiele ein bißchen. Ich habe – habe manchmal mit meinem armen lieben Papa gespielt."

„Kommen Sie her und geben Sie mir einen Kuß, und zwar augenblicklich, Sie liebes gutes Seelchen", rief Miss Crawley begeistert, und als Mr. Pitt mit der Broschüre in der Hand heraufkam, fand er die alte und die junge Dame bei dieser malerischen und schönen Beschäftigung. Wie sie an diesem Abend andauernd errötete – die arme Lady Jane!

Man braucht sich nicht einzubilden, daß Mr. Pitts Schliche der Aufmerksamkeit seiner lieben Verwandten im Pfarrhaus von Queen's Crawley entgangen wären. Hampshire und Sussex liegen sehr nahe beieinander, und Mrs. Bute besaß in Sussex Freunde, die dafür sorgten, daß sie alles und noch viel mehr als alles, was in Miss Crawleys Haus in Brighton vorging, erfuhr. Pitt ging immer mehr bei ihr aus und ein. Er kam oft monatelang nicht ins Schloß, wo sich sein abscheulicher Vater vollständig dem Alkohol und der Gesellschaft dieser widerlichen Familie Horrocks ergeben hatte. Pitts Erfolge wurmten die Pfarrersleute, und Mrs. Bute bereute mehr als je (obwohl sie es weniger denn je zugab), daß sie einen großen Fehler begangen hatte. Wie hatte sie nur Miss Briggs so beleidigen und so hochmütig und knauserig gegen Bowls und die Firkin sein können, daß ihr keine Menschenseele in Miss Crawleys Haus geblieben war, die sie von den Vorgängen dort unterrichten könnte. „Butes Schlüsselbein ist an allem schuld", beharrte sie, „wenn er sich das nicht gebrochen hätte, so hätte ich sie nie verlassen. Ich bin eine Märtyrerin der Pflicht und deiner widerwärtigen Jagdleidenschaft, die sich für einen Pfarrer gar nicht schickt."

„Jagdleidenschaft? Unsinn! Du bist es, die sie in Furcht versetzt hat, Martha", unterbrach sie der Geistliche. „Du bist eine gescheite Frau, aber du hast ein teuflisches Temperament und bist ein alter Geizkragen, Martha."

„Du würdest schon lange im Gefängnis sitzen, Bute, wenn ich dein Geld nicht zusammengehalten hätte."

„Das weiß ich, meine Liebe", sagte der Pfarrer gutmütig. „Du bist eben eine gescheite Frau, aber, weißt du, du organisierst alles zu gut", und der fromme Mann tröstete sich mit einem großen Glase Porter.

„Was zum Teufel kann sie bloß an dem albernen Pitt Crawley finden", fuhr er fort. „Der Bursche kann doch keine Gans erschrecken. Ich entsinne mich noch, wie Rawdon, der wenigstens ein Mann ist, wenn er auch zum Henker gehen sollte, ihn im Stall umherzuprügeln pflegte, wie einen Kreisel, und wie Pitt heulend zu seiner Mama lief, haha! Jeder von meinen Jungen würde ihn mit einer Hand umwerfen. James sagt, daß man sich in Oxford noch immer seiner als ›Miss Crawley‹ erinnert – der Narr!"

„Du, Martha", fuhr der Pfarrer nach einer Pause fort.

„Was?" fragte Martha, die an den Nägeln kaute und auf dem Tisch trommelte.

„Du, sollten wir nicht James nach Brighton schicken, um zu sehen, ob er mit der Alten etwas anfangen kann? Du weißt, daß er kurz vor dem Examen steht. Er ist erst zweimal durchgefallen – das bin ich ja auch –, aber er ist doch wenigstens in Oxford gewesen und hat eine Universitätsausbildung bekommen. Er kennt einige von den besten Burschen dort. Er ist Schlagmann im Bonifatiusboot. Er ist ein hübscher Kerl, verdammt noch mal, wir wollen ihn auf die Alte hetzen und ihm sagen, er soll Pitt verdreschen, wenn er sich muckst. Hahaha!"

„Na schön, James könnte sie mal besuchen", meinte die Hausfrau und fügte seufzend hinzu: „Wenn wir ihr nur eins von den Mädchen schicken könnten, aber sie hat sie nie leiden können, weil sie nicht hübsch sind!" Die unglücklichen und wohlerzogenen Mädchen ließen sich bei den Worten ihrer Mutter aus dem Nebenzimmer vernehmen, wo sie mit harten Fingern ein sorgfältig einstudiertes Musikstück auf dem Klavier hämmerten. Sie waren tatsächlich den ganzen Tag lang entweder mit Musik oder dem Rückenbrett oder Geographie oder Geschichte beschäftigt. Aber was nützen Mädchen auf dem Jahrmarkt der Eitelkeit alle diese Talente, wenn sie klein gewachsen, arm und unansehnlich sind und einen schlechten Teint haben? Außer dem Hilfsgeistlichen kannte Mrs. Bute keinen Menschen, der ihr eine hätte abnehmen können. In diesem Augenblick kam James aus dem Stall, mit einer kurzen Pfeife und einer Wachstuchmütze auf dem Kopf, und begann mit seinem Vater ein Gespräch über die Wetten beim Sankt-Leger-Rennen, und die Unterredung zwischen dem Pfarrer und seiner Frau war damit beendet.

Mrs. Bute erhoffte sich nicht viel Gutes für ihre Sache, wenn sie ihren Sohn James als Gesandten hinschickte, und hoffnungslos sah sie ihn abfahren. Der junge Bursche versprach sich ebenfalls wenig Freude oder Gewinn, als er erfuhr, wohin die Reise gehen solle. Er tröstete sich aber mit dem Gedanken, daß ihm die alte Dame vielleicht ein hübsches Andenken schenken würde, damit er zu Anfang des nächsten Semesters in Oxford einige seiner drückendsten Schulden bezahlen könne. Er nahm daher seinen Platz in der Southamptoner Postkutsche ein und landete am selben Abend sicher in Brighton mit seiner Reisetasche, seiner Lieblingsbulldogge Towzer und einem riesigen Korb voller Feld- und Gartenfrüchte von den lieben Pfarrersleuten für die liebe Miss Crawley. Da es ihm zu spät schien, die kränkliche Dame gleich am Abend seiner Ankunft zu stören, stieg er in einem Gasthaus ab und machte seine Aufwartung bei Miss Crawley erst am späten Vormittag des nächsten Tages.

Als die Tante James Crawley zuletzt gesehen hatte, war er ein schlaksiger Bursche in dem unglücklichen Alter gewesen, wo die Stimme zwischen einem gräßlichen Diskant und einem unnatürlichen Baß schwankt, wo das Gesicht nicht selten Blüten treibt, für die Rowlands Kalidor ein gutes Heilmittel sein soll, wo man die Jungen ertappt, wie sie sich heimlich mit der Schere ihrer Schwester rasieren, und wo ihnen der Anblick eines anderen jungen Mädchens unerträgliche Schrecken bereitet. Die großen Hände und Handgelenke ragen weit aus den zu eng gewordenen Kleidern, und nach dem Essen ist ihre Gegenwart furchtbar sowohl für die Damen, die in der Dämmerung zusammen im Wohnzimmer flüstern, als auch für die Herren beim Wein, die sich in ihrer freien Unterhaltung und dem Austausch guter Witze durch die Anwesenheit der tapsigen Unschuld behindert fühlen. Der Papa sagt dann nach dem zweiten Glas: „Jack, mein Junge, geh hinaus und sieh zu, ob sich das Wetter heute hält", und der Jüngling, froh, seine Freiheit zu bekommen, aber doch traurig, noch kein Mann zu sein, verläßt das unvollständige Mahl. James, damals noch ein linkischer Bursche, war jetzt ein junger Mann geworden, der die Vorteile einer Universitätsbildung genossen und jene unschätzbare Politur erworben hatte, die man erhält, wenn man in flotter Gesellschaft in einem kleinen College lebt, Schulden macht, zeitweise von der Universität ausgeschlossen wird und durch das Examen fällt.

Als er sich seiner Tante in Brighton vorstellte, war er jedoch ein hübscher Bursche, und gutes Aussehen galt bei der wankelmütigen alten Dame stets als Empfehlung. Sein Erröten und seine Verlegenheit schadeten dabei nichts, ihr gefielen diese Anzeichen für die gesunde Unschuld des jungen Mannes.

Er sagte, er sei auf ein paar Tage hergekommen, um einen Studienfreund zu besuchen, und – „und um Ihnen meine Aufwartung zu machen, Madame, und viele Grüße von meinen Eltern auszurichten, die hoffen, daß es Ihnen gut geht."

Pitt war gerade bei Miss Crawley, als der junge Bursche angemeldet wurde, und blickte sehr bestürzt, als er den Namen hörte. Die alte Dame besaß viel Humor und weidete sich an der Überraschung ihres korrekten Neffen. Sie erkundigte sich interessiert nach der Familie im Pfarrhaus und verkündete, sie besuchen zu wollen. Sie lobte den Jüngling ins Gesicht, erklärte, er sei gutgewachsen und habe sich zu seinem Vorteil verändert, und es sei schade, daß seine Schwestern nichts von seinem hübschen Aussehen besäßen. Als sie auf ihre Frage erfahren hatte, daß er sein Quartier im Gasthaus aufgeschlagen hatte, wollte sie nichts davon wissen, daß er dort wohnen bliebe, sondern befahl Mr. Bowls, augenblicklich Mr. James Crawleys Sachen holen zu lassen; „und hören Sie, Bowls", fügte sie gnädig hinzu, „Sie werden so freundlich sein und Mr. James' Rechnung bezahlen."

Sie warf Pitt einen schlauen Triumphblick zu, daß der Diplomat vor Neid fast erstickte. So hoch er es auch in der Gunst seiner Tante gebracht hatte, hatte sie ihn doch noch nicht eingeladen, in ihrem Hause zu wohnen, und da kam nun so ein Grünschnabel, der auf den ersten Blick aufgenommen wurde.

„Ich bitte um Verzeihung, mein Herr“, sagte Bowls und trat mit einer tiefen Verbeugung vor, „aus welchem Hotel soll Thomas das Gepäck holen?“

„Oh, verdammt“, rief der junge James und sprang auf, als ob ihn etwas beunruhigte, „ich gehe selbst.“

„Wie!“ fragte Miss Crawley.

„In ›Tom Cribbs Wappen‹“, erwiderte James und wurde knallrot.

Als er den Namen nannte, brach Miss Crawley in lautes Gelächter aus. Mr. Bowls als vertrauter Diener der Familie erlaubte sich ein wieherndes Lachen, verschluckte aber den Rest der Salve. Der Diplomat lächelte nur.

„Ich – ich wußte kein besseres“, sagte James mit niedergeschlagenen Augen. „Ich bin noch nie hiergewesen, der Kutscher hat davon gesprochen.“ Der junge Lügner! In Wirklichkeit hatte James Crawley tags zuvor in der Southamptoner Postkutsche den Tutbury-Liebling getroffen, der nach Brighton fuhr, um mit dem Rottingdean-Schläger einen Kampf auszutragen. Er war von der Unterhaltung mit dem „Liebling“ so entzückt gewesen, daß er den Abend mit diesem technisch begabten Mann und dessen Freunden in dem fraglichen Wirtshaus verbracht hatte.

„Ich – ich gehe am besten selbst und bezahle die Rechnung“, fuhr James fort. „Ich kann das nicht von Ihnen verlangen, Madam“, fügte er großmütig hinzu.

Dieses Taktgefühl versetzte seine Tante in noch größere Heiterkeit.

„Gehen Sie und bezahlen Sie die Rechnung, Bowls“, sagte sie mit einer Handbewegung, „und bringen Sie sie mir.“

Die arme Dame! Sie wußte nicht, was sie getan hatte. „Da ist auch noch – ich habe noch einen kleinen Hund“, sagte James und sah schrecklich schuldbewußt drein. „Ich hole ihn am besten selbst. Er beißt Diener in die Waden.“

Die ganze Gesellschaft schrie vor Lachen bei dieser Beschreibung, sogar die Briggs und Lady Jane, die während des Gesprächs zwischen Miss Crawley und ihrem Neffen stumm dabeigesessen hatten, und Bowls verließ das Zimmer, ohne ein weiteres Wort zu sagen.

Immer noch war Miss Crawley gnädig zu dem jungen Oxforder Studenten, um ihrem älteren Neffen eine Lektion zu erteilen. Wenn sie einmal angefangen hatte, kannten ihre Freundlichkeit und ihre Höflichkeitsbezeigungen keine Grenzen. Sie sagte Pitt, er könne zum Essen kommen, und bestand darauf, daß James sie bei ihrer Spazierfahrt begleite. Er saß auf dem Rücksitz in ihrer Kutsche, und feierlich fuhr sie mit ihm an den Felsenklippen auf und ab. Während des ganzen Weges ließ sie sich herab, ihn mit Höflichkeiten zu überschütten, zitierte dem armen verwirrten Burschen italienische und französische Dichtungen und bestand darauf, daß er ein ausgezeichneter Student sei und sicherlich eine Goldmedaille gewinnen und Erster Disputant werden würde.

„Haha!" lachte James, den diese Komplimente sehr ermutigt hatten. „Erster Disputant, ach wo! Das gibt's bloß in der anderen Bude."

„Was heißt andere Bude, mein liebes Kind?" fragte die Dame.

„Erste Disputanten gibt es bloß in Cambridge, nicht in Oxford", sagte der Student mit schlauer Miene und wäre wahrscheinlich noch vertraulicher geworden, wären nicht plötzlich in einem leichten Wagen, der von einem geputzten Pony gezogen wurde, seine Freunde, der Tutbury-Liebling und der Rottingdean-Schläger, in weißen Flanelljacken mit Perlmuttknöpfen und drei von ihren Bekannten aufgetaucht, die alle den armen James in seiner Kutsche grüßten. Dieser Vorfall dämpfte den Mut des aufrichtigen Jünglings, und während der ganzen übrigen Fahrt sagte er weder ja noch nein.

Bei seiner Rückkehr war sein Zimmer für ihn bereit, und seine Reisetasche stand da. Als Mr. Bowls ihn hinaufführte, hätte James auf dessen Gesicht einen Ausdruck von Würde, Verwunderung und Mitleid erblicken können, er dachte jedoch nicht an Mr. Bowls. Er beklagte nur die mißliche Lage, in der er war, in einem Hause voll alter Weiber, die französisch und italienisch plapperten und ihm Verse aufsagten. „Ganz schön in der Patsche, beim Satan", rief der bescheidene Junge, der der Sanftesten des weiblichen Geschlechts – selbst einer Briggs – nicht ins Auge blicken konnte, wenn sie ihn anredete, während er es in Iffley Lock mit dem Mundwerk des kühnsten Schiffers hätte aufnehmen können.

Beim Essen erschien James in einer hohen weißen Halsbinde, die ihn fast erstickte, und er hatte die Ehre, Lady Jane in das Speisezimmer zu führen, während die Briggs und Mr. Crawley ihnen mit der alten Dame und ihrem Apparat von Bündeln, Schals und Kissen folgten. Die Hälfte der Essenszeit verbrachte die Briggs damit, daß sie es der Kranken bequem machte und für ihren fetten Schoßhund Hühnerfleisch zerkleinerte. James sprach nicht viel, bestand jedoch darauf, mit allen Damen Wein zu trinken, nahm Mr. Crawleys Herausforderung an und trank den größten Teil einer Flasche Champagner, die Mr. Bowls ihm zu Ehren hatte heraufholen müssen. Nachdem sich die Damen zurückgezogen hatten und die beiden Cousins allein geblieben waren, wurde Pitt, der ehemalige Diplomat, äußerst redselig und freundlich. Er erkundigte sich nach James' Laufbahn auf der Universität, nach seinen Zukunftsaussichten, hoffte von Herzen, daß er es zu etwas bringen würde, und war, mit einem Wort, offen und liebenswürdig. Der Portwein löste auch James' Zunge, und er erzählte seinem Vetter von seinem Leben, seinen Aussichten, seinen Schulden, seinen Sorgen um das Vorexamen und seinen Prügeleien mit den Pedellen, während er sich eifrig aus den Flaschen vor ihm einschenkte und fröhlich vom Portwein zum Madeira überging.

„Das größte Vergnügen, das meine Tante kennt", sagte Mr. Crawley, „ist, daß ein jeder in ihrem Hause sich bewegt, wie es ihm gerade paßt. Das hier ist Schloß Freiheit, James, und du kannst Miss Crawley keinen größeren Gefallen erweisen, als zu tun, was du möchtest, und zu verlangen, was du willst. Ich weiß, ihr auf dem Lande habt mich alle verhöhnt, weil ich Tory bin. Miss Crawley ist tolerant genug, jedermann zu genügen. Sie ist Republikanerin durch und durch und verachtet solche Sachen wie Rang und Titel."

„Warum heiratest du denn eine Grafentochter?" fragte James.

„Mein lieber Freund, die arme Lady Jane ist ja nicht schuld daran, daß sie hochgeboren ist", entgegnete Pitt mit höflicher Miene. „Sie kann nichts dafür, daß sie Lady ist. Außerdem weißt du, daß ich Tory bin."

„Na klar", sagte James, „es geht nichts über altes Blut, verdamm mich, nichts. Ich bin keiner von diesen Radikalen, ich weiß, was es heißt, ein Gentleman zu sein, verdamm mich. Guck dir bloß die Kerls beim Wettrudern an oder bei einer Prügelei, oder guck dir einen Hund an, wenn er Ratten totbeißt. Wer gewinnt? Die mit edlem Blut. Bringen Sie noch ein bißchen Portwein, Bowls, alter Junge, während ich die Flasche hier alle mache. Wo war ich stehengeblieben?"

„Ich glaube, du sprachst von Hunden, die Ratten totbeißen", bemerkte Pitt mit sanfter Stimme und reichte seinem Cousin die Flasche zum „Allemachen".

„Wirklich? Ratten totbeißen? Ach so! Bist du ein Sportsmann, Pitt? Willst du einen Hund sehen, der bombensicher Ratten totbeißen kann? Dann komm mit mir zu Tom Corduroy in die Castle-Street-Ställe, und ich will dir so einen Terrier zeigen, der... Pah, Quatsch!" rief James und lachte über den Unsinn, den er da verzapfte. „Du interessierst dich doch weder für Hunde noch für Ratten, das ist alles Blödsinn, ich will verdammt sein, wenn ich glaube, daß du den Unterschied zwischen einem Hund und einer Ente kennst."

„Nein; übrigens sprachst du vom Blut und den persönlichen Vorzügen, die eine edle Geburt mit sich bringen", fuhr Pitt, immer freundlicher werdend, fort. „Hier ist die neue Flasche."

„Blut ist das Stichwort", sagte James und stürzte die rubinrote Flüssigkeit hinunter. „Es geht nichts über das Blut, weder bei Pferden noch Hunden, noch bei Menschen. Erst im letzten Semester, kurz bevor ich rausgeschmissen wurde, das heißt, kurz bevor ich die Masern hatte, haha!, waren ich und Ringwood vom Christchurch College, Bob Ringwood, Lord Sinqbars Sohn, in der ›Glocke‹ in Blenheim und tranken Bier, als der Schiffer von Banbury sich erbot, mit einem von uns um eine Bowle Punsch zu boxen. Ich konnte nicht. Ich trug den Arm in der Schlinge, so daß ich überhaupt nichts machen konnte – das Biest von meiner Stute war gerade zwei Tage zuvor beim Abingdon-Rennen mit mir gestürzt, und ich dachte, ich hätte mir den Arm gebrochen. Na ja, ich konnte ihn also nicht abfertigen. Bob hatte aber seinen Rock im Nu aus. Er boxte drei Minuten mit dem Kerl von Banbury und hatte ihn in vier Runden erledigt. Gott, wie der umfiel, und woran lag es? Nur am Blut, mein Lieber, an weiter nichts als am guten Blut."

„Du trinkst ja gar nicht, James“, bemerkte der ehemalige Attaché. „Zu meiner Zeit ließ man in Oxford die Flasche ein bißchen schneller kreisen, als es bei euch jungen Burschen üblich zu sein scheint.“

„Na, na“, sagte James, legte den Finger an die Nase und zwinkerte seinem Cousin mit weinseligen Augen zu. „Mach keine Witze, alter Junge, versuch's nicht mit mir. Du willst mich wohl für dumm verkaufen, aber das wird dir nicht gelingen. In vino veritas, alter Junge. Mars, Bacchus, Apollo vivorum, wie? Ich wollte, meine Tante würde dem Alten so was schicken. Das ist ein famoser Stoff.“

„Das beste wäre doch, du bittest sie darum“, meinte der Machiavelli, „und nutzt deine Zeit jetzt gut aus. Wie sagt doch gleich der Dichter? ›Nunc vino pellite curas, cras ingens iterabimus aequor.‹“ Und der Bacchant, der den Ausspruch mit der Miene eines Unterhausabgeordneten zitiert hatte, stürzte mit einem ungeheuren Schwung seines Glases fast einen Fingerhutvoll Wein hinunter.

Wenn im Pfarrhaus nach Tisch die Portweinflasche geöffnet wurde, erhielten die jungen Damen jede ein Glas Johannisbeerwein, Mrs. Bute trank ein Glas Portwein, und der ehrliche James nahm gewöhnlich zwei; da aber sein Vater sehr verdrießlich wurde, wenn er weitere Angriffe auf die Flasche unternahm, so stand der gute Bursche im allgemeinen von weiteren Versuchen ab und begnügte sich entweder mit Johannisbeerwein oder einem heimlichen Glas Schnaps im Stall, das er sich in Gesellschaft des Kutschers und seiner Pferde zu Gemüte zog. In Oxford war die Quantität des Weines unbegrenzt, die Qualität aber sehr schlecht. Wenn sich jedoch Quantität und Qualität vereinigten, wie im Haus seiner Tante, so bewies James, daß er das zu schätzen verstand, und bedurfte kaum der Aufmunterung seines Cousins, um die zweite Flasche, die Mr. Bowls heraufgebracht hatte, zu leeren.

Als jedoch die Kaffeestunde kam und man sich zu den Damen begeben mußte, vor denen der junge Mann große Scheu empfand, verließ ihn seine angenehme Offenheit, und er verfiel wieder in seine gewöhnliche mürrische Schüchternheit. Er begnügte sich den ganzen Abend damit, ja oder nein zu antworten, Lady Jane finster anzublicken und eine einzige Tasse Kaffee umzuwerfen. Wenn er schon nicht sprach, so gähnte er doch mitleiderregend, und seine Gegenwart wirkte sich lähmend auf die sittsamen Vergnügungen des Abends aus, denn Miss Crawley und Lady Jane beim Pikett und Miss Briggs über ihrer Arbeit fühlten, daß er wilde Blicke auf sie warf, und wurden unter seinen weinseligen Augen unruhig.

„Er scheint ein sehr schweigsamer, unbeholfener, scheuer Bursche zu sein“, bemerkte Miss Crawley zu Mr. Pitt.

„Er ist in Männergesellschaft mitteilsamer als bei Damen“, erwiderte Machiavelli trocken, wohl etwas ärgerlich, daß der Portwein James nicht gesprächiger gemacht hatte.

Die frühen Morgenstunden des nächsten Tages verbrachte er damit, seiner Mutter einen schriftlichen Bericht über seine glänzende Aufnahme bei Miss Crawley zu geben. Aber ach, er wußte nicht, welches Unheil ihm der Tag bringen sollte und wie kurz die Zeit der Gnade sein würde. Ein Vorfall, den James vergessen hatte – ein geringfügiger, aber verhängnisvoller Vorfall –, hatte sich am Abend vor dem Besuch bei seiner Tante in „Tom Cribbs Wappen" ereignet. Es war nichts geschehen als dies: James, der stets großzügig und, wenn er etwas getrunken hatte, besonders gastfrei war, hatte im Laufe des Abends dem Preiskämpfer von Tutbury und dem Mann von Rottingdean sowie deren Freunden zwei oder drei Runden Schnaps spendiert, so daß auf Mr. James Crawleys Rechnung nicht weniger als achtzehn Gläser dieses Getränks, jedes zu acht Pence, standen. Es war nicht die Anzahl von acht Pence, sondern die Menge des Schnapses, die verhängnisvoll gegen den Charakter des armen James sprachen, als Mr. Bowls, der Butler der Tante, auf Betreiben seiner Herrin hinunterging, um die Rechnung des jungen Mannes zu begleichen. Der Wirt fürchtete, die Zahlung könnte ganz und gar verweigert werden, und schwor deshalb Stein und Bein, daß der junge Herr den Schnaps bis auf den letzten Tropfen selbst getrunken habe. Schließlich bezahlte Bowls die Rechnung und zeigte sie bei seiner Rückkehr Mrs. Firkin, die über die schreckliche Verschwendung von Schnaps entsetzt war und die Rechnung Miss Briggs, dem Oberbuchhalter, überbrachte. Diese hielt es für ihre Pflicht, den Umstand gegenüber ihrer Prinzipalin, Miss Crawley, zu erwähnen.

Hätte er ein Dutzend Flaschen Rotwein getrunken – die alte Jungfer hätte ihm das verziehen. Mr. Fox und Mr. Sheridan hatten Rotwein getrunken. Gentlemen tranken Rotwein. Aber sich in einer gemeinen Kneipe unter Boxern achtzehn Gläser Schnaps zu Gemüte zu führen – das war ein abscheuliches Verbrechen, das nicht so schnell vergeben werden konnte. Alles verschwor sich heute gegen den jungen Burschen. Nach Stall duftend, kam er von einem Besuch bei seinem Hund Towzer zurück, und als er seinen Freund ein wenig an die frische Luft geführt hatte, hatte er Miss Crawley mit ihrem asthmatischen Wachtelhund getroffen. Towzer hätte das Hündchen aufgefressen, wäre es nicht winselnd unter den Schutz von Miss Briggs geflüchtet, und der abscheuliche Herr der Bulldogge sah dieser entsetzlichen Verfolgung lachend zu.

An diesem Tage hatte den unglücklichen Burschen auch seine gewöhnliche Scheu verlassen. Er war bei Tisch lebhaft und lustig; während des Essens machte er ein paar Witze gegenüber Pitt Crawley; er trank ebensoviel Wein wie tags zuvor und begab sich völlig ahnungslos in den Salon, wo er die Damen mit einigen ausgewählten Oxforder Geschichtchen unterhielt. Er beschrieb die unterschiedlichen boxerischen Fähigkeiten von Molyneux und Dutch Sam. Er bot Lady Jane eine Wette über den Ausgang des Kampfes zwischen dem Tutbury-Liebling und dem Mann von Rottingdean an und überließ es ihr, die Wette zu bestimmen, und krönte den Scherz, indem er seinem Cousin Pitt Crawley anbot, sich mit oder ohne Boxhandschuhe mit ihm zu messen und gleich eine Wette abzuschließen. „Und das ist ein ehrliches Angebot, mein lieber Mann", sagte er und klopfte Pitt lachend auf die Schulter. „Mein Vater hat mir auch empfohlen, das zu tun, und er will die Hälfte vom Einsatz tragen, haha!“ Bei diesen. Worten nickte der nette Jüngling der armen Miss Briggs schlau zu und deutete mit dem Daumen scherzhaft und triumphierend über die Schulter auf Pitt Crawley.

Pitt war wahrscheinlich nicht allzu erfreut darüber, aber dennoch im großen ganzen nicht unglücklich. Der arme Jim lachte noch viel, und als die alte Dame aufstand, um sich zurückzuziehen, schwankte er mit der Kerze seiner Tante durch den Raum und bot ihr mit schmeichelndem, angeheitertem Lächeln den Gutenachtgruß. Dann verabschiedete er sich und ging in sein Schlafzimmer hinauf, völlig mit sich zufrieden und mit dem angenehmen Gedanken, daß er das Geld seiner Tante vor seinem Vater und allen anderen Familienmitgliedern erben würde.

Da er nun einmal in seinem Schlafzimmer war, hätte man eigentlich glauben sollen, er könne die Lage nicht noch verschlimmern; und doch gelang das dem unglückseligen Jungen. Der Mond schien sehr schön über das Meer, und James, den der romantische Anblick des Ozeans und des Himmels ans Fenster gelockt hatte, meinte, sein Vergnügen an der herrlichen Aussicht durch den Genuß eines Pfeifchens noch erhöhen zu können. Er glaubte, niemand würde den Tabakgeruch wahrnehmen, wenn er pfiffigerweise das Fenster öffnete und Kopf und Pfeife in die frische Luft hinaushielte. Und so geschah es. Da aber der arme James ziemlich erregt war, hatte er vergessen, daß die ganze Zeit über seine Tür offenstand; der Wind blies ins Zimmer, es entstand ordentlicher Durchzug, so daß die Tabakwolken die Treppe hinabgetrieben wurden und mit unvermindertem Duft bis zu Miss Crawley und Miss Briggs drangen.

Diese Tabakpfeife machte das Maß voll, und die Bute Crawleys erfuhren nie, wie viele tausend Pfund sie das kostete. Die Firkin rannte zu Bowls hinab, der seinem Adjutanten gerade mit lauter und geisterhafter Stimme aus „Bratpfanne und Feuer“ vorlas. Die Firkin erzählte ihm das furchtbare Geheimnis mit so entsetzter Miene, daß Mr. Bowls und sein Gehilfe im ersten Augenblick glaubten, es seien Räuber im Hause, deren Beine die Frau wahrscheinlich unter Miss Crawleys Bett entdeckt hatte. Als er jedoch die wahre Sachlage begriff, war es das Werk einer Minute, die Treppe hinaufzulaufen, wobei er immer drei Stufen auf einmal nahm, in das Zimmer des ahnungslosen James zu stürzen, mit vor Bestürzung halb erstickter Stimme „Mr. James“ zu schreien und fortzufahren: „Um Gottes willen, Sir, machen Sie bloß die Pfeife aus!“ „Oh, Mr. James, was haben Sie nur getan“, rief er mit pathetischer Stimme, während er das Gerät aus dem Fenster warf. „Was haben Sie nur getan, Sir; die Gnädigste kann das nicht ausstehen.“

„Die Gnädigste braucht ja nicht zu rauchen“, sagte James mit tollem, unangebrachtem Lachen, da er das Ganze für einen Hauptspaß hielt. Allein am anderen Morgen waren seine Gefühle doch ganz anderer Art, als nämlich Mr. Bowls' Gehilfe kam, um Mr. James' Stiefel zu putzen und ihm warmes Wasser zum Rasieren des Bartes zu bringen, den er so sehnlichst erwartete, und Mr. James dabei ein Billett von Miss Briggs' Hand ins Bett reichte.

„Sehr geehrter Herr“, lautete es, „Miss Crawley hat eine äußerst unruhige Nacht verbracht infolge der abscheulichen Verunreinigung des Hauses mit Tabakqualm. Miss Crawley bittet mich, Ihnen zu sagen, wie sehr sie bedauert, daß es ihr zu schlecht geht, Sie vor Ihrer Abreise noch einmal zu sprechen – und vor allem, daß sie Sie veranlaßt habe, von der Kneipe wegzuziehen, wo Sie sich, nach ihrer festen Überzeugung, während Ihres weiteren Aufenthaltes in Brighton weitaus wohler fühlen werden.“

So endete die Laufbahn des guten James als Bewerber um die Gunst seiner Tante. Er hatte wirklich ohne sein Wissen getan, was er angedroht hatte; er hatte gegen seinen Cousin Pitt mit Boxhandschuhen gekämpft.

Wo war aber inzwischen der, der bei diesem Wettrennen ums Geld einmal die meisten Aussichten gehabt hatte? Becky und Rawdon hatten sich, wie wir gesehen haben, nach der Schlacht von Waterloo wieder vereinigt und verbrachten den Winter 1815 in Glanz und Fröhlichkeit in Paris. Rebekka konnte gut haushalten, und die Summe, die der arme Joseph Sedley für ihre zwei Pferde gezahlt hatte, reichte allein hin, um ihr kleines Hauswesen mindestens für ein Jahr über Wasser zu halten; es war nicht nötig, „meine Pistolen, dieselben, mit denen ich Hauptmann Marker erschoß“, oder das goldene Toilettennecessaire oder den zobelgefütterten Mantel zu Geld zu machen. Becky ließ sich aus diesem Mantel einen Umhang fertigen, worin sie zur Bewunderung aller im Bois de Boulogne spazierenfuhr: und du, verehrter Leser, hättest die Szene zwischen ihr und ihrem erfreuten Mann erleben sollen, den sie beim Einmarsch der Armee in Cambray wiedertraf, als sie ihre Kleider auftrennte und all diese Uhren, Schmucksachen, Banknoten, Schecks und Wertgegenstände ans Tageslicht beförderte, die sie in Brüssel, vor ihrer beabsichtigten Flucht, im Futter verborgen hatte! Tufto war ganz bezaubert und Rawdon so erfreut, daß er vor Lachen brüllte und schwor, sie sei besser als jedes Theaterstück, das er je gesehen hatte, beim Zeus! Sie beschrieb ihm mit drolligen Worten, wie sie Joseph geprellt hatte, und das steigerte sein Entzücken zu einer wahnsinnigen Begeisterung. Er glaubte so fest an seine Frau wie die französischen Soldaten an Napoleon.

Sie hatte in Paris große Erfolge. Alle französischen Damen fanden sie reizend. Sie sprach deren Sprache ausgezeichnet und hatte im Nu deren Grazie, Lebhaftigkeit und Manieren angenommen. Ihr Mann war offensichtlich dumm – alle Engländer sind dumm –, aber in Paris ist ein einfältiger Ehemann stets ein Attribut zugunsten einer Dame. Er war der Erbe der reichen und geistvollen Miss Crawley, deren Haus während der Emigration für so viele Angehörige des französischen Adels offengestanden hatte. Sie empfingen die Frau des Obersten in ihren Hotels. „Warum“, schrieb eine vornehme Dame an Miss Crawley, die die Spitzen und Schmucksachen der Herzogin zu deren eigenem Preis abgekauft und sie während der schweren Zeit nach der Revolution oft zum

Essen eingeladen hatte – „warum kommt nicht unsere teure Miss zu ihrem Neffen und ihrer Nichte und ihren geneigten Freunden nach Paris? Jedermann ist ganz vernarrt in die bezaubernde junge Frau und ihren Schalk und ihre Schönheit. Ja, wir erkennen in ihr die Grazie, den Charme und den Witz unserer lieben Freundin Miss Crawley! Der König nahm gestern in den Tuilerien Notiz von ihr, und wir sind alle ungemein eifersüchtig auf die Aufmerksamkeit, die Monsieur ihr erweist. Hätten Sie nur den Ärger einer gewissen dummen Lady Bareacres sehen können (deren Habichtnase und Federbarett die Köpfe aller Anwesenden überragen), als die Herzogin von Angoulême, die erhabene Tochter und Gefährtin von Königen, ausdrücklich wünschte, Mrs. Crawley, da sie Ihre liebe Tochter und Ihr protégée ist, vorgestellt zu werden, und ihr im Namen Frankreichs für alle Wohltaten dankte, die Sie unseren Unglücklichen während ihres Exils erwiesen haben. Sie ist auf allen Gesellschaften, auf allen Bällen – ja, sie kommt zu allen Bällen, aber sie tanzt nicht; und doch, wie interessant und hübsch sieht dieses holde Wesen aus, umgeben von der Huldigung der Männer, sie, die so bald Mutter werden wird! Sie von Ihnen, ihrer Beschützerin und Mutter, sprechen zu hören, könnte Menschenfressern Tränen entlocken. Wie sie Sie liebt! Wie sehr wir alle unsere bewundernswerte, verehrungswürdige Miss Crawley lieben!"

Es steht zu befürchten, daß dieser Brief von der großen Pariser Dame Mrs. Beckys Belange bei ihrer bewundernswerten, verehrungswürdigen Verwandten keineswegs günstig beeinflußten. Im Gegenteil, die Wut der alten Jungfer kannte keine Grenzen, als sie vernahm, in welchen Umständen sich Rebekka befand und wie frech sie sich des Namens von Miss Crawley bedient hatte, um in der Pariser Gesellschaft Zutritt zu erlangen. Zu sehr erschüttert an Körper und Geist, um einen Antwortbrief auf französisch abzufassen, diktierte sie der Briggs eine wütende Entgegnung in ihrer Muttersprache, worin sie Mrs. Rawdon Crawley ganz und gar verleugnete und die Öffentlichkeit vor ihr warnte, da sie eine ungemein gerissene und gefährliche Person sei. Da aber die Herzogin von X nur zwanzig Jahre in England gelebt hatte, so verstand sie auch nicht ein Wort von der Sprache und begnügte sich damit, Mrs. Rawdon Crawley bei ihrer nächsten Zusammenkunft mitzuteilen, daß sie einen bezaubernden Brief von der „chere Mies" bekommen habe und daß er nur Liebes und Gutes über Mrs. Crawley enthalte. Diese begann nun ernstlich zu hoffen, daß die alte Jungfer sich doch noch erweichen lassen würde.

Inzwischen war sie die lustigste und am meisten bewunderte aller Engländerinnen und hatte an ihren Empfangsabenden immer einen kleinen europäischen Kongreß bei sich – Preußen und Kosaken, Spanier und Engländer –, die ganze Welt gab sich während dieses berühmten Winters ein Stelldichein in Paris. Beim Anblick der Sterne und Ordensbänder in Rebekkas bescheidenem Salon wäre wohl die ganze Baker Street vor Neid erblaßt. Berühmte Krieger ritten im Bois neben ihrem Wagen oder drängten sich in ihrer bescheidenen kleinen Loge in der Oper. Rawdon war in der besten Laune. Bis jetzt gab es in Paris noch keine ungestümen Gläubiger; täglich fanden bei Vèry oder Beauvilliers

Gesellschaften statt; es wurde viel gespielt, und er hatte Glück. Tufto hatte wahrscheinlich schlechte Laune. Mrs. Tufto war nämlich auf ihre eigene Einladung hin nach Paris gekommen, und abgesehen von diesem contretemps, umdrängten nun zwanzig Generale Beckys Platz, und sie hatte die Wahl zwischen zwölf Buketts, wenn sie ins Theater ging. Lady Bareacres und die Spitzen der englischen Gesellschaft, dumme, untadelige Frauenzimmer, wanden sich vor Wut über den Erfolg dieses kleinen Emporkömmlings Becky, deren giftige Witze in ihren keuschen Busen nagten und zuckten. Sie hatte aber alle Männer auf ihrer Seite und bekämpfte die Frauen mit unerschütterlichem Mut. Und die konnten nur in ihrer eigenen Sprache über sie herziehen.

So verging Mrs. Rawdon Crawley der Winter 1815/16 mit Festen, Vergnügungen und gutem Leben. Sie paßte sich in die feine Welt so gut ein, als ob ihre Vorfahren seit Jahrhunderten vornehme Leute gewesen wären, und wegen ihres Witzes, ihres Talents und ihrer Energie verdiente sie wirklich einen Ehrenplatz auf dem Jahrmarkt der Eitelkeit.

Im zeitigen Frühjahr 1816 enthielt „Galignanis Bote“ in einer interessanten Ecke folgende Anzeige: „Am 26. März – die Gemahlin Oberstleutnant Crawleys von der Grünen Leibgarde – von einem Sohn und Erben entbunden.“

Diese Anzeige übernahmen die Londoner Zeitungen, und Miss Briggs las Miss Crawley in Brighton beim Frühstück die Erklärung vor. Wenn solch ein Ereignis auch zu erwarten gewesen war, so rief die Nachricht doch eine Krise in den Familienangelegenheiten der Crawleys hervor. Die Wut der alten Jungfer erreichte ihren Höhepunkt, und sie schickte sofort nach Pitt, ihrem Neffen, und nach Lady Southdown vom Brunswick Square und drang auf eine baldige Heirat, die in beiden Familien schon so lange geplant war. Zugleich verkündete sie ihre Absicht, dem jungen Paar noch zu ihren Lebzeiten jährlich tausend Pfund auszusetzen. Nach ihrem Tod sollte dann die Hauptmasse ihres Vermögens ihrem Neffen und ihrer lieben Nichte, Lady Jane Crawley, zufallen. Waxy kam von London, um die Dokumente auszufertigen – Lord Southdown gab seine Schwester zur Ehe. Sie wurde von einem Bischof und nicht von Ehrwürden Bartholomew Irons getraut – zum Ärger dieses irregulären Prälaten.

Nach der Hochzeit hätte Pitt gern eine Hochzeitsreise unternommen, wie es sich für Leute seines Standes schickte. Die alte Dame hatte aber eine so starke Neigung für Lady Jane gefaßt, daß sie rundheraus erklärte, sich von ihrem Liebling nicht trennen zu können. Pitt und seine Frau zogen daher zu Miss Crawley, und Lady Southdown herrschte von ihrem benachbarten Haus aus über die ganze Familie Pitt, Lady Jane, Miss Crawley, die Briggs, die Firkin, Bowls und alle anderen, sehr zum Ärger des armen Pitt, der auf der einen Seite den Launen seiner Tante, auf der anderen denen seiner Schwiegermutter ausgeliefert war und sich sehr unglücklich vorkam. Die Lady verabfolgte ihnen unbarmherzig ihre Traktate und Arzneien; sie entließ Creamer und stellte für ihn Rodgers ein; sie ließ Miss Crawley auch nicht den leisesten Schimmer von Autorität. Die arme Seele wurde so eingeschüchtert, daß sie sogar aufhörte, die Briggs zu tyrannisieren, und sich täglich furchtsamer und liebevoller an ihre Nichte klammerte. Friede über dich, du gütige, egoistische, eitle, großmütige alte Heidin! Wir werden dich nicht wiedersehen. Hoffen wir, daß Lady Jane sie gütig unterstützte und mit sanfter Hand aus dem geschäftigen Treiben des Jahrmarkts der Eitelkeit hinausführte.